唐代乐府诗体研究

Research on the Poetic Styles of
Yue-fu Songs in Tang Dynasty

王立增　著

图书在版编目(CIP)数据

唐代乐府诗体研究/王立增著.—北京:北京大学出版社,2022.12
国家社科基金后期资助项目
ISBN 978-7-301-33460-7

Ⅰ.①唐… Ⅱ.①王… Ⅲ.①乐府诗—诗歌研究—中国—唐代 Ⅳ.①I207.226

中国版本图书馆CIP数据核字(2022)第185830号

书　　　名	唐代乐府诗体研究 TANGDAI YUEFU SHITI YANJIU
著作责任者	王立增　著
责 任 编 辑	张　晗　郑子欣
标 准 书 号	ISBN 978-7-301-33460-7
出 版 发 行	北京大学出版社
地　　　址	北京市海淀区成府路205号　100871
网　　　址	http://www.pup.cn　新浪微博:@北京大学出版社
电 子 信 箱	pkuwsz@126.com
电　　　话	邮购部 010-62752015　发行部 010-62750672 编辑部 010-62752022
印 刷 者	北京溢漾印刷有限公司
经 销 者	新华书店 730毫米×1020毫米　16开本　30印张　533千字 2022年12月第1版　2022年12月第1次印刷
定　　　价	98.00元

未经许可，不得以任何方式复制或抄袭本书之部分或全部内容。
版权所有，侵权必究
举报电话: 010-62752024　电子信箱: fd@pup.pku.edu.cn
图书如有印装质量问题，请与出版部联系，电话: 010-62756370

国家社科基金后期资助项目
出版说明

后期资助项目是国家社科基金设立的一类重要项目,旨在鼓励广大社科研究者潜心治学,支持基础研究多出优秀成果。它是经过严格评审,从接近完成的科研成果中遴选立项的。为扩大后期资助项目的影响,更好地推动学术发展,促进成果转化,全国哲学社会科学工作办公室按照"统一设计、统一标识、统一版式、形成系列"的总体要求,组织出版国家社科基金后期资助项目成果。

全国哲学社会科学工作办公室

序

王小盾

一

在我的学术经验中,1997年是难以忘怀的一年。这年开斋节前后,我来到吉尔吉斯斯坦、哈萨克斯坦,对居住在这里的东干人——陕甘回族的后裔——作了三个多月的考察。民族音乐学学者赵塔里木(时为扬州大学博士生)和我同行。塔里木主要考察东干人的音乐文学,比如民歌和民间器乐牌子曲;我主要考察东干人的非音乐文学,除东干作家的文字书写外,包括"口歌"(谚语)、"口溜儿"(顺口溜)、"倒口话"(绕口令)、"古今儿"(故事与传说)等口头文学作品。东干人的口头文学是在19世纪中叶随民族迁徙而传入中亚的;其书面文学则始于20世纪30年代,以1932年确定东干拼音文字正字法为标志。考察这两种文学,不啻完整地观看了一部族别文学通史。

这部文学史最精彩的部分有两段:一是口头文学的形成,二是作家文学的形成。从前一段,我了解了文学的意义:它是一个民族的知识和智慧的结晶。东干人在翻过雪山的时候,牺牲了很大一部分人员和辎重,却未丢弃自己的口传文学。他们依靠叙事民歌来传承东干人的历史,用口歌和口溜儿保存自己的生产生活经验。他们总喜欢在交谈时引经据典,表明某种行为的合法性和某个意见的合理性,他们所引用的便是这些文学作品。从后一段,我了解了书面文学和口头文学的基本关系:书面文学产生于口头文学,但对后者有所改造和提升。东干知识分子是为推广和保存语言而建立书面文学的,除拼音文字正字法以外,他们开办报纸作为保护东干语文的园地。他们建设书面文学体系的过程大致包括四个阶段:一是继承民歌传统尝试诗歌写作的阶段,二是依据口头文学文体建立多种书面文体的阶段,三是吸收民间故事创作艺术小说的阶段,四是改造口语而用新诗体来表达个人感受的阶段——每个阶段都以口头文学为基础。他们通过实践,一步一步地凸显出书面文学的特点及其存在价值。比如,若考察东干作家的新诗创作,便知道:"诗在本质上就是一种非日常的语言。民歌不一定要超越口语,但诗却要超越。"①为什么呢?因为诗要面向读书断字的人,主要表达个人情感,有文字这个新的载体。我们是在把两种文学作比较的过程中懂得这个道理的。

以上这些学术经验,让我对文学的生存与传播情况有了更深的了解,同时也刷新了我的学术观念。我从此认为,人类文化发展到一定程度才会出现文学;文学是人类精神活动的最高成就,总结了人们的经验,也表现了他们的玄思,值得探究。以前看过许多无病呻吟式的"文学研究",不免对这个职业感到悲观;现在,东干人以其生动活泼的创造改变了我的看法。后来,我在越南、韩国、日本等地考察汉文学,又注意到几千年来无数人投入其中的文化共同体建设,发现文学是其中最重要的手段——汉民族之成为汉民族,汉文化之成为汉文化,很大程度上是因为有了汉字和汉文学。这让我感到惊讶,也深化了以上这个认识。至于文学研究的价值,我也有一个新判断:这个价值联系于研究者所揭示的对象的价值。从主观方面,我们不妨看成果中凝聚的劳动,包括智慧、灵性、识见、功力等等②;而从客观方面,则应该看它是否有助于认识人类精神活动的某些道理,是否能够展现文学活动诸事项的因果关系和逻辑关系。也就是说,研究应该抵达对象的本质。

除掉以上两个认识外,我还得到一个新认识:学术研究之所以有魅力,是因为每一种新资料都暗藏着一种新方法,因为它们有自己的特殊本质。比如进行东干文学研究,就必定要关注其功能及其发生过程,而不能采用"中国古典文学研究"常用的内容分析或艺术性分析的方法(那样就太肤浅了)。《乐府诗集》研究也是这样:需要采用同这部书的性质——歌辞和拟歌辞的总集——相匹配的方法,其范围因此要超过"中国古代文学研究"③。所以,当王立增《唐代乐府诗体研究》一书即将出版的时候,我愿意就以上认识说几句话:说说为了抵达对象本质,我们应该如何努力;说说面对研究对象,应该如何发掘它特有的价值——归根结底,是说有一种学术方法就叫作《乐府诗集》。

二

《唐代乐府诗体研究》所考察的"乐府",是一个围绕宫廷礼乐而建立起来的事物,《文心雕龙·乐府》据此把它的起源推到三代。从《越绝书》《吴越

---

① 王小盾《东干文学和越南古代文学的启示——关于新资料对文学研究的未来影响》,《文学遗产》2001年第6期。
② 参见刘石《凛焉戒惕"诊痴符"》,《文学遗产》2013年第6期。
③ "中国古典文学研究"指的是以经典作品为对象的研究,"中国古代文学研究"则兼指以俗文学、民间文学为对象的研究。

春秋》和陕西出土的秦代文物看,战国之时便有以"乐府"为名的官署。不过,音乐文学意义上的"乐府",或者说,包括确定祭礼、制作乐章等活动在内的"乐府",却如《汉书·礼乐志》所说,是始立于汉武帝时的事物。这个"乐府"影响很大,因为它代表三样东西:其一,代表一种音乐机构,即吸收俗乐而进行雅乐建设的宫廷机构;其二,代表一种文学方式,即制作配乐歌辞的方式;其三,代表一个文学品种,既包括第一代乐府歌辞,也包括由它繁衍出来的类似的文学作品。古代人在各种场合说到的"乐府",大致在这三种含义的范围之内。学界的"乐府"研究,一般也能注意到这些事项,只是分析未必细致——特别是,未对第三个含义上的"乐府"及其所包含的种种关系加以细致分析。该书主要贡献便在于:关注这个含义上的"乐府",把乐府诗视作一种诗类或诗体,试图揭示其不同于歌辞、不同于徒诗的独特性。其方法则是使用"准歌辞""拟歌辞"等名称,以确认大部分唐代乐府诗的性质,并据此阐述"入乐""乖调""拟效""表演程式""修辞程式""歌辞造型"等音乐文学所特有的问题。就揭示乐府诗的特性而言,这些问题是具有重要的学术意义的。为说明这一点,今从其中选择两个问题稍作引申讨论。

(一) 关于"入乐"

该书认为,唐代乐府诗之展开,有一个"入乐"的背景。唐乐府诗的基本分类,是入乐之诗与不入乐之诗的二分:前者包括声诗、曲子辞和郊庙歌辞,后者包括旧题乐府和新题乐府。其第一章第三节且专门讨论了唐代乐府诗的"入乐"问题,确定"入乐"是指一种艺术实践,即谱上曲调进行演唱。因此,"入乐"有别于吟诵,也有别于想象中的歌唱。这些论述很好,有助于认识"乐府"和"乐府诗"的本质。

不过,入乐问题却不是乐府诗所独有的问题。要认识中国文学史上的其他韵文文学品种,也应该考察其入乐与否、如何入乐。因为这些文学品种也同音乐有发生学上的关系,其阶段性发展同样对应于中国音乐的阶段性发展。一般来说,中国古代音乐史,除使用石器的原始时期外,可以分为四个阶段:一是先秦雅乐阶段,其代表是用于各种仪式的钟磬乐;二是汉唐之间的清乐阶段,其代表是相和歌和清商曲;三是始于隋唐之际的燕乐阶段,其代表是曲子和歌舞大曲;四是近世俗乐阶段,其代表是戏曲音乐。《诗经》《楚辞》出现在第一阶段,"歌诗"和"古诗"流行于第二阶段,"曲子辞"、近体诗和词产生在第三阶段,散曲文学、剧曲文学和种种说唱文学盛行于第四阶段。以上韵文文体各不相同,根本原因在于:它们用不同的方式,策应不同的音乐;或者说,在不同的历史阶段,文学与音乐的关系各不相同。就此而言,要判断乐府诗的属性,就不仅要看它是否出身于音乐文学,而且要看它属于中国音史的哪一个阶段。

回答这个问题并不困难,乐府显然是第二阶段——清乐阶段——的产物,不过,要确认此时音乐与文学之关系的特点,则要稍作分析。我认为,在这个阶段的乐府机构中,文学同音乐的关系以"相和"为代表。从《宋书·乐志》《晋书·乐志》可以知道,乐府所使用的歌唱形式大略有四:一是"徒歌",即"汉世街陌谣讴"之歌;二是"但歌",即"无弦节","一人唱,三人和";三是"弦歌",也就是古诗所谓"一弹再三叹"之歌;四是"丝竹更相和,执节者歌"。后三者都属于"相和",主要方式是以歌和歌,未必配入器乐;即使配入丝竹之乐,其歌声与乐声也采用不相同的旋律。由于往往以歌和歌,所以歌辞多有和声、送声;由于歌、乐之间的关系是不完全伴奏,所以辞式比较散漫,辞中多有表声之字。在早期乐府诗中,有没有声辞结合比较紧密的歌辞呢?有,那就是"魏氏三调哥词"——它们被编入平、清、瑟三调,自然有器乐作为轨范。不过,据《宋书·乐志》记载,它们的配辞方式是"又有因弦管金石,造哥以被之";据《乐府诗集·杂歌谣辞》,它们是"因其声而作歌"——亦即模仿曲调作歌,所造歌辞与弦管金石大致相合。这句话里"又有"二字值得注意——其意思是说:因弦管造歌的方式并不普遍;清乐阶段的宫廷乐歌,大部分仍然采用"始皆徒歌,既而被之弦管"的方式,也就是用器乐来伴和歌唱。

如果把清乐阶段的音乐同燕乐阶段的音乐相比较,那么,两者的区别是非常明显的。尽管今无音响留存,但我们从记载中可以知道:前者(清乐)产自定居生活,往往在室内(比如铜雀台)表演,主体上散漫闲雅;后者(燕乐)产生在胡乐入华以后,包含大量马背上的音乐,来自旷野,因而有鲜明的节奏和起伏的旋律。前者用"节"在每段段末打节拍,因而产生了"节"和"解"这两个术语;后者则使用了包括"拍板"在内的近二十种打击乐器,比如齐鼓、担鼓、连鼓、毂鼓、浮鼓、方响、杖鼓、大鼓、腰鼓、羯鼓、鸡娄鼓、答腊鼓、都昙鼓、毛员鼓、正鼓、和鼓、铜鼓、铜钹等等,打出丰富多样的节拍[①]。前者除古琴而外不用乐谱,后者则有多种器乐谱,其中若干种且被称作"胡书"。这样两种音乐,同歌辞的关系自然大不相同,比如"因声度词"的方式——依照旋律、节拍填写歌辞的方式——便是燕乐时代的配辞方式,而不属于清乐时代。

事实上,从文学角度看,清乐和燕乐的主要区别就在于是不是"因声度词"。燕乐时代音乐文学品种的代表——曲子辞——就是以"因声度词"为其主要属性的。其文本表现是:每支曲调下的歌辞辞式一致,甚至格律也一致。比如《尊前集》录李白所作四首《清平乐》、两首《菩萨蛮》,皆有统一格

---

① 参见王昆吾《唐代酒令艺术》,上海:知识出版社,1995年,第158—162页。

式。这表明它们是严格配合曲调的。而汉魏六朝乐府歌辞皆不如此,比如《薤露》,古辞为"三三七七"四句,魏武帝以后多为五言体,十六句或十八句;《陌上桑》,古辞为五言五十三句,楚辞钞、魏武帝辞、魏文帝辞则改写成三种不同的杂言体。在这里,辞乐关系只是"韵逗曲折皆系于旧"——是遥相配合的关系。对于这种时代隔阂,古人认识得很清楚。比如沈约《宋书·乐志》、萧统《文选》和徐陵《玉台新咏》都把汉代乐府歌辞称作"古词"("古辞")或"古乐府"①。这意味着,在"汉世街陌谣讴"和六朝的乐府制撰之间,音乐和文学发生了重大改变。而到了唐代,"古乐府"一名就更加流行了,比如高适有《古乐府飞龙曲留上陈左相》诗,孟郊有《古乐府杂怨》诗,白居易有《读张籍古乐府》诗,权德舆、邵谒和司空图有《古乐府》诗,等等。这又意味着,唐代作家所面临的,是音乐文学的一个新时代,他们是站在这个时代来遥望第一代乐府诗的。

以上最后这句话,意思是,我们不妨把乐府诗创作划分为三代:第一代是清乐时代的歌辞,包括"汉世街陌谣讴"、乐府"歌诗"和魏晋六朝的歌辞;第二代是清乐时代的拟作,亦即魏晋六朝人的拟歌辞;第三代就是"隋唐乐府"。这种分类有一个重要理由,即在汉魏六朝,入乐与否,是两种乐府诗的分水岭;而到隋唐之时,无论是否入乐,乐府诗都和第一代乐府不相同,是另一种乐府。据王立增统计,唐代作品在《乐府诗集》各类中的分布是:《郊庙歌辞》391首,《燕射歌辞》0首,《鼓吹曲辞》70首,《横吹曲辞》114首,《相和歌辞》339首,《清商曲辞》115首,《舞曲歌辞》32首,《琴曲歌辞》79首,《杂曲歌辞》362首,《近代曲辞》343首,《杂歌谣辞》56首,《新乐府辞》421首。若以是否入乐作标准,那么,这里有三类作品:一是配合燕乐时代新音乐的歌辞,主要见于《近代曲辞》,少量见于《舞曲歌辞》和《杂曲歌辞》;二是不入乐的歌辞,见于全书各部,特别是《新乐府辞》以及《鼓吹曲辞》《横吹曲辞》《相和歌辞》《清商曲辞》;三是清乐方式的歌辞,主要见于《郊庙歌辞》《琴曲歌辞》,少量见于《杂歌谣辞》。所谓"清乐方式",指的是和清乐相同的配辞方式,不一定指旋律。比如《旧唐书》说武元衡"工五言诗,好事者传之,往往被于管弦",《唐摭言》说秦韬玉"工长短歌,有《贵公子行》",②这些作品便属于清乐歌辞。因为武元衡采用旧式配乐方式,即相和式的配辞;"长短歌"是清乐时代的概念,指的是吟咏。另外,白居易《太平乐词》自注说,在翰林时"奉

---

① 沈约《宋书》,北京:中华书局,1974年,第549页,第1477页;萧统编,李善等注《六臣注文选》,北京:中华书局,1987年,第511页;徐陵编,吴兆宜注,程琰删补,穆克宏点校《玉台新咏笺注》,北京:中华书局,1985年,第6页。
② 刘昫等《旧唐书》,北京:中华书局,1975年,第4161页;王定保《唐摭言》,上海:上海古籍出版社,1978年,第101页。

敕撰进"《闺怨词》等七首诗;《全唐诗》载杨巨源《春日奉献圣寿无疆词十首》:这些作品便属于拟歌辞,并无乐曲模本,不能算歌辞,更不是"近代曲辞"。总之,在唐乐府三类作品中,只有第三类是同前代音乐藕断丝连的;而唐代乐府诗的主流,则是由第二类——不入乐的作品——组成的。

以上分类,有助于认识唐代乐府诗在《乐府诗集》中的地位,以及清乐在唐代的地位。现在我们知道,郭茂倩编《乐府诗集》,其主要目的是保存清乐时代的乐府(第一代、第二代乐府)以及它们在唐代的回响。从示例起见,他收录唐代曲子辞,编为《近代曲辞》,但并不求全。也就是说,唐代曲子辞,在郭茂倩的心目中,并不是真正的"乐府"。因此,对于唐代乐府诗的入乐情况,我们不宜作太乐观的估计。因为音乐必定要依靠某种物质力量——或是歌手,或是乐器,或是乐谱——来传承;清乐时代的音乐,在唐代实已基本散失。《旧唐书·音乐志》记载唐代宫廷音乐情况说:清乐自隋以来便"日益沦缺",武太后之时尚存六十三曲,但由于"朝廷不重古曲,工伎转缺",到长安年间(701—705),"能合于管弦"的只剩八曲。其后乐工逃亡殆尽,"清乐之歌阙焉","惟弹琴家犹传楚、汉旧声"。① 王灼《碧鸡漫志》卷一"歌词之变"条则说:"隋氏取汉以来乐器歌章古调,并入清乐,余波至李唐始绝。唐中叶虽有古乐府,而播在声律,则少矣。士大夫作者,不过以诗一体自名耳。"② 这两段话说明,旧乐在唐代(至少在唐代宫廷中)已流失殆尽。因此,文人诗篇中的清乐曲名,往往代表一种记忆,而未必代表清乐在唐代的实际流传。

(二) 关于"乖调"

"乖调"是该书的一个重要概念,用来指"文人所创作的有入乐之意愿,却未被付诸实际演唱的乐府诗"。该书认为,"乖调"代表乐府诗体的源头;所谓"乐府诗体",指的就是"乖调"之作。这些意见,反映了作者的探索愿望,即从发生角度和艺术手段角度去认识乐府诗体的本质,是有意义的。

不过在我看来,这里仍有一个细节可以重新考虑,即把曹植、陆机乐府诗不入乐的原因理解为"乖调",是不是简单了一些? 或者说,乐府拟辞是否可以归结为"乖调"之辞? 如前文所说,"乖调"尚不是第一代乐府诗的现象;对于有条件接近乐工并有条件按音乐要求来处理作品的作家来说,其作品不存在"乖调"的问题。"乖调"一词的确见于对曹植等人乐府诗的评论,但刘勰《文心雕龙·乐府》原话是说:"凡乐辞曰诗,诗声曰歌,声来被辞,辞繁难节;故陈思称李延年闲于增损古辞,多者则宜减之,明贵约也。观高祖之咏《大

---

① 刘昫等《旧唐书》,北京:中华书局,1975 年,第 1062 页,第 1067—1068 页。
② 王灼《碧鸡漫志》,唐圭璋编《词话丛编》,北京:中华书局,1986 年,第 74 页。

风》,孝武之叹《来迟》,歌童被声,莫敢不协;子建士衡,咸有佳篇,并无诏伶人,故事谢丝管,俗称乖调,盖未思也。"①这段话的意思是说:"乐府"由作为歌辞的"诗"与作为曲调的"歌"组成,在把音乐同歌辞配合起来的时候,往往出现"辞繁难节"的情况。所以曹植称赞李延年,说他善于增减"古辞",使之简约。汉高祖《大风歌》、汉武帝《来迟诗》,便是这种容易配合音节的作品。到后来,曹植和陆机虽有好的诗篇,却无法诏令乐师配乐,其作品只是不能演奏的徒诗。人们认为这是因为"乖调"。这说法不对,是未经思考的说法。刘勰这段话所说的"乖调",意思是辞、乐不配,或辞不配乐。《宋书·袁豹传》也说过:"譬犹修堤以防川,忘渊丘之改易,胶柱于昔弦,忽宫商之乖调,徒有考课之条,而无豪分之益。"②这里的"乖调",同样是指宫商错迕,不合曲调。

刘勰以上这段话,有两点值得注意。其一,创作乐府歌辞,往往需要改辞以配乐,其关键是要作到"多者则宜减之",以改变"辞繁难节"的情况。也就是说,"乖调"是辞乐相配时的正常情况。其二,之所以在曹植、陆机之时出现乐府徒诗,有两个原因:一是"无诏伶人,故事谢丝管",即不具备配乐的条件;二是"乖调",有配乐的客观条件,但辞、乐无法配合。曹植属于哪种情况呢?如刘勰所说,属于第一种。因为在曹操执政的时候,写作乐府歌辞几乎是曹操的专利,故其所存二十多首诗全为乐府歌辞。《三国志·魏书·武帝纪》裴松之注引《魏书》也记载说,曹操"登高必赋,及造新诗,被之管弦,皆成乐章"③。黄初元年(220)魏文帝曹丕继位,六年之后魏明帝曹叡继位,这个专利又先后转移到曹丕和曹叡之手,所以今存曹丕诗的一半多、曹叡诗的全部,皆是乐府歌辞,以至留下"魏氏三祖"的名声。尽管作为一方诸侯,曹植一度拥有自己的乐工,也就是他在《鼙舞歌序》中所说的"下国之陋乐"④;但在曹丕登基以后,曹植的人生则很悲惨。他不仅为曹丕所深忌,更为属官频繁诬陷,屡被迁封,居无定所。从他所作的《黄初六年令》《迁都赋序》《社颂序》《转封东阿王谢表》等文章看,他过的是"衣食不继""饥寒备尝"的生活,谈不上"诏伶人"。所以曹植诗现存九十多首,近半为乐府诗(四十四首),但其中无一首为魏乐所奏,而为后世晋乐所奏的也不过《怨诗行》《野田黄雀行》(又借为《箜篌引》《门有车马客行》)等寥寥可数的几首。这就说明,如果把曹植看作第二代乐府诗的先驱,那么可以判断,乐府诗脱离音乐而独立,

---

① 刘勰著,范文澜注《文心雕龙注》,北京:人民文学出版社,1958年,第102—103页。
② 沈约《宋书》,北京:中华书局,1974年,第1499页。
③ 陈寿《三国志》,北京:中华书局,1959年,第54页。
④ 曹植著,赵幼文校注《曹植集校注》,北京:人民文学出版社,1984年,第323页。

其实不是因为"乖调",而是因为"无诏伶人"——因为作家同乐工分离。也就是说,该书所说的"文人所创作的有入乐之意愿,却未被付诸实际演唱的乐府诗",不是由于主观能力,而是由于客观条件而产生的。

曹植的遭际,其实和此前七百年左右的"学诗之士"很相似。那时是春秋、战国之交,为了担负在诸侯国之间聘问歌咏的使命,贵族子弟纷纷学诗,并掌握了赋咏之法,也就是雅言诵诗之法①。但他们遇上了天下分裂、列国纷争的时代,聘问歌咏不再流行。他们的才艺一无所用。他们于是用自己所擅长的"赋"诗之法来抒发失志之郁闷,因而造就了一种新的、具有"假象尽辞,敷陈其志""铺采摛文,体物写志"②之特点的书面文学文体。《汉书·艺文志·诗赋略》说:"春秋之后,周道浸坏,聘问歌咏不行于列国,学诗之士逸在布衣,而贤人失志之赋作矣。"③说的就是这一文体——赋体的形成。

从主观能力看,曹植并不亚于古代的"学诗之士"。他以王子的身份成长起来,从小"诵读《诗》《论》及辞赋数十万言,善属文";也曾接受储君式的训练——跟随曹操"南极赤岸,东临沧海,西望玉门,北出玄塞"。他通音乐,在上魏文帝曹丕疏中所说"闻乐而窃抃者,或有赏音而识道也",便是他的自况;他能自作歌,裴松之注《三国志》的记载是"植常为琴瑟调歌,辞曰'吁嗟此转蓬……'"④。另外,从他所作的《前录自序》看,他有"与雅颂争流"的文学抱负;从他所作的《赠徐干》《弃妇诗》等诗看,他追求"慷慨有悲心""慷慨有余音"的诗歌境界。正是这一切,使他选择了乐府诗——一种可以自由表达文学素养和精神诉求的文学方式。或者反过来说,他之所以写了那么多游仙题材的乐府诗(今存十一首),是因为他要抒发"人事不永,俗情险艰,当求神仙,翱翔六合之外"的感伤;他之所以偏爱怨女、思妇等乐府诗主题(今存七首),是因为他在这些女性形象中看到了自己,他要借此表白年华不再、功业难成的忧郁苦闷。清代冯班《古今乐府论》说:"古诗皆乐也,文士为之辞曰诗,乐工协之于钟吕为乐。自后世文士或不闲乐律,言志之文,乃有不可施于乐者,故诗与乐画境。文士所造乐府,如陈思王、陆士衡,于时谓之'乖调'。"⑤据以上论证,冯班批评后世文人"不闲乐律",这话是有偏差的;但"言志之文,乃有不可施于乐者"云云,却指明了一个重要事实:第二代乐府

---

① 参见王昆吾《诗六义原始》,载《中国早期艺术与宗教》,上海:东方出版中心,1998年。
② 欧阳询《艺文类聚》卷五六引挚虞《文章流别论》,上海:上海古籍出版社,1999年,第1018页;刘勰著,范文澜注《文心雕龙注》卷二《诠赋》,北京:人民文学出版社,1958年,第134页。
③ 班固《汉书》,北京:中华书局,1962年,第1756页。
④ 陈寿《三国志》卷一九《陈思王植传》,北京:中华书局,1959年,第557页,第567页,第568页,第576页。
⑤ 冯班《钝吟杂录》,丁福保辑《清诗话》,上海:上海古籍出版社,1978年,第37页。

诗,是借旧题来"言志"之诗,是在摆脱音乐限制的情况下产生的。

把曹植看作第二代乐府诗的先驱,有一个重要理由:尽管他不是进行乐府诗写作实践的第一人,但在建设乐府诗体方面,他有首创之功。事实上,乐府诗的写作,早在"立乐府"之时就已经发动了。比如据《汉书·礼乐志》记载,武帝定郊祀之礼时,即"多举司马相如等数十人造为诗赋……作十九章之歌"(《史记·乐书》说是"以骚体制歌")。据《乐府诗集·鼓吹曲辞》引崔豹《古今注》,伯常子妻曾作有《钓竿》歌,"后司马相如作《钓竿诗》,遂传为乐曲"①。《汉书·艺文志》"诗赋略"著录二十八家"歌诗",其中新造歌诗有八种,即《高祖歌诗》二篇、《泰一杂甘泉寿宫歌诗》十四篇、《宗庙歌诗》五篇、《汉兴以来兵所诛灭歌诗》十四篇、《出行巡狩及游歌诗》十篇、《临江王及愁思节士歌诗》四篇、《李夫人及幸贵人歌诗》三篇、《诏赐中山靖王子哙及孺子妾冰未央材人歌诗》四篇。这些作品是不是有"乖调"的问题呢?自然是有的,所谓"陈思称李延年闲于增损古辞",证明曹植已经注意到历史上的"乖调"问题并且掌握了消除"乖调"的办法。从另一面看,这句话意味着,只要乐人善于"增损","乖调"就不是问题。总之可以肯定,新一代乐府诗的产生,不是因为"乖调",而是因为优秀作家在接触乐府歌辞的过程中,被唤起了创造的热情。这种热情具有普遍性。《宋书·乐志》说:魏明帝时王肃曾"私造宗庙诗颂十二篇,不被哥"②。这说明,第二代乐府诗的出现是必然的。

事实上,"乖调"这个概念,从它被提出的那天起,就缺少认真的分析。一方面,它好像是用来批评不懂音乐的文人的——指文人作品违反音乐的要求。这样就有三个问题。第一,它批评的作家是不是真的不懂音乐呢?不一定,比如曹植。第二,它是不是适用于所有写作乐府诗的文人呢?不是,因为在汉魏之时,乐府是御用机构,乐府诗写作本质上是帝王和近臣的事业。大部分作品不具备表演条件,因而不存在"乖调"问题。第三,民间作品会不会有"乖调"的问题呢?显然有,比如汉代民歌或古诗,在进入宫廷成为乐府歌辞的时候,往往要作很大改动。其中必定有声辞关系的原因——民间歌辞也可能"乖调"。另一方面,这个概念又好像是指歌辞违反曲调的逻辑。那么,声与辞相配,所要尊重的只是曲调逻辑吗?不是的。当乐工为那些"徒歌"作品"被之管弦"的时候,他们最要注意的是用曲调来适应歌辞——至少要协调声与辞两方面。这种协调事实上是贯彻歌曲创作的全过程的,比如《相和歌辞》中"晋乐所奏"的那些作品,往往对"本辞"作了增删或文字上的修改,这就意味着,"本辞"也要同新乐曲协调,或者说,不同时代有不同的"乖

---

① 郭茂倩编《乐府诗集》,北京:中华书局,1979年,第263—264页。
② 沈约《宋书》,北京:中华书局,1974年,第538页。

调"标准。

总之,"乖调"这个概念,很容易掩盖这样一个事实:摆脱音乐限制,造就一种新诗体,是文人创作乐府诗的重要动力。

三

我读《唐代乐府诗体研究》一书的时候,感触很多。曾经想把心得体会一一写下来,比如结合田野工作的经验,再讨论一下"拟效""表演程式""修辞程式""歌辞造型"等问题;但可惜,一旦动笔,时间就不够了。于是选了两个容易被《乐府诗集》研究者忽略或误解的问题——"入乐"的音乐史背景问题和"乖调"概念的合理性问题——来作讨论。我的意见不一定对,但愿能以此作为例证,说明该书为了抵达对象本质,提出了许多好问题。这些问题有助于考察音乐与文学关系的复杂性,推动对声辞结合方式的全面探索——有助于发掘乐府诗所特有的价值。

我曾经问王立增:你这部书稿,主要缺点是什么呢?他回答说,主要有三个问题:第一,没有把"准歌辞""拟歌辞"的概念贯穿到底,比如第五章描述唐代乐府诗体发展史时,仍然采用传统的研究方法,也就是艺术分析的方法;第二,对于唐代文人在歌辞向拟歌辞转变过程中作出的探索和贡献,揭示不够;第三,引用材料过多,阐述不够深入,说理不够透彻。他这样回答,说明他认识到了《乐府诗集》研究、唐代乐府诗研究在方法论上的核心要求。

不过,从学术思路角度看,该书仍然有以下积极意义:

第一,提示文学形态的丰富性。比如该书在"入乐"的名义下,不仅讨论了徒诗和歌辞,而且讨论了"永言",亦即吟诵。在第三章,该书提出一个疑问:为什么初唐诗的律化最先在乐府诗中实现?于是引出另外两个问题:诗律与旋律的关系问题,诗律与声音的关系问题。既然诗的律化与唱和风尚有关;既然唱和活动中的模仿,所针对的声律是吟诵的声律;既然律诗使用严整统一的格式,这种格式并不利于多样化的配乐歌唱;那么,文学史研究就应该在歌唱之外关注吟诵,关注吟诵对于建立新诗体的作用。或者说,乐府诗的三种存在方式——诗的方式、歌的方式、吟诵辞的方式——都应该进入文学研究的视野。又如在第三章第六节,该书提出"歌辞造型"概念,指出在诗的形态与歌的形态之间,还有一种中间形态,亦即因歌唱期待性而形成的拟歌辞或准歌辞形态。这样就指出了另一种三分结构:如果说诗、歌、吟诵的三分是以载体为切面的三分,那么,诗、歌、拟歌辞的三分则是以功能为切面的三分。

第二,提出新的文学史书写的模式,即中国音乐文学史的模式,或雅俗文学互动史的模式。这一模式不仅要考察文学与音乐(或其他口头方式)相结合的过程,而且要考察文学与音乐(或其他口头方式)相疏离的过程。该书在绪言"学术意义与研究思路"部分中指出:《乐府诗集》表现了这一模式的可行性。它在每一个题目下依次排列古辞、乐奏辞、拟歌辞等文学作品,所体现的正是文学与音乐相依存、相磨合、相脱离的过程。这就是说,在《乐府诗集》内部暗藏了理解乐府诗的方法。另外,如果把古代文学一分为二,分成作家文学、民间文学两个世界,那么,我们也可以通过这两个世界的相互作用来理解文学史。比如该书专章讨论的"拟效",究其实质,可以理解为书面文学习惯对口头文学习惯的吸纳。古所谓"令音调节奏用古人之遗法",从实践看,是从诉诸"眼"转变为诉诸"耳"——模仿乐府古辞的结构方式(分"解",多回环)、表演套式(开篇呼题,结尾祈福)、修辞方式(使用表声字、和送声、顶针续麻手法、对话体和问答体)等口语模式。这和魏晋六朝出现的另一种思潮是正相反的。后者见于《文选序》,云:"若其赞论之综缉辞采,序述之错比文华,事出于沉思,义归乎翰藻,故与夫篇什,杂而集之。"[1]意思是要把"沉思""翰藻"当作选文的标准。那么,所谓事不出于沉思、义不归乎翰藻,针对的是哪一种文学呢? 其实就是口头文学。口头文学即兴产出,自然不容沉思;口头文学追求妇幼能解,自然不能讲翰藻。这和乐府诗所代表的思潮恰好形成对比。曹道衡先生写过《从乐府诗的选录看〈文选〉》《论〈文选〉中乐府诗的几个问题》等文章,谈到两者之间的差别。现在我们知道,在这些差别现象背后,是口头文学、书面文学两种文学传统的对立。实际上,中国文学史的发展,便是由这两种传统的相互作用来推动的。

第三,把诗体学引入较深的层次。该书关注了几种诗体:一是"诗之一体"的"体",指的是乐府诗所特具的体性、风格,为全部乐府诗所共有;二是"乐府俱备诸体"的"体",指的是乐府诗所采用的篇章体制,为某一类乐府诗与相应的普通诗歌所共有;三是"单篇成体"的"体",指通过模拟形成的写作范式,为某个小类的乐府诗共有。三者有共同点,即表现为某种有独特性的语言形式。但其间有差异,即分别代表对于文学现象的一种观察。该书对作为"诗之一体"的乐府体作了较精细的考察——首先讨论乐府体这一概念之成立的缘由,其次讨论乐府之成为"诗之一体"的过程,再次讨论乐府诗体之体性内涵——由此而建立了关于乐府诗、关于唐代诗人如何将音律之事变为吟咏之事的系统认识;但并没有忽略另外两种诗体。比如,该书提出"亚诗体"概念,在这一概念下讨论"行"诗、"篇"诗、"歌"诗、"曲"诗、"乐"诗、"操"

---

[1] 萧统编,李善等注《六臣注文选》,北京:中华书局,1987年,第4页。

诗、"引"诗、"谣"诗、"吟"诗、"叹"诗等等,这样就等于讨论了各种篇章体制的由来,讨论了这些诗体的音乐的或口语的底层,以及它们的文本化。又如,该书在"拟效"的名义下讨论如何拟写本事、如何拟写题意,讨论题材的继承与体式的套用,进而以《巫山高》《出塞》《燕歌行》为个案讨论母题范式、意象范式和歌辞造型范式的建立,其效用,也就等于阐述了第三种文体的形成机制。

总之,该书的论证,尽管有不甚中肯或不甚透彻的地方,但它的启发意义却是明显的。首先,我们可以据此思考形式和风格的关系问题——该书指出,乐府诗人一代一代的努力,就是在寻找建立理想风格的形式手段。其次,我们可以据以思考乐府诗的拟效边界问题——从该书列举的资料看,乐府诗人的创作毕竟不同于他们的拟效对象,一旦作品离开音乐和歌唱,它便进入另一个社会系统,即书本经验系统;运用意象,运用典故,运用母题,都要面向具备另一种知识经验的阅读者。再次,我们可以重新思考文体成立的缘由——书中展示了许多文体建设的方式,包括通过"因其声而作歌"的途径而成体,通过"拟之而为式"的途径而成体,经由口传到书面的转化而成体,因集体经验的文本化而成体……这样一来,文学研究者在纸面上思考文体问题的习惯就被打破了,声辞关系成为诗体研究的新的焦点;曲调规范、表演程序、歌唱套式、修辞手法、唱和风尚等等,都成为诗体研究的重要项目。

四

关于《唐代乐府诗体研究》一书,我还有一个看法:它的产生是并不偶然的。这一方面由于作者重视学习和思考;另一方面,因为最近几十年学术有了长足的进步。该书因而有一个大的背景,即由于罗根泽、萧涤非、余冠英、王运熙、松浦友久、松原朗等前辈学者的倡导和示范,乐府学逐渐成为中国文史研究的热点,成果很多,可资参考;同时还有一个小的背景,那就是2002年,当作者在扬州大学进入本项研究的时候,他身边恰好出现了几篇博士学位论文,可资借鉴。这些论文是:许继起《秦汉乐府制度研究》、孙尚勇《乐府史研究》、喻意志《〈乐府诗集〉成书研究》、尚丽新《〈乐府诗集〉的刊刻和流传》、崔炼农《汉魏六朝乐府辞乐关系研究》。这些论文的作者在方法上、学术目标上有相近的追求。

许继起的《秦汉乐府制度研究》是一篇偏史学的论文。它重点考察秦汉礼乐建设的历史,亦即考察乐府文学在其发生时期的载体与环境。全文大致沿七条线索展开:一是从秦乐府的职官制度来看汉代礼乐建设的资源;二是从西汉乐府的建置来看武帝"立乐府"的历史意义;三是从汉代采诗之官的采诗实践来看乐府的功能;四是从掖庭女乐和贵族阶层的蓄妓之风来看相和歌、清商三调曲的形成;五是从哀帝罢乐府来看西汉乐工的来源、结构和西汉乐府的音乐品类;六是从东汉时期的"汉乐四品"来看乐府文学分类观念的原理;七是综合论述乐府制度,考察与之相关的音乐文学问题。从方法上看,有三个特点:其一重视出土文献与文物,其二重视探讨音乐文学现象的物质条件和制度原因,其三重视考察作为研究对象的人和事的地域性。

孙尚勇的《乐府史研究》是若干篇专题论文的组合。它涉及四方面专题:关于音乐史,有对乐府建置、黄门鼓吹、相和歌、横吹曲的考证;关于文学史,有对建安诗歌、东晋相和题乐府诗、玄言诗、吴歌《六变》的论述;关于文献学,有对《宋书·乐志》《乐府古题要解》以及两种点校本《乐府诗集》的考辨;关于学术史,则有《20世纪乐府研究述论》。所以在后来,这篇论文以《乐府文学文献研究》的名义出版。在学术方法上,它也有两个特点。一是注意通过学科交叉和事物比较来阐明关系,比如《建安诗歌与乐府关系新论》通过文学与音乐的比较来看关系,《东晋相和题乐府诗的音乐文化背景》通过文学事物与历史背景的比较来看关系。二是善用逆向思维,比如关于音乐与文学的关系,不仅从积极方面看,而且从消极方面看,于是指出:乐工的增损,可能造成对作品内在结构的破坏;当作家遵循音乐要求来调整自己的创作之时,作品可能会违反文学的艺术要求。

喻意志的《〈乐府诗集〉成书研究》是一篇技术性较强的论文,采用目录调查、版本利用、典籍校勘、统计分析等方法写成。它从编纂背景、资料来源两方面对《乐府诗集》的成书过程进行了探讨。在编纂背景部分,考定作者郭茂倩生于宋仁宗庆历六年(1046)左右,《乐府诗集》成书于北宋后期,现存最早的刊本刻于北宋末而最终印成于南宋初,《乐府诗集》题解的素材主要来源于音乐类和正史类典籍。在资料来源部分,考定《乐府诗集》小注大多取自其他文献所标之异文,音乐文献多取材于当代乐志和乐类典籍,文学文献多取材于别集。在总结全文的基础上,探讨了《乐府诗集》的编纂体例及其分类,认为郭茂倩对乐府诗的分类有三重标准:一为历史标准,即大致依乐府歌辞产生的先后顺序进行编排;二为礼仪标准,即在前一标准的制约下,依仪式性由强到弱的顺序加以编排;三为音乐标准,即在前两重标准的制约下,依音乐性由强到弱的顺序加以编排。

尚丽新的《〈乐府诗集〉的刊刻和流传》,后来用《〈乐府诗集〉版本研究》的书名出版。这两个名称,分别代表本文的两个重点。前一个重点是版本研究:分别对《乐府诗集》的宋本、元本、汲古阁本和校本作专门研究,理清《乐府诗集》的版本源流和版本系统。这项工作有一个实践意义,即指导校勘——通过版本比较揭示《乐府诗集》校勘特有的问题,提出校勘的指导思想并拟定校勘凡例。后一个重点是考察《乐府诗集》的流传和影响:依据"从文学的物质形态来研究文学的传播"这一思路,通过描述《乐府诗集》从编撰、刊行到流传的全部过程,论证刊刻这种物质因素所起的作用。作为一篇版本学论文,此文不仅考订细致,而且具有较鲜明的思想性。

崔炼农《汉魏六朝乐府辞乐关系研究》的特点是注意把文献疏证、文本校勘、事源考证、课题研究融为一体。它的论述线索大略有九条:一是从官私目录、先秦文献、正史乐志、歌辞集录、乐谱遗存五个方面清理先唐歌辞记录,探讨记录方式以及声辞、叠句、套用格式等修辞形式在乐府辞乐关系研究中的意义;二是对乐府配乐歌辞与拟作进行文本比较,探讨二者关系及其对古代文学拟袭传统的影响;三是通过对《乐府诗集》所载乐奏辞、本辞的文献考订,讨论乐府曲的结构;四是以乐府古辞《巾舞歌诗》为例,探讨"声辞杂写"问题;五是以三句体歌辞和顶针式叠句为例,讨论歌辞的辞乐关系,特别是歌辞章句格式与音乐表演程序之间的对应关系;六是考订关于"新声变曲"的文献记录,讨论谣歌成曲、和送声衍化成整曲、单曲成套曲、宫廷乐曲改制等问题,总结歌曲演变的规律;七是探讨和送声的辞乐配合及其与正曲的关系;八是讨论"相和""歌弦"等唱奏方式及其本质;九是考察文人拟作的历史进程,提出对乐府歌辞的模仿经历了由重内容向重形式的转变,文人交游与唱和活动促进了依歌辞格式填辞的创作方式的发展。

以上这些论文的作者,在进入课题之前,花了很长时间来进行文献考据学的训练,所以有比较扎实的资料基础;他们按自己的学术个性进行分工,然后相互配合,于是初步建立起一个理论系统。这两种作风都对该书作者王立增产生了影响:他也作了大量准备工作,包括竭泽而渔式地汇编资料,并按年代先后、题目类型、模拟方式、篇章体制、题材内容、文集归属等事项对全部唐乐府诗进行统计分析;他的研究工作正好位于这个研究系统的总结部分,因而也关照了多方面问题,尝试了多种研究思路。正如该书后记所说的那样:"孙尚勇师兄对乐府诗史的梳理、崔炼农师兄对乐府诗模仿格式的分析、许继起师兄对乐府制度的考察、尚丽新师姐提出的'拟歌辞'概念、喻意志师姐对乐府典籍的整理等,都影响并启迪了我的论文写作。"这里说的"拟歌辞"概念,乃见于尚丽新《论新乐府的界定》一文①,文中讨论了歌行与新题乐府何以区分的问题,认为新乐府的实质是拟歌辞。喻意志整理乐府典籍的成果,除见于博士学位论文外,还见于《唐宋乐府解题类典籍考辨》《〈歌录〉考》

---

① 尚丽新《论新乐府的界定》,《云南艺术学院学报》2003 年第 1 期。

《宋人对乐府诗所作的总结》等论文①。而崔炼农《汉魏六朝乐府辞乐关系研究》对该书的影响,举其荦荦大者,则有以下三项。第一,崔文专列一章,探讨《乐府诗集》中配乐歌辞与拟作之间的关系,通过文本比对总结出部分乐府诗的模仿规则,提出"拟袭传统"一说。该书在此基础上,进一步从拟效角度研究了乐府诗的发展史。第二,崔文对乐府诗拟作史作了阶段性划分,即分为"魏晋勃兴,梁陈大弘,唐代转型"三阶段,并从模仿技巧角度概括了三个阶段的特点。该书则把这三者概括为"无意识拟效"阶段、"有意识拟效"阶段、"创造性拟效"阶段,着重论述了乐府诗程式在这三个阶段的形成和发展。第三,崔文对乐府诗的模仿格式作了很多分析,例如对"和送声""三句体""顶针式叠句"等等进行过探讨。该书吸收其成果,将模仿格式分为篇章程式、表演程式和修辞程式,重新作了论述。总之,在20世纪、21世纪之交,几位年轻的学人聚集在扬州,以《乐府诗集》为主要对象,对乐府史这个中国文学和音乐学的重要领域作了一次深耕,推进了关于中国文学与音乐之关系的研究。该书是其中最年轻的一项成果。

  时间过得很快。从我跟随王运熙教授、任中敏教授求学,进入乐府文学研究、敦煌文学研究的时候算起,已经快四十年了。从我关注汉民族文学与周边文化的关系,尝试进行外族文学调查的时候算起,也有将近三十年。而在最近二十年,我又花了很多时间来考察中国周边地区的汉文献,特别是日本和朝鲜半岛的音乐文献。如果说这是三个阶段,那么,我所经历的就分别是走出古典文学、走出内地汉文学、走出中国文学的过程。我的体会是,站在后来那个阶段,能够把前面的事情看得更清楚一些。

  正因为这样,我对以上几位博士的乐府和乐府文学研究有较高的评价。因为他们以《乐府诗集》的立场为立场,从原始材料出发,关注音乐与文学等事物的关系,持有立体的眼光,因而把事情看得更加全面深入一些。这样作,或有助于回答学界正在讨论的"文学究竟怎么研究""什么叫回归文学本体""文学性的研究还是不是我们古代文学研究中的核心"等问题。从他们的实践看,如何进行文学研究,这是"作"的问题,而不是"说"的问题,人人可按自己的兴趣、才性来作选择,其实不必讨论。中国文学有很多侧面,研究者在实践中,必定会关注某个侧面,因而关注相对应的本体。也就是说,中国文学并没有一个固定的本体,比如敦煌文学研究者面对的本体、燕行录研究者面对的本体必不同于诗词流派研究者心目中的本体。古来的文学研究也有多种

---

① 喻意志《唐宋乐府解题类典籍考辨》,《音乐研究》2011年第2期;《〈歌录〉考》,《天津音乐学院学报》2004年第2期;《宋人对乐府诗所作的总结》,《天津音乐学院学报》2009年第4期。

传统:既有用"体悟解读"的方法或曰价值评估的方法来研究古典的、作家的、书面的文学的传统,如许多诗话所表现的那样;也有讲求文学现象之原因原理的传统——比如有以历史人物为核心,重视背景比较的"知人论世"传统;有以作品为核心,重视文献考据的"因书究学"传统;有以创作过程、接受过程为核心,重视文章机理的《文心雕龙》传统;等等。从这个角度看,《乐府诗集》何尝不是一种学术传统的代表呢?它通过音乐的分类来展示文学关系,通过歌辞与拟作的比较来显示创作过程,通过考究本事来说明诗体形成的道理。它提供的学术视野,它对古代文学研究者、古代音乐研究者的启示,是其他文学典籍难以比拟的。能够亲近并理解《乐府诗集》,把它视作方法,真是我们的幸运!

是为序。

2020 年清明节,于温州大学城

目　录

绪　言 ……………………………………………………………（ 1 ）

第一章　唐代乐府诗体的认定……………………………………（ 29 ）
　　第一节　唐前"乐府"成为"诗之一体"的过程 ………………（ 29 ）
　　第二节　唐人的"乐府诗体"观念及后人的认识 ………………（ 38 ）
　　第三节　唐代乐府诗体的体性界定 ………………………………（ 48 ）
　　第四节　旧题乐府诗和新题乐府诗的称名及区分 ………………（ 63 ）
　　第五节　唐代乐府诗体作品的存佚 ………………………………（ 76 ）

第二章　唐代乐府诗体的创作方式——拟效……………………（ 89 ）
　　第一节　对乐府诗创作中"拟效"现象的认识 …………………（ 89 ）
　　第二节　唐前乐府诗创作中的拟效 ………………………………（ 99 ）
　　第三节　题目的衍生与仿制 ………………………………………（107）
　　第四节　题材的继承与嬗变 ………………………………………（114）
　　第五节　形式的模仿与套用 ………………………………………（135）
　　第六节　对乐府精神的借鉴和发扬 ………………………………（165）
　　第七节　文人拟写乐府诗失误述略 ………………………………（171）
　　第八节　乐府诗体拟效的个案分析 ………………………………（177）

第三章　唐代乐府诗体的文体表征………………………………（208）
　　第一节　独特的题目 ………………………………………………（209）
　　第二节　重视继承且偏向大众化的题材 …………………………（211）
　　第三节　自由不拘的形式 …………………………………………（215）
　　第四节　文人化的叙事 ……………………………………………（225）
　　第五节　通俗自然的风格 …………………………………………（238）
　　第六节　歌唱期待性与"歌辞造型" ………………………………（243）
　　第七节　歌辞性题目的亚诗体特征 ………………………………（255）

第四章　唐代乐府诗体的功能……（302）
  第一节　讽谕功能……（302）
  第二节　正乐功能……（315）
  第三节　言志功能……（330）
  第四节　交际功能……（341）
  第五节　培养功能……（354）

第五章　唐代乐府诗体的演进历程……（367）
  第一节　初唐乐府诗创作中的承袭之风……（367）
  第二节　初盛唐诗人对清商曲题目的拟写……（377）
  第三节　盛唐时期旧题乐府诗创作的繁荣……（386）
  第四节　旧题乐府诗的局限与初盛唐的新题乐府诗创作……（393）
  第五节　大历乐府诗论……（404）
  第六节　新题乐府诗创作的繁荣……（411）
  第七节　艳体乐府诗的复兴……（419）
  第八节　乐府诗体趋于多元化……（429）

结　语……（437）

主要参考文献……（443）

后　记……（454）

绪　　言

乐府诗发展至唐代,蔚为大国,却又品类繁多,性质复杂。本书主要研究唐代的乐府诗体。为何要以此为研究对象？目前的研究现状如何？将从何种角度切入？采用怎样的研究方法？这是首先需要阐明的问题。

一、研究缘起：诗歌史上否认唐代乐府诗

唐人创作了不少乐府诗,但由于大部分已不再入乐演唱,因而在诗歌史上有很多人将其视作徒诗,并认为"诗乐无二",甚至不承认唐代有乐府诗。如元代吴莱在《与黄明远第三书论乐府杂说》中说：

> 奈何后世拟古之作,曾不能倚其声以造辞,而徒欲以其辞胜。齐梁之际,一切见之新辞,无复古意。至于唐世,又以古体为今体,《宫中乐》《河满子》特五言而四句耳？岂果论其声耶？他若《朱鹭》《雉子斑》等曲,古者以为标题,下则皆述别事,今返形容二禽之美以为辞,果论其声,则已不及乎汉世儿童巷陌之相和者矣,尚何以乐府为哉？①

明代高棅《唐诗品汇·凡例》云：

> 乐府不另分为类者,以唐人述作者多,达乐者少,不过因古人题目,而命意实不同；亦有新立题目者,虽皆名为乐府,其声律未必尽被于弦歌也。今只随五七言古今体分类于姓氏下。②

郝敬《艺圃伧谈·乐府》云：

> 唐人借乐府题目,写自己胸臆,实非乐府也。但可谓之唐人歌行之近体耳。

---

① 吴莱《渊颖集》,《景印文渊阁四库全书》,第1209册,台北：台湾商务印书馆,1986年,第118页。
② 高棅编选《唐诗品汇》,上海：上海古籍出版社,2012年,第14页。

> 唐李白、杜甫诗,或借用乐府目,或并旧目改换,皆称乐府。大抵诗乐无二,俗士日用不知耳。①

清代叶矫然《龙性堂诗话初集》云:

> 至唐虞世南《从军行》、高适《飞龙曲》,五言排也。杨炯《梅花落》、卢照邻《陇头水》,五言律也。沈佺期"卢家少妇"、王摩诘"居延城外",七言律也。如此者不可悉数。是乐府也,直诗之而已,岂非诗与乐府分而仍合之验与?高廷礼《品汇》,于乐府不另标目,概附之古今体诗,岂无见哉!②

王士禛等《师友诗传录》中述张实居语:

> (乐府)至唐人多与诗无别。③

沈德潜在《唐诗别裁集·凡例》中说:

> 唐人达乐者已少,其乐府题,不过借古人体制,写自己胸臆耳,未必尽可被之管弦也。故杂录于各体中,不另标乐府名目。④

田同之在《西圃诗说》中说:

> 乐府音节至唐已失,即《乐府解题》亦在影响之间,宜历下谓唐以后不必立乐府名色也。⑤

田雯《古欢堂集杂著》引李攀龙语:

> 诗自唐已后,不必立乐府名色。⑥

---

① 郝敬《艺圃伧谈》,周维德集校《全明诗话》,济南:齐鲁书社,2005年,第2901—2902页。
② 叶矫然《龙性堂诗话初集》,郭绍虞编选,富寿荪校点《清诗话续编》,上海:上海古籍出版社,1983年,第952页。
③ 王士禛等《师友诗传录》,丁福保辑《清诗话》,上海:上海古籍出版社,1978年,第132页。
④ 沈德潜编《唐诗别裁集》,北京:中华书局,1975年,第5页。
⑤ 田同之《西圃诗说》,郭绍虞编选,富寿荪校点《清诗话续编》,第749页。
⑥ 田雯《古欢堂集杂著》,郭绍虞编选,富寿荪校点《清诗话续编》,第693页。

乔亿《剑溪说诗》卷上云：

> 古乐府无传久矣，其音亡也，后人乐府皆古诗。①

张谦宜《茧斋诗谈》卷二云：

> 凡不可唱，非乐府也。②

对于唐人自制新题的新乐府诗，更被视作是徒诗了。如清代田雯《古欢堂集杂著》卷一谓：

> （杜甫）《哀江头》《哀王孙》《前后出塞》《石壕吏》《垂老别》等篇，《东阿笔尘》云："乐府之变，其实皆古诗也。"③

今人梁启超《中国之美文及其历史》说：

> 近代曲辞者，乃隋唐以后新谱，下及五代北宋小词，与汉魏乐府无涉，所谓新乐府辞者，乃唐以后诗家自创新题号称乐府，实则并未尝入乐；所谓杂歌谣，则"徒歌"之谣，如前章所录者是。以上三种，严格论之，皆不能谓为乐府。④

黄侃《文心雕龙札记》说：

> 盖诗与乐府者……自其末言之，则惟尝被管弦者谓之乐，其未诏伶人者，远之若曹陆依拟古题之乐府，近之若唐人自撰新题之乐府，皆当归之于诗，不宜与乐府淆溷也。⑤

朱谦之《中国音乐文学史》说：

> 我们知道所谓乐府是可被管弦的，和词曲体裁也不相同的，似那不

---

① 乔亿《剑溪说诗》，郭绍虞编选，富寿荪校点《清诗话续编》，第1074页。
② 张谦宜《茧斋诗谈》，郭绍虞编选，富寿荪校点《清诗话续编》，第802页。
③ 田雯《古欢堂集杂著》，郭绍虞编选，富寿荪校点《清诗话续编》，第694页。
④ 梁启超《中国之美文及其历史》，北京：东方出版社，1996年，第33页。
⑤ 黄侃《文心雕龙札记》，上海：上海古籍出版社，2006年，第29页。

能入乐的拟作——新乐府辞——如果也可自称乐府,那末乐府还有什么音乐的意义可言呢?①

周明《论唐代无新乐府运动》说:

"新乐府"作为一种诗体的概念是不科学的,其内涵和外延都不确切。②

持类似看法的人还有许多,兹不一一列举。宋代以后一些乐府诗选本不录唐人乐府诗,有些唐诗选本则将乐府诗与古诗混列,同样是这一观点的体现。另外还有一些研究者,虽然不完全否认,却持轻视态度,如陆侃如《乐府古辞考·引言》说:"乐府的范围是非常混淆的;照现行的意义看来,无论是创制的,模拟的,入乐的,不入乐的,什么都叫做乐府。其中自然有许多是冒名的乐府。但沿用已惯了,若定要驱他们于乐府的范围以外,其实有些不便。故我想借用'古辞'之名来代表真的乐府,这样便不必缩小乐府的范围,而冒名的自然不至有'鱼目笑玉'之虞。"③所谓"冒名的乐府"自然包括唐人所拟写的乐府诗。之所以轻视唐人乐府诗,是受到20世纪以来看重"民间文学"的影响,认为乐府古辞出自民间,其价值自然高于后来文人的拟乐府诗。另外,也是研究习惯使然,诚如李锦旺所指出的,"历代以来,乐府诗的研究形成了一种占主导地位的研究方法,即以汉魏六朝乐府为正宗,以入乐为研究的先决条件。以此来衡量唐代乐府,往往是圆凿方枘,互相抵牾。结果相当一部分学者遂干脆否定唐代乐府作为诗之一体的存在性"④。

从表面上来看,上述研究者谓唐代乐府诗"不被于弦管",与徒诗一样"写自己胸臆",故将其视作徒诗,似乎有一定道理。其实却不然。原因在于:(1)唐代确确实实存在着一批以"乐府"命名和分类的作品。一般来说,类别的产生源于事物在本质上的区分。因此,我们应该遵从历史,有必要探讨唐代乐府诗独立成类的缘由。(2)对"乐府"一词的理解不可过于狭窄,我们不能以"汉"例"唐"。王运熙就说过:"文学史上的乐府诗,首先应是指汉代兴起的那种入乐可歌的歌诗,其次也应包括后世文人模拟乐府旧题或自

---

① 朱谦之《中国音乐文学史》,上海:商务印书馆,1935年,第130页。
② 周明《论唐代无新乐府运动》,《唐代文学研究》第二辑,桂林:广西师范大学出版社,1990年,第35页。
③ 陆侃如《乐府古辞考》,上海:商务印书馆,1926年,第5—6页。
④ 李锦旺《唐代乐府诗综论》,浙江大学2001年博士学位论文,第1页。

创乐府新题的作品。"①倘若乐府诗没有经过唐代文人的提升,或者在乐府诗家族中缺少了唐人之作,那么乐府诗就不可能被人们广泛接受,也不会在诗歌史上大放异彩。(3)唐代的乐府诗毕竟与一般徒诗在题目、题材、形式、风格等方面存在着不同之处,我们不仅不应该忽视二者的差异,而且还要力图揭示出来。有鉴于此,我们有必要重新审视唐代的乐府诗。

二、唐代乐府诗研究的现状与反思

虽然有人否认唐代乐府诗,但它的存在毕竟是客观事实,在学术史上还是引起了研究者的关注,产生了一些研究成果。对其进行评述,可以知得失,开拓新领域。需要说明的是,李锦旺于2004年发表《唐代乐府诗研究述评》一文,将唐代乐府诗的研究历史分为四个阶段:唐代为滥觞期,宋元明清为缓慢发展期,1919年至1978年为转型突变期,20世纪80年代以来为稳步发展期,并概述了每个阶段的代表性研究成果②。梁海燕在《乐府学》第三、四、五、七辑发表《唐代乐府诗研究论著索引》③,陈先明在《乐府学》第三辑发表《台湾地区乐府诗研究论著索引》④,搜录了有关唐代乐府诗研究的论文及著作目录。这为我们全面总结唐代乐府诗的研究现状奠定了基础。

(一) 对唐代乐府诗的评价及分段研究

1. 对唐代乐府诗的评价

人们在评价唐代乐府诗时,往往将其与前代乐府诗进行优劣比较。主要存在两种看法:一是认为唐代乐府不如前代乐府,一是认为唐代乐府胜过前代乐府。

持前种观点者有宋代的郭茂倩、周紫芝,元代的吴莱,明代的徐师曾、胡应麟、方沆,清代的郎廷槐等。其中郭、周、吴、徐、方等人立论依据是:汉魏乐府古雅崇正,到了隋唐时期,繁音淫曲,渐失雅正。如郭茂倩《乐府诗集》卷六一中说:"自晋迁江左,下逮隋、唐,德泽浸微,风化不竞,去圣逾远,繁音日滋。"⑤周紫芝《太仓稊米集》卷五一《古今诸家乐府序》云:"魏晋宋历唐,而其作益多。后人之作,其不与古乐府题意相协者十八九,此盖不可得而考者,

---

① 王运熙、王国安《乐府诗集导读》,成都:巴蜀书社,1999年,第6页。
② 李锦旺《唐代乐府诗研究述评》,《阜阳师范学院学报》2004年第5期,第11—13页。
③ 吴相洲主编《乐府学》第三辑,北京:学苑出版社,2008年,第295—318页;吴相洲主编《乐府学》第四辑,北京:学苑出版社,2009年,第307—330页;吴相洲主编《乐府学》第五辑,北京:学苑出版社,2010年,第303—325页;吴相洲主编《乐府学》第七辑,北京:学苑出版社,2012年,第324—334页。
④ 吴相洲主编《乐府学》第三辑,第319—325页。
⑤ 郭茂倩编《乐府诗集》,北京:中华书局,1979年,第884页。

余不复论。独恨其历世既久,事失本真,至其弊也,则变为淫言,流为亵语,大抵以艳丽之词,更相祖述,至使父子兄弟不可同席而闻,无复有补于世教。"① 吴莱《乐府类编后序》云:"魏晋以降,盖惟唐人颇以诗自名家,而乐府至杂用古今体。当其初年,江左齐梁宫闱粉黛之尚存;及其中世,代北蕃夷风沙战伐之或作,是则古之所谓乱世之怨怒、亡国之哀思者,而唐人之辞为尽有之,欲求其如汉魏之古辞者少矣。"②徐师曾《文体明辨序说》云:"梁陈及隋,新声日繁;唐宋以来,制作甚富。然较诸古辞,则相去远矣。"③方沆《初盛唐诗纪序》云:"唐人乐府选诗,袭六朝之遗,去古益远。"④胡、郎等人则认为汉乐府天然而成,唐代乐府呈现出文人雕琢的痕迹。胡应麟《诗薮》内编卷六:"汉乐府杂诗……矢口成言,绝无文饰,故浑朴真至,独擅古今。……若《子夜》《前溪》《欢闻》《团扇》等作,虽语极淫靡,而调存古质。至其用意之工,传情之婉,有唐人竭精殚力不能追步者。"⑤《师友诗传录》述郎廷槐语:"神妙天然,全无刻画,始可以称乐府。魏、晋拟作,已非其长,至唐益远矣。"⑥

持后种观点的有明代的周叙、吴讷,清代的朱岷左、李因培,今人周振甫等。周叙说:"若唐之乐府,自足名家。要之,不必与汉、魏并论矣。"⑦吴讷《文章辨体序说》:"惟唐宋享国最久,故其辞亦多纯雅。"⑧朱岷左对唐代乐府诗以极高的评价,认为唐乐府似《诗经》⑨。李因培《唐诗观澜集》卷一云:"唐兴,修定雅乐,作者间出。虽雄厚不逮古人,而端庄和易,亦自远胜齐梁也。"⑩今人周振甫撰《唐代乐府的继承和发展》一文,从发展的眼光看待唐代乐府诗的成就,指出各代乐府的风貌不同,"用汉乐府的尺度来衡量唐乐府,这就抹煞了文学发展的必然趋势"。周先生还指出,唐代乐府是在继承汉乐府、魏乐府和齐梁乐府的基础上又有所发展⑪。这一看法颇为公允。

唐代乐府诗可分为旧题与新题两部分。学界对旧题乐府诗的评价始终

---

① 周紫芝《太仓稊米集》,《景印文渊阁四库全书》,第 1141 册,第 360 页。
② 吴莱《渊颖集》,《景印文渊阁四库全书》,第 1209 册,第 205 页。
③ 徐师曾《文体明辨序说》,于北山、罗根泽校点《文章辨体序说 文体明辨序说》,北京:人民文学出版社,1962 年,第 103 页。
④ 方沆《初盛唐诗纪序》,李本宁、李太虚重订《唐诗纪》,哈佛燕京图书馆藏刻本。
⑤ 胡应麟《诗薮》,上海:上海古籍出版社,1979 年,第 105—106 页。
⑥ 王士禛等《师友诗传录》,丁福保辑《清诗话》,第 127 页。
⑦ 吴文治主编《明诗话全编》,南京:江苏古籍出版社,1997 年,第 977 页。
⑧ 吴讷《文章辨体序说》,于北山、罗根泽校点《文章辨体序说 文体明辨序说》,北京:人民文学出版社,1962 年,第 25 页。
⑨ 黄宗羲《乐府诗集广序》序,《南雷文定》卷二,四部丛刊本。
⑩ 李因培选评,凌应曾等注《唐诗观澜集》,清乾隆二十四年(1759)刻本。
⑪ 振甫《唐代乐府的继承和发展》,《文学评论》1982 年第 6 期,第 97—104 页。

不高。早在初唐,卢照邻曾批评当时人写作旧题乐府诗时雷同重复①。稍后的吴兢则对写作旧题乐府"不睹于本章,便断题取义"的作法表示不满②。中唐元稹、白居易反对旧题乐府诗中"沿袭古题,唱和重复",而不存风雅比兴。晚唐皮日休表达了同样看法,其《正乐府十篇并序》云:"今之所谓乐府者,唯以魏、晋之侈丽,陈、梁之浮艳,谓之乐府诗,真不然矣!"③宋人强调乐府诗应该继承题意,因唐人在拟写旧题乐府诗时失去本意而予以批评,虽李白亦在所难免。强幼安《唐子西文录》云:"古乐府皆有主意,后之人用乐府为题者,直当代其人而措词,如《公无渡河》须作妻止其夫之词,太白辈或失之。"④《蔡宽夫诗话》云:"齐梁以来,文士喜为乐府辞,然沿袭之久,往往失其命题本意。……盖辞人例用事,语言不复详研考,虽李白亦不免此。"⑤明清人对旧题乐府诗因袭过甚而颇为厌恶,如胡寿之《东目馆诗见》卷二中说:"拟古仍古题,依样葫芦,令人蜡视,虽太白亦然。"⑥管世铭《读雪山房唐诗序例·七古凡例》云:"乐府古词,陈陈相因,易于取厌。"⑦直至20世纪以来,人们才对唐代古题乐府诗重新认识,商伟所撰《论唐代的古题乐府》一文便认为"唐代古题乐府的繁荣真是得来不易的","是乐府史上的重要阶段",因为它在唐代出现了两个转变,"一方面它在不断改变长期形成的拟古的习惯,面向着时代生活,焕发出活跃的创造力,从而达于它艺术成就的高峰;另一方面它又在逐步摆脱与生俱来的音乐的伴随,并努力从文学自身去获取独立存在的依据,因此而成为诗之一体"。⑧这个论断是有道理的。

与旧题乐府诗命运不同的是,对唐代新题乐府诗一直评价较高。一方面在于它不蹈袭前人陈迹,乃乐府之变。《蔡宽夫诗话》云:"惟老杜《兵车行》《悲青坂》《无家别》等数篇,皆因事自出己意,立题略不更蹈前人陈迹,真豪杰也。"⑨冯班《钝吟杂录·古今乐府论》云:"杜子美作新题乐府,此是乐府之变。"⑩王士禛《带经堂诗话》卷一云:"逮于有唐,李、杜、韩、柳、元、白、张、王、李贺、孟郊之辈,皆有冠古之才,不沿齐梁,不袭汉魏,因事立题,号称乐府

---

① 卢照邻《乐府杂诗序》:"落梅芳树,共体千篇;陇水巫山,殊名一意。"李云逸校注《卢照邻集校注》,北京:中华书局,1998年,第339页。
② 吴兢《乐府古题要解》序,丁福保辑《历代诗话续编》,第24页。
③ 皮日休著,萧涤非、郑庆笃整理《皮子文薮》,上海:上海古籍出版社,1981年,第107页。
④ 强幼安《唐子西文录》,何文焕辑《历代诗话》,北京:中华书局,1981年,第443页。
⑤ 郭绍虞辑《宋诗话辑佚》,北京:中华书局,1980年,第379页。
⑥ 胡寿之《东目馆诗见》,《清代诗文集汇编》,第352册,上海:上海古籍出版社,2010年版,第234页。
⑦ 管世铭《读雪山房唐诗序例》,郭绍虞编选,富寿荪校点《清诗话续编》,第1549页。
⑧ 商伟《论唐代的古题乐府》,《文学遗产》1987年第2期,第39页。
⑨ 郭绍虞辑《宋诗话辑佚》,第379页。
⑩ 冯班《钝吟杂录》,丁福保辑《清诗话》,第38页。

之变。"①另一方面,在于它的风雅兴寄精神。郭茂倩《乐府诗集》卷九〇《新乐府辞》序云:"自风雅之作,以至于今,莫非讽兴当时之事。"②明代胡震亨《唐音癸签》卷一五云:"即未尝谱之于乐,同乎先朝入乐诗曲,然以比之诸填词曲子仅佐颂酒赓色之用者,自复霄壤有殊。"③今人陈寅恪称元白新乐府"乃一部唐代《诗经》"④。20世纪后半叶,新题讽谕乐府诗更是备受推崇,一些文学史著作及相关论文谓其具有很高的思想性和人民性。

2. 对唐代乐府诗史的描述及分段研究

古人对唐代乐府诗的演进过程有过零散的描述,如明代胡翰《胡仲子集》卷四《古乐府诗类编序》将其分为三个阶段:"唐初之辞,婉丽详整;其中,宏伟精奇;其末,纤巧而不振。"⑤虽然精当,但不够细致。

20世纪二三十年代,刘永济在东北大学任教期间撰有《唐乐府纲要》,将唐乐府分为"武德、贞观间董理旧乐及新制乐章""开元、元和间乐府之盛况""元和以后乐府之衰变"等五个阶段,可谓是现代意义上研究唐代乐府诗的首部专著⑥。后来,胡适《白话文学史》中花费较多篇幅论及唐代乐府诗⑦。罗根泽所撰《乐府文学史》,专列一章论及隋唐乐府,对唐代乐府诗人及重要作品进行描述⑧。王易《乐府通论》中,亦有对唐代乐府诗的论述⑨。1985年出版的杨生枝《乐府诗史》第六章论隋唐时期的乐府,认为隋唐是"乐府完成期",将唐代乐府诗分为初唐、盛唐、中唐、唐末四个阶段,兼论入乐歌辞和乐府诗体⑩。王运熙、王国安《乐府诗集导读》在"导言"部分也对唐代的乐府诗史进行了描述⑪。但这几部著作所述皆较简略,只涉及数个写作乐府诗较多的诗人,难窥唐代乐府诗的全貌。近几十年,出现了数篇研究唐代乐府诗的硕博论文,如张国相《唐代乐府诗之研究》⑫、李锦旺《唐代乐府诗综论》⑬、

---

① 王士禛著,张宗柟纂集,戴鸿森校点《带经堂诗话》,北京:人民文学出版社,1963年,第27页。
② 郭茂倩编《乐府诗集》,第1262页。
③ 胡震亨《唐音癸签》,上海:上海古籍出版社,1981年,第174页。
④ 陈寅恪《元白诗笺证稿》,北京:生活·读书·新知三联书店,2001年,第124页。
⑤ 胡翰《胡仲子集》,《景印文渊阁四库全书》,第1229册,第44页。
⑥ 笔者未见此书,此处参吴相洲《乐府学概论》,北京:人民文学出版社,2015年,第326页。
⑦ 胡适《白话文学史》,新月书店1928年出版,后由骆玉明导读、上海古籍出版社1999年编校再版。
⑧ 罗根泽《乐府文学史》,文化学社1931年出版,东方出版社1996年编校再版。
⑨ 王易《乐府通论》,上海:中国文化服务社,1946年。
⑩ 杨生枝《乐府诗史》,西宁:青海人民出版社,1985年,第434—537页。
⑪ 王运熙、王国安《乐府诗集导读》,成都:巴蜀书社,1999年。
⑫ 张国相《唐代乐府诗之研究》,台湾东海大学1980年硕士学位论文。
⑬ 李锦旺《唐代乐府诗综论》,浙江大学2001年博士学位论文。

陈瑞娟《唐代乐府诗论》①等,大多以演进阶段为纲,以重要作家为目,主要描述唐代乐府诗的发展历史。其中李锦旺的论文,考察唐代乐府诗的文献收录,分析乐府演变成诗体的复杂过程,探究汉魏六朝乐府诗艺术"在唐代的扩张与影响",尤其对本课题的研究具有启迪意义。

近年来,此项研究趋于细化,出现了诸多以初、盛、中、晚分段研究唐代乐府诗的著作、硕博论文,如金凯《初唐文人乐府诗研究》②、张开《初唐乐府诗研究》③、陈雪《初唐文人乐府诗研究》④、金银雅《盛唐乐府诗研究》⑤、张修蓉《中唐乐府诗研究》⑥、方向明《中唐乐府诗研究》⑦、刘亮《晚唐乐府诗研究》⑧、马婧《晚唐五代乐府诗研究》⑨等。这些论著由于所涉时段短,探讨的问题比较集中,故能对各个时期比较重要的乐府诗人及其乐府诗进行较为深入细致的论述。另外,还出现了对《乐府诗集》分类研究的著作,如2009年北京大学出版社出版"乐府诗集分类研究"丛书,包括王福利《郊庙燕射歌辞研究》、韩宁《鼓吹横吹曲辞研究》、王传飞《相和歌辞研究》、曾智安《清商曲辞研究》、周仕慧《琴曲歌辞研究》、梁海燕《舞曲歌辞研究》、向回《杂曲歌辞与杂歌谣辞研究》、张煜《新乐府辞研究》等,其中也论及唐代乐府诗的一些情况。另外,左汉林《唐代乐府制度与歌诗研究》一书重点研究唐代的乐府制度,兼及乐府制度对唐代乐府诗的影响⑩。

除上述所列著作及硕博论文外,较有代表性的论文有吴庚舜《略论唐代乐府诗》⑪、王运熙《王渔洋论唐代乐府诗——读渔洋〈论诗绝句·其九〉札记》⑫、葛晓音《盛唐清乐的衰落和古乐府诗的兴盛》⑬、薛亚康《论唐代乐府

---

① 陈瑞娟《唐代乐府诗论》,内蒙古大学2006年硕士学位论文。
② 金凯《初唐文人乐府诗研究》,台湾政治大学1998年硕士学位论文。
③ 张开《初唐乐府诗研究》,首都师范大学2007年博士学位论文。
④ 陈雪《初唐文人乐府诗研究》,黑龙江大学2011年硕士学位论文。
⑤ 金银雅《盛唐乐府诗研究》,台湾政治大学1990年博士学位论文。
⑥ 张修蓉《中唐乐府诗研究》,台北:文津出版社,1985年。
⑦ 方向明《中唐乐府诗研究》,首都师范大学2009年博士学位论文。
⑧ 刘亮《晚唐乐府诗研究》,南京师范大学2005年博士学位论文,后由中国社会出版社于2010年出版。
⑨ 马婧《晚唐五代乐府诗研究》,首都师范大学2010年博士学位论文。
⑩ 左汉林《唐代乐府制度与歌诗研究》,首都师范大学2005年博士学位论文,后由商务印书馆于2010年出版。
⑪ 吴庚舜《略论唐代乐府诗》,《文学遗产》1982年第3期,第64—74页。
⑫ 王运熙《王渔洋论唐代乐府诗——读渔洋〈论诗绝句·其九〉札记》,《上海大学学报》1995年第5期,第24—27页。
⑬ 葛晓音《盛唐清乐的衰落和古乐府诗的兴盛》,《社会科学战线》1994年第4期,第209—218页。

诗审美品格的继承与发展》①、刘航《对风俗内涵的着意开掘——中唐乐府的新思路》②等,专论某一方面,较有深度。此外,李锦旺《论唐代乐府诗的流传形式与影响》《明清"古诗——唐诗"系列选本中的乐府体例之争》二文考察唐代乐府诗在后世文献中的编选情况③,周期政《唐乐府文献叙录》介绍唐代乐府诗的相关文献④,谈莉《唐代乐府诗格律化倾向探析》分析唐代乐府诗的格律化倾向⑤,钱志熙《乐府古辞的经典价值——魏晋至唐代文人乐府诗的发展》从乐府诗的发展中寻绎唐代文人乐府诗的特征⑥,这些论文对进一步深入研究都有所启发。

(二) 唐代乐府诗与音乐之关系

乐府诗与音乐之间的关系极为密切。唐代在"乐府"的名义下还产生过声诗、歌诗、曲子辞等不同的音乐文学品类。因此,这一领域向来是研究重点。

唐代杜佑《通典》卷一四六中有一段材料,说明前代遗留的清乐在唐初宫廷中逐渐消亡的事实⑦,因而后来的学者基本上都认为旧题乐府在唐代不入乐。宋代郑樵《通志》卷四九《乐略》序云:"今乐府之行于世者,章句虽存,声乐无用。"⑧元代吴莱在《乐府主声》中说:"奈何后世拟古之作,曾不能倚其声以造辞,而徒欲以辞胜……至于唐世,又以古体为今体,《宫中乐》《河满子》特五言而四句耳,岂果论声耶? 他若《朱鹭》《雉子斑》等曲,古者以为标题,下则皆述别事,今返形容二禽之美以为辞,果论其声,则已不及乎汉世儿童巷陌之相和者矣,尚何以乐府为哉?"⑨但是,吴相洲于2002年发表《略谈唐代旧题乐府的入乐问题》一文,认为"把唐代的所有的旧题乐府统统归为拟作,是不符合实际的"⑩,后来他在《唐诗创作与歌诗传唱关系研究》一书中

---

① 薛亚康《论唐代乐府诗审美品格的继承与发展》,《周口师范高等专科学校学报》1999年第4期,第26—28页。
② 刘航《对风俗内涵的着意开掘——中唐乐府的新思路》,《文学遗产》2004年第4期,第34—43页。
③ 李锦旺《论唐代乐府诗的流传形式与影响》,《阜阳师范学院学报》2003年第1期,第29—32页;《明清"古诗——唐诗"系列选本中的乐府体例之争》,《浙江教育学院学报》2002年第5期,第1—6页。
④ 周期政《唐乐府文献叙录》,《湘南学院学报》2004年第1期,第42—45页。
⑤ 谈莉《唐代乐府诗格律化倾向探析》,《安徽大学学报》2009年第5期,第57—65页。
⑥ 钱志熙《乐府古辞的经典价值——魏晋至唐代文人乐府诗的发展》,《文学评论》1998年第2期,第61—74页。
⑦ 杜佑《通典》,北京:中华书局,1984年,第761页。
⑧ 郑樵《通志》,北京:中华书局,1987年,第625页。
⑨ 吴莱《渊颖集》,《景印文渊阁四库全书》,第1209册,第118页。
⑩ 吴相洲《略谈唐代旧题乐府的入乐问题》,《社会科学战线》2002年第5期,第102—107页。

专门列举文献材料,以证明唐代仍有大量的乐府曲调在传唱①。

　　唐代的新题乐府包括入乐的乐府新曲和不入乐的新题乐府诗两部分,正好对应郭茂倩《乐府诗集》中的《近代曲辞》和《新乐府辞》。后世学者多认为,唐代的乐府新曲主要是律诗和绝句。明代杨慎《升庵诗话》卷六云:"唐世乐府,多取当时名人之诗唱之,而音调名题各异。"②李维桢《大泌山房文集》卷九《唐诗纪序》云:"唐人乐府已非汉魏六朝之旧,时采五七言绝句,长篇中隽语,被弦管而歌之,代不数人,人不数章,则唐与古殊矣。"③清代王士禛《唐人万首绝句选序》云:"考之开元、天宝以来,宫掖所传,梨园弟子所歌,旗亭所唱,边将所进,率当时名士所为绝句尔。"④20世纪以来,这部分乐府新曲得到了研究者的充分关注,也取得了很多成果。朱谦之所撰《中国音乐文学史》一书中专列《唐代诗歌》一章,论述唐代的音乐文学⑤。任半塘积数年之功撰成《唐声诗》上下两编,上编讲理论,涉及声诗的范围与定义、形式、歌唱、入舞、与大曲和长短句的关系等;下编析格调,著录一百五十余调、一百九十余体的声诗格调,并就其各调的辞乐歌舞诸方面进行考证⑥。在齐言律绝入乐的同时,唐代还存在着大量的杂言歌辞,任半塘和王师昆吾合编的《隋唐五代燕乐杂言歌辞集》收录了唐代宫廷祭祀歌辞以外的所有杂言歌辞⑦。王师昆吾的《隋唐五代燕乐杂言歌辞研究》则从隋唐燕乐入手,分析唐代的曲子、谣歌、琴歌、大曲、讲唱、著辞等音乐体裁,对唐代的杂言歌辞进行了全面系统的研究⑧。吴相洲《唐诗创作与歌诗传唱关系研究》探讨唐代歌诗传唱对诗歌创作的影响,将诗乐之间的关联最终落实到诗歌创作本身⑨。

　　关于白居易等人所作的新题乐府诗究竟是否入乐的问题,人们莫衷一是。郭茂倩收入《新乐府辞》时说"未常被于声"⑩。清代陈仅的《竹林问答》引陈诗香问:"张、王、元、白等新乐府,可以被管弦否?"陈仅答曰:"此虽不可知,考之郭茂倩《乐府诗集》,则当时入乐者,初唐多五律,盛唐多七绝。亦有

---

① 吴相洲《唐诗创作与歌诗传唱关系研究》,北京:北京大学出版社,2004年,第33—64页。
② 杨慎著,王仲镛笺证《升庵诗话笺证》,上海:上海古籍出版社,1987年,第234页。
③ 李维桢《大泌山房文集》,《四库全书存目丛书》,集部第150册,济南:齐鲁书社,1997年,第490页。
④ 王士禛《唐人万首绝句选序》,史海阳、李明华、张海峰等注《唐人万首绝句选》,北京:华夏出版社,1999年,第1页。
⑤ 朱谦之《中国音乐文学史》,上海:商务印书馆,1935年,第159—182页。
⑥ 任半塘《唐声诗》上、下编,上海:上海古籍出版社,1982年。
⑦ 任半塘、王师昆吾《隋唐五代燕乐杂言歌辞集》,成都:巴蜀书社,1990年。
⑧ 王师昆吾《隋唐五代燕乐杂言歌辞研究》,北京:中华书局,1996年。
⑨ 吴相洲《唐诗创作与歌诗传唱关系研究》,北京:北京大学出版社,2004年。
⑩ 郭茂倩编《乐府诗集》,第1262页。

截律诗之半以为乐曲者……大抵唐时诗人多通音乐,故其诗皆可被之管弦。"①陈寅恪以为,白居易的《新乐府》是"改进当时民间流行之歌谣",并推论"然则乐天之作,乃以改良当日民间口头流行之俗曲为职志"。②黄耀堃《音乐与讽刺——新乐府考(其一)》一文中通过对白居易《新乐府》的韵例、韵脚及次序编排的分析,也认为新乐府与音乐有关③。吴相洲提出,郭茂倩称新乐府"未尝被于声"未必确切,"元白的新乐府诗应是能唱的,他们创作新乐府,不是要作一种什么特别的与时下歌诗无关的东西,而是要作能够入乐入舞的新歌诗,并且希望这些歌诗能被朝廷的音乐机构采用、歌唱"④。张煜《新乐府辞入乐问题辨析》一文认为,"新乐府辞中有相当一部分是当时已经入乐演唱或是徒歌清唱的乐府歌辞",并列举文献证明在当时曾演唱过的新题乐府诗⑤。

此外,关于唐代音乐文化及乐舞艺术的研究,陈旸《乐书》、胡震亨《唐音癸签·乐通》、凌廷堪《燕乐考原》等有所言及。20 世纪以来,出现了许多关于古代音乐史的著作,如王光祈《中国音乐史》,廖辅叔《中国》,杨荫浏《中国古代音乐史稿》,吴钊、刘东升《中国音乐史略》,张世彬《中国音乐史论述稿》,刘再生、刘镇钰《中国音乐史话》,王耀华、杜亚雄《中国传统音乐概论》,郑祖襄《中国古代音乐史》等,都会专列章节阐述唐代的音乐发展流变。唐代音乐也是音乐史研究的重头戏,出现了许多专门著作,如岸边成雄《唐代音乐史的研究》、林谦三《隋唐燕乐调研究》、丘琼荪《燕乐探微》、刘崇德《燕乐新说》、沈冬《唐代乐舞新论》、秦序《六朝音乐文化研究》、关也维《唐代音乐史》、柏红秀《唐代宫廷音乐文艺研究》、李西林《唐代音乐文化研究》等,深入细致地考察唐代音乐的各个方面。一些遗存的唐代乐谱也被破译,如叶栋的《唐代音乐与古谱译读》、李健正《最新发掘唐宋歌曲》及其他学者对日本奈仓院所藏曲谱、敦煌曲谱、《魏氏乐谱》、明清琴谱、《九宫大成南北词宫谱》的翻译,虽然研究的重点在于曲调型态,但亦涉及诗歌配乐情况。这些音乐学方面的研究成果,对探究唐代乐府诗的产生背景、生存状态及传播方式大有裨益。

(三) 歌行研究

据林心治《歌行含义的衍变兼论歌行之体格——唐歌行诗体论之三》一

---

① 陈仅《竹林问答》,郭绍虞编选,富寿荪校点《清诗话续编》,第 2234 页。
② 陈寅恪《元白诗笺证稿》,第 125 页。
③ 黄耀堃《音乐与讽刺——新乐府考(其一)》,《唐代文学研究》第五辑,桂林:广西师范大学出版社,1994 年,第 630—642 页。
④ 吴相洲《唐诗创作与歌诗传唱关系研究》,第 265 页。
⑤ 张煜《新乐府辞入乐问题辨析》,《西北师大学报》2005 年第 3 期,第 34—36 页。

文,"歌行"用作文体概念,最早是白居易提出来的,在《文苑英华》中正式用于诗歌分类①。由于歌行概念的模糊性,对歌行的研究一直比较混乱。涉及较多的问题主要有两个:

1. 歌行与乐府的关系问题

唐宋时期的诗论中,歌行与乐府诗的界限较为模糊,只有《文苑英华》中予以明确区分。至元代,"歌行"的概念淡化,诗论家较少提及歌行②。明清人大多承认歌行出自乐府的事实,但对歌行与乐府的关系问题存在两种看法。一种是认为旧题乐府诗也可以采用歌行体式来拟写,如吴讷《文章辨体序说》中将歌行分为两类:一类是"有声有辞者,若郊庙乐章及铙歌等曲是也",即旧题乐府诗中的歌行;一类是"有辞无声者,若后人之所述作",即唐代的新题歌行。③ 另一种看法是认为不用乐府旧题的才称作歌行,如钱良择《唐音审体》卷三云:"歌行本出于乐府,然指事咏物,凡七言及长短句不用古题者,通谓之歌行。"④冯班《钝吟杂录》云:"至唐有七言长歌,不用乐题,直自作七言,亦谓之歌行。"⑤今人葛晓音亦持此说,将歌行定义为:"非乐府题的带有歌辞性题目的七言古诗。"⑥不用乐府旧题,又带有歌辞性题目,正是大部分乐府新题的特征。这样又存在一个问题:歌行与新题乐府何以区分?尚丽新认为二者之间没有本质的区别,称乐府或是歌行,只是习惯问题⑦。松浦友久以为,乐府诗采用第三人称的视角、客体化的场面,而歌行采用第一人称的视角、主体化的场面⑧。薛天纬虽然提出两条判别的原则,但他又说:"平心而论,将新题乐府与歌行加以区分,其实乃是后世研究者的事。"⑨钟优民明确提出,"歌行与新乐府一样,亦渊源于古乐府。……二者界线模糊,互渗互含"⑩。换言之,将歌行与新题乐府区分,仍然是主观的、人为的,二者缺乏明确界限。

---

① 林心治《歌行含义的衍变兼论歌行之体格——唐歌行诗体论之三》,《渝州大学学报》1998年第2期,第69页。
② 同上注,第68页。
③ 吴讷《文章辨体序说》,于北山、罗根泽校点《文章辨体序说 文体明辨序说》,第32页。
④ 钱良择《唐音审体》,丁福保辑《清诗话》,第781页。
⑤ 冯班《钝吟杂录》,丁福保辑《清诗话》,第37页。
⑥ 葛晓音《初盛唐七言歌行的发展——兼论歌行的形成及其与七古的分野》,《文学遗产》1997年第5期,第51页。
⑦ 尚丽新《论新乐府的界定》,《云南艺术学院学报》2003年第1期,第29页。
⑧ 〔日〕松浦友久著,孙昌武、郑天刚译《中国诗歌原理》,沈阳:辽宁教育出版社,1990年,第274—275页。
⑨ 薛天纬《李杜歌行论》,《文学遗产》1999年第6期,第58页。
⑩ 钟优民《新乐府诗派研究》,沈阳:辽宁大学出版社,1997年,第55—56页。

2. 歌行与七古的关系问题

唐宋元时期,歌行又称为"长句""七言""七言长韵古诗""七言古诗""七言长篇"等。这些称名之间没有多少区别,几乎可以混用。但到了明清时期,七言古诗的概念渐趋稳定。这样就在七言古诗与歌行之间出现了三种关系,一是七言古诗等同于歌行,如胡应麟《诗薮》内编卷三:"七言古诗,概曰歌行。"①二是严七言古诗与歌行之辨,吴讷在《文章辨体》中把古诗分为四言、五言、七言、歌行四种②。陈仅《竹林问答》云:"古诗及歌行自是两种。"③贺裳《载酒园诗话》卷一:"凡编诗者,切不宜以乐府编入七言古。"④三是将歌行置于七言古诗之下,高棅《唐诗品汇》、张之象《唐诗类苑》、臧懋循《唐诗所》、王尧衢《唐诗合解》、唐汝询《唐诗解》等都作这种处理。但有一点是共同的,大家都认为歌行是七言诗。况且,这一点被今天的大部分学者所认同。但是,在《文苑英华》所收的二十卷歌行中,还包含了一些四言体和五言体的作品。因此,比较准确的表述应该是"以七言为主的自由体形式"。1997 年,葛晓音发表《初盛唐七言歌行的发展——兼论歌行的形成及其与七古的分野》⑤一文,论述歌行的形成与发展,并在歌行与七古区分方面作了有益的尝试。此外,王从仁《七言歌行体制溯源》⑥、蔡义江《说歌行》⑦等论文也从不同视角对歌行体制的形成进行探讨。

对具体作家的歌行研究,明清诗话中有一些零星论述。20 世纪以来,出现了许多单篇论文,如任国绪《略论卢照邻、骆宾王的七言歌行》⑧、潘慧惠《论骆宾王的七言歌行》⑨、张采民《论初唐七言歌行体》⑩、郝朴宁《"歌行诗"的形成过程——以初唐为透视点》⑪、薛天纬《李杜歌行论》⑫、马承五《李白歌行特征论——兼论歌行的诗体定义与形式特点》⑬、王锡臣《论杜甫七言

---

① 胡应麟《诗薮》,第 41 页。
② 吴讷《文章辨体序说》,于北山、罗根泽校点《文章辨体序说 文体明辨序说》,第 29—33 页。
③ 陈仅《竹林问答》,郭绍虞编选,富寿荪校点《清诗话续编》,第 2223 页。
④ 贺裳《载酒园诗话》,郭绍虞编选,富寿荪校点《清诗话续编》,第 216 页。
⑤ 葛晓音《初盛唐七言歌行的发展——兼论歌行的形成及其与七古的分野》,《文学遗产》1997 年第 5 期,第 47—61 页。
⑥ 王从仁《七言歌行体制溯源》,《上海师范大学报》1990 年第 3 期,第 20—27 页。
⑦ 蔡义江《说歌行》,《文史知识》2002 年第 10 期,第 4—15 页。
⑧ 任国绪《略论卢照邻、骆宾王的七言歌行》,《北方论丛》1985 年第 3 期,第 38—43 页。
⑨ 潘慧惠《论骆宾王的七言歌行》,《杭州师院学报》1987 年第 4 期,第 39—45 页。
⑩ 张采民《论初唐七言歌行体》,《南京师大学报》1999 年第 4 期,第 115—121 页。
⑪ 郝朴宁《"歌行诗"的形成过程——以初唐为透视点》,《云南师大学报》1987 年第 3 期,第 34—40 页。
⑫ 薛天纬《李杜歌行论》,《文学遗产》1999 年第 6 期,第 50—58 页。
⑬ 马承五《李白歌行特征论——兼论歌行的诗体定义与形式特点》,《华中师范大学学报》2002 年第 6 期,第 61—66,139 页。

歌行的特点》①、王志民《唐人七言歌行论略》②、日本学者松原朗《李白的歌行——论歌行与咏物的关系》③、铃木修次《岑参的歌行诗》④等,研究的重点大多放在初盛唐诗人的歌行上,认为初盛唐是歌行成熟和定型的阶段,但由于歌行外延的模糊,其实人们是在研究初唐时期采用歌行体所写的旧题乐府诗。另外,周裕锴《敦煌赋与初唐歌行》⑤一文对初唐歌行与敦煌赋的关系进行探讨,角度颇为新颖。2006年,薛天纬撰《唐代歌行论》⑥一书,全面细致地研究唐代歌行的渊源、体制、发展及后人的辨析等,既是该领域的集大成之作,也是一部富有创见、能启迪后续研究的著作。

(四) 李白、杜甫乐府诗研究

清代薛雪《一瓢诗话》云:"唐人乐府,首推李、杜。"⑦但长期以来对李白乐府诗的研究远远胜过杜甫。20世纪以前对李白乐府诗的研究主要集中在注解和评论两方面:注解方面主要有南宋杨齐贤的《李翰林集》,元代萧士赟的《分类补注李太白诗》、范梈批选的《李翰林诗》,明代胡震亨的《李诗通》、朱谏的《李诗选注》和清代王琦注的《李太白全集》、陈沆的《诗比兴笺》等,其中除了对词句的笺注索解以外,还花大力气探讨每一首乐府诗中所寓含的比兴寄托之意;评论则多见于各种诗话笔记中,大多较为零散空泛,其中唐代的刘全白、皮日休、吴融,宋代的黄庭坚,元代的吴莱等对李白乐府诗评价较高,而白居易、王安石却因李白乐府诗不存风雅比兴而大加贬斥,宋代的蔡宽夫、元代的方回等因李白多写旧题乐府也评价不高。明清研究者能够摒弃拟写旧题没有创新的成见,认识到李白的成就在于拟古方面,王世贞、方世举、李重华等人进一步指出李白乐府诗能够"以己意己才出之"⑧。

20世纪以后,对李白乐府诗的研究再度兴盛。前五十年,胡适《白话文学史》、唐钺《李太白模仿前人》⑨、罗根泽《乐府文学史》等都有相关论述。新中国前三十年,詹锳的《李白乐府探源》和《李白乐府集说》虽然是文献资

---

① 王锡臣《论杜甫七言歌行的特点》,《文学评论丛刊》第五辑,1980年,第46—59页。
② 王志民《唐人七言歌行论略》,《内蒙古师大学报》1986年第1期,第75—84页。
③ 〔日〕松原朗《李白的歌行——论歌行与咏物的关系》,《中日李白研究论文集》,北京:中国展望出版社,1989年,第47—58页。
④ 〔日〕铃木修次撰,卜平译《岑参的歌行诗》,《文科通讯》1985年第2期,第122—132页。
⑤ 周裕锴《敦煌赋与初唐歌行》,《敦煌文学论集》,成都:四川人民出版社,1997年,第65—79页。
⑥ 薛天纬《唐代歌行论》,北京:人民文学出版社,2006年。
⑦ 薛雪《一瓢诗话》,丁福保辑《清诗话》,第685页。
⑧ 王立增《李白乐府诗研究综述》,《云南艺术学院学报》2003年第2期,第29—33页。
⑨ 唐钺《李太白模仿前人》,原载《东方杂志》第39卷第1期,后收入《李白研究论文集》,北京:中华书局,1964年。

料汇编,却有较大的参考价值①。王运熙《李白怎样向汉魏六朝民歌学习》②和谢善继《李白的乐府民歌与形象思维》③从民歌的角度研究李白乐府诗,富有新意。这一时期,日本学者对李白乐府诗有一些较好的研究成果。主要有:笕久美子《关于李白的乐府》④、大野实之助《李白的〈东武吟〉——在乐府演变中的位置》及《李白的乐府》⑤、松浦久友《李白乐府论考》⑥。以上四文主要研究李白乐府诗的艺术表现特色,观点新颖,很有启发意义。

20世纪80年代以来,李白乐府诗的研究如火如荼,主要涉及的问题有以下六类。第一,李白乐府诗数目的判别。关键问题是歌吟或歌行算不算乐府诗。裴斐《太白乐府述要》⑦、傅如一《李白乐府论》⑧、魏晓虹《李白乐府论》⑨主张歌吟也算乐府诗,郁贤皓《李白乐府与歌吟异同论》一文中则认为不算⑩。日本学者松原朗《盛唐时期歌行的发展——以李白的第一人称歌行为中心》把李白的乐府体和歌行体进行明确区分,在这方面也作了有益尝试⑪。第二,李白乐府诗的创新意义。相关的论文有乔象钟的《李白乐府诗的创造性成就》⑫、王锡九的《论李白七言古诗的艺术成就》⑬、张明非的《从五言乐府诗看李白革新诗歌的实绩》⑭等。傅如一《李白乐府论》中进一步提出,"李白是新题乐府的开创者"⑮。第三,李白乐府诗的类型。裴斐《太白乐府述要》分为抒情和叙事两类,傅如一《李白乐府论》分为四类,葛晓音从"复

---

① 前文收于詹锳《李白诗论丛》,北京:人民文学出版社,1984年。后文收入詹锳《李白诗文系年》,北京:人民文学出版社,1984年。
② 最初发表于《文学遗产增刊》第七辑,1959年12月。后收入王运熙《李白研究》,北京:作家出版社,1962年。
③ 谢善继《李白的乐府民歌与形象思维》,《华中师院学报》1978年第2期,第55—63页。
④ 最初发表于《中国文学报》第9期,1958年,署名"岛田久美子"。后收入笕文生、笕久美子著,卢盛江、刘春林编译《唐宋诗文的艺术世界》,北京:中华书局,2007年。
⑤ 前文原载《中国古典研究》第13期,1965年;后文原载《无限》第22期,1969年。后均收入大野实之助《李太白研究》,东京:有明书房,1971年。
⑥ 原载《中国古典研究》第16期,1969年。后收入松浦久友《李白研究》,三省堂,1976年。又见〔日〕松浦久友著,刘维治译《李白诗歌抒情艺术研究》,上海:上海古籍出版社,1996年。
⑦ 裴斐《太白乐府述要》,《文史知识》1987年第8期,第9—15页。
⑧ 傅如一《李白乐府论》,《文学遗产》1994年第1期,第25—33页。
⑨ 魏晓虹《李白乐府论》,《山西大学学报》1994年第2期,第57—62页。
⑩ 郁贤皓《李白乐府与歌吟异同论》,《中国李白研究》1994年集,合肥:安徽文艺出版社,1996年。
⑪ 〔日〕松原朗《盛唐时期歌行的发展——以李白的第一人称歌行为中心》,《李白学刊》第二辑,上海:生活·读书·新知三联书店上海分店,1989年。
⑫ 乔象钟《李白乐府诗的创造性成就》,《文学遗产》1982年第3期,第33—42页。
⑬ 王锡九《论李白七言古诗的艺术成就》,《江苏教育学院学报》1990年第2期。
⑭ 张明非《从五言乐府诗看李白革新诗歌的实绩》,《中国李白研究》1991年集,南京:江苏古籍出版社,1993年。
⑮ 傅如一《李白乐府论》,第28页。

古与变革"的关系上分为三种类型①。第四,李白乐府诗与音乐的关系。葛景春认为,"李白的乐府歌行,与音乐有一种天然的关系"②。胥树人《从音乐角度看李白的乐府诗》一文从形象、节奏、用韵等方面探讨李白乐府诗的音乐性③。第五,李白乐府诗的特质。裴斐认为,李白乐府诗"主观性强,以抒情为主"④,郁贤皓则认为李白的乐府诗在写作过程中,"多考虑过旧题本辞及前人创作的主题和寓意","往往将当时独特的现实生活和自己的个别感受转化为一般的、传统的形象客观地表现出来"⑤。第六,对李白乐府诗比兴寄托之意的探讨。相关的文章很多,如周振甫的《李白乐府诗中感事篇试探》⑥及大量的探讨《蜀道难》《长相思》《远别离》《杨叛儿》等的文章。台湾地区对李白乐府诗的研究也有一些研究成果,如张荣基《李白乐府诗研究》⑦、东海《李白乐府、歌行的诗赋融合》⑧、翁成龙《李白乐府诗的修辞艺术》⑨等。新世纪以来,李白乐府诗的研究依然很热,相关论文有汤明《文人拟作与民间创作的合与分——略论李白对乐府发展的贡献》⑩、赵立新《李白古题乐府诗创作演进轨迹》⑪、陈海燕《李白乐府诗的章法》⑫、钱志熙《论李白乐府诗的创作思想、体制与方法》⑬等。吉文斌《李白乐辞述论》⑭一书论及乐府,亦多可参之处。

相比较而言,杜甫乐府诗的研究格外冷清。20世纪以前,杜甫乐府诗研究主要体现在李杜乐府优劣比较中。多数人因杜甫写新题乐府诗,李白写旧题乐府而认为杜甫乐府诗高于李白乐府。如宋代《蔡宽夫诗话》云:"齐梁以来,文士喜为乐府辞,然沿袭之久,往往失其命题本意……虽李白亦不免此。惟老杜《兵车行》《悲青坂》《无家别》等数篇,皆因事自出己意,立题略不更蹈

---

① 葛晓音《论李白乐府的复与变》,《文学评论》1995年第2期,第5—13页。
② 葛景春《李白诗歌与盛唐音乐》,《文学遗产》1995年第3期,第49页。
③ 胥树人《从音乐角度看李白的乐府诗》,《社会科学辑刊》1979年第2期,第162—172页。
④ 裴斐《太白乐府述要》,第13页。
⑤ 郁贤皓《论李白乐府的特质》,《李白学刊》第一辑,上海:生活·读书·新知三联书店上海分店,1989年,第41—51页。
⑥ 周振甫《李白乐府诗中感事篇试探》,《厦门大学学报》1980年第1期,第72—79页。
⑦ 张荣基《李白乐府诗研究》,东吴大学1987年硕士学位论文。
⑧ 东海《李白乐府、歌行的诗赋融合》,台湾中正大学中文系编《唐代文学论丛》,1998年。
⑨ 翁成龙《李白乐府诗的修辞艺术》,《台中商专学报》1998年第6期。
⑩ 汤明《文人拟作与民间创作的合与分——略论李白对乐府发展的贡献》,《唐都学刊》2000年第1期,第36—40页。
⑪ 赵立新《李白古题乐府诗创作演进轨迹》,《零陵师范高等专科学校学报》2000年第1期,第50—55页。
⑫ 陈海燕《李白乐府诗的章法》,《广东教育学院学报》2000年第2期,第45—48页。
⑬ 钱志熙《论李白乐府诗的创作思想、体制与方法》,《文学遗产》2012年第3期,第46—58页。
⑭ 吉文斌《李白乐辞述论》,南京:凤凰出版社,2011年。

前人陈迹,真豪杰也。"①持这种观点的还有元代的方回、明代的王世贞等。当然也有人认为杜甫写新题乐府背离了乐府传统,如元代吴莱《与黄明远书论乐府杂说》云:"太白有乐府,又必摹拟古人已成之辞,要之,或其声之有似者,少陵则不闻有乐府矣。"②20世纪80年代以来,研究杜甫乐府诗的有葛晓音《论杜甫的新题乐府》③、马承五《乐府诗的体式嬗变与创格——杜甫"新题乐府"论(形式篇)》④等论文,其中葛文对杜甫的新题乐府诗作了判定,并探讨了杜甫乐府诗对汉乐府的继承;马文认为杜甫乐府诗创题方式丰富多样,名篇类型异彩纷呈,为中唐以后的新乐府树立了光辉榜样。

(五) 新乐府研究

"新乐府"本是白居易用来专称他的五十首乐府诗,后来被郭茂倩借用来指称唐代的整个新题乐府。本书这里所说的"新乐府"是指中唐时期白居易、元稹等人创作的新题乐府。前文说过,新乐府一直受到较高的评价。但在20世纪以前,多数研究者着眼点都在于采用新题、表现讽谕内容等。1929年,胡适在《白话文学史》中将元白等人的新乐府创作活动称为"新乐府运动",带有很强的社会学印迹,后来成为文学史叙述的主流话语。1948年陈寅恪所撰《白香山新乐府笺证》⑤是研究元白新乐府的力作。该文以诗证史,对元白新乐府诗中所涉及的历史事实进行详细考证,并分析其艺术特点,多被后人采用。新中国前三十年,受现实主义创作风气的影响,学者多是从"人民性"的角度研究新乐府,并给予很高评价。1963年游国恩等人主编的《中国文学史》综合各种研究成果,把新乐府定为"用新题""写时事""重讽谕"⑥。这期间王运熙撰有《白居易的〈新乐府〉》一文,涉及新乐府的形式研究,认为"杂言是由于受古乐府舞曲歌辞、唐代变文俗曲的影响而成","由换韵而造成音节上音乐性,达到'顺而肆'的目的"。⑦

20世纪80年代以来,新乐府的研究再次掀起高潮。1984年12月18日,裴斐在《光明日报》上发表《白居易诗歌理论与实践之再认识》一文,吴调公谓其"突破了历代陈言的拘牵"⑧,裴文对白居易的诗歌理论及创作提出了

---

① 郭绍虞辑《宋诗话辑佚》,第379页。
② 吴莱《渊颖集》,《景印文渊阁四库全书》,第1209册,第119页。
③ 葛晓音《论杜甫的新题乐府》,《社会科学战线》1996年第1期,第197—204页。
④ 马承五《乐府诗的体式嬗变与创格——杜甫"新题乐府"论(形式篇)》,《华中师范大学学报》1996年第2期,第103—109页。
⑤ 陈寅恪《白香山新乐府笺证》,《清华学报》1948年第2期,第1—142页。
⑥ 游国恩、王起、萧涤非等主编《中国文学史(一)》,北京:人民文学出版社,1963年,第134页。
⑦ 该文载上海古籍出版社《白氏讽谏》卷首,后收入王运熙《汉魏六朝唐代文学论丛》(增补本),上海:复旦大学出版社,2002年。
⑧ 吴调公《关于白居易评价问题》,《光明日报》1985年8月13日。

新看法,认为白居易过于重视诗歌的社会功能,而忽视了对艺术手法的探索。1985 年便展开了热烈的讨论,涉及新乐府的问题主要有两个:一是中唐是否存在新乐府运动,裴斐、王启兴、罗宗强等不承认文学史曾有过"新乐府运动"①,卞孝萱、骞长春等肯定新乐府运动的存在②;二是新乐府的艺术成就。王启兴认为,新乐府是为政治服务的功利主义诗论支配下的产物,其写作规定了一套程序,不能视作一种艺术手法,而且新乐府题材狭窄,构思不精,谈不上有"杰出成就"③。苏者聪则认为,"无论是从文学史的角度,还是从当时的社会功能,或是对今天的作用(有认识价值和艺术启示作用),都是应该充分肯定的"④。这两个问题的讨论持续了很长时间,相关的文章还有谢孟《政治功利与白居易新乐府》⑤、何天林《从"新乐府"辨析看所谓"新乐府运动"说》、刘学忠《"新乐府运动"名称溯源——兼论"运动"在文学史研究中的运用》⑥等。台湾地区则有吕正惠《元和新乐府运动及其政治意义》⑦、邱燮友《唐代新乐府运动的时代使命》⑧、黄浴沂《唐代新乐府运动产生之背景》⑨等。

20 世纪 90 年代初,周明发表《唐代无新乐府运动》一文,认为"新乐府作为一种诗体的概念是不科学的,其内涵和外延都不确定"⑩,遂又引发如何界定新乐府的讨论。葛晓音的《新乐府的缘起和界定》一文认为新乐府有广狭二义,广义的新乐府是指"在唐代歌行发展的过程中,从旧题乐府中派生出的新题,或在内容上和形式上取法汉魏古乐府,以'行''怨''词''曲'(包含少数'引''歌''吟''谣')为主的新题歌诗",狭义的新乐府"指广义的新乐府中符合'兴讽规刺'内容标准的部分歌诗"⑪。谢思炜《从张王乐府诗体看

---

① 裴斐《再论关于元白的评价》,《光明日报》1985 年 9 月 10 日;王启兴《白居易领导过"新乐府运动"吗》,《江汉论坛》1985 年第 10 期;罗宗强《"新乐府运动"种种》,《光明日报》1985 年 11 月 19 日。
② 卞孝萱《白居易与新乐府运动》,《文史知识》1985 年第 1、2 期;骞长春《新乐府诗派与新乐府运动——关于白居易评价的一个问题》,《西北师大学报》1986 年第 4 期。
③ 王启兴《简评白居易的新乐府》,《光明日报》1985 年 10 月 22 日。
④ 苏者聪《白居易的新乐府不能一概否定》,《南充师院学报》1986 年第 4 期,第 43 页。
⑤ 谢孟《政治功利与白居易新乐府》,《学习与探索》1986 年第 4 期,第 112—113 页。
⑥ 刘学忠《"新乐府运动"名称溯源——兼论"运动"在文学史研究中的运用》,《文史知识》1996 年第 1 期,第 75—79 页。
⑦ 吕正惠《元和新乐府运动及其政治意义》,《中外文学》第 74 卷第 1 期,1985 年 6 月。
⑧ 邱燮友《唐代新乐府运动的时代使命》,《台湾师大国文学报》第 15 期,1986 年 6 月。
⑨ 黄浴沂《唐代新乐府运动产生之背景》,《中国语文》第 14 卷第 6 期,1994 年 6 月。
⑩ 周明《论唐代无新乐府运动》,《唐代文学研究》第二辑,桂林:广西师范大学出版社,1990 年。
⑪ 葛晓音《新乐府的缘起和界定》,《中国社会科学》1995 年第 3 期,第 161—173 页。

元白的"新乐府"概念》①《白居易与"新乐府"诗体》②二文认为新乐府是一种采用新题目的、重讽论精神的七言歌行新诗体。尚丽新则站在音乐文学的立场上,从形式研究的角度认为新乐府的实质是拟歌辞③。

另外,1987年单书安发表《元白新乐府与汉乐府联系的再认识》,对历来人们所说的新乐府学习汉乐府的说法提出质疑,认为"新乐府与汉乐府并没有多少直接的关系","他们主要是基于对采诗古制的向往,与《诗经》取得精神上的契合而进行新乐府创作的",④看法独到。1991年王运熙发表《讽谕诗和新乐府的关系和区别》一文,针对长期以来人们把新乐府与讽谕诗两个概念的混淆,论述新乐府与讽谕诗之间的联系和区别⑤,意见较为中肯。

目前还出现了一些关于新乐府的专著,如廖美云《元白新乐府研究》⑥、黄浴沂《唐代新乐府诗人及其代表作品》⑦、钟优民《新乐府诗派研究》⑧、张煜《新乐府辞研究》⑨等,基本上都对唐代新乐府运动的酝酿、发展、涉及的重要人物及代表作品、产生的影响等详加论述。陈才智《元白诗派研究》一书中列有专章,论及新乐府诗创作⑩。对元稹、白居易乐府诗专门进行研究的专著有范淑芬《元稹及其乐府诗研究》⑪、张静晔《白居易新乐府研究》⑫、靳亚洲《白居易与新乐府》⑬等。

(六) 对其他诗人的乐府诗研究

古今对唐代各个诗人乐府诗的研究,除上文论述过的李、杜、元、白之外,关注较多的还有王维、张籍、王建和温庭筠等人。

王维创作了大量的乐府诗,但人们更多关注的是他的山水诗。近年来,才有研究者专门论及王维的乐府诗,如韩宪臣、毕宝魁《王维乐府诗初探》⑭、

---

① 谢思炜《从张王乐府诗体看元白的"新乐府"概念》,《北京师范大学学报》1999年第5期,第80—85页。
② 谢思炜《白居易与"新乐府"诗体》,《文史知识》1999年第5期,第18—22页。
③ 尚丽新《论新乐府的界定》,《云南艺术学院学报》2003年第1期,第25—30页;王师昆吾《从音乐角度看新乐府的缘起和界定》,2002年4月18日上课讲稿,未刊。
④ 单书安《元白新乐府与汉乐府联系的再认识》,《陕西师大学报》1987年第3期,第81—89页。
⑤ 王运熙《讽谕诗和新乐府的关系和区别》,《复旦学报》1991年第6期,第77—82页。
⑥ 廖美云《元白新乐府研究》,台北:学生书局,1989年。
⑦ 黄浴沂《唐代新乐府诗人及其代表作品》,台北:学海出版社,1988年。
⑧ 钟优民《新乐府诗派研究》,沈阳:辽宁大学出版社,1997年。
⑨ 张煜《新乐府辞研究》,北京:北京大学出版社,2009年。
⑩ 陈才智《元白诗派研究》,北京:社会科学文献出版社,2007年。
⑪ 范淑芬《元稹及其乐府诗研究》,台北:文津出版社,1984年。
⑫ 张静晔《白居易新乐府研究》,台北:蓬莱出版社,1982年。
⑬ 靳亚洲编著《白居易与新乐府》,长春:吉林文史出版社,2010年。
⑭ 韩宪臣、毕宝魁《王维乐府诗初探》,《广东社会科学》1991年2期,第105—108页。

日本学者入谷仙介《关于王维早期的乐府诗》①、王辉斌《论王维的乐府诗》②、吴相洲《论王维乐府诗的文献留存和音乐形态》③等。这些论文对王维乐府诗的数量、存留、入乐情况及其对新题乐府的贡献等都进行了探讨。

张籍、王建的乐府诗,宋代严羽评价甚高。《沧浪诗话·诗评》云:"大历后……张籍、王建之乐府,吾所深取耳。"郭绍虞指出:"沧浪论唐乐府取张王而不及元白。"④宋代周紫芝对张籍乐府诗的评价也高于李白诸人的乐府诗,他的《太仓稊米集》卷五一《古今诸家乐府序》曰:"余尝评诸家之作,以谓李太白最高而微短于韵,王建善讽而未能脱俗,孟东野近古而思浅,李长吉语奇而入怪,唯张文昌兼诸家之善,妙绝古今。"⑤持这种观点的还有宋代的刘颁《贡父诗话》、许𫖮《彦周诗话》,明代的高棅《唐诗品汇·七言古诗叙目》和清代的翁方纲《石洲诗话》等。20世纪以来,张籍、王建的乐府诗仍然受到关注,相关论文有:李听风《谈张籍乐府诗中所反映的唐代社会问题》⑥、华忱之《略谈张籍及其乐府诗》⑦、陈力《试论张籍的乐府诗》⑧、肖文苑《论张籍的乐府诗》⑨、陈节《中唐民俗氛围中的王建乐府》⑩、朱炯远《论张王乐府中的唱和现象》⑪、王锡九《张王乐府与宋诗》⑫等。

对温庭筠的乐府诗,20世纪80年代以前论述较少,评价也不高。近二十年来,渐渐受到人们重视,研究者对其价值也有了新认识。大多数学者认为温庭筠的乐府诗是借咏史来讽谕现实。这类文章有张晶的《温庭筠乐府诗中的女性形象》⑬和《审美价值与社会价值的交融——温庭筠乐府诗简论》⑭、王希斌的《论温庭筠乐府诗的思想内容》⑮和《绘阴柔之色 写阳刚之

---

① 〔日〕入谷仙介《关于王维早期的乐府诗》,《唐代文学研究》第六期,桂林:广西师大出版社,1996年。
② 王辉斌《论王维的乐府诗》,《山西大学学报》2005年第5期,第94—98页。
③ 吴相洲《论王维乐府诗的文献留存和音乐形态》,《文学遗产》2011年第6期,第25—32页。
④ 严羽著,郭绍虞校释《沧浪诗话校释》,北京:人民文学出版社,1961年,第165页。
⑤ 周紫芝《太仓稊米集》,《景印文渊阁四库全书》,第1141册,第360页。
⑥ 李听风《谈张籍乐府诗中所反映的唐代社会问题》,《文学遗产增刊》第1期,1955年9月。
⑦ 华忱之《略谈张籍及其乐府诗》,《文学遗产增刊》1957年第3期。
⑧ 陈力《试论张籍的乐府诗》,《昆明师院学报》1979年第2期,第33—36页。
⑨ 肖文苑《论张籍的乐府诗》,《辽宁师院学报》1980年第4期,第44—47页。
⑩ 陈节《中唐民俗氛围中的王建乐府》,《福建师范大学学报》1990年第2期,第73—77,72页。
⑪ 朱炯远《论张王乐府中的唱和现象》,《上海大学学学报》1997年第5期,第33—38页。
⑫ 王锡九《张王乐府与宋诗》,《铁道师院学报》1998年第6期,第39—42,64页。
⑬ 张晶《温庭筠乐府诗中的女性形象》,《辽宁师范大学学报》1985年第4期,第63—65页。
⑭ 张晶《审美价值与社会价值的交融——温庭筠乐府诗简论》,《文学评论》1987年第5期,第124—132,123页。
⑮ 王希斌《论温庭筠乐府诗的思想内容》,《北方论丛》1989年第3期,第72—76页。

美——论温庭筠乐府诗歌的艺术特色》①等。张煜《论温庭筠的新乐府》对温庭筠的新乐府诗进行了专门研究②，沈文凡、李博昊《试论温庭筠的乐府歌诗与诗词体式过渡》一文则探讨了温庭筠乐府诗对词体发展的影响③。

唐代其他一些乐府诗人，20世纪80年代以前论述很少。1982年来才有专文论及，如程千帆《张若虚〈春江花月夜〉的被理解和被误解》④，赵亮《形式的意义：王昌龄乐府诗研究》⑤，房日晰《韦应物乐府歌行论略》⑥，聂文郁《论元结的系乐府创作》⑦，李立信《论元结在新乐府中的地位》⑧，何诗海《论元结在新乐府运动中的地位》⑨，李德辉《论李贺乐府诗的复与变》⑩，朱炯远、金程宇《论孟郊乐府诗的成就》⑪，李建昆《试论孟郊之乐府诗》⑫，肖瑞峰《论刘禹锡的民歌体乐府诗》⑬，张煜《刘禹锡的新乐府观及新乐府创作》⑭，金银雅《刘禹锡对乐府古题的体认与运用》⑮，谭润生《张祜乐府诗试探》⑯，单书安《〈正乐府〉仿〈系乐府〉浅说》⑰，增田清秀《皮日休的〈正乐府〉》⑱，刘京臣《贯休乐府诗探微》⑲等。此外，在其他一些研究唐代诗歌的论文及著作中，也涉及部分诗人乐府诗创作的情况，由于不是专文论述，这里不再一一列举。

（七）关于唐代乐府诗研究的反思

唐代乐府诗的研究，虽然取得了一些成果，但仍存在着问题与不足。主

---

① 王希斌《绘阴柔之色 写阳刚之美——论温庭筠乐府诗歌的艺术特色》，《学习与探索》1989年第4—5期，第125—129页。
② 张煜《论温庭筠的新乐府》，吴相洲主编《乐府学》第一辑，北京：学苑出版社，2006年，第257—270页。
③ 沈文凡、李博昊《试论温庭筠的乐府歌诗与诗词体式过渡》，《长春大学学报》2006年第3期，第43—46页。
④ 程千帆《张若虚〈春江花月夜〉的被理解和被误解》，《文学评论》1982年第4期，第18—26页。
⑤ 赵亮《形式的意义：王昌龄乐府诗研究》，《社会科学研究》1999年第5期，第132—136页。
⑥ 房日晰《韦应物乐府歌行论略》，《西北大学学报》1996年3期，第49—51页。
⑦ 聂文郁《论元结的系乐府创作》，《青海师范学院学报》1982年第3期，第12—17页。
⑧ 李立信《论元结在新乐府中的地位》，《第二届唐代文化研讨会》，东海大学，1994年。
⑨ 何诗海《论元结在新乐府运动中的地位》，《中国韵文学刊》2002年第1期，第17—20页。
⑩ 李德辉《论李贺乐府诗的复与变》，《湖南科技大学学报》2004年第4期，第86—90页。
⑪ 朱炯远、金程宇《论孟郊乐府诗的成就》，《上海师范大学学报》2001年第1期，第101—106页。
⑫ 李建昆《试论孟郊之乐府诗》，中正大学中文系编《六朝隋唐文学研讨会论文集》，1994年。
⑬ 肖瑞峰《论刘禹锡的民歌体乐府诗》，《杭州大学学报》1989年第1期，第40—47页。
⑭ 张煜《刘禹锡的新乐府观及新乐府创作》，《山西大学学报》2007年第1期，第63—66页。
⑮ 〔韩〕金银雅《刘禹锡对乐府古题的体认与运用》，《唐代文学研究》第九辑，桂林：广西师范大学出版社，2002年，第595—606页。
⑯ 谭润生《张祜乐府诗试探》，《国文学志》1998年第2期。
⑰ 单书安《〈正乐府〉仿〈系乐府〉浅说》，《江海学刊》1989年第6期，第165—168页。
⑱ 〔日〕增田清秀《皮日休的〈正乐府〉》，《支那学研究》第29期，第163—171页。
⑲ 刘京臣《贯休乐府诗探微》，《潍坊教育学院学报》2005年第4期，第55—57,64页。

要有以下四点:

第一,与汉魏南北朝乐府诗的研究相比,对唐代乐府诗的研究不管是在古代还是在今天都较为薄弱。李锦旺《唐代乐府诗研究述评》一文分析说:"唐代乐府远不及汉魏六朝乐府研究得那样全面深入,这既与唐代乐府的创作成就不太相称,也在汉唐乐府研究的整体格局中显得很不平衡。……较之唐前乐府显然逊色得多。从'五四'时代至今,学者在研治汉魏六朝乐府方面用力之勤,成果之多,颇为令人瞩目。"至于其中的原因,李锦旺分析有两点:从客观方面来说,唐代乐府诗繁多,"不再象汉魏六朝乐府那样易于为研究者把握";从主观方面来说,不少研究者"以汉魏六朝乐府为正宗,以入乐为研究的先决条件","故而唐代乐府均被他们置于研究的视野之外"。① 还需要补充的是,就唐代乐府诗本身而言,其作品数量在唐诗总量中所占的比例跟前朝相比已有所下降,且与徒诗合流,胡应麟《诗薮》内编卷一云:"汉乐府多于古诗,六朝相半,盛唐前尚三之一。中晚而下,至于宋元,律诗日盛,古体且寥寥矣,况乐府哉!"②王运熙说:"唐人乐府诗,占其全部诗作的比重已大为减轻,乐府诗和其他诗作的界限也更加淡薄,故前人研究乐府诗大都注重汉魏六朝而略于唐代。"③依据笔者统计,唐代乐府诗有五千三百多首,约占全唐诗总数的十分之一,在比例上已不能与汉魏六朝相提并论。因此,古今研究者对唐代乐府诗未能像对汉魏南北朝乐府诗那样重视。

第二,唐代乐府诗品类繁多,性质复杂,其中既有入乐的,也有不入乐的,由于概念模糊不清,后世研究也显得十分混乱。李锦旺指出,"不同品类的唐代乐府在艺术形式或艺术风格上都有明显的差异。唐代乐府形式与风格的多元性、模糊性,大大增加了研究者在唐代乐府界定上以及宏观研究上的难度"④。的确如此。相关论著中将各类称名为"乐府"的作品混同一体,比如明代吴勉学所编《唐乐府》中收录了李白的《菩萨蛮》《忆秦娥》,《四库全书总目》批评说:"至诗余,虽乐府之遗,而已别为一体,李白《菩萨蛮》《忆秦娥》之类,亦不宜泛载。"⑤由此造成了乐府诗与词之间的边界混淆、音乐性的歌辞与文学之"诗"之间的区隔不明。有鉴于此,我们应从当代的研究观念出发,将唐代乐府诗中的不同品类进行区分,然后进行专门研究。王运熙《唐人的诗体分类》《唐代乐府诗的三种类型》等论文中将唐代乐府诗

---

① 李锦旺《唐代乐府诗研究述评》,《阜阳师范学院学报》2004 年第 5 期,第 13 页。
② 胡应麟《诗薮》,第 13 页。
③ 王运熙、王国安《乐府诗集导读》,第 102 页。
④ 李锦旺《唐代乐府诗综论》,浙江大学 2001 年博士学位论文,第 1 页。
⑤ 永瑢等《四库全书总目》,北京:中华书局,1965 年版,第 1761 页。

分为古题乐府、新题乐府、乐府新曲三类,古题乐府即是沿用旧题的拟古乐府,新题乐府摆脱古题约束,并根据所表现的新内容自创新题的乐府,古题、新题乐府均不入乐,乐府新曲是配合新音乐(燕乐)演唱的新歌曲①。在此基础上,笔者依据今人的研究成果,将唐代乐府诗以是否入乐为标准重新分类,列表如下:

表1 唐代乐府以是否入乐为标准的分类

类别	品种	作品范围与收录情况
入乐作品（歌辞）	声诗	齐言作品,主要包括律诗、绝句等,郭茂倩《乐府诗集》收入《近代曲辞》。
	曲子辞	杂言作品,后世称之为"词",郭茂倩《乐府诗集》收入《杂曲歌辞》和《近代曲辞》。
	郊庙歌辞	用于庙堂礼乐的仪式歌辞,见于《旧唐书·礼乐志》《新唐书·音乐志》,郭茂倩《乐府诗集》收入《郊庙歌辞》。
不入乐作品（诗之一体）	旧题乐府	沿用隋前乐府旧题,或称为"古乐府""古题乐府",郭茂倩《乐府诗集》收入《鼓吹曲辞》《横吹曲辞》《相和歌辞》《清商曲辞》《杂曲歌辞》等。
	新题乐府	唐人自创新题,或称为"新乐府",郭茂倩《乐府诗集》收入《新乐府辞》。

若要深入研究唐代乐府诗,势必要在判明性质的基础上作某部分的专门研究,方可有所深入,如任半塘的《唐声诗》专门研究唐代的齐言歌辞,王师昆吾的《隋唐五代燕乐杂言歌辞研究》专门研究唐代的曲子辞,这些都是极为成功的例证。

第三,目前对唐代乐府诗的研究大多是从文人文学、文本文学的角度出发,割裂了乐府诗与音乐的关系。这种研究主要探讨的是乐府诗的意象、意境、内容、结构、语言等,仍属于传统的作家作品研究,忽视了乐府诗是从歌辞母体中发展而来,虽然乐府诗在唐代大多已不再入乐,但毕竟是模仿入乐歌辞,因而在命题、题材和形式方面都具有独特的特点。因此,此类研究不可能有所突破,甚至还会得出不正确的结论,比如,白居易《新乐府》经常受到"艺术性不高"的指责。事实上,这是白居易为入乐而写,他能写出文采斐然的《长恨歌》《琵琶行》,难道写《新乐府》时就才华枯竭了吗? 具有入乐动机的作品与一般徒诗有诸多不同,它更追求配合音乐的适用性,而不仅仅是"艺术性"的高低。

---

① 王运熙《唐人的诗体分类》,《中国文化》1995年第2期;王运熙《唐代乐府诗的三种类型》,万杰选编《唐诗风骚》,南昌:江西教育出版社,1999年。

而且，在目前所见的有关唐代乐府诗史的研究著作中，大多沿袭了文学史书写的惯用套路，先分析社会背景，然后排列出一些重要的作家作品，而在研究作家作品时往往先讲述生平，然后举出几篇常见的作品进行分析。这样的研究过于简略，难以深入，且"只见树木不见森林"，既无法反映唐代乐府诗发展的内在机制和运行特点，也不能揭示出唐代乐府诗的独特魅力。

第四，对乐府诗的研究只重视内容，较少顾及形式，其实形式才是文学发展长河中最富有特色的品质，应该是我们今后研究的重点。乐府诗从魏晋开始，逐渐演变成"诗之一体"，至唐代蔚为大国，其独立成体的因由何在？其体性特征如何？虽然20世纪以来，人们已逐渐意识到乐府诗是一种独立的文体，出现了一些专门的研究著作如萧涤非《汉魏六朝乐府文学史》、罗根泽《乐府文学史》等，同时一些古代文体、古代诗体研究的著作如褚斌杰《中国古代文体概论》、秦惠民《中国古代诗体通论》、麻守中《中国古代诗歌体裁概论》等也多将"乐府体"单列，但很少论及唐代乐府诗，并且在这些著作中，未将作为歌辞的"乐府"与文人诗体的"乐府"作区分，因而从文体的角度进行研究唐代乐府诗，仍有进一步开拓的空间。

有鉴于此，本书拈出唐代乐府诗中不入乐的部分（即唐代文人拟写的旧题乐府诗和新题乐府诗）进行研究，将其称为"乐府诗体"，着重描述乐府诗在唐代转变为"诗之一体"的历程，并通过对乐府诗形式的考察，试图揭示出乐府诗体的体性特征，希望能对唐代乐府诗的整体研究有所深化。

三、学术意义与研究思路

本书对唐代乐府诗体进行研究，对古代音乐文学研究、古代诗歌史研究、古代诗体学研究都具有一定的学术意义。

首先，就古代音乐文学研究而言，本书开拓了一块新领域，重点探究乐府诗与音乐疏离之后所表现出来的各种文学表征。

中国古代的诗歌曾经与音乐发生过紧密关联，其具体表现是"诗以乐为用，乐以诗为体"，由此而产生了大量的演唱歌辞。然而，任何事物的发展总是体现为某种变化着的过程，一旦诗、乐不再相配，即诗歌脱离音乐之后，我们必然就会追问：曾经与诗歌相互依存的音乐会给诗歌创作带来什么样的影响？

这一问题并未引起研究者的足够重视。时至今日，虽然古代音乐文学的研究如火如荼，但人们总是把目光较多地投注到"有声"之歌辞上。遗憾的是，"一切声调，早成死灰陈迹，纵寻根究底，而索解无由"，因而"侈言律吕，转滋淆惑"。① 与其这样,还不如另辟蹊径。于是,上面提出的问题也就具有了富于开拓意义的学术价值——它可以揭示出依靠音乐传播的歌辞向仅供案头阅读的徒诗转化的运行机制,能够更加深入地探讨隐藏在诗、乐之间的复杂关系,揭示两种不同艺术品种转换的内在密码。如果我们不去研究它,古代音乐文学势必会缺失一个新的观照视角,丧失一块新的探索领地。

唐代乐府诗体便是探讨上述问题的一个极好的研究对象。汉唐时期,乐府诗的发展大致经历了三个阶段:汉魏以来的民间歌谣代表乐府诗处于原始形态的阶段;汉代的鼓吹曲、相和歌,魏晋的三调歌及梁陈隋所制的清商曲代表乐府诗进入宫廷配乐演唱的阶段;唐代的乐府诗则由于大部分已不再入乐,因而代表了辞乐疏离之后,进入文人视野被反复拟写、逐渐演变成"诗之一体"的阶段。宋代郭茂倩所编《乐府诗集》,在每一个题目下采用从古辞、乐奏辞、拟辞的排列次序,正体现出了这三个阶段的存在。其中唐代的乐府诗虽然脱离了音乐,但它们又与徒诗表现出明显不同,其曾经入乐的经历所遗留下的痕迹斑斑可见,即便是那些自命新题的乐府诗,仍然继承了歌辞创作的传统,模仿并延续着歌辞的种种特点。因此,它可以看作是歌辞向徒诗转变过程的中间地带,在一定程度上能够反映出诗歌脱离音乐后,音乐仍然残留的影响。

其次,对诗歌史研究而言,可以细化并深化诗歌史的书写。

乐府诗最初发源于民间歌谣,属于典型的"俗文化",后来进入社会上层文化空间逐渐"雅化",并被文人所接受和仿制。因此,乐府诗体成立的过程其实是乐府诗走向文人化的过程,由此可以探究古代雅、俗两种文化相互吸收和融合的特点。文人如何接受这些民间歌谣?又是如何消化和学习的?给诗歌的发展带来了何种影响?这些问题经常被文学研究者所提及,但始终缺乏有力的证明。事实上,我国古代的文人诗就是在学习和拟效乐府民歌的过程中走向高潮的,反过来说,文人诗歌的诸多元素都来自乐府民歌。因此,自20世纪以来,人们倡导平民文学,认为民间文学的价值高于文人文学,正是在这样的学术背景下,汉乐府民歌和六朝乐府民歌得到了广泛关注。然而,这种看法有矫枉过正之嫌。试想,没有文人参与,诸多文体只能处于自生自灭的原生状态,难以得到艺术上的提升,所以我们今天不应该忽视文人文学的贡献。本书对唐代乐府诗体的研究,可以细致地描述出民间歌谣被文人接受并学习的过程。正是在这一过程中,出现了诗歌的自觉乃至于文学的自觉,故本研究能够深化对诗歌史的书写。

---

① 萧涤非著,萧海川辑补《汉魏六朝乐府文学史》(增补本),北京:人民文学出版社,2011年,第11页。

最后，就诗体学研究而言，可以使其更加符合历史事实。

近年来，古代诗体学的研究虽取得了长足发展，但囿于传统的诗体观念，对唐代乐府诗体的研究不够深入。严羽《沧浪诗话·诗体》云："乐府俱备诸体，兼统众名也。"①胡应麟《诗薮》云："是乐府于诸体，无不备有也。"②即唐代乐府诗囊括了古代的各种诗体，因而在传统的以古、近体或五、七言诗为架构的分类体系中难以安排，不得不消解其诗体的独立性。李锦旺在分析明清"古诗——唐诗"系列选本中，发现大多数选本未将唐代乐府诗单列，而将其并入五七言诗体分类体系中，"从《唐诗品汇》以后，五七言古今体这一选诗体例渐次得以普及，并随众多选本的流传而发挥导向作用，使得那种轻视唐代乐府，乃至忽视唐代乐府诗作为独立一体的观念泛滥开来，并产生的持久的影响，从而在一定程度上阻碍着唐代乐府的研究进程"③。再加上近百年以来，我们受到西方文学理论中文体观念的冲击，习惯于从"科学"的、严密的逻辑理念去观照古代文体，其结果是忽视了本民族自身的发展事实和文体特点，使"一些在历史上产生过重要影响并曾受到重视、具有本土特色的传统文学作家和作品则被忽视甚至排斥"④。在今天看来，尽管以古、近体或五、七言诗为架构的分类体系似乎更加科学合理，但它却不符合唐代的历史事实，因为唐人不是这样分类的。在唐人的诗体观念中，"乐府""选体""楚辞体""歌行"都是独立成类的⑤，这是时代和文学自身发展的产物，本不应赋予是否科学合理的价值评判，然而这些诗体却在后世的分类和研究中被遗忘了。一般来说，诗体是诗歌最为基本的表现形态，是诗歌在某一发展阶段上凝固而成的形式规范，也是最能体现民族性的文艺品质。正如一些学者所倡导的，我们今天"应回归本土和本体"，"突出中国文学特有的语言形式与审美形式的特点，从中国文学固有的'文体'角度切入来研究中国文学"，⑥因而对于诗歌史上曾经出现过的那些诗体（比如唐代的乐府诗体）应该进行把握，阐述其文体特征和艺术魅力，揭示其在当时之所以独立成类的原因。

本研究的展开，首先是竭泽而渔式地搜集和整理唐代乐府诗的有关资

---

① 严羽著，郭绍虞校释《沧浪诗话校释》，第72页。
② 胡应麟《诗薮》，第13页。
③ 李锦旺《明清"古诗——唐诗"系列选本中的乐府体例之争》，《浙江教育学院学报》2002年第5期，第5页。
④ 吴承学《中国古代文体学研究》，北京：人民出版社，2011年，第2页。
⑤ 严羽《沧浪诗话·诗体》中列有众多诗体，从一定程度上说，是对唐人诗体分类观念的总结。王尧衢《古唐诗合解》云："诗至唐而诸体皆备。唐以后至今，皆本唐诗以为指归。"沈德潜《唐诗别裁集·凡例》云："诗至有唐，菁华极盛，体制大备。"这就使唐代任何一种诗体的研究都具有了一定的学术价值与意义。
⑥ 吴承学《中国古代文体学研究》，第3页。

料。笔者以《全唐诗》为依据,对今存唐代诗歌中的所有乐府诗进行收集汇编,共有五千三百多首乐府诗,并全面搜集后人对唐代乐府诗的评价,编成《唐代乐府诗资料汇编》。在此基础上,将从历史学、音乐学、文化学和文艺学的角度展开研究。

在具体的研究过程中,本课题将立足于音乐文学的研究视角,对"乐府诗体"的概念、创作方式、文体特征、文体功能及其发展史进行细致深入的考察。本课题以文化考察和文本分析为主,综合运用音乐学、文艺学、历史学、文化学、艺术学等学科的研究方法,将宏观考察与微观研究、定量统计与定性分析相结合,从事实出发,以归纳和演绎之法得出自己的结论。本书的重点在于描述和揭示唐代乐府诗体的形成与发展过程,而对一些细微的问题不作专门考证;在行文过程中,重视对历史事实的梳理及文献材料的引用与阐发,力求少发一些浮泛空洞的议论,不作过多的所谓"理论概括",避免将古代历史人为地"逻辑化"以至于造成过度阐释、强制阐释。本研究不可避免地要采用当下的观念去总结唐代乐府诗的文体特征,但无意将历史现代化;也不可避免地要借鉴一些中外关于现代诗学的理论,但无意把本研究作为某种理论的注解。阐述过程中,在吸收前人研究成果的基础上,本书力求有所创新和突破!

第一章　唐代乐府诗体的认定

在唐代的诗歌体类中,"乐府诗体"是其中颇为独特的一种。然而,人们对它的认识至今模糊不清。本章在辨析相关概念的基础上,探究乐府成为"诗之一体"的过程,阐述唐人的"乐府诗体"观念,对其体性作出界定,并考察唐代"乐府诗体"作品的存佚情况。

第一节　唐前"乐府"成为"诗之一体"的过程

在唐前,"乐府"一词已进入文学领域指称文体,起初用来代称"歌辞",后来又指称"乐府诗体",这一转变过程的实现正是辞与乐相互疏离的结果。李锦旺在其博士论文中专设《乐府诗体的形成与确立》一章,论述重点是乐府诗的源头即汉乐府,将乐府诗体的形成划分为三个阶段:第一阶段,两汉时期——奠基阶段;第二阶段,建安与曹魏时期——承上启下阶段;第三阶段,晋宋齐梁时期——拟古乐府与乐府新歌交替发展阶段。李文还追溯和梳理"乐府"诗体理论体系的嬗变过程,指出刘勰《文心雕龙》中对"乐府"的认识"标志着乐府诗体理论体系建设的完成",但"其标准染上了强烈的功利主义色彩"。① 本书所论"乐府诗体"是指不入乐的乐府诗,因而着重揭示其脱离音乐、进入文学层面成为"诗之一体"的过程。

一、"乐府"的含义及本书界定

今见"乐府"一词最早出处是1976年秦始皇陵挖掘出土的"乐府"钟及后来又陆续出现的秦代"乐府"封泥②,这就表明秦代已设置有称名为"乐府"的官署。存世的汉代文献中,"乐府"均是指掌管乐舞的官署——这正是"乐府"一词的原初含义。后来,"乐府"一词进入文学领域指称文体,用来代称乐舞官署中演唱的歌辞。唐代以绝句入乐,故有人将唐之绝句亦称为"乐

---

① 李锦旺《唐代乐府诗综论》,浙江大学2001年博士学位论文,第24—42页。
② 寇效信《秦汉乐府考略——由秦始皇陵出土的秦乐府编钟谈起》,《陕西师大学报》1978年第1期,第35—37页;周晓陆、路东之、庞睿《秦代封泥的重大发现——梦斋藏秦封泥的初步研究》,《考古与文物》1997年第1期,第37页。

府"。王士禛《唐人万首绝句选序》云:"唐三百年以绝句擅场,即唐三百年之乐府也。"①同时,人们还把那些文人仿制不入乐的诗歌作品也称为"乐府",而宋元时期则将词、曲都称为"乐府"。胡应麟《诗薮》内编卷一云:"乐府之体,古今凡三变:汉、魏古词,一变也;唐人绝句,一变也;宋、元词曲,一变也。"②从这里可以看出,"乐府"一词含义的每一次变迁都意味着新文体的产生。虽然这些含义的出现是我国乐文化传统的习惯使然,是代表了不同历史阶段不同观念的产物,但在今天看来依然显得复杂且混乱。当然,我们今天不可能苛求古人,只能以研究者的立场采用当下的学术观念作出较为妥当的界定,以便使各种概念的使用更为合理,从而求得此项研究的新进展。

首先,用"乐府"来指称词、曲,应该在今天的研究中尽量避免,因为"词""曲"作为专有名词现已得到了学术界的认可,没有必要再引起混乱。褚斌杰《中国古代文体概论》一书便持这样的看法,他在介绍完宋元时期有人把"乐府"这一名称和范围扩充到词、曲领域后,接着说:"这无疑是对'乐府'的十分广义的理解了。但从文体分类上讲,这一理解混淆了不同文体的界限,是不够科学的。所以,明代以后的一些有影响的文体论著作,如《文体明辨》《文章辨体》等,都不采取这种意见。"③

其次,用"乐府"代称乐舞官署中所演唱的歌辞,清代顾炎武《日知录》卷二八云:"乐府是官署之名,其官有令,有音监,有游徼。……后人乃以乐府所采之诗即名之曰'乐府',误矣。曰'古乐府',尤误。"④今人陆侃如《乐府古辞考》中亦说:"'乐府'本是一种官署名……后人即以他们所搜集的诗歌叫做'乐府',似乎不很妥当。"⑤其实,"乐府"的此种含义就是我们今天所说的"歌辞",而"歌辞"在当下的文体分类中与"诗"截然不同,它是配合音乐的艺术,"以乐为主",所以此种含义的"乐府"在今天的研究中应该直接称为"歌辞",这样更合乎诗学规范。事实上,南北朝时已有"歌辞"的用法,任昉《文章缘起》中所列"文章名"中就有"歌",与"诗""乐府"等并列,在《隋书·经籍志》中录有"《乐府歌辞钞》一卷""《吴声歌辞曲》一卷,梁二卷""《乐府歌辞》九卷""《歌辞》四卷""《魏宴乐歌辞》七卷""《晋宴乐歌辞》十卷,荀勖撰"等。王师昆吾所著《隋唐五代燕乐杂言歌辞研究》、吴大顺所著《魏晋南北朝乐府歌辞研究》正是采用当下的学术概念体系分别对隋唐五代、魏晋南

---

① 王士禛《唐人万首绝句选序》,《唐人万首绝句选》,第1页。
② 胡应麟《诗薮》,第14页。
③ 褚斌杰《中国古代文体概论》(增订本),北京:北京大学出版社,1984年,第112页。
④ 顾炎武著,黄汝成集释《日知录集释(外七种)》,上海:上海古籍出版社,1985年,第2097—2098页。
⑤ 陆侃如《乐府古辞考》,第1页。

北朝的歌辞进行研究。这两本书中的研究对象原本都被称作"乐府"。当然,倘若我们今天一定要遵从传统,也可称之为"乐府诗",目前有许多研究者都是这样称名的;也可将汉代乐府诗称为"歌诗",因为汉人将当时的乐府诗称为"歌诗",但不宜将后世的歌辞统称为"歌诗"①。

最后,在南北朝及其后的文献中,用"乐府"指称文人仿制但不入乐的诗歌作品十分通行,在今天也几乎得到大家认可,但我以为,这批作品在文体性质上乃属于"诗",而在"诗"的大类中却又不同于一般的徒诗,所以称为"乐府诗体"更妥当一些。在当前的乐府诗研究中,有人采用广、狭二义的办法来区分歌辞与乐府诗体,如萧涤非《汉魏六朝乐府文学史》中说:"乐府之范围,有广狭之二义。由狭义言,乐府乃专指入乐之歌诗,故《文心雕龙·乐府篇》云:'乐府者,声依永,律和声也。'而由广义言,则凡未入乐而其体制意味,直接或间接模仿前作者,皆得名之曰乐府。"②同名而不同实,在研究中容易造成混乱;也有人称之为"泛乐府",这不是规范的文体学概念,应避免;还有人用"乐府体"来指称没有入乐的乐府诗,我以为也不太妥当,因为明清时期曾有人用"乐府体"来代称"歌辞",如沈德潜《说诗晬语》卷上:"苏、李赠答,无名氏《十九首》,是古诗体;《庐江小吏妻》《羽林郎》《陌上桑》之类,是乐府体。"③容易出现新的混乱,而且无法突出其在本质上作为"诗"的特点。

总之,为了使以后的研究更加科学规范,我们可以对与"乐府"相关的概念进行重新约定:"乐府"一词应专指音乐机构,在乐府里演唱的歌辞应称作"歌辞"或"乐府诗",而文人所拟的不入乐的乐府诗应称作"乐府诗体"。

二、乐府诗体导源于魏晋之"乖调"

乐府诗体的创作主体是文人,它的出现导源于魏晋时期曹植、陆机等人的"乖调"。刘勰《文心雕龙·乐府》云:

> 凡乐辞曰诗,诗声曰歌,声来被辞,辞繁难节;故陈思称李延年闲于增损古辞,多者则宜减之,明贵约也。观高祖之咏《大风》,孝武之叹《来迟》,歌童被声,莫敢不协;子建士衡,咸有佳篇,并无诏伶人,故事谢丝管,俗称乖调,盖未思也。④

---

① 可参王军明、任淑红《"歌诗""声诗"辨——与赵敏俐等先生榷谈》,《徐州教育学院学报》2007年第3期,第81—83页。
② 萧涤非著,萧海川辑补《汉魏六朝乐府文学史》(增补本),第11页。
③ 沈德潜《说诗晬语》,丁福保辑《清诗话》,第530页。
④ 刘勰著,范文澜注《文心雕龙注》,北京:人民文学出版社,1958年,第102—103页。

何为"乖调"？《宋书·袁豹传》中有云："譬犹修堤以防川,忘渊丘之改易,胶柱于昔弦,忽宫商之乖调,徒有考课之条,而无豪分之益。"①"忽宫商之乖调"意谓宫商错迕,不合曲调。曹植、陆机等人虽然创作了许多乐府诗,但当时并未真正演唱,故有些人认为是"不合曲调"的结果,而在刘勰看来,这是由"无诏伶人"造成的②。魏晋时期,能有机缘入乐演唱的乐府歌辞或是特权人物所作,或是各种仪式歌辞,而仪式歌辞一般会由朝廷指定专人拟写,普通文人不可"私造"。因此,那些普通文人所作乐府诗,只能因"无诏伶人"而"事谢管弦"。比如"魏氏三祖"曹操、曹丕和曹叡的乐府诗多为"魏乐所奏"或"魏晋乐所奏",而曹植的乐府诗却很少享受到此等待遇③。据黄侃《文心雕龙札记》考证:"子建诗用入乐府者,惟《置酒》(《大曲·野田黄雀行》)、《明月》(《楚调·怨诗》)及《鼙舞歌》(笔者按,应为《鼙舞歌》)五篇而已,其余皆无诏伶人。"④由于曹植所制的大多数乐府诗未被演唱,故陈寿《三国志·陈思王植传》述及曹植的著作时说,魏明帝下诏"撰录植前后所著赋、颂、诗、铭、杂论,凡百余篇,副藏内外",明确将曹植乐府统统称作"诗"。又据《宋书·乐志》载,魏明帝时王肃曾"私造宗庙诗颂十二篇,不被哥"⑤,这说明曹魏时期即使是文人创作的仪式歌辞,若无诏令,依然不可能付诸歌喉。看来,没有被乐演唱的乐府诗已经出现,逐渐成为一个客观事实。西晋时陆机也创作了大量乐府诗,其遭遇应与曹植乐府诗相似,当时真正被配乐传唱的乐府诗可能比曹植更少。

与此相应,曹植、陆机等人创作的乐府诗本身也悄悄发生了一些改变。许学夷《诗源辩体》云:"子建乐府五言《七哀》《种葛》《浮萍》而外,惟《美女篇》声调为近。外惟《名都篇》云'名都多妖女,京洛出少年。宝剑直千金,被服丽且鲜。斗鸡东郊道,走马长楸间',《白马篇》云'白马饰金羁,连翩西北驰。借问谁家子,幽并游侠儿'数语,稍类乐府,余则谓之乖调矣。"⑥钱志熙《汉魏乐府的音乐与诗》中说,曹植后期创作的许多乐府诗"都是撇开固定的

---

① 沈约《宋书》,北京:中华书局,1974 年,第 1499 页。
② 对曹植乐府"乖调"的研究,可参李成林《曹植乐府之"乖调"探微》,吴相洲主编《乐府学》第六辑,北京:学苑出版社,2010 年,第 215—225 页;崔建荣《曹植乐府"乖调"研究》,漳州师范学院 2011 年硕士学位论文。
③ 向回《曹植乐府不入乐说质疑》一文提出,"通过对曹植所作乐府曲调的音乐流传情况的系统考查,有理由认为他所作的乐府歌诗大都是入乐的"(《暨南学报》2008 年第 1 期,第 101—104 页)。即便在当时曹植拟写的这些曲调依然在传唱,但曹植本人所作乐府未必被配乐演唱,因为一首歌辞要演唱,还需要乐人"增损";若只是文人吟唱,那么演唱效果和传播广度就大打折扣了。
④ 黄侃《文心雕龙札记》,第 36 页。
⑤ 沈约《宋书》,第 538 页。
⑥ 许学夷著,杜维沫校点《诗源辩体》,北京:人民文学出版社,1987 年,第 81 页。

曲调,在篇章结构和修辞上都有很大的变化;所以被时人称为'乖调'"①。这是从文学文本的角度出发,认为曹植的部分乐府诗在"声调"及写法方面已不类汉乐府,故谓之"乖调"。这种对"乖调"的解释未必完全妥当,但他们指出曹植乐府诗已有所改变,却是十分有道理的。这一改变主要体现在题材选取、主题取向、审美风格、艺术技巧、语言修辞等诸多方面,已经与汉乐府有了较为明显的不同,今人论著中多有阐述,此不赘述。

有研究者认为,由于曹植、陆机乐府诗不入乐,故其写法发生变化。其实这一看法是有问题的,因为当时还是"选诗入乐"的时代,曹植、陆机最初创作乐府诗,原本有入乐动机,只不过是缺少乐工增损,最终并未转换为视听艺术。也就是说,曹植、陆机等人的乐府诗不入乐与文人化写法之间并不具备某种必然性的因果关系。但二者的确同时发生了——历史经常是这样——其所导致的客观后果便是"乐府诗"脱离歌辞,在文体属性上向"诗之一体"转变。清代冯班《钝吟杂录·古今乐府论》云:"古诗皆乐也,文士为之辞曰诗,乐工协之于钟吕为乐。自后世文士或不闲乐律,言志之文,乃有不可施于乐者,故诗与乐画境。文士所造乐府,如陈思王、陆士衡,于时谓之'乖调'。刘彦和以为'无诏伶人,故事谢丝管',则是文人乐府,亦有不谐钟吕,直自为诗者矣。"《论乐府与钱颐仲》又云:"大略歌诗分界,疑在汉、魏之间。"②说的正是这种情况。今人徐公持《魏晋文学史》说:"曹操改造了音乐与文学的关系,在保留旧有乐曲基础上创作新歌辞,'乐府歌辞'开始向'乐府诗'演化;曹植进一步使音乐与文学灵活化,形成多种曲、题、辞的关系,并且改变了音乐第一、文学第二的关系,突出了文学的地位,'乐府歌辞'才真正完成了向'乐府诗'的过渡。"③葛晓音《八代诗史》指出,曹植"在中国古典诗歌从朴质无华的民歌转向体被文质的文人诗这一发展阶段中,作出了巨大贡献"④。赵红玲《中古拟诗研究》认为,这时"乐府诗已经完成了与歌的疏离和向徒诗的转型,文人化成了其主要特征"⑤。李锦旺《汉魏六朝乐府的分期与阶段特征》一文谓建安曹魏时期"开始创作乐府徒诗","作为建安诗坛最杰出的诗人,曹植乐府诗对后世的影响极大。晋宋间陆机、鲍照等诗坛名家均直接取法于他,大开拟古乐府之风。遂使拟古乐府与乐府新歌成为开放于诗坛(徒诗)和乐坛(歌诗)的并蒂莲"⑥。张爱波《西晋士风与文人拟古乐府诗的盛

---

① 钱志熙《汉魏乐府的音乐与诗》,郑州:大象出版社,2000年,第167页。
② 冯班《钝吟杂录》,丁福保辑《清诗话》,第37页,第40页。
③ 徐公持《魏晋文学史》,北京:人民文学出版社,1999年,第90页。
④ 葛晓音《八代诗史》,西安:陕西人民出版社,1989年,第68页。
⑤ 赵红玲《中古拟诗研究》,上海师范大学2002年博士学位论文,第6页。
⑥ 李锦旺《汉魏六朝乐府的分期与阶段特征》,《阜阳师范学院学报》2004年第1期,第38页。

行》一文说:"乐府诗经过长期的发展,在艺术表现形式和手法上已趋成熟,建安诗人正是利用了这种新生的艺术形式来叙事抒情,使乐府诗从娱乐宾客的歌曲一跃而成为文人创作的主要诗体的一种。"①

当然,在这一过程中,我们不应该忽视曹操的贡献。他"以相王之尊,雅爱诗章"②,不仅主动创作乐府诗,而且号召和影响曹丕、曹植、曹叡及其他文人参与其中,还发展了乐府表演艺术,为乐府诗体的发展提供了生存空间。若没有曹操的提倡和示范,就不会有曹丕对清商乐的建设,也不会有曹植和陆机的"乖调",更不可能有大量文人投入乐府诗创作中去。我们看到,今天存留的汉乐府大多是采自民间的"无名氏"之作,而到了魏晋,则几乎都是文人之作,所以萧涤非在论及魏晋乐府时说:"乐府不采诗,而所谓乐府者,率皆文士之什是也。"③当文人介入乐府诗创作后,乐府诗的创作主体发生了变化,开始重视结构体制和文字技巧,提升了乐府诗的文学品质。它从歌唱艺术中解放出来,摆脱了"歌辞"的身份,成为完全意义上的文学作品,乐府诗体由此而拉开了序幕。

三、刘宋前后"乐府"专指歌辞并与徒诗相区分

在汉代,乐府诗是名符其实的入乐歌辞,但当时并不被称作"乐府",而被称为"歌诗",如班固《汉书·艺文志》中录有"宗庙歌诗""吴楚汝南歌诗""齐郑歌诗""河南周歌诗"等。汉代人所讲的"诗",多数情况下是指《诗经》,《汉书·艺文志》中录有"诗六家,四百一十六卷"都是与《诗经》相关的著作。

汉魏之际,出现了一般意义上的徒诗,这时人们才用"诗"来指称徒诗,在曹丕、曹植的文集中就有大量的用例。随着"徒诗"观念的普及,到了南朝刘宋前后,人们开始用官署名"乐府"一词来代指演唱的歌辞④,如荀勖编有《乐府歌诗》十卷,谢灵运有《新录乐府集》十一卷⑤,《南齐书·乐志》中把曹

---

① 张爱波《西晋士风与文人拟古乐府诗的盛行》,《求索》2006年第10期,第169页。
② 刘勰著,范文澜注《文心雕龙注》,第673页。
③ 萧涤非著,萧海川辑补《汉魏六朝乐府文学史》(增补本),第121页。
④ 关于"乐府"一词由官署名转而指称歌辞的具体时间,萧涤非《汉魏六朝乐府文学史》认为"当始于晋、宋之际";胡大雷《文选诗研究》认为"'乐府'之成为诗体名有确切记载是在南朝宋时"(广西师范大学出版社,2000年,第327页);李锦旺认为,"至晋宋之际,乐府开始在个人文集中被单独列为一类"(《唐代乐府诗综论》,浙江大学2001年博士学位论文,第40页);刘加夫《南朝乐府名义辨析》认为"至迟在宋、齐之际,乐府已经作为文体名称被使用了"(《山东师范大学学报》2003年第3期,第52页)。笔者以为,这一时期的"乐府"乃是指歌辞,还不是后来文体意义上纯粹的"诗"。
⑤ 欧阳修、宋祁《新唐书》,北京:中华书局,1975年,第1435页。

植的《宴乐篇》称作"乐府"①。刘勰《文心雕龙》列有《乐府》一节,专论歌辞,他给乐府下的定义是:"乐府者,声依永,律和声也。"显然,"乐府"进入了文学领域,"取得了文学上的身份。而从此以后,乐府也便和《诗经》、《楚辞》、辞赋等同为一种文学体裁了"②。为何会用官署名称来指代属于文学体裁的歌辞呢? 主要是因为最初的歌辞就是由"乐府"官署所收集、保存和使用,《文镜秘府论·论文意》云:"乐府者,选其清调合律唱,入管弦,所奏即入之乐府聚至。如《塘上行》《怨诗行》《长歌行》《短歌行》之类是也。"③徐师曾《文体明辨序说》中"乐府"条云:"按乐府者,乐官肄习之乐章也。"④因而,人们顺理成章地把汉代以来乐府官署所演唱过的歌辞称为"乐府"或"古乐府"。正是在这个意义上,后人才把所有合乐演唱的歌辞(如后来的词、曲)均称作"乐府"。

  刘宋时期,人们已把"乐府"与"诗"看作是两种体裁。"乐府"专指歌辞,"诗"则是指不曾合乐的"徒诗",如沈约《宋书》卷一○○中叙述沈亮和沈林子的著述时,便把"乐府"与"诗""赋""赞""祭文"等并列⑤。刘勰《文心雕龙·乐府》亦云:"昔子政品文,诗与歌别,故略具乐篇,以标区界。"⑥这一观念的出现,是当时人们对文体进行辨析的结果,从刘向《七略》到曹丕《典论·论文》、陆机《文赋》、挚虞《文章流别论》、任昉《文章缘起》,文体分类越来越细致,且"自汉末魏晋以来,文体辨析一直受到作家、批评家的注意,但从来没有像南朝时期的要求迫切。这是因为南朝时文学地位提高了,写作成为当时社会生活中一件非常重要的事情",而"南朝时期的文体辨析又进入了新阶段,这就是对纯文学文体的认识更加深刻,更接近于文学的本质"。⑦ 有学者甚至还提出,中国古代文体学形成于魏晋,成熟于南北朝⑧。在这样的背景下,人们自然会把配乐演唱的"乐府"与作为纯文学的徒诗分作两体,尤其对于沈约来说,他编《宋书·乐志》,收录乐章,其着眼点"在乐府的音乐性"上,"歌辞是否合乐在这里几乎成为能否被史书著录的唯一标准,这就是沈约的乐府观念。由这种强调乐府音乐性的观念出发,沈约将乐府与不曾或

---

① 萧子显《南齐书》,北京:中华书局,1972 年,第 195 页。
② 萧涤非《关于"乐府"》,萧光乾编《萧涤非文选》,济南:山东大学出版社,2006 年,第 49 页。
③ 〔日〕遍照金刚撰,卢盛江校考《文镜秘府论汇校汇考》,北京:中华书局,2006 年,第 1350 页。
④ 徐师曾《文体明辨序说》,于北山、罗根泽校点《文章辨体序说 文体明辨序说》,第 102 页。
⑤ 沈约《宋书》,第 2452 页,第 2459 页。胡大雷《文选诗研究》中列出诸多资料(第 327 页),可参看。
⑥ 刘勰著,范文澜注《文心雕龙注》,第 103 页。
⑦ 傅刚《〈昭明文选〉研究》,北京:中国社会科学出版社,2000 年,第 73 页,第 87 页。
⑧ 朱迎平《中国古代文体论论略》,《古典文学与文献论集》,上海:上海财经大学出版社,1998 年,第 73—75 页。

不能被诸管弦的所谓徒诗进行区分,是有其合理性的"。①

四、"乐府"成为"诗之一体"的过程是诗乐疏离的结果

关于乐府诗的发展史,刘濂《九代乐章序》中提出"三变说"②。顾有孝《乐府英华序》亦云:"乐府自汉至唐,已经三变。汉乐府质朴古雅,如商彝周鼎,光彩陆离,是明堂、清庙之器;魏则去古未远,犹有骚雅遗风,兼以英才间出,各相雄长,人握隋侯之珠,家有荆山之璞,邺下人文于斯为盛,是一变也。沿及南北朝,日寻兵戈,礼废乐坏,即有好文之主,习尚纷华,务为淫靡,流荡忘返,元音不作,是又一变也。至唐而李杜诸大家乐府,皆创造新声,纪载时事,扶衰起弊,横制颓波,是又一变也。"③萧涤非《汉魏六朝乐府文学史》中说,乐府"由两汉之里巷风谣,一变而为魏晋文人之咏怀诗,再变而为南朝儿女之相思曲,三变而为有唐作者不入乐之讽刺乐府"④。显然,这都是从内容与风格的变迁立论的。若以诗乐关系而言,其变化亦十分显明,明代胡震亨《唐音癸签》卷一五说:"古人诗即是乐。其后诗自诗,乐府自乐府。又其后乐府是诗,乐曲方是乐府。"⑤"诗即是乐"是指先秦的《诗经》,"诗自诗,乐府自乐府"指南北朝"诗"与"乐府"的分立,"乐府是诗"便是指唐代,"乐曲方是乐府"指宋元词、曲。萧涤非后来在《关于"乐府"》一文中说,"乐府"一词的含义"由音乐机关的名称,一变而为带有音乐性的诗体的名称,再变而为具有现实性实际上并未入乐的诗体的名称"⑥。从这个角度而言,"乐府"由歌辞衍化为"诗之一体"的过程,其实是诗乐疏离的结果。

上面提到,曹植、陆机的部分乐府诗由于"未诏伶人",故"事谢管弦",开创了"乐府诗体"的源头。这时,乐府曲调依然在流传,只不过是当时他们没有条件配乐演唱。后来晋室播迁,大量的清、平、瑟三调歌曲亡佚,到了东晋及南朝时期有许多曲调已不再演唱。据刘宋顺帝昇明二年(478)王僧虔的上表,三调歌在十数年间"亡者将半"⑦。王僧虔又著《大明三年宴乐技录》,其中所录《西门行》《却东西门行》《饮马行》(即《饮马长城窟行》)等均"已不歌"⑧。但是,人们依然借用乐府诗题目进行大量拟写,这样就出现了把没有

---

① 刘加夫《南朝乐府名义辨析》,《山东师范大学学报》2003 年第 3 期,第 52—53 页。
② 刘濂《九代乐章》,《四库全书存目丛书》,集部第 300 册,第 739 页。
③ 顾有孝《乐府英华序》,《四库全书存目丛书补编》,第 33 册,济南:齐鲁书社,2001 年,第 516—517 页。
④ 萧涤非著,萧海川辑补《汉魏六朝乐府文学史》(增补本),第 26 页。
⑤ 胡震亨《唐音癸签》,第 174 页。
⑥ 萧涤非《关于"乐府"》,萧光乾编《萧涤非文选》,第 50 页。
⑦ 沈约《宋书》,第 553 页。
⑧ 该书已佚,郭茂倩《乐府诗集》于上述各题目下的解题部分有所征引。

入乐记录的拟作也称为"乐府"的作法,起初人们为了表示区别,常常加上一些表明其非歌辞的标志,如鲍照在乐府诗题目前面多加"代"字,如《代放歌行》《代出自蓟北门行》《代东武吟》等,沈约在《宋书》卷五一中谓鲍照"尝为古乐府","乐府"之前加一个"古"字,表明不是歌辞。这就是说,人们开始意识到不入乐的乐府诗不再是歌辞。更值得玩味的是,鲍照《松柏篇序》云:

> 余患脚上气四十余日,知旧先借《傅玄集》,以余病剧,遂见还,开帙,适见乐府诗《龟鹤篇》。①

这里把"乐府"与"诗"合称,并不是二者的简单相加,说明"乐府"在性质上已不再是歌辞,而演变成"诗"了。作为这一观念的结果,萧统在编《文选》时把"乐府"直接编排在"诗"大类下面作为其中的一个子类,分明是把乐府诗看作是"诗之一类"或"诗之一体"②,而把入乐的郊庙歌辞另立一类。而任昉《文章缘起》中把"乐府"解释为"古诗"③,则明确表明其文体性质是"诗"。郦道元《水经注》中说:"余至长城,其下往往有泉窟,可饮马。古诗《饮马长城窟行》,信不虚也。"④因先前的歌辞《饮马长城窟行》已不再传唱,故郦道元直接称作"古诗",正如傅刚所分析的:"本来,乐府与诗的主要区别在入乐与否,但自魏晋以后,许多文人拟乐府并不入乐,甚至一些古乐府也不入乐,如《饮马长城窟行》,南朝陈释智匠《古今乐录》引王僧虔《技录》说:'《饮马行》,今不歌。'这样诗与乐府的区别更不清楚了,萧统《文选》将'乐府'入于'诗',大概便是根据以上所说的事实。"⑤简言之,人们把乐府视作"诗之一体"是基于这样一个事实:原先可以演唱的乐府歌辞不再演唱了,故在文体性质上不是"歌辞",而是"诗"。以此为基础,后来文人所拟写的不入乐的乐府自然也是"诗之一体"了。钟嵘《诗品》论诗不区分乐府,便是由于大量的文人乐府并不合乐的缘故,"唯以其词采、风骨"为重⑥。当然,这并不是说"乐府"就等同于徒诗了,徐陵所编《玉台新咏》中多次出现"乐府诗"的称名,刘加夫分析说:"这仅表示乐府是诗之一体,并不意味着'诗'也可混入乐府。

---

① 逯钦立辑校《先秦汉魏晋南北朝诗》,北京:中华书局,1983年,第1264页。
② 刘加夫《南朝乐府名义辨析》,第54页。
③ 任昉《文章缘起》,陈懋仁注《文章缘起注》,《丛书集成初编》,第2625册,北京:中华书局,1985年,第12页。
④ 此条材料不见于今本《水经注》,是李善注《文选》在《饮马长城窟行》题下所引,当为佚文。萧统编,李善等注《六臣注文选》,第511页。
⑤ 傅刚《〈昭明文选〉研究》,北京:中国社会科学出版社,2000年,第268—269页。
⑥ 刘加夫《南朝乐府名义辨析》,第54页。

这与萧统在《文选》中既以乐府为诗之一体,又严守乐府独立性的作法是一致的。"①

梁陈时期,又有一批汉魏旧曲不再入乐。据陈释智匠《古今乐录》载,"不歌"或"不传"的有《上留田行》《新城安乐宫》《野田黄雀行》《胡无人行》《白杨行》《棹歌行》《蜀道难行》等②。同时,随着诗歌唱和风气的兴盛,鼓吹、横吹曲题目及一些不再入乐的相和曲题目如《度关山》《陇西行》《蜀国弦》《鸡鸣曲》等都采用赋写题面意思的方式来拟写③。在这种背景下,维系乐府诗传承的音乐逐渐淡化,而文学创作的因素则进一步加强,具体表现为:由先前的"因声而作歌"转变为对题意的继承;多用当时流行的永明新体来写乐府诗;边塞题材的乐府诗采用艺术想象的写法;闺怨题材的乐府诗借鉴宫体诗的表现手法。这些变化无疑为唐代乐府诗体的写作提供了经验,为唐代乐府诗体的繁荣奠定了基础。

综上所论,"乐府"由歌辞变成"诗体"的成立过程,是辞乐之间日益疏离所导致的必然结果,在本质上则是乐府脱离音乐而变为文学体裁的过程。正如明代张萱《疑耀》卷六云:"乐府本以被管弦者,今所传古乐府词,多不可读。沈休文曰:'乐人以声音相传,大字是词,细字是声,声词合写,愈传愈讹。'至今遂不得其解耳,故后人作古乐府止用其题,不袭其意,亦不谐其调,如《朱鹭》则咏鹭之色,《艾如张》则咏射雉事,或五言,或七言,或近体,或歌谣,皆如咏物体。盖自魏而后皆然,不特唐人也。至于可被管弦与否,不复问矣。"④冯班《钝吟杂录》中则阐释得更为明确:"古人之诗,皆乐也。文人或不闲音律,所作篇什,不协于丝管,故但谓之诗。诗与乐府从此分区。又乐府须伶人知音增损,然后合调。陈王、士衡多有佳篇,刘彦和以为'无诏伶人,故事谢丝管。'则于时乐府,已有不歌者矣。后代拟乐府,以代古词,亦同此例也。"⑤

第二节 唐人的"乐府诗体"观念及后人的认识

"乐府诗体"虽滥觞于魏晋时期,在南北朝时期也有一定的发展,但其真正在观念上得以凝固并在创作实践中取得较大成就是在唐代。

---

① 刘加夫《南朝乐府名义辨析》,第56页。
② 该书已佚,郭茂倩《乐府诗集》于上述各题目下的解题部分有所征引。
③ 参钱志熙《齐梁拟乐府赋题法初探——兼论乐府诗写作方法之流变》,《北京大学学报》1995年第4期,第60—65页。
④ 张萱《疑耀》,《景印文渊阁四库全书》第856册,第265页。
⑤ 冯班《钝吟杂录》,丁福保辑《清诗话》,第42页。

一、唐人自觉的"乐府诗体"观念

在唐代文献中,"乐府"一词频频出现。在《全唐诗》中,"乐府"一词出现七十六次,在《全唐文》中,"乐府"一词出现六十五次。其含义正如王师昆吾所指出的,约有三种:一、音乐机关;二、乐府诗体;三、歌辞。而唐代大量的乐府诗,属第二种含义①。有研究者认为,"唐人所说的'乐府'或是指代朝廷的音乐机构,或是指在朝廷演唱的歌诗,总是与朝廷有关"②,其实这一理解不够全面,唐代文献中大量出现的"乐府"一词,即非朝廷演唱的歌诗,也与朝廷无关,它就是指衍变成"诗之一体"的"乐府诗体"。比如:

李季卿《三坟记》:"焯见焉,左迁普安郡户掾,赋古乐府廿四章,左史韦良嗣为之叙,文集十卷。"③

权德舆《左谏议大夫韦君诗集序》:"初君年十一,尝赋《铜雀台》绝句,右拾遗李白见而大骇,因授以古乐府之学。"④

皎然《送邬傪之洪州觐兄弟》:"赠君题乐府,为是豫章行。"⑤

元稹《送东川马逢侍御使回十韵》:"旋吟《新乐府》,便续古《离骚》。"⑥

元稹《进诗状》云:"故自古风诗至古今乐府,稍存寄兴,颇近讴谣,虽无作者之风,粗中道人之采。……今谨随状进呈,无任战汗屏营之至。"⑦

元稹《唐故工部员外郎杜君墓系铭》:"由是而后,文变之体极焉,然而莫不好古者遗近,务华者去实;效齐梁则不逮于魏晋,工乐府则力屈于五言;律切则骨格不存;闲暇则纤秾莫备。"⑧

赵璘《因话录》卷三:"李贺能为新乐府";"李贺作乐府,多属意花草蜂蝶之间"。⑨

陆龟蒙《论白居易荐徐凝屈张祜》云:"(张)祜初得名,乃作乐府艳

---

① 王师昆吾《隋唐五代燕乐杂言歌辞研究》,第324—325页。
② 张煜《唐人所说"乐府"涵义考》,《社会科学辑刊》2004年第6期,第179—181页。
③ 董诰等编《全唐文》,北京:中华书局,1983年,第4682页。
④ 权德舆撰,郭广伟校点《权德舆诗文集》,第524页。
⑤ 彭定求等编《全唐诗》,北京:中华书局,1960年,第9218—9219页。
⑥ 元稹撰,冀勤点校《元稹集》,北京:中华书局,1982年,第132页。
⑦ 同上书,第406页。
⑧ 同上书,第601页。
⑨ 赵璘《因话录》,上海:上海古籍出版社,1979年,第82页,第85页。

发之词。"①

黄璞《欧阳行周传》:"古乐府诗有《华山畿》,《玉台新咏》有庐江小吏,更相死类于此。"②

项斯《经李白墓》:"葬阕官家礼,诗残乐府篇。"③

上述材料中,所言及的"乐府"有称作"古乐府"的,也有称作"新乐府"的,但均是指"乐府诗体"。

唐代还有许多直接以"乐府"命题的作品,如高适《古乐府飞龙曲留上陈左相》、元结《系乐府》、权德舆《古乐府》、刘言史《乐府二首》、孟郊《古乐府杂怨》、陆长源《乐府答孟东野戏赠》、顾况《乐府》、元稹《和李校书新题乐府十二首》、白居易《新乐府》、邵谒《古乐府》、薛涛《乐府》、刘驾《唐乐府》、皮日休《正乐府》、司空图《古乐府》、崔道融《拟乐府子夜四时歌四首》、马逢《新乐府》、温庭筠《乐府倚曲》等。这些作品都没有入乐演唱的记录,表明诗题中的"乐府"是指乐府诗体。

而且,在唐代,"乐府诗"的称名亦十分常见。元稹《乐府古题序》谓:"昨梁州见进士刘猛、李余各赋古乐府诗数十首。"④白居易《读张籍古乐府》谓,张籍"尤工乐府诗,举代少其伦"⑤;白居易《郊陶潜体诗十六首》中说:"我有乐府诗,成来人未闻。"其《寄唐生》云:"不能发声哭,转作乐府诗。"⑥皮日休《正乐府十篇并序》云:"今之所谓乐府者,唯以魏晋之侈丽,陈梁之浮艳,谓之乐府诗,真不然矣!"⑦这表明,"乐府诗"的称名已被大多数人所接受,人们对这一概念的认识具有了普遍性。另外,初唐卢照邻有《乐府杂诗序》,将贾言忠所作的乐府称为"乐府杂诗"。徐凝《乐府新诗》:"一声卢女十三弦,早嫁城西好少年。不羡越溪歌者苦,采莲归去绿窗眠。"⑧晚唐曹邺更是把他的"莲子房房嫩,菖蒲叶叶齐。共结池中根,不厌池中泥"一诗明确取题目为《乐府体》⑨。"乐府体"便是"乐府诗体"的省称,标志着这一文体概念在唐代的成熟。

唐人在编排诗集时很重视诗歌的分类,他们往往会把"乐府诗体"单列。

---

① 董诰等编《全唐文》,第 8359 页。
② 同上书,第 8604 页。
③ 彭定求等编《全唐诗》,第 6415 页。
④ 元稹撰,冀勤点校《元稹集》,第 255 页。
⑤ 白居易著,顾学颉校点《白居易集》,第 2 页。
⑥ 同上书,第 105 页,第 15 页。
⑦ 皮日休著,萧涤非、郑庆笃整理《皮子文薮》,第 107 页。
⑧ 彭定求等编《全唐诗》,第 5382 页。
⑨ 同上书,第 6874 页。

魏颢《李翰林集序》说：“次以《大鹏赋》、古乐府诸篇，积薪而录。”①虽然此版本已不存，但从序言可知，是将李白的古乐府诗单独成类。宋人宋敏求所编《李太白集》今存，明确将"乐府"单列。李绅曾自编《追昔游集》，在序中自谓集中收录作品"或长句，或五言，或杂言，或歌，或乐府、齐梁，不一其词，乃由牵思所属耳"②。显然，李绅采用了不同的分类标准③，但明确将"乐府"作为诗之一体。今存白居易的诗集较多保存了当时自编的原貌，其中"乐府"亦是单独成类。

由以上的论述便可以知道，"乐府诗体"在唐人的观念中已完全成熟和凝结，并已产生了明确的尊体意识。但需要说明的是，从今天的文体观念来看，"乐府诗体"只能视作一种"文类"（genres），因为它在文体形式方面与其他诗歌没有截然不同的区分——这也正是后人常常忽视它的主要原因。然而，我们不能以今例古，应该承认历史的事实，既然唐代有过"乐府诗体"的观念，唐人进行过严肃认真的创作，我们今天就应该去研究它，揭示其存在的意义和价值。而且，古人所谓"诗体"之"体"具有多义性，本来就包括了"文体类别"的含义④，对其进行研究无可厚非。

二、宋人对唐代乐府诗体的认识

虽然"乐府诗体"在唐人的观念中已经成熟，但正如有的学者所指出的，"唐人对于诗学辨体的理论兴趣并不太大，其辨体批评的理论成就主要体现在诗歌体式的规范与典范的形成与突破"⑤。唐人正是通过对"乐府诗体"的创作实践，为该诗体确立了规范，而真正从理论上进行认识则是唐代以后的事。尤其是到了宋代，人们对乐府诗歌进行了全面总结⑥，对唐代的乐府诗体也有了更加清晰和明确的认识。郭茂倩编《乐府诗集》，书名便称作"乐府诗"，其中收录了唐代大量没有入乐的乐府诗。他在该书卷九○《新乐府辞》序中说：

---

① 董诰等编《全唐文》，第 3798 页。
② 同上书，第 7124 页。
③ 吴承学、何诗海在《论〈四库全书总目〉的文体学思想》一文中说："从现代的眼光看，文体分类须在同一标准、同一概念层次下方可有效进行，否则就会引起混乱。但是在中国古代，文体分类标准不统一是普遍存在的现象。"（《北京大学学报》2007 年第 4 期，第 87 页）而这正是中国古代诗体分类的特点。
④ 参王运熙《中国古代文论中的"体"》，《当代学者自选文库·王运熙卷》，合肥：安徽教育出版社，1998 年，第 722—733 页；吴承学《中国古代文体学研究》，第 16—22 页。
⑤ 邓新跃《明代前中期诗学辨体理论研究》，上海：上海古籍出版社，2007 年，第 74 页。
⑥ 喻意志《宋人对乐府诗所作的总结》，《天津音乐学院学报》2009 年第 4 期，第 32—35 页。

> 凡乐府歌辞……有有声有辞者,若郊庙、相和、铙歌、横吹等曲是也。有有辞无声者,若后人之所述作,未必尽被于金石是也。新乐府者,皆唐世之新歌也。以其辞实乐府,而未常被于声,故曰新乐府也。①

郭氏把乐府按照有声、无声分为两类:"有声有辞者"和"有辞无声者",前者对应的是歌辞,后者对应的是乐府诗体。又说新乐府是"其辞实乐府",表明其性质是乐府诗体,而"未尝被于声"正是新乐府作为乐府诗体的特征。

王灼则明确提出了唐代乐府诗是"诗之一体"。他在《碧鸡漫志》卷一"歌曲所起"条中说:"今人于古乐府,特指为诗之流。"②又在"歌词之变"条中说:

> 隋氏取汉以来乐器歌章古调,并入清乐,余波至李唐始绝。唐中叶虽有古乐府,而播在声律,则少矣,士大夫作者,不过以诗一体自名耳。③

唐代的古乐府由于不再"播在声律",因此"士大夫作者"即文人"不过以诗一体自名",将乐府诗看成是"诗之一体"。王灼所撰《碧鸡漫志》材料丰富,观念通达,于词体、词学贡献甚大,此处所论唐代乐府诗为"诗一体",确为至论,这也是本书将唐代乐府诗称为"乐府诗体"的基本依据。

此外,王应麟《困学纪闻》卷一八《评诗》曰:"致堂云:古乐府者,诗之旁行也;词曲者,古乐府之末造也。"④"古乐府"为"诗之旁行",即是说,古乐府属于"诗",但却是"诗"中较为特殊的一类。

我们知道,唐诗之所以能流传至今日,主要靠宋人的整理和编集之功。宋人在编集唐人诗集时,大多能尊重唐人的诗体观念,往往把"乐府"单列一类,或置于"诗"的大类下面。北宋时李昉编《文苑英华》,把"乐府"列在"诗"下面作为其中的一个子类,与"天部""地部""帝德""应制""应令""省试""乐府""音乐""人事"等同列。姚铉所编《唐文粹》中,也将唐人乐府诗单独编成两卷,与"古调歌篇"相并列。在宋人所整理的唐人诗集中,大多是把乐府诗(有时称"歌吟"或"歌行")单独列成卷帙,如宋敏求所编的《李太白文集》《孟郊诗集》、宋刻本《刘梦得文集》、南宋书棚本《韦苏州集》等都是这样。这都表明:宋人仍承认并坚守唐代的"乐府诗体"观念,认识到它们与

---

① 郭茂倩编《乐府诗集》,第1262页。
② 王灼《碧鸡漫志》,唐圭璋编《词话丛编》,北京:中华书局,1986年,第73页。
③ 同上书,第74页。
④ 王应麟《困学纪闻》,《景印文渊阁四库全书》,第854册,第464页。

一般徒诗有所不同。

三、宋代以后人们对唐代乐府诗体的认识

宋代以后,人们基本上沿袭唐宋人的观点,仍将唐代乐府诗视作"诗之一体"。比如,明代李维桢《大泌山房文集》卷二〇《游太初乐府序》云:"至唐,而诗诸体分,乐府居一焉。"①胡应麟《诗薮》外编卷三云:"甚矣,诗之盛于唐也! 其体,则三、四、五言,六、七、杂言,乐府、歌行、近体、绝句,靡弗备矣。"②郝敬《艺圃伧谈》云:"今人别乐府为一体,以汉鼓吹为宗,专写男女昵情。"③于慎行在其《谷城山馆集》中将自己所拟汉魏乐府称为"本调",而将所拟部分七言古诗和五言律诗称作"唐体乐府"④,显然与汉魏乐府诗有所区分。胡震亨《唐音癸签·乐通》对乐府诗的发展及唐代乐府的特点作了较为细致的阐述:

> 古人诗即是乐。其后诗自诗,乐府自乐府。又其后乐府是诗,乐曲方是乐府。诗即是乐,三百篇是也。诗自诗,乐府自乐府,谓如汉人诗,同一五言,而"行行重行行"为诗,"青青河畔草"则为乐府者是也。乐府是诗,乐曲方是乐府者,如六朝而后,诸家拟作乐府铙歌《朱鹭》《艾如张》,横吹《陇头》《出塞》等,只是诗;而吴声《子夜》等曲方入乐,方为乐府者是也。至唐人始则摘取诗句谱乐,既则排比声谱填词。其入乐之辞,截然与诗两途,而乐府古题,作者以其唱和重复沿袭可厌,于是又改六朝拟题之旧,别创时事新题。杜甫始之,元、白继之。杜如《哀王孙》《哀江头》《兵车》《丽人》等,白如《七德舞》《海漫漫》《华原磬》《上阳白发人》《讽谏》等,元如《田家》《捉捕》《紫踯躅》《山枇杷》诸作,各自命篇名,以寓其讽刺之指,于朝政民风,多所关切,言者不为罪,而闻者可以戒。嗣后曹邺、刘驾、聂夷中、苏拯、皮、陆之徒,相继有作,风流益盛。其辞旨之含郁委宛,虽不必尽如杜陵之尽善无疵,然其得诗人诡讽之义则均焉。即未尝谱之于乐,同乎先朝入乐诗曲,然以比之诸填词曲子仅佐颂酒赓色之用者,自复霄壤有殊。郭茂倩云:"自风雅之作,以至于今,莫非讽兴当时之事,以贻后世之审音者。倪采歌谣,以被声乐,则新乐府其庶几焉。"斯论为得之,惜无人行用之尔。⑤

---

① 李维桢《游太初乐府序》,《大泌山房文集》,《四库全书存目丛书》,集部第150册,第740页。
② 胡应麟《诗薮》,第163页。
③ 郝敬《艺圃伧谈》,周维德集校《全明诗话》,第2901页。
④ 于慎行《谷城山馆诗集》,《景印文渊阁四库全书》,第1291册,第36页,第60页。
⑤ 胡震亨《唐音癸签》,第174页。

胡氏对汉唐时期颇为复杂的乐府诗的性质作出了判定。他指出,"六朝而后,诸家拟作乐府"在性质乃是"诗",至唐代,"入乐之辞,截然与诗两途,而乐府古题,作者以其唱和重复沿袭可厌,于是又改六朝拟题之旧,别创时事新题。杜甫始之,元、白继之",但这些作品"未尝谱之于乐",与那些"填词曲子"是绝然不同的。胡氏对唐代诗体进行过全面研究,对唐诗诗体的源流、分类、特征作出了符合事实的说明①,他对唐代乐府诗的认识是十分正确的。

至清代,朱珪《乐府正义序》说:"至唐以后,则乐府但为诗之一体,不问其宫商,不沿其本义,又限以四声之韵而为律,是律其所律,非钟吕之律也。"②亦是把乐府诗看成"诗之一体"。冯班《钝吟杂录·古今乐府论》云:"文士所造乐府,如陈思王、陆士衡,于时谓之'乖调'。刘彦和以为'无诏伶人,故事谢丝管'。则是文人乐府,亦有不谐钟吕,直自为诗者矣。"③

明清时期,人们还常常将其省称为"乐府体"。如胡应麟《诗薮》内编卷六论及绝句创作时说:"如《子夜》《前溪》之类,纵横妙境,唐人模仿甚繁。然皆乐府体,非唐绝也。"④《李诗纬》云:"乐府体不尚论宗而叙事,故每以缓失之,故杜少陵无乐府也。"⑤《圣祖仁皇帝御制文集》中《乐府说》云:"杜甫亦以时事为乐府体。"⑥吴齐贤《论杜》云:"(杜甫)有以文体作诗者,如剑南纪行《龙门阁》《水会渡》诸诗,湖南纪行《空灵峡》诸诗,用游记体……余用《离骚》、乐府体者,非诗本旨,故不载。"⑦而且,有许多人有意仿写"乐府体",如《四库全书总目》卷一六八云:"(郭)翼从杨维桢游,诗颇近其流派。其间如《望夫石》《精卫词》诸篇,皆用铁崖乐府体,尤为酷似。"⑧该书卷一八五亦云:"咏史之作,起于班固,承其流者,唐胡曾、周昙皆用近体,明李东阳则用乐府体。"⑨民国时徐翰臣写有《勉国人》一诗,题目下明确注云:"仿乐府体用李白《将进酒》韵。"⑩甚至这一诗体名称传到了域外,韩国许筠《惺叟诗话》论及成侃(和仲)的《宫词》时说:"东诗无效古者,独成和仲,拟颜、陶、鲍三诗

---

① 参刘浏《胡震亨〈唐音癸签〉之诗体观述论》,《武陵学刊》2010年第3期,第101—105页。
② 朱珪《乐府正义序》,朱乾《乐府正义》,乾隆五十四年(1789)秬香堂刻本。
③ 冯班《钝吟杂录》,丁福保辑《清诗话》,第37页。
④ 胡应麟《诗薮》,第112页。
⑤ 李白著,王琦注《李太白全集》附录,北京:中华书局,1977年,第1545页。
⑥ 爱新觉罗·玄烨《圣祖仁皇帝御制文集》,《景印文渊阁四库全书》,第1298册,第629页。
⑦ 吴齐贤《论杜》,仇兆鳌《杜诗详注》附编"诸家论杜",北京:中华书局,1979年,第2343页。
⑧ 永瑢等《四库全书总目》,第1453页。
⑨ 同上书,第1676页。
⑩ 《国民先导月报》第4期,上海唤群书报社。

深得其法,诸小绝句得唐乐府体,赖得此君,殊免寂寞。"①

今人对唐代的乐府诗体也有一定的体认。褚斌杰《中国古代文体概论》一书专列《乐府体诗的范围和分类》一章,他说:

> 在文学史上,所谓"乐府"或"乐府体诗",是包括后世作家的仿作在内的。这种仿作的作品也有几种不同的情况:第一,按照乐府旧的曲谱,重新创作新辞,性质上还是入乐的。第二,由于旧谱的失传,或由于创作者并不熟悉和重视乐曲,而只是沿用乐府旧题,模仿乐府的思想和艺术风格来写作的,实际上已不入乐。第三,连旧题也不袭用,而只是仿效民间乐府诗的基本精神和体制上的某些特点,完全自立新题和新意,当然它也是不入乐的。这三类中,以第二类为最多和最常见。②

褚先生在这里所指出的第二类、第三类即是乐府诗体。本书之所以不把褚先生所讲的第一类乐府诗看作是乐府诗体,主要原因是它们在文体属性上是歌辞,不属于"诗"的范畴。为了使我们今天的研究更趋科学化,应该在概念的使用上对性质不同的乐府诗进行严格区分。

萧涤非《关于"乐府"》说:

> 六朝人虽把乐府看成一种诗体,但还是一种纯音乐观点(这和六朝时汉乐府曲调尚未完全失传有关),至唐人所谓乐府,则已撇开音乐,而注重内容实质,指的是一种现实主义的诗,或者说指的是一种"讽刺文学"。③

萧先生谓六朝人"虽把乐府看成一种诗体,但还是一种纯音乐观点",直言之就是歌辞,而到了唐代,则实实在在地成为"诗之一体"了,他在文章后面总结说,"乐府"一词的含义"由音乐机关的名称,一变为带有音乐性的诗体的名称,再变为具有现实性实际上并未入乐的诗体的名称"。

程毅中在《中国诗体流变》一书中论及乐府诗时说:"乐府诗形成了一种独特的诗体。"又说:

---

① 许筠《惺叟诗话》,蔡镇楚编《域外诗话珍本丛书》,第 8 册,北京:北京图书馆出版社,2006 年,第 458 页。
② 褚斌杰《中国古代文体概论》(增订本),第 97—98 页。
③ 萧涤非《关于"乐府"》,萧光乾编《萧涤非文选》,第 49 页。

> 从汉至唐,有许多诗人写过乐府新辞。他们既沿用了乐府的题目,也学习了乐府的写作方法,这显著地表现在题材的现实性和语言的通俗性上,可见这种诗体对思想内容有一定的制约性。①

也就是说,乐府诗作为一种诗体,其独特之处就在于其题材的现实性和语言的通俗性。

商伟《论唐代的古题乐府》说:

> 古题乐府至唐代已基本脱离了音乐。这就是说,过去配合音乐的古乐府歌辞大都已不再演唱,而新写的古题乐府则基本上就是徒诗。那么,这种变化是怎样发生的,它又带来了怎样的结果呢?就前者而言,我以为这一变化经历了漫长的时间过程,是一种自然的现象。而参照后来词、曲的发展,又可以说这是一种普遍的、必然的现象。至于后者,我以为脱离音乐的直接结果是促使古题乐府更自觉地发展其自身的文学特征,而终于以诗之一体的身分厕身于唐代诗坛。②

葛晓音《盛唐清乐的衰落和古乐府诗的兴盛》在分析清商乐在唐代的流传时说:

> 四十四曲中,初盛唐诗人有诗作的仅十五曲,无诗作的计二十七曲。而《乐府诗集》中,初盛唐诗人所作的古乐府题共有一百六十五种不在这四十四种清乐曲之内。由此可见音乐和乐府诗的关系已较疏远,乐府乃成为一种独立的诗体。③

钱志熙在《乐府古辞的经典价值——魏晋至唐代文人乐府诗的发展》中说:

> 文人拟乐府之所以能够发展为一个独立的系统,并且长期作为众多诗体中的重要一支而存在,其根本原因也不在于复现,而在于发展。拟乐府之能保持其诗体上的独立性,也不是因为它们简单地袭取古乐府的一些因素,而是文人根据自己对乐府诗性质的理解形成创作上的一些

---

① 程毅中《中国诗体流变》,北京:中华书局,1992 年,第 44 页,第 46 页。
② 商伟《论唐代的古题乐府》,《文学遗产》1987 年第 2 期,第 44 页。
③ 葛晓音《盛唐清乐的衰落和古乐府诗的兴盛》,《社会科学战线》1994 年第 4 期,第 215 页。

规范,以保持它们在诗体上的独立性。①

他还对元稹、白居易的诗体理论进行过研究,认为元、白的诗体分类"客观地体现了唐诗体裁系统的构成情况",元稹在《叙诗寄乐天》中所分"十体","如果按照纯粹的体裁形式来分,其实只有三大类,即古体、近体、乐府体,也就是唐诗的三大体裁系统。它们是唐诗创作中客观存在的,但元稹给他作了明确的分类"。② 他在另一篇论文《论唐诗体裁系统的优势》中论及唐诗体裁的分类时也说:

> 从体裁所产生的时代来分,即是古体和今体(律体)两类,但古体之中,又应该区分出乐府一类。这样即是律体、古体、乐府体三大类。③

周期政在《论清乐抒情、娱乐功能之消长对乐府诗的影响》中分析唐代乐府诗的变化时说:

> 由于乐府音乐的衰落,乐府娱人的功能自然减退了,原来由乐府所承担的娱乐功能,这时由于新兴娱乐形式如声诗、曲子的出现,代替了原有的乐府艺术形式。娱乐功能的丧失自然使乐府沦为诗歌的一体……从这里可以看到,唐人写作古题乐府诗时考虑的并不是真正的音乐中心。④

类似的观点还有一些,此处不再列举。这些研究者都明确指出,乐府诗在唐代为"诗之一体",说明这一认识已为学界所公认。

综上所论,乐府诗体在唐人的观念中成熟,宋人在诗论及诗集编排中进一步加以确认,至今已基本上被学界公认。如果我们给乐府诗体下个定义,它应该是指没有入乐的乐府诗,从创作意图上看,作者明确意识到所写为"乐府诗",具有入乐之潜能,但由于各种原因最终并没有付诸实际演唱,客观上造成了不入乐的结果,因而在类属关系中成为有别于徒诗的"诗之一体"。它在唐前就已出现,但到了唐代才蔚为大观,且凝固为稳定的文体观念。

---

① 钱志熙《乐府古辞的经典价值——魏晋至唐代文人乐府诗的发展》,《文学评论》1998年第2期,第66页。
② 钱志熙《元白诗体理论探析》,《中国文化研究》2003年春之卷,第38页,第34页。
③ 钱志熙《论唐诗体裁系统的优势》,《陕西师范大学学报》2005年第4期,第50页。
④ 周期政《论清乐抒情、娱乐功能之消长对乐府诗的影响》,《钦州学院学报》2009年第1期,第66页。

第三节　唐代乐府诗体的体性界定

唐代的乐府诗体在诗体系统中单独成类，它与歌辞、徒诗均不同，但又不入乐，其文体应界定为"拟歌辞"或"准歌辞"。

一、唐之乐府诗体与歌辞、徒诗均不同

（一）与歌辞不同

唐代的乐府诗体并没有入乐，与真正的歌辞不同。对此，唐人已经有了明确的区分意识。他们常常用"乐府"来代指乐府诗体，用"歌"来代指"入乐歌辞"。如李绅《追昔游集序》云：

> 或长句，或五言，或杂言，或歌，或乐府、齐梁，不一其词，乃由牵思所属耳。①

这里的"歌"指入乐歌辞，"乐府"则指乐府诗体。在中唐前后，人们还有意识地避免使用"乐府"来指代入乐歌辞，而是直接用"歌"来指代歌辞，如：

> 公凡所著诗、歌、赋、序、策问、赞、碑、志、表、疏、制诰，不可胜纪。（颜真卿《尚书刑部侍郎赠尚书右仆射孙逖文公集序》）②
>
> 自监察御史已后，所作颂、赋、诗、歌、碑、表、叙、论、志、记、赞、祭，凡一百四十三篇。（独孤及《检校尚书吏部员外郎赵郡李公中集序》）③

同时，"歌辞（词）"也大量出现在唐人文献中，如张说的《踏歌词》、王维的《扶南曲歌词》、窦常的《还京乐歌词》及殷遥《塞上》中的"将军正闲暇，留客换歌辞"、刘禹锡《和乐天南园试小乐》中的"歌词自作别生情"等。正是在这样的背景下，"歌辞（词）"的观念才进一步成熟，终于在宋代郑樵《通志·乐略》、陈振孙《直斋书录解题》等目录书中单独成为文体的分类名。

而且，唐宋人在编排诗集时有意地对乐府诗体与入乐歌辞进行区分。比如，"白居易的《竹枝》《杨柳枝》《浪淘沙》《忆江南》等曲词，分别置在律诗各卷中（因其词句平仄调协，属律体），和他的《新乐府》五十首不在一块（白居

---

① 董诰等编《全唐文》，第 7124 页。
② 同上书，第 3416 页。
③ 同上书，第 3947 页。

易不写古题乐府)。刘禹锡文集有乐府二卷(《四部丛刊》景宋本、朱氏结一庐《剩余丛书》本同),其中古题、新题乐府列在前面,而《竹枝》《杨柳枝》《浪淘沙》等新曲则置于最后。刘禹锡的《杨柳枝词》有云:'请君莫奏前朝曲,听唱新翻《杨柳枝》。'说明作者认识到这是配合音乐的本朝新曲,而不是不入乐的古题、新题乐府"①。宋人也是如此。李昉所编《文苑英华》把入乐的"郊庙歌辞"和不入乐的"乐府诗"分别编排。姚铉所编《唐文粹》卷一〇收录"古今乐章""琴操",卷一二、一三专门收录"乐府辞"。郭茂倩所编《乐府诗集》也有意对乐府诗体和"乐府新曲"进行区分,如《近代曲辞》和《新乐府辞》都是唐人自制题目的乐府诗,郭氏并未编排在一起,而区分为两类,其依据便是入乐与否的差别。

至于乐府诗体与入乐歌辞二者之间的区别则显而易见:歌辞有曲调,用之于演唱;乐府诗体不入乐,在性质上属于"诗之一体"。按照目前学界的研究,唐代入乐歌辞大致包括声诗、曲子辞、歌诗等。它们与乐府诗体是并列关系,不存在谁包括谁的问题。为了在认识上更加明晰,这里再稍作一些辨析。

1. 声诗

任半塘著《唐声诗》一书,对唐代的声诗进行了专门深入的研究。所谓"声诗",是"指唐代结合声乐、舞蹈之齐言歌辞——五、六、七言之近体诗,及其少数之变体;在雅乐、雅舞之歌辞以外,在长短句歌辞以外,在大曲歌辞以外,不相混淆"②。简言之,"声诗"是指唐代雅乐以外的近体齐言歌辞。

声诗在唐代有时也被称作"乐府",后人更是变本加厉,将唐代声诗统称为"乐府",如王士禛《居易录》卷三二说:"唐乐府往往节取当时诗人之作,率缘情切事,可以意会理解。然亦有不可解者,如《陆州歌》第一'分野中峰变'乃节王右丞《终南山》诗后四句,《凉州歌》第三'开箧泪沾臆'乃节高常侍歌诗前四句也,不知与边塞闺情何涉而取之。"③然而,乐府与声诗并不相同,任半塘先生论及声诗与乐府诗的关系时指出,"唐人所拟之汉、魏乐府辞,必非声诗,人皆辨之",而对唐人所拟齐、梁乐府,任先生将"凡具有唐代继续歌唱之确据者"录为声诗,否则便不视作声诗④。简言之,唐人拟写旧题目的乐府诗中,不入乐者必定不是声诗。

2. 曲子辞

王师昆吾著《隋唐五代燕乐杂言歌辞研究》一书,对唐代配合燕乐的杂

---

① 王运熙《唐人的诗体分类》,《中国文化》1995年第2期,第163页。
② 任半塘《唐声诗》上编,第46页。
③ 王士禛《居易录》,《景印文渊阁四库全书》,第869册,第713页。
④ 任半塘《唐声诗》上编,第92页。

言歌辞进行了全面系统的研究。王师昆吾认为，曲子是隋唐时期"在民间酝酿出来的新的音乐品种"，以传统清乐吸收胡乐后形成的燕乐为音乐系统，所配歌辞以杂言为主要形式，而曲子辞是词的前身①。

曲子辞在唐代也被称作"乐府"，但为什么郭茂倩在编《乐府诗集》时没有收录唐代大量的曲子辞呢？韩经太指出，在词已蔚然成风的北宋，人们多主张"词别是一家"，认为诗与词具有不同的特质和功能，郭氏"不收长短句词，显然就是出于尊崇乐府诗体的原则而有意为之的"②。刘亮认为，郭茂倩《乐府诗集》中"第一次将'乐府诗'和'词'明确作了区分。在郭氏生活的时代，同样被称为'乐府'的词已经大行于天下，而郭氏在编《乐府诗集》时，却有意识地将其排斥于诗集之外。尽管郭氏并没有在诗集中明确认定什么是'乐府诗'，但通过这一收录标准我们可以看出，郭氏心目中的'乐府诗'和词是两个不同的概念"③。简言之，宋人有明确的尊体意识，他们把曲子辞与乐府诗体严格划分为两种不同的文体。

3. 歌诗

吴相洲《唐代歌诗与诗歌——论歌诗传唱在唐诗创作中的地位和作用》一书对唐代的歌诗及各个诗人的歌诗创作情况进行了简要而有条理的研究。据吴先生统计，"歌诗"一词在《全唐诗》中共出现过二十三次，而且总和音乐有关，所以，吴先生对"歌诗"的界定没有采取任半塘的看法——"'歌诗'仅用肉声，不包含器之声，其义较狭"④——而是把"歌诗"看作入乐入舞的诗的通用称呼，"也包括任先生所说的'声诗'在内"⑤。

"歌诗"是对乐府诗最早的称名，《汉书·艺文志·诗赋略》录有歌诗二十八家三百一十四篇⑥。唐人有时沿袭这一用法，把乐府歌辞也称作"歌诗"，如白居易《新乐府·采诗官》云："欲开壅蔽达人情，先向歌诗求讽刺。"⑦人们把写作乐府诗较多的李白、李贺的诗集直接称作《李白歌诗》《李贺歌诗》。但是，站在今天学术研究的立场上，把唐代没有入乐的乐府诗称作"歌诗"显然是不合适的。王运熙在谈到杨生枝所著《乐府诗史》时说："其论唐代不入乐之古题或新题乐府，率冠以'歌诗'之名，尤为不类。"⑧这一意

---

① 王师昆吾《隋唐五代燕乐杂言歌辞研究》，第119页，第86页。
② 韩经太《唐宋词学的自觉与乐府传统的新变》，《文学遗产》2001年第6期，第69页。
③ 刘亮《晚唐乐府诗研究》，北京：中国社会出版社，2010年，第8页。
④ 任半塘《唐声诗》上编，第10页。
⑤ 吴相洲《唐代歌诗与诗歌——论歌诗传唱在唐诗创作中的地位和作用》，引言部分第1条注释，第4—5页。
⑥ 班固《汉书》，北京：中华书局，1962年，第1753—1755页。
⑦ 白居易著，顾学颉校点《白居易集》，第90页。
⑧ 王运熙、王国安《乐府诗集导读》，第152页。

见当是中肯的。

(二) 与徒诗不同

尽管乐府诗体在唐代属"诗之一体",但它与一般徒诗不同。正如王灼《碧鸡漫志》所说:"士大夫又分诗与乐府作两科。"①清人贺裳在《载酒园诗话》亦说:"乐府古诗不宜并列。"②

那么,唐代的乐府诗体与一般徒诗究竟有何区别?本书第二、三章进行了细致论述,这里仅撮其大要,主要有四个方面:

第一,命题。唐代乐府诗分为旧、新题两部分:旧题乐府诗的题目沿自唐前,有固定的名称,如《短歌行》《从军行》《行路难》等,自然与徒诗不同;新题乐府诗的命题或是以首句前二三字甚至整个首句为题,如张籍的《山头鹿》、韩愈的《青青水中蒲》及白居易的《新乐府五十首》等,或加以歌辞性题目"歌""行""曲""吟"等,如《情人玉清歌》《春女行》《青楼曲》《节妇吟》等。总的特点是简短,一般是三至五个字,而徒诗的题目可长可短,十分自由。

第二,题材。乐府诗在南北朝后期"声失则义起"③,唐人创作乐府诗便以继承传统的题材题旨为风尚。正如强幼安《唐子西文录》所说:"古乐府命题皆有主意,后之人用乐府为题者,直当代其人而措词。"④在这样的背景下,初盛唐时期出现了大量的解题类乐府诗著作(如吴兢《乐府古题要解》)。因此,唐人写旧题乐府诗就像是命题作文,与徒诗有很大的差别。

即便是新题乐府诗,在题材的选取上也与徒诗有所不同,萧涤非指出:"乐府多叙事,所谓'缘事而发',故具有社会性、故事性,古诗则一般为个人的抒情。"⑤确实如此,唐人对于反映社会生活的题材一般采用乐府诗体,比如杜甫描写本人生活经历用古体诗,而反映社会面貌,尤其是下层民众的生活遭遇就用乐府诗⑥。

第三,形式。部分乐府诗具有固定的格式,如《东飞伯劳歌》共为十句,第三句为"谁家……",第七句必写年龄。再如《子夜四时歌》,宋代洪迈《容斋三笔·乐府诗引喻》云:"自齐、梁以来,诗人作乐府《子夜四时歌》之类,每以前句比兴引喻,而后句实言以证之。至唐张祜、李商隐、温庭筠、陆龟蒙,亦多此体,或四句皆然。"⑦唐代的乐府诗体还表现出明显的入乐痕迹,如分解、

---

① 王灼《碧鸡漫志》,唐圭璋编《词话丛编》,第73页。
② 贺裳《载酒园诗话》,郭绍虞编选,富寿荪校点《清诗话续编》,第216页。
③ 郑樵《通志》,第625页。
④ 强幼安《唐子西文录》,何文焕辑《历代诗话》,第443页。
⑤ 萧涤非《关于"乐府"》,萧光乾编《萧涤非文选》,第57页。
⑥ 王运熙、王国安《乐府诗集导读》,第123页。
⑦ 洪迈撰,孔凡礼点校《容斋随笔》,北京:中华书局,2005年,第625页。

对歌、和送声、歌辞提示语等,这是徒诗中所没有的;"乐府诗体"经常采用复叠、顶针、排比、委婉、铺张等修辞格,在徒诗中也一般较少出现。

第四,语言。乐府诗体与徒诗在语言上也是不同的,胡应麟《诗薮》内编卷一云:"乐府入俗语则工。"①萧涤非亦说:"乐府通俗自然,常用方言口语,古诗则比较典雅,后来更趋雕琢。"②比如杜甫的乐府诗《贫交行》,浦起龙《读杜心解》注云:"诗如谣,乐府体也。"③

二、唐代乐府诗的入乐问题辨析

人们一直认为,唐代的乐府诗中绝大部分是不入乐的,但是近年来有研究者提出了不同看法。比如,吴相洲《略谈唐代旧题乐府的入乐问题》一文认为:"以往人们对唐人所作旧题乐府入乐的情况大大地低估了,把唐代的所有的旧题乐府统统归为拟作,是不符合实际的。"④他后来在《唐诗创作与歌诗传唱关系研究》一书中专列《唐代旧题乐府入乐情况的基本估计》一节,以《全唐诗》《全唐文》等文献为据,证明唐代仍有大量的乐府旧题在传唱⑤。张煜《新乐府辞入乐问题辨析》一文认为,"新乐府辞中有相当一部分是当时已经入乐演唱或是徒歌清唱的乐府歌辞"⑥。这些看法有一定道理,通过爬梳清理出来的一些材料,确实可以证明有一部分旧题乐府诗和新题乐府诗在唐代曾经演唱过。但笔者以为,对唐代旧题乐府诗和新题乐府诗的入乐情况不宜估计过高,真正在唐代入乐传唱的毕竟是很少一部分。

入乐的真正内涵是什么?从理论上讲,任何文字作品都可以被谱上曲调进行演唱,当然,是否好听是另外一回事。在中国古代,"歌永言,声依永"是最主要的配乐方式,只要对文字作品采取拉长声调的"永言"方式,就可以算作是演唱了。那么,在"永言"的基础上形成的吟诗、诵诗甚至是歌诗算不算入乐?唐人吟诗、诵诗、歌诗的例证很多,几乎是唐代文人日常生活的一部分,如杜甫就说过"新诗改罢自长吟"⑦,他还写有《夜听许十损诵诗爱而有作》,韩愈亦写有《卢郎中云夫寄示送盘谷子诗两章,歌以和之》等。吟诵乐府诗的例证比比皆是,兹举例如下:

---

① 胡应麟《诗薮》,第 20 页。
② 萧涤非《关于"乐府"》,萧光乾编《萧涤非文选》,第 57 页。
③ 浦起龙《读杜心解》,北京:中华书局,1961 年,第 233 页。
④ 吴相洲《略谈唐代旧题乐府的入乐问题》,《社会科学战线》2002 年第 5 期,第 104 页。
⑤ 吴相洲《唐诗创作与歌诗传唱关系研究》,第 33—64 页。
⑥ 张煜《新乐府辞入乐问题辨析》,《西北师大学报》2005 年第 3 期,第 34—36 页。
⑦ 杜甫《解闷十二首》其七,仇兆鳌注《杜诗详注》,第 1515 页。

陶翰《燕歌行》:"请君留楚调,听我吟《燕歌》。"

王维《奉寄韦太守陟》:"临此岁方晏,顾景咏《悲翁》。"

李白《留别于十一兄逖、裴十三游塞垣》:"悲吟《雨雪》动林木,放书辍剑思高堂。劝尔一杯酒,拂尔裘上霜。尔为我楚舞,吾为尔楚歌。"

李白《闻谢杨儿吟〈猛虎词〉,因此有赠》:"同州隔秋浦,闻吟《猛虎词》。"

杜甫《奉赠王中允》:"穷愁应有作,试诵《白头吟》。"

皎然《酬薛员外谊〈苦热行〉见寄》:"江南诗骚客,休吟《苦热行》。"

元稹《送东川马逢侍御使回十韵》:"旋吟《新乐府》,便续古《离骚》。"

白居易《清调吟》:"劝君饮浊醪,听我吟清调。"

陆龟蒙《和袭美寄毗陵魏处士朴》:"溪籁自吟《朱鹭》曲,沙云还作白鸥媒。"

李商隐《李肱所遗画松诗书两纸得四十韵》:"口咏《玄云歌》,手把金芙蓉。"

虽说吟诵属"亚音乐",是形成音乐旋律的素材和基础,但吟诵毕竟不同于入乐歌唱。首先,传播主体不同,吟咏是由文人完成的,歌唱是由乐人完成的。其次,吟咏多为文人即兴表演,"无诏伶人",并无管弦,白居易《同韩侍郎游郑家池吟诗小饮》中的"醉听清吟胜管弦"就可以证明这一点,因为无稳定旋律,所以追求的是诗歌语言本身的审美特质,其旋律只有广泛流传或经过专业乐人的艺术加工,才可能成为歌曲。而入乐是指具备宫商律吕之调,配以丝竹金石,《宋史·律历志》就说过:"古之圣人推律以制器,因器以宣声,和声以成音,比音而为乐。然则律吕之用,其乐之本欤!"①故具有稳定曲调,以美听为尚。任半塘曾对吟诵与歌唱作过很好的区分:"惟'诵'之声无定调,为朗读,为时言;歌之声有定调,为音曲,为永言。"②事实上,对乐府诗的吟诵不能视为入乐,因为它既没有演唱原来的曲调,也未形成稳定旋律。李贺《申胡子觱篥歌》序言为我们提供了一个典型例证。其云:

申胡子,朔客之苍头也。朔客李氏亦世家子,得祀江夏王庙,当年践履失序,遂奉官北部。自称学长调短调,久未知名。今年四月,吾与对舍于长安崇义里,遂将衣质酒,命予合饮。气热杯阑,因谓吾曰:"李长吉,尔徒能长调,不能作五字歌诗,直强回笔端,与陶、谢诗势相远几

---

① 脱脱等《宋史》,北京:中华书局,1985年,第1494页。
② 任半塘《唐声诗》上编,第15页。

里!"吾对后,请撰《申胡子觱篥歌》,以五字断句。歌成,左右人合噪相唱。朔客大喜,擎觞起立,命花娘出幕,徘徊拜客。吾问所宜,称善平弄,于是以弊辞配声,与予为寿。①

从这段叙述中可知,《申胡子觱篥歌》的演唱先是李贺写完后"左右人合噪相唱",显然这是非专业歌者的随意吟唱,并无稳定的音乐旋律,后来才有专业歌者花娘"出幕",配入"平弄"演唱,这是真正意义上的"入乐"。任半塘分析说:"其辞配声入觱篥后,由花娘以平弄歌之,足见所配乃平弄之声。'合噪相唱'仅徒歌,犹未配声。"②唐代的有些歌行也可以演唱,杜牧曾说:"圣敬文思业太平,海寰天下唱歌行。"③但歌行之"唱",仍是即兴歌唱,不过是拉长了声调,由于没有乐器伴奏,不可能形成稳定曲调。唐宣宗《吊白居易》中说"童子解吟《长恨曲》,胡儿能唱《琵琶篇》",难以想象在古代音乐传播媒介不太发达的情况下,各地童子所唱的《长恨曲》都采用相同之曲调。当然,比起徒诗,这些歌吟之诗的音乐性相对强一些,但与配器入乐的歌唱相比则显然不同。正是在这个意义上,宋代郭茂倩在《乐府诗集》中说新乐府虽为"唐世之新歌",但"未尝被于声",即并没有真正入乐演唱。

唐人诗文中有时提到的"唱某某曲"或"听某某歌",事实上是采用典故或咏叹历史,并不是真正的入乐。如岑参诗中有云"今日喜闻《凤将雏》",便是用典。葛立方《韵语阳秋》卷一五说:

> 《凤将雏曲》,吴兢《乐府题要》云:"汉世乐曲名也。"而郭茂倩《乐府诗集》中无此词。独《通典》载应璩《百一诗》云:"为作《陌上桑》,反言《凤将雏》。"张正见《置酒高殿上》云:"《琴挑》《凤将雏》。"当是用相如鼓《琴挑》云"凤兮归故乡,四海求其凰"之义,则此曲其来久矣。按《晋书·乐志》,吴声十曲,一曰《子夜》,二曰《上柱》,三曰《凤将雏》。此三曲自汉至梁有歌,今不传矣。故东坡《寄刘孝叔诗》云:"平生学问止流俗,众里笙竽谁比数。忽令独奏《凤将雏》,仓卒欲吹那得谱。"言古有名而今无谱也。岑参《盖将军歌》云:"美人一双闲且都,朱唇翠眉映月眸。清歌一曲世所无,今日喜闻《凤将雏》。"非谓歌《凤将雏》也,但取世所无之义尔。④

---

① 李贺著,王琦等注《李贺诗歌集注》,上海:上海人民出版社,1977年,第111页。
② 任半塘《唐声诗》上编,第196页。
③ 杜牧《咏歌圣德,远怀天宝,因题关亭长句四韵》,冯集梧注《樊川诗集注》,上海:上海古籍出版社,1962年,第268页。
④ 葛立方《韵语阳秋》,上海:上海古籍出版社,1984年,第200页。

再如，李白《白纻辞三首》其一云："扬清歌，发皓齿，北方佳人东邻子。且吟《白纻》停《绿水》，长袖拂面为君起。寒云夜卷霜海空，胡风吹天飘塞鸿，玉颜满堂乐未终。"①李白是用吴王夫差和西施的典故，若以此作为《白纻》《渌水》入乐的证据，显然是不可靠的。

另外，一些乐府旧题如《铜雀台》《铜雀妓》《长门怨》《婕妤怨》等在唐代的拟辞很多，其实这些诗作从来都没有入乐演唱过，只是文人的咏史抒怀之作。南朝陈释智匠《古今乐录》是从音乐演奏的角度来记录曲调名的，其中并未录入这些题目。吴兢《乐府古题要解》则把这些题目与《四愁》《七哀》《合欢诗》等一起列为杂体诗，可见吴兢也不认为这些是入乐之作。郭茂倩编《乐府诗集》，综合了智匠以音乐品种分类和吴兢重视题旨的原则，遂把《铜雀台》《铜雀妓》编排在魏武帝《短歌行》之后，主要是因为其本事与魏武帝有关。况且，最早的《铜雀妓》拟辞是齐代谢朓所写，《文选》中题目为《同谢咨议铜雀台诗》，谢咨议，即谢璟，则知此诗是谢朓与谢璟的唱和之作，并非入乐歌辞。其他如《长门怨》《雀台怨》《婕妤怨》等的情况也大略如此。此外，杜牧《泊秦淮》云"商女不知亡国恨，隔江犹唱后庭花"，此处亦是咏史，不一定实写商女所唱的就是《玉树后庭花》。

李益《从军有苦乐行》结句有"从军有苦乐，此曲乐未央"。若据此判定该曲为入乐之作，实不足为凭。首先，该诗以魏王粲《从军行》首句"从军有苦乐"为题目，李益是始作，南朝刘宋王僧虔在《大明三年宴乐技录》中明确说明《从军行》已不入乐，因此，李益的《从军有苦乐行》入乐的可能性不大。其次，"此曲乐未央"中的"此曲……"是汉魏乐府中常见的程式性语言，如"此曲乐相乐""吾欲竟此曲"等，李益用"此曲乐未央"只不过是模仿汉魏乐府而已。和这种情况相仿的是戎昱《苦辛行》，诗中有云："且莫奏《短歌》，听余《苦辛词》。"《苦辛行》出自《塘上行》，梁代刘孝威《塘上行·苦辛篇》云："曲中多苦辛。"戎昱盖据此为题，也非入乐之作。

上官昭容《彩书怨》中有"欲奏《江南曲》，贪封蓟北书"。如果以此来判定乐府旧题《江南曲》为入乐曲调，恐不妥，因为这里的《江南曲》当为唐教坊曲中的《望江南》《梦江南》《忆江南》《兵要望江南》等之中的一种，不可能是汉相和歌中的《江南曲》。《巫山高》的情况也是如此，崔珏《和人听歌》云："巫山唱罢行云过，犹自微尘舞画梁。"其中"巫山"是指教坊曲《巫山一段云》，非《巫山高》。再如，李贺《夜坐吟》云："为君起唱《长相思》，帝外严霜皆倒飞。"白居易等人拟有《长相思》。但是，此处的《长相思》不是乐府旧题，

---

① 李白著，王琦注《李太白全集》，第264页。

而是唐教坊曲,任半塘曾指出:"唐人篇咏中虽多用此题,其辞并无乐歌之明征。……敦煌曲此调之辞,与白居易所作之体全异。"①

此外,我们还应该考虑到即使有些乐府曲调在唐代依然流传,但唐人所作的拟辞未必适合相配。如僧皎然《短歌行》中谓"短歌无穷日已倾",王建《短歌行》中谓"短歌行,无乐声",白居易《短歌行》中谓"短歌听一曲",似乎说明《短歌行》仍在演唱。但此处的"短歌"不是魏晋的《短歌行》曲调,因为魏晋乐所奏之《短歌行》为四言,而中唐时所作拟辞多为七言歌行,从篇章体制来看难以配入原来的曲调。再如,陈后主所作《春江花月夜》一曲,《通典》卷一四六明言唐初依然能"合于管弦",但是该曲调所配辞本为短篇,今陈后主所作原辞虽不存,郭茂倩《乐府诗集》卷四七所载隋炀帝、诸葛颖等人之辞,均为五言四句,以此推想,陈后主诗亦为短篇,绝不可能是七言长篇。像张若虚拟写的七言长篇,恐怕很难配入原曲调演唱。木斋、侯海荣就曾有过怀疑:"张若虚的长篇七言歌行式的《春江花月夜》,能够与此使用同一个曲调演唱吗?若是勉强能唱,需要有多少遍,或者是多快的语速能以陈后主的清乐《春江花月夜》唱完张若虚的七言歌行《春江花月夜》?"②

如果我们再考察一下古代音乐的实际传承情况,就可以理解汉魏晋时期的乐府旧曲实际上很难完整地流传至唐代。在我国古代,器乐之曲属"贱工之学",那些拟写旧题乐府诗的广大文人是不屑参与的,清代程廷祚"诗论十五"云:"三代以下,儒者留心于声律者鲜,而独传于伶工贱技。"③而唐前的记谱方式并不发达,乐曲主要靠乐工师徒之间口耳相传④。事实上,乐工要掌握一支曲调并非易事。这里有一例证可资说明,据《古今乐录》载:

> 《估客乐》者,齐武帝之所制也。帝布衣时,尝游樊、邓。登阼以后,追忆往事而作歌。使乐府令刘瑶管弦被之教习,卒遂无成。有人启释宝月善解音律,帝使奏之,旬日之中,便就谐合。敕歌者常重为感忆之声,犹行于世。⑤

《估客乐》为齐武帝所制曲调,今存齐武帝、释宝月的《估客乐》辞都是五言四

---

① 任半塘《教坊记笺订》,第99页。
② 木斋、侯海荣《论初唐乐府诗的去音乐化现象》,《学术交流》2011年第11期,第157页。
③ 程廷祚《青溪文集》,《清代诗文集汇编》,第269册,上海:上海古籍出版社,2011年,第26页。
④ 沈约《宋书·律历志》云:"又案今鼓吹铙歌,虽有章曲,乐人传习,口相师祖,所务者声,不先训以义。"(第204页)
⑤ 郭茂倩编《乐府诗集》卷四八引,第699页。

句,推想其音乐曲调不会太复杂,但乐府令刘瑶竟没有教会乐工,即使善解音律的释宝月,也需要"旬日"方可完成。一旦这些乐工散失,这支曲调很快就不再流传。因此,从实际情况推测,旧题乐府曲调传至唐代的不会太多。

况且,从实际操作的情况考虑,唐代辞乐配合的方式仍是"选诗入乐",文人所写的某一首乐府诗最终能否付诸演唱实践,需要某种因缘际会;倘若乐人能主动选取,自然就能轻易"被之弦管"或"唱入歌喉",否则就只能是置于案头。比如,武平一《景龙文馆记》载:"(高宗)四年春,上宴于桃花园,群臣毕从,学士李峤等各献《桃花诗》,上令宫女歌之,辞既清婉,歌仍妙绝,献诗者舞蹈称'万岁'。上敕太常简二十篇入乐府,号曰《桃花行》。"①李峤等人所写的《桃花诗》,因有唐高宗的敕令,故不仅"令宫女歌之",还编入乐府,这是多么幸运啊!但它不见于后来的《教坊记》和敦煌曲,说明其流传不广,未被大众接受,仅唱于宫廷。唐代未设采诗机构,没有选录乐府诗配乐演唱的经常性运行机制,所以,唐代那么多乐府诗,不可能文人一写出来,乐人就将其付诸歌喉。这与后来词、曲的情况完全相同,虽然文人创作词曲是为了演唱,但不是所有的词曲都被乐人演唱过。

为了让上述结论更有说服力,下面按照郭茂倩《乐府诗集》之分类来考察乐府曲调的流传与存佚情况:

1. 鼓吹曲

萧子显《南齐书》卷三三云:"《鼓吹》旧有二十一曲,今所能者十一而已。"②而汉鼓吹十八篇,据《古今乐录》载,陈代时"皆声、辞、艳相杂,不复可分"③。唐代实际演奏的鼓吹曲调中,"唯《羽葆》诸曲,备叙功业,如前代之制"④。然而《羽葆》部只不过在题旨方面仿旧制以"叙功业",在音乐上未必沿用汉鼓吹曲,柳宗元《唐铙歌鼓吹曲十二篇序》就说过:"伏观汉魏以来,代有铙歌鼓吹词,唯唐独无有。"⑤表明汉《铙歌》十八曲的曲调在唐代不传,所以唐代没有撰词。因此,汉代以来流传的鼓吹曲在唐代未必入乐演奏。

2. 横吹曲

横吹曲本无歌辞,在唐代多为笛曲。《乐府诗集》中所录作品是齐梁以后的文人以赋题之法写成的,这些赋题之作未必入乐演奏。吴讷《文章辨体

---

① 武平一《景龙文馆记》,陶宗仪等编《说郛三种》,上海:上海古籍出版社,1988年,第2155页。
② 萧子显《南齐书》,第595—596页。
③ 今本沈约《宋书》卷二二后附录,第667页。
④ 郭茂倩编《乐府诗集》,第224页。
⑤ 柳宗元撰,尹师占华、韩文奇校注《柳宗元集校注》,北京:中华书局,2013年,第34页。

序说》谓横吹曲"古辞多亡,后人取六朝唐人诗,以补观览,然皆近体,殊失古义"①。冯班《钝吟杂录·论乐府与钱颐仲》更是明言:"乐府中又有灼然不可歌者,如后人赋《横吹》诸题,乃用古题而自出新意,及直赋题事。"②

3. 相和歌与三调歌

相和歌本为汉世的街陌讴谣,经汉魏统治者的提倡与改制,成为相和歌一部,魏明帝曹叡分为两部。本有十七曲,晋时朱生、宋识、列和等合为十三曲,宋元嘉时有十五曲③。然而随着三调歌的流行,相和歌衰落,齐梁陈时已很少入乐演唱。三调歌是晋代荀勖采用汉代古辞和魏氏三祖歌诗整理而成(《荀氏录》是其整理后的文本记录),后因战乱几经流徙迁转,散佚较多,南朝刘宋时期已"亡者将半"④。到了南朝陈释智匠《古今乐录》中,基本上已"不歌"或"不传"。其具体流传情况为:(1)平调曲。《荀氏录》所载为十二曲,南朝宋时七曲不传,只传五曲。齐梁时的入乐情况没有明确记载,很可能大部分曲调在陈代不歌。(2)清调曲。《荀氏录》所载为九曲,南朝宋时其中四曲已不传,另五曲宋齐时仍歌,陈时不歌。(3)瑟调曲。《荀氏录》所载十五曲,宋时已有六曲不传。王僧虔《大明三年宴乐技录》录有三十八曲,所载"不歌"或"不传"的曲调有:《折杨柳行》《西门行》《东门行》《东西门行》《却东西门行》《顺东西门行》《饮马行》(即《饮马长城窟行》)和《墙上难为趋行》共八曲。《古今乐录》中所载"不传"或"不歌"的有:《上留田行》《新城安乐宫》《大墙上蒿行》《野田黄雀行》《胡无人行》《白杨行》《蒲阪行》《棹歌行》《蜀道难行》《日重光行》十曲。(4)楚调曲。王僧虔《大明三年宴乐技录》录有五曲,《古今乐录》谓《泰山吟行》《梁甫吟行》《东武吟行》三曲已不歌。(5)《吟叹曲》古有八曲,张永《元嘉正声技录》载有四曲,陈代只歌《王明君》一曲。《四弦曲》古有四曲,张永《元嘉正声技录》只载一曲,陈代已不歌。总之,从以上简述中可以看出,到了唐代,入乐传唱的相和歌和三调歌寥寥无几。

4. 清商曲

清商曲是江南土生土长的歌曲,起初为民间徒歌,后被南朝贵族改制,逐步雅化。隋唐时期,将前代的乐曲遗存统称为清乐。据《通典》卷一四六记载,武后时犹存六十三曲,其中三十七曲有声有辞,七曲有声无辞。长安元年(701)以后,能合管弦的只有八曲:《明君》《杨叛》《骁壶》《春歌》《秋歌》《白

---

① 吴讷《文章辨体序说》,于北山、罗根泽校点《文章辨体序说 文体明辨序说》,第27页。
② 冯班《钝吟杂录》,丁福保辑《清诗话》,第40页。
③ 此据南朝刘宋时期张永所撰《元嘉正声技录》,郭茂倩编《乐府诗集》卷二六《相和曲》题解所引,第376页、第382页。
④ 沈约《宋书》,第553页。

雪》《堂堂》《春江花月夜》。《通典》的记载十分清楚地说明了清乐在初唐逐渐衰落的过程。

一些学者认为，清乐虽在宫廷中不传，但在民间必有流传。我以为这种可能性也不可估计太高，因为清乐的流播区域并不广泛，仅限于吴楚地区，罗隐在《秋日泊平望驿寄太常裴郎中》中说"闻说江南旧歌曲，至今犹自唱吴姬"①。而且，清乐以吴声传唱，唱法并不普及，宫廷乐工李郎子由于是北方人，他所学的吴声"声调已失"，何况其他普通老百姓呢？再说，经过雅化的清乐实际上不可能再回到民间了，清乐所用乐器有钟、磬、琴、瑟、笙、叶等多达十六种，难以想象民间能轻易地配备齐全，如此排场的经常性演出，正如迟乃鹏所指出的，清乐是宫廷乐，具有特定性和封闭性，不可能在民间流行②。刘禹锡《和乐天南园试小乐》云："闲步南园烟雨晴，遥闻丝竹出墙声。欲抛丹笔三川去，先教清商一部成。花木手栽偏有兴，歌词自作别生情。"③从刘禹锡的诗来看，白居易应写有许多清商曲辞，我们知道，白居易的诗集散佚很少，而今存诗集中很少有清商旧乐的歌辞，因而我疑心此处的清商并非清商旧乐曲，或许是指清调或商调而已。而且，更为关键的是，即使这些曲调在唐代流传，也不能说明唐人所写的乐府诗也在演唱，有许多研究者对此有所论述，周期政《论清乐抒情、娱乐功能之消长对乐府诗的影响》一文说，唐代清乐留存曲名"35 曲中，现在有传辞的也仅为 23 曲（含一曲析为二曲者），其余 12 曲无传辞。而 23 曲中又有几曲仅有唐末时的传辞。如《懊侬》《常林欢》《三洲歌》，唯温庭筠有制作，温庭筠已是晚唐时人，其诗断非乐府歌唱之辞。即使是作于初盛唐的一些作品也不能确定其即为当时歌唱的歌辞，而只能说是唐代人拟乐府古题而作的乐府诗。唐代歌诗的记载屡屡见于载籍，任二北先生《唐声诗》第十一章中说有 174 条之多，但是却很难看到歌乐府诗的记录，每言及唐人歌诗时，涉及的都是近体诗，也就是说唐代歌唱的主体已经不再是乐府，而为其他的艺术形式所代替了"④。木斋、侯海荣在《论初唐乐府诗的去音乐化现象》一文中也说："清乐在唐代的仍然盛行，不能作为初盛唐新创作乐府诗入乐的根据，清乐和乐府诗不能等同"；"以南朝乐府为主体的旧时代乐府歌辞连同其清乐，有许多在初唐仍然可以歌唱表演，但这并不

---

① 罗隐撰，雍文华校辑《罗隐集》，北京：中华书局，1983 年，第 72 页。
② 迟乃鹏《亦谈"盛唐清乐的衰落和古乐府诗的兴盛"——与葛晓音先生商榷》，《成都师专学报》1997 年第 2 期，第 31—37 页。
③ 刘禹锡撰，卞孝萱校订《刘禹锡集》，北京：中华书局，1990 年，第 432 页。
④ 周期政《论清乐抒情、娱乐功能之消长对乐府诗的影响》，《钦州学院学报》2009 年第 1 期，第 62—63 页。

能说明初唐人自己写作的乐府诗能入乐"。① 比如,《乌夜啼》在唐代有许多歌辞,"各体具备,皆赋乌夜啼之事,不必其为歌辞"②。这些论述是有道理的。

5. 琴曲

琴曲在唐代颇为流行,所传乐府古曲也较多。《通典》卷一四六载:"唯弹琴家犹传楚、汉旧声及清调、琴调,蔡邕《五弄调》,谓之'九弄',雅声独存。非朝廷郊庙所用。"③中唐以后,筝、琵琶等乐器受人们喜爱,琴及琴曲倍受冷落,刘长卿《听弹琴》云"古调虽自爱,今人多不弹"④;白居易《废琴》云"古声淡无味,不称今人情。……不辞为君弹,纵弹人不听。何物使之然?羌笛与秦筝"⑤;白居易《和令狐仆射〈小饮听阮咸〉》云"还弹乐府曲,别占阮家名。古调何人识?初闻满座惊"⑥;王元《听琴》云"古调俗不乐,正声君自知"⑦。所以,琴曲在中唐以后也逐渐衰落。

6. 杂曲歌辞和杂歌谣辞

中古音乐品种中并无单独的"杂曲"和"杂歌",这两类是郭茂倩承袭吴兢的分类而来,将不入乐部的杂曲、杂歌编在一起。其中多数在唐代已不入乐,元稹《乐府古题序》云:"乐府等题,除《铙吹》《横吹》《郊祀》《清商》等词在《乐志》者,其余《木兰》《仲卿》《四愁》《七哀》之辈,亦未必尽播于管弦明矣。"⑧

综上所述,可以得出一个不可辩驳的客观事实:到了唐代,配合旧题乐府的音乐系统(即清乐)在逐渐衰亡。唐代在我国音乐史上是新音乐兴盛的时期,从总体上看,继承的少,创造的多。王国维倡"一代之有一代之文学",其实,又何尝不是"一代有一代之有音乐"呢?据任半塘《唐声诗》、王师昆吾《隋唐五代燕乐杂言歌辞研究》及二人合编《隋唐五代燕乐杂言歌辞集》来看,真正在唐代作为歌辞被实际演唱过的旧题乐府诗的确是极少一部分。明代于慎行曾言:

> 古乐府之题,盖今之曲名也。其古词有与其题相涉者,有与其题绝不相涉者,则用其曲也,然其节奏不可考矣。后人拟之者有二,有拟其曲

---

① 木斋、侯海荣《论初唐乐府诗的去音乐化现象》,第156—157页。
② 任半塘《唐声诗》下编,第79页。
③ 杜佑《通典》,第761页。
④ 刘长卿著,储仲君笺注《刘长卿诗编年笺注》,北京:中华书局,1996年,第111页。
⑤ 白居易著,顾学颉校点《白居易集》,第6页。
⑥ 同上书,第761页。
⑦ 彭定求等编《全唐诗》,第8653页。
⑧ 元稹撰,冀勤点校《元稹集》,第254页。

而为之,而辞不相蒙;有拟其题而为之,而曲不相中。大抵唐人多取题目字面为古歌行,而不用其曲节,则世变远而音节异也。①

于慎行认为唐代音乐已发生变化,故乐府不用以前的"曲节",大多是"取题目字面为古歌行",这一看法是符合事实的。

关于唐代的新乐府辞,除其中数曲确有演唱之记录外,大部分是没有入乐的②。郭茂倩在《乐府诗集》卷九〇《新乐府辞》题解中说得很清楚:"新乐府者,皆唐世之新歌也。以其辞实乐府,而未常被于声,故曰新乐府也。"③也就是说,它们是入乐演唱的文本准备,"以贻后世之审音者",就像今天发表在《词刊》上的作品一样,需要音乐家为其谱曲,方可演唱。白居易在《新乐府·城盐州》中说:"谁能将此盐州曲,翻作歌词闻至尊?"④"翻作歌词"就是音乐家谱曲的过程。因此,任半塘指出,新乐府"去当时直接歌辞之要求,则尚有隔,非经过有目的之改造后,不可以歌。且诸辞终唐之世,迄无播入乐章歌曲之企图,实质本非声诗"⑤。

三、唐代乐府诗体实为拟歌辞或准歌辞

唐代乐府诗体既然不同于歌辞,也不同于一般徒诗,那么它的文体属性该如何界定?考虑到唐代乐府诗多数不再入乐的事实,在性质上不是纯粹的歌辞,但它们又接受了乐府歌辞的影响,或有入乐的准备和期望,并不是完全意义上的徒诗,因而唐代乐府诗体的文体性质可以界定为拟歌辞或准歌辞。

这一界定大致符合乐府歌辞演变的历史逻辑,乐府诗经历了"歌辞"的阶段,由于音乐曲调的散佚而导致了辞乐分离,使唐代的大量乐府诗不再演唱,但这些乐府诗又是在模仿前代"歌辞"的基础上写成的,所以形成了"拟歌辞",部分乐府诗仍表现出入乐之期望,故在功用上为"准歌辞"。

而且,这样的界定也符合学术传统,可以说是在长期研究唐代乐府诗的基础上形成的认识。早在宋代,郭茂倩在《乐府诗集》卷九〇《新乐府辞》序中说:"凡乐府歌辞……有有声有辞者,若郊庙、相和、铙歌、横吹等曲是也。有有辞无声者,若后人之所述作,未必尽被于金石是也。"⑥"有声有辞"便是

---

① 吴文治主编《明诗话全编》,第 5146—5147 页。
② 吴相洲《唐诗创作与歌诗传唱关系研究》认为元白新乐府"意在拿到朝廷演唱的新歌词"(第 254 页),"为了使新乐府诗便于入乐,还在形式上作了准备"(第 256 页),这是有道理的。但又谓"我们不能认定这些诗就是不入乐的"(第 264 页),恐还需进一步证明。
③ 郭茂倩编《乐府诗集》,第 1262 页。
④ 白居易著,顾学颉校点《白居易集》,第 68 页。
⑤ 任半塘《唐声诗》上编,第 54 页。
⑥ 郭茂倩编《乐府诗集》,第 1262 页。

指郊庙、相和等音乐品类的歌辞,而"有辞无声"指后来文人的"拟歌辞"或"准歌辞"(其中以唐代文人的拟旧题的乐府诗和新题乐府诗最多)。冯班在《钝吟杂录·古今乐府论》中说:"乐府题目,有可以赋咏者,文士为之词,如《铙歌》诸篇是矣。乐府之词,有词体可爱,文士拟之,如'东飞伯劳'、《相逢行》、'青青河畔草'之类,皆乐府之别支也。"①冯班所说的"乐府之别支",最准确的理解就是拟歌辞或准歌辞。罗根泽在《乐府文学史》中说:"乐府在汉魏虽有曲谱,而至唐代则久已亡佚,故唐人为乐府,不过效法歌词,并不能依照乐府曲调。"②"效法歌辞",换言之就是"拟歌辞"。

明确地提出"准歌辞"和"拟歌辞"的概念,是在 20 世纪 80 年代。王师昆吾论述唐代"乐府"一词的含义时说:"在第一种乐府(作为音乐机关名的乐府)的名义下,一般产生准歌辞。"③吴相洲说,"新乐府除了指新题之外,还有'乐府新歌'的意思";"郭茂倩说新乐府是'新歌',又说'未尝被于声',看似矛盾,其实反映了新乐府诗作为准备状态的歌诗的真实情况"。④ 尚丽新在讨论新乐府的界定时,认为新乐府是"拟歌辞"⑤。李中华、李会论述七言歌行的性质时则说:

> 大量的七言歌行未能用于实际的歌唱,因此只能算是一种"拟歌词"(或曰"准歌词")。白居易《新乐府序》称新乐府诗"其体顺而肆,可以播于乐章歌曲也",温庭筠《榜国子监》称进士所纳诗篇"声词激切,曲备风谣",便指明了这些作品"拟歌词"的性质。至于他们在实际上能否用于歌唱,则是另一码事了。总之,七言歌行创作的目的是拟歌词,其体性是由适于演唱的歌词所规定的。⑥

其实,不仅仅是新乐府诗和七言歌行被视作"拟歌辞",笔者以为,唐代凡是未曾有明确演唱纪录的乐府诗(包括旧题乐府诗和新题乐府诗)都可看作是"拟歌辞"或"准歌辞"。

唐代乐府诗体作为"拟歌辞"或"准歌辞",一方面表明它与前代的乐府歌辞有传承关系。换句话说,唐人乐府是在模仿前代歌辞(包括民间歌辞和文人歌辞)的基础上写成的,具体表现在命题、题旨、篇章体制、语言等方面都

---

① 冯班《钝吟杂录》,丁福保辑《清诗话》,第 37 页。
② 罗根泽《乐府文学史》,北京:东方出版社,1996 年,第 190 页。
③ 王师昆吾《隋唐五代燕乐杂言歌辞研究》,第 325 页。
④ 吴相洲《唐代歌诗与诗歌——论歌诗传唱在唐诗创作中的地位和作用》,第 139—140 页。
⑤ 尚丽新《论新乐府的界定》,《云南艺术学院学报》2003 年第 1 期,第 25 页。
⑥ 李中华、李会《唐代七古、七言歌行辨体》,《光明日报》2003 年 11 月 12 日《文化周刊》。

要受到乐府歌辞传统的影响。正是这些方面,使唐代的乐府诗有别于徒诗,仍隶属于乐府系统。另一方面,又表明它们并非真正的歌辞。"拟"的过程,就是乐府诗由民间乐工走向文人案头的过程。与民间歌辞本色质朴的特点相比,唐代的乐府诗明显地带有文人雕琢的痕迹,表现出精练典雅的倾向。正如胡应麟《诗薮》内编卷六:"汉乐府杂诗……矢口成言,绝无文饰,故浑朴真至,独擅古今。……若《子夜》《前溪》《欢闻》《团扇》等作,虽语极淫靡,而调存古质。至其用意之工,传情之婉,有唐人竭精殚力不能追步者。"①《师友诗传录》述郎廷槐语:"(古乐府)神妙天然,全无刻画,始可以称乐府。魏晋拟作,已非其长,至唐益远矣。"②任半塘亦谓:"始辞主声,而拟辞主文。"③

在引入"拟歌辞""准歌辞"的概念后,唐代诗歌可以重新分类:以是否入乐为标准,可分为歌辞、拟歌辞和徒诗,其实这一分类体系更加符合唐人的文体观念。李绅《追昔游集序》云:"或长句,或五言,或杂言,或歌,或乐府、齐梁,不一其词,乃由牵思所属耳。"④"长句""五言""杂言"都是指徒诗,"歌"指歌辞,"乐府"则指拟歌辞或准歌辞。这种分类体系可以使长期以来传统的以古近体或诗句字数来分类所带来的尴尬局面得以顺利化解。比如,人们总是试图把乐府诗放置在传统的以古近体或诗句字数为标准的分类体系中,结果是乐府诗"备诸体",既可采用古近体,也可采用三言、四言、五言、六言、七言、杂言等,其灵活多变的形式实在难以归类。倘若把唐代的乐府诗视作拟歌辞,采用歌辞、拟歌辞和徒诗的分类体系,则很容易避免上述麻烦,可以改变我们目前在诗体研究中遭遇的困境,揭示出诗体演变的承传关系与动态过程,将诗体研究进一步细致化。当然,不可否认,元明以来所形成的以古近体或诗句字数为标准的诗歌分类体系在今天看来似乎更为科学,但它毕竟是从后人研究的立场上作出的逻辑分类,并不符合唐宋人诗歌分类的历史事实——科学研究常常是这样,为了求得某种"科学性"和"逻辑性",有时不惜以牺牲事实真相为代价。我们今后在研究中应该尽可能避免这种情况,力求以"历史之真"为学术研究的第一原则。

第四节　旧题乐府诗和新题乐府诗的称名及区分

　　唐代的乐府诗体,主要包括旧题乐府诗和新题乐府诗两部分。在使用这

---

① 胡应麟《诗薮》,第 105—106 页。
② 王士禛等《师友诗传录》,丁福保辑《清诗话》,第 127 页。
③ 任半塘《唐声诗》上编,第 133 页。
④ 董诰等编《全唐文》,第 7124 页。

两个称名之前,本节先对长期以来在相关的称名问题上所存在的混乱进行辨析。

一、旧题乐府诗的称名

乐府诗产生于汉代,班固《汉书·艺文志》称之为"歌诗"。自汉以后,它便成为一种历史的存在。后人如何称谓它呢?沈约《宋书·乐志》称作"古词",其云:"凡乐章古词,今之存者,并汉世街陌谣讴。"①《昭明文选》对所录汉乐府《长歌行》《伤歌行》《饮马长城窟行》等亦称为"古辞"。而拟写旧题目的乐府诗,在唐代以前就已出现,一般称之为"古乐府"。如刘宋时期的鲍照曾拟写了大量的汉魏乐府诗题目,沈约《宋书》便谓鲍照"尝为古乐府"②。萧统所编《文选》收录"古乐府"四首,徐陵编《玉台新咏》于古诗之外也列有"古乐府",都是收录汉魏乐府诗。

到了唐代,人们仍沿用"古乐府"这一称名。如敦煌残卷《李白诗集》在《战城南》一诗上面明确标有"古乐府"的字样③,高适有《古乐府飞龙曲留上陈左相》,权德舆有《古乐府》,孟郊有《古乐府杂怨》。沈亚之《送李胶秀才诗序》说,李贺"善择南北朝乐府故词"④。白居易写有《读张籍古乐府》。元稹《乐府古题序》说:"昨梁州见进士刘猛、李余各赋古题乐府诗数十首,其中一二十章,咸有新意,予因选而和之。"⑤在唐代甚至还出现了所谓的"古乐府之学"⑥。除"古乐府"以外,唐人有时还称作"乐府古题",如吴兢有《乐府古题要解》。有时也称作"古歌",刘全白《唐故翰林学士李君碑记》谓善写旧题乐府的李白"尤工古歌"。

唐代以后,人们多将唐人拟写唐前题目的乐府诗称为"古乐府"或"古题乐府"。明代胡震亨《唐音癸签》卷一又称之为"往题"。他说:"往题者,汉、魏以下,陈、隋以上乐府古题,唐人所拟作也。"⑦

笔者以为,为了使我们今后的研究在概念的使用上更趋科学合理,唐人拟写唐前题目的乐府诗不应该称为"古乐府""乐府古题""古题乐府""古歌""往题"等,而用"旧题乐府诗"较为准确。理由有三点:其一,只有"旧题"

---

① 沈约《宋书》,第549页。
② 同上书,第1477页。
③ 徐俊纂辑《敦煌诗集残卷辑考》,北京:中华书局,2000年,第65页。
④ 董诰等编《全唐文》,第7594页。
⑤ 元稹撰,冀勤点校《元稹集》,第255页。
⑥ 权德舆《左谏议大夫韦君诗集序》谓:"君(笔者按,指韦渠牟)年十一,尝赋《铜雀台绝句》,右拾遗李白见而大骇,因授以古乐府之学。"(郭广伟校点《权德舆诗文集》,上海:上海古籍出版社,2008年,第524页)
⑦ 胡震亨《唐音癸签》,第2页。

与"新题"相对,如果用"古题""往题",则对应"今题";其二,汉魏乐府中有所谓的"古辞",如果用"古乐府",易产生歧义;其三,明清诗话常把汉魏乐府诗称作"古乐府",多不包括齐梁乐府诗,所以"古乐府"在外延上不足以涵盖唐代的旧题乐府诗。

二、新题乐府诗的称名

唐代对新题乐府诗的称名可谓是多种多样。大致上有:

(1) 乐府新歌。如谢偃有《乐府新歌应教》。

(2) 新曲。如杜易简有《湘川新曲二首》。

(3) 系乐府。元结《系乐府序》云:"天宝辛未中,元子将前世尝可称叹者为诗十二篇。为引其义以名之。总命曰系乐府。"①

(4) 乐府新题。元稹《和李校书新题乐府十二首序》云:"予友李公垂,贶予《乐府新题》二十首,雅有所谓,不虚为文。"②

(5) 新题乐府。元稹有《和李校书新题乐府十二首》,又在《叙诗寄乐天书》中说:"词实乐流,而止于模象物色者,为新题乐府。"③

(6) 乐讽。元稹《叙诗寄乐天书》云:"意亦可观,而流在乐府者,为乐讽。"④

(7) 歌行。白居易《编集拙诗,成一十五卷,因题卷末,戏赠元九、李二十》云:"每被老元偷格律,苦教短李伏歌行。"自注云:"李二十常自负歌行,近见予乐府五十首,默然心伏。"⑤又《与元九书》云:"韦苏州歌行,才丽之外,颇近兴讽。"⑥元稹《乐府古题序》云:"近代唯诗人杜甫《悲陈陶》《哀江头》《兵车》《丽人》等,凡所歌行,率皆即事名篇,无复倚傍。"⑦赵璘《因话录》卷三云:"张司业籍善歌行。"⑧贯休有《读顾况歌行》。

(8) 新辞。白居易有《小曲新辞二首》。

(9) 新乐府。赵璘《因话录》卷三云:"李贺能为新乐府。"⑨白居易的《新乐府序》云:"又自武德迄元和,因事立题,题为新乐府。"白居易的"新乐府"就是指他所写的五十首,具体特点是:"其辞质而径,欲见之者易谕也。

---

① 元结著,孙望校《元次山集》,上海:中华书局上海编辑所,1960年,第18页。
② 元稹撰,冀勤点校《元稹集》,第277页。
③ 同上书,第353页。
④ 同上书,第352页。
⑤ 白居易著,顾学颉校点《白居易集》,第349页。
⑥ 同上书,第965页。
⑦ 元稹撰,冀勤点校《元稹集》,第255页。
⑧ 赵璘《因话录》,第82页。
⑨ 同上。

其言直而切,欲闻之者深诫也。其事核而实,使采之者传信也。其体顺而肆,可以播于乐章歌曲也。总而言之,为君、为臣、为民、为物、为事而作,不为文而作也。"①这里"新乐府"在"辞""言""事""体"等方面都有一系列的严格标准。上引赵璘《因话录》中说李贺能为"新乐府",李贺的新乐府大多不符合这些标准,说明赵璘使用的"新乐府"概念已经与白居易不同。又,马逢有《新乐府》:"温谷春生至,宸游近甸荣。云随天上转,风入御筵轻。翠盖浮佳气,朱楼依太清。朝臣冠剑退,宫女管弦迎。"②此诗写宫中演奏新乐的情况,故取名《新乐府》。

(10)唐乐府。刘驾《唐乐府序》云:"情有所发,莫能自抑,作诗十章,目曰'唐乐府'。"③

(11)正乐府。皮日休《正乐府序》云:"故尝有可悲可惧者,时宣于咏歌,总十篇,故命曰'正乐府诗'。"④

唐代以后,人们对唐代新题乐府诗的称名也颇为多样。除上面提到的"新题乐府""新乐府"以外,还有:

(1)新乐府辞。郭茂倩将《乐府诗集》卷九〇至卷一〇〇所收唐代新题乐府诗称为"新乐府辞"。该书卷九〇题解明确说:"新乐府者,皆唐世之新歌也。"⑤显然,在内涵和外延上都要比白居易所用的"新乐府"概念有所扩大⑥,不仅仅包括讽谕类的新乐府,还包括了大量的"唐世新歌"。后人不察,以至于常常把白居易"新乐府"的特点(诸如讽谕性)强加到整个唐代新题乐府诗上面。

(2)乐府倚曲。郭茂倩《乐府诗集》卷一〇〇把温庭筠的新题乐府诗称作"乐府倚曲",可能是温庭筠多写词,而词在宋代又被称为"倚曲",故有此称。有研究者认为,温庭筠的新乐府是"因声以度词",是倚曲而作⑦,其实这是不妥的,一方面,没有任何文献材料能证明温庭筠的这些新乐府诗曾配有曲调,另一方面,这些乐府诗的体式与当时流行的歌曲体式(如声诗、曲子辞)不同,所以不可能配乐演唱。

---

① 白居易《新乐府序》,顾学颉校点《白居易集》,第52页。
② 彭定求等编《全唐诗》,第8761页。
③ 同上书,第6776—6777页。
④ 皮日休著,萧涤非、郑庆笃整理《皮子文薮》,第107页。
⑤ 郭茂倩编《乐府诗集》,第1262页。
⑥ 葛晓音《新乐府的缘起和界定》,《中国社会科学》1995年第3期,第162页。
⑦ 张煜《新乐府辞研究》,北京:北京大学出版社,2009年,第150—152页;沈文凡、李博昊《试论温庭筠的乐府歌诗与诗词体式过渡》一文亦说:"'倚曲'即为依照乐曲而制辞。这就表明温庭筠被冠以'乐府倚曲'的新乐府不仅可以入乐,而且在创制上采用的还是'依曲而作'的方式。"(《长春大学学报》2006年第3期,第44页)

（3）乐府系。明代臧懋循所编《唐诗所》卷四至卷七收唐代新题乐府诗，按照歌辞性题目分为歌、行、篇、曲、词、引、章、吟、咏、叹、谣十一种，称为"乐府系"。

（4）新曲歌辞。明代徐师曾在《文体明辨》卷一〇中将唐人新题乐府诗称为"新曲歌辞"，其云："按杂曲之外又有不袭旧题而声调近似者，列之此篇，名曰新曲歌辞。"①事实上，其中的大部分并没有入乐，所以称之为"新曲歌辞"不太妥当。

总之，不管是唐代还是唐以后，对唐人自制新题目的乐府诗称名繁多，十分混乱，难以凭据。有鉴于此，将唐人自制新题目的乐府诗称作"新题乐府诗"较为准确，这样就既能与白居易的"新乐府"相区分，又能够一目了然地反映出新题乐府诗的本质特点在于"新题"，还可以避免长期以来因郭茂倩借称白居易的"新乐府"而带来的麻烦。

三、旧题乐府诗和新题乐府诗的区分

初盛唐时期，由于新题乐府诗创作的数量不多，所以没有产生区分新、旧题的观念。人们有意识地把乐府诗分为旧题和新题，是在中唐时期新乐府诗的创作走向繁荣的背景下才开始的。但是，当时进行区分的界限并不十分严格。如白居易曾写《读张籍古乐府》一诗，可是诗中所举的"学仙诗""商女诗""劝齐诗"等却是自制新题的乐府诗。李贺多写旧题乐府诗，而赵璘《因话录》卷三却说："李贺能为新乐府。"②元稹把杜甫所写的《丽人行》看作是"即事名篇"的新题"歌行"，他在《乐府古题序》中说："近代唯诗人杜甫《悲陈陶》《哀江头》《兵车》《丽人》等，凡所歌行，率皆即事名篇，无复倚傍。"③但郭茂倩在《乐府诗集》中却视作旧题乐府诗。元稹所和刘猛、李余的十九首"古题乐府"中，郭茂倩将其中的《梦上天》《采珠行》《忆远曲》《夫远征》《田家词》《织妇词》《君莫非》《田野狐兔行》《人道短》《苦乐相倚曲》《捉捕歌》十一曲归入《新乐府辞》。对此，清代钱良择在《唐音审体》卷三中说："本集（笔者按，指《元稹集》）自序云：'和刘猛、李余古题乐府十九首'，而《梦上天》等十二题，吴氏《古题要解》不载，郭氏《乐府诗集》分《将进酒》等七首入古题中，分《梦上天》等十二首入新乐府中，是不可晓。吴氏解题极备，郭氏辨体极严，不应有误。疑自序所谓'颇同古意，全创新词'者，已不复用古题。

---

① 徐师曾《文体明辨》，《四库全书存目丛书》，集部第310册，第740页。
② 赵璘《因话录》，第82页。
③ 元稹撰，冀勤点校《元稹集》，第255页。

郭氏洞晰其义,故分之不疑,决非无据,而紊本集位置也。"①有研究者认为,元稹所指认的"新题",必须是作者首创的题目②,事实上元稹所写的《新题乐府十二首》,虽曰"新题",却并不是作者首创,而是唱和李绅的《新题乐府二十首》而来。

宋明以来,研究者逐渐有了明确的区分界限——把唐前的题目看作是旧题,唐代出现的题目便是新题。宋代郭茂倩的《乐府诗集》在《近代曲辞》题解中说:"近代曲者,亦杂曲也,以其出于隋、唐之世,故曰近代曲也。"③在《新乐府辞》题解中说:"新乐府者,皆唐世之新歌也。"④显然是把隋唐产生的题目视为新题。明代胡震亨《唐音癸签》卷一云:"乐府内又有往题、新题之别。往题者,汉、魏以下,陈、隋以上乐府古题,唐人所拟作也;新题者,古乐府所无,唐人新制为乐府题者也。"⑤往题,就是古题乐府。应该说,这种以唐代为界分出新旧的方法,考虑到了一代之有一代音乐文学的嬗变,是较为科学可取的,正如葛晓音所言,这是"站在后人看待历史的高度,带有学术研究的性质"⑥,因而本书沿用这一分法。

具体到某一题目究竟是属于旧题还是新题,判定的标准可依据南朝刘宋时期张永《元嘉正声技录》、王僧虔《大明三年宴乐技录》,南朝陈释智匠《古今乐录》⑦和吴兢《乐府古题要解》等著作,见于以上书目的均为旧题,否则便是新题。虽然在理论上如此,但在实际操作过程中还会出现一个问题:从旧题乐府诗中衍生出来的题目,应该算旧题还是新题?按照上述判定标准应该算新题,但是这些题目跟旧题的关系十分紧密,郭茂倩在《乐府诗集》中一般都看作是旧题,仅在少数题目中出现了混乱,比如同出于《出塞》的《前出塞》和《后出塞》,郭氏归入旧题,而把《塞上》和《塞下》归入新题。应该说,郭茂倩代表了唐宋人的普遍看法,大体上是可资参考的。因而本书也把唐代从旧题中衍生出来的新题归入旧题乐府诗中进行论述。

四、唐代新题乐府诗的判别

新题乐府诗由于是"即事名篇,无复依傍",因而在形式上表现出更加徒诗化的倾向,甚至有时与徒诗实在难以区分。研究者在一些作品的归属问题

---

① 钱良择《唐音审体》,清康熙四十三年(1704)昭质堂刻本。
② 葛晓音《新乐府的缘起和界定》,第163页。
③ 郭茂倩编《乐府诗集》,第1107页。
④ 同上书,第1262页。
⑤ 胡震亨《唐音癸签》,第2页。
⑥ 葛晓音《新乐府的缘起和界定》,第164页。
⑦ 此三书已佚,郭茂倩《乐府诗集》题解部分有所征引。

上又是意见纷纭,难以一致。比如,杜甫的"三吏""三别",唐宋人多视作是新乐府诗,今人王辉斌先生撰文认为不是乐府诗①。

那么,该如何判别唐代的新题乐府呢?宋代郭茂倩《乐府诗集·新乐府序》云:"新乐府者,皆唐世之新歌也。以其辞实乐府,而未常被于声,故曰新乐府也。"②这个界定是从音乐的角度出发,较为宽泛,并未强调讽谕性,因而引来了后人的批评,葛晓音在《新乐府的缘起和界定》中认为其内容上有较大的随意性,朱我芯在《郭茂倩〈乐府诗集〉关于唐乐府分类之商榷》中说:"其唐代乐府的分类存在若干问题,主要是其中'新乐府辞'的界定远较新乐府定义宽泛,模糊了新乐府讽谕性与时事性的特质,以致无法突显新乐府在乐府诗史及唐诗史中的新变意义,也未能呈现唐乐府以声诗表现音乐性,以新乐府表现社会性的功能分立特色。"③持类似观点的人还有许多,兹不列举。笔者认为,唐代的"新乐府"不仅仅是指白居易的讽谕性作品,还包括了许多非讽谕性的作品,因而郭氏的作法是有道理的,应该遵从。

至于具体的判别标准,葛晓音《新乐府的缘起和界定》提出:"广义的新乐府指在唐代歌行发展过程中,从旧题乐府中派生的新题,或在内容上和形式上取法汉魏古乐府,以'行''怨''词''曲'(包含少数'引''歌''吟''谣')为主的新题歌诗。狭义的新乐府指广义的新乐府中符合'兴谕规刺'内容标准的部分歌诗。"④狭义的新乐府较好判断,但广义的新乐府中,尤其是带有歌辞性题目的那部分作品,与歌行如何区分?"取法汉魏古乐府"的具体表征是什么?相比较而言,朱炯远所设定的标准颇为细致,具有可操作性:

> 一来自作者自己的声明(如白居易的《新乐府序》),二来自诗论家的文章(如元稹称杜甫《悲陈陶》《哀江头》《兵车行》《丽人行》为新乐府,见《乐府古题序》),三来自郭茂倩的《乐府诗集》(郭氏所谓新乐府,同白氏不尽一致,如李白《静夜思》之类也归属新乐府类,大可商榷,但仍包容了相当部分真正的新乐府),四来自历代编撰的诗人别集(其中标明为乐府或新乐府部分,如《李太白全集》等),五来自某些诗歌总集(如《全唐诗》中即单独列出"乐府"类,其中有些是新乐府),六甚至可以

---

① 王辉斌《论杜甫"三吏""三别"的诗体属性——兼及唐代新乐府的有关问题》,《杜甫研究学刊》2005年第3期,第44—46,77页。
② 郭茂倩编《乐府诗集》,第1262页。
③ 朱我芯《郭茂倩〈乐府诗集〉关于唐乐府分类之商榷》,《北京大学学报》2002年S1期"国内访问学者、进修教师论文专刊",第111—119页。
④ 葛晓音《新乐府的缘起和界定》,第172页。

来自某些诗话、笔记(如宋人蔡居厚《蔡宽夫诗话》称杜甫《兵车行》《悲青坂》《无家别》数篇为新乐府,清人宋荦《漫堂说诗》称杜甫《留花门》为新乐府)。总之,新乐府与古诗的界限本来就不太清楚,但是,只要在古人的典籍里有所依据,我们便可承认某篇是新乐府。如果没有以上六条依据中的任何一条作凭借,尽管某一首诗从诗题、内容、体制到笔法均与新乐府毫无二致,我们也不必惋惜,完全可以将它划归于新乐府之外。①

但这六条标准大都是从文献收录的角度出发,并不涉及作品本身的特征。

若从学理而言,新题乐府诗本来就是一个缺乏明确特征的诗类,其判别只能是仁者见仁,智者见智,恐怕很难在学界形成一致看法。笔者以为,宋代离唐未远,文体观念接近唐代,又对唐诗及唐代乐府诗进行过整理,所以宋人坚持的标准至关重要。下面以郭茂倩所编《乐府诗集》、宋敏求整理的《孟东野诗集》《刘禹锡集》为例略作分析。

郭茂倩对新题乐府诗的收录持谨慎态度。他在《乐府诗集》卷九〇至卷一〇〇所收的十卷《新乐府辞》中,收录的作品大致有两个比较明显的特点:一是与旧题乐府诗有一定关联,如《塞上》《塞下》出于《出塞》,《斜路行》出自《长安有狭斜行》,《公子行》出于乐府诗中传统的游侠少年题材,《北邙行》与旧题乐府诗《梁甫吟》《泰山吟》《蒿里行》同义,《春女行》《青楼曲》《寄远曲》《更衣曲》等都是乐府诗中传统的闺怨题材;二是唐人明确标有"乐府"字样的,如元结的《系乐府》、元稹的《新题乐府》、白居易的《新乐府》、陆龟蒙的《乐府杂咏》、皮日休的《正乐府》等。

宋敏求整理的《孟东野诗集》中,前两卷为"乐府诗",除去旧题乐府诗外,所录作品有:《长安羁旅行》《送远吟》《静女吟》《归信吟》《山老吟》《小隐吟》《苦寒吟》《猛将吟》《湘弦怨》《楚竹吟酬卢虔端公见和湘弦怨》《远愁曲》《贫女词寄从叔先辈简》《边城吟》《新平歌送许问》《杀气不在边》《结爱》《弦歌行》《覆巢行》《湘妃怨》《巫山曲》《楚怨》《塘下行》《临池曲》《征妇怨二首》《空城雀》《闲怨》《古意》《游侠行》《黄雀吟》《求仙曲》《婵娟篇》《南浦篇》《清东曲》《织女辞》《和丁助教塞上吟》《古怨别》《古别曲》《劝善吟》《望夫石》《寒江吟》等。显然,这些乐府诗大多带有歌辞性题目。不带歌辞性题目的只有《杀气不在边》《结爱》《望夫石》三首,题目简短,风格古朴,酷似汉魏乐府诗,其中《杀气不在边》一首为讽谕时事之作。

---

① 朱炯远《论新乐府运动争议中的几个问题》,《文艺理论研究》2000年第2期,第94—95页。

今传《刘禹锡集》较好保存了宋人编辑的原貌①,其中卷二六、卷二七录有两卷乐府诗。除去旧题乐府诗外,所录作品有:《顺阳歌》《马嵬行》《更衣曲》《淮阴行》《竞渡曲》《堤上行》《莫徭歌》《蛮子歌》《洞庭秋月行》《华清词》《桃源行》《魏宫词》《九华山歌》《送春曲》《初夏曲》《柳花词》《送春词》《秋词》《泰娘歌》《秋扇词》《捣衣曲》《七夕》《龙阳县歌》《度桂岭歌》《插田歌》《畲田行》《蒲桃歌》《题鸊鹈》《墙阴歌》《观云篇》《沓潮歌》《百花行》《春有情篇》《路傍曲》《白鹭儿》《边风行》等。这些作品绝大部分都带有歌辞性题目。不带歌辞性题目只有《七夕》《白鹭儿》,而《七夕》与风俗有关,《白鹭儿》一诗的风格与汉代禽鸟乐府诗相类。

从以上分析可知,宋人认定的新题乐府大约为四类:一是与旧题乐府诗有关联,或从旧题乐府诗中衍生而来;二是带有歌辞性题目;三是书写风俗,或有入乐愿望;四是题目简短,且与旧题乐府诗风格相类的作品。与葛晓音提出的标准相比,这里更宽泛一些,凡是带有歌辞性题目的作品都可视作新题乐府,另外增加了那些书写风俗或具有入乐愿望的作品。以此为据,再考察文献中的收录情况(即朱炯远提出的标准),大致上就可以判别出新题乐府诗了。

五、歌行与乐府诗体的关系

歌行是从乐府诗母体中分化出来的,在唐代有了很大的发展。歌行到底算不算在乐府诗体之内?

历来研究唐代乐府诗的学者,对此莫衷一是。以李白乐府诗的研究为例,今人乔象钟认为,缪本中称之为歌吟的七十九首诗"都可以目之为新乐府"②,裴斐也主张歌吟(即歌行)算乐府诗,认为清代王琦在注李白诗时把歌吟划入古近体"是没有道理的",他还把其他卷次中具有歌辞性题目的诗也看作乐府③。魏晓虹亦认为王琦注本划入古近体内的、在缪本中称作歌吟的七十九首,"实际上是一些即事名篇的新题乐府"④。郁贤皓则持相反意见,认为"一般的新题歌行体诗,唐宋人从未将它们列入'乐府',故今天决不能任意扩大乐府诗范围,不能将所有歌行体诗归入乐府诗"⑤。其实,在唐宋人

---

① 《刘禹锡集》有宋绍兴刻本、宋刻蜀大字本等,中华书局1990年出版的《刘禹锡集》(《刘禹锡集》整理组点校、卞孝萱校订)即以绍兴本为底本,参校其他版本而成。参《刘禹锡集·点校说明》,第1页。
② 乔象钟《李白乐府诗的创造性成就》,《文学遗产》1982年第3期,第35页。
③ 裴斐《太白乐府述要》,《文史知识》1987年第8期,第10页。
④ 魏晓虹《李白乐府论》,《山西大学学报》1994年第2期,第58页。
⑤ 郁贤皓《李白乐府与歌吟异同论》,《中国李白研究》1994年集,合肥:安徽文艺出版社,1996年,第134页。

的分类观念中,乐府与歌行的区分是模糊的,二者之间并没有严格的界限。

"歌行"一词最早出现在汉乐府诗的题目中,如《长歌行》《短歌行》《燕歌行》等,这里的"歌行"是"某歌之行"的意思,还不是文体名称。沈约《宋书·乐志四》在著录了"铎舞歌诗二篇"后谓"右二篇铎舞歌行";著录了"杯盘舞歌诗一篇"后谓"右杯盘舞歌行";著录了"巾舞歌诗一篇"后谓"右公莫巾舞歌行"。此处之"歌行"是替代"歌诗"之意。而歌行真正被视作一种文体,是在唐代由白居易等人提出来的,而在宋初李昉等编的《文苑英华》中正式用于诗歌分类①。

按照《文苑英华》将乐府与歌行二分的原则,"乐府"指以唐前旧题为篇名的作品,与古乐府有更近的亲缘关系,"歌行"则不用旧题,是唐人自创新题之作②。但是大多数情况下,唐宋人所说的"歌行"也包括了以唐前旧题为篇名的作品在内。唐宋时期许多人就是这样编排分类的。兹举例如下:

(1) 提出"歌行"文体概念的白居易在编《白氏长庆集》时,卷一二"歌行、曲引、杂言"就收有《短歌行》《生离别》等旧题乐府。

(2)《全唐文》卷七九三载李群玉《进诗表》云:"谨捧所业歌行、古体、今体七言、今体五言四通等合三百首,谨诣光顺门昧死上进。"③《四部丛刊》影宋本《李群玉诗集》共三卷,卷上为"歌行、古体",卷中、卷下分别为"今体七言""今体五言",其中"歌行"部分收有旧题乐府《乌夜啼》等。

(3) 北宋刘次庄编《乐府集》十卷,今佚。陈振孙《直斋书录解题》云:"今此集所载,止于陈、隋人。"④据此可知,该书未收唐人之作。然而,《郡斋读书志·附志》又载该书对乐府诗的分类,其中有"杂歌行五十七"。显然,是把唐以前题名带有"歌""行"或"歌行"字样的乐府诗看作"歌行"。

(4) 今存南宋书棚本《韦苏州集》卷九、卷一〇署作"歌行",其中卷九收旧题乐府诗《长安道》《行路难》《相逢行》等。

再看看宋人对"歌行"所下的定义,也反映出某些混乱,严羽在《沧浪诗话·诗体》中说:"有歌行,有乐府。"在"有歌行"下注云:"古有《鞠歌行》《放歌行》《长歌行》《短歌行》。又有单以歌名者,单以行名者,不可枚述。"⑤《鞠歌行》《放歌行》等是汉代出现的乐府诗,而严羽却视作歌行,与刘次庄《乐府集》对歌行的理解相近。郑樵《通志·乐略》云,"乐以诗为本,诗以声为用";

---

① 林心治《歌行含义的衍变兼论歌行之体格——唐歌行诗体论之三》,《渝州大学学报》1998年第2期,第69页。
② 尚丽新《论新乐府的界定》,《云南艺术学院学报》2003年第1期,第28页。
③ 董诰等编《全唐文》,第8317页。
④ 陈振孙《直斋书录解题》,上海:上海古籍出版社,1987年,第446页。
⑤ 严羽著,郭绍虞校释《沧浪诗话校释》,第72页。

"古之诗曰歌行,后之诗曰古近二体"。① 郑樵将"古之诗"统称为歌行,使歌行的范围更加大而无当。

如果进一步将歌行与新题乐府相比较,会发现二者基本上没有差别。程毅中直接明言:"唐代的新题乐府,实际上就是五、七言的歌行。"②马承五也认为,《文苑英华》"20 卷'歌行'中所收全为新题歌行体,除沈约、庾信等几位南北朝诗人的 13 篇作品外,均为唐人所作。因此,这些作品,实际上是区别于古题乐府的唐世'新题乐府'"③。尚丽新曾经对韦应物、张籍的歌行和孟郊的新题乐府进行过仔细分析,"发现歌行与乐府是二而一的事物,二者没有形式上的本质区别。中唐乐府的新走向是完全突破了古题的束缚,由仿制古题转向仿制古乐府的风格,在这种创作风气之下形成了一批'即事名篇'的新作品。这些作品的名称可作乐府,亦可作歌行。或称乐府,或称歌行,完全出于习惯"④。正是由于歌行与新题乐府的区分界线模糊,致使唐宋人在编排诗集的过程中对乐府与歌行的归属颇为混乱。如白居易明确标为"新乐府"的篇目《七德舞》《新丰折臂翁》《华原磬》《五弦弹》《胡旋女》《涧底松》《隋堤柳》《八骏图》《阴山道》《司天台》《两朱阁》《官牛》《驯犀》《秦吉了》《百炼镜》《鸦九剑》《西凉伎》等,在《文苑英华》中却被收入"歌行"部分,以至于清人钱良择讥讽道:"《文苑英华》分乐府、歌行为二,以少陵《兵车行》、白傅《七德舞》等列之歌行中。《英华》分类,恐不如郭氏分类之精也。"钱良择又针对元稹的《连昌宫词》《望云骓马歌》等诗说:"本集入新乐府中,《文苑英华》入歌行中,《乐府诗集》不载,彼此异同,盖不可考也。"⑤再如,郭茂倩《乐府诗集》在《新乐府辞》中收录李白的《横江词》《江夏行》等,宋代宋敏求编次的《李太白文集》未把这些篇目收入"乐府",而收入"歌吟"类。

导致乐府与歌行混乱的原因,在于人们未能从文体学的角度去认识歌行。事实上,歌行的文体特征有两点。一是在形式上采用以七言为主的自由体。在《文苑英华》所收的二十卷歌行中,共收作品三百五十二篇,除十九首五言体和一首四言体以外,其余的三百三十二首作品都是七言或以七言为主的自由体诗⑥。胡震亨《唐音癸签》卷一中说:"今考唐人集录,所标体名,凡效汉、魏以下诗,声律未叶者,名往体……而七言古诗,于往体外另为一目,又

---

① 郑樵《通志》,第 625 页,第 626 页。
② 程毅中《中国诗体流变》,第 160 页。
③ 马承五《乐府诗的体式嬗变与创格——杜甫"新题乐府"论(形式篇)》,《华中师范大学学报》1996 年第 2 期,第 104 页。
④ 尚丽新《论新乐府的界定》,《云南艺术学院学报》2003 年第 1 期,第 29 页。
⑤ 钱良择《唐音审体》卷三,清康熙四十三年(1704)昭质堂刻本。
⑥ 统计数字参见心冶《〈文苑英华〉歌行体性辨——唐歌行诗体论之二》,《渝州大学学报》1997 年第 2 期,第 54—55 页。

或名歌行。"①七言古诗中除过往体(即古体)诗,剩下的自然是七言自由体了。胡应麟《诗薮》内编卷三《古体下》说得更清楚:"自唐人以七言长短为歌行。"胡应麟又云:"凡诗诸体皆有绳墨,惟歌行出自《离骚》、乐府,故极散漫纵横。"②许学夷《诗源辩体》卷一八云:"世谓长短句为歌行,七言为古诗。……然长短句实歌行体,歌行不必长短句耳。大抵古诗贵整秩,歌行贵轶荡。"③

二是便于演唱,易于入乐。之所以这样,是由于七言自由体是汉魏以来民间歌谣所普遍采用的体式④。晋代傅玄《拟〈四愁诗〉序》便称"体小而俗,七言类也"⑤。"俗"正是由于其大部分未被收入乐府而流传于街头巷尾所造成的。《本事诗》引李白语:"兴寄深微,五言不如四言,七言又其靡也,况使束于声调俳优哉。"⑥表明七言在唐代仍为民间俗体,不受重视。王师昆吾指出,"三三七"体"在唐代民间广泛流行,并且构成民间歌曲的主体"⑦。而唐人创作歌行时,有意模仿这种形式,胡应麟《诗薮》内编卷三云:"越谣'君乘车,我戴笠,他日相逢下车揖。君担簦,我跨马,他日相逢为君下',辞义甚古,唐人歌行,多作如此起者。"⑧陈寅恪谓白居易的新乐府是"改进当时民间流行之歌谣",与变文俗曲中之"三三七"体有密切关系⑨。由于歌行采用了民间歌谣七言自由体的形式,所以我们经常会看到唱"歌行"的材料,如刘禹锡《竹枝·江上》中有"人来人去唱歌行",杜牧《咏歌圣德,远怀天宝,因题关亭长句四韵》说:"圣敬文思业太平,海寰天下唱歌行。"⑩正因为如此,唐人才把歌行称为"歌",冯班《钝吟杂录·古今乐府论》:"《才调集》卷前题云:古律杂歌诗一百首。古者,五言古也;律者,五七言律也;杂者,杂体也;歌者,歌行也。此是五代时书,故所题如此,最得之。"⑪这也正是唐代诗人创作乐府诗时多选歌行体的内在原因。

明白了歌行的文体特征之后,就很容易理解:不管是旧题乐府还是新题乐府,都可采用歌行体来写作。明代徐师曾《文体明辨序说》云:"按歌行有

---

① 胡震亨《唐音癸签》,第1页。
② 胡震亨《唐音癸签》卷三引,第19页。
③ 许学夷著,杜维沫校点《诗源辩体》,第197页。
④ 余冠英《七言诗起源新论》,《汉魏六朝诗论丛》,上海:上海古典文学出版社,1956年,第151页。
⑤ 逯钦立辑校《先秦汉魏晋南北朝诗》,第573页。
⑥ 孟棨《本事诗》,丁福保辑《历代诗话续编》,第14页。
⑦ 王师昆吾《隋唐五代燕乐杂言歌辞研究》,第431页。
⑧ 胡应麟《诗薮》,第42页。
⑨ 陈寅恪《元白诗笺证稿》,第125页。
⑩ 冯集梧注《樊川诗集注》,第268页。
⑪ 冯班《钝吟杂录》,丁福保辑《清诗话》,第38页。

有声有词者,乐府所载诸歌是也;有有词无声者,后人所作诸歌是也。"①"乐府所载诸歌"即是旧题乐府,"后人所作诸歌"是新题乐府。冯班《钝吟杂录》亦云:"歌行之名,本之乐章,其文句长短不同,或有拟古乐府为之。"②这样也就能够解释人们在研究歌行的时候,为什么多把初盛唐以七言形式拟写的旧题乐府诗如骆宾王的《帝京篇》、张若虚的《春江花月夜》、李白的《蜀道难》、高适的《燕歌行》等举为例证的原因。

然而,随着文体研究的进一步细致化,人们总是试图对歌行与乐府进行区分。日本学者松浦友久认为,乐府诗一般采用第三人称的视角、客体化的场面③,而歌行多采用第一人称的视角、主体化的场面。薛天纬则提出以下判别原则:"第一,诗人的创作意图,在歌行中是要通过叙事来抒发一己情怀,在新题乐府中则是要对客观外界的时政、民生、世态、人情、外物表明看法、态度或感情倾向;第二,诗人的身分,在歌行中是以当事人置身其中,在新题乐府中是以旁观者叙写自己的闻见感受。"④事实上,这样的区分在实际操作中还带有很大的主观随意性,薛天纬自己就说过,这种区分是后世研究者的标准。

综上所论,考虑到唐宋人对乐府与歌行的区分界线较为模糊,今天我们应该把带有歌辞性题目的那部分歌行纳入乐府诗体的研究范围。这样处理,大体上符合学术传统,胡震亨《唐音癸签》云:"其题或名歌,亦或名行,或兼名歌行。又有曰引者,曰曲者,曰谣者,曰辞者,曰篇者。有曰咏者,曰吟者,曰叹者,曰唱者,曰弄者。复有曰思者,曰怨者,曰悲若哀者,曰乐者。凡此多属之乐府,然非必尽谱之于乐。"⑤王世贞《艺苑卮言》卷一云:"七言歌行,靡非乐府,然至唐始畅。"⑥冯班《钝吟杂录·古今乐府论》云:"大略歌行出于乐府,曰'行'者,犹仍乐府之名也。"⑦同时,这样也能够更清楚地揭示出配乐演唱对唐代乐府诗所产生的影响,因为歌辞性题目至少还意味着对"乐曲的联想"⑧。薛天纬曾把歌行分为古题乐府、歌辞性诗题的歌行、非歌辞性诗题的歌行三部分,那么,前面两部分自然就包括在本书所要论述的乐府诗体范围之内,而非歌辞性诗题的歌行如卢照邻的《长安古意》等不在本书研究的范围中。

---

① 徐师曾《文体明辨序说》,于北山、罗根泽校点《文章辨体序说 文体明辨序说》,第106页。
② 冯班《钝吟杂录》,丁福保辑《清诗话》,第40页。
③ 〔日〕松浦友久著,孙昌武、郑天刚译《中国诗歌原理》,第274页。
④ 薛天纬《李杜歌行论》,《文学遗产》1999年第6期,第57页。
⑤ 胡震亨《唐音癸签》,第2页。
⑥ 王世贞《艺苑卮言》,丁福保辑《历代诗话续编》,第960页。
⑦ 冯班《钝吟杂录》,丁福保辑《清诗话》,第38页。
⑧ 〔日〕松浦友久著,孙昌武、郑天刚译《中国诗歌原理》,第274页。

第五节　唐代乐府诗体作品的存佚

唐代的乐府诗体作品到底有哪些？历代编选情况如何？有哪些作品已散佚？本节将对此作一讨论。

一、历代编选情况

关于唐代乐府诗的编选情况，李锦旺《论唐代乐府诗的流传形式与影响》①和《明清"古诗——唐诗"系列选本中的乐府体例之争》②、周期政《唐乐府文献叙录》③等论文中都有较为详细的论述，这里略作补充。

在唐人自编的诗集或宋人所整理的唐人诗集中，大多是把乐府诗（有时称"歌吟"或"歌行"）单独列成卷帙，如白居易自编的诗集、宋敏求编的《李太白文集》《孟东野诗集》，今存影宋本《刘梦得文集》，南宋书棚本《韦苏州集》等都是这样。宋人编选总集也是如此，李昉所编《文苑英华》、姚铉所编《唐文粹》均是将唐人乐府诗单独成类。北宋后期大约神宗至徽宗年间，郭茂倩编成《乐府诗集》一书④，此书虽然存在一些失误之处，但到目前为止仍然是收录唐人乐府诗最多的总集，后人编选的唐人乐府诗选集都没有超出此书的范围。

然而，在宋人编录的乐府诗集中，已经出现了不收唐人作品的倾向，如刘次庄所编《乐府集》，此书已佚，据陈振孙《直斋书录解题》卷一五云："今此集所载，止于陈、隋人。"⑤这一作法产生了极大的影响——后来人们编录乐府诗集时大多不收唐人乐府诗。元代左克明所编《古乐府》，其《原序》称："推本三代而上，下止陈隋。"⑥明代梅鼎祚《古乐苑》依左氏之例，也是"止于南北朝"⑦，可能在作者的疏忽之下，卷一四收有唐代李端的《度关山》。清代曾

---

① 李锦旺《论唐代乐府诗的流传形式与影响》，《阜阳师范学院学报》2002年第6期，第29—32页。
② 李锦旺《明清"古诗——唐诗"系列选本中的乐府体例之争》，《浙江教育学院学报》2002年第5期，第1—6页。
③ 周期政《唐乐府文献叙录》，《湘南学院学报》2004年第1期，第42—45页。
④ 汪俊《郭茂倩及其〈乐府诗集〉》考定郭茂倩生活在北宋后期，《乐府诗集》编成于神宗至徽宗时期。该文载《江苏文史研究》2001年第1期。又可参喻意志《郭茂倩与〈乐府诗集〉的编纂》，《音乐研究》2006年第4期，第31—38页。
⑤ 陈振孙《直斋书录解题》，第446页。
⑥ 左克明《古乐府原序》中说："唐人祖述尚多，非敢弃置，盖世传者众，弗录于斯。"（左克明编撰，韩宁、徐文武点校《古乐府》，北京：中华书局，2016年，第9页）由此可知，左克明不收唐代乐府诗，是唐诗选本甚多所致。
⑦ 永瑢等《四库全书总目》，第1720页。

廷枚《乐府津逮》、朱嘉徵《乐府广序》等都不录唐人乐府诗。朱乾《乐府正义》本来是"上自汉魏，下迄于唐"①，但其弟子在刻书时因"唐人全诗各有注释，且其体离合不一"②而予以删除。顾有孝虽对唐代新乐府颇为推崇，所编《乐府英华》一书却未录唐代新乐府辞。

元明清时期，也有部分乐府诗集仍然收录了唐人作品。元代周巽编有《历代乐府诗辞》，此书已佚，据杨士奇《东里续集》卷一九《历代乐府诗辞跋》说，该书"起击壤，讫李唐，总诗一千二百首"，可知收录了唐人作品。明代梅鼎祚除编《古乐苑》以外，又编《唐乐苑》一书，此书也佚，《千顷堂书目》及重修《江南通志·艺文志·集部》都录有"三十卷"，《宁国府志·艺文志·书目》云"二十卷"，③依书名推断，应是唐代的乐府诗选本。徐献忠所编《乐府原》，今存，前十四卷仅收王建、张籍、李白等人的乐府诗，最后一卷为《近代曲辞》，多录唐代的声诗和曲子辞。刘濂《九代乐章》也收录了唐人乐府诗，比郭茂倩《乐府诗集》稍广，其中收录了刘采春的《啰唝曲》，但此书以风、雅、颂分类，又别以"里巷"和"儒林"，颇为不妥。

明代的吴勉学曾编有《唐乐府》十八卷，是专门收录唐人乐府诗的第一本选集，但此书大体上是依郭茂倩《乐府诗集》的次序从中择录而成。主要收初盛唐部分，不收中晚唐，且混入一些非乐府诗。《四库全书总目》云："是集汇辑唐人乐府，只登初盛而不及中晚，皆郭茂倩《乐府诗集》所已采，间有小小增损，即多不当。如王勃《忽梦游仙》、宋之问《放白鹇篇》之类，皆实非乐府而滥收，而《享龙池乐章》之类，乃反佚去。至诗余虽乐府之遗，而已别为一体，李白《菩萨蛮》《忆秦娥》之类亦不宜泛载。且古题、新题，漫然无别，既无解释，复鲜诠次，是真可以不作也。"④因而学术价值不高，未能引起后人的关注。

明清时期出现的唐诗选本及总集中，也有一些依照宋人作法而将乐府诗独立成类，如明代胡缵宗《唐雅》、臧懋循《唐诗所》、胡震亨《唐音统签》，清代王夫之《唐诗评选》、钱良择《唐音审体》、李因培《唐诗观澜集》、彭定求等《全唐诗》等。其中臧懋循所编《唐诗所》卷二、卷三收录了唐人拟写的旧题乐府，称为"古乐府"，卷四至卷七收唐代新题乐府诗，按照歌辞性题目分为歌、行、篇、曲、词、引、章、吟、咏、叹、谣十一种，称为"乐府系"，分类颇为独特。钱良择所编《唐音审体》前两卷录古题乐府诗一百五十七首，第三卷录新乐府

---

① 朱乾《乐府正义》自序，乾隆五十四年(1789)矩香堂刻本。
② 朱珪《乐府正义序》，朱乾《乐府正义》，乾隆五十四年(1789)矩香堂刻本。
③ 孙琴安《唐诗选本六百种提要》，西安：陕西人民出版社，1987年，第161页。
④ 永瑢等《四库全书总目》，第1761页。

辞四十七首,他在选录唐代乐府诗时见解独到,曾批评郭茂倩收录杜甫的新题乐府太少,并指出《文苑英华》将杜甫的《兵车行》、白居易的《七德舞》等列入歌行卷是不合适的①。彭定求等人所编《全唐诗》卷一〇至卷二九录唐人乐府诗,基本上也是删减郭茂倩《乐府诗集》而成,其间略有差异②,但未收新乐府辞,编者以为,新乐府"但一时纪事所作,非当时公私常奏之曲。既已各载本集,应删"③。

20世纪前半叶,曹效曾的《古乐府选》、陆侃如的《乐府古辞考》④等均未录唐人乐府诗。这一时期只有朱建新所编《乐府诗选》⑤不仅收录了唐人乐府诗,还收了元明清乐府,可谓眼光独到。此外,据孙琴安《唐诗选本六百种提要》附录三《中华民国以来的唐诗选本》载,有民国间文学舍石印本《唐歌行》(作者不详),又有谭泽闿编的写本《唐诗歌行选录》四卷,当是较早的歌行选本,可惜影响不大。

1949年以后,余冠英的《乐府诗选》⑥是影响很大的一部乐府诗选本,但遗憾的是,其中未选唐人作品。20世纪80年代后,出现了许多乐府诗的选本,如杨磊的《乐府诗选讲》⑦,许逸民、黄克、柴剑虹的《乐府诗名篇赏析》⑧,王运熙、王国安的《乐府诗集导读》⑨,邬锡鑫的《乐府》⑩,曹道衡的《乐府诗选》⑪,杨燕、罗青的《乐府百首选讲》⑫等,但基本上都不收唐人乐府诗。唯有刘筑琴等人编注的《乐府诗三百首》⑬收录唐人乐府诗九十三首,占该书收录数目的将近三分之一。张春荣选注的《学生阅读经典——乐府》⑭也收了少量的唐人之作。值得特别一提的是,1997年出版的胡汉生的《唐乐府诗译析》⑮是今人所编第一本专选唐人乐府诗的选本。该书选录四十二位诗人一百六十六首乐府作品,并作了简单的注解和评译,所选大都是唐代乐府诗中

---

① 钱良择《唐音审体》,丁福保辑《清诗话》,第780页。
② [日]增田清秀《〈樂府詩集〉と〈全唐詩〉收録の樂府》,《樂府の歷史的研究》,東京:創文社,1975年。
③ 彭定求等《全唐诗·凡例》,第7页。
④ 陆侃如《乐府古辞考》,上海:商务印书馆,1926年。
⑤ 朱建新编注,胡伦清校订《乐府诗选》,南京:正中书局,1936年。今改题《乐府诗选注》,署名"朱剑心",由浙江人民美术出版社于2016年再版。
⑥ 余冠英选注《乐府诗选》,北京:人民文学出版社,1953年。
⑦ 杨磊《乐府诗选讲》,长春:北方妇女儿童出版社,1985年。
⑧ 许逸民、黄克、柴剑虹《乐府诗名篇赏析》,北京:北京十月文艺出版社,1988年。
⑨ 王运熙、王国安《乐府诗集导读》,成都:巴蜀书社,1999年。
⑩ 邬锡鑫选注《乐府》,贵阳:贵州人民出版社,2000年。
⑪ 曹道衡选注《乐府诗选》,北京:人民文学出版社,2000年。
⑫ 杨燕、罗青编著《乐府百首选讲》,北京:中国盲文出版社,2001年。
⑬ 刘筑琴等编注《乐府诗三百首》,西安:三秦出版社,1999年。
⑭ 张春荣选注《学生阅读经典——乐府》,上海:文汇出版社,2002年。
⑮ 胡汉生编著《唐乐府诗译析》,北京:北京大学出版社,1997年。

的名篇,可作为入门或普及之读物。

此外,唐人乐府诗也有以单行本流传的,如白居易的《新乐府》曾以《白氏讽谏》流传①。《古逸丛书》影印旧抄本《日本国见在书目》录有《李白歌行集》三卷。1957年,徐澄宇选注《张王乐府》②,大体依《全唐诗》原编次第,又将散入其他诗体中的乐府诗一并收入,其中选录张籍乐府诗五十四首,王建乐府诗七十六首,并附有题解和注释。

二、郭茂倩《乐府诗集》收录唐人乐府诗的得与失

宋人郭茂倩所编的《乐府诗集》"征引浩博,援据精审"③,历来备受赞誉。书中收录了大量的唐人乐府诗,因而是研究唐代乐府诗体的必备参考资料。然而,如果站在今天学术研究趋于细致化和科学化的立场上,会发现郭氏在《乐府诗集》中收录唐人乐府诗时既有得,又有失。

先看《乐府诗集》收录唐人乐府诗的所得。

首先,郭氏独具慧眼,收录唐人乐府诗,起到了保存有唐一代乐府诗文献的作用。唐人创作了大量的乐府诗,但由于唐代乐府诗中除声诗和曲子辞以外的其他大部分没有配乐演唱,因而刘次庄编《乐府集》时未录唐人之作。稍后的郭茂倩表现出非凡的见识,在所编《乐府诗集》中收录唐代乐府诗作家300余人,占该书有主名作家总数572人的52%左右;收唐人乐府诗2322首,也占该书收诗总数5298首的44%左右④。其中所收唐人乐府诗在各部类中的数目分别是:

郊庙歌辞391首;燕射歌辞0首;鼓吹曲辞70首;横吹曲辞114首;相和歌辞339首;清商曲辞115首;舞曲歌辞32首;琴曲歌辞79首;杂曲歌辞362首;近代曲辞343首;杂歌谣辞56首;新乐府辞421首。

这对于保存有唐一代的乐府诗文献具有重要作用,许多诗人如沈佺期、宋之问、刘希夷、张祜、令狐楚、张仲素等的部分乐府诗作,正赖该书才得以流传至今。而且,郭茂倩在编集唐代乐府诗时所设置的部类,基本是沿袭了唐人的观念,李锦旺就曾分析说:"对于唐代多元形态的乐府诗,郭氏变通地采取多元的分类标准,是具有开创之功的,也是大体上符合事实的。"⑤

---

① 参谢思炜《明刻本〈白氏讽谏〉考证》《〈新乐府〉版本及序文考证》,二文均收入谢思炜《白居易集综论》,北京:中国社会科学出版社,1997年。
② 徐澄宇选注《张王乐府》,上海:古典文学出版社,1957年。
③ 永瑢等《四库全书总目》,第1696页。
④ 日本学者增田清秀《樂府の歴史的研究》(东京创文社,1975年)一书"资料篇"第一章中也有部分统计数字:《乐府诗集》收录作品总数5290首,有主名作家576人,唐代作家306人,作品1996首。笔者又重新进行统计,略有不同。
⑤ 李锦旺《论唐代乐府诗的流传形式与影响》,《阜阳师范学院学报》2002年第6期,第29页。

其次,《乐府诗集》在编排体例上,体现出唐代大部分乐府诗作为"拟歌辞"的性质。《乐府诗集》在编排体例上大致遵循了辞乐逐渐疏离、音乐性由强渐弱的原则。其十二部类中,前面的部类如郊庙歌辞、燕乐歌辞、相和歌辞、清商曲辞等录有大量的入乐歌辞,而最后一类为唐代的"新乐府辞",郭茂倩在该部类解题中明言"未常被于声"。这说明:唐代的新乐府诗代表了辞乐关系史上最为疏离的阶段,其音乐性最弱。如果再把"新乐府辞"与前面部类中的乐府诗相比较,就会很容易地发现它们在命题、题材和形式方面的继承关系,比如在题材方面,"新乐府辞"还是以传统乐府诗中常见的闺怨、征戍、游侠公子为多。通过这样的编排体例,我们可以清楚地看出唐代新乐府诗作为"拟歌辞"的性质。

对唐人旧题乐府诗的编排,《乐府诗集》也体现出其作为"拟歌辞"的性质。《四库全书总目》云:"每题以古词居前,拟作居后,使同一曲调,而诸格毕备,不相沿袭,可以药剽窃形似之失。"①的确如此,郭氏把唐人的旧题乐府诗排列在该题目原始歌辞的后面,一方面可以体现出辞乐逐渐疏离、由"歌辞"转变为"拟歌辞"的过程,另一方面也可以一目了然地看出唐人对前人歌辞的借鉴和模拟,更能凸现出唐人对该题目的发挥创新及其不同的创作个性。比如《燕歌行》一题,魏文帝所作为"晋乐所奏",可知是歌辞,其辞前半部分写从军征戍,后半部分写思妇,而唐代高适、贾至辞也采用这个套路,语词多有承袭,显然是在拟效的基础上写成的,然高适之辞纵横开阔,感慨深沉,显然为该题目的扛鼎之作。

再看《乐府诗集》收录唐人乐府诗体的所失。

首先,收录不全,误收现象较多。《乐府诗集》虽然以完备著称,而且所收唐人乐府诗最多,但对唐人创作的乐府诗来说,这远非全部,其中漏收的情况很多。吴庚舜在《略论唐代乐府诗》一文中曾指出:"相对来说,《乐府诗集》收入的唐代作家的乐府诗就多得多,但能不能说很完备了呢?据作者整理唐代乐府诗所见,认为也不能这样说。"②比如杨炯、钱起、李咸用等人都写有许多乐府诗,《乐府诗集》连一首也未收,对王昌龄、杜甫、王贞白等人的乐府诗收录不全,甚至唐末刘驾的《唐乐府十章》,郭茂倩也未能收入。

《乐府诗集》中误收的情况也不少。如刘禹锡的《桃源行》本为咏史之作,翁方纲《石洲诗话》卷一谓"郭茂倩并取入《乐府》,似未当"③。《乐府诗集》卷七九收有赵嘏的二十首乐府诗,《四库全书总目》在左克明《古乐府》提

---

① 永瑢等《四库全书总目》,第1696页。
② 吴庚舜《略论唐代乐府诗》,《文学遗产》1982年第3期,第65页。
③ 翁方纲《石洲诗话》,郭绍虞编选,富寿荪校点《清诗话续编》,第1368页。

要中说:"郭书务穷其流,故所收颇滥,如薛道衡《昔昔盐》凡二十句,唐赵嘏每句赋诗一首,此殆如春官程试,摘句命题,本无关于乐府,乃列之薛诗之后,未免不伦。"又卷一〇〇收有陆龟蒙的《乐府杂咏六首》,其中有《双吹管》一首,是咏乐器双吹管,与一般的咏物诗几无二致,郭氏却收入《新乐府辞》。正因为存在许多误收的情况,所以元代吴莱对郭氏《乐府诗集》大为不满,他说:"但取标题,无时世先后,纷乱庞杂,摹拟蹈袭,层见间出,厌人视听。"①

其次,对作品的归类存在一些混乱。唐代乐府诗的情况较为复杂,郭茂倩在编排过程中虽然费尽心思,但在作品的归类上还是存在一些混乱。比如,郭氏在卷九〇《新乐府辞》题解中明言,该类作品"未常被于乐","以贻后世之审音者",但其录入《新乐府辞》中的一些乐府诗,如李峤的《汾阴行》、王维的《扶南曲》、高适的《九曲词》、王涯等人的《平戎辞》、令狐楚的《思君恩》、李贺的《湖中曲》等,都有明确的入乐记录②,这显然与题解相矛盾,而应归入《近代曲辞》。再如,在新题和旧题区分上也不甚严密。同出于《出塞》的《前出塞》《后出塞》,郭氏归入旧题,而把《塞上》《塞下》归入新题。把同是游侠公子题材的《少年行》《汉宫少年行》《长乐少年行》《渭城少年行》归入旧题,而把《公子行》归入新题。

为什么郭氏会出现这些失误呢? 一方面是由于他所持的乐府观念,他重视乐府之源头,但凡作品都务本求源,又要迁就勾合汉唐时期千余年间复杂的乐府诗创作情况,出现抵牾在所难免。另一个方面,也与他当时编录《乐府诗集》时所依据的文献材料有关。据喻意志《〈乐府诗集〉成书研究》考察,郭茂倩收录作家作品时,主要以作家别集为依据,无主名的作品则多来自歌辞类典籍③。有些作家的作品漏收了,可能是郭氏当时未能见到该作家的别集,而有些作品的误收,也许就是由作家别集中的错误导致的。

三、唐代乐府诗体作品的判别

唐代共有多少乐府诗体的作品? 笔者从《全唐诗》中进行搜检,重新编集了《唐代乐府诗体作品集》,共收录作品五千三百多首。在编集过程中,采用了以下判别原则:

第一,以唐宋人所编的各种诗歌总集、别集为依据,凡是唐宋人认定的唐代乐府诗,基本上都收入本集中,比如《文苑英华》中所录的部分唐人乐府

---

① 吴莱《乐府类编后序》,吴莱《渊颖集》,《景印文渊阁四库全书》,第1209册,第204页。
② 关于这些新乐府诗的入乐情况,可参王易《乐府通论·辨体第三》(中国文化服务社,1946年,第45页)和任半塘《唐声诗》下编。
③ 喻意志《〈乐府诗集〉成书研究》,上海师范大学2002年博士学位论文,第94—110页;喻意志《〈乐府诗集〉成书研究》,长沙:湖南文艺出版社,2012年,第134—157页。

诗,像唐太宗的《帝京篇》、常建的《公子行》、权德舆的《广陵行》等,不见于《乐府诗集》,本作品集一并收入。

第二,在唐宋时期的各种文献(包括诗序、文论、正史、野史、笔记、方志等)中提及的乐府作品,也收入本作品集。

第三,在元明清及后来的各种文献中言及的唐代乐府诗,经过辨析后方可收入本作品集中。比如,孟郊的《杀气不在边》,在《孟东野诗集》中收入"乐府",本作品集收入。但也有些虽然被后人视作乐府,却并不是乐府,如明代吴勉学《唐乐府》所收录的王勃的《忽梦游仙》、宋之问的《放白鹇篇》和李白的《菩萨蛮》《忆秦娥》等显然不属于乐府诗体,故本作品集将其排除在外;而清代的一些诗话类著作将杜甫的"三吏""三别"认定为新乐府,虽然有研究者表示不同意①,本书认为它们写社会性的重大题材,应属于乐府诗,可以收入本作品集。

之所以采用上述原则,主要是遵从历史,力求符合唐宋人的观念,不把后人的观念强加于古人。

四、唐人乐府诗体作品的散佚

唐人共创作了多少乐府诗,今天已经很难知晓。除现在保存下来的五千多首以外,肯定还有部分作品散佚了。现根据一些相关的资料,例举如下:

(一) 总集

1.《桃花行》

武平一《景龙文馆记》载,唐高宗景龙"四年春,上宴于桃花园,群臣毕从。学士李峤等各献《桃花诗》,令宫女歌之。辞既清婉,歌仍妙绝!……敕太常简二十篇入乐府,号曰《桃花行》"②。计有功《唐诗纪事》卷一〇载:"张仁亶自朔方入朝,中宗于西苑迎之,从臣宴于桃花园。峤歌曰:'岁去无言忽憔悴,时来含笑吐氛氲。不能拥路迷仙客,故欲开蹊待圣君。'赵彦伯曰:'红萼竞燃春苑晓,菶茸新吐御筵开。长年愿奉西王宴,近侍惭无东朔才。'又一从臣歌曰:'源水丛花无数开,丹跗红萼间青梅。从今结子三千岁,预喜仙游复摘来。'明日宴承庆殿,上令宫女善讴者唱之。词既婉丽,歌仍妙绝,乐府号《桃花行》。"③乐府所编二十篇之《桃花行》总集今不存,仅存其中的数首。

---

① 参王辉斌《论杜甫"三吏""三别"的诗体属性——兼及唐代新乐府的有关问题》,《杜甫研究学刊》2005 年第 3 期,第 40—46,77 页。
② 武平一《景龙文馆记》,陶宗仪等《说郛三种》,第 2155 页。
③ 计有功《唐诗纪事》,上海:上海古籍出版社,1987 年,第 146 页。

2.《乐府录》

皮日休《论白居易荐徐凝屈张祜》云:"(张)祜元和中作宫体诗,词曲艳发。当时轻薄之流重其才,合噪得誉。及老大,稍窥建安风格,诵《乐府录》,知作者本意。"①《乐府录》不见于其他文献,恐在当时流传不广。

3.《玉台后集》

李康成编。李康成《玉台后集序》云:"昔陵在梁世,父子俱事东朝,特承优遇。时承平好文,雅尚宫体,故采西汉以来词人所著乐府艳诗,以备讽览。……名登前集者,今并不录。惟庾信、徐陵仕周、陈,既为异代,理不可遗。"②晁公武《郡斋读书志》卷二云:"右唐李康成采梁萧子范迄唐张赴二百九人所著乐府歌诗六百七十首,以续陵编。"③刘克庄《后村诗话》续集卷一说,所选"自陈后主、隋炀帝、江总、庾信、沈、宋、王、杨、卢、骆而下二百九人,诗六百七十首,汇为十卷"④。可知此集收录了梁陈至唐代的乐府歌诗,因而明代焦竑在《国史志》中收入《乐类·歌辞部分》。依今人陈尚君的判断,此书明初尚存,大约在明中叶散佚⑤。陈先生曾辑得该集所收诗歌九十多首,收入《唐人选唐诗新编》。

4.《杂钞》

据王勇《佚存日本的唐人诗集〈杂抄〉考释》,《杂钞》是一部唐人乐府诗残集,流传于日本,在残集中有数十首乐府诗不见于《乐府诗集》和《全唐诗》⑥。

5.《集胡笳辞》

一卷,刘商编。见郑樵《通志》卷六四。

6.《历代乐歌》

六卷,赵上交编。赵上交,唐末五代人。既云"历代",其中必定收录了唐人乐府诗。

7.《燕歌行》

该书不见于《隋书·艺文志》,见于《宋史·艺文志》,当为集录唐人及前代人所拟《燕歌行》。

---

① 董诰等编《全唐文》,第 8359 页。
② 李康成《玉台后集序》,傅璇琮、陈尚君、徐俊编《唐人选唐诗新编》(增订本),北京:中华书局,2014 年,第 384 页。
③ 晁公武撰,孙猛校证《郡斋读书志校证》,上海:上海古籍出版社,1990 年,第 97 页。
④ 刘克庄《后村诗话》,北京:中华书局,1983 年,第 84 页。
⑤ 陈尚君《唐人编选诗歌总集叙录》,《唐代文学丛考》,北京:中国社会科学出版社,1997 年,第 184—222 页。
⑥ 王勇《佚存日本的唐人诗集〈杂抄〉考释》,《文学遗产》2003 年第 1 期,第 22—32 页。

(二) 别集

1. 贾言忠《乐府杂诗》

卢照邻《乐府杂诗序》云："乐府者，侍御史贾君之所作也。……凡一百一篇，分为上下两卷。"①贾氏，即贾言忠，唐高宗时人，《全唐诗》卷八七七只录其引谚一条。

2.《李白歌行》

《日本国见在书目》录"《李白歌行》三卷"。今不见。据詹锳先生考证，可能是中晚唐人所编李白的乐府歌行，后传入日本②。

3.《唐贤僧怀素草书歌》

见《秘书省续编到四库阙书目》，后注："阙。"当在宋代已亡。

4.《翰林歌辞》

《新唐书·艺文志》卷六〇集部"总集"类有"《翰林歌辞》一卷"，当是集多人所作，然《宋史·艺文志》作"王涯《翰林歌词》一卷"，不知孰是。

5.《玄真子渔歌碑传集录》

一卷。陈振孙《直斋书录解题》云："玄真子渔歌，世止传诵其'西塞山前'一章而已。尝得其一时倡和诸贤之辞各五章，及南卓、柳宗元所赋，通为若干章。因以颜鲁公碑述、唐书本传以至近世用其词入乐府者，集为一编，以备吴兴故事。"③其中收录了部分《渔歌子》的唱和词。

6.《得宝歌》

十首，崔成甫撰。《旧唐书》卷一〇五载，韦坚"天宝元年三月，擢为陕郡太守、水陆转运使。……先是，人间戏唱歌词云：'得体纥那也，纥囊得体耶？潭里船车闹，扬州铜器多。三郎当殿坐，看唱《得体歌》。'至开元二十九年，田同秀上言'见玄元皇帝，云有宝符在陕州桃林县古关令尹喜宅'，发中使求而得之，以为殊祥，改桃林为灵宝县。及此潭成，陕县尉崔成甫以坚为陕郡太守凿成新潭，又致扬州铜器，翻出此词，广集两县官，使妇人唱之，言：'得宝弘农野，弘农得宝耶！潭里船车闹，扬州铜器多。三郎当殿坐，看唱《得宝歌》。'成甫又作歌词十首，自衣缺胯绿衫，锦半臂，偏袒膊，红罗抹额，于第一船作号头唱之"④。崔成甫"又作歌词十首"，今不存。

---

① 卢照邻著，李云逸校注《卢照邻集校注》，北京：中华书局，1998年，第343—352页。
② 詹锳《李白集版本源流考》，《李白全集校注集释汇评》附录，天津：百花文艺出版社，1996年，第4538页。
③ 陈振孙《直斋书录解题》，第449页。
④ 刘昫等《旧唐书》，第3222—3223页。

7.《续九华山歌诗》

《秘书省续编到四库阙书目》著录为一卷。

8.《张仲素歌词》

《遂初堂书目》著录。

9.《令狐楚歌词》

《遂初堂书目》著录。《宋史·艺文志》作令狐楚《歌诗》一卷。

10.《刘言史歌诗》

《新唐书·艺文志》作六卷。《通志·艺文略》亦著录。

11.《张碧歌行》

《新唐书·艺文志》作二卷。

12.《赵抟歌诗》

《新唐书·艺文志》著录为二卷。赵抟,唐末诗人。《唐才子传校笺》卷一〇《张鼎传》后附其事迹,谓"有爽迈之度,工歌诗",然终生不遇,曾作《琴歌》《废长行》。

13.《李沇歌行》

《秘书省续编到四库阙书目》著录为一卷,并注:"阙。"

14. 孙郎中《乐府歌集》

齐己《谢荆幕孙郎中见示乐府歌集二十八字》:"长吉才狂太白颠,二公文阵势横前。谁言后代无高手,夺得秦皇鞭鬼鞭。"①孙郎中,即孙光宪,其《乐府歌集》今不存。

15.《卢陵乐府歌词》

见于《秘书省续编到四库阙书目》。此书不详。卢陵为江西吉州,颜真卿有《卢陵集》,不知是否为颜作?

(三) 见于其他文献记载的唐人乐府诗

1.《恩光曲》辞

许敬宗《上恩光曲歌词启》:"少傅元龄奉宣令旨,垂使撰《恩光曲》词,六言四章,章八韵。"②《恩光曲》辞今不存。

2.《白雪》歌辞及送声

《旧唐书·音乐志》载,高宗显庆二年,"太常奏《白雪》琴曲。……至是太常上言曰:'……辄以御制《雪诗》为《白雪》歌辞。又按古今乐府,奏正曲之后,皆别有送声,君唱臣和,事彰前史。辄取侍臣等奉和雪诗以为送声,各

---

① 彭定求等编《全唐诗》,第 9593 页。
② 董诰等编《全唐文》,第 1550 页。

十六节,今悉教讫,并皆谐韵。'上善之,乃付太常编于乐府。六年二月,太常丞吕才造琴歌《白雪》等曲,上制歌辞十六首,编入乐府"①。唐高宗等人所制《白雪》歌辞今不传。

3. 《桑条歌》《桑条乐词》

《旧唐书》卷五一载:"景龙二年春……右骁卫将军、知太史事迦叶志忠上表曰:'……谨进《桑条歌》十二篇,伏请宣布中外,进入乐府,皇后先蚕之时,以享宗庙。'帝悦而许之,特赐志忠庄一区,杂彩七百段。太常少卿郑愔又引而申之,播于舞咏,亦受厚赏。"②又,《唐诗纪事》卷一一云:"唐永徽以来唱《桑条歌》云:桑条韦也女。韦也,神龙时逆韦应之。愔作《桑条乐词》十首以进,擢吏侍。"③迦叶志忠作有《桑条歌》,郑愔作有《桑条乐词》,均佚。

4. 康洽的乐府诗

李颀《送康洽入京进乐府歌》:"新诗乐府唱堪愁,御妓应传鸧鹒楼。"戴叔伦《赠康老人洽》:"一篇飞入九重门,乐府喧喧闻至尊。宫中美人皆唱得,七贵因之尽相识。"④辛文房《唐才子传》卷四亦谓康洽"工乐府诗篇,宫女梨园,皆写于声律"⑤。康洽,盛唐人,其乐府诗不存。

5. 韦渠牟《铜雀台》

权德舆《左谏议大夫韦君诗集序》云:"初,君年十一,尝赋《铜雀台》绝句,右拾遗李白见而大骇。"⑥韦君即韦渠牟,所赋《铜雀台》今不存。

6. 李曜卿《古乐府》廿四章

李季卿《三坟记》:"先侍郎之子曰曜卿,字华,名世才也。……焯见焉,左迁普安郡户掾,赋古乐府廿四章。"⑦今不存。

7. 卢象的乐府诗

刘禹锡《唐故尚书主客员外郎卢公集纪》中谓卢象"妍词一发,乐府传贵"⑧。卢象,盛唐人。《全唐诗》存其诗一卷,其中录乐府诗只有《青雀歌》一首。

8. 刘绮庄的乐府诗

刘绮庄,生平不详,唐武宗会昌前后在世。《唐诗纪事》卷五四云:"刘绮庄尤善乐府。"然今皆不存。

---

① 刘昫等《旧唐书》,第1046—1047页。
② 同上书,第2172—2173页。
③ 计有功《唐诗纪事》,第159页。
④ 彭定求等编《全唐诗》,第3112页。
⑤ 辛文房撰,傅璇琮主编《唐才子传校笺》,第2册,北京:中华书局,1989年,第88页。
⑥ 权德舆撰,郭广伟校点《权德舆诗文集》,第524页。
⑦ 董诰等编《全唐文》,第4682页。
⑧ 刘禹锡撰,卞孝萱校订《刘禹锡集》,第233页。

9. 刘猛的乐府诗

与元稹唱和过古题乐府诗,元稹《乐府古题序》云:"昨梁州见进士刘猛、李余各赋古题乐府诗数十首,其中一二十章,咸有新意,予因选而和之。"①

10. 李余的乐府诗

与元稹唱和过古题乐府诗,《全唐诗》小传谓其"工乐府"②,然其诗今存二首,皆非乐府。

11. 李绅的新题乐府诗

李绅曾写有《新题乐府二十首》,元稹与之唱和,然今不存。

12. 张籍的乐府诗《商女》《勤齐》

白居易《读张籍古乐府》云:"张君何为者?业文三十春。尤工乐府诗,举代少其伦。为诗意如何?六义互铺陈。风雅比兴外,未尝著空文。读君学仙诗,可讽放佚君。读君董公诗,可诲贪暴臣。读君商女诗,可感悍妇仁。读君勤齐诗,可劝薄夫敦。上可裨教化,舒之济万民;下可理情性,卷之善一身。……愿播内乐府,时得闻至尊。言者志之苗,行者文之根。所以读君诗,亦知君为人。"③由此可知,张籍的乐府诗有《学仙》《董公》《商女》《勤齐》等。此四首诗郭茂倩《乐府诗集》未录。今存张籍诗集中仅有《学仙》《董公诗》,而无《商女》《勤齐》二诗,已佚。

13. 唐衢的乐府诗

白居易《寄唐生》云:"不能发声哭,转作乐府诗。篇篇无空文,句句必尽规。……非求宫律高,不务文字奇;惟歌生民病,愿得天子知。"④唐生即唐衢,与白居易同为创作乐府诗的知音,《旧唐书》本传亦谓其"能为歌诗,意多感发"⑤。由白诗可知,唐衢应该创作了许多乐府诗,且具有独特的艺术特征,然其乐府诗皆不存。

14. 韦楚老的乐府诗

《唐才子传》卷六谓韦楚老"众作古乐府居多"⑥,今天却看不到他的一首旧题乐府诗。

15. 施肩吾的乐府诗

孟简《酬施先辈》:"襄阳才子得声多,四海皆传古镜歌。乐府正声三百

---

① 元稹撰,冀勤点校《元稹集》,第 255 页。
② 彭定求等编《全唐诗》,第 5772 页。
③ 白居易著,顾学颉校点《白居易集》,第 2 页。
④ 同上书,第 15 页。
⑤ 刘昫等《旧唐书》,第 4205 页。
⑥ 辛文房撰,傅璇琮主编《唐才子传校笺》,第 3 册,北京:中华书局,1990 年,第 160 页。

首,梨园新人教青娥。"①施先辈即施肩吾,据此可知,施肩吾应有许多乐府诗,然今存甚少,恐已散佚。

16. 雍裕之的乐府诗

《唐才子传》卷五谓雍裕之"为乐府极有情致"②。《直斋书录解题》著录《雍裕之集》一卷。今存《自君之出矣》一首。

17. 王毂的乐府诗

《唐才子传》卷一〇载:"毂,字虚中,宜春人,自号临沂子。以歌诗擅名,长于乐府。未第时尝为《玉树曲》云:'璧月夜,琼树春,莺舌泠泠词调新。当时狎客尽丰禄,直谏犯颜无一人。歌未阕,晋王剑上粘腥血。君臣犹在醉乡中,一面已无陈日月。'大播人口。"③然其乐府诗仅存《玉树曲》《苦热行》《梦仙谣》《吹笙引》等数首,恐有散佚。

---

① 彭定求等编《全唐诗》,第 5371 页。
② 辛文房撰,傅璇琮主编《唐才子传校笺》,第 2 册,第 574 页。
③ 辛文房撰,傅璇琮主编《唐才子传校笺》,第 4 册,北京:中华书局,1990 年,第 357—358 页。

第二章　唐代乐府诗体的创作方式——拟效

唐代的乐府诗体本质上是"拟歌辞",是唐人在拟效前代歌辞的传统中完成的。这是一种独特的创作方式,在制题、题材、形式、精神等方面都要受到乐府传统的制约,与一般徒诗的完全自由创作绝然不同;而唐代乐府诗体之所以能取得很高的成就,与唐人善于"拟效"、在"拟效"中富于创新的特点密切相关。本章在吸收前人成果的基础上,对乐府诗体创作中的"拟效"现象进行较为系统的论述。

第一节　对乐府诗创作中"拟效"现象的认识

拟效现象在文艺创作中极为常见,在乐府诗体的创作中尤为突出。前人对此已有一些零星论述,本节略作梳理,以期对拟效有更为合理的认识。

一、"拟效"是文艺创作中的常见现象

对于文艺创作过程中的"拟效"现象,人们总是不屑一顾,甚至加以蔑视,诬之为"蹈袭""重复"等。事实上,拟效是人类继承优秀文化遗产、进行再创造的必要手段。亚里士多德《诗学》第四章说:"人和动物的一个区别就在于人最善摹仿,并通过摹仿获得了最初的知识。"[①]陆机《文赋》谓:"袭故而弥新。"[②]当人们从事文艺创作时,不可能无中生有,必定要对前人的作品有所学习和借鉴,正如有学者指出的,"艺术创新离不开对既有经验或过去传统的承继。……艺术创新必须寻找并凭借所赖以生发生新的母胎,离开母胎便无从汲取营养并从而成长为新的自我。……这便是模拟之所以值得肯定和激励的艺术哲学依据"[③]。比如在绘画领域就有"摹拓"的说法,唐代张彦远《历代名画记·论画体工用拓写》云:"好事家宜置宣纸百幅,用法蜡之,以备摹写。顾恺之有摹拓妙法。古时好拓画,十得七八,不失神采笔踪。亦

[①]〔古希腊〕亚里士多德著,陈中梅译注《诗学》,北京:商务印书馆,1996年,第47页。
[②]陆机著,张少康集释《文赋集释》,北京:人民文学出版社,2002年,第212页。
[③]姜剑云《太康文学研究》,北京:中华书局,2003年,第181页。

有御府拓本,谓之官拓,国朝内库翰林,集贤秘阁,拓写不辍。"①通过摹拓前人的作品,掌握一些表现技巧,在复制经典的过程中实现提高自身技艺的目的。

在文学创作中,拟效是一种十分常见的现象。它是人们学习作文写诗的一种重要方法。前人对此多有言及,如陆机《文赋》云:"必所拟之不殊,乃暗合乎曩篇。"②朱熹《论文》云:"古人作文作诗,多是模仿前人而作之。盖学之既久,自然纯熟。"又云:"向来初见拟古诗,将谓只是学古人之诗。元来却是如古人说'灼灼园中花',自家也做一句如此;'迟迟涧畔松',自家也做一句如此。……意思语脉,皆要似他底,只换却字。其后来依如此做得二三十首诗,便觉得长进。盖意思句语,血脉势向,皆效它底。"③陈谟曾指出,"学诗必自拟古始,虽李、杜亦然。拟之而不近,未也;拟之而甚近,亦未也。初若甚近,则几矣;其终也甚不近而实无不近,则神矣"④。王瑶《拟古与伪作》说:"这本来是一种主要的学习属文的方法,正如我们现在的临帖学书一样。前人的诗文是标准的范本,要用心地从里面揣摩,模仿,以求得其神似。所以一篇有名的文字,以后寻常有好些人底类似的作品出现,这都是模仿的结果。"⑤康正果《风骚与艳情——中国古典诗词的女性研究》中说:"文学并不总是摹仿现实,恰恰相反,诗人基本上是摹仿前人的诗学习写诗的……在中国古代,写诗更多地与熟读诗书和涵咏前人的佳篇名句联系在一起。"⑥曹虹《德不孤,必有邻——谈谈域外文人对中国原作的拟效》中说:"所谓拟效,即通过揣度模仿他人的作品而达成自我创作,此现象在文学史上时常可见。"⑦

正因为如此,今天一些学者能够合理看待文学创作中的"拟效"问题,指出"拟效"的积极意义。梅家玲《汉魏六朝文学新论——拟代与赠答篇》反对将"拟代"视作"剽窃",指出拟代文学"使文人既得以借鉴前人的生命经验,为一己的存在定位,也能在既有文本的影响下,更缔新猷,体现融'曾经'与'现时'为一,寓'传统'于'创新'之中的,深具辩证性的传承意义"⑧,将"拟代"视为经验传承的重要途径。陈桥生《刘宋诗歌研究》论及鲍照的乐府诗

---

① 张彦远《历代名画记》,《景印文渊阁四库全书》,第812册,第295页。
② 陆机著,张少康集释《文赋集释》,第145页。
③ 黎靖德编《朱子语类》,北京:中华书局,1986年,第3299页,第3301页。
④ 吴文治主编《明诗话全编》,第40页。
⑤ 王瑶《拟古与伪作》,《中古文学史论》,北京:北京大学出版社,1986年,第200页。
⑥ 康正果《风骚与艳情——中国古典诗词的女性研究》,郑州:河南人民出版社,1988年,第123页。
⑦ 曹虹《德不孤,必有邻——谈谈域外文人对中国原作的拟效》,《学习与探索》2006年第2期,第164页。
⑧ 梅家玲《汉魏六朝文学新论——拟代与赠答篇》,北京:北京大学出版社,2004年,第6页。

创作时指出,长期以来,人们对拟代文学的评价"未必公允","正如学书临帖一样,通过模仿前人经典之作学习属文,正是一种最简便有效的方式","汉晋以来以拟作名家的作者,其作品大都是根据既有的文字体貌再作因革,绝不是彻头彻尾的抄录蹈袭"。①

在汉魏六朝时期,文坛上拟效前人诗赋的风气十分盛行,几乎成为一种时尚,产生了"许多同一类题目的文字"②。汉代已开此风,周勋初先生在胡小石先生的基础上增订完成《两汉摹拟作品一览表》③,并指出扬雄的作品多是模仿前人而成,"开了后代重摹拟的风气"④。魏晋以下,摹拟之风更盛,周勋初先生撰《魏晋南北朝时文坛上的摹拟之风》一文专门论之⑤。近年来,很多研究者关注这一现象,出现了许多相关的论著⑥。有人统计过,今存魏晋六朝时期的拟效诗作多达三百六十九首⑦,以至于萧统编《文选》时专门列出"杂拟"一类。倘若我们的思想再开放一些,任何一种文体的成立过程,都可看作是后人对最初作品进行反复拟效从而形成程式的结果。汉魏六朝时期之所以出现大量的拟效之作,原因就在于文本文学还处于发轫阶段,没有建立起各种文体的规范程式,需要反复拟效来凝结成文体程式,即刘勰《文心雕龙·体性》所说的"摹体以定习"⑧。比如,辞赋的递变便是如此,屈原、宋玉之后,"刘向、王褒之徒咸悲其文,依而作词,故号为《楚辞》"⑨,经过刘向、王褒等人的"依而作词",楚辞体得以发扬光大。后来的扬雄学习司马相如赋,常"拟之以为式",这一过程便是赋体形成文本规范的过程。傅玄《七谟序》云:"昔枚乘作《七发》,而属文之士,若傅毅、刘广世、崔骃、李尤、桓麟、崔琦、刘梁、桓彬之徒,承其流而作之者,纷焉,《七激》《七兴》《七依》《七款》《七说》《七蠲》《七举》《七设》之篇。于是通儒大才马季长、张平子,亦引其源而广之。"⑩以至于萧统《文选》中专列"七"体,"这些作品由于是前承后继、互相祖述,有着相似的篇题、结构、辞采,逐渐形成了以《七发》为首的文

---

① 陈桥生《刘宋诗歌研究》,北京:中华书局,2007年,第205页。
② 王瑶《拟古与伪作》,《中古文学史论》,第204页。
③ 周勋初《文史探微》,上海:上海古籍出版社,1987年,第6—8页。
④ 参见周勋初《中国文学批评小史》,武汉:长江文艺出版社,1981年,第24页。
⑤ 周勋初《魏晋南北朝时文坛上的摹拟之风》,《周勋初文集》第三卷《文史知新》,南京:江苏古籍出版社,2000年,第395—403页。
⑥ 研究汉魏六朝拟古文学的论著很多,如梅家玲《汉魏六朝文学新论——拟代与赠答篇》,北京:北京大学出版社,2004年;赵红玲《中古拟诗研究》,上海师范大学2002年博士学位论文;冯秀娟《魏晋六朝拟古诗研究》,台湾大学2003年硕士学位论文;陈恩维《论汉魏六朝之拟作》,苏州大学2005年博士学位论文;蔡爱芳《汉魏六朝拟作研究》,南京师范大学2008年博士学位论文。
⑦ 冯秀娟《魏晋六朝拟古诗研究》,台湾大学2003年硕士学位论文,第5页。
⑧ 刘勰著,范文澜注《文心雕龙注》,第506页。
⑨ 王逸《楚辞章句·九辩序》,洪兴祖《楚辞补注》,北京:中华书局,1983年,第182页。
⑩ 严可均辑《全上古三代秦汉三国六朝文》,北京:中华书局,1958年,第1723页。

本部落,声势渐隆,遂于各类文体之中卓然自立,成为一种独立的文体"①。因此可以说,正是由于大量的拟效才促进了文体的形成及文学的繁荣,从而导致了"中国文学的自觉"②。

到了唐代,仍有许多人拟效前人的作品,如《全唐文》卷三〇〇收有严从的《拟三国名臣赞序》,卷九八七收有无名氏的《拟公孙龙子论》。《全唐诗》中这样的例子更是层出不穷,如韦应物的《效何水部》、白居易的《效陶潜体诗十六首》、李商隐的《效徐陵体赠更衣》《效长吉》《拟沈下贤》、刘驾的《效陶》、司空图的《效陈拾遗子昂》、郑愚的《拟权龙褒体赠鄠县李令及寄朝右》、贯休的《拟齐梁体寄冯使君三首》《拟齐梁酬所知见赠二首》、罗隐的《仿玉台体》、韩偓的《效崔国辅体四首》、齐己的《拟嵇康绝交寄湘中贯微》等。唐代诗人还有大量的《古意》《拟古》《拟古诗》《拟古意》《效古》《效古词》等,其实都是在拟效前人的基础上写成的。刘知几《史通》中专设《模拟》一节,论述文字模拟的途径与效果。因此,当我们高歌赞颂唐诗的开拓创新时,不应该忽视拟效创作对唐诗演进的作用和意义。

二、乐府诗的生命在于"拟效"

与其他文体相比,乐府诗中的拟效现象更为突出。姚华《论文后编·目录上》云:"秦汉事神,歌工所奏,隶之乐府,辞调殊异,遂相拟效,即称乐府。"在仪式歌辞的创作中,沿袭仿制的情况十分突出。清代李调元《雨村诗话》云:"五代以后,宗庙典章文物,但按故常以为程式。盖自《练时日》以下,皆相沿相袭。"③这是因为仪式具有规范性与传承性,与之相配的歌辞自然要有所因袭。其实,何尝是仪式歌辞,其他歌辞也是这样,因为我国古代是"以乐传辞",即在一个曲调下会有大量的歌辞与之相配,这就决定了歌辞要袭用大致相同的形式,甚至是相同的主题和语词。从文本文学的角度而言,便是所谓的"拟效"。当文人介入乐府诗创作时,拟效现象尤为突出:最初是文人拟效民间歌辞,如魏代文人对汉乐府民歌的拟效、梁代文人对吴声西曲的拟效;后来,乐府歌辞所凭借的音乐曲调散佚了,文人们只能拟效前人的乐府歌辞,故袁淑有《效曹子建乐府白马篇》、鲍照有《代陆平原君子有所思行》等,在萧统所编《文选》中被收入"杂拟"类。这时,如果要写一首乐府诗,往往不必有实际感受,只要借用前人的创作经验——承袭该题目传统的题材、意象

---

① 李士彪《魏晋南北朝文体学》,上海:上海古籍出版社,2004年,第26页。
② 俞灏敏《文学的摹拟与文学的自觉——魏晋六朝杂拟诗略论》,《学术月刊》1997年第2期,第80—84页;康正果《风骚与艳情——中国古典诗词的女性研究》,第123页。
③ 李调元《雨村诗话》,郭绍虞编选,富寿荪校点《清诗话续编》,第1522—1523页。

和语词,通过对前人作品的整合改造,就完全可以写出来。对此,罗根泽、周勋初、小川环树、宇文所安、梅家玲等学者都有过论述。崔炼农在其博士论文《汉魏六朝乐府辞乐关系研究》中专门研究"文人拟作",指出它"不受配乐歌辞文本存佚的影响,超越时代和空间,在特有的文化背景中造就出乐府乃至文学创作史上的拟袭传统"①。从这个角度而言,乐府诗发展的历史,便是一部不断进行拟效的历史;没有拟效,乐府诗始终停留在乐工手中,在文体性质上仍属于歌辞。当然,我们也要看到,拟效也促使乐府诗成为一种保守的诗体——强调继承,注重复古,难怪一些人批评其创新性不足了。

唐代虽然在诗歌史上是极富变革和创造的时期,但唐人创作乐府诗依然以拟效为主要方式。唐代乐府诗题目中经常出现"拟""效"等字样,如虞世南《拟饮马长城窟》、沈佺期《拟古别离》、李峤《拟古东飞伯劳西飞燕》、司空曙《拟百劳歌》、钱起《效古秋夜长》、刘方平《拟娼楼节怨》、李益《效古促促曲为河上思妇作》、沈云卿《拟古离别》②、皎然《拟长安春词》、李绅《闻里谣效古歌》、鲍溶《拟古苦哉远征人》、柳宗元《效白纻》、李商隐《又效江南曲》、李暇《拟古东飞伯劳歌》、僧贯休《拟君子有所思》和《拟古离别》、崔道融《拟乐府子夜四时歌四首》等,我们不能看作是没有实际意思的点缀,其实这就是拟效的标志。李白创作了许多优秀的乐府诗篇,胡震亨《唐音癸签》卷九便说:"曲尽拟古之妙。"③韩愈较少写乐府诗,故陈沆《诗比兴笺》云:"夫昌黎词必己出,不傍古人,故集中从无乐府、骚、七之篇,假设摹仿之什。"④唐人不仅拟效前人的乐府诗,还对本朝的乐府诗进行拟作,比如唐末五代时"四明人胡抱章,作《拟白氏讽谏》五十首,亦行于东南,然其辞甚平。后孟蜀末,杨士达亦撰五十篇,颇讽时事"⑤。之所以唐人创作乐府诗时采用拟效的方式,是由于维系乐府诗的音乐已经散佚,人们不得不拟效前人的乐府歌辞,正如罗根泽《乐府文学史》所说的,"乐府在汉魏虽有曲谱,而至唐代则久已亡佚,故唐人为乐府,不过效法歌词,并不能依照乐府曲调","至唐代则文人视取法古乐府,别制乐府新词为事业。……故唐代之模仿乐府,其成功遂较建安有过之无不及。然以其渐合于诗"⑥。

需要指出的是,对于乐府诗创作中的拟效现象,多数人持批判甚至是否

---

① 崔炼农《汉魏六朝乐府辞乐关系研究》,上海师范大学 2003 年博士学位论文,第 74—75 页。后出版为《乐府歌辞述论》,北京:人民文学出版社,2017 年,第 114 页。
② 元代杨士弘《唐音》卷九作此题目。
③ 胡震亨《唐音癸签》,第 87 页。
④ 陈沆《诗比兴笺》,上海:上海古籍出版社,1981 年,第 190 页。
⑤ 钱易撰,黄寿成点校《南部新书》,北京:中华书局,2002 年,第 177 页。
⑥ 罗根泽《乐府文学史》,北京:东方出版社,1996 年,第 190 页,第 243 页。

定态度。唐代卢照邻《乐府杂诗序》说:"《落梅》《芳树》,共体千篇;《陇水》《巫山》,殊名一意。"①批判不满之情溢于言表。中唐元稹《乐府古题序》更是明确地说,当时乐府诗的创作乃是"沿袭古题,唱和重复"。清代王士禛《带经堂诗话》卷一对三国魏缪袭及西晋傅玄等文人的拟辞评价不高:

> 汉乐府鼓吹二十二曲,今所存《朱鹭》已下是也。魏缪袭、吴韦昭、晋傅玄皆拟之,率浅俗无复古意,其词尤多狂悖。如昭之《关背德》,袭之《平南荆》,玄之《宣受命》《唯庸蜀》等篇,狺狺狂吠,读之发指。而左克明、郭茂倩皆取以附汉曲之后,何其谬也!
>
> 乐府古诗不必轻拟。……若傅玄《艳歌行》云:"一顾倾朝市,再顾国为墟。"呆拙之甚,所谓点金成铁手也。王弇州云:平子《四愁》,千古绝唱。傅玄拟之,致不足言,是笑资耳。玄又有《日出东南隅》一篇,汰去菁英,窃其常语。尤可厌者,本词"使君自有妇,罗敷自有夫",绰有余味,乃益以"天地正位"之语,正如低揩大记旧文不全,时以己意续貂,罚饮墨水一斗可也。谅哉!②

罗根泽《乐府文学史》中批评南朝文人拟乐府:

> (南朝)仿效之乐府,则与此(即创作之乐府)全异:作者皆为文人学士,其格调摹仿古昔,其字句力求美丽。虽不能谓全无情感,然大半皆为作乐府而作乐府,非为情感需要而作乐府。且限于格调,汩于字句,即有情感,亦难得充分之表现。故其篇幅较创作者为长,修辞较创作者为工,而吾人读创作者,为之喜,为之哭,为之陶醉,为之销魂,为之手舞足蹈,为之情思缠绵。读仿效者,则虽不尽味同嚼蜡,然亦难得若何感动。③

这种看法较为普遍,长期以来逐渐成为文学史叙述的主流话语与价值判断,这也正是文人拟乐府遭人诟病的原因所在。

当然,也有一些人对乐府诗中的拟效现象能正确认识,不仅承认乐府诗体的创作特点在于拟效,还积极探索如何进行拟效的技巧。明人在这方面探讨甚多,也最有创见。比如,王世贞《艺苑卮言》卷一云:

---

① 卢照邻《乐府杂诗序》,李云逸校注《卢照邻集校注》,第339页。
② 王士禛著,张宗柟纂集,戴鸿森校点《带经堂诗话》,第24—25页。
③ 罗根泽《乐府文学史》,第120页。

> 拟古乐府,如《郊祀》《房中》,须极古雅,发以峭峻。《铙歌》诸曲,勿便可解,勿遂不可解,须斟酌浅深质文之间。汉魏之辞,务寻古色。《相和》《瑟曲》诸小调,系北朝者,勿使胜质;齐梁以后,勿使胜文。近事毋俗,近情毋纤。拙不露态,巧不露痕。宁近无远,宁朴无虚。有分格,有来委,有实境。一涉议论,便是鬼道。①

胡应麟《诗薮》内编卷一云:

> 今欲拟乐府,当先辨其世代,核其体裁。《郊祀》不可为《铙歌》,《铙歌》不可为《相和》,《相和》不可为《清商》;拟汉不可涉魏,拟魏不可涉六朝,拟六朝不可涉唐。使形神酷肖,格调相当,即于本题乖迕,然语不失为汉、魏、六朝,诗不失为乐府,自足传远。苟不能精其格调,幻其形神,即于题面无毫发遗憾,焉能有亡哉!②

胡应麟又谓:

> 乐府三言,须模仿《郊祀》,裁其峻峭,剂以和平;四言,当拟则《房中》,加以舂容,畅其体制;五言,熟悉《相和》诸篇,愈近愈工,无流艰涩;七言,间效《铙歌》诸作,愈高愈雅,毋堕卑陬;五言律绝,步骤齐、梁,不得与古体异;七言律绝,宗唐初盛,不得与近体同。此乐府大法也。③

这些意见详细阐述了拟写乐府诗时要注意类型、时代、体裁、形式、风格、语言等诸种因素。正是这些理论,指导了明人的乐府诗创作,使明代的文人拟乐府诗掀起了又一次高潮。同时,也启发了后世对文人乐府诗的研究,如陈冰《论陆机的拟古乐府诗》一文论述西晋时期的文人拟乐府诗,对陆机的拟古乐府诗予以正面评价④;唐钺、詹锳、葛晓音等人从模仿或复变视角研究李白乐府诗⑤,取得很大进展;赵俊波《唐代古题乐府诗的拟与变》一文,专门从拟与变的角度讨论唐代古题乐府诗的发展历程⑥;崔炼农《汉魏六朝乐府辞乐

---

① 王世贞《艺苑卮言》,丁福保辑《历代诗话续编》,第959页。
② 胡应麟《诗薮》,第15—16页。
③ 同上书,第13页。
④ 陈冰《论陆机的拟古乐府诗》,《淮阴师范学院学报》1998年第1期,第111—115页。
⑤ 唐钺《李太白模仿前人》,《东方杂志》第39卷第1期,第112—114页;詹锳《李白乐府探源》,《李白诗论丛》,北京:人民文学出版社,1984年,第76—104页;葛晓音《论李白乐府的复与变》,《文学评论》1995年第2期,第5—13页。
⑥ 赵俊波《唐代古题乐府诗的拟与变》,《唐都学刊》2003年第1期,第21—23页。

关系研究》专列一章,探讨《乐府诗集》中配乐歌辞与拟作之间的关系,通过细致的文本比对,总结出部分乐府诗的模仿格式①,为进一步深入研究奠定了基础。还有些研究者就某一题目的因袭与流变展开研究,如江艳华《论乐府古题〈燕歌行〉的发展演变》②、金银雅《唐代诗人咏〈白头吟〉》③等,可以反映出后人创作乐府诗时如何继承该题的传统及演变。

需要特别说明的是,美国学者 Joseph R. Allen 于 1992 年出版的 *In the Voice of Others: Chinese Music Bureau Poetry* 一书对乐府诗中的模仿现象进行了系统深入的研究。他首先指出,中国文学中处处可见的互文性,乃是乐府诗"内文性"的文化根源。所谓"内文性",是指诗人在写作某首乐府诗时,其实进入了一个集体的互文场域,因为该题目在前人创作过程中已形成的主题、意象模式,规约并影响了后人的拟写,因而作品中既保留了他人(即前人)的声音,也夹杂着自己的声音,导致乐府诗中经常会出现虚构的主题和人物。此书举出一些具体例证、从不同角度探讨乐府诗中的模仿现象,比如,第三章对十七位诗人所作《饮马长城窟行》在主题与意象方面的承袭进行细致分析;第四章将曹植、陆机、鲍照、萧纲所写同一题目的乐府诗进行比较,说明拟作与原作之间的同异;第五章揭示"杨柳"主题的发展演变及其文化意蕴;第六章阐述李白乐府诗的承袭与创新。Joseph R. Allen 认为,乐府诗作为一种体裁(genre),是在文人模仿前人的过程中形成的,而这种乐府诗文本的内在关联,使乐府诗不同于其他诗体④。这些看法非常有道理,对进一步探究具有启迪作用。

当然,我们强调乐府诗创作的"拟效",也并不排斥创新。应该说,拟效是一种遵守传统程式、"戴着脚镣跳舞"的创作方法。它受模拟对象的限制,不可能让诗人天马行空式地驰骋才华、任意发挥,但又不是亦步亦趋地抄袭或沿用,它并不排斥差异性和创造性的存在。高明的模仿当中,必定加入了作者主观的创作因素,张谦宜《茧斋诗谈》卷二谓:"拟乐府甚难,须令音调节奏用古人之遗法,情事委曲写自己之悃愫,方妙。"⑤《甚原诗说》卷四谓:"拟

---

① 崔炼农《汉魏六朝乐府辞乐关系研究》,上海师范大学 2003 年博士学位论文,第 40—76 页;崔炼农《乐府歌辞述论》,第 80—117 页。
② 江艳华《论乐府古题〈燕歌行〉的发展演变》,《云南师范大学学报》1997 年第 4 期,第 13—19 页。
③ 金银雅《唐代诗人咏〈白头吟〉》,《唐代文学研究》第十三辑,桂林:广西师范大学出版社,2008 年,第 171—181 页。
④ Joseph R. Allen, *In the Voice of Others: Chinese Music Bureau Poetry*, University of Michigan Center for Chinese Studies, 1992.
⑤ 张谦宜《茧斋诗谈》,郭绍虞编选,富寿荪校点《清诗话续编》,第 802 页。

古乐府,当相其题之时代而以意消息之,虽不可太摹,亦不宜太远。"①顾有孝《乐府英华序》云:"乐府者……至魏、晋、宋、齐、梁、陈、隋,以至于唐,虽其乐府题目仍旧,然各自命题,立义不同,章句亦异。夫作古题而蹈袭前人之糟粕,不能出己见,是犹学步邯郸,效颦西子,徒贻识者之诮音。盖时世之升降,风气有不得不变者。"②如果是完全承袭而没有创造,则势必会将乐府诗的创作引入死胡同。清人冯班说:"文人赋乐府古题,或不与本词相应,吴兢讥之,此不足以为嫌……必如(兢)所云,则乐府之文,所谓床上安床,屋上架屋,古人已具,何烦赘剩耶?"③唐代乐府诗的生命力,正在于继承程式与发挥创作个性的完美结合。明代于慎行曾批评当时有人拟写乐府诗完全是"句摹字拟",而盛赞唐人能够有所扬弃,其《谷城山馆诗集》卷一《古乐府序》云:"唐人不为古乐府,是知古乐府也。辞声相杂,既无从辨,音节未会,又难于歌,故不为尔。然不效其体而时假其名,以达所欲出,斯慕古而托焉者乎?近世一二名家,至乃逐句形模,以追遗响,则唐人所吐弃矣。"④比如,李白的乐府诗虽然亦承袭汉魏六朝乐府,但能"以己意出之",风格俊逸,故绝不类前人,正如许学夷所言,"然《公无渡河》等,虽出自古乐府、齐梁,而高畅俊逸,观者知为太白,不知为古乐府、齐梁也"⑤。

论述至此,我们不得不思考一个更为深入的问题,在乐府诗的评价过程中,一个什么样的文本才能更容易被人们接受和认同?是继承传统、模仿前人歌辞的文本,还是掺入"己意"、开拓创新的文本?显然,这是一个悖论,不继承传统,就会失去乐府诗的独特性;不开拓创新,又使乐府诗陷于陈陈相因的窠臼。事实上,乐府诗体就是在这样的夹缝中艰难求生,其在诗歌史上的功与过都是因此而产生的。

冯班在《钝吟杂录》中将乐府诗创作分为七类:"制诗以协于乐,一也;采诗入乐,二也;古有此曲,倚其声为诗,三也;自制新曲,四也;拟古,五也;咏古题,六也;并杜陵之新题乐府,七也。"⑥其中第三、五、六、七类均为拟作。褚斌杰《中国古代文体概论》把文人仿作乐府分为三种情况:一、按照乐府旧的曲谱,重新创作新辞;二、沿用乐府旧题,模仿乐府的思想和艺术风格来写作;三、仿效民间乐府诗的基本精神和体制上的某些特点,完全自立新题和新

---

① 冒春荣《葚原诗说》,郭绍虞编选,富寿荪校点《清诗话续编》,第1617页。
② 顾有孝《乐府英华序》,《四库全书存目丛书补编》,第33册,第515—516页。
③ 冯班《钝吟杂录》,丁福保辑《清诗话》,第42页。
④ 于慎行《谷城山馆诗集》,《景印文渊阁四库全书》,第1291册,第4页。
⑤ 许学夷著,杜维沫校点《诗源辩体》,第200页。
⑥ 冯班《钝吟杂录》,丁福保辑《清诗话》,第38页。

意①。崔炼农将乐府诗拟作的发展分为三个阶段,即"魏晋勃兴,梁陈大弘,唐代转型",其中魏晋"对乐曲、歌辞、曲名、创作方式、风格作全方位的模仿代表了这一时期拟作的主流特点",梁陈"加入文人游戏的成分,丰富拟作的创作方式和模仿技巧,将全方位的自然模仿逐渐转变为针对文辞、强化题旨的刻意模仿",唐人的拟作"继承了魏晋南朝的拟作传统和创作经验……或沿袭旧义,或反案出新……直到杜甫《哀江头》《兵车行》等诗一出,开启了'即事名篇,无复依傍'的拟作新原则,元稹、白居易等人继以'新乐府'相标榜,终于将乐府拟作运动推至最高峰顶,推至尾声"。② 而陶东风《文体演变及其文化意味》一书把文类的发展分为三个阶段:无意识"模仿"阶段、有意识"模仿"阶段和创造性"模仿"阶段③。结合冯班、褚斌杰、陶东风、崔炼农等人的意见,对应于汉唐文人乐府诗体的发展也可以分出三个阶段:

第一,最初文人制作乐府歌辞时可看作是无意识拟效,它包括两个层次:一是对民间歌辞的模仿,一是受音乐曲调的限制。前者更多地凝结为乐府诗在风格及语言方面的特点,这可以用修辞术语加以描述;后者则使乐府诗在篇章体制方面形成了一定程式,尤其是在"一调多辞"的背景下,有些题目的拟辞总是表现为七言长篇,有些拟辞却总是表现为五言四句的形式。

第二,魏晋南北朝文人对乐府诗的模仿可看作是有意识拟效的阶段。在无意识拟效阶段建立起初步的程式以后,这一时期文人的反复拟效将最初的程式强化。这一过程又可分前后两期,前期以晋代、刘宋为主,是亦步亦趋地模仿篇章体制的阶段,偏重于乐府诗在形式方面的程式的强化;后期为齐梁陈时期,偏重于乐府诗在题材题旨方面的程式的强化。

第三,唐代文人乐府诗可看作是创造性拟效的阶段。乐府诗创作的文人化进一步扩大了音乐与文学之间的距离。在唐代,乐府诗稳固地演变成"诗之一体",题材上无所不包,形式上诸体皆备。但唐人始终没有放弃对前代歌辞(包括民间歌辞和文人歌辞)的模仿,不仅在题目的创制、题材立意的选取等方面有意承袭乐府诗的传统,而且继承乐府精神,发展出新乐府一脉来,这正是乐府诗体的生命力与魅力所在。当然,这也使乐府诗在唐代成为相对封闭的诗体系统,其主题、形式以及写法都具有了诸多"诗体惯例",并逐渐形成了模板与桎梏——乐府诗在唐代后期走向低潮,恐与此有很大的关联吧!

---

① 褚斌杰《中国古代文体概论》(增订本),第97—98页。
② 崔炼农《汉魏六朝乐府辞乐关系研究》,上海师范大学2003年博士学位论文,第75—76页;崔炼农《乐府歌辞述论》,第115—116页。
③ 陶东风《文体演变及其文化意味》,昆明:云南人民出版社,1994年,第82页。这里"文类"的概念近似于"文体"。

第二节　唐前乐府诗创作中的拟效

魏晋南北朝时期,乐府诗创作中的拟效现象十分突出。胡应麟《诗薮》外编卷一云:"建安以还,人好拟古。自《三百》、《十九》、乐府、《铙歌》,靡不嗣述,几于充栋汗牛。"①牟愿相《小澥草堂杂论诗》云:"魏、晋以下,步步摹仿汉人,不复能出脱矣。"②正是通过大量的拟效之作,才形成了乐府诗不同于徒诗的独特传统,并为后来唐人的创作积淀了各种程式。这种对早期乐府诗文本的介入与侵入,其实是接近并建构乐府诗传统极为有效的方式,从另一个角度看,则是塑造了早期乐府诗的权威与经典,促使乐府诗由乐工之辞转变为文人之诗。

一、在入乐的背景下形成了乐府诗在篇章体制上的程式

乐府诗中的拟效在汉代就已出现了。汉《铙歌》十八曲,因声辞不一致(本为军乐,部分歌辞却不言军旅之事),清人王先谦以为是"拟古乐府之祖"③,但这组歌辞确来自民间,而且曲调名就是今存古辞首句的前两字或前三字,因此王先谦判定为拟辞的说法恐不足信。但东汉明帝永平年间东平王刘苍所作的《武德舞》歌辞,可视作较早的乐府拟辞。《武德舞》本是汉高祖刘邦时所造的庙乐,刘苍拟为祭祀光武皇帝的歌辞,当是沿用旧的曲调而填写新辞。到了魏晋时期,文人改拟乐府诗出现了高潮,采取的方式是借用旧的曲调配以新的歌辞。曹植《鞞舞歌序》对此有细致记录:

> 汉灵帝西园鼓吹有李坚者,能鞞舞,遭乱西随段颎。先帝闻其旧有技,召之。坚既中废,兼古曲多谬误,异代之文,未必相袭,故依前曲,改作新歌五篇。不敢充之黄门,近以成下国之陋乐焉。④

后人亦多有描述,沈约《宋书·乐志》云:

> 又有因弦管金石,造哥以被之,魏世三调哥词之类是也。⑤

---

① 胡应麟《诗薮》,第131页。
② 牟愿相《小澥草堂杂论诗》,郭绍虞编选,富寿荪校点《清诗话续编》,第916页。
③ 王先谦《汉铙歌释文笺正》,清同治十一年(1872)虚受堂刻本。
④ 曹植著,赵幼文校注《曹植集校注》,北京:人民文学出版社,1984年,第323页。
⑤ 沈约《宋书》,第550页。

郭茂倩《乐府诗集》云：

> 凡乐府歌辞，有因声而作歌者，若魏之三调歌诗，因弦管金石，造歌以被之是也。①

这里提及的"依前曲，改作新歌""因弦管金石，造哥以被之""因声而作歌"都是说先有了曲调，然后依照曲调创作歌辞，这与后来宋词中"倚调填词"的方式是完全相同的——事实上，这也是中国古代歌唱艺术中辞乐相配的主流方式，是由古代音乐的传承特点所决定的。此种辞乐相配的方式必然会导致题目或本事与歌辞不谐，郭茂倩《乐府诗集》卷八七《黄昙子歌》题解云："凡歌辞考之与事不合者，但因其声而作歌尔。"②胡应麟《诗薮》内编卷一云："乐府自魏失传，文人拟作，多与题左，前辈历有辨论。愚意当时但取声调之谐，不必词义之合也。其文士之词，亦未必尽为本题而作，《陌上桑》本言罗敷，而晋乐取屈原《山鬼》以奏。陈思'置酒高堂上'，题曰《箜篌引》，一作《野田黄雀行》，读其词皆不合，盖本《公宴》之类，后人取填二曲耳。"③

在这样的背景下，文人拟写的歌辞不得不接受音乐曲调的制约，因为只有在篇章体制上力求与原来的歌辞相同或相似，方可配入原来的音乐曲调，正如西晋张华所言："二代三京，袭而不变，虽诗章词异，兴废随时，至其韵逗曲折，皆系于旧。"④"韵逗曲折，皆系于旧"是指篇章体制没有变化。钱志熙称这种拟写方式为"拟篇法"⑤。显然，这就造成了在一支曲调下有数首形式相同或相似的歌辞(即"一调多辞")，乐府诗在篇章体制方面的程式便由此而产生。

比如，魏、吴、晋三代的鼓吹曲都是改拟汉乐而来，如果仔细比较四代歌辞，会发现同一题目下的几首歌辞在形式上大体相同——多采用三言句，句数大致相等，这正是鼓吹曲的程式。再如，相和曲中，晋乐所奏的三首《陌上桑》，其中楚辞钞(即《山鬼》)和魏武帝辞是严格的"三三七"句式，魏文帝辞基本上也以"三三七"句式为主。三调曲中，《短歌行》一曲据《荀氏录》载有魏武帝"对酒""周西"，魏文帝"仰瞻"和左延年"雉朝飞"四首，左氏辞不存，其他三首歌辞都是整齐的四言句式；《燕歌行》一曲的入乐辞为魏文帝"秋

---

① 郭茂倩编《乐府诗集》，第1262页。
② 同上书，第1219页。
③ 胡应麟《诗薮》，第15页。
④ 沈约《宋书》，第539页。
⑤ 钱志熙《齐梁拟乐府诗赋题法初探——兼论乐府诗写作方法之流变》，《北京大学学报》1995年第4期，第60页。

风""别日"两首,均是七言句式;《苦寒行》一曲的入乐辞为魏武帝"北上"和魏明帝"悠悠"两首,均为五言句式;等等。这些篇章句式上的特点也正是该题目标程式。

后来,人们拟写的乐府诗虽然不一定真正付诸实际演唱(比如刘勰在《文心雕龙·乐府》中就把曹植、陆机的乐府诗称作"乖调"),但由于作者在创作动机上还是为了入乐而写,因此仍然遵照原辞的篇章体制。曹植的一些乐府诗就是这样,如魏武帝《薤露行》五言十六句,曹植所拟"天地"辞亦为五言十六句。据郭茂倩《乐府诗集》所引《乐府解题》云:"曹植拟《薤露行》为《天地》。"①这里的"拟",从上面的分析来看,就是模拟入乐歌辞的篇章形式。再如,晋代傅玄、陆机和梁代张率所拟的《短歌行》都为四言句式,后人拟《燕歌行》都用七言句式。

综上所论,魏晋前后,在入乐的背景下,乐府诗的模仿受到音乐曲调的制约,由于"一调多辞"的出现,乐府诗形成了篇章体制方面的程式,而这些程式又经后人进一步的拟效得到强化。但是,这些拟辞仅仅在形式上逼似入乐歌辞,而在内容题旨上还没有多少关联,也就是说,早期乐府诗中的模仿在篇章体制上形成了传统,而题材题意的传统还未形成。

二、从拟写本事到赋写题面意思:乐府诗中题材题意传统的形成

西晋末年的战乱造成大批音乐散佚,许多汉魏旧曲到了南朝已不能歌唱。据刘宋时期王僧虔《大明三年宴乐技录》载,当时已有数十首汉魏旧曲"不歌"或"不传"。而这一时期模仿乐府诗的风气十分浓厚,如刘铄有《拟青青河边草》、袁淑有《效曹子建乐府白马篇》等。鲍照有《代陆平原君子有所思行》《代东武吟》《代陈思王白马篇》《代东门行》等,题目中加一"代"字,沈德潜注《代东门行》云:"代,犹拟也。"②因而其题目中的"代"字正是拟效的标志③。显然,这时再依据音乐曲调来模仿是不可能了。在这种情况下,拟写古辞本事逐渐成为主流。

首开拟写古辞本事风气的是晋代的傅玄和陆机。如《秋胡行》一题,魏武帝辞写游仙,魏文帝辞歌魏德,嵇康辞抒怀,都与秋胡事毫无关系,傅玄的《秋胡行》则咏秋胡戏妻的本事。傅玄《艳歌行》一诗,写秦罗敷本事。明代谢

---

① 郭茂倩编《乐府诗集》,第397页。
② 沈德潜选《古诗源》,北京:中华书局,1963年,第211页。
③ 王志清《晋宋乐府诗研究》第六章《鲍照乐府的传统性和新变性》对鲍照乐府"代"字题名有所考察,保定:河北大学出版社,2007年,第284—292页。葛晓音《鲍照"代"乐府体探析——兼论汉魏乐府创作传统的特征》一文对鲍照的"代"乐府有专门论述,该文载《上海大学学报》2009年第2期,第21—32页。

榛《四溟诗话》云:"傅玄《艳歌行》,全袭《陌上桑》。"①陆机的部分乐府诗,在题意上也能够遵照古辞或前人歌辞。如《长歌行》,《文选》五臣注吕向称:"前有是篇,其意相类。"②郭茂倩《乐府诗集》卷三〇引《乐府解题》:"古辞云'青青园中葵,朝露待日晞',言芳华不久,当努力为乐,无至老大乃伤悲也。……若陆机'逝矣经天日,悲哉带地川',则复言人运短促,当乘间长歌,与古文合也。"③《短歌行》,《文选》五臣注李周翰称:"前有此词,意有相类。"④《乐府诗集》卷三〇引《乐府解题》曰:"《短歌行》,魏武帝'对酒当歌,人生几何',晋陆机'置酒高堂,悲歌临觞',皆言当及时为乐也。"⑤《君子行》,《文选》五臣注李周翰称:"前有此篇,其意略相类。"⑥《苦寒行》,《文选》五臣注刘良称:"前有此作,意与是同也。"⑦《饮马长城窟行》,《文选》五臣注吕向称:"盖与前意不异。"⑧正是由于陆机的乐府诗承袭前人题意,因而遭致后人批评,黄子云《野鸿诗的》谓其五言乐府"一味排比敷衍,间多硬句,且蹑前人步伐,不能流露性情,均无足观"⑨。萧涤非在论及晋乐府时说,晋乐府拟古分为两派,其中一派是"借古题咏古意,则大抵就前人原意,敷衍成篇。此种作品,视前者价值尤低,本无足道"⑩,指的正是傅玄、陆机等人的拟乐府创作。

如果说晋代乐府诗拟写继承题意还不是普遍风气的话,到了宋齐时期,多数拟辞都赋写古辞本事或本意了,如颜延之的《秋胡行》《从军行》,谢灵运的《长歌行》《燕歌行》《苦寒行》《折杨柳行》,孔欣的《相逢狭路间》,谢惠连的《长安有狭邪行》《塘上行》等都是拟写古辞本意。自此,乐府诗的拟写中开创了一种沿袭旧题而咏古事古意的传统,故宋人强幼安《唐子西文录》云:"古乐府命题皆有主意,后之人用乐府为题者,直当代其人而措词,如《公无渡河》须作妻止其夫之词。"⑪

在齐梁前后,乐府诗的模仿又出现了新的变化,在部分乐府诗中,人们放弃了题目的本事,而"据题为之"⑫。冯班《钝吟杂录·古今乐府论》云:"乐

---

① 谢榛《四溟诗话》,丁福保辑《历代诗话续编》,第1137页。
② 萧统编,李善等注《六臣注文选》,第524页。
③ 郭茂倩编《乐府诗集》,第442页。
④ 萧统编,李善等注《六臣注文选》,第526页。
⑤ 郭茂倩编《乐府诗集》,第447页。
⑥ 萧统编,李善等注《六臣注文选》,第518页。
⑦ 同上书,第520页。
⑧ 同上。
⑨ 黄子云《野鸿诗的》,丁福保辑《清诗话》,第861页。
⑩ 萧涤非著,萧海川辑补《汉魏六朝乐府文学史》(增补本),第182页。
⑪ 强幼安《唐子西文录》,何文焕辑《历代诗话》,第443页。
⑫ 郭茂倩编《乐府诗集》卷三九《雁门太守行》题解引《乐府解题》,第574页。

府题目,有可以赋咏者,文士为之词,如《铙歌》诸篇是矣。"他把乐府诗分为七类,其中第六类便是"咏古题"①。钱志熙称这种方法为"赋题法",他在《齐梁拟乐府诗赋题法初探——兼论乐府诗写作方法之流变》一文中指出,赋题法是"采用专就古题曲名的题面之意来赋写的作法,抛弃了旧篇章及旧的题材和主题"②。

赋题之法起初仅用于鼓吹曲和横吹曲中,后来也用于其他部类中。总体来看,表现出两个明显的倾向。一是直接赋写题目中的名词性物象。如《芳树》,古词言"妒人之子愁杀人,君有他心,乐不可禁",王融、谢朓拟辞却不言古辞之意,直接歌咏芳树③。《雉子斑》,《乐府解题》云:"古词云:'雉子高飞止,黄鹄飞之以千里,雄来飞,从雌视。'若梁简文帝'妒场时向陇',但咏雉而已。"④《鸡鸣》,刘孝威拟辞"但咏鸡而已"⑤。《乌生》,刘孝威拟辞"但咏乌而已"⑥。《雉朝飞操》,古辞写犊沐子无妻伤悲事,梁简文帝拟辞"但咏雉而已"⑦。《将进酒》,古辞言饮酒放歌,梁昭明太子拟辞叙饮酒事。《棹歌行》,魏明帝辞"言平吴之勋",梁简文帝拟辞"但言乘舟鼓棹而已"⑧。二是改写边塞题材,如《度关山》,魏武帝辞言"人君当自勤苦,省方黜陟,省刑薄赋也"⑨,梁代戴暠拟辞叙征人行役之思。《陇西行》,古辞写边关健妇持家有方,梁简文帝拟辞言辛苦征战之事。《雁门太守行》,古辞歌颂洛阳令王涣的政绩,梁简文帝拟辞"备言边城征战之思"⑩。《苦热行》,《乐府解题》云:"《苦热行》备言流金烁石、火山炎海之艰难也。若鲍照云:'赤阪横西阻,火山赫南威。'言南方瘴疠之地,尽节征伐,而赏之太薄也。"⑪《白马篇》,曹植辞言人当立功立事,尽力为国,鲍照、沈约等人的拟辞都写边塞征战之事。《思归引》,石崇辞言思归河阳别业,刘孝威拟辞引入征战之事,写边塞思归。《艳歌行》,清代朱乾在《乐府正义》中说:"古辞'燕赵多佳人,出自蓟北门'。本曹植艳歌,与从军无涉。自鲍照借言燕蓟风物,及征战辛苦,竟不知此题为

---

① 冯班《钝吟杂录》,丁福保辑《清诗话》,第37页。
② 钱志熙《齐梁拟乐府诗赋题法初探——兼论乐府诗写作方法之流变》,《北京大学学报》1995年第4期,第61页。
③ 郭茂倩编《乐府诗集》卷一六《芳树》题解引《乐府解题》,第229—230页。
④ 郭茂倩编《乐府诗集》卷一六《雉子斑》题解引《乐府解题》,第230页。
⑤ 郭茂倩编《乐府诗集》卷二八《鸡鸣》题解引《乐府解题》,第406页。
⑥ 郭茂倩编《乐府诗集》卷二八《乌生》题解引《乐府解题》,第408页。
⑦ 郭茂倩编《乐府诗集》卷五七《雉朝飞操》题解引《乐府解题》,第835页。
⑧ 郭茂倩编《乐府诗集》卷四〇《棹歌行》题解引《乐府解题》,第593页。
⑨ 郭茂倩编《乐府诗集》卷二七《度关山》题解引《乐府解题》,第391页。
⑩ 郭茂倩编《乐府诗集》卷三九《雁门太守行》题解引《乐府解题》,第574页。
⑪ 郭茂倩编《乐府诗集》卷六五《苦热行》题解引《乐府解题》,第937页。

艳歌矣。"①

背离命题本事本意而以题面意思拟之,虽然遭到后人的许多批评,如宋代王楙《野客丛书》卷一九《古乐府名》云:"仆谓后人之作,失古词之意甚多,不止此也。如《汉铙歌十八曲》中,有《朱鹭》《艾如张》《巫山高》等词,后之作者,往往失其本意。"②明代朱承爵《存余堂诗话》云:"古乐府命题,俱有主意,后之作者,直当因其事用其题始得。往往借名,不求其原,则失之矣。"③但却在乐府诗的模仿史上具有重要的意义:增加了一批可供拟效的题目,从而扩大了拟效的范围;注入了更多的创造性因素,形成了一种新的拟效方法。

总之,从晋代傅玄、陆机等人开始拟写古辞本事到后来齐梁时期的赋写题面意思,乐府诗的模仿进入了以题意相维系的阶段,即郑樵《通志·乐略》中所谓"声失则义起"④。初盛唐出现了一批解题类著作,如吴兢《乐府古题要解》、郗昂《乐府古今题解》和刘𫗦《乐府古题解》等,专门探讨乐府题目的本事和文人拟辞的题意传统,可以看作是乐府诗在题上最终形成传统、确立程式的标志。乐府诗中对题意的模仿和继承,使乐府诗的创作完全进入了文学层面,这时人们关心的不再是能否配乐演唱,而是文学表现的技巧,诸如题材立意的翻新、用词造句的独特和写作技法的高低等,如颜之推《颜氏家训·文章》对陆机所拟的乐府诗提出了批评:"凡诗人之作,刺箴美颂,各有源流,未尝混杂,善恶同篇也。陆机为《齐讴篇》,前叙山川物产风教之盛,后章忽鄙山川之情,殊失厥体。其为《吴趋行》,何不陈子光、夫差乎?《京洛行》,胡不述赧王、灵帝乎?"⑤依颜氏之见,陆机《齐讴篇》表达的情感前后不一致,而《吴趋行》《京洛行》中未述及当地之史迹。显然,颜氏推求乐府诗的文学性,这与早期乐府诗的拟效已产生了本质上的不同。

三、衍生出新题进行拟效

南北朝时期,人们在模仿原有乐府诗题的同时,还衍生出一批新题进行模仿。这主要出现在"相和歌辞"和"杂曲歌辞"两部分。衍生的办法多是取前人乐府诗的首句为题,如刘宋时期吴迈远《飞来双白鹄》出自古辞《艳歌何尝行》首句;梁简文帝《双桐生空井》出自魏明帝《猛虎行》"双桐"篇首句。还有一些新题出自《诗经》,如鲍照《鸣雁行》是从《诗经》中《邶风》的"雍雍鸣雁,旭日始旦"而来;或出自前人诗歌,如宋孝武帝《自君之出矣》是从汉代

---

① 朱乾《乐府正义》,乾隆五十四年(1789)秬香堂刻本。
② 王楙《野客丛书》,上海:上海古籍出版社,1991年,第277页。
③ 朱承爵《存余堂诗话》,何文焕辑《历代诗话》,第786页。
④ 郑樵《通志》,第625页。
⑤ 颜之推撰,王利器集解《颜氏家训集解》,上海:上海古籍出版社,1980年,第265页。

徐干的《室思诗》而来(具体可参本章第三节《题目的衍生与仿制》)。衍生出的这些新题,又为后人的模仿增加了一大批题目,再一次扩大了模仿的范围。这些新题绝大部分都是不入乐的,在模仿的方式上主要有以下四种情况:

(1) 新题的题材与原题大体上未变。如《陌上桑》衍生出《采桑》《艳歌行》《日出东南隅行》等题目,虽然题目变了,所写题材大体上还是敷衍秦罗敷的故事。由《王昭君》一题衍生出的《昭君怨》《昭君叹》等,所写内容还是昭君出塞事,所写题材也没有变。这些乐府诗采用的是继承原题题意的模仿方式。

(2) 题目变了以后,纯粹赋写题面意思。如《鸡鸣》衍生出《鸡鸣篇》(刘孝威)、《鸡鸣高树巅》(梁简文帝)、《晨鸡高树鸣》(张正见)等,都赋写鸡。《乌生》衍生出《乌生八九子》(刘孝威),又以刘孝威辞首句为题衍生出《城上乌》,新题目也都是咏乌。《江南》衍生出《江南思》,写江南女子之思念,而衍生出的《江南曲》则咏江南风景,梁代刘媛又以《江南》古辞首句"江南可采莲"为题,赋写江南采莲之事。陆机《长安有狭邪行》和孔欣《相逢狭路间》虽然都出自《相逢行》首句,但都没有采用《相逢行》的套路,而是写世情之淡薄。

(3) 以咏史性质来写的。如魏武帝有《短歌行》,后人以咏史手法拟写《铜雀台》和《铜雀妓》等题目。由《怨歌行》衍生出的《班婕妤》,咏班婕妤事。《长门怨》一题,则咏叹陈皇后事。

(4) 以时下流行的曲调来拟写乐府旧题目。如南朝陈伏知道的《从军五更转》,以南朝民间广泛流传的《五更转》曲调来拟写《从军行》的题材,在形式上完全是模仿《五更转》的篇章体制。

四、对民间歌辞的拟效

乐府本出自民间,文人在拟写过程中又不断地从民间汲取养料。东汉班婕妤有《怨歌行》一首,《文选》李善注:"《歌录》曰:'《怨歌行》古辞。'然言古者有此曲,而班婕妤拟之。"萧涤非认为是"文人拟作民间乐府之始祖矣"[①]。魏晋文人所创作的乐府诗,模仿民间歌辞的痕迹就十分明显。曹丕的乐府诗中,采自汉乐府民歌的成句极多,如《钓竿》中的"钓竿何珊珊,鱼尾何簁簁"出自汉乐府民歌《白头吟》;《艳歌何尝行》中的"上惭仓浪之天,下顾黄口小儿"出自汉代古辞《东门行》;《艳歌何尝行》中的"长兄为二千石,中兄被貂裘。小弟虽无官爵,鞍马驶驶,往来王侯长者游"则仿自汉代古辞《相逢行》。

---

① 萧涤非著,萧海川辑补《汉魏六朝乐府文学史》(增补本),第99页。

曹植乐府诗也表现出模仿汉乐府民歌的特点,他的《美女篇》模仿汉乐府民歌《陌上桑》而成,《怨诗行》模仿《古诗十九首》中的《西北有高楼》,因而黄节在《诗品疏》中谓曹植乐府诗"文彩缤纷,而不离闾里歌谣之质"。

东晋南朝时期,文人又把目光放在流行于江南民间的吴声西曲上。当然这首先需要有一个接受的过程①。据《晋书·王恭传》载:"(会稽王)道子尝集朝士,置酒于东府,尚书令谢石因醉为委巷之歌,恭正色曰:'居端右之重,集藩王之第,而肆淫声,欲令群下何所取则!'"②这说明起初社会上层文人是排斥吴声西曲的。后来的情况就不同了,《南史·萧惠基传》载:"自宋大明以来,声伎所尚,多郑、卫,而雅乐正声鲜有好者。"③"郑、卫"即指吴声西曲,不仅为"声伎所尚",也成为文人的表演节目,比如沈文季曾在齐高帝的华林宴集上"歌《子夜来》"④,齐武帝曾令"长沙王晃歌《子夜》之曲"⑤,这表明吴声西曲已被社会上层文人所接受。到了梁武帝时,武帝"择后宫《吴声》《西曲》女妓各一部"赠徐勉⑥,说明吴声西曲已成为朝廷音乐的一部分了。

文人在接受的同时也开始了拟效创制。比如,《石城乐》是臧质"见群少年歌谣遒畅,因作此曲"⑦;据《古今乐录》载,宋少帝刘义符为《懊侬歌》"更制新歌三十六曲";逯钦立《全梁诗》辑梁武帝所作清商曲辞多达三十八首,在《乐府诗集》卷四四所收《子夜歌》中,末二首"恃爱如欲进"和"朝日照绮钱",《玉台新咏》录为梁武帝辞,这两首歌辞的声调、口吻完全模仿民间作品,因而与民间歌辞互相串乱。王运熙曾指出:"即使是贵族阶级初创的乐曲,歌辞也未必全为他们所制,其中很有一些是被他们采撷修改过的民歌。"⑧这也反映出文人对民歌的吸收。其他如沈约、梁简文帝、陈后主等人都拟写了一些清商曲辞,"而此时大批寒士的乘时而起,因其对民歌的熟悉,更有力地推动了文人接受民歌的进程。今存鲍照《吴歌三首》《采菱歌七首》《中兴歌十首》等,明显受到南朝民歌的影响。……可见,南朝民歌在宋后期文人中也已是相当受欢迎"⑨。

这一时期的拟效与汉魏时期的情形大体相同,拟辞也要受到音乐曲调的

---

① 关于文人对南朝乐府民歌的接受问题,可参陈桥生《论王公贵人对南朝乐府民歌的接受》,《北京大学学报》1998年第3期,第92—97页。
② 房玄龄等《晋书》,北京:中华书局,1974年,第2184页。
③ 李延寿《南史》,北京:中华书局,1975年,第500页。
④ 同上书,第593页。
⑤ 梁元帝《金楼子》,《景印文渊阁四库全书》,第848册,第808页。
⑥ 李延寿《南史》,第1485页。
⑦ 杜佑《通典》,第758页。
⑧ 王运熙、王国安《乐府诗集导读》,第78页。
⑨ 陈桥生《刘宋诗歌研究》,第188页。

制约。民间流行的吴声西曲都有和送声,文人在制作清商曲辞时,也仿制出和送声,如梁武帝所制《江南弄》和声为"阳春路,娉婷出绮罗",梁简文帝所作《采莲曲》和声为"《采莲归》,渌水好沾衣"。在文辞上更是模仿和学习吴声西曲:吴声西曲以五言四句为主,文人拟辞也多是整齐的五言四句;吴声西曲中多用双关谐音手法,文人拟辞中也仿用之,如梁武帝《子夜四时歌》中的《夏歌》:"江南莲花开,红光覆碧水。色同心复同,藕异心无异。"①以"莲"谐"怜","藕"谐"偶",是吴声西曲中常用的谐音字;吴声西曲中多以女性口吻赠答,文人拟辞也是如此,如释宝月所作《估客乐》"郎作十里行,侬作九里送。拨侬头上钗,与郎资路用","大艑珂峨头,何处发扬州。借问艑上郎,见侬所欢不"等,完全拟代女性口吻。

综上可以看出,唐前乐府诗的发展,几乎是一部不断模仿的历史。在模仿的早期阶段,因受音乐曲调的制约,在形式上形成了一定的程式。后来"声失而义起",又在题意上形成了传统。从模仿的对象上来看,既有文人对民间歌辞的模仿,又有后代文人对前人歌辞的模仿,其流程可用图1标示如下:

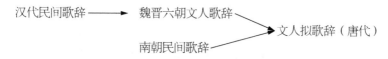

图1 唐前乐府诗由模仿而发展

正如其他文体是在模仿的过程中走向独立一样,乐府诗也是在文人的反复模仿之中形成了自身独特的文体特征。通过魏晋南北朝文人对乐府诗的模拟,乐府诗由原来的乐工歌辞完全变成了文人的一种诗体。

第三节　题目的衍生与仿制

乐府诗的题目,不同于一般徒诗,最初是作为音乐意义上的曲调名,其创制或受时代的制约,或因音乐品种的不同,形成了独特的程式。后来乐府凭借的音乐失传了,乐府进入文学层面成为"诗之一体",文人在自制新题时仍遵循创制曲调名时所形成的程式。本节从唐以前乐府诗的制题入手,试图找出其中的程式,并考察唐代乐府诗题的衍生和仿制情况。

---

① 逯钦立辑校《先秦汉魏晋南北朝诗》,第1517页。

一、汉魏晋时期乐府诗的制题

从本质上讲,汉代乐府诗的题目都是曲调名,因为它最初是以音乐曲调的方式在乐工手中进行记录和传播的。这些曲调名的创制,往往是取该曲调歌辞首句的前二三字或整个首句作为题目。通检汉代的"郊祀歌""铙歌""相和歌"和"杂曲"等,大都如此。显然,这样的题目只是方便于记录和传播的标记,通常情况下反映不出歌辞的题旨。如果把它放在整个诗歌制题史的大背景下来看,会发现这种制题方式其实是延续了《诗经》,并与当时徒诗(如《古诗十九首》)的制题方式相一致①。然而,这种方法却在乐府诗制题史上具有重要的影响——成为后来乐府诗制题中的一个主要程式。

到了魏晋前后,乐府诗的题目出现了一个明显的变化:在取首句前二三字的基础上再缀以歌辞性题目。这使乐府诗的制题与徒诗出现了极大的区别,标志着乐府诗的制题开始具有了自身的特点,当然也就形成了乐府诗制题中的另一个重要程式(即加歌辞性题目)。在这一时期所使用的歌辞性题目中,尤以"行""篇""歌"最多。如《妇病行》《孤儿行》《长安有狭邪行》《名都篇》《美女篇》《游侠篇》《平城歌》《广陵王歌》等。需要注意的是,"××行"最初并不是该歌辞的真正题目,仅代表该歌辞演唱时所用的弦奏(具体论证可参本书第三章第七节)。比如魏文帝的《善哉行》"朝游高台观"一首,"善哉行"仅是弦奏名,而其歌辞本身真正的题目在《艺文类聚》卷二八中题作《铜雀台诗》(乐府诗中"一诗多题"的现象就是由此而产生的)。这些弦奏名的创制一般是取始辞(即该曲调最早的歌辞)首句的前二三字并缀以"行"字。后来"某某篇"的出现,表明歌辞有了自身真正的题目,但同时也意味着乐府诗题目的音乐意义淡化,文学性增强,尤其是像张华的《游侠篇》《游猎篇》等,改变了取首句前二字加"篇"字为题的作法,转化为有意识地以吟咏主题为诗题,预示着乐府诗的制题开始走向"因意命题"。

二、南北朝时期乐府诗的制题

南北朝时期的乐府诗可分为南朝乐府民歌、北朝乐府民歌和文人拟乐府诗三部分。在南朝乐府民歌中,虽然还有一些曲调继续采用首句命题的方法,如《碧玉歌》《华山畿》《黄鹄曲》等,但已是少数。由于受到当时整个诗坛制题趋于成熟化和艺术化的影响②,南朝乐府民歌的制题也明显地表现出艺

---

① 参顾炎武著,黄汝成集释《日知录集释(外七种)》,第1556—1557页。
② 吴承学《论古诗制题制序史》认为,诗题形式大约成熟于西晋时期。该文载《文学遗产》1996年第5期,第10—20页。

术化的倾向①。如《子夜歌》《乌夜啼》《乌栖曲》《团扇郎》等,单就这些题目本身,已经能够令人产生无限的遐想。再如陈后主所制的乐府诗题《春江花月夜》,题目便具有丰富的艺术韵味和审美情调,难怪唐代的张若虚按着题面字样分别写出"春""江""花""月""夜",就成了千古名篇。但这里要指出的是,乐府诗制题的艺术程度也仅此而已,后来并没有继续发展下去,它与徒诗制题中所表现出来的高度艺术化还有相当一段距离。

在歌辞性题目的使用上,南朝乐府民歌也出现了变化——不再使用"行"和"篇"作缀尾,而是大量使用"歌""曲""乐"等。其中吴歌多带"歌"字,因为吴歌初为徒歌,正符合《释名》所说的"人声曰歌"。西曲多缀以"曲"和"乐","曲"代表器乐曲,"乐"是配合舞蹈的,而西曲中的一些曲调正具有这些特点。

南朝乐府民歌的制题还表现出一个独特特点,就是以和送声来命名。王运熙认为和送声在清商曲调中"构成了曲子的主要声调",因此,"曲调之名称,往往包含在和送声中",如《阿子歌》《欢闻歌》《莫愁乐》《乌夜啼》《襄阳蹋铜蹄》《白纻歌》等。王先生还推定《子夜歌》《丁督护歌》《长乐佳》《懊侬歌》《月节折杨柳歌》等既是曲调名,又兼为和送声②。

北朝乐府民歌数量少,其题或由"虏音"音译而成,如《企喻歌辞》,或直呼人名,如《琅琊王歌辞》《巨鹿公主歌辞》《慕容垂歌辞》等,这些题目多是后人为了记录的方便而加上的,于制题艺术的意义不大,故不赘言。

这一时期还需要考察的是文人拟乐府诗的题目。乐府诗发展到晋宋以后,部分曲调不再演唱,文人们在拟写这些非歌辞的乐府诗时对题目也作出了相应的变动。比如曹植,在乐府诗题目前加一"当"字,如《当墙欲高行》《当欲南游山行》《当事君行》《当车已驾行》等,表示"事谢丝管"之意。刘宋时期的鲍照又多用"代"字,如《代白头吟》《代白纻曲》《代东武吟》等。也有人加"效""拟"字,如袁淑《效曹子建白马篇》、何逊《拟轻薄篇》等。

在文人拟乐府诗中,还出现了从旧题乐府中衍生出新题目的现象,这也是乐府诗不同于徒诗的特有的制题方式。这种制题方式源于音乐曲调的衍生,某些曲调往往由于音乐的改变而衍生出了新的曲调,如从《子夜歌》衍生出《子夜变歌》,从《欢闻歌》衍生出《欢闻变歌》等。而文人拟乐府诗则表现为:旧题乐府诗不再入乐了,却取该乐府诗的首句或首句前二三字衍生出新的题目。这主要出现在"相和歌辞"和"杂曲歌辞"两部分。衍生的办法是取

---

① 王志清《晋宋乐府诗研究》一书论及吴声、西曲曲题的命名方式,可参看。
② 王运熙《论六朝清商曲中之和送声》,《乐府诗述论》,上海:上海古籍出版社,1996年,第94—110页。

前代乐府诗(经常是古辞及曹植、陆机等人的拟辞)的首句为题,再加上歌辞性题目。如刘宋时期吴迈远的《飞来双白鹄》出自古辞《艳歌何尝行》首句;鲍照的《结客少年场行》出自曹植《结客篇》首句;南朝陈陆瑜的《仙人揽六著篇》出自曹植《仙人篇》首句;梁简文帝的《双桐生空井》出自魏明帝《猛虎行》"双桐"篇首句;梁简文帝的《泛舟横大江》以魏文帝《饮马长城窟行》首句为题;南朝陈张正见的《置酒高殿上》出自曹植《野田黄雀行》首句。也有不以首句为题的,如《胡姬年十五》出自汉辛延年的《羽林郎》第五句;江总的《今日乐相乐》则是汉乐府中常见的套语。也有一些新题出自《诗经》,如鲍照的《鸣雁行》出自《诗经·邶风·匏有苦叶》中的"雝雝鸣雁,旭日始旦";鲍照的《北风行》出自《诗经》中的《北风》"北风其凉,雨雪其雱";王褒的《晨风行》出自《诗经·秦风·晨风》中的"鴥彼晨风,郁彼北林";江总的《燕燕于飞》出自《诗经·邶风·燕燕》中的"燕燕于飞,差池其羽"。还有一些新题出自前人诗歌,如刘宋吴迈远的《长相思》出自《古诗十九首·孟冬寒气至》中的"客从远方来,遗我一书札。上言长相思,下言久别离";宋孝武帝的《自君之出矣》出自汉代徐干的《室思诗》第三章,《诗纪》卷四五题下注"一云《拟室思》";刘孝威的《雀乳空井中》出自傅玄诗"鹊巢丘城侧,雀乳空井中。居不附龙凤,常畏蛇与虫";隋代卢思道的《河曲游》取自魏文帝《与吴质书》中的"时驾而游,北遵河曲",另一首《城南隅宴》取自曹子建《赠丁仪诗》中的"吾与二三子,曲宴此城隅"。然而,从总体上来看,衍生新题在南北朝时期并不普遍,而到了唐代,这种从旧题中衍生出来的新题目才蔚为大观。

三、旧题乐府在唐代的衍生

唐代从旧题乐府诗中衍生出新题目,主要有以下八种途径:

(1) 取旧题乐府首句前二字再加上"行"字为新题。如李白的《北上行》出自魏武帝《苦寒行》首句"北上太行山";戎昱的《苦哉行》出自左延年《从军行》首句"苦哉边地人";李益的《置酒行》出自陆机《短歌行》首句"置酒高堂"。

(2) 以旧题乐府的首句为新题。如李白《来日大难》取古辞《善哉行》首句;李白《登高丘而望远海》取魏文帝《十五》辞首句"登山而远望",略有变化;鲍溶《苦哉远征人》取陆机《从军行》首句。也有取古题乐府的首句再加上"行"字为新的题目,如李益《从军有苦乐行》取王粲《从军行》首句再加"行"字。

(3) 取旧题乐府中某句为新题。这种方法最典型的例证是赵嘏取隋代薛道衡《昔昔盐》中的每一句为题目,扩展成一首乐府诗。

(4) 对旧题乐府诗的题目加以限制,从而产生新题目。如杜甫的《前出塞》《后出塞》和《前苦寒行》《后苦寒行》,之所以加"前""后"二字,主要是由于写作时间的先后①。王昌龄的《变行路难》,加一"变"字,李云逸认为,古题《行路难》皆言世路艰难离别悲伤之意,王昌龄写边塞主题,故曰"变"②。此外,还应包括形式之变化,《行路难》前人拟辞都是七言,而王昌龄此首变为五言。骆宾王又有《从军中行路难》,以《行路难》写从军征戍题材。鲍照曾写有《白头吟》,白居易则写《反白头吟》(《白氏长庆集》卷二作《反鲍明远白头吟》)。也有一些新题是对旧题加上地点的限制,如刘长卿的《太行苦热行》、孟郊的《灞上轻薄行》、崔国辅的《长乐少年行》、崔颢的《渭城少年行》、高适的《邯郸少年行》、李益的《汉宫少年行》等。崔颢则把《长干曲》变成《小长干曲》。

(5) 将旧题乐府诗的题目略作变化。如旧题乐府有《古别离》,唐代则出现《古离别》(王适、常理、姚系、赵微明)、《远别离》(李白、张籍、令狐楚)、《久别离》(李白)、《新别离》(戴叔伦)、《今别离》(崔国辅)、《暗别离》(刘瑶)、《潜别离》(白居易)、《别离曲》(张籍、陆龟蒙)等;李白将《洛阳道》变为《洛阳陌》;杨凌将《昭君怨》变为《明妃怨》;李贺将《长歌行》与《短歌行》合起来变为《长歌续短歌》;孟郊将《伤歌行》变为《伤哉行》;温庭筠将《懊侬曲》变为《懊恼曲》。此外,李白有《蜀道难》,陆畅作《蜀道易》,"以谀韦皋,翻案太白"③。李商隐的《无愁果有愁曲》则是反北齐后主高纬的《无愁曲》,以讽刺口吻改制成新题。

(6) 给旧题乐府的题目加上歌辞性题目。如《出塞》,刘湾拟作《出塞曲》;《绿竹》,宋之问拟作《绿竹引》;《陇头》,王维拟作《陇头吟》;《骢马》,纪唐夫拟作《骢马曲》;《大堤》,张柬之、杨巨源、李白、李贺等拟作《大堤曲》,孟浩然又拟作《大堤行》;《秋风》,刘禹锡拟作《秋风引》。

(7) 将不带歌辞性题目的乐府诗题改换成带有歌辞性题目的新题。如乔知之把《定情诗》改换成《定情篇》;王建把《羽林郎》改换成《羽林行》,把《秋夜长》改换成《秋夜曲》,把《纪辽东》改换成《辽东行》;李贺把《少年子》改换成《少年乐》,施肩吾又改换成《定情乐》;马戴把《度关山》改换成《关山曲》,把《铜雀台》改换成《雀台怨》。

(8) 变换歌辞性题目。具体又可分为:① 把"篇"改为"行""曲",如李白把《侠客篇》改成《侠客行》;孟郊把《游侠篇》改成《游侠行》;贾岛把《壮士

---

① 杜甫著,仇兆鳌注《杜诗详注》,第118页。
② 王昌龄撰,李云逸注《王昌龄诗注》,上海:上海古籍出版社,1984年,第1页。
③ 谢榛《四溟诗话》,丁福保辑《历代诗话续编》,第1152页。

篇》改成《壮士吟》，刘禹锡、鲍溶、施肩吾又改成《壮士行》；僧齐己把《轻薄篇》改成《轻薄行》；李贺把《神仙篇》改成《神仙曲》。② 把"歌"变为"曲""行""辞""篇"等，如王建、李廓把《鸡鸣歌》改成《鸡鸣曲》；李贺把《神弦歌》改成《神弦曲》《神弦别曲》；僧贯休把《白雪歌》改成《白雪曲》；刘禹锡把《采菱歌》改成《采菱行》；张籍把《宛转歌》改成《宛转行》；温庭筠把《邯郸郭公歌》改成《邯郸郭公辞》；李白把《独漉歌》改成《独漉篇》。③ 把"乐"改成"歌""曲""词"等，如李白、刘禹锡把《荆州乐》改成《荆州歌》；李贺把《莫愁乐》改成《莫愁曲》；崔国辅、施肩吾、李端把《襄阳乐》改成《襄阳曲》；张籍把《估客乐》改成《贾客词》。④ 把"曲"改成"行"，如李白把《长干曲》改成《长干行》；杜甫把《丽人曲》改成《丽人行》。其他还有：杜甫把《大麦谣》改成《大麦行》，鲍溶把《寒夜怨》改成《寒夜吟》，张籍把《楚妃叹》改成《楚妃怨》，孟郊把《列女引》改成《列女操》等。

四、唐代乐府诗新题目的创制

唐代创制新题乐府，主要有以下四种途径：

（1）从古题乐府的意义内容上衍生出新题。如：《塞上》《塞下》《塞上曲》《塞下曲》《塞上行》等均出自横吹曲《出塞》，胡曾又作《交河塞下曲》；《公子行》《少年行》在题材上与游侠类旧题乐府《游侠篇》《轻薄篇》《结客少年场行》等一脉相承；李白的《东海有勇妇》意同《关中有贤女》；高适、李希仲的《蓟门行》意承《出自蓟北门行》；《宛转歌》为晋时乐歌，写王敬伯之事，李端因而作《王敬伯歌》；梁简文帝有《大堤曲》，刘禹锡作《堤上行》；前人有《长门怨》，刘禹锡则改为《阿娇怨》；王建、张籍的《北邙行》及李益《野田行》意同《蒿里行》；王建的《斜路行》取自古辞《长安有狭斜行》中"长安有狭斜，道隘不容车"之意；元稹的《决绝词》出自《白头吟》；孟郊的《长安羁旅行》出自《长安道》，其《出门行》出自《驾出北郭门行》；李贺的《难忘曲》出自《相逢狭路间》；张祜的《上巳乐》出自《祓禊曲》。

（2）出自前代典籍，形式上用简短的二字题或三字题，或加上歌辞性题目。如：王维的《桃源行》出自陶渊明的《桃花源记》；李贺的《浩歌》出自屈原《九歌》中的"望美人兮不来，临风恍兮浩歌"，白居易又有《浩歌行》；韦楚老的《祖龙行》出自《汉书·五行志》；刘禹锡的《更衣曲》出自《汉武故事》；张炽的《归去来引》出自陶渊明《归去来辞》；王建的《当窗织》取自梁横吹曲《折杨柳枝歌》"唧唧复唧唧，女子临窗织"。

（3）加以歌辞性题目。主要有：① 取首句前二字或前三字加歌辞性题目，如《将军行》（刘希夷）、《春女行》（刘希夷）、《黄葛篇》（李白）、《月漉漉篇》(李贺)等。② 以所咏对象为题,再加上歌辞性题目。其中以人物为歌咏题目的,如《邯郸宫人怨》(崔颢)、《老将行》(王维)、《情人玉清歌》(毕耀)、《楼上女儿曲》(卢仝)、《节妇吟》(张籍)、《征妇怨》(孟郊)、《湘宫人歌》(温庭筠)以及皮日休《正乐府》中的《贪官怨》《农父谣》等;以某一特定地方为歌咏题目的,如《青楼曲》(王昌龄)、《房中曲》(李商隐)、《楼上曲》(李商隐)、《湖中曲》(李商隐、李贺)、《太液池歌》(温庭筠)、《兰塘词》(温庭筠)、《故城曲》(温庭筠)、《春洲曲》(温庭筠)、《吴苑行》(温庭筠)、《鸡鸣埭歌》(温庭筠);以某一物体为歌咏题目的,如《舞衣曲》(温庭筠)等。③ 概括所写内容,以精练简短的语言为题,再加上歌辞性题目,如《采葛行》(鲍溶)、《平蕃曲》(刘长卿)、《寄远曲》(王建、张籍)、《织锦曲》(王建)、《送衣曲》(王建)、《寄衣曲》(张籍)、《求仙曲》(孟郊)、《捉捕歌》(元稹)、《采珠行》(元稹、鲍溶)、《平戎辞》(王涯、张仲素)、《望春辞》(令狐楚)、《烧香曲》(李商隐)、《罩鱼歌》(温庭筠)等。④ 唐代还出现了一批咏写古迹以抒盛衰之感的乐府诗,其题目多采用"古迹名 + 行"的命题方法,如《鸿门行》(袁瓘)、《汾阴行》(李峤)、《丹阳行》(孙逖)、《孟门行》(崔颢)、《大梁行》(唐尧客、高适)、《洛阳行》(张籍)、《楚宫行》(张籍)等,只有张说的《邺都引》(张鼎又拟有《邺城引》)是加"引"字。

(4) 不用歌辞性题目,但仍仿照汉乐府的制题方法。主要有:① 用首句前二字或前三字甚至整个首句为题。如张籍的《山头鹿》和《雀飞多》、韩愈的《青青水中蒲》、元稹的《梦上天》、李贺的《黄头郎》及白居易的《新乐府五十首》,都采用这种命题方式。② 仿照汉乐府简短的二字或三字题,语言高度概括全诗内容。如《静夜思》(李白)、《悲陈陶》(杜甫)、《悲青坂》(杜甫)、《哀江头》(杜甫)、《哀王孙》(杜甫)、《思君恩》(张仲素、王涯)、《思远人》(王建、张籍)、《雉将雏》(王建)、《结爱》(孟郊)、《夫远征》(元稹)、《江南别》(罗隐)等。元结《系乐府》中的《去乡悲》,皮日休《正乐府》中的《贱贡士》《颂夷臣》《惜义鸟》《诮虚器》《哀陇民》等也是采用这种制题方法。

综上所论,乐府诗的命题经历了从音乐意义上的曲调名向文学意义的诗题转变的过程。在曲调名创制时期所形成的两条程式(一是以歌辞首句前二三字为题,一是加以歌辞性题目),为唐人创制乐府诗新题目时所继续遵循。即使是那些从旧题中衍生出来的乐府诗题,仍遵循上述两条程式。显然,这是唐人有意继承乐府诗的命题程式。正由于此,乐府诗题目保持着不同于徒诗的独特性。而到了中唐以后,元稹等人倡导"即事名篇",部分乐府诗题目是概括诗意而成,甚至还有一些不再带有歌辞性题目,与一般诗歌根据诗意立题的方法趋于一致。从此,乐府诗题的独特性逐渐淡化了,开始融入一般诗歌之中,因而加速了乐府诗本身的衰落。

第四节　题材的继承与嬗变

郑樵《通志·乐略》云："今乐府之行于世者,章句虽存,声乐无用,崔豹之徒,以义说名,吴兢之徒,以事解目。盖声失则义起,其与齐鲁韩毛之言诗无以异也,乐府之道或几乎息矣。"①郑樵论乐府"主声不主文",因而他对崔豹、吴兢二人从题意本事的角度说解乐府诗不以为然。事实上,早期的乐府诗皆"缘事而发",许多题目往往是因某一件事而起,正如《师友诗传续录》转述王士禛语:"古乐府立题,必因一事。"②西晋时期的崔豹正是看到这一点,所以他在《古今注》中解释了《雉朝飞》《别鹤操》《走马引》《淮南子》《武溪深》《箜篌引》《平陵东》《薤露》《蒿里》《陌上桑》《杞梁妻》《钓竿》《董逃歌》《上留田》《日重光》《月重轮》等十多首乐府诗的本事缘起。后来沈约《宋书·乐志》也对《子夜歌》《欢闻歌》《团扇歌》《丁督护歌》《公莫舞》等乐府诗的本事进行解释。虽然崔、沈二氏的解说未可尽信,但却反映出人们对乐府诗的关注不再着眼于音乐性,而是进入了文学视域,并为后人的拟写提供了题材题意方面的原初依据。到了初盛唐,出现了一批解题类的著作,专门解释古辞本事和本意。它们的出现并非偶然——因为乐府诗的音乐曲调仍然在流传的时候,人们注重的是实际演唱情况,荀勖《荀氏录》、张永《元嘉正声技录》、王僧虔《大明三年宴乐技录》和智匠《古今乐录》等著述正是从曲调的流传情况来记录乐府诗,较少论及乐府歌辞的本事,而到了初唐,大部分曲调都已散佚,维系乐府诗传统的只能是题材和立意。这正好代表了乐府诗拟写史上的两个阶段:注重音乐的阶段和注重题意的阶段。前者对应于乐府诗发展的早期,音乐曲调依然流传,人们"依调填辞"——这就要求拟辞的篇章形式与入乐歌辞相同或相似,否则便难以配合原来的曲调,而在题意上往往没有多少关联。后者则是因曲调不再入乐演唱所导致的结果,魏晋时期已有部分乐府诗未曾付诸实际演唱,此后由于战乱、迁徙等原因,造成大批音乐散佚,到了陈代智匠所著《古今乐录》中,汉魏旧曲大部分都不再演唱了。在这种情况下人们要拟写乐府诗该怎么办?显然,"依调填辞"已不可能,于是继承题材、拟写题意便成为一种新的创作方式,郑樵谓乐府诗"声失则义起"③,指的正是这个转变过程。从这个角度而言,初盛唐出现的解题类乐府著作对后来乐府诗的发展具有重要意义,尤其指引了唐代文人对旧题乐府诗的

---

① 郑樵《通志》,第 625 页。
② 王士禛《师友诗传续录》,丁福保辑《清诗话》,第 158 页。
③ 郑樵《通志》,第 625 页。

创作。

初盛唐时期出现的乐府解题类著作,见于文献记载的有吴兢《乐府古题要解》、郗昂《乐府古今题解》、刘悚《乐府古题解》等①。其中吴兢《乐府古题要解》今存②。郗昂《乐府古今题解》在《新唐书·艺文志》中录有三卷,后注云"一作王昌龄",《宋史·艺文志》谓:"又作《续乐府古解题》一卷。王昌龄撰。"此书已佚,郭茂倩《乐府诗集》卷四五《前溪歌》引其佚文一条,明言"郗昂《乐府解题》",又于卷八〇《相府莲》题下引《古解题》中的材料一条,或者王昌龄确实撰有《续乐府古解题》一书。明人毛晋在吴兢《乐府古题要解》后记中说:"又有《乐府题解》,不著撰人名氏,与吴兢所撰差异。今人混为一书,谬矣。"③然而具体情况如何,今天难知其详④。刘悚所撰《乐府古题解》,今见于《说郛》卷一〇〇,共收二十一条,与今存吴兢《乐府古题要解》在文字上几乎相同。依喻意志的判断,该书"于唐末宋初即已亡佚",《说郛》所录"系明清时人增补"。⑤ 这些解题类著作在初盛唐的出现,应当对唐人拟写乐府诗在题材题意的继承方面起到了规范和引导的作用⑥。今存吴兢《乐府古题要解序》云:

> 乐府之兴,肇于汉魏。历代文士,篇咏实繁。或不睹于本章,便断题取义。赠夫利涉,则述《公无度河》;庆彼载诞,乃引《乌生八九子》;赋雉斑者,但美绣颈锦臆;歌天马者,唯叙骄驰乱躅。类皆若兹,不可胜载。递相祖习,积用为常,欲令后生,何以取正?余顷因涉阅传记,用诸家文集,每有所得,辄疏记之。岁月积深,以成卷轴,向编次之,目为《古题要解》云尔。⑦

吴兢看到文人们在拟写乐府诗时常常"不睹本章,便断题取义",于是他撰此书"令后生"有以"取正"。该书主要是解释始辞(包括古词、早期乐奏词等)

---

① 参喻意志《唐宋乐府解题类典籍考辨》,《音乐研究》2011 年第 2 期,第 63—68 页。
② 关于吴兢《乐府古题要解》的版本、流传、体例等情况,可参孙尚勇《吴兢〈乐府古题要解〉的体例及影响》,《中华文史论丛》2006 年第 3 期;李娜《吴兢〈乐府古题要解〉研究》,郑州大学 2012 年博士学位论文。
③ 毛晋《乐府古题要解》后记,丁福保辑《历代诗话续编》,第 67 页。
④ 喻意志以为:"郗昂与王昌龄皆撰有乐府解题之作,只是在流传过程中,郗书较之王书更为盛行,有时二者合而为一,有时各自单行,因而出现作者不复可辨的现象。"(《唐宋乐府解题类典籍考辨》,第 64 页)可备一说。
⑤ 喻意志《唐宋乐府解题类典籍考辨》,第 66 页。
⑥ 崔炼农指出,吴兢《乐府古题要解》"对乐府古题的考索,将拟作与原辞进行比较,其出发点和归结点都是文人拟作"(《乐府歌辞述论》,第 90 页)。此说有道理。
⑦ 吴兢《乐府古题要解》,丁福保辑《历代诗话续编》,第 24 页。

的题意,如《君子行》题下云:

> 右古词云:"君子防未然,不处嫌疑间。"言君子虽瓜田不纳履,李下不正冠,以远嫌疑也。①

《空城雀》题下云:

> 右鲍照:"雀乳四鷇,空城之隅。"言轻飞近集,免伤网罗而已。②

对一些在后人拟写过程中改变了的题意,吴兢也进行了说明,如《对酒行》题下云:

> 右阙古词。曹魏乐奏武帝所赋"对酒歌太平"。其旨言王者德泽广被,政理人和,万物咸遂。若梁范云"对酒心自足",则言但当为乐,勿殉名自欺也。③

《芳树》题下云:

> 右古词,中有云:"妒人之子愁杀人,君有他心,乐不可禁。"若齐王融"相思早春日",谢朓"早玩华池阴",但言时暮众芳歇绝而已。④

吴兢在该书中对一百一十余个乐府诗题进行解释,这使唐人在拟写乐府诗的时候有了明确的依据。从总体上来看,唐代的乐府诗大部分是遵循题意传统的,一些题目如《公无渡河》《陌上桑》《秋胡行》《从军行》《燕歌行》等始终没有背离古辞或始辞的本事本意,这正得力于这些解题类著作。另外,李白曾给韦渠牟传授过"古乐府之学"⑤,这"古乐府之学"正是以古题本事的了解和注重为基础,说明李白非常熟悉乐府题目的本事和题意⑥。又,元稹《听庾及之弹乌夜啼引》云:"君弹乌夜啼,我传乐府解古题。良人在狱妻在闺,官

---

① 吴兢《乐府古题要解》,丁福保辑《历代诗话续编》,第46页。
② 同上书,第50页。
③ 同上书,第26页。
④ 同上书,第37页。
⑤ 权德舆《左谏议大夫韦君诗集序》,郭广伟校点《权德舆诗文集》,第524页。
⑥ 参向回《从本事的掌握和运用看李白"古乐府之学"》,《中国诗歌研究》第六辑,2009年,第182—196页。

家欲赦乌报妻。乌前再拜泪如雨,乌作哀声妻暗语。后人写出乌啼引,吴调哀弦声楚楚。"①元稹在听别人弹奏《乌夜啼引》时能很快"解"古题本事,由此也可以反映出唐代文人对乐府古题的题意传统是十分熟悉的。

但同时我们也应该看到,毕竟时代变了,唐人写作乐府诗不得不打上时代烙印,他们在遵循传统的前提下还是出现了一些新变化。后人对此曾提出批评,强幼安《唐子西文录》中就说:"古乐府命题皆有主意,后之人用乐府为题者,直当代其人而措词,如《公无渡河》须作妻止其夫之词,太白辈或失之。"②《蔡宽夫诗话》亦云:"齐梁以来,文人喜为乐府辞,然沿袭之久,往往失其命题本意。《乌将八九子》但咏乌,《雉朝飞》但咏雉,《鸡鸣高树巅》但咏鸡,大抵类此。"③朱承爵《存余堂诗话》云:

> 古乐府命题,俱有主意,后之作者,直当因其事用其题始得。往往借名,不求其原,则失之矣。如刘猛、李余辈,赋《出门行》不言离别,《将进酒》乃叙烈女事,至于太白名家,亦不能免此病。郑樵作《乐略》叙云:"然使得其声,则义之同异又不足道。"樵谬矣。彼知《铙歌》二十二曲中有《朱鹭曲》,由汉有朱鹭之祥,因而为诗,作者必因纪祥瑞,始可用《朱鹭》之曲。《相和歌》三十曲内有《东门行》,乃士有贫行,不安其居,拔剑将去,妻子牵衣留之,愿同餔糜,不求富贵。作者必因士负节气未伸者,始可代妇人语,作《东门行》泪之。余不尽述,各以类推之可也。《乐府解题》一书,著之甚详。④

其实,要是乐府诗的拟写不出现一些新变化,肯定会走进死胡同,正如冯班《钝吟杂录·正俗》云:"文人赋乐府古题,或不与本词相应,吴兢讥之,此不足以为嫌,唐人歌行皆如此。盖诗人寓兴,文无定例,率随所感。吴兢史才,长于考证,昧于文外比兴之旨,其言若此,有似鼓瑟者之记其柱也。必如(兢)所云,则乐府之文,所谓床上安床,屋上架屋,古人已具,何烦赘剩耶?"⑤因此,我们应该用辩证和发展的眼光来看问题,有些乐府诗题应遵循传统题意,而有些可以不遵循,如黄子云《野鸿诗的》所云:"乐府题意,有不必宗者,有不可不宗者。不必宗者,如《行路难》《独漉篇》《梁父吟》《有所思》《古别离》等篇是也;不可不宗者如《陌上桑》《公无渡河》《明妃曲》《祖龙行》《山中

---

① 元稹撰,冀勤点校《元稹集》,第100页。
② 强幼安《唐子西文录》,何文焕辑《历代诗话》,第443页。
③ 郭绍虞辑《宋诗话辑佚》,第379页。
④ 朱承爵《存余堂诗话》,何文焕辑《历代诗话》,第786页。
⑤ 冯班《钝吟杂录》,丁福保辑《清诗话》,第42页。

孺子歌》等篇是也。"①所谓"不必宗者"的那些题目,主要偏重于个体的抒情言志;那些"不可不宗者"的乐府题目,大多都有一个明确的"本事"。

如果从文学创作的角度而言,那些遵循传统题意的乐府诗题目无疑就变成了一个个"母题"。它源自现实生活,规定了最基本的故事单元,因汉唐社会的稳定性而受到文人关注,在不断地延续和复制过程中创生出新的因素。这是礼乐文化传统与文学传统的交融,是汉唐社会变迁的一面镜子。而其中每一个母题的承续与演化,都值得深入探究。限于篇幅,本节以乐府诗中较为常见、数量较多的边塞、闺怨、游侠、咏史、禽鸟等题材为例,说明乐府诗在题材方面的传承与嬗变。

一、边塞题材的传承与嬗变

虽然早在《诗经》中就已有写战争题材的诗篇,但真正把边塞诗发扬光大的,还是汉魏六朝的乐府诗。据不完全统计,从汉代以下到唐代以前写及边塞题材的诗歌中,乐府体有一百五十多篇,非乐府体仅有二十篇左右②。其中的原因,可以从汉代鼓吹乐和横吹乐的兴盛说起。

汉代的鼓吹乐起源于边塞游牧民族。郭茂倩《乐府诗集》卷一六题解部分引刘瓛《定军礼》说:"汉班壹雄朔野而有之矣。鸣笳以和箫声,非八音也。"③后来用之于军乐。横吹乐也源自边疆异域,亦用于边塞武事。崔豹《古今注·音乐》谓:"张博望入西域,传其法于西京,唯得《摩诃》《兜勒》二曲。李延年因胡曲更造新声二十八解,乘兴以为武乐。后汉以给边将军。和帝时万人将军得用之。"④这些来自边塞的音乐之所以被使用于军中,关键是具有雄浑壮大的特点,能够壮声威,鼓士气。这一特点无疑为后来的边塞乐府诗从音乐风格上奠定了雄壮的基调⑤。但在今存鼓吹铙歌的汉代古辞中,除《战城南》写征战题材以外,其他古辞均未涉及战争。这是因为,"《短箫铙歌》之为军乐,特其声耳。其辞不必皆序战陈之事"⑥。横吹曲今天看不到一首汉代歌辞,想必也是如此,或以为横吹曲本来就是有声无辞的⑦。

较早把征戍题材写进乐府诗的,是曹氏父子及围绕在他们周围的一批文人。他们大都有从军戎马的经历,因而采用一些流行的乐府曲调来写征戍题

---

① 黄子云《野鸿诗的》,丁福保辑《清诗话》,第857页。
② 统计数字参阅采平《梁陈边塞乐府论》,《文学遗产》1988年第6期,第45页。
③ 郭茂倩编《乐府诗集》,第223页。
④ 崔豹《古今注》,《景印文渊阁四库全书》第850册,第106页。
⑤ 阎采平《梁陈边塞乐府论》,第45页。
⑥ 庄述祖《汉短箫铙歌曲句解》,珍艺宧遗书本。
⑦ 王运熙《汉代鼓吹曲考》,《乐府诗述论》,第219页。

材。曹操的乐府诗大半写征戍,甚至把一些与战争没有多大关联的题目如《薤露》《蒿里》《苦寒行》《却东西门行》《陌上桑》等也借用来写征戍题材。除曹操外,当时王粲《从军行》、曹丕《燕歌行》、陈琳《饮马长城窟行》、左延年《从军行》等也与战争有关。曹植《白马篇》虽以刻画游侠形象为主,但也写及征战立功之事(此题在鲍照拟辞中完全用来写征戍)。虽然曹魏时期出现的这批边塞乐府诗在数量上并不多,却为后来的边塞乐府诗奠定了母题,创立了程式:其一,王粲《从军行》写战争场面真切激烈,基调高昂,后来凡写《从军行》的,几乎都以渲染战争场面为主;其二,曹操《苦寒行》写边塞环境的艰辛,被后来的边塞乐府诗所继承;其三,曹植《白马篇》讴歌建功立业、精忠报国的精神,这一题旨在后来的边塞乐府诗中进一步发扬光大;其四,曹丕《燕歌行》中所写及的思妇,成为后来边塞乐府诗必不可少的一部分[①];其五,陈琳《饮马长城窟行》和左延年《从军行》所写到的战争带给人民的痛苦,如"边城多健少,内舍多寡妇","苦哉边地人,一岁三从军。三子到敦煌,二子诣陇西。五子远斗去,五妇皆怀身"等,在后来的边塞乐府诗中常常出现。

晋及刘宋时期,边塞乐府诗主要是反复拟写《从军行》《燕歌行》《苦寒行》等几个题目,大体上是亦步亦趋,在题材立意上没有多大开拓,这却正好强化了边塞乐府诗的拟写程式。值得一提的是,鲍照将一些题目如《白马篇》《代出自蓟北门行》《代东武吟》等改写征戍题材,扩大了边塞乐府诗的拟写范围。

从齐代开始,边塞乐府诗骤然增多。除上述几个题目继续被拟写外,主要是人们开始大量拟写鼓吹曲题和横吹曲题。其中的原因,阎采平认为"诱因就是在梁陈时期大量传到南方的北朝乐府民歌所产生的冲击波"[②]。笔者倒以为,主要是当时的赋题唱和风气所引起的。看看早期横吹曲的拟辞,正是赋题唱和的产物。梁简文帝在《和湘东王横吹曲三首》中,《折杨柳》和《紫骝马》两首就写及征戍,其他如《陇头》《关山月》《出塞》《入塞》《驱马》《雨雪》等都是以赋写题面意思的方式进入边塞乐府诗领域的。同时,一些原本不写边塞题材的乐府旧题如《上之回》《梅花落》《度关山》《思归引》《陇西行》《雁门太守行》等,在梁简文帝、戴暠、刘孝威、陈后主等人手中也以赋题之法写及征戍之事。因此,钱志熙说:"边塞诗在齐梁间兴起,完全是拟乐府

---

① 赵红玲《中古拟诗研究》以《燕歌行》为例,考察过边塞诗的形成过程(上海师范大学2002年博士学位论文,第89—92页)。可参。
② 阎采平《梁陈边塞乐府论》,第48页。

赋题法的产物。"①问题是大部分梁陈诗人没有边塞经历,他们怎么写出边塞乐府诗呢?他们一方面承袭《从军行》《燕歌行》等几个题目的创作经验,另一方面是比附汉代边事,从《史记》《汉书》《后汉书》等史书中汲取材料②,因此,在齐梁陈诗人的边塞乐府诗中,战争的地点多设在沙漠塞外,主持战争的将军多是李广、卫青、霍去病等人,敌人则是匈奴(或单于)。这与南朝实际上发生的战事相差甚远。也正是这个原因,使得他们在边塞乐府诗的创作中能够充分发挥自己的想象,追求细腻的赋写刻画,建立起了稳定的边塞意象模式③。

南朝后期的边塞乐府诗中,在题材上最大的发展是把闺怨与征戍结合得更加紧密了。此前将征戍和闺怨联系在一起的只有《燕歌行》一题,到了梁陈时期,几乎写及征戍的乐府诗必写闺怨。松浦友久指出,"在边塞诗中导入闺怨要素实际上大体限于乐府类作品,在不采用乐府题的徒诗类边塞诗中,这种要素是罕见的","边塞诗与闺怨诗相互依存的倾向大体是产生于乐府诗领域的显著现象","这一点象征性地表明了乐府与徒诗在构思与手法上的差异"。他还举出例子如《关山月》《从军行》《出塞》《陇头水》等。④ 出现这种现象的原因在于梁陈宫体诗的发达,他们实际上是把宫体诗的表现题材和手法运用到边塞乐府诗中来⑤。

隋代是边塞乐府诗发展史上颇为重要的一个阶段,乐府边塞诗又出现了纪实之作。据《隋书·炀帝本纪》载,大业八年,炀帝伐高丽,度辽水,"大战于东岸,击贼破之,进围辽东"⑥。隋炀帝的《饮马长城窟行》《白马诗》⑦等便是叙写这次战事经过。杨素的《出塞》也写征辽事,且薛道衡、虞世基都有和作。这几首边塞乐府诗或写边地景色,或写战斗行军,都十分形象而富有气势,对唐代边塞乐府诗产生了较大的影响。

初唐人虽然拟有许多边塞乐府诗,但在题材上发展不大,而且在词句上模仿前人的痕迹十分明显。如虞世南《从军行》中的"剑寒花不落,弓晓月逾

---

① 钱志熙《齐梁拟乐府诗赋题法初探——兼论乐府诗写作方法之流变》,《北京大学学报》1995 年第 4 期,第 63 页。
② 阎采平《梁陈边塞乐府论》认为,梁陈文人边塞乐府诗中的战斗场景"基本上是虚构",以及"对北歌的参照和模仿"(《文学遗产》1988 年第 6 期,第 51 页)。可参。
③ 邹晓霞《拟乐府之风与六朝边塞诗的创作》,《广东技术师范学院学报》2003 年第 2 期,第 62—65 页。
④ 〔日〕松浦友久《"边塞"与"闺怨"的结合——论乐府诗的表现功能》,孙昌武、郑天纲译《中国诗歌原理》,第 292—301 页。
⑤ 阎采平《梁陈边塞乐府论》,第 53 页。
⑥ 魏征、令狐德棻《隋书》,北京:中华书局,1973 年,第 82 页。
⑦ 《白马诗》,《乐府诗集》卷六三以为是齐代孔稚珪作,《文苑英华》卷二〇九题隋炀帝作。从诗中多写征辽之事来看,应以隋炀帝诗为是。

明"只与隋代明余庆《从军行》中的"剑花寒不落,弓月晓逾明"交换二字而已。这样的例子在初唐比比皆是,甚至在盛唐的边塞乐府诗中,这一现象仍然较为突出。如:

  虞世南《出塞》:"雪暗天山道,冰塞交河源。"
  陶翰《燕歌行》:"雪中凌天山,冰上渡交河。"
  虞世南《出塞》:"霜旗冻不翻。"
  岑参《白雪歌》:"风掣红旗冻不翻。"
  鲍照《代出自蓟北门行》:"角弓不可张。"
  岑参《白雪歌送武判官归京》:"将军角弓不得控。"
  徐陵《关山月》:"思妇高楼上,当窗应未眠。"
  李白《关山月》:"高楼当此夜,叹息未应闲。"

  在盛唐边塞乐府诗中享誉很高的王昌龄《出塞》和高适《燕歌行》,其实在前代乐府诗中能找到相同的表现程式和语词(详见本章第八节)。李白《出自蓟北门行》也与鲍照的同题之作极其相似。这一现象说明:盛唐的边塞乐府诗创作依然没有放弃拟效之法。

  然而,盛唐时期的边塞乐府诗毕竟有了较大发展。有一批原本不写边塞题材的题目如王翰《子夜春歌》、李白《子夜吴歌》《豫章行》、王昌龄《箜篌引》等都与边塞生活联系起来。而且,从旧题中还衍生出许多新题目,如由《出塞》衍生出《前出塞》《后出塞》《塞上》《塞下》等,或者自制新题如《将军行》《老将行》《平戎辞》《征妇怨》《送衣篇》等,用来写边塞题材,使边塞乐府诗数量大增,表现出一派繁荣景象。在题材方面,建功立业的主题被格外强调,如王维《燕支行》《少年行》、李白《白马篇》、高适《塞上》《塞下》等都是书写这一主题。但由于社会不公,功成难封的现象常有发生,因此在盛唐边塞乐府诗中又交织着功成难封的慨叹。如陶翰的《古塞下曲》,周珽辑《删补唐诗选脉笺释会通评林·盛五古三》评曰:"心忠见阻,功多见戮,无论将帅士卒,谁肯用命?"[①]再如王维的《陇头吟》中"苏武才为典属国,节旄空尽海西头",李颀的《塞下曲》中"膂力今应尽,将军犹未知",李白《塞下曲》中"功成画麟阁,独有霍嫖姚"等,都是书写这一主题。

  天宝以后,唐玄宗的开边野心膨胀,边塞乐府诗的主题取向也发生了较大变化,开始表现出批判战争的倾向,如李白《战城南》、李颀《古从军行》、王

[①] 周珽辑《删补唐诗选脉笺释会通评林》,《四库全书存目丛书补编》,第25册,第562页。

昌龄《代扶风主人答》《战城南》等都对战争提出控诉，杜甫的《前出塞》说得更直接："君已富土境，开边一何多。"而常建的边塞乐府诗几乎篇篇都是写厌战和反战，如《塞下曲四首》其二："北海阴风动地来，明君祠上望龙堆。髑髅皆是长城卒，日暮沙场飞作灰。"其三："龙斗雌雄势已分，山崩鬼哭恨将军。黄河直北千余里，冤气苍茫成黑云。"调子凄怆悲痛，景象暗淡凄凉，对晚唐的边塞乐府具有很大影响。

安史乱后，唐代的边防日益窘迫，代之而来的是被动地保家卫国。反映在边塞乐府诗中，便是大力铺写从军边塞、保卫疆域的豪迈，如李益《来从窦车骑行》、武元衡《塞下曲》《出塞作》、王涯《塞上曲》、张祜《塞上曲》《塞下》《塞下曲》《从军行》、李贺《雁门太守行》等都是如此。但统治者的无情冷漠、军事上的消极失利，使得边塞乐府诗在题材上也趋向讽谕，主要表现有以下三种。其一，对失地的感慨。对吐蕃占领的河湟地区，大唐朝廷无力收复，边塞乐府诗屡屡提及，如张籍的《陇头行》中的"汉兵处处格斗死，一朝尽没陇西地"，"谁能更使李轻车，收取凉州入汉家"；《凉州词》其三中的"边将皆承主恩泽，无人解道取凉州"等。白居易的《西凉伎》："平时安西万里疆，今日边防在凤翔。缘边空屯十万卒，饱食温衣闲过日。遗民肠断在凉州，将卒相看无意收。"讽刺朝廷无意收复失地。元稹、白居易的《缚戎人》，则反映了沦陷区人民的故国之思。其二，给人民带来的灾难。如张籍《关山月》谓"可怜万里关山道，年年战骨多秋草"，王建《关山月》谓"关山月，营开道白前军发。冻轮当碛光悠悠，照见三堆两堆骨"，都反映出战争带来的死伤。还有战争带给征妇的苦难，如张籍《征妇怨》谓"夫死战场子在腹，妾身虽存如昼烛"，王建《古从军行》谓"闻道西凉州，家家妇女哭"等。其三，厌战情绪。如令狐楚《从军行五首》、鲍溶《塞下》、陈标《饮马长城窟》、长孙左辅《陇西行》、白居易《新丰折臂翁》《缚戎人》《阴山道》、王建《远征归》《辽东行》《陇头水》等都表现对战争的厌烦和对和平的向往。

晚唐是诅咒战争的时代，战争的阴暗面几乎在边塞乐府诗中得到了充分暴露。再也看不到早期边塞乐府诗中的豪迈气概，到处都是白骨与离魂，如于濆《塞下曲》"战鼓声未齐，乌鸢已相贺。燕然山上云，半是离乡魂。卫霍徒富贵，岂能清乾坤"，《陇头水》"塞沙战鬼愁，白骨风霜切"，陈陶《陇西行》"同来死者伤离别，一夜孤魂哭旧营"等。乐府诗中所写到的边塞环境也不再是雄奇瑰丽，而是荒凉残败、萧瑟衰飒，如周朴《塞上行》、邵谒《战城南》、黄滔《塞下》等都在渲染这种调子。其中写到的闺怨尤为凄苦，如陈陶的《陇西行》中"可怜无定河边骨，犹是春闺梦里人"，残酷至极。

在晚唐的边塞乐府诗中，讽谕边将发动战争以猎取功名也是出现较多的主题。如李咸用《陇头行》"杀成边将名,名著生灵灭",曹松《塞下曲》"一将功成万骨枯",陆龟蒙《筑城词》"城高功亦高,尔命何足惜"等。此外还有许浑《塞下》、曹邺《蓟北门行》、罗隐《陇头水》等都反映了这一题材。这一主题在盛唐就出现过,如刘湾《出塞曲》"死是征人死,功是将军功",但远不如晚唐这么深刻!正如明代江盈科所言:"唐人题沙场诗,愈思愈深,愈形容愈凄惨。其初但云:'醉卧沙场君莫笑,古来征战几人回。'已自可悲。至云:'凭君莫话封侯事,一将功成万骨枯。'则愈悲矣,然其情犹显。若晚唐诗云:'可怜无定河边骨,犹是春闺梦里人。'则悲惨之甚,令人一字一泪,几不能读。诗之穷工极变,此亦足以观矣。"①晚唐诗人在边塞乐府诗中所达到的思想深度,后世乐府诗难以逾越。

二、闺怨题材的传承与嬗变

闺怨是乐府诗中被反复拟写的题材。早在汉魏时期,就有魏文帝《白头吟》《怨歌行》《有所思》《燕歌行》、曹植《美女篇》等写及弃妇、思妇、役妇和怨妇的痛苦。繁钦的《定情诗》则详细叙述了一名女子从相恋、相悦到被遗弃的全过程。这些作品为闺怨类乐府诗奠定了基本的题材传统,并在描写女性的容貌、心理等方面积累了写作经验。值得注意的是,一些乐府诗还采用了女性口吻,如徐干《室思诗》第三章"自君之出矣,明镜暗不治。思君如流水,何有穷已时"②,魏文帝《燕歌行》更是明确以第一人称的手法写到"贱妾茕茕守空房",显然是替女子立言,这对后来的文人常常借闺怨乐府诗自抒怀抱产生了很大影响。

南北朝时期,闺怨题材的乐府诗有了长足发展。首先,兴起于江南的吴声西曲,大都是流行于民间的情歌,后为文人所接受和仿拟。这些民歌及文人仿辞既有对女性欢乐的描写,也有对相思离别的刻画,还有对移情别恋的谴责。虽然这些题材在汉魏闺怨乐府诗中都已出现过,但吴声西曲所表现的情感则更加激烈,比如《华山畿》辞:"懊恼不堪止,上床解要绳,自经屏风里。"③因得不到爱情而殉情,这在汉魏时期是看不到的。吴声西曲中还有一些写商妇及市井妓女之怨,也是以前没有出现的题材。其次,宫怨题材的乐府诗大量增加,如鲍照《行路难》其三、《班婕妤》《铜雀台》《长门怨》等,大多是描绘贵族妇女的空虚无聊或命运不幸,表现出对自由的追求和向往。第三,征妇之怨也有了很大的发展,尤其是梁陈时期的边塞乐府诗如《关山月》

---

① 吴文治主编《明诗话全编》,第 5835—5836 页。
② 逯钦立辑校《先秦汉魏晋南北朝诗》,第 377 页。
③ 同上书,第 1338 页。

《从军行》《出塞》《陇头水》等，几乎必不可少地要对征妇的思念和怨恨进行一番渲染。

推究闺怨乐府诗在南朝得到长足发展的原因，主要与宫体诗的繁荣有关。不管宫体诗在诗歌史上受到多大诟病，不可否认的是将女性作为审美对象写进文学作品里是宫体诗的开拓与贡献。文人们正是把宫体诗的表现题材和技巧运用到乐府诗中来，促进了闺怨乐府诗的繁荣，客观上则使许多闺怨题材的乐府诗艳情化，如《陌上桑》系列把原本为民间的采桑女子写成了卖弄风情的贵族妇女，《陇西行》《棹歌行》中原本朴实无华的劳动妇女变成了展示色艺的女子。更为有趣的是《三妇艳》一题中，原先的"丈人"被改成了"丈夫"，颜之推《颜氏家训·书证》所述甚详：

> 《古乐府》歌词，先述三子，次及三妇，妇是对舅姑之称。其末章云："丈人且安坐，调弦未遽央。"古者，子妇供事舅姑，旦夕在侧，与儿女无异，故有此言。丈人亦长老之目，今世俗犹呼其祖考为先亡丈人。又疑"丈"当作"大"，北间风俗，妇呼舅为大人公。"丈"之与"大"，易为误耳。近代文士，颇作《三妇诗》，乃为匹嫡并耦己之群妻之意，又加郑、卫之辞，大雅君子，何其谬乎？①

改为"丈夫"后，三妇变成了"群妻"，于是在萧统、吴均、陈后主、张正见等人的拟辞中充满了艳情色彩②。当然，乐府诗与宫体诗毕竟不同，胡大雷总结为四点：宫体诗多纪实，乐府多虚拟；宫体诗多男性口吻，乐府诗多女性口吻；宫体诗多故作矜持，乐府诗热烈奔放；宫体诗重全面描摹，乐府诗只写某一片段的细节刻画③。这使两种文类在相互影响的同时依然保持着各自的独立性。

唐代的闺怨乐府诗在题材方面既有继承也有开拓。比如描写宫怨的，除传统的《长门怨》《班婕妤》《长信宫》《铜雀台》《宫怨》以外，唐人还自创了许多新题如《阿娇怨》《蛾眉怨》《西宫春怨》《西宫秋怨》《后宫曲》等。唐代一些女性诗人也创作了许多宫怨诗，如刘缓《长门怨》、鲍君徽《长门怨》、徐贤妃《长门怨》、刘云《婕妤怨》等，描写自然真切，颇能感人。到了中唐时期，宫怨乐府诗中开始讽谕后宫制度及君王的薄幸无情，如白居易的《后宫词》云：

---

① 颜之推撰，王利器集解《颜氏家训集解》，第432页。
② 参傅刚《南朝乐府古辞的改造与艳情诗的写作》，《文学遗产》2004年第3期，第125—128页。
③ 胡大雷《宫体诗与南朝乐府》，《文学遗产》2001年第6期，第27—38页。

"三千宫女胭脂面,几个春来无泪痕。"他的《王昭君》一诗,一反前人将昭君出塞的原因推给画师毛延寿的写法,而指出是君王薄幸所致。再如张籍的《宿山祠》:"秋草宫人斜里墓,宫人谁送葬来时。千千万万皆如此,家在边城亦不知。"①王建《宫人斜》:"未央墙西青草路,宫人斜里红妆墓。一边载出一边来,更衣不减寻常数。"②此二诗都写出了宫女的悲惨命运。白居易《陵园妾》则进一步对殉葬妇女的制度进行控诉,这是以前的闺怨乐府诗中未曾出现过的。

唐汝询《唐诗解》云:"唐人闺怨大抵皆征妇之辞也。"③的确如此,除《燕歌行》《关山月》等一批题目继续写征妇之怨以外,一些与征妇无关的题目也写及征妇,如王勃《采莲归》云:"塞外征夫犹未还,江南采莲今已暮。"王翰《子夜春歌》云:"桑女淮南曲,金鞍塞北装。"李白《秋思》云:"征客无归日,空悲蕙草摧。"李白《乌夜啼》云:"停梭怅然忆远人,欲说辽西泪如雨。"李端《乌栖曲》云:"东房少妇婿从军,每听乌啼知夜分。"中唐还产生了一批乐府新题,如《思远人》《忆远曲》《望远曲》《望远词》《夫远征》《寄远曲》《征妇怨》等都是铺叙征妇的思念怀远之苦。唐人又从妇女捣衣之事生发出《捣衣篇》《捣衣曲》《送衣曲》《寄衣曲》等,也着力抒写征妇的思夫之情。然而在中晚唐时期,由于战争的无情,留给征妇的只有绝望。张籍《征妇怨》云:"万里无人收白骨,家家城下招魂葬。"陈陶《陇西行》云:"可怜无定河边骨,犹是春闺梦里人。"这样的题意在以前的乐府诗中未曾出现过,显然是由中晚唐藩镇割据、军阀混战的社会现实所引发的新变。

唐代还有一部分描写江南女性的乐府诗,与上面的宫怨和征妇之怨相比,基调要明快得多。如崔颢《长干曲》、王昌龄《越女》(《采莲曲》)、李白《长干行》、施肩吾《少女词》等描写民间少女,虽然也有愁怨,但心胸是开朗的,情感是淡淡的。这明显是承继南朝吴声西曲中的闺怨传统而来。

必须指出的是,唐代的部分闺怨诗并非实写,而是继承和发扬汉魏时期替女子立言的方法,大多借女子以寄托作者自己的不遇或被弃之情,即陈沆《诗比兴笺》卷三所言:"放臣弃妇,自古同情,守志贞居,君子所托。"④如王维《洛阳女儿行》一诗,先用大量篇幅描写洛阳女儿的富贵荣宠,结句"谁怜越女颜如玉,贫贱江头自浣纱",以贫女与洛阳女儿对比,隐喻自己寄人篱下的

---

① 彭定求等编《全唐诗》,第 4350 页。
② 同上书,第 3428 页。"宫人斜"指宫女的坟墓,宋代周辉《清波杂志》卷四云:"唐内人墓谓之宫人斜。"
③ 唐汝询选释,王振汉点校《唐诗解》,保定:河北大学出版社,2001 年,第 647 页。
④ 陈沆《诗比兴笺》,第 167 页。

境遇。沈德潜《唐诗别裁集》卷五就说:"结意况君子不遇也。"①崔颢上给李邕的行卷中,开卷是"十五嫁王昌",李邕以为"小儿无礼",其实崔颢用的正是乐府诗中借女子以寄托的写法。孟郊的《贫女词寄从叔先辈简》一诗,从题目就可看出作者以"贫女"自况,希求援引。薛逢的《贫女吟》,《唐诗鼓吹评注》云:"此伤不能见用,以贫女自况也。谓世尚小人而君子难进,犹世尚财而不尚美。"②王贞白《妾薄命》云:"薄命头欲白,频年嫁不成。秦娥未十五,昨夜事公卿。岂有机杼力,空传歌舞名。妾专修妇德,媒氏却相轻。"③显然是作者求取功名而未得的写照。杜荀鹤的《春宫怨》,《唐诗摘抄》评云:"此感士不遇之作也。"④当文人们在仕途上受挫时,也往往自比为弃妇。比如,杜审言的《妾薄命》便是写于被贬峰州期间。李白《玉壶吟》中的"君王虽爱蛾眉好,无奈宫中妒杀人",也是以宫帏之事比附离开朝廷的痛苦。白居易的《昭君词》,明显地表现出迁谪之意,唐汝询《唐诗解》云:"此乐天被谪之时,思还京师,托明妃以自况。"⑤刘禹锡的《阿娇怨》《团扇词》《秋扇词》等,无不抒写被贬遭弃的怨愤。在唐代的新题闺怨乐府诗中,像崔颢《邯郸宫人怨》、白居易《琵琶行》、元稹《琵琶引》、刘禹锡《泰娘歌》、温庭筠《湘宫人歌》等专述某个女性一生的不幸遭遇,其实都是寄托着作者自己的身世感慨。

三、游侠公子类题材的传承与嬗变

郑樵《通志·乐略》在"乐府遗声"中列有游侠二十一曲,分别是:《游侠篇》《侠客行》《博陵王宫侠曲》《临江王节士歌》《少年子》《少年行》《刺少年》《邯郸少年行》《长安少年行》《羽林郎》《轻薄篇》《剑客》《结客》《结客少年场》《沐浴子》《结袜子》《结援行》《壮士吟》《公子行》《敦煌子》《扶风豪士歌》⑥。事实上,乐府诗中表现游侠题材的题目远不止这些,其他如《白马篇》《刘生》《少年乐》《渭城少年行》《灞上轻薄行》等都述及游侠。如果翻检魏晋至隋唐的咏侠诗歌,会发现大多数都是乐府诗。因此,游侠也是乐府诗的重要题材之一。

汉魏时期,侠风盛行,且形成了自觉、完整的任侠意识⑦。当时兴起于民间的乐府诗对这一社会现象多有反映。据《乐府诗集》卷六六《结客少年场

---

① 沈德潜编《唐诗别裁集》,第 81 页。
② 钱牧斋、何义门评注,韩成武、贺严、孙微点校《唐诗鼓吹评注》,保定:河北大学出版社,2000年,第 72 页。
③ 彭定求等编《全唐诗》,第 8057 页。
④ 黄生《唐诗摘抄》,清康熙六十一年(1722)是亦山房刻本。
⑤ 唐汝询选释,王振汉点校《唐诗解》,第 767 页。
⑥ 郑樵《通志》,第 631 页。
⑦ 陈山《中国武侠史》,上海:生活·读书·新知三联书店上海分店,1992 年,第 69—78 页。

行》题解引《广题》云:"汉长安少年杀吏,受财报仇,相与探丸为弹,探得赤丸斫武吏,探得黑丸杀文吏。尹赏为长安令,尽捕之。长安中为之歌曰:'何处求子死,桓东少年场。生时谅不谨,枯骨复何葬。'按《结客少年场》,言少年时结任侠之客,为游乐之场,终而无成,故作此曲也。"① 显然,《结客少年场行》起初在民间流传,后来才被收入乐府。又,据《乐府诗集》卷六七所引《魏志》载杨阿若"少游侠,常以报仇解怨为事。故时人为之号曰:'东市相斫杨阿若,西市相斫杨阿若。'后世遂有《游侠曲》"②。汉末魏初的陈琳还曾经写过《博陵王宫侠曲》。可惜这些作品均已散佚,其中《结客少年场》留有曹植所作残句③。此外,曹植的《白马篇》,在《太平御览》卷三五九中题为《游侠篇》,说明此诗原本是一首游侠诗。诗中主要塑造了游侠的形象,后来众多的拟作几乎都是继承和模仿该诗写成的。

到了晋代,游侠之风浸染上层社会,一些官宦子弟纷纷加入游侠的行列,从而"构成一种奢华生活的消遣方式的社会现象"④。正如左思《吴都赋》中所描绘的:"任侠之靡,轻訬之客,缔交翩翩,傧从弈弈。出蹑珠履,动以千百。里宴巷饮,飞觞举白。翘关扛鼎,拚射壶博。"⑤张华写有四首游侠题材的乐府诗,反映出当时的这种游侠风气。他的《轻薄篇》,《乐府诗集》卷六七引《乐府解题》云:"言乘肥马、衣轻裘,驰逐经过为乐。"⑥《游侠篇》乃是托史写今,表面上是写战国四公子信陵君、平原君、孟尝君、春申君"皆借王公之势,竞为游侠"之事,其实映衬出的正是当时社会上层的游侠状况。《博陵王宫侠曲二首》则细致描写侠客的生活、行为及思想境界,颇有豪气。张华的这些作品,为游侠类题材的乐府诗奠定了基本的程式。

南朝的游侠题材乐府诗中,袁淑的《效曹子建白马篇》、鲍照的《代陈思王白马篇》以及沈约、王僧孺、徐悱等人的《白马篇》都是继承和模仿曹植的同题之作。另外一些则在题材上源自史书,如梁陈时期出现的《刘生》,王子彦认为,诗中所写到的刘生是虚构与梦想的人物,他援引《史记》《汉书》中的大量材料,指出《刘生》"皆取材自《史记》《汉书》中的大侠人物故事,通过想象、夸饰与虚构,塑造出《刘生》曲中震撼心弦的首都大侠'刘生'"⑦。也就是说,《刘生》像张华的《游侠篇》一样,是采撷史书中的游侠史料而写

---

① 郭茂倩编《乐府诗集》,第948页。
② 同上书,第966页。
③ 《文选》录鲍照《结客少年场行》诗下李善注引曹植《结客篇》云:"结客少年场,报怨洛北芒。"
④ 陈山《中国武侠史》,第119页。
⑤ 左思《吴都赋》,严可均辑《全上古三代秦汉三国六朝文》,第1885页。
⑥ 郭茂倩编《乐府诗集》,第963页。
⑦ 王子彦《南朝游侠诗之研究》,淡江大学1995年硕士学位论文,第184—202页。

成的。

  初盛唐时期,游侠再一次成为社会风气。《潘将军》中说:"尝闻京师多任侠之徒。"①《唐语林》亦云:"天宝已前,多刺客。"②尤其是一些出身于下层的文人,如王翰、陈子昂、高适、李白、韦应物等几乎都有行侠经历的记载。这一社会风气直接推动了游侠乐府诗的繁荣,传统题目如《白马篇》《少年行》等都出现了多篇拟辞,而且还从《结客少年场行》衍生出《少年行》《少年乐》《少年子》《渭城少年行》《邯郸少年行》《长乐少年行》《长安少年行》《汉宫少年行》等题目。这些乐府诗中对侠义行为的描写,多源于张华的作品,甚至在语词上也多有承袭,如王维《少年行》中的"纵死犹闻侠骨香"就出自张华《博陵王宫侠曲》中的"死闻侠骨香"。

  同时,"公子行"系列的乐府诗兴起,先后出现了《公子行》《张公子行》《贵公子行》等题目。它们在题材上继承了张华的《轻薄篇》,但少了侠气,增添了几分风流,如刘希夷、韩琮、顾况、聂夷中、于鹄、张祜等人的作品都用大量篇幅描写了公子们的游冶狎妓。这种变化根植于唐代的社会现实。王仁裕《开元天宝遗事》中说:"长安有平康坊,妓女所居之地。京都侠少萃集于此。"又说:"长安侠少,每至春时,结朋联党,各置矮马,饰以锦鞯金辔,并辔于花树下往来,使仆从执酒皿而从之,遇好花则驻马而饮。"③郑春元指出,唐代纵情神色的冒牌侠"突然大量增加,几乎是遍地都是,形成了一个冒牌侠纷纷登场的狂潮。这类冒牌侠的身份大都是富豪公子、纨绔子弟,他们以游侠自诩,把斗鸡走马认为是任侠。他们尽情地纵酒赌博,走马纵犬,极力挥霍,尽情地放纵、享乐,把他们前辈的这种行为推向一个新阶段"④。崔国辅《长乐少年行》写游侠少年寻花问柳之事,诗云:"遗却珊瑚鞭,白马骄不行。章台折杨柳,春日路傍情。"⑤唐汝询《唐诗解》卷二二云:"章台植柳,娼妓所居,少年过之,而目玩意迷,故遗鞭而马不行,路旁花柳关情耳。"⑥有些人不能接受这种游侠行为,便在乐府诗中进行了辛辣讥讽,如刘希夷的《公子行》,唐汝询《唐诗解》卷一一云:"此讥公子之荒于色也。"⑦李嶷的《少年行二首》,《唐诗解》卷二评第二首云:"此言在野之少年恣意游邀而畏吏如此。上篇讥朝廷,此篇伤恶俗也。"⑧孟宾于的《公子行》讽刺贵幸公子不知农夫之

---

① 李昉等编《太平广记》卷一九六引《剧谈录》,北京:中华书局,1961 年,第 1471 页。
② 王谠撰,周勋初校证《唐语林校证》,北京:中华书局,1987 年,第 353 页。
③ 王仁裕撰,曾贻芬点校《开元天宝遗事》,北京:中华书局,2006 年,第 25 页,第 24 页。
④ 郑春元《侠客史》,上海:上海文艺出版社,1999 年,第 37 页。
⑤ 彭定求等编《全唐诗》,第 1203 页。
⑥ 唐汝询选释,王振汉点校《唐诗解》,第 496 页。
⑦ 同上书,第 240 页。
⑧ 同上书,第 37—38 页。

艰辛,《唐人绝句精华》评云:"唐人《公子行》皆形容纨袴子弟之无知,但务享乐而不知稼穑之艰难,一旦得祖父余荫,出仕朝中,安得不举措乖方,殃民误国!"①唐末五代时贯休曾专门写《公子行》以讥讽贵幸,据《十国春秋》载,"高祖常命诵近所撰诗,时贵戚满坐,贯休欲讽之,及举《公子行》云……贵幸多有怨者"②。

另外,在中晚唐时期,由于羽林军依靠皇帝和宦官的支持,在政治生活中扮演着重要的角色,因而在社会上十分骄奢。反映在游侠题材的乐府诗中,拟《羽林行》一题者较多。这一题材本源于汉代辛延年的《羽林郎》,在中唐时有王建、孟郊和鲍溶等人的拟辞,都是写禁兵之骄奢,揭露羽林军的恶行。

四、咏史类乐府诗的传承与嬗变

咏史类乐府诗是指以乐府体写咏史题材,在魏晋时期就已经出现了,但往往是杂列多人多事,如曹操的《短歌行》"周西伯昌"一诗咏周西伯昌、齐桓公、管夷吾、晋文公诸人。他的《善哉行》"古公亶父"共七解,每解咏一个历史人物,分别是古公亶甫、太伯仲雍、伯夷、叔齐、山甫、管仲、仲尼,在结构上是并列的。曹丕《煌煌京洛行》咏韩信、张良、苏秦、陈轸、郭生、燕昭、楚怀王、吴起、鲁仲连等九位古人。之所以这样,可能与音乐表演有关,一个乐段对应的文本叙述一个历史人物,然后反复,依次而行。

到了晋代,咏史乐府诗才专咏一件事,比如《秋胡行》一题,曹操、曹丕、曹植和嵇康之作甚至都不咏秋胡事③,傅玄的拟辞则采用纪传体手法对秋胡戏妻事进行了细致的叙述。傅玄此辞在《诗纪》卷二二题作《和秋胡行》,可知是一首文人唱和诗,并不入乐演唱,因而脱离了音乐表演的制约以文学手法表现出来。傅玄又有《惟汉行》,咏刘邦鸿门宴事,几乎是把《史记·项羽本纪》中对该事件的叙述精炼成乐府诗的形式。这一时期还有石崇的《王明君》,专咏王昭事远嫁匈奴事,诗中出现"我本汉家子""飞鸿不我顾"等,用第一人称的叙述口吻,结尾以"传语后世人,远嫁难为情"训示后人。石崇的《楚妃叹》敷衍刘向《列女传》中楚姬事,也带有说教式尾巴。因此,晋代的咏史乐府诗大致有两个特点:一是采用纪传体,一是带有训教式结尾。

南朝刘宋颜延之的《秋胡行》也是专写秋胡戏妻事,全诗共九章,"直陈其事"④,颇有条理,然而此诗在《文选》中题作《秋胡诗》,收入"咏史"类,表

---

① 刘永济选释《唐人绝句精华》,北京:人民文学出版社,1981年,第305页。
② 吴任臣撰,徐敏霞、周莹点校《十国春秋》,北京:中华书局,1983年,第671页。
③ 曹操、曹丕、嵇康之作今存,曹植之作虽不存,但据《乐府诗集》卷三六《秋胡行》题解引《广题》云:"曹植《秋胡行》,但歌魏德,而不取秋胡事,与文帝之辞同也。"
④ 贺贻孙《诗筏》,郭绍虞编选,富寿荪校点《清诗话续编》,第157页。

明咏史乐府诗与徒诗中的咏史诗合流。在南朝,最富有生命力的咏史乐府诗是以历史女性为题的《王昭君》《班婕妤》《铜雀妓》等。这几个题目出现了大量拟辞,但写作套路大体相同:先叙述相关的史实,后表以同情。

到了唐代,旧题的咏史乐府诗中拟写《秋胡行》的较少,只有高适的拟作,基本上是采用纪传体手法敷衍秋胡事,结尾缀以训教式语句。虽然《王昭君》《班婕妤》和《铜雀妓》三题拟辞很多,但大都重复,没有什么新意。唯有白居易《王昭君》中说:"自是君恩薄如纸,不须一向恨丹青。"揭示出造成王昭君悲剧的深层原因是君恩太薄,在题意上胜出一筹。

唐代的新题咏史乐府诗十分繁荣。从所咏对象上可分为三类:凭吊古迹、咏历史人物和咏历史事件。下面分别进行论述。

(1)凭吊故迹。在初唐就已出现,如刘希夷《春女行》云:"忆昔楚王宫,玉楼妆粉红。纤腰弄明月,长袖舞春风。容华委西山,光阴不可还。桑林变东海,富贵今何在。寄言桃李容,胡为闺阁重。但看楚王墓,唯有数株松。"①王翰《春女行》也有"君不见楚王台上红颜子,今日皆成狐兔尘"②。这两首诗虽然都以"春女行"为题,但主要还是借楚王事迹,透过昔盛今衰,表现出淡淡的哀愁之情。盛唐时凭吊古迹的新题乐府诗渐渐多起来,如张说《邺都引》、张鼎《邺城引》都是咏铜雀台以凭吊魏武帝。高适的《古大梁行》一诗,唐汝询《唐诗解》卷一六评云:"此览古而兴慨也。见古城之荒凉,而追想曩时之壮丽,因言全盛难保,故物一无存者,安得不伤怀抱而兴悲歌哉!"③周珽《唐诗选脉会通评林》甚至认为是"凭吊诗之绝唱者"④。日本学者近藤元粹《笺注唐贤诗集》卷下云:"开后人故迹凭吊诗之法门。"⑤中唐时期的咏史乐府诗多是咏吴宫、楚宫,如卫万的《吴宫怨》、张籍的《吴宫怨》《楚宫行》、白居易的《吴宫词》等。晚唐时期则多咏梁陈隋之宫殿,如杜牧《台城曲》、李商隐《齐宫词》、温庭筠的《鸡鸣埭歌》《雉场歌》《太液池歌》《吴苑行》《台城晓朝曲》等。这些咏怀古迹的乐府诗多是通过今昔对比发出感慨,并不在诗中直接发表议论,如李商隐的《齐宫词》,冯班评云:"咏史俱妙在不议论。"⑥

(2)咏历史人物。如崔颢《卢女篇》咏卢女;李颀《郑樱桃歌》咏石崇宠妾郑樱桃;李贺《黄头郎》取《汉书·佞幸传》中邓通之事;韦楚老《祖龙行》咏

---

① 彭定求等编《全唐诗》,第880—881页。
② 同上书,第1603—1604页。
③ 唐汝询选释,王振汉点校《唐诗解》,第341页。
④ 周珽辑《删补唐诗选脉笺释会通评林》,《四库全书存目丛书补编》,第26册,第39页。
⑤ 〔日〕近藤元粹《笺注唐贤诗集》,转引自刘开扬笺注《高适诗集编年笺注》,北京:中华书局,1981年,第129页。
⑥ 李商隐撰,刘学锴、余恕诚集解《李商隐诗歌集解》,北京:中华书局,1998年,第1379页。

秦亡之事,"祖龙",即秦始皇;孟郊《湘弦怨》、庄南杰《湘弦曲》是吊屈原之作;刘禹锡《阿娇怨》则咏陈皇后事。

(3)咏历史事件。如张籍《永嘉行》咏晋末永嘉之乱,无疑是中唐时期诸侯作乱的一幅缩影;鲍溶《倚瑟行》,取自《汉书》中文帝的故事;刘禹锡《更衣曲》,取自《汉武帝故事》中卫子夫的故事;温庭筠《湖阴词》咏东晋王敦事。

如果把咏史乐府诗从写作动机上分为借史咏怀和借古讽今两种类型的话,那么初盛唐时期的作品多属于借史咏怀,而中晚唐时期的作品则多是借古讽今。尤其是晚唐的咏史乐府诗,有意识地选择北齐后主、陈后主、隋炀帝等亡国之君作为歌咏对象,在写法上往往突破纪传体结构,渲染出一种最适合讽谕的时空背景,通过昔盛今衰的对比,表明诗人们对社会与历史的思考。

五、禽鸟类乐府诗的传承与嬗变

据《郡斋读书志·附志》载,刘次庄《乐府集》曾录有"虫鱼鸟兽三十三曲",从《诗话总龟》卷七、卷三〇、卷四四所引刘氏《乐府集》的佚文来看,至少包括了《乌夜啼》《雀乳空井中》《鸡鸣高树巅》《东飞伯劳歌》《沧海雀》《飞来双白鹄》《别鹤》等。郑樵《通志》卷四九亦录有"鸟兽二十一曲",其中有关禽鸟题材的有:《乌栖曲》《东飞伯劳歌》《双燕》《燕燕于飞》《泽雉》《沧海雀》《空城雀》《雀乳空井中》《斗鸡》《晨鸡高树鸣》《鸳鸯》《鸣雁行》《鸿雁生北塞行》《黄鹂飞上苑》《飞来只白鹤》《双翼》《只翼》《凤凰曲》《秦吉了》等。对照郭茂倩的《乐府诗集》,可知写及禽鸟的乐府诗还不止以上所列的这些题目。因此,以禽鸟为题材的乐府诗是不可忽视的一个部类,甚至可以说是乐府诗选材和艺术上的一大特点①,因为乐府诗中显示的比兴寄托或"风人之旨"有时是借这些禽鸟题材得以呈现的。

大体来看,禽鸟类乐府诗的题意经历了三个阶段:汉魏时期,以禽鸟起兴并作为题目;南北朝及初盛唐是赋题咏物的阶段;中唐时期则多托禽鸟以讽谕的阶段。

汉魏时期有一批乐府诗以禽鸟为题目,如《铙歌》十八曲中就有《朱鹭》《雉子斑》《黄爵》,相和歌中有《鸡鸣》《乌生》《鰕䱇篇》《野田黄雀行》《飞鹄行》,杂曲歌辞中有《蛱蝶行》,杂歌谣辞中有《黄鹄歌》等。这些禽鸟类乐府诗,大都是以这些禽鸟名作为歌辞首句,而依乐府诗制题的习惯又被作为题目,典型的例子如《鸡鸣》,篇首为"鸡鸣高树巅,狗吠深巷中",歌辞后面则述

---

① 参李春祥主编《乐府诗鉴赏辞典》前言:"善用比喻和将描写非人对象拟人化,是乐府诗艺术上的又一特点。如民歌《乌生》《悲歌》《枯鱼过河泣》《猛虎行》,文人创作的则有曹操的《龟虽寿》,李白的《野田黄雀行》。"(郑州:中州古籍出版社,1990年,第16页)

及贵族生活的豪华,与鸡无任何关系,但仍以"鸡鸣"作为题目。

这些禽鸟大多是作为歌辞中起兴的载体,如《朱鹭》,以"朱鹭"起兴,讽刺谏臣不能尽言,陈沆《诗比兴笺》云:"《魏书·官氏志》:以伺察者为候官,谓之白鹭,取延颈远望之意。汉初内设御史大夫,外设刺史,纠举权贵奸猾,故取鹭为兴。"①曹植的《鰕䱇篇》篇首为:"鰕䱇游潢潦,不知江海流。燕雀戏藩柴,安识鸿鹄游。"②以鰕䱇、燕雀起兴,用来比喻世俗小人,而以"鸿鹄"自比,抒壮志难酬之悲哀。

一般来说,禽鸟高飞空中,能够保养天年,但有时也会遭遇网罗之灾。《艾如张》云:"山出黄雀亦有罗,雀以高飞奈雀何?"《雉子斑》写雉子被人诱获,老雉欲求无法。《乌生》言乌母生子本在岩石间,栖息在秦氏桂树间后被秦氏弹丸所杀。曹植《野田黄雀行》写黄雀被网罗,少年拔剑相救之事。这些题目所写禽鸟遭遇网罗的主题,其实正是人世纷争的象征。如《雉子斑》,陈沆《诗比兴笺》云:"刺时也。上以爵禄诱士,士以贪利罹祸,进退皆不以礼,贤者思遁世远害也。"③曹植《野田黄雀行》一诗,朱乾《乐府正义》说:"自悲朋友灾难无力救援之作。"④这种托禽鸟以比兴的手法在后来的拟辞中得到了更为广泛的使用。

南北朝时期,以禽鸟为题的乐府诗多被文人采用赋题咏物的方式拟写。如《鸣雁行》,鲍照辞咏雁之失群;《雉将雏》,梁简文帝拟辞咏雉;《雉子斑》,梁简文帝辞咏雉;《鸡鸣篇》,刘孝威辞咏鸡;《乌生》,刘孝威拟辞咏乌;《沧海雀》,梁代张率辞咏雀;《野田黄雀行》,隋代萧悫拟辞咏黄雀。这一现象与咏物诗的兴盛有关。在乐府诗失去音乐的凭借以后,人们便把咏物诗的写法运用到禽鸟类乐府诗中。不过这一时期在鲍照的禽鸟类乐府诗中,继承并发展了汉代以来网罗禽鸟的主题。其《空城雀》,"言轻飞近集,茹腹辛伤,免网罗而已"⑤。曾国藩《求阙斋读书录》云:"《空城雀》,此题自鲍照以下,皆有含辛茹苦守分安命之意。"⑥这一主题影响到了唐代李白和王建。李白的同题拟辞就是"假雀以兴孤介之士安于命义,幸得禄仕以自养,苟避谗妒之患足矣。不肯依附权势,逾分贪求也"⑦。唐代王建的拟辞也表达了同样的思想。

---

① 陈沆《诗比兴笺》,第12页。
② 曹植著,赵幼文校注《曹植集校注》,第381页。
③ 陈沆《诗比兴笺》,第8页。
④ 朱乾《乐府正义》,乾隆五十四年(1789)秬香堂刻本。
⑤ 郭茂倩编《乐府诗集》卷六八《空城雀》题解引《乐府解题》,第983页。
⑥ 曾国藩《求阙斋读书录》,吴平、徐德明主编《清代学术笔记丛刊》,第53册,北京:学苑出版社,2005年,第436页。
⑦ 杨齐贤集注,萧士赟补注《李太白集分类补注》,《景印文渊阁四库全书》,第1066册,第520页。

唐代的禽鸟题材乐府诗中,除少数几首拟辞如李白《雉子斑》、王建《雉将雏》以咏物为主外,大部分都含有比兴寄托之意。《鸣雁行》一题,鲍照始辞并未言及雀遭纲罗之意,唐代李白、韩愈、鲍溶都继承汉魏禽鸟类乐府诗中的网罗主题。中唐前后,禽鸟类新题乐府诗十分繁荣,且多是托禽鸟以讽谕社会现实。刘禹锡就写有许多这样的乐府诗,如《聚蚊谣》中写社会恶势力的猖獗;《飞鸢操》是"讽刺新故宰相武元衡",发泄心中的怨恨之情①。其他如《百舌吟》《养鸷词》《秋萤引》《有獭吟》等,都揭露和批判了当时社会现实中的丑恶现象。此外,张籍的《山头鹿》《雀飞多》,柳宗元的《笼鹰词》《跂乌词》《放鹧鸪词》,元稹的《田头狐行》,曹邺的《官仓鼠》等都是讽谕社会现实之作。这时一些旧题乐府也改变了先前的网罗主题,转写讽谕题材,如《空城雀》一题,聂夷中、刘驾拟辞不再写传统的"守分安命"之意,而是讽谕官员的贪婪。

以上虽然仅分析了边塞、闺怨、游侠、咏史、禽鸟类乐府诗题材的继承与变化,事实上这种情形同样存在于其他题材的乐府诗之中。也就是说,汉唐乐府诗在题材上普遍表现出传承性与发展性相结合的特点。这固然与社会现实有关——现实生活中发生什么样的现象,必然要在乐府诗中有所呈现,因为文学在任何时候总是现实生活的一面镜子。其题材的传承性表明:这些题材所反映出来的社会现象正是该历史阶段上人们所共同关注的问题,如汉唐时期游侠风气盛行,上至贵族,下至平民,都乐于行侠,于是描写游侠题材的乐府诗经久不衰;这一历史时期发生了不少战争,给广大人民带来了极大的痛苦,尤其是因战争造成的离别思念,在社会上产生了大量征妇,于是乐府诗中便尽情地抒写她们的怨恨。而乐府诗题材的变化则表明:社会的发展往往会十分及时地反映到乐府诗中。比如在闺怨类乐府诗中,当六朝时期南方城市里商业经济开始繁荣,便立即出现了商妇、妓女的形象;在游侠类乐府诗中,由于唐代社会开放,出身富贵的公子侠客多纵情声色,因而专写风流的"公子行"系列颇为繁荣。

倘若从文学创作的角度来看,乐府诗的题材在不断地承袭过程中逐渐具有了某种经典性的意义。对作者而言,前人使用该题材已经积累了丰富的经验,并形成了一定的模式,成为文学母题,后人只需要沿着创作惯性,进行整合与处理,便可以拟写出一首乐府诗来。显然,承袭是一种容易操作的写法,所以他们有意为之,并乐于为之。而且,这也符合读者的接受习惯——读者已经熟悉了乐府诗中种种传统的题材,在心理上形成了接受惯性,只有抒写

---

① 刘禹锡撰,高志忠编著《刘禹锡诗词译释》,哈尔滨:黑龙江人民出版社,1982年,第117—119页。

这样的题材才易于被读者接受,易于在社会上流传。当然,承袭仅仅是乐府诗创作中的一个方面。另一个方面却是,必须加入适当的变化,才能体现出作者的创作因素,才能够满足读者的期待视野,让读者对已经熟悉的题材产生一种"陌生化"的新鲜感。

就乐府诗本身的发展来讲,其题材的继承与变化同样有重要的意义。题材的继承使母题稳定,并维系了乐府诗体的独立性。试想,当乐府诗的曲调不再传唱、失去其赖以生存的音乐时,它怎么才能够保持文体的独立性呢?我们知道,乐府诗并没有形成像后来宋词元曲那样独特的格调形式,因而它只能依靠题材题意来进行传承,以区别于日益繁荣的徒诗。而题材的变化又使乐府诗增添了新的创造性因素,有了发展,有了活力。当乐府诗形成了诸多题材模式以后,后人的拟作注重的是立意的翻新、用词的讲究和表现技巧的高低等,而这些无疑推动着乐府诗文学性的进一步发展,唐人乐府诗中大量名篇的出现就是强有力的证明,也正是如此,促使乐府诗能够在脱离音乐后仍然能跻身于诗坛。

事实上,继承与变化之间本身便是矛盾的统一体,二者之间过于强调任何一方都对乐府诗的发展极为不利。若过于强调继承,势必会走进死胡同,如冯班所言:"文人赋乐府古题,或不与本词相应,吴兢讥之,此不足以为嫌……必如(兢)所云,则乐府之文,所谓床上安床,屋上架屋,古人已具,何烦赘剩耶?"①但若过于强调变化,乐府诗的创作会失去其文体的独立性。元稹《乐府古题序》中反对"沿袭古题,唱和重复",主张"虽用古题,全无古义者,若《出门行》不言离别,《将进酒》特书列女之类是也",②其结果只能是乐府诗在题材上失其独特性,尤其是在新题乐府诗出现之后,连乐府诗的题目也"无复依傍",最终将乐府诗消融到一般徒诗当中,预示着乐府诗不可逆转地将走向衰落。

需要说明的是,倘若我们的研究更细致一些,对每一个乐府题目的拟写情况进行分析,可能会更加清晰地描述出各个乐府题目在文人反复拟写中的发展衍变,由此会梳理出文人进入乐府诗创作领域所形成的题意互文系统,涉及的内容至少包括:其一,最早产生了多少乐府诗母题?为何会在乐府诗中出现这些母题?与一般徒诗有何区分?其二,在后来文人的拟写中,每一个母题增加了什么?减少了什么?其背后有怎样的缘由?其三,每个题目所承载的文化内核及诗体特征(如特定的形式、语词)有哪些?其四,不同作家面对乐府诗拟写传统,创作心理如何?怎样继承前人的拟辞传统,又如何突

---

① 冯班《钝吟杂录》,丁福保辑《清诗话》,第42页。
② 元稹《乐府古题序》,元稹撰,冀勤点校《元稹集》,第255页。

显自己的创作个性？如果能仔细研究这些问题，必将对文人拟写乐府诗的系统有更为全面深入的认识，甚至可以揭示出中古时期文人诗歌创作的某种内在密码。但限于篇幅，本书这里难以一一列举，只在本章第八节中以《巫山高》的拟写为个案，力求见一斑以窥全貌。

另外，我们还发现一个有趣的现象，即文人对乐府诗题目拟写的不平衡性。有些乐府诗题目，文人反复拟写，同题之作很多；而有些题目却很少有人拟写，甚至无人拟写。这种情况在六朝时期就已显现，文晓华《魏晋六朝拟古辞乐府不均衡现象考察》一文对此有所论述①。至唐代，情况依然如此，诸如《陇头》《出塞》《折杨柳》《关山月》《短歌行》《江南曲》《王昭君》《从军行》《少年行》《行路难》《远别离》《公子行》之类的题目拟辞很多，而《西门行》《孤儿行》《妇病行》等题目始终未出现拟辞。其中的原因，一方面是与乐府诗题目的传统有关，有些题目如《铜雀台》《长门怨》等本身文学性强，能够引发作者的兴趣，而有的题目如《妇病行》《孤儿行》等难以发挥，宋长白《柳亭诗话》评析汉乐府民歌《妇病行》《孤儿行》时就说："虽参错不齐，而情与境会，口语心计之状，活现笔端，每读一过，觉有悲风刺人毛骨。后贤遇此种题，虽竭力描邈，读之正如嚼蜡，泪亦不能为之堕，心亦不能为之哀也。"②另一方面，也与时代风气、作者的兴趣喜好有关。

第五节　形式的模仿与套用

《毛诗正义》卷一云："诗体既定，乐音既成，则后之作者各从旧俗。"孔颖达疏："原夫作乐之始，乐写人音。人音有小大高下之殊，乐器有宫徵商羽之异。依人音而制乐，托乐器以写人，是乐本效人，非人效乐。但乐曲既定，规矩先成，后人作诗，谟摩旧法，此声成文谓之音。若据乐初之时，则人能成文，始入于乐。若据制乐之后，则人之作诗，先须成乐之文，乃成为音。"③这里提到了"先诗后乐"和"先乐后诗"两种辞乐配合的方式。在"先乐后诗"的情况下，人们写歌辞一般需要依据"旧俗""旧法"。所谓"旧俗""旧法"，就是指辞乐相配的过程中形成的各种程式。从本章第二节的论述可知，乐府诗在入乐背景下因"一调"配有"多辞"，便形成了篇章体制方面的相似性，后来文人们拟写乐府诗时，还是按照前人歌辞的篇章体制来写，这样就出现了程式，成

---

① 文晓华《魏晋六朝拟古辞乐府不均衡现象考察》，《北方论丛》2009年第1期，第24—27页。
② 宋长白《柳亭诗话》，上海：上海杂志公司，据贝叶山房张氏藏版据天拙园刻本排印，1935年，第210页。
③ 《毛诗正义》，阮元校刻《十三经注疏》，第270页。

为再后面的人拟写时的依据。简言之,乐府诗在形式方面的程式,就是文人在反复拟写最初的入乐歌辞的过程中所积累下来的一些文本规范①。

对此,学术界已有一些研究成果。除过零星论述外,李锦旺《唐代乐府诗综论》专论"汉魏六朝乐府诗艺术表现形式在唐代的影响与扩张",指出歌谣的常见表现形式是"同构句式"与顶针句式,而唐人乐府诗中继承了这些特征②。崔炼农亦列出部分乐府诗如《相逢行》《东飞伯劳歌》《自君之出矣》《长相思》的模仿格式,并对"和送声""三句体""顶针式叠句"进行过探讨③。本节在吸收前贤成果的基础上,将其分为三类即篇章程式、表演程式和修辞程式进行论述,力求作出更为全面和细致的总结。

一、篇章程式

篇章程式是指乐府诗在篇章体制方面所形成的文本规范。本节用列举的方式,把唐人拟写乐府诗的时候所遵循的程式作一分析。

1. 郊庙歌辞

郊庙歌辞一般采用四言句式,这一程式形成于晋代。《宋书·乐志》云:"晋武泰始五年,尚书奏使太仆傅玄、中书监荀勖、黄门侍郎张华各造正旦行礼及王公上寿酒食举乐哥诗。……张华表曰:'按魏上寿食举诗及汉氏所施用,其文句长短不齐,未皆合古。盖以依咏弦节,本有因循,而识乐知音,足以制声,度曲法用,率非凡近所能改。二代三京,袭而不变,虽诗章词异,兴废随时,至其韵逗曲折,皆系于旧,有由然也。是以一皆因就,不敢有所改易。'荀勖则曰:'魏氏哥诗,或二言,或三言,或四言,或五言,与古诗不类。'以问司律郎中将陈颀,颀曰:'被之金石,未必皆当。'故勖造晋哥,皆为四言。"④后来南北朝及隋代所作郊庙歌辞都以四言句式为主。唐代虽然五七言诗十分成熟,律体又极为兴盛,但唐代的郊庙歌辞仍多为四言。程大昌《演繁露》卷六云:"魏、晋、唐郊庙歌,率多四字为句。"⑤据粗略统计,唐郊庙歌辞中四言句式近二百首,占总数二百八十首的三分之二以上。这当是在形式上因袭前代

---

① 有研究者将此称为"格式""套式""模式"等,笔者以为用"程式"一词较妥。李士彪《魏晋南北朝文体学》论及六朝时期的体裁规范时说:"体裁规范主要包括程式规范、语体规范、风格规范三个方面。程式规范主要是指各种应用文的一些行文规定……诗赋等文学体裁在发展过程中也形成了自身的一些程式规范。"并指出:"六朝人把遵守体裁规范,视为文章写作的基本要求。"(上海:上海古籍出版社,2004 年,第 43 页)
② 李锦旺《唐代乐府诗综论》,浙江大学 2001 年博士学位论文,第 64—89 页。
③ 崔炼农《汉魏六朝乐府辞乐关系研究》,上海师范大学 2003 年博士学位论文,第 51—73 页;崔炼农《乐府歌辞述论》,第 96—113 页,第 142—158 页,第 167—179 页。
④ 沈约《宋书》,第 539 页。
⑤ 程大昌《演繁露》,《景印文渊阁四库全书》,第 852 册,第 116 页。

郊庙歌辞的结果。唐代郊庙歌辞又多用八句之体,亦是前代所形成的程式。《南齐书·乐志》载永明二年尚书殿中曹奏:"又寻汉世歌篇,多少无定,皆称事立文,并多八句,然后转韵。时有两三韵而转,其例甚寡。张华、夏侯湛亦同前式。傅玄改韵颇数,更伤简节之美。近世王韶之、颜延之并四韵乃转,得赊促之中。"①四韵即转,也就是八句程式。

2. 柳宗元《唐鼓吹铙歌》

柳宗元《唐鼓吹铙歌序》云:"今又考汉曲十二篇,魏曲十四篇,晋曲十六篇,汉歌词不明纪功德,魏晋歌,功德具。今臣窃取魏晋义,用汉篇数,为《唐铙歌鼓吹曲》十二篇。"②明言是模仿汉魏晋《鼓吹曲》而成,在形式上尤其与魏晋鼓吹曲辞相似:仿照汉魏晋歌辞以首句命题的方式;以三言句式为主,杂以四言、五言句;模仿魏晋歌辞的造语方式,如魏鼓吹曲有"楚之平",晋鼓吹曲有"灵之祥",柳宗元辞则有"兽之穷""逆之助""命之菅"等。正因为柳辞与魏晋辞有许多相似的地方,所以鲁九皋《诗学源流考》云:"唐人乐章,多尚铺张,不若柳子厚之《唐雅》二篇、《铙歌》十二曲,为足追古作者。"③孙月峰(矿)《评点柳柳州全集》卷一云:"汉歌卓不可及,此歌当在魏晋之间。"④崔炼农认为,柳宗元此作"实乃为乐而作,属'准歌辞'",由于汉曲已亡,故"只能依案头文本仿制",⑤但其实模仿的只是文本的"语文"形式。

3. 鼓吹歌辞和横吹曲辞

鼓吹歌辞和横吹曲辞的拟写,绝大多数都经历了这样一个阶段:齐梁陈隋至初唐时期具有稳定的五言八句形式,到了盛、中唐(尤其是中唐)时,纷纷改用七言歌行体。如《朱鹭》,陈后主、张正见、苏子卿辞皆为五言八句,张籍变为歌行体;《战城南》,吴均、张正见、卢照邻、刘驾、贯休辞均为五言八句,李白变为杂言歌行。其他还有《芳树》《陇头水》《艾如张》《上之回》《巫山高》《雉子斑》《有所思》《临高台》《关山月》《紫骝马》《梅花落》《骢马》《长安道》《洛阳道》《折杨柳》《雨雪》《刘生》等都是这样。鼓吹、横吹曲辞是在齐、梁时期脱离音乐的情况下以赋题的方式写成的,采用当时流行的永明新体自然是情理之中的事,初盛唐时期随着律诗的成熟,有些题目演变为律诗,而盛、中唐歌行体盛行以后,又多采用歌行体,表明拟乐府诗的形式也不得不

---

① 萧子显《南齐书》,第179页。
② 柳宗元撰,尹师占华、韩文奇校注《柳宗元集校注》,第34页。
③ 鲁九皋《诗学源流考》,郭绍虞编选,富寿荪校点《清诗话续编》,第1356页。
④ 转引自柳宗元撰,尹师占华、韩文奇校注《柳宗元集校注》,第40页。
⑤ 崔炼农《汉魏六朝乐府辞乐关系研究》,上海师范大学2003年博士学位论文,第55页;崔炼农《乐府歌辞述论》,第101—102页。

接受时代的制约和影响①。

这一批拟辞中,还遵循另一个程式:大都首句入题或是开头两句赋写题目,即所谓的"首句呼题"(后文有所论述)。如《朱鹭》一题,张正见辞首二句"金堤有朱鹭,刷羽望沧瀛",苏子卿辞首二句"玉山一朱鹭,容与入王畿",张籍辞首二句"翩翩兮朱鹭,来泛春塘栖绿树"。《芳树》一题,李爽辞首句"芳树千株发",卢照邻辞首句"芳树本多奇",元稹辞首句"芳树已寥落"。《陇头》系列中,梁元帝辞首句"衔悲别陇头",车噪辞首句"陇头征人别",张正见辞首句"陇头鸣四注",江总辞首句"陇头万里外",杨师道辞首句"陇头秋月明",张籍辞首句"陇头已断人不行",王建辞首句"陇水何年陇头别",于濆辞首二句"借问陇头水?终年恨何事",皎然辞首二句"陇头心欲绝,陇水不堪闻",鲍溶辞首句"陇头水,千古不堪闻"。《关山月》一题首句多言"月",如陈后主辞首句"秋月上中天",徐陵辞首句"关山三五月",王褒辞首句"关山夜月明",沈佺期辞首句"汉月生辽海",李白辞首句"明月出天山",戴叔伦辞首句"月出照关山",崔融辞首句"月生西海上",李端辞首二句"露湿月苍苍,关头榆叶黄",王建辞首句"关山月,营开道白前军发",张籍辞首句"秋月朗朗关山上",翁绶辞首句"徘徊汉月满边州"。《刘生》一题首句多直呼刘生,梁元帝辞首二句"任侠有刘生,然诺重西京",张正见辞首二句"刘生绝名价,豪侠恣游陪",江总辞首句"刘生负意气,长啸且徘徊",卢照邻辞首句"刘生气不平,抱剑欲专征"。

4.《江南》

古辞为:"江南可采莲,莲叶何田田。鱼戏莲叶间,鱼戏莲叶东,鱼戏莲叶西,鱼戏莲叶南,鱼戏莲叶北。"一、二句用顶针,后五句排列方位。唐代陆龟蒙拟有两首,在形式上有所继承,第一首:"为爱江南春,涉江聊采蘋。水深烟浩浩,空对双车轮。车轮明月团,车盖浮云盘。云月徒自好,水中行路难。遥遥洛阳道,夹道生春草。寄语棹船郎,莫夸风浪好。"第四、五句之间亦用顶针之法。第二首则分别以古辞中后五句为首句,扩展成五解。

5.《王子乔》

古辞为:"王子乔,参驾白鹿云中遨。参驾白鹿云中遨,下游来。王子乔,参驾白鹿上至云,戏游遨。上建逋阴广里践近高。结仙宫,过谒三台,东游四海五岳山,上过蓬莱紫云台。……"形式上三七言相杂。后魏高允拟辞为:"王少卿,王少卿,超升飞龙翔天庭。遗仪景,云汉酬,光鹜电逝忽若浮。

---

① 崔炼农指出:"拟作章句形式上的历史变迁与诗歌文学体裁的演进成正比,即文人多采用所处时代的流行诗体创作乐府诗。"(崔炼农《汉魏六朝乐府辞乐关系研究》,上海师范大学2003年博士学位论文,第60页;崔炼农《乐府歌辞述论》,第102页)此论甚有道理。

骑日月,从列星,跨腾太廓逾穹冥。寻元气,出天门,穷览有无究道根。"变为整齐的"三三七"言形式。唐代宋之问的拟辞也是三七言相杂。辞云:"王子乔,爱神仙,七月七日上宾天,白虎摇瑟凤吹笙,乘骑云气吸日精。吸日精,长不归,遗庙今在而人非。空望山头草,草露湿君衣。"且三首辞都是首句呼题。

6.《猛虎行》

首句都是"……不……,……不……"的形式①。古辞首句为"饥不从猛虎食,暮不从野雀栖",陆机拟辞首句为"渴不饮盗泉水,热不息恶木阴",南朝宋谢惠连辞首句为"贫不攻九疑玉,倦不憩三危峰",唐储光羲辞首句为"寒亦不忧雪,饥亦不食人",李白辞首句为"朝作猛虎行,暮作猛虎吟。肠断非关陇头水,泪下不为雍门琴",李贺辞首句为"长戈莫舂,强弩莫抨"。

7.《燕歌行》

入乐歌辞有魏文帝"秋风"和"别日"。"秋风"辞七解,"别日"辞六解,句句入韵。魏明帝"白日"辞为七言五句,晋陆机和刘宋谢灵运、谢惠连拟辞均为七言十二句,都是句句入韵。梁元帝、萧子显、庾信、高适、贾至辞均为七言,偶数句入韵,两句或四句换韵。只有陶翰拟辞是例外,为五言。《燕歌行》在写法多分两部分,前半部分写征战,后半部分写思妇。唐人多遵此格。

8.《董逃行》

古辞五解,部分为六言句式。晋傅玄、陆机拟辞都为六言,且每解同韵,句句入韵,换章即换韵。唐代张籍的拟辞未遵循六言程式,却沿袭句句入韵的特点。张辞两句一章,押同一韵,也是句句入韵,如"洛阳城头火瞳瞳,乱兵烧我天子宫。宫城南面有深山,尽将老幼藏其间"。元稹拟辞也是句句入韵,当是遵照这一程式。

9.《相逢行》《相逢狭路间》《长安有狭邪行》

此三题虽题名不同,实为一题。徐师曾《文体明辨》、崔炼农《汉魏六朝乐府辞乐关系研究》等都对此进行过分析。综合前人观点,此题程式为:(1)多用顶针之法。如古辞:"……不知何年少,夹毂问君家。君家诚易知,易知复难忘。……入门时左顾,但见双鸳鸯。鸳鸯七十二,罗列自成行。……"南北朝拟辞遵此格,如刘宋荀昶拟辞:"……邂逅相逢值,崎岖交一言。一言不容多,伏轼问君家。君家诚易知,易知复易博。……入门无所见,但见双栖鹤。栖鹤数十双,鸳鸯群相追。……"梁张率拟辞:"……凭轼日欲昏,何处访公子?公子之所在,所在良易知。……入门一顾望,凫鹥有雄雌。雄雌各数千,相鸣戏羽仪。……"昭明太子拟辞:"……道逢一侠客,缘

---

① 毕桂发已指出陆机、谢惠连、李白、李贺所拟《猛虎行》的特点,见李春祥主编《乐府诗鉴赏辞典》,第30页。

路问君居。君居在城北,可寻复易知。……"沈约拟辞:"……路逢轻薄子,伫立问君家。君家诚易知,易知复易忆。……"唐代李白拟辞亦多顶针,如:"……衔杯映歌扇,似月云中见。相见不相亲,不如不相见。相见情已深,未语可知心。胡为守空闺,孤眠愁锦衾。锦衾与罗帱,缠绵会有时。……"
(2) 采用问答体。古辞有"不知何年少,夹毂问君家",后面为作答语。南北朝拟辞大都遵此格式,唐崔颢辞也是如此。崔辞云:"妾年初二八,家住洛桥头。玉户临驰道,朱门近御沟。使君何假问,夫婿大长秋。女弟新承宠,诸兄近拜侯。春生百子殿,花发五城楼。出入千门里,年年乐未休。"(3) 古辞后面有"大妇织绮罗,中妇织流黄。小妇无所为,挟瑟上高堂。丈人且安坐,调丝方未央",张率、昭明太子、荀昶、梁武帝、梁简文帝、庾肩吾、王筠、徐防拟辞全仿此形式。后又独立为《三妇艳》。据《乐府诗集》卷三〇《平调曲》题解:"又有《大歌弦》一曲,歌'大妇织绮罗',不在歌数,唯平调有之,即清调'相逢狭路间,道隘不容车'篇,后章有'大妇织绮罗,中妇织流黄'是也。……亦谓之《三妇艳》诗。"梁王筠、吴均、刘孝绰、陈后主、张正见等有拟辞。唐代董思恭、王绍宗遵此种程式。此题因陈陈相因,后人以俗相讥,《文镜秘府论》南卷《论文意》引释皎然《诗议》云:"俗有二种:一,鄙俚俗,取例可知;二,古今相传俗,诗云'小妇无所作,挟瑟上高堂'之类是也。"[①]徐师曾《文体明辨》附录卷一称此为"三妇艳体"。(4) 古辞《长安有狭斜行》中又有"大子二千石,中子孝廉郎。小子无官职……"的形式,荀昶、梁武帝、简文帝、庾肩吾、王筠、徐防、李德林等皆沿用,但唐人无此类拟辞。

10.《当来日大难》

曹植辞为:"日苦短,乐有余。乃置玉樽,办东厨。广情故,心相于。阊门置酒,和乐欣欣。游马后来,辕车解轮。今日同堂,出门异乡。别易会难,各尽杯觞。"三四言相杂。唐元稹拟辞仿此形式,也是三四言相杂。元稹辞为:"当来日,大难行,前有坂,后有坑。大梁侧,小梁倾。两轴相绞,两轮相撑。大牛竖,小牛横。乌啄牛背,足跌力狞。当来日,大难行,太行虽险,险可使平。轮轴自挠,牵制不停。泥潦渐久,荆棘旋生。行必不得,不如不行。"当从第二个"当来日,大难行"下分开看作两解,则句数与曹植辞相差不大。

11.《门有车马客行》

陆机辞为:"门有车马客,驾言发故乡。……借问邦族间,恻怆论存亡。亲友多零落,旧齿皆凋丧。市朝互迁易,城阙或丘荒。坟垄日月多,松柏郁茫茫。天道信崇替,人生安得长。慷慨惟平生,俯仰独悲伤。"唐代李白辞拟此

[①] 〔日〕弘法大师原撰,王利器校注《文镜秘府论校注》,北京:中国社会科学出版社,1983 年,第 319 页。

形式。李白辞为："门有车马客……乃是故乡亲……借问宗党间,多为泉下人。生苦百战役,死托万鬼邻。北风扬胡沙,埋翳周与秦。大运且如此,苍穹宁匪仁。恻怆竟何道,存亡任大钧。"句式相同,结构亦相同。

12.《青青河畔草》

出自古辞《饮马长城窟行》："青青河畔草,绵绵思远道。远道不可思,宿昔梦见之。梦见在我傍,忽觉在他乡。他乡各异县,展转不相见。"《古诗十九首》中《青青河畔草》一诗云："青青河畔草,郁郁园中柳。盈盈楼上女,皎皎当窗牖。娥娥红粉妆,纤纤出素手。昔为倡家女,今为荡子妇。荡子行不归,空床难独守。"可能仿自古辞。此题程式多转韵,且常用复叠、顶针手法。陆机有《拟青青河畔草》一诗："靡靡江蓠草,熠熠生河侧。皎皎彼姝女,阿那当轩织。粲粲妖容姿,灼灼美颜色。良人游不归,偏栖独只翼。空房来悲风,中夜起叹息。"吴淇评曰："词虽句句摹拟原诗,而义迥不同。原诗是刺,此诗是美。"① 刘宋时期鲍令晖有《拟青青河畔草诗》,多复叠,但未转韵。王融、沈约、何逊、梁武帝、荀昶等人的拟辞仿《饮马长城窟行》程式,亦转韵,采用顶针手法②,其中何逊诗在其诗集中题为《拟青青河边草转韵体为人作其人识节工歌诗》,可知是作者有意拟效而成。

13.《子夜四时歌》

宋代洪迈《容斋三笔·乐府诗引喻》云："自齐、梁以来,诗人作乐府《子夜四时歌》之类,每以前句比兴引喻,而后句实言以证之。至唐张祜、李商隐、温庭筠、陆龟蒙,亦多此体,或四句皆然。"③薛曜、郭元震也遵照此程式。李白拟《子夜四时歌》为五言六句,胡震亨《李诗通》以为："其歌本四句,白拟六句为异。然当时歌此者亦自有送声,有变头。则古辞故未可拘矣。"④

14.《团扇郎》

《乐府诗集》卷四五引《古今乐录》所载两首歌辞分别为："白团扇,辛苦五流连。是郎眼所见。""白团扇,憔悴非昔容,羞与郎相见。"唐代张祜《白团扇》拟此程式："白团扇,今来此去捐。愿得入郎手,团圆郎眼前。"

又有桃叶《答王团扇歌》辞为："团扇复团扇,持许自遮面。憔悴无复理,羞与郎相见。"唐代刘禹锡辞前四句拟此程式："团扇复团扇,奉君清暑殿。秋风入庭树,从此不相见。"

---

① 吴淇《六朝选诗定论》,《四库全书存目丛书补编》,第11册,第211页。
② 吴相洲《唐诗创作与诗歌传唱关系研究》一书已指出沈约、何逊、梁武帝、荀昶所拟《青青河畔草》为"转韵体"(第63页)。
③ 洪迈撰,孔凡礼点校《容斋随笔》,第625页。
④ 胡震亨《唐音统签》,《四库全书存目丛书补编》,第82册,第38页。

15.《碧玉歌》

《乐府诗集》所载始辞有:"碧玉小家女,不敢攀贵德。感郎千金意,惭无倾城色。"唐李暇辞为:"碧玉上宫妓,出入千花林。珠被玳瑁床,感郎情意深。"在形式上模仿始辞,语词也多有承袭。

16.《乌栖曲》

程式为两韵,四句。唐代王建、张籍、刘方平辞都遵此程式。李白拟辞稍异。胡震亨《李诗通》云:"(《乌栖曲》)六朝用两韵,韵各二句,此用三韵,前二韵各二句,后一韵三句,为稍异元调。"①

17.《江南弄》

梁武帝作,形式一致,且前有和声。兹举一例,《江南弄》和声为:"阳春路,娉婷出绮罗。"其诗为:"众花杂色满上林,舒芳耀绿垂轻阴。连手躞蹀舞春心。舞春心,临岁腴,中人望,独踟蹰。"中间以"舞春心"顶针。梁简文帝、沈约所作歌辞均如此。唐代王勃所拟《江南弄》为:

> 江南弄,巫山连楚梦。行雨行云几相送。瑶轩金谷上春时,玉童仙女无见期。紫露香烟眇难托,清风明月遥相思。遥相思,草徒绿,为听双飞凤皇曲。

首句"江南弄,巫山连楚梦"应是王勃仿原辞程式所写的和声。古代记录歌辞时常常会把和声误记成歌曲正文,《艺文类聚》卷四二载梁简文帝《江南曲》和《文苑英华》卷二〇八载梁简文帝《采莲归》都是这样。对照梁武帝辞,王勃这首拟辞只多了两个七言句。王勃的《采莲归》前半部分亦仿此程式:

> 采莲归,绿水芙蓉衣。秋风起浪凫雁飞。桂棹兰桡下长浦,罗裙玉腕摇轻橹。叶屿花潭极望平,江讴越吹相思苦。相思苦,佳期不可驻。

"采莲归,绿水芙蓉衣"正是梁简文帝《采莲曲》的和声,形式与《江南弄》相仿。李白《阳春歌》也是这样,中间用顶针手法:

> 长安白日照春空,绿杨结烟桑袅风。披香殿前花始红,流芳发色绣户中。绣户中,相经过,飞燕皇后轻身舞,紫宫夫人绝世歌。圣君三万六千日,岁岁年年奈乐何。

---

① 胡震亨《唐音统签》,《四库全书存目丛书补编》,第82册,第51页。

郎大家宋氏的《朝云引》则基本上是套用《江南弄》程式,其辞云:

> 巴西巫峡指巴东,朝云触石上朝空。巫山巫峡高何已,行雨行云一时起。一时起,三春暮,若言来,且就阳台路。

18.《俞儿舞歌》

魏王粲辞三四五七言相杂,唐陆龟蒙辞也是三四五七言相杂。王粲《矛俞》云:"汉初建国家,匡九州。蛮荆震服,五刃三革休。安不忘备武乐修。宴我宾师,敬用御天,永乐无忧。子孙受百福,常与松乔游。悉庶德,莫不咸欢柔。"陆龟蒙《矛俞》云:"手盘风,头背分。电光战扇,欲刺敲心留半线。缠肩绕脰,襟合眩旋。卓植赴列,夺避中节。前冲函礼穴,上指宇彗灭,与君一用来有截。"显然是有意模仿而成。

19.《白纻歌》

《白纻歌》出现于三国时期的吴地。南朝陈释智匠《古今乐录》云:"《白纻歌》,起于吴,孙皓时作。"然原辞已佚。今存《晋白纻舞歌诗》,据方孝玲研究认为,这些歌诗"不是民间之辞,可能是出于文人或有较高文学修养的乐工之手",此题在后世拟效甚多,"呈现出两个发展方向:一个方向是沿袭咏写乐舞传统,赋写本事,并沿用其传统的句句用韵的七言体形式。……另一个方向是变革旧题材,采用新体式,另辟蹊径"。① 此外,梁代沈约曾改造为《四时白纻歌》,共五章,每章八句,其中前四句为沈约作,句句入韵,每章后四句均相同,为梁武帝作,同押一韵,在当时为入乐之辞。《古今乐录》记载:"梁三朝乐第二十,设《巾舞》,并《白纻》,盖《巾舞》以《白纻》四解送也。"② 一般情况下,一解为七言二句,《白纻》有四解,即八句。刘宋时期的刘铄、鲍照、汤惠休、梁代张率的拟辞均为七言八句,句句入韵。唐代崔国辅辞二首,每首七言四句,句句入韵,疑为一首,可能后人编集时将其分为二首。柳宗元拟辞在《全唐诗》卷三五三题作《浑鸿胪宅闻歌效白纻》,可证明是有意模仿而成,七言七句,句句入韵。杨衡、李白、张籍、王建、元稹辞亦为七言(或以七言为主),但有些已非句句入韵,其中李白、元稹、王建之作含有讽谕之意,张籍则是"赋题"为之,因题材有所变化而形式亦随之改变③。

20.《宛转歌》

晋刘妙容辞两首,第一首为:"月既明,西轩琴复清。寸心斗酒争芳夜,

---

① 方孝玲《〈白纻辞〉的拟代——兼论乐府诗拟代中的复变规律》,《安徽农业大学学报》2010年第2期,第97页,第100页。
② 郭茂倩编《乐府诗集》,第800页。
③ 方孝玲《〈白纻辞〉的拟代——兼论乐府诗拟代中的复变规律》,第98页。

千秋万岁同一情。歌宛转,宛转凄以哀。愿为星与汉,光影共徘徊。"第二首格式与此同。唐代郎大家宋氏的拟辞两首:

> 风已清,月朗琴复鸣。掩抑非千态,殷勤是一声。歌宛转,宛转和且长。愿为双鸿鹄,比翼共翱翔。
>
> 日已暮,长檐鸟应度。此时望君君不来,此时思君君不顾。歌宛转,宛转那能异栖宿。愿为形与影,出入恒相逐。

刘方平的拟辞:

> 星参差,月二八,灯五枝。黄鹤瑶琴将别去,芙蓉羽帐惜空垂。歌宛转,宛转恨无穷。愿为波与浪,俱起碧流中。
>
> 晓将近,黄姑织女银河尽。九华锦衾无复情,千金宝镜谁能引。歌宛转,宛转伤别离。愿作杨与柳,同向玉窗垂。

郎大家宋氏的两首拟辞在《文苑英华》卷二〇七中属崔液作,题目为《拟古神女宛转歌二首》,《全唐诗》卷八〇一录为郎大家宋氏作,题下注云"一作《拟晋女刘妙容宛转歌》",又注"一作崔液诗"。刘方平辞《全唐诗》卷二五一作《代宛转歌》。由此可知,这些作品都是仿照旧辞程式写成的。

21.《琴歌》

司马相如《琴歌》:"凤兮凤兮归故乡,遨游四海求其凰。时未遇兮无所将,何悟今夕升斯堂。有艳淑女在闺房,室迩人遐毒我肠。何缘交颈为鸳鸯,胡颉颃兮共翱翔。"以"凤兮凤兮"引头,七言,句句入韵。唐张祜辞仿此程式:"凤兮凤兮非无凰,山重水阔不可量。梧桐结阴在朝阳,濯羽弱水鸣高翔。"

22.《东飞伯劳歌》

古辞为:"东飞伯劳西飞燕,黄姑织女时相见。谁家女儿对门居,开颜发艳照里闾。南窗北牖桂月光,罗帷绮帐脂粉香。女儿年几十五六,窈窕无双颜如玉。三春已暮花从风,空留可怜谁与同?"南北朝至唐代产生了大量拟辞。葛晓音分析说:"此题有一种固定格式,首二句写景,第三句用'谁家女儿'引出人物,末四句写'女儿'年龄几何。这一程式至盛唐始终不变……它的押韵方式是两句连押,两句一转韵。"①崔炼农将《乐府诗集》所录作品进行

---

① 葛晓音《初盛唐七言歌行的发展——兼论歌行的形成及其与七古的分野》,《文学遗产》1997年第5期,第50页。

比较,"发现不仅主题一致、章句全同,而且各句内容无不严格对应,遵用同一表达格式:第三句皆用'谁家……'句式,第七句皆言'年几',末句叹'空留可怜'"①。的确如此,梁简文帝、刘孝威、陈后主、陆瑜、江总、辛德源及唐代张柬之、李峤辞均仿照古辞,在篇章体制、语句结构、押韵方式等方面完全一致,甚至连部分语词都未改变。

23.《自君之出矣》

此题源出于汉徐干《室思》第三章:"自君之出矣,明镜暗不治。思君如流水,何有穷已时。"后来拟作甚多,程式为四句:"自君之出矣,……。思君如……。"吴景旭《历代诗话》中云:"徐干《室思诗》其末句云:'自君之出矣,明镜暗不治。思君如流水,何有穷已时。'宋武帝拟之曰:'自君之出矣,金翠暗无精。思君如日月,回环昼夜生。'其时诸贤共赋,遂以《自君之出矣》为题。"②今人蒋方在分析颜师伯的《自君之出矣》一诗时说:"《自君之出矣》基本上都保持着徐干原诗的内容和形式,即标题与内容始终一致,而且大都是四句一篇,其首句必称'自君之出矣',次句叙述一件事实,后两句则以'思君如××'引出各种比喻,类似于同题作文。这好比是戴着镣铐跳舞,既容易流于生硬、枯索,也容易显示出优劣。"③崔炼农亦有类似分析,谓刘义恭、王融、陈后主、李康成、雍裕之等人的拟辞"皆遵'自君之出矣,……思君如……'格式;仅宋鲍令晖,齐虞羲,唐卢仝、张祜诸人四首未遵此格"④。鲍令晖辞题目为《题书后寄行人诗》,显然是徒诗,故不遵程式。

24.《长相思》

所存最早为梁张率辞,其一云:"长相思,久离别,美人之远如雨绝。独延伫,心中结。望云云去远,望鸟鸟飞灭。空望终若斯,珠泪不能雪。"胡震亨《唐音癸签》卷一三云:"梁张率始以'长相思'三字为句发端。陈后主及徐陵、江总辈袭其调,益工之。唐李白诸家多有作。"⑤崔炼农分析说:"梁张率辞为杂言体,以'长相思,久离别'为首句,格式为'三三七三三五五五'式……陈后主、徐陵、萧淳、陆琼、王瑳、江总等六人九首均遵此格,且徐陵以下五首亦依用其韵;至唐多不遵,仅郎大家宋氏近之。"⑥唐代武元衡有拟辞,套用此

---

① 崔炼农《汉魏六朝乐府辞乐关系研究》,上海师范大学2003年博士学位论文,第67页;崔炼农《乐府歌辞述论》,第111页。
② 吴景旭《历代诗话》,北京:中华书局,1981年,第349页。
③ 吴小如等编写《汉魏六朝诗鉴赏辞典》,上海:上海古籍出版社,1992年,第733页。
④ 崔炼农《汉魏六朝乐府辞乐关系研究》,上海师范大学2003年博士学位论文,第67页;崔炼农《乐府歌辞述论》,第112页。
⑤ 胡震亨《唐音癸签》,第132页。
⑥ 崔炼农《汉魏六朝乐府辞乐关系研究》,上海师范大学2003年博士学位论文,第67—68页;崔炼农《乐府歌辞述论》,第112页。

形式。《长相思》又见于唐教坊曲，在唐代颇为流行，后演化为词调。可能曲调有所变化，故李白、张继、令狐楚、白居易等人不遵程式。

25.《行路难》

郭茂倩《乐府诗集》卷七〇引《乐府解题》曰："《行路难》……多以'君不见'为首。"①苏瑞隆《鲍照诗文研究》中说："就文学形式而言，《行路难》歌曲的形式特点至少有两个。第一，使用开头惯用语'君不见'，不同的段落都以'君不见'起首……第二，多以七言诗写成，偶尔也夹杂杂言体。"②即此题的程式为七言长篇，多以"君不见"开篇。唐人拟辞多遵照此式，但朱庆余、聂夷中辞为五言，王昌龄辞题作《变行路难》，也采用五言形式。

26.《西洲曲》

古辞四句一解，换解即换韵。叶矫然《龙性堂诗话初集》中说："古乐府《西州曲》，唐人李端《古别离》格调祖之，而语意尤妙。"③唐温庭筠辞遵此程式。《西洲曲》格调对唐代乐府诗影响颇大，如张若虚的《春江花月夜》就受其影响，王闿运《论唐诗诸家源流（答陈完夫问）》云："张若虚《春江花月夜》用《西洲》格调，孤篇横绝，竟为大家。"④

27.《纪辽东》

隋炀帝、王胄辞形式整齐，均为七五言交错的形式。王建辞为七言十句，另一首《渡辽水》，首句呼题，七言七句。

28.《得宝歌》

民间有《得体歌》："得体纥那也，纥囊得体耶。"用回环格式，《得宝歌》亦用此程式，首句为"得宝弘农野，弘农得宝耶"。

29.《尔汝歌》

孙皓所作《尔汝歌》为："昔与汝为邻，今与汝为臣。上汝一杯酒，令汝寿万春。"《南史·刘穆之传》载："河东王歆之尝为南康相，素轻邕。后歆之与邕俱豫元会并坐，邕嗜酒，谓歆之曰：'卿昔见臣，今能见劝一杯酒不？'歆之因敕孙皓歌答曰：'昔为汝作臣，今与汝比肩，既不劝汝酒，亦不愿汝年。'"⑤王歆之所作乃是拟效孙皓《尔汝歌》而成，每句皆有"汝"，形式相仿。

30.《独酌谣》

陈后主诗为："一酌岂陶暑，二酌断风飙，三酌意不畅，四酌情无聊，五酌盂易覆，六酌欢欲调，七酌累心去，八酌高志超，九酌忘物我，十酌忽凌霄。"其

---

① 郭茂倩编《乐府诗集》，第997页。
② 苏瑞隆《鲍照诗文研究》，北京：中华书局，2006年，第157页。
③ 叶矫然《龙性堂诗话初集》，郭绍虞编选，富寿荪校点《清诗话续编》，第954页。
④ 王闿运著，马积高主编《湘绮楼诗文集》，长沙：岳麓书社，1996年，第533页。
⑤ 李延寿《南史》，北京：中华书局，1975年，第428页。

序曰:"齐人淳于髡善为十酒,偶效之作《独酌谣》。"当是陈后主仿淳于髡所作。陆瑜诗中有"一倾荡神虑,再酌动神飙",沈炯诗中有"所以成独酌,一酌一倾瓢。生涯本漫漫,神理暂超超。再酌矜许、史,三酌傲松、乔。频烦四五酌,不觉凌丹霄"。清人毛先舒作诗依然仿照此程式,他在《诗辩坻》卷二中说:"陈后主《独酌谣》,时陆瑜、沈炯俱作之,词颇入俚,便是玉川《饮茶》所祖。余少作《饮酒》诗云:'……一酌颜已赪,再酌味尤善,三酌嗒焉忘,无闻亦无见……'调虽稍异,亦颇步其格。"①

31.《回波词》

胡震亨《唐音癸签》卷二九云:"其词先以'回波'二言引端,三句,句六言。始则天朝,盛于中宗时。"②李景伯、沈佺期辞都遵此程式。

上面所举的例证都是模仿痕迹较为明显的,还有一些不太明显的,如《陌上桑》《长歌行》《从军行》《放歌行》《飞来双白鹤》《棹歌行》《出自蓟北门行》《白马篇》等前人拟辞多为五言句式,唐人同题拟作也多是五言句式,其实也可视作宽泛意义上的篇章程式。

以上所论乐府诗各个题目的篇章程式,与后来词、曲的格式谱有很大的相似之处,因而一些学者在论及词的起源时往往溯源于乐府,有人认为隋炀帝、王胄的《纪辽东》为"倚声填词之滥觞",也有人说梁武帝改西曲为《江南弄》乃是"填词之祖",萧涤非先生更是提出"倚声填词,实自三国吴韦昭始",因为韦昭所改《鼓吹》十二曲"盖与后来之'按字填词'无异"。③ 此种看法曾遭到一些研究者的反对,而在笔者看来,这是有道理的。仔细考察古代辞、乐相配的方式,无非是"先辞后曲"和"先曲后辞"两种,沈约《宋书·乐志》、元稹《乐府古题序》、王灼《碧鸡漫志》、郭茂倩《乐府诗集》中都有明确的记述④。我国古代音乐曲调的创制并不"发达",像今天这样完全意义上的"作曲"很少,大多是利用现成的音乐素材进行改编和加工,因而形成了古代音乐以曲牌为主的生存与流播方式⑤。汉乐府的音乐便是早期的曲牌,王骥德《曲律》卷一:"曲之调名,今俗曰'牌名',始于汉之《朱鹭》《石流》《艾如张》

---

① 毛先舒《诗辩坻》,郭绍虞编选,富寿荪校点《清诗话续编》,第38页。
② 胡震亨《唐音癸签》,第304页。
③ 萧涤非《论词的起源》《乐府填词之初祖韦昭》,萧光乾编《萧涤非文选》,第138页,第31页。
④ 见沈约《宋书》,第550页;元稹撰,冀勤点校《元稹集》,第254页;王灼《碧鸡漫志》,唐圭璋编《词话丛编》,第79页;郭茂倩编《乐府诗集》,第1262页。
⑤ 可参冯光钰《曲牌:中国传统音乐传播的载体和特有音乐创作思维》,《星海音乐学院学报》2004年第1期;乔建中《曲牌论》,《中国音乐国际研讨会论文集》,济南:山东教育出版社,1990年,第319—336页;苏青《对于我国传统音乐曲牌形成的认识》,《艺术百家》2006年第5期;郑祖襄《曲牌体音乐与词曲文学关系之研究》,《首都师范大学学报》2007年第6期。

《巫山高》,梁、陈之《折杨柳》《梅花落》《鸡鸣高树颠》《玉树后庭花》等篇。"①由于乐人掌握的也就是这些曲牌,所以文人只能"倚调填辞"。这种情况在我国古代一直如此,并不是到了宋代词体繁荣后才突然开始"倚调填写"的,其实乐府诗中早就有"倚前曲作辞"的传统(见本章第二节的论述)。因曲调具有一定的稳定性,故配合它的歌辞就要受到制约,在形式上便很容易形成固定的程式。

但是,乐府诗中的篇章程式并不如词、曲的格式谱那样严格。同样属于音乐文学,同样是为了配合乐曲的需要,为什么乐府诗中未能形成严格的格式谱呢?原因在于:第一,词、曲的格式谱主要是对句式平仄的规定,它是唐代律诗成熟之后的产物,而乐府诗大力发展的时期,平仄程式还未能定型;第二,文人创作词、曲本是以入乐演唱为目的,较多地考虑了音乐的因素,故刘禹锡《忆江南序》谓"依曲拍为句",交付乐人时能很快付诸歌喉,而乐府诗的创作不同,文人很少考虑音乐的因素,交付乐人演唱时还需要"增损""删减",因此,并没有形成十分严格的格式谱,这也代表了辞乐关系史上的低级阶段。至明代,也曾有人依照"填词之法"来拟写乐府诗,然终未能成功,《西河词话》卷一云:"李于鳞以填词法作乐府,谓乐府有声调,倘语句稍异,则于声调便不合尔。不知填词原有语句,平仄正同,而声调反异者,如《玉楼春》与《木兰花》同,而以大石调歌之,则为《木兰花》类。然则声调何尝在语句耶?乐有调同而字句异者,清调、平调,殊于楚歌。有调异而字句同者,《豳雅》《豳风》,只一《七月》。于鳞坐不解耳。"②

二、表演程式

杨荫浏曾指出,"考证古代诗歌的学者,若忽视了音乐的方面,几乎不能达到透澈境界"③。研究乐府诗更是如此。唐代的乐府诗虽然多不入乐,但依然保持着一些入乐表演的痕迹。正如崔炼农所言:"配乐歌辞对拟作产生巨大影响,使其对乐辞中的音乐信息残留有所复制和保留是不争的事实。"④当然,反过来看,也是由于唐人在创作过程中有意模仿前代歌辞而造成的结果。唐代乐府诗中遗留的表演痕迹主要有以下十二种。

---

① 王骥德《曲律》,中国戏曲研究院编《中国古典戏曲论著集成》第四辑,北京:中国戏剧出版社,1959年,第57页。
② 毛奇龄《西河词话》,唐圭璋编《词话丛编》,第573页。
③ 杨荫浏《中国民歌序》,原载1946年山歌社编《中国民歌》第一辑。又见《杨荫浏音乐论文选》,上海:上海文艺出版社,1996年。
④ 崔炼农《汉魏六朝乐府辞乐关系研究》,上海师范大学2003年博士学位论文,第74页;崔炼农《乐府歌辞述论》,第114页。

1. 分解

进入清商三调的乐府歌辞大多分解①。《乐府诗集》卷二六《相和歌辞》题解云:"凡诸调歌词,并以一章为一解。"虽然到底什么是"解",人们还有不同的看法②,但可以肯定的是,它是由于入乐需要而造成歌辞文本上的分章特点。唐代的乐府诗中,有些诗人模仿这种形式,在题目或诗歌中明确注明分解的标记或字样,如元稹的《古筑城曲五解》,每解五言四句;陆龟蒙的《江南曲》题目中明确标出"五解"字样。有些乐府诗虽然没有明确的分解标记,但通过歌辞文本和前代原辞可以判定为是有意分解的,如李白的《独漉辞》可分为六解,每解四句。再如元稹的《当来日大难》拟曹植辞而成。曹植辞为:"日苦短,乐有余,乃置玉樽办东厨。广情故,心相于。阖门置酒,和乐欣欣。游马后来,辕车解轮。今日同堂,出门异乡。别易会难,各尽杯觞。"③共十四句。元稹辞为:

  当来日,大难行,前有坂,后有坑。大梁侧,小梁倾。两轴相绞,两轮相撑。大牛坚,小牛横。乌啄牛背,足跌力狞。//当来日,大难行,太行虽险,险可使平。轮轴自挠,牵制不停。泥潦渐久,荆棘旋生。行必不得,不如不行。

在第二次出现"当来日,大难行"的地方,可分为前后两解。

分解对唐代乐府诗造成的最大影响还在于形成了四句一解的体制。以四句为一解,叙述一层意思,分解即换意并换韵,在魏晋乐府诗中十分普遍。汉郊祀歌中就有这种形式,《宋书·乐志》云:"迎送神歌依汉郊祀,三言,四句一转韵。"④清商三调中比例更高,据孙楷第先生的统计,以四句为一解者占到二分之一以上⑤。吴声西曲中,四句更是最基本的体式。受乐府诗中这种传统的影响,唐代乐府诗中以四句为一层意思、四句便换韵的情况非常普遍。清代叶燮《原诗》外篇下云:"五言乐府,或数句一转韵,或四句一转韵,此又不可泥。乐府被管弦,自有音节,于转韵见宛转相生层次之妙。"又说,

---

① 逯钦立《"相和歌"曲调考》,《文史》第十四辑,北京:中华书局,1982年,第225—226页。
② 费锡璜《汉诗总说》云:"乐府之有解何也?自是歌调中节奏。如竹之有节,合之则为一竿,分之则为数节,实是一竹。"(丁福保辑《清诗话》,第946页)杨荫浏认为"解"是不用歌辞,只用器乐演奏或用乐伴舞跳舞的部分(杨荫浏《中国古代音乐史稿》,北京:人民音乐出版社,2004年,第116—117页)。褚历《汉魏解与隋唐解辨异》(《中央音乐学院学报》1990年第1期)一文有不同看法。可参看。
③ 曹植著,赵幼文校注《曹植集校注》,第467页。
④ 今本《宋书》无此句。郭茂倩《乐府诗集》卷二引,第15页。
⑤ 孙楷第《绝句是怎样形成的》,《沧洲集》,北京:中华书局,1965年,第458页。

"初唐四句一转韵,转必蝉联双承而下,此犹是古乐府体。"①这种体制后来成为歌行体的基本特征。当然,也有人对这种四句一层的结构表示不满,如王夫之《姜斋诗话》云:"晋《清商》《三洲》曲及唐人所作,有长篇拆开可作数绝句者,皆蟊虫相续成一青蛇之陋习也。"②显然,王夫之是从文人徒诗创作的角度出发,批评这样的诗歌结构缺乏整体性构思,殊不知正是此种结构方可展现出腾挪变化之妙!著名评点家金圣叹就曾倡导以"分解"之法来欣赏唐代律诗,他在《杜诗解》卷三《秋兴八首》后批云:"诗本以八句为律,圣叹何得强为之分解?……罪我者谓本是一诗,如何分为二解?知我者谓圣叹之分解,解分而诗合。世人之涸解,解合而诗分。解分前后,而一气混行;诗分起结,而臃肿累赘。"③

有时,为了造成音调语词上的连贯,往往在分解换韵的地方采用顶针格式,如昭明太子的《相逢狭路间》、王训的《度关山》、柳恽的《江南曲》、王勃的《采莲归》、李白的《凤笙曲》和《相逢行》、崔颢的《邯郸宫人怨》、陆龟蒙的《江南曲》等都用这种方法。

2. 表声字

魏晋时乐府诗用于实际演唱,所以"诸调曲皆有辞、有声……辞者其歌诗也,声者若羊吾夷伊那何之类也"④。比如保存至今的歌辞文本如《宋鼓吹铙歌三首》《公莫舞》古辞等仍然是声辞杂写。再如,汉乐府《乌生》古辞中用四个表声的"唶"字。这些表声字没有任何实际意义,只是在歌唱过程中起着连贯唱词的作用。到了唐代,乐府诗虽不演唱,但是有些诗人还使用一些表声字,如李白《蜀道难》中"噫吁嚱,危乎高哉!蜀道之难,难于上青天",其中"噫吁嚱"三字就是表声字。

乐府歌辞中的虚字也多是表声,刘熙载《艺概·词曲概》中说:"用虚字,正乐家歌诗之法也。"⑤闻一多把《吕氏春秋·音初》所载"候人兮猗"中的虚字称作是"音乐的萌芽"⑥。葛晓音在论述七言歌行体的成熟时,指出从齐梁到初唐七言乐府(包括歌行)组成句头时,常常用各种虚字,如"何""安""莫""犹""岂"等⑦,这正是学习民歌使其拉长声调进一步口语化的表现。唐代李白的乐府诗中也多用虚字,可看作是有意采用表声字。

---

① 叶燮《原诗》,丁福保辑《清诗话》,第608页。
② 王夫之《姜斋诗话》,丁福保辑《清诗话》,第10页。
③ 金圣叹著,钟来因整理《杜诗解》,上海:上海古籍出版社,1984年,第197页。
④ 郭茂倩编《乐府诗集》卷二六《相和歌辞》题解,第377页。
⑤ 刘熙载撰,袁津琥校注《艺概注稿》,北京:中华书局,2009年,第536页。
⑥ 闻一多《歌与诗》,孙党伯、袁謇正主编《闻一多全集》,第10册,武汉:湖北人民出版社,1993年,第5页。
⑦ 葛晓音《初盛唐七言歌行的发展——兼论歌行的形成及其与七古的分野》,第50页。

3. 和、送声

古代曲调中多有和送声，《淮南子·说山训》云："欲美和者，必先始于阳阿、采菱。"高诱注："阳阿、采菱，乐曲之和声。"①《乐府诗集》卷三〇引《古今乐录》云"凡三调歌弦一部竟，辄作送歌弦"，王运熙先生疑此"送歌弦"即是送声②。六朝清商曲中，和送声在曲调中非常突出，"构成了曲子的主要声调"③。唐人作乐府诗，仍有制和送声的，如唐高宗制《白雪》曲，就以大臣之辞为送声。据《通典·乐典》云："大唐显庆二年……辄以御制《雪诗》为《白雪》歌辞。又乐府奏正曲之后皆有送声，君唱臣和，事彰前史，辄取侍中许敬宗等奏'和雪诗'十六首以为送声，各十六节。上善之，仍付大常编于乐府。"④但是这些乐府诗今天都已散佚，无法目见。皇甫松《竹枝》："筵中蜡烛(竹枝)泪珠红(女儿)，合欢核桃(竹枝)两人同(女儿)。"《采莲子》："菡萏香连十顷陂(举棹)，小姑贪戏采莲迟(年少)。晚来弄水船头湿(举棹)，更脱红裙里鸭儿(年少)。"其中"竹枝""女儿""举棹""年少"都是和声。

4. 歌辞提示语

汉魏乐府诗在演唱时，歌辞中会出现一些提示性语言，这是为听歌者所设。胡应麟《诗薮》内编卷一云："乐府尾句，多用'今日乐相乐'等语，至有与题意及上文略不相蒙者，旧亦疑之。盖汉、魏诗皆以被之弦歌，必燕会间用之。尾句如此，率为听乐者设。"⑤朱乾《乐府正义》说："盖古诗有意尽而辞不尽，或辞尽而声不尽，则合此以足之。如《三妇艳》及《董娇娆》'吾欲竟此曲'之类，皆曲调之余声也。古人皆入奏，故有此等，后世则不然矣。"⑥朱乾指出后来的乐府诗中套用"吾欲竟此曲"并不是为了配乐，这是很有道理的，其实是模仿前人所致。文人乐府诗中经常会出现这样的歌辞提示性，如陆机《挽歌》中"中闱且勿喧，听我《薤露》诗"；谢灵运《会吟行》中"列筵皆静寂，咸共聆《会吟》"；刘琨《扶风歌》中"我欲竟此曲，此曲悲且长"；鲍照《堂上歌行》中："四坐且莫喧，听我堂上歌"；鲍照《朗月行》中"为君歌一曲"；唐代李白《梁甫吟》中"长啸梁甫吟"；李端《古别离》中"清宵歌一曲"；戎昱《苦辛行》中"听余《苦辛词》"等。

乐府诗《行路难》中常常出现"君不见"，亦为歌辞提示语，将听众作为第

---

① 刘安撰，何宁集释《淮南子集释》，北京：中华书局，1998 年，第 1147 页。
② 王运熙《论六朝清商曲中之和送声》，《乐府诗述论》，第 104 页。
③ 同上书，第 105 页。崔炼农《汉魏六朝乐府辞乐关系研究》(上海师范大学 2003 年博士学位论文)中第七章《清商曲和、送声与歌辞起结》亦有考证，可参。
④ 杜佑《通典》，第 757 页。
⑤ 胡应麟《诗薮》，第 19 页。
⑥ 朱乾《乐府正义》，乾隆五十四年(1789)柜香堂刻本。

二人称,以便歌者与听众之间的关系。唐代诗歌中亦多用"君不见",田艺蘅《诗谈初编》云:"乐府有'君不见',又有'独不见',唐人改之'君不闻''君不知'等篇,如岑嘉州云:'君不闻,胡笳声最悲。'又云:'汝不闻,秦筝声最苦。'"①由此可见,唐人是有意模仿和学习乐府诗中"君不见"的用法。

5. 结尾用祝颂祈福语

汉乐府多在结尾用祝颂祈福语言,胡应麟《诗薮》内编卷一云:"《郊祀》《铙歌》诸作,凡结语,率以延龄益算为言。盖主祝颂君上,荫庇神休,体故当尔。……甄后《塘上行》,末言'从军致独乐,延年寿千秋',本汉诗遗意,而注家以为妇人缠绵忠厚,由不熟东、西京乐府耳。"②这样的例子还有《上之回》古辞结尾"千秋万岁乐无极",《上陵》古辞结尾"仙人下来饮,延寿千万岁",《前缓声歌》古辞结尾"长笛续短笛,欲今皇帝陛下三千万",《晋白纻舞歌诗》其三结尾"欢来何晚意何长,明君御世永歌昌"等。后来文人拟辞中也仿照这种形式,如曹操《气出倡》中有:"吹我洞箫鼓瑟琴,何闻闻。酒与歌戏,今日相乐诚为乐。"《陌上桑》结尾:"景未移,行数千,寿如南山不忘愆。"曹植《五游》结尾:"服食享遐纪,延寿保无疆。"李峤《汾阴行》中有"千秋万岁南山寿"。李白《上云乐》中有:"天子九九八十一万岁,长倾万岁杯。"唐代的新题乐府也多采用祈愿句结尾,如王建《送衣曲》"愿郎莫着裹尸归,愿妾不死长送衣";王建《水夫谣》"我愿此水作平田,长使水夫不怨天";张碧《野田行》"愿得华山之下长归马,野田无复堆冤者"等。

6. 首句呼题或篇中呼题

首句呼题,即乐府诗的首句便是该诗的题目,这一形式源于乐府诗制题的传统。虽然汉魏乐府诗与后来的文人乐府诗都在文本上表现出首句呼题的特点,但二者在性质上不同:汉魏乐府诗的首句呼题,代表发生学上的意义,是先有歌辞后拈来首句作为题目;而后来文人拟辞中的首句呼题,是有意以题目作为歌辞首句,显然是拟效汉魏乐府诗的结果③。在初盛唐的文人乐府诗中,首句呼题不太多见,可以找到的例证有王勃的《采莲归》、李白的《蜀道难》《远别离》等,在中唐时却十分普遍,如张祜的《白团扇》《拔蒲来》、王建的《空城雀》《饮马长城窟》《乌夜啼》、柳宗元的《杨白花》、张籍的《筑城曲》等,白居易的《新乐府五十首》更是明确谓"首句标其目"。

与首句呼题不同的是在拟辞中间或末尾部分呼题,如隋代卢思道《从军

---

① 田艺蘅《诗谈初编》,吴文治主编《明诗话全编》,第 3956 页。
② 胡应麟《诗薮》,第 19 页。
③ 王师昆吾《隋唐五代燕乐杂言歌辞研究》认为,唐代民间谣歌和文人谣歌经常采用"首句呼题"的形式,将其称作"起调和声"(第 310—312,344 页)。

行》中间有"从军行,军行万里出龙庭"。张籍《董逃行》在末尾部分呼题,"董逃行,汉家几时重太平"。《短歌行》一题较多采用此法,如皎然在诗中有"短歌行,短歌无穷日已倾";王建拟辞中末尾有"短歌行,无乐声"。

7. 工于发端

清人费锡璜《汉诗总说》云:"前辈称曹子建、谢朓、李白工于发端,然皆出于汉人。试举数句,请学者观之。'良时不再至,离别在须臾''携手上河梁,游子暮何之''黄鹄一远别,千里顾徘徊''北方有佳人,遗世而独立''鸡鸣高树巅,狗吠深宫中''天上何所有?历历种白榆''西北有高楼,上与浮云齐''去者日以疏,来者日以亲''红尘蔽天地,白日何冥冥''上山采蘼芜,下山逢故夫''来日大难,口燥唇干''日出入安穷''大风起兮云飞扬',是岂六朝、唐人所及?太白辈将此等诗千回百折读之,然后工于发端耳。"①其中所举多为汉人乐府诗,唐人李白则是有意仿效。受汉乐府影响,唐代歌行也十分注意"发端"。沈德潜《说诗晬语》卷上云:"歌行起步,宜高唱而入,有'黄河落天走东海'之势。"②

8. 回旋式结构

乐府诗中有一种回旋结构,如刘宋谢灵运的《相逢行》,中间重复了四次"忧来伤人":

> 行行即长道,道长息班草。邂逅赏心人,与我倾怀抱。夷世信难值,忧来伤人,平生不可保。阳华与春渥,阴柯长秋槁。心慨荣去速,情苦忧来早。日华难久居,忧来伤人,谆谆亦至老。亲党近恤庇,昵君不常好。九族悲素霰,三良怨黄鸟。迩朱白即赪,忧来伤人,近缟洁必造。水流理就湿,火炎同归燥。赏契少能谐,断金断可宝。千计莫适从,万端信纷绕。巢林宜择木,结友使心晓。心晓形迹略,略迩谁能了。相逢既若旧,忧来伤人,片言代纻缟。③

之所以多次重复,类似今日流行歌曲中的"记忆点""流行句"一样,是为了加深对歌辞的理解。唐人多有意仿照这种结构,比如李白就写有多首,如《蜀道难》中三次重复"蜀道难,难于上青天",《悲歌行》中四次重复"悲来乎,悲来乎"。顾况《游子吟》中也是三次重复"胡为不归欤"。李贺的《公无渡河》中,三次重复出现"公乎,公乎"。

---

① 费锡璜《汉诗总说》,丁福保辑《清诗话》,第 949 页。
② 沈德潜《说诗晬语》,丁福保辑《清诗话》,第 536 页。
③ 逯钦立辑校《先秦汉魏晋南北朝诗》,第 1149 页。

9. 奇数句

奇数句在近体诗中是绝对不能出现的,在古体诗中也不多见,而在乐府歌辞中却较为普遍。六朝吴歌如《华山畿》《读曲歌》《长乐佳》中多为三句。文人拟辞中的奇数句式比比皆是,如魏文帝、魏明帝《燕歌行》,鲍照《白纻歌》等。唐代乐府诗中更多,如岑参《走马川行奉送封大夫出师西征》、李白《乌栖曲》《白纻辞》《元丹丘歌》《荆州歌》、杜甫《后苦寒行》《茅屋为秋风所破歌》、张祜《雁门太守行》等都是奇数句式。又,清代陈仅《竹林问答》也举出一些例证:"古五句诗惟乐府有之,如《前溪歌》'逍遥独桑头''前溪沧浪映''黄葛结蒙茏''当曙与未曙'数章而已。唐永淳中童谣亦五句。七古五句如汉昭帝《淋池歌》,太白《荆州乐》,老杜《曲江三首》是已,皆见郭茂倩《乐府诗集》中。"①

关于奇数句的来历,《竹林问答》云:"问:每句用韵,三句一换韵,如岑嘉州《走马川行》,岂其创格,抑有所本邪? 此体及两句一换韵诗,昔人谓之促句换韵体,实本于《毛诗·九罭》篇两句一换之格。古辞《东飞伯劳歌》,崔颢《卢姬篇》,皆是本于《匏有苦叶》篇。此格三百篇中最多,详见予所作《诗诵》中。大抵后人诗体,无不源出《毛诗》。"②《诗经》亦为乐歌,因而归根结底是受音乐曲调的影响。六朝吴声西曲如《乌夜啼》《三洲歌》《西乌夜飞》《凤将雏》的和送声也多采用三句句式的结构,或许可以作为解释奇数句源于音乐的一个例证。

10. 问答对歌

汉乐府由于表演的需要,演员多对话问答性的语言,如《妇病行》中病妇的遗言,《东门行》中丈夫和妻子的对话,《陌上桑》中的"罗敷前致词",《焦仲卿妻》中刘兰芝、府吏、刘母的对话等,而《有所思》与《上邪》两篇,庄述祖《汉铙歌句解》认为"当为一篇……叙男女相谓之词"。南北朝流行的吴声歌曲中,有许多赠答对歌③,如《子夜歌》中"落日出前门,瞻瞩见子度。冶容多姿鬌,芳香已盈路"是男子赠辞,而另一首"芳是香所为,冶容不敢当。天不夺人愿,故使侬见郎"是答辞。唐代乐府诗中仍然仿照这种问答体的乐府诗。如宋之问《江南曲》:"妾住越城南,离居不自堪。采花惊曙鸟,摘叶喂春蚕。懒结茱萸带,愁安玳瑁簪。侍臣消瘦尽,日暮碧江潭。"是一首女子答辞。丁仙芝《江南曲五首》中三首为:"长干斜路北,近浦是儿家。有意来相访,明朝

---

① 陈仅《竹林问答》,郭绍虞编选,富寿荪校点《清诗话续编》,第2231—2232页。
② 同上书,第2230页。
③ 余冠英《吴声歌曲里的男女赠答》,《汉魏六朝诗论丛》,上海:上海古典文学出版社,1956年,第60—69页。

出浣沙。""发向横塘口,船开值急流。知郎旧时意,且请拢船头。""昨暝逗南陵,风声波浪阻。入浦不逢人,归家谁信汝。"显然是相互答问之辞。崔颢《相逢行》模仿古辞,也是答辞:"妾年初二八,家住洛桥头。玉户临驰道,朱门近御沟。使君何假问,夫婿大长秋。女弟新承宠,诸兄近拜侯。春生百子殿,花发五城楼。出入千门里,年年乐未休。"崔颢《长干曲》更是一问一答的形式,女问:"君家何处住?妾住在横塘。停船暂借问,或恐是同乡。"男答:"家临九江水,来去九江侧。同是长干人,生小不相识。"其他如李白《夜坐吟》、李商隐《江南》、温庭筠《江南曲》等都是赠答体。

11. 代言的叙述角度

汉乐府诗为了表演的需要,经常会出现表演者的自言,如《饮马长城窟行》中末尾部分女子说道:"结发行事君,慊慊心意关。明知边地苦,贱妾何能久自全。"文人拟写乐府诗时,在叙述角度上多采用代言体,即以女子口吻出现在乐府诗中,如魏文帝《燕歌行》中有"贱妾茕茕守空房",吴迈远《长别离》中有"妾心长自持"。西晋石崇所作《王明君辞》,完全以第一人称"我"的口吻叙事。梁陈时期,对清商曲的拟写更是加强了男子作闺音的传统。

唐人乐府诗中,大量充斥着"妾""郎"的字样,代女子立言叙述,如闺怨题材的《王昭君》《长门怨》《铜雀台》《妾薄命》等多是如此。另外,崔国辅《襄阳曲》"城中轻薄子,知妾解秦筝",李白《秋思》"妾望白登台",李贺《大堤曲》"妾家住横塘",孟郊《车遥遥》"愿为驭者手,与郎回马头"等都是从女性视角进行叙述。乐府诗中的代言的叙述角度,促进了中国古代表演艺术分角色的进一步成熟。

12. 训诫式结语与卒章显志

清代费锡璜云:"古诗有箴有戒,皆警惕之词。汉诗结处多用之,如'努力崇明德,皓首以为期',箴戒之词也。古诗有祝,皆颂祷之意。汉诗末句多用祝辞,古谚古铭,可训可戒,与经表里,惟汉诗尚存此意。"①汉代乐府诗中便常用训诫式的语言作结②,这一表现手法影响到了文人拟写的乐府诗。鲍照《代少年时至衰老行》云:"寄语后生子,作乐当及春。"《代边居行》:"遇乐便作乐,莫使候朝光。"唐代武后时期李峤的《汾阴行》、刘希夷的《白头吟》等经常在结尾表现出对人生宇宙的思考。又,吴乔《围炉诗话》卷二云:"张若虚《春江花月夜》,正意只在'不知乘月几人归'。郭元振《古剑篇》、宋之问

---

① 费锡璜《汉诗总说》,丁福保辑《清诗话》,第944页。
② 参葛晓音《论汉乐府叙事诗的发展原因和表现艺术》,《社会科学》1984年第12期,第64页;葛晓音《论李白乐府的复与变》,《文学评论》1995年第2期,第8页。

《明河篇》,正意皆在末四句。"①盛唐诗人李白的乐府诗中多采用这种方法,如《妾薄命》结尾云:"以色事他人,能得几时好?"以训诫语作结;《少年子》,《唐宋诗醇》卷四评云:"通首传题,一结见意。诗人寄托往往如此。《行行且游猎篇》亦用此格。"高适的《秋胡行》结尾"莫道向来不得意,故欲留规诫后人",也是训诫口吻。中唐时张籍、王建的乐府诗中也多用这种手法。元代范梈《木天禁语·乐府篇法》云:"要诀在于反本题结,如《山农词》,结却用'西江贾客珠百斛,船中养犬多食肉'是也。又有含蓄不发结者。又有截断顿然结者,如'君不见蜀葵花'是也。"②元白的乐府诗更是"卒章显志"。

三、修辞程式

创作歌辞的人常说,一首好的歌辞必定是一首好诗,而一首好诗却未必适合谱曲作歌。这就说明歌辞与诗有不同的地方。歌辞一般要具有转化为音乐的潜能,而这种潜能正是徒诗所不具备的。落实在语言表现的层面上,我们可以运用各种辞格进行描述。

(一)为了加强节奏,多用重叠之法

重复是乐府歌辞创作中使用最为普遍的修辞手法之一。它可以增强旋律的稳定性和节奏性,听起来响亮悦耳,铿锵有力。乐府歌辞中的重复一般有以下几种情况:

1. 叠音

叠音即同字相叠。这一辞格在乐府诗中随处可见,如汉乐府古辞《江南》"莲叶何田田";《陌上桑》"盈盈公府步,冉冉府中趋";《长歌行》"青青园中葵"。后来文人拟辞中运用叠音的例子非常多,如谢灵运《缓歌行》"习习和风起,采采彤云浮""宛宛连螭辔,裔裔振龙旂";戎昱《塞下曲》"惨惨寒日没";白居易《挽歌》"苍苍上古原,峨峨开新茔"。

值得注意的是,同一题目的拟辞中,经常是在相同的位置运用叠音,如《饮马长城窟》古辞首句为"青青河畔草,绵绵思远道";晋傅玄拟辞首句为"青青河边草,悠悠万里道";隋炀帝拟辞首句为"肃肃秋风起,悠悠行万里"。从《饮马长城窟》衍生出来的《青青河畔草》一题同样首句多是叠音。如鲍令晖辞"袅袅临窗竹,蔼蔼垂门桐。灼灼青轩女,泠泠高堂中";王融辞"容容寒烟起,翘翘望行子";沈约辞"漠漠床上尘";梁武帝辞"幕幕绣户丝,悠悠怀昔期";荀昶辞"荧荧山上火,苕苕隔陇左"。许学夷《诗源辩体》卷三云:"又如

---

① 郭绍虞编选,富寿荪校点《清诗话续编》,第529页。
② 何文焕辑《历代诗话》,第746页。

《青青河畔草》,一连六句用叠字,正见天成之妙。"①再如《千里思》,北魏祖叔辨辞三、四句用叠音:"寂寂人径阻,迢迢天路殊。"唐李端同题拟辞也是三、四句用叠音:"泛泛下天云,青青缘塞树。"

2. 同字对偶

同字对偶是指在上下句在相同的位置上复叠。这种辞格在近体诗中一般是要避免的,但在乐府诗中极为常见。如汉乐府《孤儿行》古辞"助我者少,啖瓜者多","大兄言办饭,大嫂言视马";《饮马长城窟行》"枯桑知天风,海水知天寒"。文人拟辞中也颇为常见,如鲍照《代东门行》"食梅常苦酸,衣葛常苦寒";李端《古别离》其二"与君桂阳别,令君岳阳待",《折杨柳》"新柳送君行,古柳伤君情";张祜《苏小小歌》"车轮不可遮,马足不可绊","新人千里去,故人千里来","登山不愁峻,涉海不愁深"。

3. 复叠

复叠指同一字、词在一首乐府诗中重复出现至少在三次以上。如《太平御览》卷八〇〇所引《古胡无人行》"望胡地,何崄巇。断胡头,脯胡臆",出现三次"胡"字。孟郊《结爱》:"心心复心心,结爱务在深。一度欲离别,千回结衣襟。结妾独守志,结君早归意。始知结衣裳,不如结心肠。坐结行亦结,结尽百年月。"一首诗中尽然复叠"结"字九次。张祜《莫愁乐》"侬居石城下,郎到石城游。自郎石城出,长在石城头","石城"一词在每句都出现。

4. 双叠

双叠指两字同时复叠,中间多加一"复"字。如《白头吟》"凄凄复凄凄";《文选》卷二七《从军诗》注引《古步出夏门行》"行行复行行";《木兰词》"唧唧复唧唧"。后来文人拟辞中多学习这种辞格。如王献之《桃叶歌》"桃叶复桃叶";刘禹锡《白团扇》"团扇复团扇";孟郊的《结爱》"心心复心心";温庭筠《西洲曲》"悠悠复悠悠"等。

5. 叠句

叠句是同一句反复出现。叠句在魏晋乐奏辞中十分常见,如曹操《苦寒行》晋乐所奏:"北上太行山,艰哉何巍巍!太行山,艰哉何巍巍!羊肠坂诘曲,车轮为之摧。"此为第一解,叠前二句,后面六解相同。这样的例子还有:《塘上行》每解叠第一句;《王子乔》每解叠第一句;《秋胡行》每解叠第一句等等。叠句本来不是作者的原意,而是乐工在配乐过程中由于"增损古辞"②而造成的,后来的文人拟写歌辞时却有意写出这样的叠句。如李白《行路难》中有"行路难,行路难,多歧路,今安在";白居易《牡丹芳》中有"牡丹芳,牡丹

---

① 许学夷著,杜维沫校点《诗源辩体》,第46页。
② 刘勰著,范文澜注《文心雕龙注》,第103页。

芳,黄金蕊绽红玉房";《华原磬》中有"华原磬,华原磬,古人不听今人听。泗滨石,泗滨石,今人不击古人击";《昆明春》中有"昆明春,昆明春,春池岸古春流新";僧贯休《上留田行》中有"邻人歌,邻人歌,古风清,清风生"。

(二) 为了增加歌辞的音调流畅,多用顶针之法

顶针也是歌辞中最为常用的修辞手法之一。周贻白先生曾说,"'顶'当指一腔顶着一腔唱,亦即下句起音顶着上句尾音唱"①,这一看法是有道理的。顶针续麻的使用对歌者和听者都有积极的作用,苏瑞隆在分析鲍照《代东门行》一诗中采用顶针之法时说:

> 这种互相联系的重复字造成一种连绵不断的感觉,有助于歌唱时记忆歌词。像鲍照这样的文人使用这种设计,其目的可能是想制造一种民间歌曲的质朴感。这是鲍照得自汉魏乐府及民间歌谣的技巧。使用这些技巧使歌者较容易抓住听众的注意力,而相对的听众也较易掌握歌曲。这种风格对后来唐代诗人的"歌行体"有重大的影响,如卢照邻(约635—689)的《长安古意》,白居易(772—846)的《长恨歌》等等。②

它不仅能帮助歌者记忆歌辞,自然引起后面的演唱,而且有利于吸引听众的注意力。这一修辞手法被文人诗歌采用后,依然具有递联上下、贯穿流畅的作用。

乐府歌辞中的顶针主要有:

1. 句内顶针

句内顶针指在一句中两字递连。一般情况下,五言多出现在第二、三字的位置,七言多出现在第五、六字的位置。如《乌夜啼》"笼窗窗不开,荡户户不动";《西洲曲》"忆郎郎不至,仰首望飞鸿"。文人拟辞如顾况《短歌行》"我欲升天天隔霄,我思渡水水无桥,我欲上山山路险,我欲汲井井泉遥";张祜《雁门太守行》"驼囊泻酒酒一杯";白居易《上阳白发人》"小头鞋履窄衣裳,青黛点眉眉细长";《七德舞》"不独善战善乘时,以心感人人心归";《捕蝗》"我闻古之良吏有善政,以政驱蝗蝗出境";元稹《采珠行》中"年年采珠珠避人,今年采珠由海神";温庭筠《江南曲》"避郎郎不见,鸂鶒自浮沉。拾萍萍无根,采莲莲有子"等。

2. 句外顶针

句外顶针指同一联中上句和下句之间顶针。如汉乐府《饮马长城窟行》

---

① 周贻白《戏曲演唱论著辑释》,北京:中国戏剧出版社,1962 年,第 17 页。
② 苏瑞隆《鲍照诗文研究》,第 154 页。

古辞中"长城何连连,连连三千里";《孔雀东南飞》中"两家求合葬,合葬华山傍";《西洲曲》中"低头弄莲子,莲子青如水"。文人拟辞如李端《折杨柳》中"东城攀柳叶,柳叶低着草。少壮莫轻年,轻年有衰老";《折杨柳歌辞》其二"健儿须快马,快马须健儿";元稹《古决绝词》中"七月七日一相见,相见故心终不移"等。

3. 联间顶针

联间顶针指上一联末尾和下一联开头顶针。联间顶针有时是词语,如曹植《野田黄雀行》"拔剑捎罗网,黄雀得飞飞。飞飞摩苍天,来下谢少年";李端《乌栖曲》"白马逐朱车,黄昏入狭斜。狭斜柳树乌争宿,争枝未得飞上屋";温庭筠《西洲曲》"悠悠复悠悠,昨日下西洲。西洲风色好,遥见武昌楼"。有时是整个一句,如魏武帝《精列》云:"厥初生,造化之陶物,莫不有终期。莫不有终期,圣贤不能免。何为怀此忧?愿螭龙之驾,思想昆仑居。思想昆仑居,见期于迂怪,志意在蓬莱。志意在蓬莱,周孔圣徂落,会稽以坟丘。会稽以坟丘,陶陶谁能度?君子以弗忧。年之暮奈何,时过时来微。"陶渊明《挽歌辞》云:"幽室一已闭,千年不复朝。千年不复朝,贤达无奈何。"

4. 三字联间顶针

三字联间顶针是指上一联的末三字,又作为下一联的开头,以引起下一联或下一层意思。如汉乐府《有所思》古辞"闻君有他心,拉杂摧烧之。摧烧之,当风扬其灰",《平陵东》古辞"平陵东,松柏桐,不知何人劫义公。劫义公,在高堂下,交钱百万两走马。两走马,亦诚难,顾见追吏心中恻。心中恻,血出漉,归告我家卖黄犊"。曹植拟《平陵东》亦用此格:"阊阖开,天衢通,被我羽衣乘飞龙。乘飞龙,与仙期,东上蓬莱采灵芝。灵芝采之可服食,年若王父无终极。"梁武帝制《江南弄》多用此种辞格,如"众花杂色满上林,舒芳耀绿垂轻阴。连手蹀躞舞春心。舞春心,临岁腴,中人望,独踟蹰"。唐代文人拟辞中也多仿照这种修辞格,如李贺《上云乐》"大江碎碎银沙路,嬴女机中断烟素。断烟素,缝舞衣,八月一日君前舞";白居易《短歌行》"出为白昼入为夜,圜转如珠住不得。住不得,可奈何!为君举酒歌短歌。歌声苦,词亦苦,四座少年君听取"。其他如王勃的《江南弄》、李白的《阳春歌》、郎大家宋氏的《朝云引》等都采用此式。

5. 回环

回环是前后两句歌辞循环往复,勾连回旋。如《晋书·桓玄传》中所载童谣"长干巷,巷长干,今年杀郎君,后年斩诸桓",南朝梁沈约《悲哉行》中"旅游媚年春,年春媚游人"等。

(三) 为了状物叙事的需要,多用铺陈之法

乐府歌辞为了适应表演,往往需要进行大量的铺陈,才能引起听众的注意。关于乐府歌辞多用铺陈,前人已有论述。施补华《岘佣说诗》中说:"古诗贵浑厚,乐府尚铺张。凡譬喻多方形容尽致之作,皆乐府遗派也,混入古诗者谬。"①徐祯卿《谈艺录》云:"乐府往往叙事,故与诗殊。盖叙事辞缓,则冗不精。"②沈德潜《说诗晬语》卷上云:"乐府之妙,全在繁音促节,其来于于,其去徐徐,往往于回翔屈折处感人,是即依永和声之遗意也。"③乐府歌辞中的铺陈之法主要有:

1. 重复性排比

重复性排比指有大量的相同语词进行排比。如《木兰诗》:"问女何所思,问女何所忆,女亦无所思,女亦无所忆。"繁钦《定情诗》:"何以致拳拳?绾臂双金环。何以致殷勤?约指一双银。何以致区区?耳中双明珠。何以致叩叩?香囊系肘后。何以致契阔?绕腕双跳脱。何以结恩情?佩玉缀罗缨。何以结中心?素缕连双针。何以结相于?金薄画搔头。何以慰别离?耳后玳瑁钗。何以答欢悦?纨素三条裾。何以结愁悲?白绢双中衣。"白居易《短歌行》:"劝君且强笑一面,劝君复强饮一杯。"顾况《短歌行》:"我欲升天天隔霄,我思渡水水无桥,我欲上山山路险,我欲汲井井泉遥。"僧贯休《上留田行》:"我欲使诸凡鸟雀,尽变为鹡鸰。我欲使诸凡草木,尽变为田荆。"

2. 周全

周全指乐府诗在状物叙事时往往不厌其烦地把事物的各个方面全部展现出来,以达到铺排的效果。如汉乐府《江南曲》古辞"鱼戏莲叶间,鱼戏莲叶东,鱼戏莲叶西,鱼戏莲叶南,鱼戏莲叶北"。汉郊祀歌中多用此格,如《练时日》中有"灵之斿""灵之车""灵之下""灵之来""灵之至""灵已坐""灵安留"等,《华烨烨》中有"神之斿""神之出""神之行""神之徕""神之揄""神安坐""神嘉虞"等。又如繁钦《定情诗》:"与我期何所?乃期东山隅。""与我期何所?乃期山南阳。""与我期何所?乃期西山侧。""与我期何所?乃期山北岑。"《木兰诗》:"东市买骏马,西市买鞍鞯,南市买辔头,北市买长鞭。"唐代韦应物《长安道》:"中有流苏合欢之宝帐,一百二十凤凰罗列含明珠。下有锦铺翠被之灿烂,博山吐香五云散。"李贺《公无渡河》:"床有菅席,盘有鱼,北里有贤兄,东邻有小姑。"

---

① 施补华《岘佣说诗》,丁福保辑《清诗话》,第976页。
② 徐祯卿《谈艺录》,何文焕辑《历代诗话》,第769页。
③ 沈德潜《说诗晬语》,丁福保辑《清诗话》,第529页。

3. 序列

序列指按照数字序列进行铺排。如汉乐府《陌上桑》"十五府小吏,二十朝大夫。三十侍中郎,四十专城居";《孔雀东南飞》"十三能织素,十四学裁衣,十五弹箜篌,十六诵诗书,十七为君妇"。南北朝时民间流传的《五更转》《十二时》《百岁篇》等都是这种特点:《五更转》是按照一、二、三、四、五更的次序;《十二时》则以十二时辰为顺序;《百岁篇》,吴兢《乐府古题要解》谓"起'总角'至'百年',历述其幼小丁壮耆耄之状,十岁为一首"①。可见也是依序列辞格。文人多仿照此格,如梁武帝《河中之水歌》"莫愁十三能织绮,十四采桑南陌头,十五嫁为卢郎妇,十六生儿字阿候";李白《长干行》"十四为君妇,羞颜未尝开。低头向暗壁,千唤不一回。十五始展眉,愿同尘与灰。常存抱柱信,岂上望夫台。十六君远行,瞿塘滟预堆";白居易《简简吟》"十一把镜学点妆,十二抽针能绣裳,十三行坐事调品"。

4. 顺承

顺承是指说上必说下,说早必说晚,说大必说小。如魏文帝《大墙上蒿行》"上有仓浪之天,今我难得久来视。下有蠕蠕之地,今我难得久来履";刘琨《扶风歌》"朝发广莫门,暮宿丹水山";杜甫《岁晏行》"去年米贵阙军食,今年米贱大伤农";元稹《估客乐》"大儿贩材木,巧识梁栋形。小儿贩盐卤,不入州县征"。

5. 对比

乐府诗中的对比,往往结合夸张手法,具有极大的反差。如汉乐府《孤儿行》:"冬无复襦,夏无单衣。"傅玄《短歌行》:"昔君视我,如掌中珠。何意一朝,弃我沟渠。昔君与我,如影如形。何意一去,心如流星。昔君与我,两心相结。何意今日,忽然两绝。"中晚唐的讽谕乐府诗中经常用这种手法,以突出贫富相差之悬殊,如张籍的《野老歌》、白居易的《红线毯》《缭绫》等。

6. 烘托

乐府诗写人时,往往不是直接刻画,而是采用烘托之法,通过描写其装束打扮来间接表现。如汉乐府《陌上桑》古辞中写罗敷"头上倭堕髻,耳中明月珠。湘绮为下裙,紫绮为上襦",烘托出罗敷的美貌;《孔雀东南飞》中"新妇起严妆"一段也是通过写装束打扮烘托刘兰芝容貌之美;辛延年《羽林郎》中"长裾连理带,广袖合欢襦",烘托出胡姬的美貌;马戴《出塞》中"金带连环束战袍",通过写金甲战袍表现将军的英武形象。

7. 夸张

乐府诗中常常会有意夸大事实。如汉乐府《陌上桑》古辞"东方千余骑,

---

① 吴兢《乐府古题要解》,丁福保辑《历代诗话续编》,第62页。

夫婿居上头";辛延年《羽林郎》"一鬟五百万,两鬟千万余";诸葛亮《梁甫吟》"力能排南山,又能绝地纪";李白《蜀道难》"蜀道之难难于上青天"。

(四) 为了表情达意的含蓄,多用婉曲之法

乐府歌辞一般要委婉含蓄地表达作者的意思。丁仪《诗学渊源》卷七云:"乐府主讽刺,不妨旁敲侧击。"①《师友诗传录》载张笃庆语:"诗贵温裕纯雅;乐府贵遒深劲绝。"②乐府歌辞中采用的婉曲之法主要有:

1. 比喻

乐府诗多用明喻,如《驱车上东门》"浩浩阴阳移,年命如朝露";《白头吟》"皑如山上云,皎若云间月";《孔雀东南飞》"指如削葱根,口如含朱丹";《西洲曲》"莲子清如水"。民间作品如此,文人拟作品也多用此法,如傅玄《豫章行苦相篇》"垂泪适他乡,忽如雨绝云";鲍照《代出蓟北门》"马毛缩如猬";李白《横江词》"白浪如山那可渡"等。乐府诗中用暗喻较少,即使用,也较为明显,如《孔雀东南飞》"君当作盘石,妾当作蒲苇";《读曲歌》"欢作沉水香,侬作博山炉";李白《将进酒》"君不见高堂明镜悲白发,朝如青丝暮成雪"。

2. 起兴

虽然人们对"兴"有不同的理解,但作为辞格的"兴"一般是指"先言他物以引起所咏之词"③。起兴是乐府民歌的主要手法之一,几乎处处可见。如《古艳歌》:"茕茕白兔,东走西顾。衣不如新,人不如故。"唐人乐府诗中亦十分常用。《竹溪鬳斋十一稿续集·学记》云:"诗有六义,后世不传者兴也。然太白、王建《独漉歌》,王建、李益《促促词》《促促曲》,韩退之《水中蒲》,首句皆为兴体,何论者前此未及也。"此处所列皆为乐府诗。《升庵诗话》云:"《李益集》有乐府《杂体》一首云:'蓝叶郁重重,蓝花石榴色。少女归少男,光华自相得。爱如寒炉火,弃若秋风扇。山岳起面前,相看不相见。春至草亦生,谁能无别情?殷勤展心素,见新莫忘故。遥望孟门山,殷勤报君子。既为随阳雁,勿学西流水。'此诗比兴有古乐府之风,唐人鲜及。"④诗中以蓝叶、蓝花起兴,又多次采用比兴(如山岳、春草、随阳雁、西流水)手法,故杨慎谓其"有古乐府之风"。

3. 比拟

乐府诗中的比拟可分为拟人和拟物两种。拟人如《陇头歌辞三首》其三

---

① 丁仪《诗学渊源》,张寅彭主编《民国诗话丛编》,第3册,上海:上海书店出版社,2002年,第142页。
② 王士禛等《师友诗传录》,丁福保辑《清诗话》,第132页。
③ 朱熹《诗集传》,上海:上海古籍出版社,1979年,第1页。
④ 杨慎著,王仲镛笺证《升庵诗话笺证》,第275页。

"陇头流水,鸣声幽咽";《枯鱼过河泣》"枯鱼过河泣,何时悔复及";《怨歌行》"出入君怀袖,动摇微风发";《西洲曲》"南风知我意,吹梦到西洲";李白《渌水曲》"荷花娇欲语,愁杀荡舟人"。拟物如傅玄《车遥遥篇》"君安游兮西入秦,愿为影兮随君身"。

4. 双关

双关是六朝吴声西曲中出现的辞格。如《子夜秋歌》"处处种芙蓉,婉转得莲子",以"莲子"谐"怜子"。《七夕夜女歌》"桑蚕不作茧,昼夜长悬丝",以"丝"谐"思"。又,宋代潘淳《潘子真诗话》说:"《古乐府》云:'东飞伯劳西飞燕,黄姑织女时相见。'予初不晓'黄姑'为何等语,因读杜公瞻所注宗懔撰《荆楚岁时记》,及知'黄姑'即河鼓也;亦犹桑落之语,转呼为索郎也。"河鼓,星名,在银河以南,与织女星相对。这里用谐音双关手法。唐代乐府诗中也多用双关手法,如温庭筠《懊恼曲》"藕丝作线难胜针,蕊粉染黄那得深",以"藕丝"谐"偶思"。

唐人又有所谓"风人诗",亦双关之法。宋代吴聿《观林诗话》云:"乐府有风人诗,如'围棋烧败絮,着子故衣然'之类是也。"①葛立方《韵语阳秋》卷四云:"古辞云:'藁砧今何在,山上复有山。何当大刀头,破镜飞上天。'藁砧,砆也,谓夫也。山上有山,出也。大刀头,刀上镮也。破镜,言半月当还也。……陆龟蒙、皮日休间尝拟之。陆云:'旦旦思双履,明时愿早谐。'皮云:'莫言春兰薄,犹有万重思。'是皆以下句释上句,与藁砧异矣。《乐府解题》以此格为风人诗,取陈诗以观民风。示不显言之意。"②清翟灏《通俗编》卷三八"风人"条云:"六朝乐府《子夜》《读曲》等歌,语多双关借意,唐人谓之'风人体',以本风俗之言也。"③唐代曹邺、皮日休、陆龟蒙都写有以"风人"命题的诗作,诗中多采用双关手法,如曹邺《风人体》云:"夜夜如织妇,寻思待成匹。"以"布匹"之"匹"表示"匹配"之"匹"。皮日休《和鲁望风人诗三首》其一云:"莫言春茧薄,犹有万重思。"以"思"谐"丝"。

5. 借代

如薛道衡《昔昔盐》云:"恒敛千金笑,长垂双玉啼。""玉啼"指眼泪。高适《燕歌行》中谓"玉箸应啼别离后","玉箸"也是代指眼泪。

(五) 为了保持乐府诗的通俗易懂,在语词上多用口语

诗在语言上追求独创性,并不过多地考虑看懂看不懂的问题,乐府歌辞则追求口语化和熟悉化,必须让观众能够听得懂,以免造成听众和演唱者之

---

① 吴聿《观林诗话》,丁福保辑《历代诗话续编》,第131页。
② 葛立方《韵语阳秋》,第50页。
③ 翟灏《通俗编》,《续修四库全书》,第194册,第661页。

间的隔阂。这种情况下,乐府歌辞多采用俚语、俗语、熟语等,以便于理解。

1. 套语

乐府歌辞中往往有一些套语,如胡应麟《诗薮》内编卷一云:"乐府尾句,多用'今日乐相乐'等语。"①这样的套语还有"吾欲竟此曲""歌以咏志"等。后来文人乐府诗中也有用此套语的,如刘琨《扶风歌》中有"我欲竟此曲"等。

2. 设问

如曹植《美女篇》"借问女安居?乃在城南端";李白《子夜吴歌》"何日平胡虏?良人罢远征"。白居易《新乐府五十首》中这种辞格甚多,如《采地黄者》"采之将何用?持以易糇粮";《红线毯》"宣城太守知不知?一丈毯,千两丝"。

3. 反问

如曹植《白马篇》:"父母且不顾,何言子与妻?"白居易《骊宫高》:"吾君在位已五载,何不一幸乎其中?"

4. 约数

乐府诗中所用的数目经常是不确定的,如《陌上桑》谓"二十尚不足,十五颇有余",我们无法准确知道她的具体年龄。再如《艳歌行》谓"兄弟两三人,流宕在他县";《孔雀东南飞》谓"年始十八九,便言多令才";《襄阳乐》谓"扬州蒲锻环,百钱两三丛"等。

5. 俗语

乐府诗中常用民间的口语、俗语,以追求通俗的效果。胡应麟《诗薮》内编卷一云:"乐府入俗语则工。"②又有用方言入乐府诗的,《蔡宽夫诗话》云:"顾况作《补亡训传》十三章,其哀闽之词曰'囝别郎罢心摧血',况善谐谑,故特取其方言为戏,至今观者为之发笑。"③这种俗语方言,在近体诗中很少使用。

吴声西曲中多用吴地口语方言,宋人章渊《稿简赘笔》中"子夜吴歌"条云:"齐梁以来,齐梁乐府词多采方言,用之稳帖,不觉为俗语。"其中"侬"和"欢"即是典型的例证。杜佑《通典》谓:"江南谓情人为欢。"④吴曾《能改斋漫录》云:"晋吴声歌曲,多以'侬'对'欢',详其词意,则'欢'乃妇人,'侬'乃男子耳。然至今吴人称'侬'者,唯见男子,以是知'欢'为妇人必矣。《懊侬

---

① 胡应麟《诗薮》,第19页。
② 同上书,第20页。
③ 郭绍虞辑《宋诗话辑佚》,第396页。
④ 杜佑《通典》,758页。

歌》云:'潭如陌上鼓,许是侬欢归。'又云:'我与欢相怜。'又云:'我有一所欢,安在深阁里。'又《华山畿》云:'欢若见怜时,棺木为侬开。'"①

第六节 对乐府精神的借鉴和发扬

唐人创作乐府诗的过程中,除对题目、题材、形式等进行模仿外,对以讽谕为特征的乐府精神也进行借鉴和发扬,正如胡适《白话文学史》中所言,乐府诗创作的"第三步是诗人用古乐府民歌的精神来创作新乐府"②。

一、汉乐府"寓教于乐"

乐府诗在汉代出现的时候,最初是为娱乐表演而设。用来表演的歌辞多来自民间,所谓"赵代秦楚之讴",且往往是讲述一个发生在民间的故事,并不具有太强的讽谕性。试想,当皇帝大臣们坐在一起赏乐观舞的时候,如果全是讽谕性的作品,有何娱乐可言? 统治者愿意听下去吗? 兹举一例,很能说明问题。《东门行》本辞为:

> 出东门,不顾归。来入门,怅欲悲。盎中无斗米储,还视架上无悬衣。拔剑东门去,舍中儿母牵衣啼。他家但愿富贵,贱妾与君共餔糜。上用仓浪天故,下当用此黄口儿。今非,咄! 行! 吾去为迟,白发时下难久居。

这一首乐府诗经常被看作是反映当时现实的典型例证,但真正被"晋乐所奏"的歌辞却有所改动:

> 出东门,不顾归。来入门,怅欲悲。盎中无斗储,还视桁上无悬衣。(一解)拔剑出门去,儿女牵衣啼。他家但愿富贵,贱妾与君共餔糜。(二解)共餔糜,上用仓浪天故,下为黄口小儿。今时清廉,难犯教言,君复自爱莫为非。(三解)今时清廉,难犯教言,君复自爱莫为非。行! 吾去为迟,平慎行,望君归。(四解)③

为何后面要改为"今时清廉",无非是替统治者粉饰太平。现存汉乐府诗四

---

① 吴曾《能改斋漫录》,上海:上海古籍出版社,1960 年,第 6—7 页。
② 胡适撰,骆玉明导读《白话文学史》,第 158 页。
③ 郭茂倩编《乐府诗集》,第 550 页。

十多首,带有讽刺性的作品也只占较少的一部分,而且,其中表现出来的讽谕精神十分微弱,类似于汉赋的"劝百讽一"。歌辞文本中大量的对白口语、诱人的故事情节和栩栩如生的人物形象,无不是为了表演时吸引听众的需要而设置。况且,班固在《汉书·艺文志》中明言乐府的表演是"夜诵",不太可能像朝会那样要求公卿大臣都要参与,如果说朝廷设置乐府的目的是"观风俗,知厚薄",那为什么不在朝会的时候公开举行,而要在皇帝的宫廷里"夜诵"呢?倘若乐府真正实现了讽谕和教化功能的话,为何后来在哀帝时又要罢乐府?因此,我们只能这样认为,当初设置乐府的真正目的确实是为了娱乐,其讽谕和教化功能只能是在表演的过程中通过"寓教于乐"的方式体现出来。诚如钱志熙所说:"无论乐府诗文本表现的伦理功能强弱的程度如何,都不是以文本独立地发挥出来,而是借整个娱乐艺术体制发挥出来的。因此,乐府诗的伦理功能是依附于娱乐功能的。"[1]

那么为什么我们今天一提到汉乐府,就以为是具有讽谕精神?其中原因,与班固等儒学之士有关。汉儒在解经的过程中十分推崇诗教,尤其是汉武帝"罢黜百家,独尊儒术"以后,十分强调诗赋中美刺讽谕。东汉时期的班固在《汉书》中记录与乐府相关的历史事件时,便给"乐府"安排了一个有序化的历史逻辑,为了达到"颂汉"以及替统治者"隐恶"的目的,把本来属于娱乐俗乐表演的乐府,运用一定的书写策略,将其与周代政治生活中的"采诗"联系在一起,建构成实现教化、带有理想色彩的音乐官署,从而塑造了人们的乐府观念。换言之,是班固等人赋于"立乐府"这一事件正面积极的历史意义,"误导"并影响了后人。历史就是这样令人啼笑皆非,记录的历史未必是真实的历史,但后世只能凭借记录的历史去认识历史,所以当我们去看汉代的乐府诗时,常常会将讽谕精神作为汉乐府的主要特点。

二、旧题乐府诗中对乐府精神的呼唤与借鉴

历史上往往会出现这种情况,一个复杂的历史事件,后人在继承时往往会撷取其中的一部分因素加以发展,从而产生更符合时代需要的东西。人们从汉代"设置乐府"这一历史事件中撷取了反映现实的因素加以发扬,这就形成了所谓的"乐府精神"。

今天我们对汉乐府诗给予很高的评价,但在汉唐时期,由于汉乐府出自民间,人们对其一直评价不高。刘勰论乐府诗就轻视汉魏以来的俗曲,他说:"若夫艳歌婉娈,怨诗诀绝,淫辞在曲,正响焉生……诗声俱郑,自此阶矣。"[2]

---

[1] 钱志熙《汉魏乐府的音乐与诗》,第82页。
[2] 刘勰著,范文澜注《文心雕龙注》,第102页。

唐代韩愈《上兵部李侍郎书》云："夫牛角之歌,辞鄙而义拙。"①元稹《唐故工部员外郎杜君墓系铭》云："秦汉以还,采诗之官既废,天下俗谣民讴,歌颂讽赋,曲度嬉戏之词,亦随时间作。"②既不承认汉代有采诗制度,对秦汉以来的"俗谣民讴"也未给予太高的评价。既然人们看不起乐府诗,就需要改造。怎么改造呢?曹魏文人首先作出了示范。建安前后,出现了一些借题发挥的乐府诗,如曹操《蒿里行》,该题本是为老百姓送葬的,曹操借以表达对战乱中死亡的老百姓的伤悼,《薤露行》本是为送王公大人送葬的,曹操用来写政治斗争中诸大臣的死亡,王粲《七哀诗》本是述写离开长安时的悲哀,但在诗歌中写到了战乱给老百姓造成的痛苦。这些乐府诗都是描写"宏大"的历史事件,反映当时的社会现实,或许在作者的意识之中并没有认识到这是在改造乐府诗,但在客观上却造成了以乐府诗"拟写时事"的效果,成为后人所津津乐道的"乐府精神"。

然而,曹魏以后两晋及南朝的乐府诗并没有沿着这条路继续发展下去,其"拟写时事"的"乐府精神"很快就被大量的"唱和重复"所取代了。这一时期,也有些诗人尝试采用另一种改造办法——有意加入说教成分。比如傅玄拟写的《艳歌行》一诗,明代谢榛《四溟诗话》卷一云："傅玄《艳歌行》,全袭《陌上桑》,但曰:'天地正厥位,愿君改其图。'盖欲辞严义正,以裨风教。"③他的《秋胡行》也是这样,结尾云："彼夫既不淑,此妇亦太刚。"通过作者的价值判断进行说教。《美女篇》仿效李延年歌,但结尾云："未乱犹可奈何。"亦是道德说教。后来出现的《木兰诗》第二首同样带有说教的尾巴,《四溟诗话》卷一又云："《木兰词》后篇不当作。末曰:'忠孝两不渝,千古之名焉可灭。'此亦玄之见也。"④这种改造方法使乐府诗"理胜于辞",破坏了其艺术性,显然不是一条较好的途径,后世文人没有沿着这条路继续走下去。

到了初盛唐时期,"乐府精神"才在理论和实践上得以回归。陈子昂虽然没有明确提出改造乐府诗的理论,但他在《与东方左史虬修竹篇序》中说:"汉魏风骨,晋宋莫传。"主张学习汉魏诗歌。我们知道,汉魏诗歌中绝大多数是乐府诗,因此"汉魏风骨"可以理解为"乐府精神"。遗憾的是,陈子昂并没有大量拟写汉魏乐府诗,因此缺乏真正的实践。到了唐玄宗天宝前后,由于社会现实日益腐败,乐府诗的改造才步入正道,尤其是旧题乐府诗又开始"拟写时事",恢复并发扬了"乐府精神"。主要表现在:

---

① 韩愈撰,马其昶校注,马茂元整理《韩昌黎文集校注》,上海:上海古籍出版社,1986年,第144页。
② 董诰等编《全唐文》,第6649页。
③ 丁福保辑《历代诗话续编》,第1137页。
④ 同上。

首先，由于杨国忠、杨贵妃是导致朝政腐败的罪魁祸首，所以出现了许多讥刺杨氏兄妹的旧题乐府诗。如崔国辅的《白纻辞》其二，熊笃认为"以汉哀帝宠董贤之妹董昭仪事，可能即针对玄宗宠幸贵妃事而予以规讽"①。崔颢《相逢行》写一宫女得宠后"诸兄近拜侯"的盛况，乃"因感于杨贵妃一人得宠，全家暴发之事，遂借古讽今"②。崔颢的另一首乐府诗《长安道》云："长安甲第高入云，谁家居住霍将军。日晚朝回拥宾从，路傍拜揖何纷纷。"显然是讽刺杨国忠权倾朝野，炙手可热。王昌龄的《殿前曲》，明代杨慎《升庵诗话》卷二云："此咏赵飞燕事，亦开元末纳玉环事，借汉为喻也。"③李颀的《郑樱桃歌》，也是托寓石季伦的宠妓郑樱桃以讥讽杨贵妃。其他如储光羲的《相逢行》和杜甫的《丽人行》等都是讽谕杨贵妃兄妹的名篇。事实上，乐府诗中也正有此传统，汉代民歌《卫皇后歌》云："生男无喜，生女无怒，独不见卫子夫霸天下。"便是讥刺汉武帝宠幸卫子夫之事，其他如《汉成帝时燕燕童谣》《汉成帝时歌谣》"邪径败良田"等都是讥刺后宫宠幸及外戚事。盛唐诗人继承并发扬了这一传统。

其次，天宝年间扩边战争不断，一部分边塞题材的旧题乐府诗对朝廷穷兵黩武的政策进行批判。如王翰的《饮马长城窟行》，清代方东树《昭昧詹言》卷一三云："言婉托于古昔。"④李白的《战城南》，王琦注《李太白全集》引萧士赟语："开元、天宝中，上好边功，征伐无时，此诗盖以讽也。"⑤杜甫的前、后《出塞》，仇兆鳌《杜诗详注》卷四引朱鹤龄语："前是哥舒贪功于吐蕃，后是禄山构祸于契丹。"⑥杨伦《杜诗镜诠》卷二评云："借古题写时事，深悉人情，兼明大义，当与《东山》《采薇》诸诗并读。"李颀的《从军行》，陆时雍辑《唐诗镜》卷一六曰"后二语可讽"⑦，沈德潜《唐诗别裁集》卷五云："以人命换塞外之物，失策甚矣。为开边者垂戒，故作此诗。"⑧

最后，天宝年间社会上的种种丑恶现象在旧题乐府诗中也有所揭露。如崔国辅《少年行》《王孙游》《襄阳曲》等借用少年公子类题目，讽刺当时的王公贵人寻花问柳、生活放荡的社会腐败现象。王昌龄的《青楼曲》其一："白马金鞍从武皇，旌旗十万宿长杨。楼头小妇鸣筝坐，遥见飞尘入建章。"唐汝询《唐诗解》卷二六云："此刺娼乐之盛。玄宗行事，有类汉武，凡诗称武皇

---

① 熊笃《天宝文学编年史》，重庆：重庆出版社，1987年，第41页。
② 同上书，第35页。
③ 杨慎著，王仲庸笺证《升庵诗话笺证》，第266页。
④ 方东树著，汪绍楹点校《昭昧詹言》，北京：人民文学出版社，1961年，第352页。
⑤ 李白著，王琦注《李太白全集》，第179页。
⑥ 杜甫著，仇兆鳌注《杜诗详注》，第292页。
⑦ 陆时雍《唐诗镜》，《景印文渊阁四库全书》，第1411册，第434页。
⑧ 沈德潜编《唐诗别裁集》，第79页。

者,皆指玄宗也。言青楼之人,既从天子游幸而宿长杨矣。复自长杨而还建章,故小妇望之而见飞尘之起矣。"李颀《行路难》托寓杨德祖之事,讽刺当时社会上的趋炎附势之徒。储光羲的《洛阳道五首献吕四郎中》讽刺当时对待人才的不公正,明代李攀龙辑、袁宏道校的《唐诗训解》谓:"贵介乘春得意,举措直道安在?"①而李白在天宝三载(744)离京以后所写的乐府诗,把讽谕的矛头指向社会的各个方面,如《丁督护》表现出对统治者过度压榨下层老百姓的同情,《上留田行》揭露皇室内部的钩心斗角,《枯鱼过河泣》《远别离》等警告统治者任用奸人必将大权旁落。

三、新题乐府诗中对乐府精神的改造与发扬

乐府精神的进一步改造和发扬是在中唐时期的新题乐府诗中完成的。应该指出的是,一些文学史和诗歌史在叙述新乐府诗时常说成是"学习汉乐府民歌的结果",其实情况并非如此,元稹和白居易等人的新乐府创作是学习《诗经》而来。陈寅恪在《元白诗笺证稿》第五章《新乐府》中说,元稹、白居易"二公新乐府之作,乃以古昔采诗观风之传统理论为抽象之鹄的,而以唐代杜甫即事命题之乐府,如《兵车行》者,为其具体之楷模"。接下来引白居易的《新乐府序》后,又说:

> 则已标明取法于诗三百篇矣。是以乐天新乐府五十首,有总序,即摹毛诗之大序。每篇有一序,即仿毛诗之小序。又取每篇首句为其题目,即效关雎为篇名之例。……全体结构,无异古经。质而言之,乃一部唐代诗经,诚韩昌黎所谓"作唐一经"者。不过昌黎志在春秋,而乐天体拟三百。②

的确,不管是从白居易本人在《新乐府序》中的说法,还是他的创作来看,都是继承和学习《诗经》而成。后来,单书安在《元白新乐府与汉乐府联系的再认识》一文中又进行了细致的分析,其结论为:"新乐府与汉乐府并没有多少直接的联系。大量事实表明,元白对汉乐府注目极少。他们主要是基于对采诗古制的向往,与《诗经》取得精神上的契合而进行新乐府创作的。"③陈、单二先生的看法有道理。虽然中唐文人在改造乐府诗时学习和继承的目标是《诗经》,但其具体的操作路径是吸收汉儒解释《诗经》时所形成的美刺理论,

---

① 李攀龙辑,袁宏道校《唐诗训解》,明万历四十六年(1618)居仁堂余献可刻本。
② 陈寅恪《元白诗笺证稿》,第124页。
③ 单书安《元白新乐府与汉乐府联系的再认识》,《陕西师大学报》1987年第3期,第89页。

把出于民间的乐府歌辞纳入诗教系统中。它在文学史上的意义,便是利用《诗经》改造了乐府,同时也提升了乐府。

事实上,将乐府与《诗经》建立关联,早在初唐就已有人提出来了。杨炯《王勃集序》云:"甄正乐府,取其雅奥,为三百篇以续《诗》。"①卢照邻《乐府杂诗序》在感慨"王泽竭而颂声寝,伯功衰而诗道缺"后说:"其有发挥新题,孤飞百代之前;开凿古人,独步九流之上。自我作古,粤在兹乎!"②透露出以恢复诗道的愿望。后来李白也提出"大雅久不作,吾衰竟谁陈","大雅思文王,颂声久崩沦",杜甫更是主张"别裁伪体亲《风》《雅》",都要求接续《诗经》的风雅精神。到了中唐时期,受儒学复古的刺激,诗歌领域全方位地向《诗经》学习,如元结、萧颖士、顾况、韩愈、孟郊等人写有大量仿照《诗经》体或学习风雅精神的诗歌。这时期一些诗论如元结《二风诗论》、白居易《与元九书》等更是倡导美刺讽谕精神。在这样的背景下,人们以《诗经》的精神彻底改造了乐府歌辞,要求乐府歌辞也要具有美刺精神③。如:

元结《系乐府序》:"尽欢怨之声者,可以上感于上,下化于下。"④

独孤及《检校尚书吏部员外郎赵郡李公中集序》:"抒情性以托讽,然后有歌咏。"⑤

梁肃《常州刺史独孤及集后序》:"怨刺形于歌咏。"⑥

元稹《乐府古题序》:"况自《风》《雅》,至于乐流,莫非讽兴当时之事。"⑦

沈亚之《送李胶秀才诗序》:"乐之所感,微则占于音,章则见于词。微于音者,圣人察之;章于词者,贤人畏之。故勤人之君,欲以闻其下;忠主之佐,使以达其上。夫往代之诗乐,皆能沿声谐韵。今征其文以观之,而其代兴衰可见也。宁近世学者固不变风从律耶,何为其词不闻充陈于管弦乎,今乐府既阙所奏,如有忠言之意,众所仰哉?"⑧

白居易《采诗官》:"郊庙登歌赞君美,乐府艳词悦君意。若求兴谕

---

① 杨炯撰,徐明霞点校《杨炯集》,北京:中华书局,1980年,第38页。
② 卢照邻著,李云逸校注《卢照邻集校注》,第335页,第339—340页。
③ 葛晓音《新乐府的缘起和界定》一文对元稹、白居易在乐府诗创作中标举《诗经》的作法有较为细致的论述,可参。该文载《中国社会科学》1995年第3期。
④ 元结著,孙望校《元次山集》,上海:中华书局上海编辑所,1960年,第18页。
⑤ 董诰等编《全唐文》,第3946页。
⑥ 同上书,第5260页。
⑦ 元稹撰,冀勤点校《元稹集》,第255页。
⑧ 董诰等编《全唐文》,第7593—7594页。

规刺言,万句千章无一字。"①

另外,元结在《二风诗论》中表示要"欲极帝王理乱之道,系古人规讽之流",元稹在诗歌分类中有意分出"乐讽"一类,白居易推崇张籍古乐府也是着眼于"风雅比兴""铺陈六义",孙光宪《北梦琐言》卷二谓聂夷中的《公子家》《咏田家》等新乐府诗"言近意远,合三百篇之旨也",这些都是乐府诗结合风雅理论的产物。这样一来,乐府歌辞的娱乐功能丧失,教化功能空前高涨,歌辞与诗一样戴上了风雅桎梏,从而在功用上实现了诗与歌的合流,前人谓"香山讽谕诗乃乐府之变"②,就是从这一点出发的。

尽管中唐诗人的新乐府创作表面上看来没有直接学习汉乐府民歌,但在精神层面上与"乐府精神"是完全吻合并一脉相承的,因此,后人常谓这些新题乐府诗的作家能深得"乐府遗意"或"风人之意",如胡应麟《诗薮》内编卷二谓杜甫"不效四言,不仿《离骚》,不用乐府旧题,是此老胸中壁立处。然风、骚、乐府遗意,杜往往深得之"③。《姜南诗话》云:"杜少陵《哀江头》、元微之《连昌宫辞》、白乐天《长恨歌》,得风人之遗志。"④王士禛说:"唐人乐府,惟有太白《蜀道难》《乌夜啼》,子美《无家别》《垂老别》,以及元、白、张、王诸作,不袭前人乐府之貌,而能得其神者,乃真乐府也。"沈德潜《唐诗别裁集》亦指出:"乐天忠君爱国,遇事托讽,与少陵相同。特以平易近人,变少陵之沉雄浑厚,不袭其貌,而得其神也。"有研究者指出,"新乐府"的兴起"使文人乐府对配乐歌辞的模仿发生质变,完成了从恪守固定模式到扬弃一切模式的飞跃,重新达到自由创作的新境地"⑤,其实"新乐府"并未扬弃一切,它依然恪守着乐府的讽谕精神和歌辞程式。

第七节　文人拟写乐府诗失误述略

一般来说,乐府诗具有深厚的传统积淀,在题目、题材、典故等方面都有稳定程式,后人在拟写过程中要遵循这一传统,如有错误,必为后人所讥。有些已被前辈学者所指出,惜未见有人进行梳理。本节就读书所见从题目、地理和用事三方面作一简要述略。

---

① 白居易著,顾学颉校点《白居易集》,第 90 页。
② 田雯《古欢堂集杂著》,郭绍虞选编,富寿荪校点《清诗话续编》,第 700 页。
③ 胡应麟《诗薮》,第 38 页。
④ 吴文治主编《明诗话全编》,第 3457 页。
⑤ 崔炼农《汉魏六朝乐府辞乐关系研究》,上海师范大学 2003 年博士学位论文,第 75 页;崔炼农《乐府歌辞述论》,第 114—115 页。

一、题目失误

《蔡宽夫诗话》在论及乐府的创作时说："有并其题失之者。如《相府莲》讹为《想夫怜》，《杨婆儿》讹为《杨叛儿》之类是也。"①的确如此，《相府莲》《杨婆儿》两个题目在后来文人的拟写过程中因音近而被误作为《相夫怜》《杨叛儿》。《相府莲》出现于南朝齐代，郭茂倩《乐府诗集》卷八〇引《古解题》云："《相府莲》者，王俭为南齐相，一时所辟皆才名之士。时人以入俭府为莲花池，谓如红莲映绿水……其后语讹为《想夫怜》，亦名之丑尔。"②唐代崔令钦的《教坊记》、顾况的《李湖州孺人弹筝歌》、白居易的《听歌六绝句》、李涉的《听多美唱歌》等都写作"《想夫怜》"。《乐府诗集》卷八〇所收歌辞为："夜闻邻妇泣，切切有余哀。即问缘何事，征人战未回。"亦是赋写"想夫怜"之题面意思。又，李肇《唐国史补》卷下云："于司空以乐曲有《想夫怜》，其名不雅，将改之，客有笑者曰：'南朝相府曾有瑞莲，故歌相府莲，自是后人语讹，相承不改耳。'"③

《杨婆儿》本是南朝齐代童谣，杜佑《通典》卷一四五云："《杨叛儿》，本童谣也。齐隆昌时，女巫之子曰杨旻，随母入内，及长，为太后所宠爱。童谣云'杨婆儿，共戏来'，所欢语讹，遂成《杨叛儿》。"④郑樵《通志》卷四九亦谓："语讹，转'婆'为'叛'也。"⑤显然，这也是因音近而致误。梁武帝、陈后主、李白等人拟写时题目均作《杨叛儿》。

齐代陆厥写有《中山王孺子妾歌》，《乐府诗集》卷八四云："《汉书》曰：'诏赐中山靖王子哙及孺子妾冰、未央才人歌诗四篇。'如淳曰：'孺子，幼少称孺子。妾，宫人也。'颜师古曰：'孺子，王妾之有品号者。妾，王之众妾也。冰，其名。才人，天子内官。'按，此谓以歌诗赐中山王及孺子妾、未央才人等尔，累言之，故云及也。而陆厥作歌，乃谓之中山孺子妾，失之远矣。"⑥宋代孙奕《示儿编》卷一五"人物通称"谓："太子内官称孺子。"并注云："前汉《武五子传》'纳史良娣'，韦昭曰：'良娣，太子之内官也。太子有妃、有良娣、有孺子，凡此三等。'"⑦王先谦《汉书补注》亦云："孺子、妾疑即中山王宫人。"⑧也就是说，"孺子"与"妾"皆是宫人，不应该连称为"孺子妾"，然陆厥却一并

---

① 郭绍虞辑《宋诗话辑佚》，第 379 页。
② 郭茂倩编《乐府诗集》，第 1130 页。
③ 李肇《唐国史补》，上海：上海古籍出版社，1979 年，第 59 页。
④ 杜佑《通典》，第 758 页。
⑤ 郑樵《通志》，第 625 页。
⑥ 郭茂倩编《乐府诗集》，第 1183 页。
⑦ 孙奕《示儿编》，《景印文渊阁四库全书》，第 864 册，第 519 页。
⑧ 王先谦《汉书补注》，北京：中华书局，1983 年，第 893 页。

言之。唐代李白也有拟辞,王琦注云:"太白是题,盖仍陆氏之误也。"①

李白在《君道曲》题目下自注:"梁之《雅歌》有五章,今作一章。"②但是梁代的雅歌五章分别是《应王受图曲》《臣道曲》《积恶篇》《积善篇》《宴酒篇》,其中并无《君道曲》,因而郭茂倩认为,李白所拟写的可能是梁代雅歌中的《应王受图曲》③。清人王琦不同意郭氏的看法,认为李白所拟写的是梁代雅歌中的《臣道曲》,"盖后人讹'臣'字为'君'字耳"④,但今传宋本《李太白集》中均作"《君道曲》",因而王氏之说似亦不确。今人詹锳以为,"按白作美君臣之相扶助,与斯二者均不类,盖皆非也"⑤。安旗则直接把这首乐府诗当作是李白自拟新题,她说:"梁《雅歌·臣道曲》唯言人臣至忠之道,白诗君臣并举而重在言君,则诗题固应作《君道曲》,太白自拟也。"⑥如果视作自拟新题,那么,李白在题下的自注又该如何解释? 故笔者以为,李白原本所拟的就是《臣道曲》,不过是他自己误作《君道曲》而已。

唐人将《凉州》误为《梁州》。《新唐书》卷二二载:"天宝乐曲,皆以边地名,若《凉州》《伊州》《甘州》之类。"又,"《凉州曲》,本西凉所献也。"⑦然唐人多误写作"《梁州》"。洪迈《容斋随笔》卷一四云:"今乐府所传大曲,皆出于唐,而以州名者五,伊、凉、熙、石、渭也。《凉州》今转为《梁州》,唐人已多误用,其实从西凉府来也。"⑧如顾况《李湖州孺人弹筝歌》:"独把梁州凡几拍,风沙对面胡秦隔。"⑨李益《夜上西城听梁州曲》:"行人夜上西城宿,听唱梁州双管逐。"⑩李频《闻金吾妓唱梁州》:"闻君一曲古梁州,惊起黄云塞上愁。"⑪

温庭筠的《湖阴词》题误。其诗自序云:"王敦举兵至湖阴,明帝微行,视其营伍,由是乐府有《湖阴曲》。而亡其词,因作而附之。"⑫明代杨慎《升庵诗话》卷二云:"'王敦屯于湖,帝至于湖,阴察营垒而去。'此《晋纪》本文。于湖,今之历阳也。'帝至于湖'为一句,'阴察营垒'为一句,温庭筠作《湖阴

---

① 李白著,王琦注《李太白全集》,第237页。
② 同上书,第252页。
③ 郭茂倩编《乐府诗集》卷五一《君道曲》题解,第750页。
④ 李白著,王琦注《李太白全集》,第252页。
⑤ 詹锳《李白乐府探源》,《李白诗论丛》,第90页。
⑥ 李白著,安旗、阎琦、薛天纬、房日晰编年注释《李白全集编年注释》,成都:巴蜀书社,1990年,第906页。
⑦ 欧阳修、宋祁《新唐书》,第476—477页。
⑧ 洪迈撰,孔凡礼点校《容斋随笔》,第186页。
⑨ 彭定求等编《全唐诗》,第2948页。
⑩ 同上书,第3225页。
⑪ 同上书,第6813页。
⑫ 温庭筠著,曾益等笺注《温飞卿诗集笺注》,上海:上海古籍出版社,1998年,第23页。

曲》,误以阴字属上句也。张耒作《于湖曲》以正之。"①温庭筠还有一首《生褥屏风歌》,据《汉书·东方朔传》载,"有皇太子生褥、屏风",恐怕温庭筠又是将"生褥"与"屏风"错误地合并在一起。

二、地理失误

南朝的边塞乐府诗中,所涉及的地理问题常常会出现失误。《颜氏家训·文章》云:"文章地理,必须惬当。梁简文《雁门太守行》乃云:'鹅军攻日逐,燕骑荡康居。大宛归善马,小月送降书。'萧子晖《陇头水》云:'天寒陇水急,散漫俱分泻。北注徂黄龙,东流会白马。'此亦明珠之颣,美玉之瑕,宜慎之。"卢文弨注前首诗云:"此殆言燕、宋之军,其与此诸国皆不相及也。"注后首诗云:"陇在西北,黄龙在北,白马在西南,地皆隔远,水焉得相及。"②到了唐代,一些边塞乐府诗中的地名或方位仍多与实际地理情况不相符,程千帆《论唐人边塞诗中地名的方位、距离及其类似问题》一文中列举出了王之涣的《凉州曲》、岑参的《轮台歌奉送封大夫出师西征》、李白的《战城南》、高适的《燕歌行》、王昌龄的《从军行》、李贺的《塞下曲》等③,可参看,此处不再赘述。

《蜀道难》一题,刘孝威的拟辞中有"玉垒高无极,铜梁不可攀",《乐府诗集》卷四〇所引《乐府解题》中亦云:"备言铜梁玉垒之阻。"然而,玉垒、铜梁二山并不是入蜀必经之地,正如郭茂倩所指出的:"按铜梁玉垒在蜀郡西南,今永康是也。非入蜀道,失之远矣。"④

在《王昭君》一题的拟写中,上官仪的拟辞中有"玉关春色晚,金河路几千",李白的拟辞中有"一上玉关道,天涯去不归",二人都写及"玉关"。然而,赋咏《王昭君》而言"玉关"是不正确的,因为"玉关"即玉门关,王昭君出关时不经过玉门关。顾炎武《日知录》卷二一"李太白诗误"条曰:"按《史记》言匈奴左方王将直上谷以东,右方王将直上郡以西,而单于之庭直代、云中;《汉书》言呼韩邪单于自请留居光禄塞下,又言天子遣使送单于出朔方鸡鹿塞,后单于竟北归庭。乃知汉与匈奴往来之道大抵从云中、五原、朔方,明妃之行亦必出此。故江淹之赋李陵,但云:'情往上郡,心留雁门。'而玉关与西域相通,自是公主嫁乌孙所经,太白误矣。"⑤

---

① 杨慎著,王仲镛笺证《升庵诗话笺证》,第49页。
② 颜之推撰,王利器集解《颜氏家训集解》,第271—273页。
③ 程千帆《论唐人边塞诗中地名的方位、距离及其类似问题》,《南京大学学报》1979年第3期,第71—82页。
④ 郭茂倩编《乐府诗集》,第590页。
⑤ 顾炎武著,黄汝成集释《日知录集释(外七种)》,第1595—1596页。

储光羲的《洛阳道五首献吕四郎中》中有"五陵贵公子,双双鸣玉珂"。《唐诗解》卷二二云:"此赋道中所见。盖有'世胄蹑高位,英俊沉下僚'意。然云'五陵',题当作'长安道',云'洛阳',误也。"①

三、用事失误

陆厥《中山王孺子妾歌》中有云:"安陵泣前鱼。"此事乃龙阳君事,陆厥误作安陵君事。《文选》卷二八李善注辨之甚详:"《战国策》曰:'魏王与龙阳君共船而钓,龙阳君钓得十余鱼而弃之,泣下,王曰:有所不安乎?对曰:无。王曰:然则何为涕出?对曰:臣始得鱼甚喜,后得益多而大,欲弃前之所得也。今以臣凶恶,而得拂枕席。今爵至人君,走人于庭,避人于涂。四海之内,其美人甚多矣,闻臣之得幸于王,毕褰裳而趋王。臣亦同曩者所得鱼也,亦将弃矣,得无涕出乎?王乃布令曰:敢言美人者,族。'然泣鱼是龙阳君非安陵,疑陆误矣。"②

唐人所拟《长门怨》辞中多用"昭阳"之事,如徐贤妃辞云"旧爱柏梁台,新宠昭阳殿";刘皂辞云"宫殿沉沉月欲分,昭阳更漏不堪闻";耿纬辞云"闻道昭阳宴,嚬蛾落叶中";杨衡辞云"望望昭阳信不来,回眸独掩红巾泣";刘媛辞云"雨滴梧桐秋夜长,愁心和雨到昭阳";王贞白辞云"昭阳歌舞伴,此夕未知秋。"《文苑英华》卷二〇四在所收《长门怨》后注云:"右《长门怨》诗,刘皂、耿纬、杨衡、刘媛、王贞白第二首皆用'昭阳'字,按'昭阳'乃赵飞燕事,与陈后长门宫不相关。"③《随园诗话》卷一五亦云:"唐耿纬《长门怨》云:'闻道昭阳宴。'杨衡云:'望望昭阳信不来。'刘媛云:'愁心和雨到昭阳。'按:昭阳为成帝时赵氏姊妹所居,与武帝之陈后长门无涉。"④

宋代吴开《优古堂诗话》云:"《乐府杂录》载:笛者,羌乐也。古曲有《落梅花》《折杨柳》,非谓吹之则梅落耳。故陈贺微《长笛》诗云:'柳折城边树,梅舒岭外林。'张正见《柳》诗亦云:'不分梅花落,还同横笛吹。'李峤《笛》诗:'逐吹梅花落,含春柳色惊。'意谓笛有《梅》《柳》二曲也。然后世皆以吹笛则梅落,如戎昱《闻笛》诗云:'平明独惆怅,蕊尽一庭梅。'崔橹《梅》诗:'初开已入雕梁画,未落先愁王笛吹。'《青琐集》诗:'凭仗高楼莫吹笛,大家留取倚栏看。'皆不悟其失耳。惟杜子美、王之涣、李太白不然。杜云:'故园杨柳今摇落,何得愁中却尽生。'王云:'羌笛何须怨杨柳,春风不度玉门关。'李云:'黄

---

① 唐汝询选释,王振汉点校《唐诗解》,第 500 页。
② 萧统编,李善等注《六臣注文选》,第 537 页。
③ 李昉等编《文苑英华》,第 1010 页。
④ 袁枚著《随园诗话》,北京:人民文学出版社,1998 年,第 523 页。

鹤楼中吹玉笛,江城五月落梅花.'亦谓笛有二曲也."①简言之,笛曲中本有《落梅花》《折杨柳》二曲,然而后人却误以为实有其事。

《杞梁妻》一曲是因杞梁战死,其妻投水而死,乐府遂传为歌曲。唐代贯休在拟辞中则改为杞梁因筑城而死。《对床夜语》卷三云:"崔豹《古今注》曰:杞梁妻者,杞殖妻妹朝日所作也。殖战死,妻曰:'上无父,中无夫,下无子,人生之苦至矣.'乃抗声长哭,杞都城感之而颓,遂投水死。其妹悲姊之贞,乃作歌,名曰《杞梁妻》焉。梁,殖之字也。《列女传》曰:'齐庄公袭莒,殖战而死.'僧贯休乃云:'秦之无道兮四海枯,筑长城兮遮北胡。筑人筑土一万里,杞梁贞妇啼呜呜。上无父兮中无夫,下无子兮孤复孤。一号城崩塞色苦,再号杞梁骨出土。疲魂饥魄相逐归,陌上少年毋相非.'味其词,则杞梁乃秦之筑城卒,其妻亦未尝死也。"②

王昭君出塞时是别人弹琵琶,并非自弹,后人却误以为是自弹。《韵语阳秋》卷一五云:"《文选》载石季伦《昭君辞》云:'昔公主嫁乌孙,令琵琶马上作乐,以慰其道路之思.'昭君亦然。则马上弹琵琶,非昭君自弹也,故孟浩然《凉州词》云:'胡地迢迢三万里,那堪马上送明君.'而东坡《古缠头曲》乃云:'翠鬟女子年十七,指法已似呼韩妇.'梅圣俞《明妃曲》亦云:'月下琵琶旋制声,手弹心苦谁知得!'则皆以为昭君自弹琵琶。"③

乐府诗中经常将弓、剑对举,并非诗人实际佩带,大多是使事用典而已。《游潜诗话》云:"弓剑皆男子佩器,故黄帝鼎湖之升,言其遗物,独曰弓剑。于古人诗歌多以属对言之。……刘琨选云:'左手弯繁弱,右手挥龙渊.'李白《蓟门行》云:'拔剑斩楼兰,弯弓射贤王.'……他若卢照邻《少年行》、骆宾王《行路难》、卫象《古词》,类以并言,不暇尽记,皆以发其慨激昂之意,盖不徒也然亦射者,男子之事,剑为君子所佩,弓之材致远,剑之义辟非,取诸物以著之于身,丈夫事业,思过半矣。"④

王维《老将行》中述及卫青误用"天幸"事。《游潜诗话》云:"作诗用事,须是的当,不可率易用之,虽古人或亦不免此议。如唐王维《老将行》云:'卫青不败由天幸,李广难封缘数奇.''天幸',霍去病事也。本传云:'所向每先大将军,军独天幸,不致乏绝.'维以为卫青,误矣。"⑤

刘禹锡《踏歌行》用"细腰"事误作"楚襄王"。《焦竑诗话》云:"刘禹锡《踏歌行》:'为是襄王故宫地,至今犹自细腰多.'《墨子》云:'楚灵王好细腰,

---

① 吴开《优古堂诗话》,丁福保辑《历代诗话续编》,第279页。
② 范晞文《对床夜语》,丁福保辑《历代诗话续编》,第430页。
③ 葛立方《韵语阳秋》,第200—201页。
④ 吴文治主编《明诗话全编》,第1534页。
⑤ 同上书,第1557页。

故其臣皆三饭为节,胁息然后带,缘墙然后起。'《韩非子》云:'楚庄王好细腰,一国皆有饥色。'细腰事凡两见,不闻襄王也。疑刘误记。"①

四、失误原因

文人在拟写乐府诗的过程中,在题目、地理、用事方面出现了一些失误的地方。其中的原因,除作者自身的知识积累不足之外,更重要的是,突显出乐府诗拟写完全是在书本经验系统中运行:作者不必有感而发,故无须考虑题目的设定与契合程度;不必有实地经历,故诗中所写的地理空间来自想象;又要别出心裁并超越前人,只能在典故上翻新求奇。文人在拟写乐府诗的过程中,根据以前的拟写传统,只要了解该题目的本事与始辞,调动和搜寻相关的阅读经验,参考前人的同题之作,然后对本事予以想象,甚至予以重新建构,便可以形成大致的构思框架。为了避免重复,文人还会调整该题目下前人拟辞中惯用的语词和意象,力求搜新翻奇,试图有所超越。在这一过程中,难免会出现相互抵牾或者考虑不周的地方,造成了书写中的失误。前文已说过,拟写乐府诗就是"戴着镣铐跳舞",既然已有了"镣铐",就树立了标准和依据,其中包含了知识方面的要求,自然是不能违背的。这种失误在新题乐府诗中较少见,因为新题乐府"无复依傍";而那些完全有感而发、抒发心志的徒诗中,更是很少出现这一情况。

第八节　乐府诗体拟效的个案分析

前面数节是从总体上论述唐代乐府诗创作中的拟效现象,为了更加细致地说明这一问题,本节试图从个案的角度再进行分析。本节选取三个个案:一是通过历代文人对《巫山高》这一乐府题目的反复仿拟,窥探各个乐府题目在拟效过程中的继承与创新;二是选取唐诗经典名篇王昌龄的《出塞》和高适的《燕歌行》进行分析,会发现这些所谓的名篇其实在题材、语词甚至情感表现等方面都袭自前人;三是以创作旧题乐府诗最有成就的李白为例,说明唐代诗人到底是如何创作乐府诗的。

一、对《巫山高》的仿拟

汉乐府《巫山高》的曲调被沿用数朝,后来这一曲调名进入文人视野,又成为文人反复创作的乐府题目,从汉代至唐代共出现了四十多首同题之作。

---

① 吴文治主编《明诗话全编》,第4923页。

通过对这些作品的考察,可以发现:这一时期人们主要是通过拟效的方式进行创作,其仿拟的母题是《巫山高》古辞,大体上经历了"因其声而作歌"和"据题为之"两个阶段,在拟效的过程中既有继承又有变异。

(一) 母题分析

汉唐时期人们仿拟《巫山高》的母题是该曲调的古辞:

> 巫山高,高以大;淮水深,难以逝。我欲东归,害梁不为?我集无高曳,水何梁,汤汤回回。临水远望,泣下沾衣。远道之人心思归,谓之何!①

关于其题意,宋代郭茂倩所编《乐府诗集》引《乐府解题》说:"古词言,江淮水深,无梁可度,临水远望,思归而已。"②后来清代有许多学者试图比附史实,如庄述祖以为指"顷襄王图周室事"③,陈沆以为"似忧吴楚七国之事"④,谭仪以为"南国之士,自伤不达于朝廷"⑤,王先谦以为"民从高帝定秦,不愿出关,因思归而作歌"⑥等,但都无实据,故难以凭信。其实,《乐府解题》立足于古辞文本本身进行解说,较为妥当,即该古辞表现的题意是:因无桥梁可度,只能临淮远望,寄托思归之情。

然而,《巫山高》被列入《铙歌》十八曲,在汉代属鼓吹曲,而鼓吹曲是武乐,其歌辞应如《晋书·乐志》所言"序战阵之事"⑦,此古辞却为何"临淮远望,寄托思归之情"?清人朱乾、庄述祖、张玉穀等都认为,铙歌在实际使用的过程中只奏其声,而不唱其辞,故出现了名实不符的矛盾。但这种可能性似乎不大,道理很简单,既然不唱歌辞,为什么后来魏、晋、梁等各代还要屡填新辞?⑧ 事实上,如果从乐府诗被记录与传播的角度来看,解释会更加合理一些:《铙歌》十八曲在被吸收到乐府机关以前是民间歌辞,正是所谓的"赵、代、秦、楚之讴"⑨,自然会抒写大众题材,反映普通人的情感(如另二曲《有所

---

① 逯钦立辑校《先秦汉魏晋南北朝诗》,第158页。
② 郭茂倩编《乐府诗集》,第228页。
③ 庄述祖《汉短箫铙歌曲句解》,珍艺宦遗书本。
④ 陈沆《诗比兴笺》,第6页。
⑤ 谭仪《汉铙歌十八曲集解》,灵鹣阁丛书本。
⑥ 王先谦《汉铙歌释文笺证》,清同治十一年(1872)虚受堂刻本。
⑦ 房玄龄等《晋书》,第701页。
⑧ 见朱乾《乐府正义》(清乾隆五十四年秬香堂刻本)、庄述祖《汉短箫铙歌曲句解》(珍艺宦遗书本)、张玉谷《古诗赏析》(清光绪姑苏思义堂本)。赵师敏俐《〈汉鼓吹铙歌〉十八曲研究》一文提出新的看法,认为《铙歌》十八曲原本不是军乐,其名实不符的原因,是由汉代鼓吹乐应用场合的复杂性造成的(见《文史》2002年第2期)。
⑨ 班固《汉书》,第1045页。

思》《上陵》表现男女之情等),以致《汉书·礼乐志》讥刺说"皆非雅声"①;当收入乐府时,却由于当时记录曲谱的技术并未成熟,乐工只能采取以辞代曲的记录方法(比如《铙歌》中大量的"声辞杂写"就是最有力的证据),所以这些出自民间的歌辞有幸被记录又恰好流传于后世,而在今天看来自然会是名不符实。

《巫山高》古辞中还存在着一个令人费解的问题。古辞开篇云:"巫山高,高以大;淮水深,难以逝。"巫山在今四川省境内,位于长江沿岸,淮水在祖国的东部,两者相隔甚远,何以在古辞中对举出现? 闻一多说:"《南部新书》庚'濠州西有高唐(原误塘,从《封氏闻见记》《诗话总龟》改。)馆,附近淮水。'案此与夔蜀之高唐馆同名,以地名迁徙之例推之,疑濠西淮水附近之高唐馆,其所在之山亦名巫山。此诗巫山、淮水并称,即濠西之巫山也。"②闻一多为了迁就古辞中的"淮水",推断濠西有巫山,证据并不充分,难以服人。余冠英解释说:"身在蜀土,东归不得,假想临淮远望的光景。"③把"巫山高"看成是实写,意谓身在蜀地巫山,假想淮水的情形,显然与古辞后面部分主要写水阻相矛盾。郑文解释说:"托巫山、淮水之高深,说明不能归去的原因,不是人在巫山、淮水的地方。倘坐实地名,那就西东两地不可强合;而从下文看来,只说水阻,是用山来兴水的。"④认为古辞中的"巫山高"是用来起兴,并非实写,联系上文所引《乐府解题》中对题意的解说,这一看法可以成立。

关于这首古辞的形式,大体上是以三言句式为主(其中六个三言句,五个四言句,五言、七言句各一)。之所以这样,是因为《巫山高》是武乐,武乐主要用于朝会、道路等场合以壮声威,其曲调急促,唯有简短的三言句式与之相配方可谐调。

(二) 音乐层面上的仿拟:"因其声而作歌"

汉以后的数代朝廷中,《巫山高》被继续沿用为鼓吹乐,但普遍的作法是:沿用汉之曲调而改填新的歌辞,即郭茂倩所说的"因其声而作歌"⑤。沈约《宋书·乐志》引西晋张华《表》中对这种方式进行描述:"虽诗章词异,兴废随时,至其韵逗曲折,皆系于旧。"⑥"韵逗曲折,皆系于旧",指沿用以前的曲调,而"诗章词异,兴废随时"是指根据时代改填了新的歌辞。

"因其声而作歌"属音乐层面上的仿拟,其特点是:后来所改填的新辞在

---

① 班固《汉书》,第1070页。
② 闻一多《乐府诗笺》,孙党伯、袁謇正主编《闻一多全集》,第5册,第722—723页。
③ 余冠英选注《乐府诗选》,第5页。
④ 郑文《汉诗研究》,兰州:甘肃民族出版社,1994年,第62页。
⑤ 郭茂倩编《乐府诗集》,第1219页。
⑥ 沈约《宋书》,第539页。

题意上与古辞毫无关联,但由于沿用承袭了原来的声律曲调,因而歌辞的篇章形式与古辞要求相似,否则就难以谐乐演唱。如三国时期魏国的缪袭新填歌辞《屠城柳》为:

> 屠城柳,功诚难。越度陇塞路漫漫。北逾冈平,但闻悲风正酸。蹋顿授首,遂登白狼山。神武慹海外,永无北顾患。①

《晋书·乐志》记载,魏"改《巫山高》为《屠柳城》,言曹公越北塞,历白檀,破三郡乌桓于柳城也"②。此辞歌颂魏帝功德,在题意上与古辞无关,而在形式上与古辞大体相似,前面部分以三言句式为主,后面杂以四言、五言和六言句式。

吴国韦昭新填歌辞《关背德》辞为:

> 关背德,作鸱张。割我邑城图不祥。称兵北伐围樊襄阳。嗟臂大于股,将受其殃。巍巍夫圣主,睿德与玄通。与玄通,亲任吕蒙。泛舟洪汜池,溯涉长江。神武一何桓桓,声烈正与风翔。历抚江安城,大据郢邦。虏羽授首,百蛮咸来同,盛哉三比隆。③

《乐府诗集》卷一八引《古今乐录》曰:"《关背德》者,言蜀将关羽背弃吴德,心怀不轨。孙权引师浮江而擒之也。当汉《巫山高》。"④此辞歌颂吴帝功德,与古辞的题意无关。而在形式上长达二十一句,如果以"与玄通"为界分为两部分,前面十句,后面十一句,两部分的句数正与古辞的句数相差不多,由此我们可以推断,韦昭此辞大概是演奏了两遍《巫山高》的曲调,在曲调反复的地方用"与玄通"顶针。

晋代傅玄新填歌辞《平玉衡》为:

> 平玉衡,纠奸回。万国殊风,四海乖。礼贤养士,羁御英雄,思心齐。纂戎洪业,崇皇阶。品物咸亨,圣敬日跻。聪鉴尽下情,明明综天机。⑤

---

① 逯钦立辑校《先秦汉魏晋南北朝诗》,第528页。
② 房玄龄等《晋书》,第701页。
③ 逯钦立辑校《先秦汉魏晋南北朝诗》,第545—546页。
④ 郭茂倩编《乐府诗集》,第272页。
⑤ 逯钦立辑校《先秦汉魏晋南北朝诗》,第829页。

《宋书·乐志》云:"古《巫山高行》。"①《乐府诗集》卷一九引《古今乐录》云:"《平玉衡》,言景帝一万国之殊风,齐四海之乖心,礼贤养士而纂洪业也。"②此辞言晋代景帝功德,也与古辞在题意上无关,而歌辞的形式却与古辞大体相仿。

南朝梁代沈约新填歌辞《鹤楼峻》为:

> 鹤楼峻,连翠微,因岩设险池永归,唇亡齿惧。薄言震,耀灵威,凶众稽颡,天不能违。金汤无所用,功烈长巍巍。③

《隋书·乐志》云:"汉曲《巫山高》改为《鹤楼峻》,言平郢城,兵威无敌也。"④此辞言梁武帝功德,题意与古辞无关,篇章形式与古辞大体相似。

此外,据《隋书·音乐志》记载,南北朝时期的其他各代均有改制:南朝宋、齐的鼓吹"并用汉曲"⑤;北齐改为《战芒山》,"言神武斩周十万之众,其军将脱身走免也"⑥;北周改为《战河阴》,"言太祖破神武于河上,斩其将高敖曹、莫多娄贷文也"⑦。这几篇歌辞都已经散佚了,我们今天难得其详,但其情形应与上述所列魏、吴、晋、梁的改填新辞一样。

这里有必要指出的是,《巫山高》在音乐层面上的仿拟,虽然近似于后来宋词中的依调填词,但远没有倚调填词那样严格⑧。原因在于,宋人填词,绝大多数人不是按照曲调来填写,而是依照文字平仄谱填写,要求必定严格,多一字或少一字自然就成了另一体;《巫山高》中的"因其声而作歌",依的是曲调,从情理上来讲,多一字或少一字甚至多一两句或少一两句,乐工都可以灵活处理,仍可以配入原来的曲谱,所以上面所举部分歌辞虽然在字数、句数上与古辞略有差别,但并不影响它们协乐演唱。

(三) 文学层面的仿拟:"据题为之"

上述所论《巫山高》的仿辞都用于典礼仪式场合,一般是由朝廷指派专门人员进行改填,缺乏文人的普遍参与,故产生的影响有限。而真正把《巫

---

① 沈约《宋书》,第 650 页。
② 郭茂倩编《乐府诗集》,第 278 页。
③ 逯钦立辑校《先秦汉魏晋南北朝诗》,第 2181 页。
④ 魏征、令狐德棻《隋书》,第 305 页。
⑤ 同上书,第 304 页。
⑥ 同上书,第 330 页。
⑦ 同上书,第 342 页。
⑧ 萧涤非《乐府填词与韦昭》中指出:"我疑心魏世的拟作乐府,只是但求合于古曲的'韵逗曲折',而不屑于一字一句的死填,所以能在一调之下,用各种不同的文句。"(《萧涤非说乐府》,上海:上海古籍出版社,2002 年,第 218 页)

山高》的仿拟推向高潮的是脱离音乐之后从文学层面上进行的仿拟。这最先是从南朝刘宋时期何承天所拟的《巫山高篇》开始的。其辞云：

> 巫山高,三峡峻。青壁千寻,深谷万仞。崇岩冠灵林冥冥。山禽夜响,晨猿相和鸣。洪波迅澓,载逝载停。凄凄商旅之客,怀苦情。在昔阳九皇纲微。李氏窃命,宣武耀灵威。蠢尔逆纵,复践乱机。王旅薄伐,传首来至京师。古之为国,惟德是贵。力战而虐民,鲜不颠坠。矧乃叛戾,伊胡能遂。咨尔巴子无放肆。①

此辞据《宋书·乐志》载,乃是何承天"私造"②,郭茂倩《乐府诗集》云:"疑未尝被于歌也。"③既然不曾用于实际演唱,仿拟自然会有所变化:篇幅增长,后半部分虽然也继承了魏吴以来仿辞的传统,为统治者歌功颂德,但诗中前半部分却详细描写了巫山一带的壮丽风景,这里山高峡峻,岩陡林密,禽兽出没,令人感叹。显然,何承天的拟辞将所咏对象从古辞中的"淮水"转移到长江沿岸的巫山——当《巫山高》的拟写脱离了音乐层面,不再用于典礼仪式场合时,文学创作的因素增加,文人自然会赋写题目中的"巫山"。这种仿拟方式在郭茂倩《乐府诗集》所引《乐府解题》中被描述为"据题为之"④,冯班称作"咏古题"⑤,钱志熙概括为"赋题法"⑥。

何承天辞在《巫山高》的拟写史上具有重要的转折意义。明代于慎行《谷山笔尘》云:"宋何承天私造《铙歌》十五篇,即汉曲旧名之义而以己意咏之,与其曲之音节不复相准,谓之拟题。自是以后,江左、隋、唐皆相继模仿,惟取其名义,而乐府之法荡然尽矣。"⑦后来王融的《巫山高》就是完全从文学层面上赋咏题面意思。该辞为：

> 想象巫山高,薄暮阳台曲。烟霞乍舒卷,蘅芳时断续。彼美如可期,寤言纷在瞩。怃然坐相望,秋风下庭绿。⑧

---

① 逯钦立辑校《先秦汉魏晋南北朝诗》,第1206页。
② 沈约《宋书》,第661页。
③ 郭茂倩编《乐府诗集》,第287页。
④ 同上书,第574页。
⑤ 冯班《钝吟杂录》,丁福保辑《清诗话》,第38页。
⑥ 钱志熙《齐梁拟乐府诗赋题法初探——兼论乐府诗写作方法之流变》,《北京大学学报》1995年第4期,第60—65页。
⑦ 于慎行撰,吕景琳点校《谷山笔尘》,北京:中华书局,1984年,第88页。
⑧ 逯钦立辑校《先秦汉魏晋南北朝诗》,第1388—1389页。

据《诗纪》卷五七,题名为《同沈右率诸公赋鼓吹曲二首》,可知此诗是在唱和过程中写出来的,并非入乐之作。考察王融的行迹,似未到过巫山,诗中首句亦言:"想象巫山高。"说明这首诗是凭借想象写成的。既然如此,作者必定会以娴熟的铺叙技巧去描写巫山的雄奇风景,更少不了运用相关的典故以显示其学识广博,这样巫山神女的神话传说自然就被写入《巫山高》之中,而古辞所表现的思归题旨则被抛弃。正如吴兢《乐府古题要解》中所说:"若齐王融'想象巫山高'、梁范云'巫山高不极',杂以阳台神女之事,无复远望思归之意也。"①此后一直到唐末,文人们总共创作了三十多首《巫山高》。这些拟辞都没有配乐演唱的文献记载,多是文人吟咏题面意思,并且形成了固定的模式。比如,在描写巫山风景时一般都要写到以下几个方面:

(1) 巫山之高。如"灼烁在云间,氛氲出霞上"(刘绘)、"巫山高不极"(范云)、"巫山高不穷"(梁元帝)、"迢递巫山竦"(王泰)、"巫山凌太清"(郑世翼)、"巫山望不极"(卢照邻)、"君不见巫山高高半天起"(阎立本)、"巫山高不极"(张循之)、"迢迢半出空"(皇甫冉)、"碧丛丛,高插天"(李贺)等。

(2) 峡深水急。如"谷深流响咽,峡近猿声悲"(王泰)、"巫山巫峡深"(陈后主)、"深涧响松风"(萧诠)、"深谷泻猿声"(郑世翼)、"俯眺琵琶峡"(沈佺期)、"惊涛乱水脉"(刘方平)、"峡出朝云下"(刘方平)、"巴江上峡重复重"(孟郊)、"大江翻澜神曳烟"(李贺)等。

(3) 十二峰。如"巫山峰十二"(沈佺期)、"十二碧峰齐"(刘方平)、"巫山十二峰"(李端)、"峨峨十二峰"(于濆)、"阳台碧峭十二峰"(孟郊)、"十二峰头插天碧"(僧齐己)等。

(4) 树多林深。如"林暗鸟疑飞"(范云)、"树杂山如画,林暗涧疑空"(梁元帝)、"树交凉去远"(王泰)、"深涧响松风"(萧诠)、"万重春树合"(刘方平)、"树色暮连空"(李端)等。

(5) 猿叫之悲。如"峡近猿声悲"(王泰)、"雾岭晚猿吟"(陈后主)、"深谷泻猿声"(郑世翼)、"何忽啼猿夜"(沈佺期)、"可怜欲晓啼猿处"(阎立本)、"清猿日夜啼"(刘方平)、"清猿不可听"(皇甫冉)、"猿声寒过涧"(李端)、"猿啼三声泪沾衣"(孟郊)、"丁香筇竹啼老猿"(李贺)等。

(6) 时间多设置在秋天。如"偏在九秋中"(皇甫冉)、"清秋见楚宫"(李端)、"几人经此无秋情"(僧齐己)等。

而且,还要加入巫山神女的传说,具体表现在多使用"高唐""阳台""云雨""楚王""神女"等典故。列举如下:

---

① 吴兢《乐府古题要解》,丁福保辑《历代诗话续编》,第37页。

（1）高唐。如"高唐与巫山"（刘绘）、"高唐一断绝"（虞羲）、"神女向高唐"（王无竞）、"欲暮高唐行雨送"（阎立本）、"愁向高唐望"（李端）、"凭云构高唐"（于濆）等。

（2）阳台。如"阳台千里思"（虞羲）、"阳台色依依"（费昶）、"为问阳台客"（张循之）、"阳台归路直"（刘方平）、"阳台碧宵十二峰"（孟郊）等。

（3）云雨。如"云雨丽以佳"（虞羲）、"只言云雨状"（王泰）、"平看云雨台"（沈佺期）、"雨为暮兮云为朝"（僧齐己）等。更多的情况下，是"云""雨"对举出现，如"散雨收夕台，行云卷晨障"（刘绘）、"霭霭朝云去，溟溟暮雨归"（范云）、"朝云触石起，暮雨润罗衣"（费昶）、"霏霏暮雨合，霭霭朝云生"（郑世翼）、"云来足荐枕，雨过非感琴"（陈后主）、"云藏神女馆，雨到楚王宫"（皇甫冉）、"峡出朝云下，江来暮雨西"（刘方平）等。

（4）楚王。如"特美君王意"（虞羲）、"请逐大王归"（费昶）、"时向楚王宫"（萧诠）、"今宵定入荆王梦"（阎立本）、"婉娈逐荆王"（王无竞）、"荆王枕席开"（沈佺期）、"荆王猎时逢暮雨"（孟郊）、"千载楚襄恨"（孟郊）、"楚王憔悴魂欲销"（僧齐己）等。

（5）神女。如"无因谢神女"（梁元帝）、"此中窈窕神仙女"（阎立本）、"神女向高唐"（王无竞）、"徒看神女云"（卢照邻）、"云藏神女馆"（皇甫冉）、"夜卧高丘梦神女"（孟郊）、"瑶姬一去一千年"（李贺）等。

这些仿辞在加入高唐神女的神话时，大多在诗歌末尾表现出一种神人难以遇合的无可奈何之情，如"出没不易期，婵娟似惆怅"（刘绘）、"高唐一断绝，光荫不可迟"（虞羲）、"枕席竟谁荐，相望空依依"（范云）、"无因谢神女，一为出房栊"（梁元帝）、"别有幽栖客，淹留攀桂情"（郑世翼）、"为问阳台夕，应知入梦人"（张循之）、"愁向高唐望，清秋见楚宫"（李端）、"目极魂断望不见"（孟郊）、"云深庙远不可觅"（僧齐己）等。其实，这种无可奈何的情感基调源自古辞：古辞作者面对奔流湍急的大水，无舟可渡，徒增痛苦和无可奈何，而文人诗歌中的巫山神女毕竟是神话传说，那昔日的风流不可能在现实中重现，多情的文人只能增加无可奈何的伤感之情，二者何其相似！

甚至，许多《巫山高》的拟辞还出现了雷同的现象，如陈代萧诠的拟辞"悬崖下桂月，深涧响松风。别有仙云起，时向楚王宫"与唐代郑世翼的拟辞"危峰入鸟道，深谷泻猿声。别有幽栖客，淹留攀桂情"十分相似。再如：

  梁元帝拟辞："巫山高不穷，迥出荆门中。"
  范云拟辞："巫山高不极，白日隐光辉。"
  卢照邻拟辞："巫山望不极，望望下朝氛。"

张循之拟辞:"巫山高不极,杳杳状奇新。"

用词造句上极为相似。文人们在引入巫山神女的神话时,多将"朝云"与"暮雨"安排在对句中,这也可视作是雷同。如:

范云拟辞:"霭霭朝云去,溟溟暮雨归。"
费昶拟辞:"朝云触石起,暮雨润罗衣。"
刘绘拟辞:"散雨收夕台,行云卷晨障。"
陈后主拟辞:"云来足荐枕,雨过非感琴。"
郑世翼拟辞:"霏霏暮雨合,霭霭朝云生。"
刘方平拟辞:"峡出朝云下,江来暮雨西。"
皇甫冉拟辞:"云藏神女馆,雨到楚王宫。"

为什么会出现这种情况?联系一个相关的事实——这三十多首《巫山高》的作者中大多数(尤其是南朝作者)并没有亲临巫山的实际经历,因此可以认为:他们是在借鉴前人《巫山高》的基础上模仿而成。到了南北朝后期及唐代,由于乐府诗的曲调散佚,文人们拟写乐府诗不再"因声而作歌",只能是"效法歌辞"。也就是说,当人们要写一首《巫山高》时,往往不必有实际感受,只要援引前人的创作经验,铺写"巫山之高""峡深水急""树多林深""猿叫之悲"等几个方面,将所写时间设置在秋天,并加入表示巫山神女神话的"高唐""阳台""云雨""楚王""神女"等典故,表现出难以遇合的感情,就完全可以写出来。

由于文人们在拟写《巫山高》时,一味地在高唐神女的典故上下功夫,有些诗人因而招致批评,如范摅《云溪友议》卷一载,李德裕因写出"自从一梦高唐后,可是无人胜楚王"两句而受到了段成式的责难①。到了晚唐于濆所拟写的《巫山高》中,表示出对神女传说的怀疑和否定。其辞为:

何山无朝云,彼云亦悠扬。何山无暮雨,彼雨亦苍茫。宋玉恃才者,凭虚构高唐。自垂文赋名,荒淫归楚襄。峨峨十二峰,永作妖鬼乡。②

范晞文《对床夜语》卷五云:"宋玉《高唐赋》云:'昔楚襄王与玉游于云梦之

---

① 范摅撰,唐雯校笺《云溪友议校笺》,北京:中华书局,2017年,第12页。
② 彭定求等编《全唐诗》,第6930页。

台,望高唐之观,其上独有云气。王曰:此何气也?玉对曰:昔先王尝梦见一妇人曰:妾巫山之女也,闻君游高唐,愿荐枕席。王因幸之。'又《神女赋》云:'襄王使玉赋高唐之事,其夜王寝,梦与神女遇。'详其所赋,则神女初幸于怀,再幸于襄,其诬蔑亦甚矣。流传未泯,凡此山之片云滴雨,皆受可疑之谤,神果有知,则亦必抱长愤于沉冥恍惚之间也。于濆有诗云……或可以泄此愤之万一也。"①于濆能够翻前人之陈辞,否定人们崇信的神女传说,真可谓有胆有识!

(四) 变化与出彩

从上面的论述会产生一个印象:《巫山高》的拟辞似乎是千篇一律,难有变化,事实上并非如此,对《巫山高》的拟写是因时代而异,因人而异。

先看因时代而异。从《巫山高》仿辞形式的变迁来看,正好与古代诗歌发展的走向是相吻合的:古辞及魏、吴拟辞都以三言句式为主,代表了五言诗未成熟以前的阶段;梁元帝、范云、费昶、王泰、陈后主等人的拟辞都采用五言八句体,中间两联对偶,在音律上虽平仄相对,却又失黏,反映了五言律诗成熟以前的探索阶段;沈佺期、皇甫冉、李端则采用了完全成熟的律诗形制;当初盛唐歌行体兴起以后,初唐阎立本首先改用歌行体,以"君不见"开篇,七言一句,频繁换韵,又多用顶针,读起来朗朗上口。后来的李贺、孟郊、僧齐己、罗隐等也都采用了歌行体。

再看因人而异。虽然各首仿辞在用词造句方面有诸多雷同之处,但都表现出作者自身的印记。如王融的仿辞,寄托了作者在政治上的追求,而这种追求又终归破灭,于是篇末有怅然若失之情;李贺的仿辞表现出独特的创作个性,用辞冷僻,色彩斑斓,带有深深的幽怨之情。而且,在众多的《巫山高》仿辞中,不乏出彩的优秀之作。《云溪友议》卷一说:

> 秭归县繁知一,闻白乐天将过巫山,先于神女祠粉壁,大署之曰:"苏州刺史今才子,行到巫山必有诗。为报高唐神女道,速排云雨候清词。"白公睹题处怅然,邀知一至,曰:"历阳刘郎中禹锡,三年理白帝,欲作一诗于此,怯而不为。罢郡经过,悉去千余首诗,但留四章而已。此四章者,乃古今之绝唱也。而人造次不合为之。"沈佺期诗曰……王无竞诗曰……李端诗曰……皇甫冉诗曰……白公但吟四篇,与繁生同济,竟而不为。②

---

① 范晞文《对床夜语》,丁福保辑《历代诗话续编》,第440页。
② 范摅撰,唐雯校笺《云溪友议校笺》,第11—12页。

沈佺期、王无竞、李端、皇甫冉四人的诗便是《巫山高》拟辞中的优秀之作。相比较而言，沈佺期和王无竞两人的拟辞还未完全脱去梁陈的影响，皇甫冉和李端之作确实代表了《巫山》的最高水平。李端诗为：

> 巫山十二峰，皆在碧虚中。回合云藏月，霏微雨带风。猿声寒过涧，树色暮连空。愁向高唐望，清秋见楚宫。①

此诗题目下注云："一作《巫山高和皇甫拾遗》。"可知是唱和之作。诗中首联写巫山之高，以十二峰直插天空来形容，极富气势，因而胡应麟把这首诗作为起句之妙的例证②。中间两联对仗十分工巧，"云藏月""雨带风"显露出刻画的痕迹，"过""连"炼字精妙，生动传神。尾联如隐如现，表现惆怅之情含蓄婉曲。王定保《唐摭言·惜名》云："蜀路有飞泉亭，亭中诗板百余，然非作者所为。后薛能佐李福于蜀，道过此，题云：'贾掾曾空去，题诗岂易哉。'悉打去诸板，唯留李端《巫山高》一篇而已。"③说明后人也非常看重这首诗。

皇甫冉诗云：

> 巫峡见巴东，迢迢半出空。云藏神女馆，雨到楚王宫。朝暮泉声落，寒暄树色同。清猿不可听，偏在九秋中。④

高仲武在《中兴间气集》中评论这首诗说："又《巫山》诗，终篇奇丽，自晋宋齐梁陈隋以来，采掇珍奇者无数，而补阙独获骊珠，使前贤失步，后辈却立，自非天假，何以逮斯。"⑤高仲武认为皇甫冉假以神力才得以写出这么好的诗句，当然不可信，但足以说明这首诗确是一首优秀之作。此诗首联也写得很开阔，颔联既是写景，又巧妙地穿插了神女传说，尾联以写景作结，令人遐想。《诗薮》外编卷四云："《巫山高》，唐人旧选四篇，当以皇甫冉为最。"⑥上引《云溪友议》中的一段材料小标题为《巫咏难》，诚然，要想在这些优秀诗作中再写出一篇更好的仿辞，的确难矣，难怪连白居易那样的大诗人也知难而退了。

---

① 彭定求等编《全唐诗》，第 3242 页。
② 胡应麟《诗薮》，第 88 页。
③ 王定保《唐摭言》，《丛书集成初编》，第 2740 册，第 124 页。
④ 彭定求等编《全唐诗》，第 2794 页。此诗在《全唐诗》中题目作"巫山峡"，题目"峡"下注云："一作高。"
⑤ 高仲武《中兴间气集》，傅璇琮、陈尚君、徐俊编《唐人选唐诗新编》（增订本），第 478 页。
⑥ 胡应麟《诗薮》，第 187 页。

从以上论述中可以看出,汉唐时期人们对古辞《巫山高》的仿拟大体上有两种方式:一是音乐层面上的仿拟,由于其曲调仍然流传,所以人们是"因其声而作歌",所拟仿辞在篇章体制上力求与古辞相似,而题意却毫无关联,相对应的历史阶段是魏晋南北朝;二是文学层面上的仿拟,文人们往往"据题为之",且形成了固定的模式,大多是从"巫山之高""峡深水急""树多林深""猿叫之悲"等几个方面描写巫山风景,用"高唐""阳台""云雨""楚王""神女"等典故表示巫山神女传说,相对应的历史阶段是从南朝宋齐之后到唐末。虽然众多仿辞中有雷同承袭之处,但还是表现出因时代而异、因人而异的特点,其中仍不乏优秀之作。

二、王昌龄的《出塞》和高适的《燕歌行》

王昌龄的《出塞》"秦时明月汉时关"和高适的《燕歌行》被看作是唐诗中的精品,历代评论家都给予非常高的评价。如王昌龄的《出塞》,杨慎《升庵诗话》以为"可入神品"①,李攀龙、王世贞认为是唐人七绝第一②。高适的《燕歌行》,殷璠《河岳英灵集》云:"诗多胸臆语,兼有气骨,故朝野通赏其文。至如《燕歌行》等篇,甚有奇句。"③《唐百家诗选》引赵熙语,以为是"常侍第一大篇"。几乎一般的唐诗选本都会选入这两首诗,但是这两首诗是怎样写出来的呢?人们似乎不曾论及。若明白这两首诗都是旧题乐府诗,唐人写乐府诗往往采用拟效之法,那么就会发现这两首诗几乎是无一字无来处,完全是对前人边塞题材乐府诗的承袭和概括。

先看王昌龄《出塞》原诗:

  秦时明月汉时关,万里长征人未还。但使龙城飞将在,不教胡马度阴山。④

这首诗的题目在韦縠《才调集》中作《塞上行》,李昉等人所编《文苑英华》中作《塞上曲》,洪迈《万首唐人绝句》中作《从军行》,王安石《唐百家诗选》和《王昌龄集》明朱警辑本、黄贯曾辑本及明活字本均作《出塞》。郭茂倩《乐府诗集》则两收,卷二一《横吹曲辞》部分收录此诗,题目作《出塞》,卷八〇《近代曲辞》部分又收录此诗,题目作《盖罗缝》。虽然题目众多,但没有

---

① 杨慎著,王仲镛笺证《升庵诗话笺证》,第266页。
② 王世贞《艺苑卮言》,丁福保辑《历代诗话续编》,第1008页。
③ 殷璠《河岳英灵集》,傅璇琮、陈尚君、徐俊编《唐人选唐诗新编》(增订本),第209页。
④ 彭定求等编《全唐诗》,第1444页。

一个能够透露出该诗与诗人的经历有关。相反,这些题目都是乐府诗中常见的从军边塞题目。一般情况下,乐府诗的写作要受到该题目拟辞传统的制约和影响,人们在写作乐府诗时,往往不必有实际感受,只需沿用该题目传统的题材和意象,通过对前人拟辞进行整合改造,就完全可以写出一首新的乐府诗。王昌龄的这首诗,从其所用的意象、语汇和句式等来看,基本上是通过提炼概括和因袭套用前人的边塞乐府诗而写成的。

《出塞》第一句"秦时明月汉时关"中表现的主要意象是"明月照关",而这一意象来自边塞题材乐府诗《关山月》的拟辞。如陈后主辞中有"秋月上中天,迥照关城前",陆琼辞中有"边城与明月,俱在关山头",阮卓辞中有"关山陵汉开,霜月正徘徊",江总辞中有"兔月半轮明,狐关一路平",王褒辞中有"关山夜月明,秋色照孤城"等等。王昌龄沿用了这些拟辞中"明月照关"的意象,但他的高明之处在于并没有仅仅停留在"明月照关"这一层静止而又平常的意象上,而是以极富沧桑变化的笔触,用互文的手法,以"秦""汉"二代来浓缩整个历史时段,凝练概括出"秦时明月汉时关"一句,表明自古至今明月始终映照关城,而边疆战事一直没有休止。正如唐汝询《唐诗解》卷二六所云:"以月属秦,以关属汉者,非月始于秦,关起于汉也。意谓月之临关,秦汉一辙,征人之出,俱无还期,故交互其文,而为可解不可解之语。"①

第二句"万里长征人未还"袭自隋代卢思道《从军行》中的"塞外征人殊未还"。王昌龄此句诗,在《乐府诗集》卷八〇中作"万里征人尚未还",这就与卢思道诗只差三个字。《全唐诗》收王昌龄此诗在"长征人"三字下亦有小注:"一作'征夫尚'。"如果是"万里征夫尚未还",与卢思道诗更加相似。据郑处诲《明皇杂录》云:"唐玄宗自蜀回,夜阑登勤政楼,凭栏南望,烟云满目,上因自歌曰:'庭前琪树已堪攀,塞外征夫久未还。'盖卢思道之词也。"②另外,初唐王勃《采莲归》中亦有"塞外征夫犹未还"的诗句。这说明,卢思道的诗句在初盛唐时期流传广泛,王勃、王昌龄都是沿用而已。王昌龄又用"万里"一词替换了卢思道诗中的"塞外",也是承袭边塞乐府诗中经常形容出征之远的习惯用语,如《木兰诗》中有"万里赴戎机,关山度若飞",江总《陇头》中有"陇头万里外,天崖四面绝",贺力牧《关山月》中有"此处离乡客,遥心万里悬",杨素《出塞》中有"横行万里外,胡运百年穷",沈佺期《出塞》中有"十年通大漠,万里出长平",卢照邻《关山月》中有"相思在万里,明月正孤悬"等。

第三、四句"但使龙城飞将在,不教胡马度阴山",在句式和意思上都本

---

① 唐汝询选释,王振汉点校《唐诗解》,第650页。
② 郑处诲《明皇杂录》,北京:中华书局,1994年,第46页。

自初唐崔湜《大漠行》中的"但使将军能百战,不须天子筑长城",不过在使用的语汇上有所改变。崔湜诗中的"将军"是泛指,而王昌龄换用"飞将",特指汉之"飞将军"李广,通过使用这一典故,显然要比崔诗增加了几分韵味。况且,"飞将"也是边塞乐府诗中经常出现的,如刘孝标《出塞》中有"蓟门秋气清,飞将出长城",卢思道《从军行》中有"朔方烽火照甘泉,长安飞将出祁连"等。"龙城",宋刊本《唐百家诗选》作"卢城",阎若璩《潜邱札记》卷三云:"'卢'是也。李广为右北平太守,匈奴号曰飞将军,避不敢入塞。右北平,唐为北平郡,又名平州,治卢龙县。唐时有卢龙府,有卢龙军。……若'龙城',见《汉书·匈奴传》'五月大会龙城,祭其先、天地、鬼神……'。'龙城'明明属匈奴中,岂得冠于飞将上哉?"①阎若璩以为"龙城"是匈奴祭祖的地方,李广不可能驻守在那里,应该是"卢城"。其实我们不应如此计校地名的正误。1979年上海古籍出版社出版的沈德潜的《唐诗别裁集》校记云:"《文苑英华》卷一九七、《乐府诗集》卷二一、《万首唐人绝句》七言卷一七、《唐诗品汇》卷四七、《唐人万首绝句选》卷三、《全唐诗》均作'龙城',而《唐百家诗选》卷五作'卢城',疑出臆改……又按:唐人边塞诗中所用地名,有但取字面瑰奇雄丽而不甚考地理方位者。《汉书·卫青霍去病传》:'元光六年,青为车骑将军,击匈奴出上谷,至笼城(师古注:'笼'读与'龙'同),斩首虏数百。'此处'龙城飞将',乃合用卫青、李广事,指扬威敌境之名将,更不得拘泥地理方位。而诗中用'龙城'字,亦有泛指边关要隘者。"②这个看法是有道理的。在梁陈以来的边塞乐府诗中,边塞地名不合史实的例子很多,如《颜氏家训·文章》中所指出的梁简文《雁门太守行》、萧子晖《陇头水》等都是如此③。大多数情况下,边塞乐府诗的地名往往是套用而已,泛指边塞地区。况且,在前人的边塞题材的乐府诗中,"龙城"一词比比皆是,如梁简文帝《陇西行》中有"月晕抱龙城,星流照马邑",吴均《渡易水》中有"扬鞭渡易水,直至龙城西",徐陵《长相思》中有"龙城远,雁门寒",杨素《出塞》中有"云横虎落阵,气抱龙城虹",卢思道《从军行》中有"朝见马岭黄沙合,夕望龙城阵云起",窦威《出塞》中有"潜军渡马邑,扬旆掩龙城",虞世南《从军行》中有"涂山烽候惊,弭节度龙城",卢照邻《战城南》中有"笳喧雁门北,阵翼龙城南"等。王昌龄在使用"龙城"这一地名时并未深究,只是沿袭传统套用前人拟辞中的"龙城"而已。

第四句中的"胡马度阴山"也是前人边塞题材的乐府诗中常用的语汇。

---

① 阎若璩《潜邱札记》,《景印文渊阁四库全书》,第859册,第470页。
② 沈德潜选注《唐诗别裁集》,上海:上海古籍出版社,1979年,第651—652页。
③ 颜之推撰,王利器集解《颜氏家训集解》,第271页。

阴山是汉唐时期北方的屏障(今天指内蒙古境内的阴山山脉),在边塞乐府诗中经常是中原汉人和北方少数民族作战和争夺的地方。如晋代陆机《饮马长城窟行》云:"驱马陟阴山,山高马不前。往问阴山候,劲虏在燕然。"颜延之《从军行》云:"秦初略扬越,汉世争阴山。"戴嵩《从军行》云:"长安夜刺闻,胡骑白铜鞮。……阴山日不暮,长城风自凄。"江淹《从军行》云:"从军出陇北,长望阴山云。"虞世基《出塞》云:"征兵广武至,候骑阴山归。"

王昌龄以写边塞乐府诗见长。现在一些学者考证认为,王昌龄曾有过出塞的经历,然而王昌龄的这首《出塞》诗并没有描写具体的战斗场面或塞外风光,几乎看不出来出塞经历对他所造成的影响,所以可能不是作者亲临边境所写。相反,由以上的分析,可以看出这首诗完全是对前人边塞乐府诗的提炼概括。尽管如此,这仍是一首好诗,作者能在短短的四句中,巧妙地组织和整合边塞乐府诗传统中的众多语汇和意象,并使之升华,表现前人诗歌中未曾出现过的安边理想——任用优秀将领以平息边患,从这里也可以反映出作者概括能力之高。

再看高适的《燕歌行》。关于这首诗的本事,研究者多是根据诗前小序("开元二十六年,客有从元戎出塞而还者,作《燕歌行》以示适,感征戍之事,因而和焉")所提供的背景,认为这首诗与当时的边将张守珪有关,诗中所写皆是实指。清代陈沆首倡此说①。近人岑仲勉进一步勾勒史事,断定是讽刺张守珪②。后来这一看法得到学界的普遍接受,并被写进教材,比如通行的高等院校文科教材《中国历代文学作品选》说:"张守珪是当时镇守北边的名将,但后来恃功骄纵,不惜士卒。……诗中所写的战争情况,与潢水之败有关,而军中苦乐之不平,将帅生活之腐败,也都有所指。"③20世纪80年代以后,一些学者又提出不同意见。傅璇琮《唐代诗人丛考》力辩其非④,蔡义江《高适〈燕歌行〉非刺张守珪辨》认为是讽刺安禄山⑤,姚大勇《高适〈燕歌行〉所刺新考》认为讽刺张说⑥,而陆凌霄《高适〈燕歌行〉意蕴寻绎》认为涉及的战争不是潢水之败,而是开元二十一年(733)发生的"都山之围"⑦。说法甚多,难以一致。

近年来,也有一些研究者注意到了此诗难以指实,遂又采取折中的说法,

---

① 陈沆《诗比兴笺》,第130页。
② 岑仲勉《读全唐诗札记》,岑仲勉《唐人行第录(外三种)》,上海:上海古籍出版社,1962年,第223页。
③ 朱东润主编《中国历代文学作品选》中编上册,上海:上海古籍出版社,1980年,第56页。
④ 傅璇琮《唐代诗人丛考》,北京:中华书局,2003年,第162—165页。
⑤ 蔡义江《高适〈燕歌行〉非刺张守珪辨》,《文史哲》1980年第2期,第68—69页。
⑥ 姚大勇《高适〈燕歌行〉所刺新考》,《齐齐哈尔大学学报》1999年第6期,第5—7页。
⑦ 陆凌霄《高适〈燕歌行〉意蕴寻绎》,《广西民族学院学报》1995年第4期,第94—98页。

如游国恩所编《中国文学史》承认此诗是讽刺张守珪后,又说:"但诗中所写的也并不完全是这次战役,而是融合他在蓟门的见闻,以更高的艺术概括,表现他对战士们的深刻同情。"①林庚、冯沅君编《中国历代诗歌选》说:"这首诗就是有感于张守珪军中之事而作的,但又是泛写一般边塞战争。"②

笔者以为,对这首诗的理解不应该局限于具体史实,而应该看作是泛写边塞战事。笔者通过反复阅读前人所写的《燕歌行》及其他一些边塞题材的乐府诗,发现该诗实际上是高适在模仿前人边塞乐府诗的基础上写成的。

依据各家的《高适年谱》,高适开元二十二年(734)从塞外返回内地后,到写作此诗的开元二十六年(738)期间,一直不在东北边境,因而此诗必定不是高适亲临边塞所写。而且,其序中明言此诗是一首和诗,是"客"从边塞归来后首先写了一首《燕歌行》,高适读后感慨颇多,于是和了此首《燕歌行》。序中所提到的"客",王运熙以为可能是高式颜③,但高式颜不存《燕歌行》。也有人认为是贾至,但嫌证据不足。总之,从写作动机来看,高适此诗仅是唱和之作,并非作者亲眼所见、亲身经历。

此诗的题目《燕歌行》,本是清商三调中的平调曲之一,流行于汉魏时期。郭茂倩《乐府诗集》卷三二引《广题》云:"燕,地名也,言良人从役于燕,而为此曲。"④可能最初在燕地一带民间流传有《燕歌》(《汉书·艺文志·诗赋略》中有"燕代讴雁门云中陇西歌诗九篇",或为其中一篇),其辞写从军于燕地之事,然古辞今已不存。后来,《燕歌》被收入三调曲,遂在题目后加一"行"字⑤,成为"燕歌行"。据《乐府诗集》卷三二所引《乐府解题》,晋乐所奏为魏文帝所写的"秋风""别日"两首歌辞。魏晋以后,文人拟写《燕歌行》的很多,《周书·王褒传》云:"褒曾作《燕歌行》,妙尽关塞寒苦之状,元帝及诸文士并和之,而竞为凄切之词。"⑥这些拟辞结集为《燕歌行》一卷,在郑樵《通志·艺文略》中有所著录。还有人因拟写《燕歌行》而遭害,据《隋唐嘉话》卷上载:"炀帝为《燕歌行》,文士皆和,著作郎王胄独不下帝,帝每衔之。胄竟坐此见害,而诵其警句曰'庭草无人随意绿',复能作此语耶?"⑦今存的《燕歌行》有魏文帝、魏明帝、陆机、谢惠连、谢灵运、梁元帝、萧子显、王褒、庾信、高适、贾至、屈同仙、陶翰等人的拟辞。产生了这么多的拟辞,便可透露出

---

① 游国恩、王起、萧涤非等主编《中国文学史(二)》,北京:人民文学出版社,1963年,第47页。
② 林庚、冯沅君主编《中国历代诗歌选》,北京:人民文学出版社,1979年,第377页。
③ 王运熙《谈高适的〈燕歌行〉》,《光明日报》1960年5月29日《文学遗产》副刊第315期。
④ 郭茂倩编《乐府诗集》,第469页。
⑤ 逯钦立认为,凡三调曲都有弦奏,故题目后加"行"。参逯钦立《"相和歌"曲调考》,《文史》第十四辑,北京:中华书局,1982年,第225—226页。
⑥ 令狐德棻等《周书》,北京:中华书局,1971年,第731页。
⑦ 刘𫗧撰,程毅中点校《隋唐嘉话》,北京:中华书局,1979年,第2—3页。

一个事实:《燕歌行》有反复唱和的传统。如果再仔细阅读和比较这些拟辞,会发现该题目在长期的拟写过程中,逐渐形成了一定的程式①。高适的《燕歌行》正是在前人拟辞程式的影响下而写成的。何焯曾评说:"常侍有《燕歌行》一首,亦是梁陈格调。"②换个角度,可以理解为是拟效梁陈同题乐府诗。何况高适所写的旧题乐府诗多能遵循旧题传统,如《秋胡行》一题就是敷衍秋胡本事而成,因而《燕歌行》完全有可能是遵循该题传统写成的。

下面我们分析高适是怎样通过模仿而写成《燕歌行》的。其辞为:

> 汉家烟尘在东北,汉将辞家破残贼,男儿本自重横行,天子非常赐颜色。摐金伐鼓下榆关,旌旗逶迤碣石间,校尉羽书飞瀚海,单于猎火照狼山。山川萧条极边土,胡骑凭凌杂风雨,战士军前半死生,美人帐下犹歌舞!大漠穷秋塞草腓,孤城落日斗兵稀,身当恩遇常轻敌,力尽关山未解围。铁衣远戍辛勤久,玉箸应啼别离后,少妇城南欲断肠,征人蓟北空回首。边风飘飘那可度,绝域苍茫无所有,杀气三时作阵云,寒声一夜传刁斗。相看白刃血纷纷,死节从来岂顾勋?君不见沙场征战苦,至今犹忆李将军。③

首先,篇章体制因袭了前人拟辞的程式。晋乐所奏魏文帝的两首歌辞中:"秋风"辞共七解,前六解每解各七言两句,最后一解以七言三句结尾,且句句押韵,全辞同押一韵;另一首"别日"辞总句数与"秋风"相同,然而在郭茂倩《乐府诗集》中标为六解,原因是郭氏误把第五解中的四句看成一解,如果把这四句分成两解,则亦为七解,体式上与"秋风"辞完全相同。在同一调下产生的两首歌辞,具有重要的模仿意义——它为《燕歌行》奠定了体制上的基本特征:七言长篇,且句句入韵。魏明帝的拟辞共有五句,当为两解,七言,句句入韵,应是有意模仿魏文帝辞而成。后来陆机、谢灵运、谢惠连的拟辞都是七言长篇,句句入韵,但不再以三句结尾,这表明:《燕歌行》脱离音乐后经过文人改造,使全诗的句数变成偶数,进一步工整化。而梁元帝、萧子显、王褒的拟辞仍为七言长篇,却打破了句句入韵的体制,变为偶句入韵,数韵后即转,但转韵不规则。到了庾信的拟辞中,大半篇幅已作到了两韵即转(只有两处不合此制)。据上文所引《隋唐嘉话》中的材料,隋代隋炀帝等人

---

① 江艳华《论乐府古题〈燕歌行〉的发展演变》梳理文人对《燕歌行》的拟写(《云南师范大学学报》1997 年第 4 期,第 13—19 页);赵红玲《中古拟诗研究》分析中古文人对《燕歌行》的摹拟(上海师范大学 2002 年博士学位论文,第 89—92 页)。可参看。
② 高适著,刘开扬笺注《高适诗集编年笺注》引,北京:中华书局,1981 年,第 98 页。
③ 高适著,刘开扬笺注《高适诗集编年笺注》,第 97 页。

拟写过《燕歌行》,这些诗歌虽然已经散佚,但按照文学发展的惯性,我们猜想在这批作品中,已经形成了整齐的两韵即转形式。这就说明,《燕歌行》发展至唐代的时候,已形成了篇制方面的程式:七言长篇,两韵即转。唐代高适的拟辞正是按照这个程式写成的。

同时,魏文帝辞两句一解,换解处便转换意思,如"秋风"辞,第一解写景,第二解写思归之情,第三解反问,第四解写女子思念,第五解写女子以弹琴驱遣思念,第六解写唱歌,第七解以牵牛织女遥相忘寄思念之情。后人拟辞也多在换韵的地方变换意思。发展到唐代,同一韵有四句,表示一层意思。高适此辞,正是四句一个层次,十分清晰,方东树《昭昧詹言》卷一二谓:"'汉家'四句起,'拟金'句接,'山川'句换,'大漠'句换,'铁衣'句转,收指李牧以讽。"①

其次,时空背景的设置来自拟辞传统。排比所有《燕歌行》的拟辞,发现所写时间除梁元帝辞为"春天"外,其他都定格在"秋天",如魏文帝辞"秋风萧瑟天气凉",魏明帝辞"秋草卷叶摧枝茎",谢灵运辞"秋蝉噪柳燕栖楹",谢惠连辞"三秋萧瑟叶解轻",萧子显辞"至今八月避暑归"。即使没有明言"秋"的,也在诗中出现了秋景描写,如陆机辞"寒风习习落叶飞",王褒辞"桐生井底寒叶疏"。《乐府诗集》卷三二引《乐府解题》谓《燕歌行》"言时序迁换"②,此处的"时序迁换"当是指秋天到来,说明该题目在时间设置上是以秋天为程式。唐代高适辞中的时间设置遵照该题程式,也是在秋天,诗中明言"大漠穷秋塞草腓"。而且,用来写秋景的"塞草腓"一词也不是高适首创,本出自虞世基《出塞》中的"穷秋塞草腓,塞外胡尘飞",高适仅是承袭而已。有意思的是,在《资治通鉴·唐纪》卷三〇中,"潢水之败"正好被编排在开元二十六年(738)六月至八月间③,在时间上亦属秋天,所以有些学者便以此为据试图证明高适的《燕歌行》与"潢水之败"有关。事实上,"潢水之败"虽然发生在开元二十六年,但"事发被揭露,因而(笔者按,张守珪被)贬谪为括州刺史,是在开元二十七年,高适是否就在开元二十六年从'客'处得悉其情况,还是一个尚待证明的问题"④。

在空间设置上,高适辞中出现了"东北""蓟北""榆关""碣石""翰海""狼山"等地名。其实,这些地名并非实写,都是从前人拟辞中袭用而来的。高适辞开篇谓"汉家烟尘在东北",之所以把发生战争的地方设置在东北,是

---

① 方东树撰,汪绍楹点校《昭昧詹言》,第247页。
② 郭茂倩编《乐府诗集》,第469页。
③ 司马光《资治通鉴》,北京:中华书局,1956年,第6833—6834页。
④ 傅璇琮《唐代诗人丛考》,第164页。

因为该题目古辞所写的是"从军于燕地之事"。燕地,在今天北京以北、辽宁西南部一带,属东北,故称。高适辞中出现的"蓟北""榆关""碣石",都是前人边塞乐府诗中常用的地名,如孔稚珪《白马篇》"征兵离蓟北";张正见《战城南》"蓟北驰胡骑,城南接短兵";张正见《从军行》"高柳横长塞,榆关接连天";杨素《出塞》"碣石指辽东";高适《别冯判官》"碣石辽西地",高适在这里是套用。更能说明这些地名并非实指的是"瀚海""狼山","瀚海"与"狼山"本相隔千里,高适却在诗中对举使用,原因是这两地名也是边塞乐府中的常用地名,如顾野王《陇头水》"瀚海波难息,交河冰未坚",杨素《出塞》"冠军临瀚海",虞世基《出塞》"瀚海波澜静",王褒《从军行》"勋封瀚海石",唐太宗《饮马长城窟行》中的"瀚海百重波",萧纲《度关山》"狼居一封难再睹,阏氏永去无容色"。高适把这两个地名写入乐府诗时,只是依照边塞乐府的传统,未加深究。

再次,对军中苦乐不均的描写也袭自前人的边塞乐府诗。批判军中的苦乐不均是高适这首诗赢得赞誉的重要因素,其实这一立意是在前人边塞乐府诗中慢慢积累形成的。齐梁时期的萧子显在《从军行》中有"春风春月将进酒,妖姬舞女乱君前",还仅仅是描写军营中的歌舞,未寓褒贬之意;北周王褒《饮马长城窟》中有"羽林犹角抵,将军尚雅歌",则是把将军和士兵进行对举,但重点是写军中的乐舞之盛;初唐人王宏的《从军行》中有"从来战斗不求勋,杀身为君君不闻",把战士的舍身为国、不求功勋的高尚品质表现出来,同时也揭露了君主的麻木不仁、冷漠无情。高适在以上这些诗句的基础上,概括总结出"战士军前半死生,美人帐下犹歌舞"一句,对军中苦乐不均的现象予以暴露。

最后,对少妇形象的描写来自前人的乐府诗。魏文帝的《燕歌行》"秋风""别日"两首歌辞,都用大量篇幅写思妇,正如《乐府诗集》卷三二所引《乐府解题》所云:"言时序迁换,行役不归,妇人怨旷无所诉也。"[1]后来的拟辞基本上遵循这一传统,都写到了思妇。梁陈时期随着宫体诗的风行,萧子显、梁元帝、庾信辞中都用大量篇幅写征妇的怨恨。高适的《燕歌行》继承这一程式,在描写战士们在前线战斗的同时,像电影中的蒙太奇手法一样,也花笔墨描写了另一个画面:"城南"少妇别离后的"断肠"之思。值得注意的是,"城南"少妇是汉魏以来乐府诗中经常出现的女性形象,如《日出东南隅行》中的"日出东南隅,照我秦氏楼。秦氏有好女,自言名罗敷,罗敷善采桑,采桑城南隅";曹植《美女篇》中的"借问安所居?乃在城南端";沈佺期《独不见》中的

---

[1] 郭茂倩编《乐府诗集》,第469页。

"白狼河北音书断,丹凤城南秋夜长"等。这里的"城南"少妇,并非实指某市城南特定的某家少妇,她是没有姓名的,仅仅是概念化了的女性的代名词,当乐府诗中需要一名女性形象时,她便出现在作者的笔下。高适《燕歌行》中的"城南"少妇正是这样走进读者的视野。

从以上论述可以看出,高适的《燕歌行》大体上是在继承该题程式、模仿前人边塞题材乐府诗的基础上写成的。为了加强这一结论,我们还可以举出与高适同时的屈同仙所拟的《燕歌行》来说明。屈同仙辞为:

> 君不见渔阳八月塞草腓,征人相对并思归。云和朔气连天黑,蓬杂惊沙散野飞。是时天地阴埃遍,瀚海龙城皆习战。两军鼓角暗相闻,四面旌旗看不见。昭君远嫁已年多,戎狄无厌不复和。汉兵候月秋防塞,胡骑乘冰夜渡河。河塞东西万余里,地与京华不相似。燕支山下少春晖,黄沙碛里无流水。金戈玉剑十年征,红粉青楼多怨情。厌向殊乡久离别,秋来愁听捣衣声。①

在篇章制上,屈氏拟作也是七言长篇,两韵即转,完全按照该题目程式而写;在时间设置上,也是"秋天",而且还出现了与高适《燕歌行》相同的语词"塞草腓",空间设置上也出现了与高适《燕歌行》相同的地名"瀚海";诗歌中也写到了思妇——"红粉青楼多怨情"。这就说明:《燕歌行》一题发展到唐代,完全形成了固定的模式,高适、屈同仙在拟写的过程中只不过是遵循模式而已。

既然高适、屈同仙的拟辞是遵循该题模式写成的,诗中所写时空背景必定就不是真实的,所写及的战争未必有实指。事实上,我们再进一步设想,前人众多的《燕歌行》都未必写实,尤其是一些南朝诗人,根本没有行走边塞、参与战争的经历,不可能实写具体的历史事件。所以,对高适《燕歌行》的理解如果拘泥于史实,过分追求这首诗的本事,难免会产生各种歧说。

当然,不可否认,高适在开元二十年(732)前后的出塞经历也是这首诗取得成功的不可缺少的因素,作者对边塞风光的体验、对军中苦乐不均的考察、对唐代边塞局势的了解等,都使得这首诗表现出一定的现实性和时代性,这也正是高适的《燕歌行》高于其他人的拟辞的原因。

---

① 彭定求等编《全唐诗》,第 2122—2123 页。

三、从拟效的角度看李白的乐府诗创作

李白乐府诗因多拟写旧题,常常受人诟病。元代吴莱《与黄明远第三书论乐府杂说》云:"太白有乐府,又必摹拟古人已成之辞。"①明代李东阳《拟古乐府引》云:"唐李太白才调虽高,而题与义多仍其旧。"②清代胡寿之《东目馆诗见》卷二云:"拟古仍古题,依样葫芦,令人蜡视,虽太白亦然。"③如果我们撇开因拟写旧题乐府而有蹈袭重复之嫌的价值判断,这些批评者倒是指出了一个事实,那就是李白乐府诗创作中模仿因袭的现象较为严重,这与自创新题乐府的杜甫形成了鲜明对比。但是,在中古时期,模仿也是一种重要的写作方式,"意味着用较高的修辞等级重写原作"④,一定程度上促进了文学表现技艺的发展。倘若从模仿的角度去探究李白的乐府诗,必将会得出一些不同以往的认识。

关于这一问题,明代胡震亨曾有所提及⑤。20世纪40年代,唐钺发表《李太白模仿前人》⑥一文,虽是专题论述却十分简略,许多问题并没有展开。后来詹锳编撰《李白乐府探源》⑦,详细列出了李白乐府诗的源头出处,为进一步研究提供了资料便利。近二十年来,出现的较具代表性的论文有傅如一《李白乐府论》⑧、魏晓虹《李白乐府论》⑨、葛晓音《论李白乐府的复与变》⑩、赵立新《李白古题乐府诗创作演进轨迹》⑪、钱志熙《论李白乐府诗的创作思想、体制与方法》⑫等,这些文章论述的重点都在于李白对旧题乐府诗的发展及创新,而对李白乐府诗中的拟效问题仍关注不够。美国学者 Joseph R. Allen 在 In the Voice of Others: Chinese Music Bureau Poetry 一书辟专章讨论李白

---

① 吴莱《渊颖集》,《景印文渊阁四库全书》,第1209册,第119页。
② 李东阳著,周寅宾点校《李东阳集》第一卷,长沙:岳麓书社,1983年,第1页。
③ 胡寿之《东目馆诗见》,《清代诗文集汇编》,第352册,第234页。
④ 〔美〕宇文所安著,胡秋蕾等译《中国早期古典诗歌的生成》,北京:生活·读书·新知三联书店,2012年,第312页。
⑤ 胡震亨《李诗通》在《江夏行》篇下注云:"凡白乐府,皆非泛然独造。必观本曲之辞与所借用之曲之辞,始知源流之自,点化夺换之妙。"(胡震亨《唐音统签》,《四库全书存目丛书补编》,第82册,第52页)
⑥ 唐钺《李太白模仿前人》,《东方杂志》1943年第1期,第112—113页。
⑦ 詹锳《李白乐府探源》,《李白诗论丛》,第76—104页。
⑧ 傅如一《李白乐府论》,《文学遗产》1994年第1期,第25—33页。
⑨ 魏晓虹《李白乐府论》,《山西大学学报》1994年第2期,第57—62页。
⑩ 葛晓音《论李白乐府的复与变》,《文学评论》1995年第2期,第3—10页。
⑪ 赵立新《李白古题乐府诗创作演进轨迹》,《零陵师范高等专科学校学报》2000年第1期,第50—55页。
⑫ 钱志熙《论李白乐府诗的创作思想、体制与方法》,《文学遗产》2012年第3期,第46—58页。

乐府诗中的模仿与创新问题①,可惜提供的文献与例证不够丰富。有鉴于此,这里予以专门探讨。

(一) 拟效对象分析

李白创作乐府诗的拟效对象,清人冯班《钝吟杂录·论乐府与钱颐仲》中说:"太白多效三祖及鲍明远。"②此论诚然,但嫌笼统。詹锳《李白乐府探源》一文中曾列出李白每一首乐府的所拟对象,比照原辞,大体上不差。现依据詹文,将李白乐府诗中的拟效对象分析如下:

(1) 在存有古辞的乐府诗题中,李白首选古辞进行拟效。如其《天马歌》《战城南》《君马黄》《公无渡河》《阳上桑》《日出入行》《长歌行》《相逢行》《枯鱼过河泣》《莝箜谣》《独漉篇》《杨叛儿》《子夜四时歌》等都是拟古辞。《来日大难》虽是李白自命新题,实乃衍《善哉行》古辞而成,亦应属拟古辞。

(2) 在不存古辞的情况下,多拟始辞(即该题目的第一首文人作品)。如《白马篇》拟曹植辞;《秦女休行》拟左延年辞;《梁甫吟》拟诸葛亮辞;《门有车马客行》和《鞠歌行》拟陆机辞;《阳春歌》拟吴迈远词;《设辟邪伎鼓吹雉子斑曲辞》拟何承天辞;《估客行》拟齐武帝辞;《鼓吹入朝曲》《玉阶怨》《邯郸才人嫁为厮养卒妇》均拟谢朓辞;《上云乐》拟周舍辞;《千里思》拟魏祖叔辞;《高句丽》拟王褒辞;《中山孺子妾歌》《临江王节士歌》拟陆厥辞;《白鼻䯄》拟北魏温子昇辞。有些题目虽然在李白手里有所变动,但他仍以原题始辞为拟效对象,如魏武帝的《苦寒行》,李白改为《北上行》,在拟写过程中仍拟效魏武帝之《苦寒行》。类似的还有:《东海有勇妇》拟曹植《精微篇》;《飞龙吟》拟曹植《飞龙篇》;《侠客行》拟张华《游侠篇》等。

(3) 李白拟效鲍照辞较多。比如,他的《东武吟》《白纻曲》《出自蓟北门行》《君子有所思行》《北风行》《春日行》《古郎月行》《前有樽酒行》《结客少年场行》《鸣雁行》《空城雀》《行路难》《夜坐吟》等诗均拟鲍照辞。此外,李白《将进酒》拟鲍照的《行路难》"君不见河边草"一首;《蜀道难》拟鲍照的《行路难》;《凤台曲》《凤凰曲》均拟鲍照的《萧史曲》;《前有樽酒行》也是拟鲍照辞,胡震亨《李诗通》注云:"晋傅玄有作,白用其题,而调非拟玄,旧注以为颇似学鲍照,良是。"③

(4) 李白较少拟效齐梁文人辞。在齐梁以前已有拟辞的题目,李白很少以齐梁文人辞为拟效对象,破例的仅有《怨歌行》(拟梁简文辞)、《乌夜啼》

---

① Joseph R. Allen, *In the Voice of Others: Chinese Music Bureau Poetry*, University of Michigan Center for Chinese Studies, 1992.
② 冯班《钝吟杂录》,丁福保辑《清诗话》,第40页。
③ 胡震亨《唐音统签》,《四库全书存目丛书补编》,第82册,第46页。

(拟庾信辞)等为数不多的几首。当然,一部分题目如横吹曲本来就是齐梁文人率先拟写的,依上述第二条"不存古辞时拟始辞"的作法,李白只好采用齐梁体来拟写,如《上之回》《折杨柳》《关山月》《洛阳陌》《紫骝马》等便是如此。

从以上分析可以看出来,李白在选择拟效对象时有一定的标准:尽可能选择该题目最早的作品。之所以这样,是因为最早的作品往往是该曲调的原始歌辞:从内容上来看,代表了该题初起时的本意;从形式上来看,代表了最适合配乐的型态。李白又多选鲍照辞为拟效对象,是因为鲍照代表了李白之前文人拟写乐府诗的最高成就,再加上两人经历相似——都才高志远却遭遇坎坷,又有着相同的艺术追求,所以李白会以鲍照辞为取法对象。

(二) 对前人乐府诗题材的承袭

初盛唐时期,由于一些诗人在拟写乐府诗的过程中背离了传统题意,便出现了吴兢《乐府古题要解》、刘餗《乐府解题》等一大批乐府解题类著作,其目的是"令后生"有以"取正"①,为人们写作乐府诗提供题材范式。李白曾给韦渠牟传授过"古乐府之学"②,想来他必定熟知每一个乐府题目的题材意旨,所以他在拟写过程中,能够"或用其本意,或翻案另出新意,合而若离,离而实合,曲尽拟古之妙"③。

大体来看,李白对前代乐府诗题材的承袭,主要有以下几种情况:

(1) 完全袭用前人乐府诗的题材意旨。如李白《从军行》,沿袭前人抒写边戍征战题材的传统,没有多少变化。其《杨叛儿》一诗,只不过是对古辞之意进行解说,正如杨慎《升庵诗话》卷七云:"其《杨叛儿》一篇(笔者按,指李白辞),即'暂出白门前'之郑笺也。因其拈用,而古乐府之意益显。"④他的《乌夜啼》诗完全是在发挥庾信辞中的"织锦秦川窦氏妻"一句,借以敷衍成篇。李白拟写的《侠客行》《侠客篇》《结客少年场行》《少年行》《少年子》等一批任侠类乐府诗,题材意旨与曹植《白马篇》、张华《游侠篇》和《博陵王宫侠曲》、鲍照《结客少年场行》等一脉相承。他在担任供奉翰林期间所写的应制乐府诗如《上云乐》《春日行》等亦多为沿袭旧题之作。此外,其《天马歌》《鼓吹入朝曲》《折杨柳》《设辟邪伎鼓吹雉子班曲辞》《白鼻騧》《长歌行》《来日大难》《白纻辞》《中山孺子妾歌》等乐府诗也基本上是袭用前人作品的题材意旨。

---

① 吴兢《乐府古题要解》,丁福保辑《历代诗话续编》,第 24 页。
② 权德舆《左谏议大夫韦君诗集序》,郭广伟校点《权德舆诗文集》,第 524 页。
③ 胡震亨《唐音癸签》,第 87 页。
④ 杨慎著,王仲镛笺证《升庵诗话》,第 212 页。

(2) 虽然袭用前人乐府诗的题材,却对题旨立意有所提升。如《相逢行》古辞写路上相逢,向对方夸耀富贵,立意颇俗。李白辞云:"相逢红尘内,高揖黄金鞭。万户垂杨里,君家阿那边?"①虽袭用古辞题材,亦写路上相逢,但省去了夸耀之事,亲切自然,提升了古辞立意。《独漉篇》古辞言为父报仇,纯是一己之私利,李白则言为国雪耻,立意高远。《君马黄》古辞意旨隐晦,大体是言美人背情离去,李白辞则言朋友应相互帮助,不可坐视不管,"相知在急难,独好亦何益"②。《上之回》古辞写天子巡视游幸,李白却写帝王在游幸过程中只求逸乐而不能礼贤下士,具有讽谏之意。《日出入行》,胡震亨《李诗通》注云:"汉郊祀歌《日出入》,言日出入无穷,人命独短,愿乘六龙仙而升天。此反其意,言人安能如日月不息,不当违天矫诬,贵放心自然,与溟涬同科也。"③李白乐府诗中,像这样提升原来旧题立意的作品还有《紫骝马》《丁督护歌》《结袜子》《千里思》《夜坐吟》等。

(3) 以乐府诗传统的题材题旨为契入点,借以寄托自己的身世之感或表达对社会的看法。方世举《兰丛诗话》谓:"李太白虽用其题,已自用意。"④指的正是这部分乐府诗。比如天宝三载(744)李白受谗离京时,他有意选择一些相关的乐府题目进行拟写,反映他心中的痛苦与不平,如《怨歌行》,梁简文辞"自言姝艳,以谗见毁"⑤,李白借此题含蓄地表达了被唐玄宗遗弃的悲伤。《鞠歌行》一题,陆机辞言"虽奇宝名器,不遇知己,终不见重",李白辞"始伤士之遭谗废弃,中羡昔贤之遇合有时,末则叹今人不能如古人之识士,亦聊以自况云尔"⑥。《东武吟》,李白取鲍照辞中"时事一朝异"与沈约辞中"逝辞金门宠"之意,是他对朝廷失望以后辞别同僚所作,此诗在诸本中题目下均注有"一作《出金门后书怀留别翰林诸公》"。其他写于这一时期的《于阗采花》《空城雀》《行路难》《邯郸才人嫁为厮养卒妇》等都是如此。

李白还有一些乐府诗借传统题材来反映社会内容。如其《公无渡河》取该题本事中轻举冒进之意告诫玄宗防患于未然,《行行且游猎》借该题写游侠之事而抒发他于天宝十一载(752)在幽州目睹边城儿游猎的感慨。《豫章

---

① 李白撰,詹锳主编《李白全集校注汇释集评》,天津:百花文艺出版社,1996年,第563页。
② 参阮阅《诗话总龟》卷七评论门引刘次庄《乐府集》云:"《君马黄》古词云:'君马黄,臣马苍,二马同逐臣马良。'终言:'美人归以南,归以北,驾车驰马令我伤。'李白拟之,遂有'君马黄,我马白,马色虽不同,人心本无隔'。其本云:'相知在急难,独好亦何益。'自能驰骋,不与古人同圈模,非远非近,此可谓善学诗者欤!"(阮阅《诗话总龟》,北京:人民文学出版社,1987年,第78页)
③ 胡震亨《唐音统签》,《四库全书存目丛书补编》,第82册,第42页。
④ 方世举《兰丛诗话》,郭绍虞校选,富寿荪校点《清诗话续编》,第773页。
⑤ 郭茂倩编《乐府诗集》,第610页。
⑥ 萧士赟语,王琦注《李太白全集》,第234页。

行》古辞言豫章白杨被砍伐后造成的根枝离别之苦,李白写安史乱中征兵之苦,明代朱谏《李诗选注》云:"时起吴兵征安史,豫章有调发之苦,故李白作《豫章行》以记其事。"①《上留田行》古辞谓上留田之地"有父母死而不字其弟者,邻人作歌以讽之",李白此辞乃至德二载(757)永王李璘被肃宗部将所杀后有感于兄弟不容,衍旧题以悲其事②。

(4) 有些乐府诗是李白借用其他题目的传统题材进行了改写。如《子夜吴歌》第一首"秦地罗敷女,采桑绿水边。素手青条上,红妆白日鲜。蚕饥妾欲去,五马莫留连",用《陌上桑》之题材。《对酒》,取《短歌行》的题意,胡震亨《李诗通》注云:"魏武本辞叙王者太平事。白辞言人命不常,对酒宜早为乐,又似用《短歌行》'对酒当歌'为题者。"③而李白的《陌上桑》,奚禄诒云:"此合古《罗敷》《秋胡》二篇以为词。"④

上述四种情况中,基本上都是对乐府诗原有题材的承袭,第三种情况似乎改变较大,但依然未脱离乐府旧题的题材框架。这表明李白恪守乐府诗的题材意旨传统,拟效并继承前人,与那种自创新题新意的新乐府绝然不同。

(三) 对前人乐府诗篇章体制的拟效

乔亿《剑溪说诗》中引沈归愚语:"李太白所拟,篇幅之短长,音节之高下,无一与古人合者。"⑤意谓李白乐府诗在篇章体制方面与古人多不同。此说不确,过于绝对化。细读李白的乐府诗就会发现,他的一部分作品在篇章体制方面完全仿照前人之辞。比如,《来日大难》拟古辞《善哉行》,都是四言二十四句,句法及篇章十分相似。《善哉行》古辞为:

> 来日大难,口燥唇干。今日相乐,皆当喜欢。(一解)经历名山,芝草翻翻。仙人王乔,奉药一丸。(二解)自惜袖短,内手知寒。惭无灵辄,以报赵宣。(三解)月没参横,北斗阑干。亲交在门,饥不及餐。(四解)欢日尚少,戚日苦多。以何忘忧,弹筝酒歌。(五解)淮南八公,要道不烦。参驾六龙,游戏云端。(六解)⑥

---

① 转引自李白撰,詹锳主编《李白全集校注汇释集评》,第884页。
② 参宋长白《柳亭诗话》云:"乐府《上留田》云:'里中有啼儿,似类亲父子。回车问啼儿,慷慨不可止。'《古今注》云:'地名也。其地有父母死,而不字其孤弟者,邻人作歌以风之。'……太白赋此题曰:'昔之弟死兄不葬,他人于此举铭旌。'与注有别。平原、康乐为伤情感逝,简文为田家相劳之词。"第403页。
③ 胡震亨《唐音统签》,《四库全书存目丛书补编》,第82册,第33页。
④ 转引自李白撰,詹锳主编《李白全集校注汇释集评》,第828页。
⑤ 郭绍虞编选,富寿荪校点《清诗话续编》,第1074页。
⑥ 郭茂倩编《乐府诗集》,第535—536页。

古辞为六解,每解四句,每句四言。李白所拟《来日大难》云:

> 来日一身,携粮负薪。道长食尽,苦口焦唇。//今日醉饱,乐过千春。仙人相存,诱我远学。//海陵三山,陆憩五岳。乘龙上三天,飞目瞻两角。//授以神药,金丹满握。蟪蛄蒙恩,深愧短促。//恩填东海,强衔一木。道重天地,轩师广成。//蝉翼九五,以求长生。下士大笑,如苍蝇声。①

其中"乘龙上三天,飞目瞻两角"两句在李白诗的许多版本中均作"乘龙天飞,目瞻两角",那么便是一首整齐的四言诗。如果我们把李白诗以四句分开,则亦为六解,其中的许多诗句如"来日一身""苦口焦唇""今日醉饱""海陵三山""授以神药"等明显袭自古辞,故有明人批曰:"步骤古辞。"②再如,《玉阶怨》一题,谢朓辞五言四句,李白也拟为五言四句;《独漉篇》一题,晋辞六解,换解即换意,李白拟为六韵,换韵便换意;《塞下曲六首》一题,萧士赟注云:"此《从军乐》之体也。"③

在章法结构的安排上,李白的有些拟辞与前人作品颇为相似。如《估客乐》,释宝月辞为:"有信数寄书,无信心相忆。莫作瓶落井,一去无消息。"④李白辞为:"海客乘天风,将船远行役。譬如云中鸟,一去无踪迹。"⑤同是五言四句,后二句都用比喻,第四句几乎相同。《鞠歌行》一题,陆机辞中大量运用典故,以典故绾结情感脉络,李白亦是如此,一连采用卞和献和氏璧、管仲荐宁戚、秦穆公以羊皮赎回百里奚、吕望遇周文王、卫灵公见孔子等诸多典实。《子夜吴歌》原本四句,李白却拟为六句,胡震亨《李诗通》解释说,"当时歌此者亦自有送声,有变头,则古辞故未可拘矣"⑥,也就是说,李白此辞很可能是拟写原来的和声与歌辞而成,清代田同之不理解这一点,竟谓此诗"删去末二句作绝句,更觉浑含无尽"⑦。汉魏乐府诗结尾用训诫式语言⑧,李白也多采用这种方法,如《白头吟》末尾以"以色事他人,能得几时好"作结,《陌上桑》末尾以"托心自有处,但怪傍人愚"作结。《长相思》一题,徐陵、江总辞

---

① 李白撰,詹锳主编《李白全集校注汇释集评》,第715—718 页。
② 同上书,第719 页。
③ 其中有一首不同,本是《独不见》诗,见詹锳《李白诗文系年·李白乐府集说》(北京:人民文学出版社,1984年,第170页)。
④ 逯钦立辑校《先秦汉魏晋南北朝诗》,第1480 页。
⑤ 李白撰,詹锳主编《李白全集校注汇释集评》,第947 页。
⑥ 胡震亨《唐音统签》,《四库全书存目丛书补编》,第82 册,第38 页。
⑦ 田同之《西圃诗说》,郭绍虞编选,富寿荪校点《清诗话续编》,第760 页。
⑧ 葛晓音《论李白乐府的复与变》,《文学评论》1995 年第2 期,第7 页。

都以"长相思"为开首发端,李白的《长相思》也是如此。乐府歌辞中多顶针手法,李白亦多仿之,如《阳春歌》中的"披香殿前花始红,流芳发色绣户中。绣户中,相经过,飞燕皇后轻身舞,紫宫夫人绝世歌"①。

有些乐府题目在初唐时为律诗,至李白手里则反律为古。葛晓音指出:"李白改律为古的题目最多。除了极少数的几题外,大部分由新体变成律体的古题都被李白改成了五古、杂言和七古。"②葛先生又在《盛唐清乐的衰落和古乐府的兴盛》一文中指出,李白反律为古的题目有《上之回》《战城南》《有所思》《出塞》《折杨柳》《关山月》《长安道》《江南》《王昭君》《铜雀妓》《从军行》《蜀道难》《胡无人行》《采莲曲》《妾薄命》《独不见》等③。李白之所以这样作,其实是为了从形式上更好地拟效古人之辞,因为这些乐府诗题目都是在律诗成熟以前产生的,它们最初的歌辞形式都是古体诗。

一般而言,在诗歌的演进过程中,形式更富于稳定性。况且,乐府诗的形式由音乐曲调孕育而出,承载着部分"歌"的信息。虽然乐府诗在唐代已大多不再入乐演唱了,但其作为"拟歌辞"的身份,一方面表明了对前代歌辞的继承,另一方面也时时显露出对入乐的"渴望"——唐代乐府诗中常常会出现"俾善歌者扬之""愿播内乐府"等之类的诗句便可说明这一点,日本学者松浦友久将其称为"对乐曲的联想"④。李白乐府诗对前人歌辞形式的拟效,既是复古与仿古的结果,亦有渴望入乐传唱以博取声名的需求。

(四) 语言的袭用

李白乐府诗的语言,多数情况下是套用或点化前人拟辞而来。詹锳在《李白乐府探源》一文中,条分缕析,逐诗逐句地分析了李白乐府诗的语词因袭情况。从詹文的分析来看,李白有些乐府诗直接袭用前人原句,如其《妾薄命》中的"各自东西流"袭自鲍照《行路难》中的"各自东西南北流";《白马篇》中的"荒径隐蓬蒿"则出自谢朓的《和沈祭酒行园诗》。《升庵诗话》卷七云:"'望胡地,何险侧。断胡头,脯胡臆。'此古词,虽不全,然李太白作《胡无人》,尾句全效。"⑤当然,这种直接袭用的情况并不多见。而在李白乐府诗中,将前人辞句略作变动后化为己用的例子却比比皆是,如李白《陌上桑》中"采桑向城隅"出自古辞中"采桑城南隅";《长歌行》中"功名不早著,竹帛将何宣"出自陆机《长歌行》中"但恨功名薄,竹帛无所宣";《枯鱼过河泣》中

---

① 李白撰,詹锳主编《李白全集校注汇释集评》,第514—515页。
② 葛晓音《论李白乐府的复与变》,第5页。
③ 葛晓音《盛唐清乐的衰落和古乐府诗的兴盛》,《社会科学战线》1994年第4期,第217页。
④ 〔日〕松浦友久著,孙昌武、郑天刚译《中国诗歌原理》,第274页。
⑤ 杨慎著,王仲镛笺证《升庵诗话》,第213页。

"作书报鲸鲵"出自古辞"作书与鲂鲤","万乘慎出入"出自古辞"相教慎出入"。又如,李白《上之回》中有"前军细柳北,后骑甘泉东",王琦注云:"梁简文帝《上之回》云:'前旆拂回中,后车隅桂宫。'太白盖用其句法。"①李白袭用梁简文帝诗的句法,只是将骑乘工具和具体地点略作改动而已。

有时李白会把前人之辞的两句合为一句,如陆琼《关山月》中有"边城与明月,俱在关山头",李白合并为"明月出天山"(《关山月》);清商曲《前溪曲》中有"黄葛结蒙笼,生在洛溪边",李白合并为"黄葛生洛溪"(《黄葛篇》);北齐童谣《杨叛儿》中有"欢作沉水香,侬作博山炉",李白合并为"博山炉中沉香火"(《杨叛儿》);袁淑《白马篇》中有"长安五陵间",沈约《白马篇》中有"白马紫金鞍",李白合并为"金鞍五陵豪"(《白马篇》);杨素《出塞》中有"横行万里外",虞世基《出塞》中有"候骑阴山归",李白合并为"横行阴山侧"(《塞上曲》);诸葛亮《梁甫吟》中有"力能排南山,文能绝地纪。一朝被谗言,二桃杀三士",李白合并为"力排南山三壮士,齐相杀之费二桃"(《梁甫吟》)等。刘勰《文心雕龙·镕裁》中说:"引而申之,则两句敷为一章……思赡者善敷,才核者善删。"②从以上例子中可以看出,李白正是善于镕裁前人乐府诗句的高手。

李白还常常是袭用古辞之意而改换它辞。如范晞文《对床夜语》卷三云:"李太白《北上行》,即古之《苦寒行》也。……太白词有云:'磴道盘且峻,巉岩凌穹苍。马足蹶侧石,车轮摧高岗。'又:'杀气毒剑戟,严风裂衣裳。'此正古词'羊肠坂诘屈,车轮为之摧。树木何萧瑟,北风声正悲'。太白又有'奔鲸夹黄河,凿齿屯洛阳。猛虎又掉尾,磨牙皓秋霜',亦古词'熊罴对我蹲,虎豹夹路啼'。又:'汲水涧谷阻,采薪陇坂长。草木不可餐,饥饮零露浆。'是亦古词'行行日已远,人马同时饥。担囊行取薪,斧冰持作糜',特词语小异耳。"③又,《升庵诗话》卷七"李白诗祖乐府"条云:"古乐府:'朝见黄牛,暮见黄牛。三朝三暮,黄牛如故。'李白则云:'三朝见黄牛,三暮行太迟,三朝又三暮,不觉鬓成丝。'古乐府云:'春风复多情,吹我罗裳开。'李反其意云:'春风复无情,吹我梦魂散。'"④这样的例子还有很多,如李白《空城雀》中的"常恐乌鸢逐"出自鲍照辞中的"高飞畏鸱鸢","天命有定端"出自鲍照辞中的"赋命有厚薄"等。

事实上,乐府诗具有稳定的题材意旨,而表述这些题材意旨的语言虽不

---

① 李白著,王琦注《李太白全集》,第261页。
② 刘勰著,范文澜注《文心雕龙注》,第543页。
③ 丁福保辑《历代诗话续编》,第423页。
④ 杨慎著,王仲镛笺证《升庵诗话笺证》,第212页。

是唯一的,但经过文人反复拟写后会形成一定的程式与"套语",促使某个乐府诗题的语言表述成为一个封闭系统,遂出现了卢照邻所说的"共体千篇"①的现象。后人在拟写时,很难跳出这一窠臼——有时更可能是作者不愿意跳出来,在这个封闭系统中对前人的文本语词进行重组,从而获得一种超越古人的愉悦感。魏晋六朝时期的拟古诗就是这样,李白创作乐府诗恐怕亦是如此吧!

(五) 原因分析

李白本是天才型诗人,殷璠《河岳英灵集》谓其"志不拘检……故其为文章,率皆纵逸"②,黄庭坚《题李白诗草后》谓李白诗"无首无尾,不主故常"③。那他为什么会在乐府诗的创作中却一反常态,多采用拟效之法呢?后世研究者进行过一些探讨,如钱志熙认为是对"初唐以来复古诗学的深化"及"'乐流'的回复"④。笔者以为,其中原因有三点:

第一,李白在文学创作中有拟效前人作品的喜好。他自己在《赠张相镐二首》其二中谓"十五观奇书,作赋凌相如"⑤。据段成式《酉阳杂俎》卷一二记载:"(李)白前后三拟《词选》,不如意,悉焚之,唯留《恨》《别》赋。"⑥李白早年身居蜀中,可能受到学习条件限制,主要以拟效司马相如赋、《文选》等前人作品为主,因而其诗未脱汉魏六朝习气,杜甫《与李十二白同寻范十隐居》中就说"李侯有佳句,往往似阴铿"⑦,《春日忆李白》中谓"白也诗无敌,飘然思不群。清新庾开府,俊逸鲍参军"⑧,显然是指李白诗仍带有鲍照、阴铿、庾信等人的风格。换言之,李白依然醉心并留恋于汉魏六朝的诗学实践体系。乐府作为汉魏六朝诗歌的大宗,自然也是李白学习和拟效的重点。长期以来,人们一提到拟效,多加以蔑视,诬之为"蹈袭""重复"等,事实上,拟效是人类继承优秀文化遗产、进行再创造的必要手段。在文学创作中,后人通过拟效前人作品,可以掌握表现技巧,从而达到提高自身的目的。胡适在《白话文学史》中讲到王维青年时期多写乐府诗时说:"这可见他少年时多作乐府歌辞,晚年他的技术更进,见解渐深,故他的成就不限于乐府歌曲。"胡氏

---

① 卢照邻《乐府杂诗序》,李云逸校注《卢照邻集校注》,第339页。
② 殷璠《河岳英灵集》,傅璇琮、陈尚君、徐俊编《唐人选唐诗新编》(增订本),第171页。
③ 黄庭坚著,刘琳、李勇先、王蓉贵校点《黄庭坚全集》,成都:四川大学出版社,2001年,第656页。
④ 钱志熙《论李白乐府诗的创作思想、体制与方法》,《文学遗产》2012年第3期,第46页。
⑤ 李白撰,詹锳主编《李白全集校注汇释集评》,第1629页。
⑥ 段成式《酉阳杂俎》,《丛书集成初编》,第277册,第93页。
⑦ 杜甫著,仇兆鳌注《杜诗详注》,第45页。
⑧ 同上书,第52页。

由此进一步论述道:"唐人的诗多从乐府歌词入手,后来技术日进,工具渐熟,个人的天才与个人的理解渐渐容易表现出来,诗的范围方才扩大,诗的内容也就更丰富,更多方了。故乐府诗歌是唐诗的一个大关键:诗体的解放多从这里来,技术的训练也多从这里来。"①李白深知其中三昧,所以他用拟效之法大量拟写旧题乐府诗,以此来锻炼其创作能力,使他在诗歌创作中取得了很高的艺术成就(比如李白的绝句、歌行就明鲜受到乐府诗表现手法的影响)。杨慎《升庵诗话》卷七云:"古人谓李诗出自乐府古选,信矣。"②此论诚是。

第二,拟效旧题乐府诗是"戴着脚镣跳舞",它受模拟对象的限制,不可能让诗人天马行空式地驰骋才华,但又不排斥差异性和创造性的存在,因此是一种极难的创作。张谦宜《茧斋诗谈》卷二就说过:"拟乐府甚难,须令音调节奏用古人之遗法,情事委曲写自己之悃愫,方妙。"③李白自恃才华,对"古题无一弗拟",是唐代创作旧题乐府诗最多的诗人,这正是诗人挑战自我的表现——他想通过创作这种束缚性极强的诗体,角逐诗坛,超越古人,试图来向世人昭示其才华。我们依据今人对李白乐府诗的编年,会发现李白写于天宝三载(744)以前的乐府诗,多是为拟效而拟效,不出前人藩篱,几乎看不到诗人的天纵之才。这说明李白此时对乐府诗的拟效还未成熟。到天宝三载以后,李白的乐府诗创作渐入佳境,人们经常赞颂的一些名篇几乎都出现在这一阶段,而这些作品正如上面张谦所说,是"以古人遗法"写"自己之悃愫",所以取得了很高成就,表明李白在乐府诗创作中挑战自我的成功。在这一过程中,李白使那些原本质朴粗糙或华艳低俗的乐府诗得到了改造,意境更为圆融,蕴涵更为丰富,语言更加凝练,人物形象更加鲜明,总而言之,从本体上使乐府诗文人化,大大提升了乐府诗体的品质。

第三,汉魏时期,乐府诗的曲调尚存,人们创作乐府诗时可以"依调填词",而从南朝刘宋以后,曲调渐失,人们再来拟写乐府诗时无调可依,于是齐梁前后出现了"赋写题意"的写法,抛弃了旧篇章及旧的题材和主题,采用专就古题曲名的题面之意来描写,如《雉朝飞操》古辞本写犊沐子无妻伤悲事,梁简文帝拟辞"但咏雉而已"④;《将进酒》古辞言饮酒放歌,梁昭明太子辞叙游乐饮酒事等。这种写法虽然更大地发挥了作者的创造性,但使乐府诗的传

---

① 胡适撰,骆玉明导读《白话文学史》,第168页。
② 杨慎著,王仲镛笺证《升庵诗话》,第212页。
③ 张谦宜《茧斋诗谈》,郭绍虞选编,富寿荪校点《清诗话续编》,第802页。
④ 郭茂倩编《乐府诗集》,第835页。

统难以维系,于是招致唐人吴兢《乐府古题要解》的批评。显然,"赋写题意"之法是失败的。在这样的背景下,唐人便采取拟效前人歌辞的办法,正如罗根泽《乐府文学史》所言:"乐府在汉魏虽有曲谱,而至唐代则久已亡佚,故唐人为乐府,不过效法歌词,并不能依照乐府曲调。"[①]前人的歌辞文本负载着乐府诗题的本事缘起、题材意旨、情感取向及音乐信息等,是一个集聚前人经验并可资参照的模本,适合后人学习和袭用。因此,李白在创作乐府诗的过程中采用拟效手法,也是受客观条件的局限,不得已而为之。

---

① 罗根泽《乐府文学史》,第190页。

第三章　唐代乐府诗体的文体表征

乐府诗体作为一种独立诗体,其文体表征早在魏晋南北朝时期就已显现,与一般徒诗有着较为明显的差异。葛晓音在分析魏晋乐府诗与古诗的不同时说:"乐府诗多从人们一般的感受出发,没有特殊事件、特定背景的描绘,抒情的事由或隐而不言,或藏在比兴之中。古诗则绝大多数为抒情,用于叙事的很少。抒情多从个人特定的感受出发,事由、对象乃至背景地点交代得比较清楚。从语言来看,古诗从曹植开始讲究对偶铺陈,而乐府基本上保持朴素流畅的叙述句调。"而在题材方面,古诗不断开拓,"在咏史、纪行、隐逸、公宴、应酬、交游乃至日常生活等许多方面都有了更广阔的表现空间",乐府诗由于确立了"题材和主题具有传承性的重要传统",其"表现空间便缩小到游子思妇、从军赴边、离别、游仙、游猎等传统题材之中"。① 钱志熙亦对魏晋南北朝时期的乐府体五言与徒诗五言进行过详细比较,其结论如下:

乐府五言与徒诗五言虽然外表上完全属于一种体裁,但在各个时期,其风格、体制都有分流的现象。就魏晋南北朝时期来说,这种分流构成了这一时期诗人创作的最重要的体裁意识……尤其是当文人拟乐府五言体不再是入乐歌词的时候,如何使其区别于一般的五言诗,就是作者在创作上需要解决的问题。从建安三曹的依旧曲调,到傅玄、张华等人的拟旧篇,到陆机、谢灵运的将古辞主题抽象化形成重言、重意的一派,再到鲍照的以古题赋新事的"代乐府"。在这种创作方法演变的同时,乐府五言的体制也在演变,并受当时的五言诗的偶俪化、雕藻化、赋化的影响,但同时乐府文体最重要的特征即叙事文体,始终没有被徒诗五言的尚丽尚偶风格所完全同化,汉魏乐府的散行、不重雕饰的文体特点,在各个时期,也都不同程度地保持着。即使到了齐梁时期赋题法取代晋宋的拟篇法,乐府与近体诗合流,但近体乐府,仍然保持着重"事"

---

① 葛晓音《鲍照"代"乐府体探析——兼论汉魏乐府创作传统的特征》,《上海大学学报》2009年第2期,第27—28页。

的特点。①

此论诚然。魏晋南北朝时期的乐府诗体讲究传承,偏向叙事,不重雕饰,朴素流畅,在题材、形式、风格及表现方法等方面确实与一般徒诗具有不同的特点。至唐代,乐府诗体的这些文体表征被继承和发扬,当然也出现了一些新的特征。本章将讨论唐代乐府诗体的文体表征,着重分析它与一般徒诗的差异,并对其内部的"行"诗、"歌"诗、"篇"诗、"曲"诗等"亚诗体"特征进行揭示。

第一节 独特的题目

题目也是诗体表征的一个重要部分。唐代乐府诗体的题目主要有四个特点,也正是由于这些特点,才与一般徒诗在题目上形成了较大差异。

一、简短且多缀以歌辞性题目

唐代旧题乐府诗的题目沿自唐前,有固定的称名,经常以二、三字为题(其中三字题最多),超过六个字的只有《登高丘而望远海》《邯郸才人嫁为厮养卒妇》等很少的几个题目。而那些从旧题中衍生出来的新题,也多取旧题乐府诗首句的前二字或前三字,十分简短。唐人自己创制的新题目,或取首句前二、三字,或用三至五个字来"即事名篇",总的特点是简短。唐代一般徒诗的题目与乐府诗不同,往往可长可短,十分自由,长的可达一百一十多个字,如刘禹锡的《令狐仆射与余投分素深,纵山川阻修,然音问相继。今年十一月,仆射疾不起,闻予,已承讣书,寝门长恸,后日有使者两辈持书并诗,计其日时,已是卧疾。手笔盈幅,翰墨尚新,新词一篇,音韵弥切,收泪握管,以成报章。虽广陵之弦于今绝矣,而盖泉之感犹庶闻焉。焚之穗帐之前,附于旧编之末》,短的则只有一个字,如杜甫的《雨》。

唐代乐府诗的题目还多缀以歌辞性题目,这是乐府诗体与一般徒诗在制题方面最为本质的区别。乐府诗的制题经历了从音乐意义上的曲调名向文学意义的诗题转变的过程,早期的乐府诗题目多是曲调名,因而题目后面所缀的歌辞性题目都与音乐表演有一定的关系,如清商三调歌唱时有丝竹伴奏,故带"行"字;不配器乐的徒歌多带"歌"字;配有丝竹或有伴舞的多带"曲"和"乐"字(详见本章第七节)。如果说早期的乐府诗采用这样的制题方

---

① 钱志熙《论魏晋南北朝乐府体五言的文体演变——兼论其与徒诗五言体之间文体上的分合关系》,《中山大学学报》2009 年第 3 期,第 19 页。

式是代表了发生学上的意义的话,那么到了后来南北朝及唐代,人们仍采用这样的方式便是有意继承乐府诗的制题传统,因为这时的乐府诗已进入了文学层面,其题目中所缀的歌辞性题目是制题者模仿早期的乐府诗题而来,歌辞性题目本身已经失去了音乐方面的特点。正如王师昆吾在分析《桃花行》中的"行"时所说的,"唐代诗题中的'行',所代表的只是一种文学体裁(拟乐府体、歌行体),而不是音乐的体裁"①。

二、从旧题目中衍生

乐府诗体可以从旧题乐府诗中衍生出大量的新题,这也是它不同于徒诗制题的一个显著特点。一般徒诗的题目多是概括诗意而成,不同的诗歌在题目上多无关联,而乐府诗体的一些题目则可以从旧题乐府诗中衍生出来——有时是取旧题乐府诗中的某句为题,有时是将旧题略作变化,有时是从旧题乐府诗的题意衍生出新的题目。这种通过衍生而产出的新题在唐代数量很多,据粗略统计,约有三百多个,占全部唐代乐府诗题目一千六百多个的五分之一。前面第二章中已有详细的论述,此处不赘。

三、一题多诗

唐代的徒诗往往是一题一诗,只有在"同题唱和"时,才会在相同的题目下产生数首诗,而在乐府诗体中,"一题多诗"的现象十分普遍。翻检郭茂倩的《乐府诗集》,几乎随处可见——事实上,郭氏正是按照"以题目录作品"的方法编排的。"一题多诗"本源于早期乐府诗创作中的"一调多辞",后来通过文人的反复模仿,使同一个题目下产生了更多的作品。唐人的新题乐府诗也是如此,一个题目往往会有两首以上的作品,如葛晓音所举出的《公子行》《春女行》《桃源行》《塞上曲》《塞下曲》《田家行》《思远人》《忆远曲》《织妇词》《采珠行》《思君恩》《汉苑行》《老将行》《边城曲》《秋夜曲》《镜听词》《牧童词》等②。

四、艺术化程度不高

一般徒诗的制题艺术随着时代的推移直线向前发展。依吴承学的研究,古代诗歌的制题在西晋前后趋于成熟,到唐代已经十分艺术化,唐诗的题目不仅能概括诗歌的主旨,还能交代诗歌的写作时间和地点等③。严羽《沧浪

---

① 王师昆吾《隋唐五代燕乐杂言歌辞研究》,第334页。
② 葛晓音《新乐府的缘起和界定》,《中国社会科学》1995年第3期,第168页。
③ 吴承学《论古诗制题制序史》,《文学遗产》1996年第5期,第10—20页。

诗话·诗评》中说:"唐人命题,言语亦自不同。杂古人之集而观之,不必见诗,望其题引而知其为唐人今人矣。"①而乐府诗的制题由于受到音乐的羁绊和影响,它的发展路线是曲线性的:早期多是曲调名,歌辞本身没有题目,直到出现以"篇"缀尾的诗题才开始"因意命题",南朝部分乐府民歌的题目表现出艺术化的倾向,但后来文人创制新题时有意模仿早期乐府诗的制题方式,多以首句前二、三字为题,又回归到了以前的初始阶段。即使那些"因意命题"或"即事名篇"的题目,其艺术性也远远比不上唐代的徒诗,大部分题目不能提供该诗的写作时间、地点等信息,致使这些乐府诗在编年的时候困难重重。虽然在唐代也出现了一些类似《双黄鹄歌送别》(王维)、《白云歌送刘十六归山》(李白)、《短歌行赠王郎司直》(杜甫)、《白雪歌送武判官归京》(岑参)等的题目,但这样的题目数量不多,而且明显是把"乐府题目"与"徒诗题目"相加拼凑而成。这种诗歌在结构上也大多分成两部分,前部分拟写"乐府题目",后部分抒写"徒诗题目"。但在这样的题目中,透露出依据诗意制题的愿望,表明乐府诗的制题方法与一般诗歌趋于一致,其独特性已逐渐被淡化。

第二节　重视继承且偏向大众化的题材

唐代乐府诗体在题材上重视传承,往往多写大众题材。这是由乐府诗创作的传统所决定的,使其具有了强烈的现实性、社会性。也正是这一点,造成了它与一般徒诗的区别。

一、重视继承

乐府诗在题材方面与徒诗有很大的不同。徒诗的题材极其自由,想写什么就写什么,没有任何限制,而乐府诗则不同,它在题材上以继承传统为风尚,正如强幼安《唐子西文录》中所说:"古乐府命题皆有主意,后之人用乐府为题者,直当代其人而措词。"②唐人拟写的旧题乐府诗,大体上是遵循旧题题意的,本书第二章第四节进行过细致分析。有些乐府诗在齐梁陈时期因"赋题"而脱离了本事本意,至唐代也逐渐予以恢复,尤其是在李白的乐府诗中,"以学习汉魏为复古的主要目标",对古题古意进行了全面恢复③。

即便是唐人创制的新题乐府诗,在题材上也有一定的传承性。以郭茂倩

---

① 严羽著,郭绍虞校释《沧浪诗话校释》,第146页。
② 强幼安《唐子西文录》,何文焕辑《历代诗话》,第443页。
③ 葛晓音《论李白乐府的复与变》,《文学评论》1995年第2期,第5—13页。

《乐府诗集》卷九〇至卷一〇〇所收乐府诗为例,其中《公子行》等出自《少年行》;《塞上曲》《塞下曲》出自《出塞》;《汾阴行》《大梁行》《永嘉行》《洛阳行》《楚宫行》等与《会稽吟》相仿;《思远人》《忆远曲》《望远曲》《夫远征》《寄远曲》《征妇怨》《送衣曲》《寄衣曲》《平戎辞》等与《燕歌行》《从军行》等相仿;《堤上行》乃因《大堤曲》而作;《江夏行》《淮阴行》与《长干行》相仿;《北邙行》《野田行》与《梁甫吟》《泰山吟》《蒿里行》同意;《斜路行》与《长安有狭斜行》同意;《雀飞多》与《朱鹭》同意;《春女行》《邯郸宫人怨》《洛阳女儿行》《静女春曙曲》《楼上女儿曲》《结爱》《湘宫人歌》等都是乐府中传统的闺怨题材。

事实上,由于乐府诗的题材强调传承,使它最终成为一种互文文本。一般而言,它都有一个母题,后人的拟写既要遵循母题,但又不能完全挪用承袭,因为母题是大家熟知的,需要读者去填充。以《上留田行》为例,崔豹《古今注》云:"上留田,地名也。人有父母死不字其孤弟者,邻人为其弟作悲歌以风其兄。"由此可知,《上留田行》的母题言兄弟骨肉之情。今见始辞为曹丕辞:

> 居世一何不同,上留田。富人食稻与梁,上留田。贫子食糟与糠,上留田。贫贱亦何伤,上留田。禄命悬在苍天,上留田。今尔叹息将欲谁怨?上留田。

其中"上留田"为和声,写"富人"与"贫子"之生活悬殊。可能兄为"富人",弟为"贫子",遂有"命由天定"之叹。唐代李白所拟《上留田行》:

> 行至上留田,孤坟何峥嵘。积此万古恨,春草不复生。悲风四边来,肠断白杨声。借问谁家地,埋没蒿里茔。古老向余言,言是上留田,蓬科马鬣今已平。昔之弟死兄不葬,他人于此举铭旌。一鸟死,百鸟鸣。一兽走,百兽惊。桓山之禽别离苦,欲去回翔不能征。田氏仓卒骨肉分,青天白日摧紫荆。交柯之木本同形,东枝憔悴西枝荣。无心之物尚如此,参商胡乃寻天兵。孤竹延陵,让国扬名。高风缅邈,颓波激清。尺布之谣,塞耳不能听。

贯休所拟《上留田行》:

> 父不父,兄不兄,上留田,蛮贼生。徒陟岗,泪峥嵘。我欲使诸凡鸟

雀,尽变为鹎鸹。我欲使诸凡草木,尽变为田荆。邻人歌,邻人歌,古风清,清风生。

显然,这两首诗都暗含着《上留田行》的母题和本事,李白和贯休并没有花太多的笔墨复述本事,而是以本事为基础,直接发表自己的意见。倘若不明了《上留田行》的母题和本事,就很难对李白和贯休的诗歌有深入理解。这样一来,诸多的《上留田行》拟辞实际上形成了互文的关系,各个文本虽然围绕着同一个母题,但互不相同,又起到互相映照的作用,具有一定的关联性。后人创作乐府诗,常常会以前人的文本为"潜文本",或作为仿拟对象,或有意避让,从而形成一个新的衍生文本。在古代的众多文体中,乐府诗是互文性程度较高的一种诗体。

另外,一个值得思考的问题是,为什么与乐府诗同属音乐文学的词、曲在题材上不具备传承性? 这是因为,词、曲有本事者不多,难以形成题材传统,而且词、曲在形式具有较为严格的规范,已经有了可以维系其传承的纽带,由于乐府诗在形式上并没有形成严格规范,它与徒诗的差别只能通过坚守题材传统体现出来,大概这正是吴兢等人编撰乐府解题类著作的初衷吧!

二、偏向大众化的题材

乐府诗体在题材上一般多偏向于大众化,反映的多是社会性事件和公共情感,较少私人化、个体化书写。晁公武《郡斋诗书志·读书附志》引宋人刘次庄所编《乐府集》中对乐府诗题材的划分:

> 古乐府之所起二十二,横吹曲二十四,日月云霞十九,时序十一,山水二十三,佛道十二,古人十七,童谣三,古妇人二十三,美女十六,酒六,音乐十一,游乐十三,离怨二十八,杂歌行五十七,都邑四十六,宫殿楼台十六,征戍弋猎十七,夷狄六,虫鱼鸟兽三十三,草木花果二十五。①

郑樵《通志·乐略》中将"乐府遗声"的题材分类如下:

> 古调二十四曲,征戍十五曲,游侠二十一曲,行乐十八曲,佳丽四十七曲,别离十八曲,怨思二十五曲,歌舞二十一曲,丝竹十一曲,觞酌七曲,宫苑十九曲,都邑三十四曲,道路六曲,时景二十五曲,人生四曲,人

---

① 晁公武撰,孙猛校证《郡斋读书志校证》,上海:上海古籍出版社,1990年,第1215页。

物十曲,神仙二十二曲,梵竺四曲,蕃胡四曲,山水二十四曲,草木二十一曲,车马六曲,鱼龙六曲,鸟兽二十一曲,杂体六曲,总四百十九曲,不得其声,则以义类相属,分为二十五门,曰遗声。①

虽然刘、郑二家的划分不一定准确,但表现出一个特点,所列多为大众题材。之所以这样,是因为乐府民歌本来就是人民大众的集体创作,它所反映的正是人民大众所关心的"事",表现出的情感也是大多数人所共有的、普遍化甚至是泛化的"类"情感②,而且只有这样,才最容易被人民大众所接受,故王易在《词曲史》中说:"诗与歌曲要自有别,如纯属言志之作,则亦无为之协律作歌者矣。"③王瑶论及乐府诗时也说:"一般对乐府这一诗体的涵义的了解,实际是从内容着眼的,就是指那种富有社会性和叙事性特色的民间歌谣,和带有类似特色的文人摹拟乐府体裁或精神的文人作品。"④简言之,乐府诗要抹去自我,屏蔽私人空间,要以公共的、普泛的甚至是大家熟知的题材与情感呈现出来,方显本色,并能迎合大众的审美需要。

在旧题乐府诗中,写及征战、闺情题材的作品最多。由汉至唐,征战连年不断,战争是当时人们最为关注的社会问题,因而乐府诗中多写征战题材。闺情则是人类最为普遍的感情,而且是"公开的感情",似乎与作者个体无关,作者仅是其代言者,可以不去承担道德与伦理的负担,所以乐府诗多言闺情。正如林景熙《胡汲古乐府序》所言:"乐府,诗之变也。诗发于情,止乎礼义,美化厚俗,胥此焉寄,岂一变为乐府,乃遽与诗异哉。"⑤颇有意思的是,汉唐时期的文人往往较少在徒诗里写闺情,而多放在乐府诗里,究其原因,可能是他们受儒家诗教传统的影响,担心写进徒诗会遭后人诟病,而写进乐府诗则不一定代表作者本人的感情,故乐府诗中多述闺情。

即便是新题乐府诗,在题材也偏于大众化,萧涤非先生说:"乐府多叙

---

① 郑樵《通志》,第 625 页。
② 葛晓音《鲍照"代"乐府体探析——兼论汉魏乐府创作传统的特征》一文分析鲍照的"代"乐府时说:"鲍照代乐府古题的抒情都是从普世性的感受出发,所以这些代乐府题的主题内容都不出于生死感叹、去乡远游、人情亲疏、离别相思、从军赴边、游览京洛等汉魏乐府的传统题目范围,没有具体而特定的事件或背景的交代,没有倾诉感情的具体对象,触发感叹的真实原因隐藏在巧妙的比兴以及那些虚构的人物和场景之中,个人特殊的思想矛盾若隐若现地寄寓在人们共同的感受之中。"又谓鲍照的"代"乐府创作"为唐代乐府学习汉魏乐府提供了宝贵的经验"(《上海大学学报》2009 年第 2 期,第 29—32 页)。的确,唐代的乐府诗体抒发情感与此一脉相承。
③ 王易《词曲史》,北京:东方出版社,1996 年,第 33 页。
④ 王瑶《中国诗歌发展讲话》,南京:江苏文艺出版社,2008 年,第 26—27 页。
⑤ 林景熙《胡汲古乐府序》,《景印文渊阁四库全书》,第 1188 册,第 747 页。

事,所谓'缘事而发',故具有社会性、故事性,古诗则一般为个人的抒情。"①确实如此,在唐人看来,如果要表现反映社会大众问题的题材,一般情况下会采用乐府诗体,比如杜甫描写本人生活经历的用古体诗,而反映社会面貌,尤其是下层民众的生活遭遇就用乐府诗②。张籍、王建、元稹、白居易等人所写的新乐府,在题材上都反映的关涉国计民生的重大题材,也不以个人为主,他们的讽谕乐府诗实际上是言社会群体之志。这显然与唐诗发展的主流方向不同。陈伯海主编《历代唐诗论评选》分析说:"他们以追求纪实、感事写意的审美趣向而与盛唐注重抒情写怀的诗歌创作判然分途,试图在盛唐诗歌之后探索一条新的唐诗发展之路,这一努力的价值是不可低估的,也对后世造成了巨大而深远的影响。"③

第三节 自由不拘的形式

乐府诗体虽然属于音乐文学中的一种,但在形式上没有像后来的词、曲一样形成非常严格的形式规范,反而具有极大的开放性——既有采用古体的,又有采用近体的;既有采用齐言的,又有采用杂言的,几乎传统意义上的各种诗体在乐府诗中都能找到,因而胡应麟《诗薮》内编卷一说乐府"于诸体无不备有":

> 世以乐府为诗之一体,余历考汉、魏、六朝、唐人诗,有三言、四言、五言、六言、七言、杂言、近体、排律、绝句,乐府皆备有之。《练时日》《雷震震》等篇,三言也;《箜篌引》《善哉行》等篇,四言也;《鸡鸣》《陇西》等篇,五言也;《乌生》《雁门》等篇,杂言也;《妾薄命》等篇,六言也;《燕歌行》等篇,七言也;《紫骝》《枯鱼》等篇,五言绝也,皆汉、魏作也。《挟瑟歌》等篇,七言绝也;《折杨柳》《梅花落》等篇,五言律也,皆齐、梁人作也。虞世南《从军行》,耿沣《出塞曲》,五言排律也;沈佺期"卢家少妇",王摩诘"居延城外",七言律也,皆唐人作也。五言长篇,则《孔雀东南飞》;七言长篇,则《木兰歌》。是乐府于诸体,无不备有也。④

换言之,乐府诗的形式是最为自由的——在唐代诗歌的格律日益谨严

---

① 萧涤非《关于"乐府"》,萧光乾编《萧涤非文选》,第57页。
② 王运熙、王国安《乐府诗集导读》,第123页。
③ 陈伯海主编《历代唐诗论评选》,保定:河北大学出版社,2003年,第107页。
④ 胡应麟《诗薮》,第12—13页。

的形势下,乐府诗为那些不喜欢拘束的诗人大开方便法门,使他们能够自由驰骋于诗坛之上。这就是沈德潜《清诗别裁集》所说的:"乐府之妙,全在音节短长,错综变化,使人不可测识。"比如,李白不喜欢写近体诗,而较多采用形式比较自由的乐府体,便是因为乐府诗"更适宜于表现他那种豪放的情感和壮阔的内容"①。孟棨《本事诗》载,李白"才逸气高,与陈拾遗齐名,先后合德。其论诗云:'梁陈以来,艳薄斯极。沈休文又尚以声律,将复古道,非我而谁与?'故陈、李二集律诗殊少"②。胡应麟《诗薮》内编卷三云:"太白《蜀道难》《远别离》《天姥吟》《尧祠歌》等,无首无尾,变幻错综。"③王世贞《艺苑卮言》卷四:"太白古乐府,窈冥惝恍,纵横变幻,极才人之致。"④赵翼《瓯北诗话》亦谓李白"才气豪迈,全以神运,自不屑束缚于格律对偶,与雕绘者争长"⑤。除李白外,韩愈所作《琴操十首》,朱彝尊《批韩诗》云:"《琴操》果非《诗》《骚》,微近乐府,大抵稍涉散文气。"⑥僧贯休、僧齐己的乐府诗也长短不齐,类似于散文。总而言之,唐代的乐府诗力求形式自由,追求长短不拘的散文化倾向。

然而,情况并非如此简单。毕竟唐代是近体诗的天下,也是诗歌寻求规则、讲究诗法的阶段。受此影响,乐府诗体的形式在唐代也几经曲折,前后反复,尤其是其律化、绝句化、歌行化和组诗化的过程,很耐人寻味,值得进一步深究。

一、律　化

清代王士禛《带经堂诗话·答问类》云:"唐人乐府何以别于汉魏?汉魏乐府高古浑奥,不可拟议。唐人乐府不一,初唐人拟《梅花落》《关山月》等古题,大概五律耳。"⑦正道出了初唐时期乐府诗走向律化的特点。纪昀《瀛奎律髓刊误》卷四六评刘长卿《少年行》说:"《少年行》自是乐府,文人随时转变,以五言律作之耳。"⑧胡适也说:"唐初的人也偶然试作乐府歌辞,但他们往往用律诗体做乐府。"⑨葛晓音曾举出初唐律化的乐府诗题目,如《上之回》

---

① 王瑶《中国诗歌发展讲话》,第53页。
② 孟棨《本事诗》,丁福保辑《历代诗话续编》,第14页。
③ 胡应麟《诗薮》,第49页。
④ 王世贞《艺苑卮言》,丁福保辑《历代诗话续编》,第1006页。
⑤ 赵翼著,江守义、李成玉校注《瓯北诗话校注》,北京:人民文学出版社,2013年,第8页。
⑥ 转引自韩愈著,钱仲联集释《韩昌黎诗系年集释》,上海:上海古籍出版社,1984年,第1172页。
⑦ 王士禛著,张宗柟纂集,戴鸿森校点《带经堂诗话》,第839页。
⑧ 纪昀《瀛奎律髓刊误》,武汉:武汉出版社,2008年,第1103页。
⑨ 胡适撰,骆玉明导读《白话文学史》,第158页。

《巫山高》《有所思》《入塞》《折杨柳》《关山月》《洛阳道》《长安道》《梅花落》《江南》《王昭君》《铜雀妓》《婕妤怨》《采莲曲》《妾薄命》《独不见》《蜀道难》《胡无人行》《出塞》《从军行》《长门怨》等①。其实,这样的题目还有《战城南》《陇头水》《刘生》《芳树》《雨雪曲》《紫骝马》《临高台》《骢马》《昭君怨》等。这些题目的律化,大部分是在初唐时期的沈佺期、宋之问、徐彦伯、卢照邻、杨炯等人手中完成的。

值得注意的是,人们通常所说的发生在初唐的诗歌律化问题,最先是在乐府诗中实现的。清代冯班《钝吟杂录·正俗》云:"唐人律诗,亦是乐府也。"②葛晓音则指出:"古乐府中有一部分在齐梁时实际上是新体诗,而到沈宋时则演变为律诗。换言之,从新体到律体的演进,有一部分是在这类古题乐府诗中完成的。"③为什么会出现这种情况呢?

关于律诗体制在初唐形成的原因,通常的解释是受了科举以诗赋取士的刺激。近年来有研究者认为这个解释有疑点,进而又提出一个新的看法,认为歌诗入乐对诗律的要求是律诗形成的一个重要原因④。其实,乐律与声律之间并不存在十分严格的一一对应关系,律诗有严整统一的格式,反而对配乐演唱是不利的,明代刘镰《九代乐章》卷九《唐风》序谓唐代"最失古意者,莫甚于五七言律,以八句为一篇,字有平仄,不相凌犯,句有联偶,委曲求合,直致轻率,千篇百篇同一音调,无复因曲制声,变化之妙"⑤。很清楚的事实是,汉魏乐府诗和吴声西曲都有明确的入乐记录,却并没有走上律化的道路,因为音乐旋律本身对诗歌声韵具有很大的包容性,生活在齐梁时期的钟嵘曾批评当时的永明声律:"古曰诗颂,皆被之金竹,故非调五音,无以谐会。若《置酒高堂上》《明月照高楼》,为韵之首。故三祖之词,文或不工,而韵入歌唱,此重音韵之义也,与世之言宫商异矣。今既不备于管弦,亦何取于声律耶?"⑥而以上所举的初唐时期率先完成律化的题目,多属横吹曲和鼓吹曲,在唐代大多是不入乐的,属相和歌的题目如《胡无人行》《蜀道难》等在南朝陈释智匠的《古今乐录》中都标明"今不传"或"今不歌",像《长门怨》《铜雀台》《婕妤怨》等则从来没有入乐演唱过。

事实上,这些乐府诗之所以首先走上律化道路,应与唱和模仿有关。如

---

① 葛晓音《盛唐清乐的衰落和古乐府诗的兴盛》,《社会科学战线》1994年第4期,第217页。
② 冯班《钝吟杂录》,丁福保辑《清诗话》,第42页。
③ 葛晓音《盛唐清乐的衰落和古乐府诗的兴盛》,第217页。
④ 吴相洲《唐代歌诗与诗歌——论歌诗传唱在唐诗创作中的地位和作用》第二章《初唐人对近体诗律的探索与歌诗传唱》,北京:北京大学出版社,2000年;吴相洲《永明体与音乐关系研究》,北京:北京大学出版社,2006年。
⑤ 刘镰《九代乐章》,《四库全书存目丛书》,集部第300册,第776页。
⑥ 钟嵘著,曹旭集注《诗品集注》(增订本),上海:上海古籍出版社,2011年,第442页。

果仔细观察,就会发现这些率先入律的乐府诗大都是齐梁文人以赋题法反复唱和拟写的题目。如鼓吹曲中的一些题目由沈约首倡赋写,王融有《同沈右率诸公赋鼓吹曲二首》(《巫山高》《芳树》),谢朓也有《同沈右率诸公赋鼓吹曲二首》(《巫山高》《芳树》),刘绘也有《同沈右率诸公赋鼓吹曲二首》(《巫山高》《有所思》)。横吹曲中的一些题目由湘东王首倡赋写,梁简文帝有《和湘东王横吹曲三首》(《洛阳道》《折杨柳》《紫骝马》)。文人创作的这些乐府诗都不入乐,在写法上是直赋题面意思,体裁上均用永明新体。到了陈隋时期,又有文人多次拟写这些题目。由于反复拟写,这些乐府诗在题目、题材、语词及感情模式等方面形成了传统程式,当文人们再去拟写的时候,便不需要再花费功夫琢磨这些东西,而可以在技巧上大做文章,伴随着声律学的发展,一系列与律诗相关的体制就陆续出现了:首先在陈隋时期的拟辞中出现了对句,形成了失黏的律诗;后来初唐人再去模仿的时候,继续仿照这些体制,避免失黏,便完成了律化的过程。简言之,这些乐府诗之所以最先完成律化,是因为文人的反复拟写为该题目积累了丰富的创作实践经验,而后来的文人又不甘重复雷同,力求在技巧上取胜,最后的结果便是实现了律化。下面举两个例子来说明。

比如《芳树》,始辞为齐谢朓辞,五言八句形式,题材以咏物为主,后来的拟辞都是五言八句,初具律诗形态。王融、梁武帝、梁元帝、费昶、沈约、丘迟、李爽、顾野王、张正见等人的拟辞已出现对句,但失黏,卢照邻辞"芳树本多奇,年华复在斯。结翠成新幄,开红满故枝。风归花历乱,日度影参差。容色朝朝落,思君君不知"①,中间两联对偶,四联均为对句,但首联出句不谐,首联和颔联失黏。翁方纲《石洲诗话》卷一云:"诗有可以不必分古今体者,如《刘生》《骢马》《芳树》《上之回》等题,后人即以平仄粘联之体为之,岂应别作律诗乎?在初唐人,则平仄又未尽黏联者,尤可以不必分也。"②说的正是这种情况。到沈佺期的拟辞,已完全合律。

再如《王昭君》,北周庾信辞为五言十句,不合律诗体制;虽多对偶句,但失黏。沈佺期拟辞基本合律,但颔联却不对。上官仪的拟辞:"玉关春色晚,金河路几千。琴悲桂条上,笛怨柳花前。雾掩临妆月,风惊入鬓蝉。缄书待还使,泪尽白云天。"③除首句平仄不谐外,其余大体合律,对仗也极为工巧。

以上所举例子皆为五言律诗。七言律诗的情况大体相同,也是在乐府诗中完成的。明代许学夷《诗源辩体》卷九云:"梁简文七言八句有《乌夜啼》,

---

① 卢照邻著,李云逸校注《卢照邻集校注》,第92页。
② 翁方纲《石洲诗话》,郭绍虞编选,富寿荪校点《清诗话续编》,第1365页。
③ 彭定求等编《全唐诗》,第507页。

乃七言律之始。"卷一〇云："庾(信)七言八句，有《乌夜啼》，于律渐近。"卷一一云："炀帝七言八句，有《江都宫乐歌》，于律渐近。"①杨慎《升庵诗话》卷五云："七言排律，唐人亦不多见，初唐有此首(蔡孚《打球篇》)及谢偃《新曲》、崔融《从军行》，可谓绝唱。"②管世铭《读雪山房唐诗序例·七律凡例》云："七言律诗出于乐府，故以沈云卿《龙池》《古意》冠篇。初唐之作，皆当以是求之。张燕公《舞马千秋万岁词》，崔司勋《雁门胡人歌》，尤显然乐府也。王摩诘'秦川一半夕阳开'，为乐府高调，见《乐天》集。"③初唐沈佺期的《独不见》，历来被人们看作是最早成熟的律诗。沈佺期以后，以七律写乐府诗渐渐多起来。清人汪师韩《诗学纂闻》云："七言律诗，即乐府也。《旧唐书·音乐志》载《享龙池乐章》十首：一、姚崇，二、蔡孚，三、沈佺期，四、卢怀慎，五、姜皎，六、崔日用，七、苏颋，八、李乂，九、姜晞，十、裴璀。十人之作，皆七言律诗也。沈佺期'卢家少妇'一诗，即乐府之'独不见'。陈标《饮马长城窟》，亦是七言律诗。谢偃《新曲》、崔融《从军行》、蔡孚《打球篇》俱直是七言长律。"④

初唐诗人以律诗的形式写乐府诗，改变了乐府诗的传统形式，使乐府诗进一步走向徒诗化，清代叶矫然《龙性堂诗话初集》云：

> 乐府之行于世者，或就题赋形，或断题取意，或与题渺不相涉而各出臆解，或另造新题而点缀今事，种种不一，然犹未变其调也。至唐虞世南《从军行》、高适《飞龙曲》，五言排也。杨炯《梅花落》、卢照邻《陇头水》，五言律也。沈佺期"卢家少妇"，王摩诘"居延城外"，七言律也。如此者不可悉数。是乐府也，直诗之而已，岂非诗与乐府分而仍合之验与？高廷礼《品汇》，于乐府不另标目，概附之古今体诗，岂无见哉！要之汉唐迄今，几二千年，乐府与诗，其分也以声而分，其合也以义而合，分合盛衰之际，正变源委俱在，非深心此道者，鲜可与微言也。⑤

正是乐府诗的律化，使一些研究者不承认唐代有乐府诗。

十分有趣的现象是，这些在初唐变为律体的题目，在盛唐或中唐又纷纷变为古体或歌行体。为什么会出现这种情况？因为律诗在形式上过于固定，再加上乐府诗在题材上重视传承性，使作者难以发挥和创新。况且，乐府诗

---

① 许学夷著，杜维沫校点《诗源辩体》，第129页，第132页，第136页。
② 杨慎著，王仲庸笺证《升庵诗话笺证》，第143页。
③ 管世铭《读雪山房唐诗序例》，郭绍虞编选，富寿荪校点《清诗话续编》，第1553页。
④ 汪师韩《诗学纂闻》，丁福保辑《清诗话》，第445页。
⑤ 叶矫然《龙性堂诗话初集》，郭绍虞编选，富寿荪校点《清诗话续编》，第952页。

多以叙事为主,而律诗在体制上要求中间两联对仗,不大适宜流水行云般地连贯叙事,即如吴融《禅月集序》所言:"自风雅之道息,为五言七言诗者,皆率拘以句度属对焉。既有所拘,则演情叙事不尽矣。"①因此,盛唐和中唐诗人不用律体来写乐府诗,表明他们意识到了乐府诗毕竟与徒诗不同,于是有意采取了与徒诗不同的体制②。

二、绝句化

早在汉魏乐府诗中,古辞《枯鱼过河泣》和《上留田行》、曹植的《苦热行》和曹叡的《堂上行》等都采用了五言四句形式,但是后人拟写这些题目时都改变了当初的形式,如《上留田行》一题,陆机、谢惠连的拟辞均为"三三七"句式,《苦热行》和《堂上行》都变为五言长篇,《枯鱼过河泣》一直到唐代的李白才有拟辞,拟为五言十句的形式。因此,绝句的成熟过程绝不像律诗那样,不是经过文人的反复拟写累积而成的。

在魏晋时期的清商三调曲中,歌辞多分解,一解多为四句,那么一首歌辞就变成了数个五言四句体的组合。基于此,孙楷第认为五绝源于汉乐府中四句一解的体制③。这便为绝句体在乐府诗中的出现找到了源头。南朝时期吴声西曲的兴起,促进了绝句体的进一步发展。吴声西曲绝大部分采用五言四句的形式,其中《子夜》系列的影响尤大。受其影响,一些文人的拟辞如鲍照《吴歌三首》《采菱歌七首》、梁武帝《子夜歌》、刘骏《丁督护歌》,隋炀帝《春江花月夜》等也采用五言四句形式。因此,五言绝句的兴盛与吴声西曲又有着密切的关系,清代冒春荣《葚原诗说》卷三便说:"五言绝句,是唐初变六朝《子夜》体。"④

初盛唐时期,以绝句形式写乐府诗渐渐多起来,胡应麟《诗薮》内编卷六云:"唐五言绝,初、盛前多作乐府。"⑤其中的一部分是拟写原来的清商曲题目,仍然依照吴声西曲的传统采用绝句形式;另一部分则是把前人不用绝句形式的题目改用绝句,其中崔国辅所改最多,如《妾薄命》《少年行》《怨词》《古意》《襄阳曲》《长信草》(又作《婕妤怨》)《长乐少年行》《采莲曲》《今别

---

① 董诰等编《全唐文》,第 8643 页。
② 谈莉《唐代乐府诗格律化倾向探析》认为:"通过声律考察,可以发现唐代乐府诗存在较明显的格律化倾向,从只求合乐到追求合律是乐府诗的重要演变趋势。"(《安徽大学学报》2009 年第 5 期,第 57—65 页)由于谈文所考察的对象包括了唐代的入乐新曲即"近代曲辞"部分,故得出的结论与本书不同。
③ 孙楷第《绝句是怎样起来的》,原载《学原》1947 年第 4 期,后收入作者《沧洲集》,北京:中华书局,2009 年,第 306—314 页。
④ 冒春荣《葚原诗说》,郭绍虞编选,富寿荪校点《清诗话续编》,第 1602 页。
⑤ 胡应麟《诗薮》,第 113 页。

离》《秦女卷衣》等都在崔国辅手中由五言长篇变成了短小精悍的绝句体。以绝句体写乐府诗,避免了乐府诗冗长繁杂的缺点,翁方纲《石洲诗话》卷一就指出了这一点,"齐、梁遗音在唐初者,长篇则烦而易滥,短篇则婉而多风,如崔国辅五言小乐府是也"①。

然而,唐人创作的绝句体乐府诗依然带有其母体吴声西曲的特点,胡应麟《诗薮》内编卷六论及绝句:"如《子夜》《前溪》之类,纵横妙境,唐人模仿甚繁。然皆乐府体,非唐绝也。"②郝敬《艺圃伧谈》云:"唐人五言绝句佳者多,但落淫情艳语,效乐府体,便觉俚俗。"③意思是说,唐人的拟作仍未脱乐府诗的格局,没有体现出唐人绝句的独特之处,其中崔国辅、李白就是十分典型的代表,清代潘德舆《养一斋李杜诗话》卷一云:"若崔国辅,特齐、梁之余,谓不失五绝源于乐府遗意则可耳。"④管世铭《读雪山房唐诗序例·五绝凡例》说:"专工五言小诗,自崔国辅始,篇篇有乐府遗意。"⑤李重华《贞一斋诗说·诗谈杂录》亦云:"五言绝发源《子夜歌》,别无谬巧,取其天然,二十字如弹丸脱手为妙。李白、王维、崔国辅各擅其胜,工者俱吻合乎此。"⑥《李太白全集》卷三四王琦注引《李诗纬》:"丁龙友曰:李白乐府,本晋三调杂曲,其绝句从六朝清商小乐府来。"⑦

七言绝句源于西晋时出现的北地七言谣辞⑧。早期以七言绝句形式写的乐府诗不多,仅有汤惠休的《秋思引》、萧绎的《乌夜啼》其四、魏收的《挟琴歌》等数首。初唐时无人用七绝体写乐府诗。到了盛唐,七绝体式的乐府诗渐渐多起来。贺知章的《采莲曲》脱离以前的套路,首用七绝形式。此后,王维、王昌龄、李白等写有许多七言绝句体乐府诗,尤其以王昌龄最为突出,他的乐府诗中有一半是采用七绝形式。而与五言绝句不同的是,盛唐王昌龄等人的七绝乐府诗基本上已经脱离其母体乐府诗的特点,胡应麟《诗薮》云:"七言亦有作乐府体者,如太白《横江词》《少年行》等,尚是古调。至少伯《宫词》《从军》《出塞》,虽乐府题,实唐人绝句,不涉六朝,然亦前无六朝矣。"⑨又云:"七言绝,李、王二家外,王翰《凉州词》,王维《少年行》,高适《营州歌》,

---

① 翁方纲《石洲诗话》,郭绍虞编选,富寿荪校点《清诗话续编》,第1367页。
② 胡应麟《诗薮》,第112页。
③ 郝敬《艺圃伧谈》,周维德集校《全明诗话》,济南:齐鲁书社,2005年,第2905页。
④ 潘德舆《养一斋李杜诗话》,郭绍虞编选,富寿荪校点《清诗话续编》,第2174页。
⑤ 管世铭《读雪山房唐诗序例》,郭绍虞编选,富寿荪校点《清诗话续编》,第1560页。
⑥ 李重华《贞一斋诗说》,丁福保辑《清诗话》,第925页。
⑦ 《李诗纬》,李白著,王琦注《李太白全集》附录,第1551页。
⑧ 葛晓音《初盛唐绝句的发展》,《诗国高潮与盛唐文化》,北京:北京大学出版社,1998年,第364页。
⑨ 胡应麟《诗薮》,第114页。

王之涣《凉州词》……皆乐府也。然音响自是唐人,与五言绝稍异。"①

为什么唐人拟写旧题乐府诗中采用绝句体形式,我想还是由于绝句易于入乐的缘故。唐代多以绝句入乐,李维桢在《大泌山房文集》卷九《唐诗纪序》中说:"唐人乐府,已非汉魏六朝之旧,时采五七言绝句、长篇中隽语被弦管而歌之。"②沈德潜《说诗晬语》云:"绝句,唐乐府也。篇止四语,而倚声为歌,能使听者低徊不倦;旗亭伎女,犹能赏之,非以扬音抗节有出于天籁者乎?"③唐代郊庙乐章中"送文舞出、迎武舞入"所用的《舒和》歌辞,几乎都是七言绝句。从实际演唱的角度来看,四句的形式是中外民歌民谣常见的体式,美国乔治·汤姆逊解释这种情况时说:"在谣曲体中,一节(笔者按,即四句)是一个'乐段',一行是一个'乐词'。两个'乐词'成为一个'乐段'。每一对中的组成分子是相互补充的,类似的,而又不是相同的。这就是音乐学者指出的二段体 AB。把谣曲的形式用音乐学上的术语来解释不完全是比拟。这是唯一正确的分析方法。"④或许这正是唐代入乐多绝句,故人们多采用绝句体来写乐府诗的原因吧!

三、歌行化

唐代乐府诗中采用最多的是歌行体。前面已论述过,歌行是以七言为主的自由体形式。唐前的乐府诗中,《燕歌行》《行路难》等几个题目采用了歌行体,但歌行体本身并没有多大发展。初盛唐是歌行体快速发展,同时也是乐府诗进一步歌行化的阶段。那些在唐前就已经使用了歌行体的题目,在初盛唐继续采用歌行体,但这些作品仅仅是从形式上进行模仿,对歌行体本身的发展意义不大。在初盛唐产生重要影响的是把一批非歌行体的旧题乐府诗改用歌行体,如《从军行》和《巫山高》,唐前拟辞都是五言,而初唐王宏和阎立本分别将这两个题目拟作七言歌行。王宏《从军行》共四解,四句为一解,第一解押"虞"韵,第二、三解押"纸"韵,第四解前两句押"文"韵,后两句押"旱"韵。一二解之间用"城隅"顶针。阎立本《巫山高》⑤以"君不见"开篇,大体上是两句同押,每韵即转,诗中有三处顶针。从这两首乐府诗可以看出,早期歌行体乐府诗就已具备了换韵频繁、多用顶针的特点。

武后时期,歌行有了长足的发展。美国学者宇文所安说:"现存的一些轶事表明,武后特别喜欢七言歌行,这是不足为奇的,因为她缺乏那些有造诣

---

① 胡应麟《诗薮》,第113页。
② 李维桢《大泌山房文集》,《四库全书存目丛书》,集部第150册,第490页。
③ 丁福保辑《清诗话》,第542页。
④ 转引自周啸天《唐绝句史》,重庆:重庆出版社,1987年,第2—3页。
⑤ 彭定求等编《全唐诗》卷三九在题目下注:"一作阎复本诗。"(第503页)

的朝臣的文学修养,自然偏爱七言歌行的蓬勃生气,不喜欢僵硬呆板的五言宫廷诗。"①作为正在上升时期的王朝,需要文学来润色鸿业,汉代有大赋,唐代便选择了歌行。歌行以七言为主,比五言的容量增大,可以把齐梁时期积累的构造华丽辞藻的经验运用其中,自然为宫廷文人所偏爱。这一时期歌行的末尾总是表示出感慨讽谕之意,这与汉赋曲终奏雅是何其相似! 武后对歌行的喜爱,使歌行成为入仕升官的敲门砖,郭震就是极为成功的一例。这不仅刺激了宫廷文人群如李峤、沈佺期、宋之问、富嘉谟等,他们创作了一大批歌行;同时也刺激了另一个文人群如四杰、刘希夷、乔知之等,他们也希冀以优美的歌行博取功名,如骆宾王《帝京篇》是上给裴行俭的,就是最明显的证据。卢照邻《长安古意》、王勃《临高台》都以帝京都城为题材,难免带有通过夸饰以献媚朝廷的嫌疑。

但是歌行是新生事物,文人们要获得创作技巧,只有从它的母体乐府诗中汲取营养。最简捷的途径就是用歌行体来写旧题乐府。这是富有创新精神的下层文人群采用的主要办法,如卢照邻《行路难》《明月引》《怀仙引》,骆宾王《帝京篇》《从军行》,刘希夷《白头吟》,张若虚《春江花月夜》等都是用歌行体来写旧题乐府诗。王勃的《采莲曲》《临高台》,清代宋育仁《三唐诗品》卷一谓"杂言新体之遗也"②。"新体"就是指歌行体。这些乐府诗中也多转韵、多用顶针,对歌行体的发展作出了有益的尝试和探索。

像这样把旧题乐府诗改为歌行的例子在宫廷文人中并不多,只有宋之问《王子乔》、沈佺期《霹雳引》等。况且,《王子乔》古辞本来是三七言相杂,实不算创新。《霹雳引》,陶敏、易淑敏认为"此实为散文,疑为诗序而佚其诗"③。宫廷文人则多自制新题,他们似乎更乐意采用新题目来写歌行,如李峤《宝剑篇》《汾阴行》、宋之问《明河篇》、富嘉谟《明冰篇》等。这些乐府诗中也多采用顶针、叠字及四句一解的手法,无疑其创作经验都源自乐府诗④。

盛唐以后,歌行体几乎是新、旧题乐府诗采用最为普遍的形式。那些在初唐时由永明体变为律体的鼓吹和横吹曲题目,在盛唐李白、王维等人的手中变成了古体或七言歌行体。而到了中唐时期,几乎都变成了七言歌行体。新题乐府诗更是以歌行体为主。而且,文人有了自觉的文体选择意识,比如,

---

① 〔美〕宇文所安著,贾晋华译《初唐诗》,北京:生活·读书·新知三联出版社,2004 年,第 234 页。
② 宋育仁《三唐诗品》,张寅彭选辑,吴忱、杨焄点校《清诗话三编》,上海:上海古籍出版社,2014 年,第 6824 页。
③ 沈佺期、宋之问撰,陶敏、易淑琼校注《沈佺期宋之问集校注》,北京:中华书局,2001 年,第 324 页。
④ 葛晓音《初盛唐七言歌行的发展——兼论歌行的形成及其与七古的分野》,《文学遗产》1997 年第 5 期,第 55 页。

王维、白居易等人的乐府诗大都采用七言歌行体,其他写景抒情的题材则用律诗或绝句。

四、组诗化

组诗的出现可以追溯到《诗经》,其本质是由于音乐曲调的相同反映在文本上的结果。乐府诗兴起以后,歌辞文本中的组诗表现为两种形式:其一,因曲调反复而形成的叠章组诗。比如南朝陈代伏知道的《从军五更转》,据《乐苑》可知为商调曲,此辞共五首,每首都是五言四句,都写与"从军"有关的事,开篇分别是"一更……""二更……""三更……""四更……""五更……",显然是叠章组诗。在文人拟乐府诗中,他们也仿照这种形式,用数首诗歌来叙述一件事,如晋傅玄的《董逃行·历九秋篇》有十二首,每首六言五句,前后意思连贯,都是叙夫妇离别之思。刘宋颜延之《秋胡行》用九首诗来叙写秋胡戏妻之事的全过程。李重华《贞一斋诗说·诗谈杂录》云:"诗有数章联合一篇者,如陈思《赠白马王》、颜延之《秋胡诗》等类是已。"①说的正是这种情况。其二,因"一调多辞"而形成的松散型组诗。如魏晋三调曲中,《短歌行》有四曲,《燕歌行》有两曲,《秋胡行》有两曲,《善哉行》有九曲②,在歌辞被记录的时候,常常是把同一作者为同一曲调所写的数首歌辞放在共同的题目下面,题作"×首",每一首的题旨互不关联,只是在形式上由于配合同一曲调的需要而大体相似,这样便形成了松散型组诗。王粲的《从军行五首》,第一首写征张鲁事,后四首则是写征孙权事,虽然所写并非同一件事情,也被收入"从军行"的题目下。再如陈后主的《三妇艳十一首》等都是套用同一形式,意思上是并列的,而不是前后连贯,也可视作松散型组诗。

初唐时期以上两种形式的乐府组诗都出现过,但数量不多。叠章组诗如东方虬的《王昭君三首》,第一首写昭君出塞和亲,第二首写别离及初到胡地,第三首写胡地生活,三首诗同写一件事。郭元震的《王昭君三首》也是这样,三首诗均写王昭君在胡地的生活。松散型组诗如唐太宗《帝京篇十首》,《王闿运手批唐诗选》卷一云:"长篇分为十首,即各自为咏,非古昔数篇相连只咏一事之体也。此体少有作者,亦取巧之法。"③刘希夷《江南曲八首》也属松散型组诗。

---

① 李重华《贞一斋诗说》,丁福保辑《清诗话》,第 928 页。
② 分别见郭茂倩编《乐府诗集》卷三〇、卷三三、卷三六所引《荀氏录》,第 441 页,第 495 页,第 535 页。
③ 《王闿运手批唐诗选》,上海:上海古籍出版社,1989 年,第 11 页。

到了盛唐时期，乐府组诗大量出现，崔国辅、王维、李白、高适、岑参、崔颢、杜甫等人都写过乐府组诗，大体上还是采用上述两种形式。如王维《少年行四首》，其一写游侠，其二写从军出征，其三写战斗，其四写立功受赏，前后连贯，层次清晰，属叠章组诗。杜甫《前出塞九首》也是围绕着"出塞征战"这一主题，《石洲诗话》卷六谓"九首是一首"①，也属叠章组诗。属于松散型组诗的则有王昌龄的《塞下曲四首》《从军行二首》《少年行二首》《从军行七首》《出塞二首》《采莲曲二首》《殿前曲二首》《长信秋五首》《青楼曲二首》、李廓的《少年行十首》等。乐府组诗的繁荣，表明乐府诗在意旨的表达方面追求更加完整，反映出文人乐府诗表现技巧的进一步提高。

第四节 文人化的叙事

近年来，唐代叙事诗受到广泛关注，较有代表性的论著如胡秀春《唐代叙事诗研究》②、于宝莲《唐代叙事诗的发展综论》③、胡根林《唐代叙事诗研究》④、田宝玉《中国叙事诗的传承研究——以唐代叙事诗为主》⑤等。由于"叙事诗"在中唐出现高潮，故有些研究者专取中唐或是成就突出的白居易叙事诗作为讨论对象，如周婷莉《中唐叙事诗研究》⑥、林明珠《白居易叙事诗研究》⑦、高林清《以易传之事，为绝妙之词——论白居易的叙事诗》⑧等。审视这些研究成果，会发现他们在研究唐代叙事诗时，所举出的例证大多是乐府诗，即如胡秀春所言："唐代叙事诗主要集中于乐府体，初盛唐多是旧题乐府，中晚唐多为新题乐府。"⑨换言之，唐代的乐府诗才具有较强的叙事性。问题在于，唐代乐府诗要继承并接受汉乐府叙事的传统，与纯粹的徒诗叙事有较大差异，而这一点正是当前唐代叙事诗研究中所忽视的。郑亮的硕士论文《乐府叙事诗简论》⑩虽对唐代乐府诗的叙事有所涉猎，但十分简略。因此，本节在吸收前贤研究成果的基础上，重点探讨唐代乐府诗的叙事艺术，试

---

① 翁方纲《石洲诗话》，郭绍虞编选，富寿荪校点《清诗话续编》，第 1480 页。
② 胡秀春《唐代叙事诗研究》，北京：人民出版社，2013 年。
③ 于宝莲《唐代叙事诗的发展综论》，山东师范大学 2001 年硕士学位论文。
④ 胡根林《唐代叙事诗研究》，华东师范大学 2004 年硕士学位论文。
⑤ 田宝玉《中国叙事诗的传承研究——以唐代叙事诗为主》，台湾师范大学 1993 年博士学位论文。
⑥ 周婷莉《中唐叙事诗研究》，华东师范大学 2005 年硕士学位论文。
⑦ 林明珠《白居易叙事诗研究》，台北东吴大学中文所 1990 年硕士学位论文。
⑧ 高林清《以易传之事，为绝妙之词——论白居易的叙事诗》，福建师范大学 2005 年硕士学位论文。
⑨ 胡秀春《唐代叙事诗研究》，第 21 页。
⑩ 郑亮《乐府叙事诗简论》，新疆大学 2004 年硕士学位论文。

图揭示乐府诗进入文人视阈后在叙事方面的承袭与新变。

一、对汉乐府叙事的承袭与消解

汉乐府诗长于叙事,应该是大家都承认的事实。"乐府"这一文类偏重于叙事。班固在《汉书·艺文志》中明言乐府乃是"缘事而发"①,刘大勤编《师友诗传续录》转述王士禛语:"古乐府立题,必因一事。"②这是对乐府生成的本质性揭示。后人论及乐府,常以"叙事"作为其区别于徒诗的主要特征,如明代徐祯卿《谈艺录》云:"乐府往往叙事,故与诗殊。"③许学夷《诗源辩体》云:"盖乐府多是叙事之诗,不如此不足以尽倾倒,且轶荡宜于节奏,而真率又易晓也。"④清代沈德潜《古诗源·例言》云:"措词叙事,乐府为长。"⑤今人萧涤非《汉魏六朝乐府文学史·引言》说,"感于哀乐,缘事而发"乃是"乐府之一大特性,亦乐府与诗之一大分野"⑥。唐代乐府诗虽为文人创作,亦承袭了"乐府"的叙事传统。

但是,与成熟的叙事诗及西方叙事学的观点相比照,会发现汉乐府诗的叙事仍属于"片段式"叙事,情节不够完整,塑造的人物形象不太突出。所以,赵师敏俐认为《孤儿行》《妇病行》《东门行》《陌上桑》等汉乐府诗"不是严格意义上的叙事作品。它们对客观对象的描写,并不求细节的真实,而是抓住现实事件中最能表现善与恶之间矛盾冲突的某一点,来揭示生活的本质,来达到批判社会的效果"⑦。汉乐府叙事为何会出现这些表征呢?袁行霈《中国文学概论》中阐释"缘事而发"时说:

> "缘事而发"是指有感于现实生活中的某些事情发为吟咏,是为情造文,而不是为文造情。"事"是触发诗情的契机,诗里可以把这事叙述出来,也可以不把这事叙述出来。"缘事"与"叙事"并不是一回事。⑧

简言之,汉乐府所缘之事,仅仅是作为"感于哀乐"的基点与引线,不必一一道来。何况据闻一多的研究,"乐府歌辞本多系歌舞剧"⑨,那么,具体事件会

---

① 班固《汉书》,第1756页。
② 王士禛《师友诗传续录》,丁福保辑《清诗话》,第158页。
③ 徐祯卿《谈艺录》,何文焕辑《历代诗话》,第769页。
④ 许学夷著,杜维沫校点《诗源辩体》,第67页。
⑤ 沈德潜选《古诗源》,第1页。
⑥ 萧涤非著,萧海川辑补《汉魏六朝乐府文学史》(增补本),第2页。
⑦ 赵师敏俐《汉代诗歌史论》,长春:吉林教育出版社,1995年,第203—204页。
⑧ 袁行霈《中国文学概论》,北京:高等教育出版社,1990年,第116页。
⑨ 闻一多《乐府诗笺》,孙党伯、袁謇正主编《闻一多全集》,第5册,第751页。

通过动作表演呈现给观众,而作为演唱歌辞的乐府诗文本,自然也就无需冗长叙事。

唐人在乐府中叙事时承袭的也正是"缘事而发"的内核与精神,写"事"不是为了叙述"事件"本身,而是达到言志述怀或是讽谕朝政的目的,故有人将其称作"感事型"叙事①。且不说古题乐府诗中因为有故事"潜文本"的存在而不需要冗长叙事,就是"即事名篇"的新题乐府诗,多数叙及的"事"也只是"基点与引线",故较少出现曲折情节、尖锐冲突及性格鲜明的人物形象。从这个角度而言,唐人创作乐府诗的叙事观念与汉代一脉相承。因此,其叙事经验等大多源自汉乐府,比如,唐代乐府诗中的人物传记叙事,明显受到汉乐府《雁门太守行》线性叙事的影响;唐人叙事时展现的地理空间甚至连边塞乐府诗中所写"战事",大多是汉代的;唐代诗人更是从汉乐府叙事中受益颇多,沈德潜选《古诗源》评王粲《七哀诗》云:"此杜少陵《无家别》《垂老别》诸篇之祖。"②管世铭《读雪山房唐诗序例》谓杜甫的前后《出塞》、"三别""三吏"为"汉、魏乐府之遗音矣"③。张籍的《节妇吟》,贺贻孙《诗筏》谓"从《陌上桑》来,'恨不相逢未嫁时'即《陌上桑》'使君自有妇,罗敷自有夫'意"④。

然而,唐代乐府诗作为文人创作,在承袭汉乐府叙事的同时也进行了消解。汉乐府因用于表演,多铺写场面,采用动作描写和对话的形式叙事,通过矛盾的设置来推进故事发展⑤,更典型地体现为分角色表演,如《东门行》《妇病行》《陌上桑》《上山采蘼芜》等都能清晰划分出两个或三个角色⑥。到了唐代文人所作乐府诗中,由于不再用于分角色表演,所以叙事的动态性、戏剧性和过程性减弱,以前的"片段式""场景式"叙事变成了全程叙事,作者常常会采用浓缩的语言,略去细节描写,取消分角色的人物对话,以线性时序草草讲完(有时没有讲完)故事就急着跳出来发表自己的感慨或议论。有研究者将这种现象看作是"叙事情结"的丢失,它是造成文人叙事诗"失语"的主要因素⑦,也有研究者将其称为"反戏剧化倾向"⑧。

当然,在文人乐府中,这种分角色叙事的手段也没有被完全遗弃,而是转

---

① 胡秀春《唐代叙事诗研究》,第 5 页。
② 沈德潜选《古诗源》,第 128 页。
③ 管世铭《读雪山房唐诗序例》,郭绍虞编选,富寿荪校点《清诗话续编》,第 1546 页。
④ 贺贻孙《诗筏》,郭绍虞编选,富寿荪校点《清诗话续编》,第 188 页。
⑤ 李晓玲《汉乐府诗叙事艺术研究》,江苏师范大学 2012 年硕士学位论文,第 41—50 页。
⑥ 同上书,第 14—17 页。
⑦ 苏羽《中国古代叙事诗的"失语"——论两汉乐府诗的叙事情结》,《陕西师范大学学报》2006 年第 S1 期,第 131—134 页。
⑧ 谈莉《从"表演叙事"到"直言咏事"——对乐府叙事艺术反戏剧化倾向的历史考察》,《宁夏大学学报》2011 年第 1 期,第 105 页。

变为问答体结构。胡秀春《唐代叙事诗研究》分析说,"诗人往往会在诗中安排一位人物,如旅途中的路遇者,由他作为事件的见证人讲述亲身经历或见闻,增强情节的客观性与可信度,为议论与抒情的力度和高度做出铺垫"①。诗人如此叙事的目的是增强真实性,同时起到了生动可感的艺术效果,如白居易《新丰折臂翁》一诗,《唐宋诗醇》卷二〇评云:"借老翁口中说出,便不伤于直遂。促促剌剌,如闻其声,而穷兵黩武之祸,不待言矣。"②

二、旧题乐府叙事中"潜文本"的存在

前文说过,汉乐府乃"缘事而发",其文本中对"事"不必一一叙明。这个"事"即后人所说的乐府"本事",有些见载于史书,有些则佚失无传。西晋崔豹《古今注·音乐》中解释了《箜篌引》《陌上桑》《杞梁妻》《董逃歌》《上留田》等十余首乐府诗的本事。沈约在《宋书·乐志》中也对《子夜歌》《丁督护歌》《公莫舞》《乌夜啼》等乐府诗的本事进行记录。后人在阅读乐府诗文本时,倘若不明了这些本事,定然难以理解,正如有的研究者指出的,"读者如要弄懂诗意,必须文事参看,接受过程里诗文与本事互相补充,缺一不可"③。

在后来文人拟写乐府诗的过程中,本事被进一步强调并流延,像《公无渡河》《陌上桑》《秋胡行》《王昭君》《长门怨》《乌夜啼》等题目始终没有背离本事,因此,强幼安《唐子西文录》云:"古乐府命题皆有主意,后之人用乐府为题者,直当代其人而措词,如《公无渡河》须作妻止其夫之词。"④朱承爵《存余堂诗话》亦云:"古乐府命题,俱有主意,后之作者,直当因其事用其题始得。往往借名,不求其原,则失之矣。"⑤初盛唐时期还出现了一批诸如吴兢《乐府古题要解》、郗昂《乐府解题》、刘悚《乐府古题解》之类的解题著作,专门探讨乐府诗的本事,"欲令后生"有以"取正"⑥。在这样的创作传统中,乐府诗的本事及前代文人的拟辞,其实已成为一种"潜文本",变成了人们的集体记忆。这无疑会影响他们在乐府诗中的叙事策略。

由于"潜文本"的存在,唐代文人拟写旧题乐府诗时,实在没有必要再去重复叙述那些大家都已熟知的故事,因而事情的发展细节和来龙去脉往往被过滤掉,这也就导致了我们看到的唐人乐府诗中较少冗长叙事,而将大量笔

---

① 胡秀春《唐代叙事诗研究》,第37页。
② 爱新觉罗·弘历编《唐宋诗醇》,北京:中国文学出版社,2000年,第543页。
③ 曾晓峰、王劭《对汉乐府"感于哀乐,缘事而发"的新阐释》,《武汉理工大学学报》2002年第5期,第514页。
④ 强幼安《唐子西文录》,何文焕辑《历代诗话》,第443页。
⑤ 朱承爵《存余堂诗话》,何文焕辑《历代诗话》,第786页。
⑥ 吴兢《乐府古题要解》,丁福保辑《历代诗话续编》,第24页。

墨花在描摹、感慨或议论方面。如《陌上桑》一题(后来又衍生出《采桑》),唐代常建、王建、李彦远的拟辞都十分简略:

> 常建《陌上桑》:"翳翳陌上桑,南枝交北堂。美人金梯出,素手自提筐。非但畏蚕饥,盈盈娇路傍。"①
> 王建《采桑》:"鸟鸣桑叶间,绿条复柔柔。攀看去手近,放下长长钩。黄花盖野田,白马少年游。所念岂回顾,良人在高楼。"②
> 李彦远《采桑》:"采桑畏日高,不待春眠足。攀条有余态,那矜貌如玉。千金岂不赠,五马空踟躅。何以变真性,幽篁雪中绿。"③

他们都没有细致叙述采桑女如何拒绝调戏之事。常建拟辞中仅叙述了"美人采桑"的情节单元,所叙之事不够完整。王建拟辞中的采桑女虽邂逅"白马少年",但坚守礼教,俨然是古辞中罗敷拒绝使君的翻版,却缺乏矛盾冲突及具体细节。李彦远拟辞直接赞扬采桑女不受千金,具有高洁品行。之所以这样,是因为作者预计读者一定知晓《陌上桑》的故事,在"潜文本"的基础上进行书写。唐代刘希夷、李白亦拟有此题,篇幅较长,但也没有详细叙事。这两首拟辞如下:

> 刘希夷《采桑》:"杨柳送行人,青青西入秦。谁家采桑女,楼上不胜春。盈盈灞水曲,步步春芳绿。红脸耀明珠,绛唇含白玉。回首渭桥东,遥怜春色同。青丝娇落日,缃绮弄春风。携笼长叹息,逶迟恋春色。看花若有情,倚树疑无力。薄暮思悠悠,使君南陌头。相逢不相识,归去梦青楼。"④
> 李白《陌上桑》:"美女渭桥东,春还事蚕作。五马如飞龙,青丝结金络。不知谁家子,调笑来相谑。妾本秦罗敷,玉颜艳名都。绿条映素手,采桑向城隅。使君且不顾,况复论秋胡?寒螀爱碧草,鸣凤栖青梧。托心自有处,但怪旁人愚。徒令白日暮,高驾空踟蹰。"⑤

刘希夷《采桑》重点铺写采桑女的相思之情,虽言及"使君南陌头",但一句

---

① 彭定求等编《全唐诗》,第 1456 页。此诗在《全唐诗》中题目作"《春词》",在郭茂倩编《乐府诗集》卷二八中题目作《陌上桑》。
② 彭定求等编《全唐诗》,第 3372 页。
③ 同上书,第 3516 页。
④ 同上书,第 882 页。
⑤ 李白著,王琦注《李太白全集》,第 327—328 页。

"相逢不相识"就已结束叙事。相比较而言,李白的拟辞是唐人所写《陌上桑》中叙事最细致的一篇,前六句以旁观者的角度客观交代事件的起因,中间六句为代美女自答,后六句发表议论,叙事虽然完整,但失去了古辞中故事的曲折性与戏剧性,后面冗长的议论更显示出文人创作的特点。

再如,《长门怨》一题,本潜藏着一个关于陈皇后的故事(包括金屋藏娇、失宠、巫蛊嫔妃、求赋司马相如、幽闭长门等情节单元),这个故事又是大家熟悉的,所以唐代文人拟写时一般会略去具体的故事,仅选取某一节点,以此引发对怨情的赋写。下面两首拟辞,可窥一斑:

  岑参《长门怨》:"君王嫌妾妒,闭妾在长门。舞袖垂新宠,愁眉结旧恩。绿钱生履迹,红粉湿啼痕。羞被桃花笑,看春独不言。"①

  张祜《长门怨》:"日映宫墙柳色寒,笙歌遥指碧云端。珠铅滴尽无心语,强把花枝冷笑看。"②

唐人拟写此题者有四十余首,很少有人采用长篇详细叙述陈皇后的故事。这两首拟辞代表了两种不同的类型:岑参拟辞以代言体自叙口吻(即"妾"),简要讲述了失宠之事(前三句),而后重点抒写怨情;张祜辞以非聚焦性视角,故事几乎被略去,仅有作者想象中陈皇后生活的场景以及她的几个动作——流泪、无语、冷笑、看花,唤起读者对陈皇后故事的回忆。唐代文人拟写宫怨类乐府诗像《婕妤怨》《王昭君》《铜雀妓》《铜雀台》《塘上行》《楚妃叹》时都是如此,很少花笔墨叙及故事本身。

在唐人拟写的《秋胡行》《木兰诗》《公无渡河》《秦女休行》《东海有勇妇》等题目中,基本上都是以其"本事"及前人拟辞作为"潜文本"。即使是边塞乐府诗《从军行》《饮马长城窟》《燕歌行》《陇头》《关山月》《出塞》《入塞》等,其实也或隐或显地包含着一个基本的叙事"潜文本",即"边塞出现战事——朝廷派兵——开赴前线——战斗——思乡——闺怨——立功(或反战)",只不过有些拟辞仅选取并强调了其中的某一个情节单元。从这个角度来看,唐代乐府诗实际上是一个不完整叙事的文本,或者说是一个互文文本,我们在阅读过程中需要用潜藏的故事去补充和完善。它使诗歌中的叙事产生了一定的张力,既与传统的文化遗产互补互容,又具有无限的延展空间。因此,唐乐府的写作,无非是对集体记忆的唤醒,对先前书写经验的一种再生性重构。

---

① 岑参撰,廖立笺注《岑嘉州诗笺注》,北京:中华书局,2004年,第497页。
② 张祜著,尹师占华校注《张祜诗集校注》,成都:巴蜀书社,2007年,第194页。

附带言之，受乐府诗创作中存在"潜文本"及文事相依传统的影响，唐代有些新题乐府诗也是"歌""传"互存，如《长恨歌》与《长恨歌传》、《李娃行》与《李娃传》、《莺莺歌》和《莺莺传》、《无双歌》和《无双传》、《冯燕歌》与《冯燕传》、《霍小玉歌》和《霍小玉传》等，乐府歌诗仅是简略叙事，而相应的传奇作品则以散文形式叙述故事细节，相当于新乐府诗的"本事"，亦可视作"潜文本"。

三、新题乐府所叙之"事"的选择及特点

唐人在"缘事而发"的基础上，又提出"即事名篇""因事立题"的口号，遂致新题乐府诗创作的繁荣。其所叙之事，大致有以下四种类型：

第一类，人物传记型。如王维的《洛阳女儿行》《老将行》、崔颢的《江畔老人愁》《邯郸宫人怨》、李端的《王敬伯歌》、李贺的《吕将军歌》、张籍的《将军行》、刘禹锡的《泰娘歌》《壮士行》《武昌老人说笛歌》《伤秦姝行》、元稹的《琵琶歌》、李绅的《悲善才》等。这些乐府诗"蕴含了丰富的传记文学因素"①，作者就是一个讲述者，常以线性顺序将人物的一生及其主要事迹娓娓道来，重点在于刻画人物形象，反映时代沧桑，抒发感慨与同情。有些叙事精彩的作品能作到婉转曲折，引领读者共同回忆往事，如刘禹锡的《武昌老人说笛歌》，曾季狸《艇斋诗话》谓"宛转有思致"②，贺裳《载酒园诗话又编》谓"娓娓不休，极肖过时人追忆盛年"③。

第二类，政治时事型。如杜甫的《兵车行》、"三吏""三别"，韩愈的《永贞行》，刘禹锡的《平齐行》，柳宗元的《代靖安佳人怨》，白居易的《上阳白发人》《杜陵叟》，韦庄的《秦妇吟》等。这一部分乐府真实记录了当时的政治状况，具有一定的史料价值，常被后人称为"诗史"。孟棨《本事诗》中说杜甫"逢禄山之难，流离陇蜀，毕陈于诗，推见至隐，殆无遗事，故当时号为'诗史'"④。韩愈的《永贞行》，程学恂评曰："直叙起，此诗史也。"⑤与枯燥简略的历史叙事相比，"诗史"叙事更丰富、更生动地提供了时事的各种细节与具体场面。

第三类，日常生活型。如戴叔伦的《女耕田行》、李贺的《采珠行》、张籍的《野老歌》《筑城词》《牧童词》、王建的《田家行》《织锦曲》《新嫁娘词》《当窗织》《羽林行》、皮日休的《橡媪叹》等。张籍、王建所作此类乐府尤多，叙述

---

① 史素昭《试论唐代叙事诗的传记文学因素》，《贵州社会科学》2013年第4期，第54—58页。
② 曾季狸《艇斋诗话》，丁福保辑《历代诗话续编》，第295页。
③ 贺裳《载酒园诗话又编》，郭绍虞编选，富寿荪校点《清诗话续编》，第349页。
④ 孟棨《本事诗》，丁福保辑《历代诗话续编》，第15页。
⑤ 程学恂《韩诗臆说》，上海：商务印书馆，1934年，第15页。

极能反映下层民众生活的细节与真实,如王建的《新嫁娘词》,《唐诗摘抄》卷二云:"极细事,道出便妙,只是一真。"①此类乐府所叙之事往往不是具体的"某一个事件",而是"这一类",代表了社会下层生活的一个侧面与缩影,又能将事件升华,直指社会制度或民风民俗。

  第四类,咏史怀古型。如宋之问的《浣纱篇赠陆上人》前半篇咏西施,崔颢的《卢女篇》咏卢女,李颀的《郑樱桃歌》咏石崇宠妾郑樱桃,李贺《黄头郎》写邓通事,韦楚老的《祖龙行》写秦亡之事,张籍的《永嘉行》写晋末永嘉之乱,鲍溶的《倚瑟行》写汉文帝事,刘禹锡的《更衣曲》写卫子夫事,温庭筠的《湖阴词》写东晋王敦事。这些故事大都采自史书,但高度概括,事简意深,如王维的《夷门歌》写战国侯嬴之事,顾可久评曰:"太史公本传宛转千余言,而此叙事数语,极简要明尽。又,嘉公子无忌之重客,亥、嬴之任侠,溢于言外。结尤斩绝有力量,妙甚!"②

  在上述四类叙事中,第一类、第四类常见于咏史诗中,第三类与汉乐府相仿,唯有第二类乐府乃唐人的创新与发展,最受人们关注,亦最能代表唐代新题乐府叙事的成就。它们所写之事追求真实,故多选所闻所见之事,胡震亨《唐音癸签》谓杜甫"咏见事,以合风人刺美时政之义"③,白居易的《秦中吟序》自谓:"贞元、元和之际,予在长安,闻见之间,有足悲者。因直歌其事。"④《新乐府序》亦说"其事核而实"⑤。既接受了历史叙事中的"实录"精神,也继承了文学叙事中的写实传统。因此,很多乐府诗所叙述的细节,或不见于史书,或可补史书之阙如。比如,刘禹锡的《马嵬行》中写及杨贵妃吞金而死,《随园诗话》卷二云:"至于杨妃缢死佛堂,《唐书》《通鉴》俱无异词;独刘禹锡《马嵬》诗云'贵人饮金屑,倏忽舜英暮'。似贵妃之亡,乃饮金屑,非雉经矣。"⑥白居易的《阴山道》,《唐宋诗醇》卷二〇云:"按元微之诗自注:李传云'元和二年有诏,悉以金银酬回鹘马价'。新、旧《唐书》俱不载此诏。是诗叙事极详,可以补史传之所不及。"⑦

  由于唐代新题乐府诗中叙事重"实录",所以若有不合历史真实之处,会遭致后人诟病。范温《潜溪诗眼》有"《长恨歌》用事之误"条,谓唐玄宗入蜀不经过峨眉山,故"峨眉山下少行人"中的"峨眉山"应改为"剑门山",而长生

---

① 黄生《唐诗摘抄》,清康熙六十一年(1722)是亦山房刻本。
② 转引自王维撰,陈铁民校注《王维集校注》,北京:中华书局,1997年,第581页。
③ 胡震亨《唐音癸签》,第87页。
④ 白居易著,顾学颉校点《白居易集》,第30页。
⑤ 同上书,第52页。
⑥ 袁枚《随园诗话》,第46页。
⑦ 爱新觉罗·弘历编《唐宋诗醇》,第556页。

殿"乃斋戒之所,非私语地也。华清宫自有飞霜殿,乃寝殿也。当改'长生'为'飞霜',则尽矣"①。那么,是不是在叙事中就不讲究虚构了?当然不是。一般而言,具体的时间、地理空间是真实的,但故事的构架要通过艺术的虚构与嫁接,即有的研究者所谓的"虚实相生""虚实相构"②。比如元稹《连昌宫词》,据陈寅恪《元白诗笺证稿》的考察,"非作者经过其地之作,而为依题悬拟之作"③。韦庄的《秦妇吟》,叶圣陶曾指出"重读《秦妇吟》,意谓韦庄此作实为小说,未必真有此一妇。东西南北四邻之列举,金天之无语,野老之泣诉,以及兄所感觉'仿佛只她一个人在那边晃晃悠悠的走着,走着'是皆小说方法"④,即其中的"秦妇"与"乡翁"乃虚构而来。杜甫的《兵车行》、"三吏""三别",张籍的《野老歌》,白居易的《卖炭翁》《井底引银瓶》等均可作如是观。

唐代的新题乐府诗重实录叙事,与其功能有关。唐乐府中叙事的目的,不在于讲故事,而是为了讽谕和训诫。如戴叔伦的《女耕田行》一诗,《大历诗略》卷六亦云:"女耕,记异也。叙致曲折含情,末幅以牧竖之感,寓'摽梅'之思,巧合天然,有悯其过时不采者矣,是风人之义也。"⑤白居易《井底引银瓶》中明确说:"寄言痴小人家女,慎勿将身轻许人!"⑥《隋堤柳》诗中亦明言:"后王何以鉴前王?请看隋堤亡国树!"⑦白居易的另一首有名的叙事诗《长恨歌》,由于没有规讽之意,洪迈认为不如元稹的《连昌宫词》,张邦基《墨庄漫录》卷六亦云:"白之歌止于荒淫之语,终篇无所规正。元之词乃微而显,其荒纵之意皆可考,卒章乃不忘箴讽,为优也。"⑧

四、唐代乐府诗叙事的文人化特征

清代贺贻孙《诗筏》中说:"长庆长篇,如白乐天《长恨歌》《琵琶行》,元微之《连昌宫词》诸作,才调风致,自是才人之冠。其描写情事,如泣如诉,从《焦仲卿》篇得来。所不及《焦仲卿》篇者,政在描写有意耳。"⑨贺氏之论道出了唐代文人叙事的特征正在于"描写有意",即讲究技巧。至唐代,人们开

---

① 郭绍虞辑《宋诗话辑佚》,第334页。
② 舒艳:《"实录"与"虚构"——试论唐叙事诗的叙事手法》,《湖南工业职业技术学院学报》2010年第2期,第82—83页。
③ 陈寅恪《元白诗笺证稿》,第74页。
④ 《文史》第十三辑,北京:中华书局,1982年,第238页。
⑤ 乔亿选编,雷恩海笺注《大历诗略笺释辑评》,天津:天津古籍出版社,2008年,第527页。
⑥ 白居易著,顾学颉校点《白居易集》,第85页。
⑦ 同上书,第87页。
⑧ 张邦基《墨庄漫录》,北京:中华书局,2002年,第177页。
⑨ 贺贻孙《诗筏》,郭绍虞选编,富寿荪校点《清诗话续编》,第139页。

始有意探究叙事问题,刘知几《史通·叙事》中专门讨论史传叙事,唐传奇将小说叙事推向成熟,这些无疑为文人创作叙事诗提供了经验与启迪。与汉乐府相比,唐代乐府诗中的叙事表现出明显的文人化特征。

1. 叙述视角复杂

汉乐府中叙述视角虽有全知、限知之分①,但总体上较为简单,唐代乐府诗的叙述视角趋于复杂。有些自述性的乐府诗,完全采用"内视角",似是夫子自道,如魏征的《出关》、李颀的《缓歌行》追述自己的经历,还常常插入心理描写。唐代乐府诗中还有一些"角色诗"或"代言体",如宫怨、闺怨类乐府《王昭君》《长门怨》《婕妤怨》《妾薄命》《长干行》等,文人自称"妾",直接以女子口吻叙事。大多数情况下,唐代乐府诗采用外视角,叙述人"我"以旁观者的角度,故意拉开一定距离,理性而又客观地讲述有关时政和百姓生活之"事",文人的身份使叙述人具有一种天然的道德正义感和优越感,大量的边塞乐府、白居易的新乐府都采用这一视角。当然,为了增加叙事的真实性,有些乐府诗像杜甫《兵车行》、"三吏",元稹《连昌宫词》,刘禹锡《插田歌》《平蔡州》,白居易《新丰折臂翁》,韦庄《秦妇吟》等,虚构出一个"路人"或"老翁",让他讲述所见所闻,叙述人"我"在一旁发表评论。此外,据罗忠跃、胡根林的研究,唐代叙事诗中还经常转换视角,尤其是限知视角的转换普遍存在②,乐府诗叙事时亦是如此,如前文所举李白的《陌上桑》,前六句和最后六句都是外视角,而中间六句直接代"妾"自答,显然是有所限知的内视角。

2. 叙事简省婉曲

如果说汉乐府诗多是"片段叙事",唐乐府则能把"片段"连接成一个完整的过程,将故事的前因后果交代清楚。但是,大部分故事却是简单无趣的,似乎是作者在絮絮叨叨地讲述或倾诉,绝少插叙与倒叙,没有时空的纵向延伸,缺少复杂离奇、波澜起伏的情节,人物形象单一扁平,重点仍在于铺叙场面或渲染结果。即使是叙事性较强的作品,像杜甫《兵车行》、"三吏""三别",白居易《卖炭翁》《上阳白发人》《新丰折臂翁》等都是这样,那些叙事性较弱的乐府诗就更不用说了。

更有趣的是,受抒情诗的影响及诗歌形式的限制,叙事诗中也常常"留白",有意把一些故事情节略去,让读者去丰富和补充,通过想象编织成一个完整的故事文本。这种手法在篇幅短小的绝句中更为常见。比如,卢纶《塞

---

① 李晓玲《汉乐府诗叙事艺术研究》,江苏师范大学 2011 年硕士学位论文,第 14—21 页。
② 罗忠跃、胡根林《唐代叙事诗限知叙述视角转换模式试探》,《上饶师范学院学报》2006 年第 4 期,第 38—45 页。

下曲》:"林暗草惊风,将军夜引弓。平明寻白羽,没在石棱中。"①王靖献分析说:"绝句的简短并未束缚住叙事的充分展开,而是将它转为极度的精确与完整,运用了绝句所特有的省略多余细节的办法,并以一种令人不安的悬念导向最终的高潮。"②再如,于鹄《江南曲》:"偶向江边采白蘋,还随女伴赛江神。众中不敢分明语,暗掷金钱卜远人。"③诗歌文本中仅叙述一名妇女随女伴采白蘋、赛江神,偷偷掷钱占卜,但其中省略了诸多情节:她本来是不愿意出门,在女伴的怂恿下(如何怂恿,又可以构置情节)勉强出去,为何要偷偷掷钱占卜?占卜的"远人"是征戍,还是行商或做官?离开多久?……这些分明是"情节",却留待读者去补充与完善。

这正是文人叙事的特点,"不作详细的铺陈和展开"④,反对冗长,强调简省,注重婉曲。刘知几《史通·叙事》中说史书的叙事要"言近而旨远,辞浅而义深,虽发语已殚,而含义未尽"⑤,史书叙事尚且如此,诗歌叙事更应简省婉曲。顾况和戴叔伦都写有《去妇词》,而戴词更为简省婉曲,因此《唐风定》卷四评说:"逋翁(笔者按,即顾况)作叙事少冗,惟结数语入妙。此篇简净含蓄,较远胜之。"王建的《宫词》,陈沂谓"叙事不费辞,自成体制"⑥。正是由于这个原因,白居易、元稹诗歌中的叙事因冗长而经常遭受批评,张戒《岁寒堂诗话》谓《长恨歌》和《连昌宫词》"皆不若子美诗微而婉也"⑦。《岘佣说诗》云:"读《公孙大娘弟子舞剑器》诗,叙天宝事只数语而无限凄凉,可悟《长恨歌》之繁冗。"⑧《越缦堂读书记·文学·白氏长庆集》云:"然香山诗如《上阳白发人》《骠国乐》《昆明春》《西凉伎》《牡丹芳》诸篇,虽言在易晓,终觉冗长,音节亦松滑,不及杜之疏密得中也。"⑨

3. 融入抒情与议论

班固言及乐府诗的叙事,不仅是"缘事而发",而且要"感于哀乐",赋予其抒情与议论的权力。唐代乐府诗的创作主体是文人,他们惯用并已娴熟的抒情技巧有了用武之地,因而在叙事过程中少不了抒发作者的个人情怀,故肖驰《中国诗歌美学》中将唐代叙事诗称为"抒情叙事诗"⑩。文人不仅在叙

---

① 彭定求等编《全唐诗》,第3153页。题目作《和张仆射塞下曲》。
② 王靖献《唐诗中的叙事性》,倪豪士编选,黄宝华等译《美国学者论唐代文学》,上海:上海古籍出版社,1984年,第312页。
③ 彭定求等编《全唐诗》,第3498页。
④ 胡秀春《唐代叙事诗研究》,第189页。
⑤ 刘知几著,白云译注《史通》,北京:中华书局,2014年,第294页。
⑥ 吴文治主编《明诗话全编》,第1946页。
⑦ 张戒著,陈应鸾笺注《岁寒堂诗话笺注》,成都:四川大学出版社,1990年,第66页。
⑧ 施补华《岘佣说诗》,丁福保辑《清诗话》,第988页。
⑨ 李慈铭撰,由云龙辑《越缦堂读书记》,北京:中华书局,2006年,第631页。
⑩ 肖驰《中国诗歌美学》,北京:北京大学出版社,1986年,第118页。

事中抒情,更常见的是直接发表议论,如白居易的新乐府"卒章显志",便是作者跳出来公然发表自己的看法,对所叙之事"不求事件的完整、情节的感人和人物形象的鲜明",其中"'人'和'事'都是作者某一政治论点的论据",①是作者发出评判的导火线。正是这一点阻碍了叙事诗的发展,胡适《白话文学史》中就指出,文人叙事诗"虽然也叙述故事,而主旨在于议论或抒情,并不在于敷说故事的本身。注意之点不在于说故事,故终不能产生故事诗"②。

4. 形式多样化

唐代乐府诗中,叙事形式渐趋多样。在单篇叙事的基础上,出现了联章叙事,以乐府组诗的形式使叙事扩容,杜甫的前、后《出塞》便是如此。唐代有些乐府诗正文前面有序,如高适《燕歌行序》云:"开元二十六年,客有从元戎出塞而还者,作《燕歌行》以示适。感征戍之事,因而和焉。"交待了时间及背景,使正文中的叙事有了明确的指向。另外像李贺的《还自会稽歌并序》《公莫舞歌并序》《金铜仙人辞汉歌并序》《花游曲并序》、张祜的《孟才人叹并序》等,序与正文之间相互补充。

唐代乐府诗的叙事语言,较少采用整饬的律绝形式,大多数为古体和歌行体,并加入杂言句式,有意散文化,使原来因诗歌换行而被迫阻断的叙事能更加连贯。如李白、杜甫的乐府诗,自然放纵,叶燮就指出:"如言宋人以文为诗,则李白乐府长短句,何尝非文?杜甫前后《出塞》及《潼关吏》等篇,其中岂无似文之句?"③韩愈《嗟哉董生行》句法特异,沈括评曰:"韩退之诗乃押韵之文耳。"④

五、合理看待唐代乐府诗的叙事

中国古代的叙事诗经乐府孕育而走向成熟,也是在乐府诗类中发展兴盛,但乐府叙事亦有自身的难处。清代黄子云《野鸿诗的》云:"命题何者为最难?一曰乐府,盖古人作之者多也。词意要必由中而发,不拾先进唾余,寄托有在,方见我之志虑,方成吾之文章,且声调又与古风异。一曰记事,太详则语冗而势涣,故香山失之浅;太简则意暗而气馁,故昌谷失之促。二者均有过不及之弊;非有才气溢涌、手眼兼到者不能。"⑤唐人努力探索,虽然取得了较大成就,展现出文人创作的独特魅力,但亦有招致讥讽之处。比如,以诗叙

---

① 刘立文《论唐代叙事诗的三大类型》,《文学遗产》1992年第6期,第45页。
② 胡适撰,骆玉明导读《白话文学史》,第48页。
③ 叶燮《原诗》,丁福保辑《清诗话》,第607—608页。
④ 胡仔《苕溪渔隐丛话》前集,北京:人民文学出版社,1962年,第118页。
⑤ 黄子云《野鸿诗的》,丁福保辑《清诗话》,第850页。

史,就受到后来一些人的不满,清代王夫之《古诗评选》卷四云:"诗有叙事述语者,较史尤不易。史才固以爘括生色,而从实著笔自易;诗则即事生情,即语绘状,一用史法,则相感不在永言和声之中,诗道废矣。此'上山采蘼芜'一诗所以妙夺天工也。杜子美仿之作《石壕吏》,亦将酷肖,而每于刻画处犹以逼写见真,终觉于史有余,于诗不足。"①白居易的叙事诗更是受到后人诟病,魏泰《临汉隐居诗话》云:"白居易亦善作长韵叙事,但格制不高,局于浅切。"②苏辙《诗病五事》云:"白乐天诗、词甚工,然拙于纪事,寸步不遗,犹恐失之。"③《诗源辩体》卷二八云:"乐天七言古,《长恨》《琵琶》,叙事详明;新乐府,议论痛快,亦变体也。胡元瑞谓'敷演有余,步骤不足',得之。"④

之所以出现这样的情况,还在于后人对叙事诗的认识问题。无疑,正如董乃斌《古典诗词研究的叙事视角》中所言,"将叙事视角引入诗词研究,可弥补以往研究的不足,使诗词研究更加生动细腻、活泼有趣,使我们对中国文学两大传统(笔者按,即抒情与叙事)的研究趋于平衡协调,也可为解决如何认识中国文学传统这个宏大的题目更向前迈出一步"⑤。但是,在后人的研究过程中,尤其是在当今的研究中,出现了一些认识误区。每一个研究者都清楚,中国的叙事诗不像西方叙事诗那样,具有复杂的视角、曲折的情节和丰满的人物形象,而是抒情的、表意的,但仍有人套用烦琐的西方叙事理论,以"他者"的眼光看待乐府叙事诗,自然难以揭示出中国诗歌自身的叙事特色。

另外,人们常常喜欢以抒情诗的标准去衡量乐府叙事诗,这也是我们应该避免的。王运熙先生在分析乐府诗时说:"在艺术表达上,汉乐府主要采用了叙述体,它或以事情的发展为线索,或以事物的存在为依据,前前后后,方方面面,既突出重点,又尽量保持内容的周备,使作品具有平实、朴素、通俗、完整的特点,这与文人诗作一般以情感流动为主轴来组织意象,重构时空,因而使作品的画面出现较多的跳跃和不齐整有很大不同。"⑥所以,在研究乐府叙事诗的过程中,应力求从叙事本身出发,建构符合叙事诗的批评概念、话语体系等。只有这样,叙事诗的研究才能有所深入与突破。

---

① 王夫之评选,张国星校点《古诗评选》,北京:文化艺术出版社,1997年,第145—146页。
② 魏泰《临汉隐居诗话》,何文焕辑《历代诗话》,第327页。
③ 苏辙《栾城集》,上海:上海古籍出版社,2009年,第1553页。
④ 许学夷著,杜维沫校点《诗源辩体》,第274页。
⑤ 董乃斌《古典诗词研究的叙事视角》,《文学评论》2010年第1期,第25页。
⑥ 王运熙、邬国平《汉乐府风格论》,《楚雄师专学报》1995年第4期,第71页。

第五节 通俗自然的风格

唐代乐府诗属于唐诗的一部分,在整体风格上自然与唐诗是一致相谐的。但是,乐府诗毕竟与一般徒诗不同,它既有对汉乐府风格的继承与变化,也表现出一些独特之处。

一、唐代乐府诗对汉乐府风格的继承与变化

中国古代诗歌中,乐府诗与徒诗在风格上有很大的差别。对此,前人已有一些论述,兹引录如下:

> 王行《题孙敏诗》:"乐府之变,去诗人之意远矣。乐府近性情之正者,亦多音节短促,少宽厚和平之韵,起读者淫佚哀伤之思,古人所谓不足以讽而适以劝也。"①

> 许学夷《诗源辩体》卷三:"汉人乐府五言与古诗,体各不同。古诗体既委婉,而语复悠圆;乐府体既轶荡,而语更真率。盖乐府多是叙事之诗,不如此不足以尽倾倒,且轶荡宜于节奏,而真率又易晓也。"②

> 徐师曾《文体明辨序说》:"乐府歌行,贵抑扬顿挫,古诗则优柔和平,循守法度,其体自不同也。"③

> 郝敬《艺圃伧谈》:"无俚俗俳荡之调,不成乐府;无端悫温厚之度,不成古诗。"④

> 孙矿《与吕甥玉绳论诗文书》:"盖乐府贵俚,要使闾巷歌谣尽入,乃为奇耳。……近体乐府如白乐天等篇,似非本色,或可删之。若增入太多,又恐浩瀚,翻失乐府本意耳。自上古至隋,俱是本色,更不须摘。唐以后,则须辨其体。"⑤

> 毛先舒《诗辩坻》卷一:"乐府、古诗,相去不远。然大抵古诗以和婉为旨,以详雅为绪,以典则为其辞。乐府以淫洪凄戾为旨,以变乱为绪,以俳谐诘屈为其词。古诗色尚清腴,其调尚优。乐府色尚秾,其调尚迅。"⑥

---

① 吴文治主编《明诗话全编》,第247—248页。
② 许学夷著,杜维沫校点《诗源辩体》,第67页。
③ 徐师曾《文体明辨》,于北山、罗根泽校点《文章辨体序说 文体明辨序说》,第105页。
④ 郝敬《艺圃伧谈》,周维德集校《全明诗话》,第2898页。
⑤ 吴文治主编《明诗话全编》,第4711页。
⑥ 毛先舒《诗辩坻》,郭绍虞编选,富寿荪校点《清诗话续编》,第23页。

沈德潜《说诗晬语》:"乐府宁朴毋巧,宁疏毋炼。张籍《短歌行》云:'菖蒲花开月常满。'伤于巧也。无名氏《木兰诗》云:'朔气传金柝,寒光照铁衣。'后人疑为韦元甫假托,伤于炼也。"①

王夫之《古诗评选》:"乐府之长,大端有二:一则悲壮熨发,一则旖旎柔入。"②

黄子云《野鸿诗的》:乐府"声调又与古风异"③。

施补华《岘佣说诗》:"古诗贵浑厚,乐府尚铺张。"④

萧涤非《关于"乐府"》:"乐府通俗自然,常用方言口语,古诗则比较典雅,后来更趋雕琢。"⑤

总结以上观点,不外乎是说,乐府诗在风格上具有以下特征:(1)语言真率自然;(2)抒发感情直露轶荡;(3)铺张繁乱,不守法度。以此为判定标准,就有了古诗体与乐府体的区分,沈德潜《说诗晬语》卷上云:"就五言中较然两体:苏、李赠答,无名氏《十九首》,是古诗体;《庐江小吏妻》《羽林郎》《陌上桑》之类,是乐府体。"⑥由于陆机所写乐府诗渐趋文人化,讲究语词雕饰,故受到后人批评。明代许学夷《诗源辩体》云:"士衡乐府五言,体制声调与子建相类,而排偶雕刻,愈失其体。"⑦清代黄子云《野鸿诗的》谓,陆机"五言乐府,一味排比敷衍,间多硬句,且踵前人步伐,不能流露性情,均无足观"⑧。

以上所论乐府诗的风格,多以汉代的乐府诗作为立论依据。当乐府诗发展至唐代进入文人手中时,是不是还具有这些特征呢?唐代的乐府诗体与汉代乐府民歌相比,由于是文人创作,自然是形式整饬、辞藻华丽、精练典雅,吴讷《文章辩体序说》论及"乐府"时便谓"惟唐宋享国最久,故其辞亦多纯雅"⑨。胡应麟《诗薮》内编卷三中为我们举出了关于杜甫诗歌的例证:

"小麦青青大麦枯,谁当获者妇与姑,丈夫何在西击胡",三语奇绝,即两汉不易得。子美"大麦干枯小麦黄,妇女行泣夫走藏,问谁腰镰胡

---

① 沈德潜《说诗晬语》,丁福保辑《清诗话》,第529页。
② 王夫之评选,张国星校点《古诗评选》,第31页。
③ 黄子云《野鸿诗的》,丁福保辑《清诗话》,第850页。
④ 施补华《岘佣说诗》,丁福保辑《清诗话》,第976页。
⑤ 萧涤非《关于"乐府"》,萧光乾编《萧涤非文选》,第57页。
⑥ 沈德潜《说诗晬语》,丁福保辑《清诗话》,第530页。
⑦ 许学夷著,杜维沫校点《诗源辩体》,第90页。
⑧ 黄子云《野鸿诗的》,丁福保辑《清诗话》,第861页。
⑨ 吴讷《文章辩体序说》,于北山、罗根泽校点《文章辩体序说 文体明辨序说》,第25页。

与羌",才易数字,便有唐、汉之别。①

又云:

"长安城中头白乌,夜飞延秋门上呼。又向人家啄大屋,屋底达官走避胡","车辚辚,马萧萧,行人弓箭各在腰。耶娘妻子走相送,尘埃不见咸阳桥",二起语甚古质,类汉人。终是格调精明,词气跌宕,近似有意。两京歌谣,便自浑浑噩噩,无迹可寻。②

由以上材料可以看出,汉乐府民歌自然天成,自有一种浑融质朴在其中,而杜甫之作虽极力仿效,仍显示出有意锤炼、格调精明的特点。毕竟唐人乐府属于文人创作,文人深厚的文学底蕴与作诗的经验技巧不时流露出来,不管是结构意脉,还是选词造句都会表露出雕琢的成分。

二、唐代乐府诗与一般徒诗在风格上的差异

与唐代的一般徒诗相比,乐府诗体在总体风格上仍与其相差较大。徒诗经历了魏晋南北朝文人对于典雅精致的追求和实践之后,发展到唐代已经完全形成了一种温柔敦厚、含蓄优美的风格,所以宋代严羽《沧浪诗话》论及写诗之忌时说:"语忌直,意忌浅,脉忌露。"③然而徒诗中所忌的"直""浅""露"等,却仍然是唐代乐府诗所追求的风格:较少采用典故,俚俗直露,多大众化语言,通俗明白,一看就懂。杨慎说:"唐人之诗,乐府本效古体,而意反近;绝句本自近体,而意实远。"④王夫之《古诗评选》云:"乐府诸曲,多采自民间,以付管弦、悦流耳。即裁自文士,亦必笔墨气尽,吟咏情长。"⑤胡适在《白话文学史》中曾把乐府民歌视为典范的平民文学,认为文人的模仿之作也"往往带着'平民化'的趋势,因此便添了不少的白话或近于白话的诗歌"⑥。钱志熙指出:"一直到了唐代,文人诗已经达到自身的审美理想之后,诗人们才重新发现古乐府诗的经典价值。尽管诗人们已经在创造声律美、风骨美、兴象美方面达到了很高的境界,掌握了丰富的艺术经验,但是从它们拟乐府古辞的这一批诗中,我们看到他们力求返朴归真,希望在某些因素上重现原作的

---

① 胡应麟《诗薮》,第54页。
② 同上书,第54—55页。
③ 严羽著,郭绍虞校释《沧浪诗话校释》,第122页。
④ 吴文治主编《明诗话全编》,第2739页。
⑤ 王夫之评选,张国星校点《古诗评选》,第3—4页。
⑥ 胡适撰,骆玉明导读《白话文学史》,第23页。

美学特征。"①的确如此,我们发现,唐代徒诗的创作追求兴象、意境及语言的工雅,而乐府诗体的创作却追求自然质朴,通俗显豁。

因此,在乐府诗的创作过程中,唐人有意追求不同于一般徒诗的风格特点。比如,李白的乐府诗章法自由,语言通俗,毫无拘束,自然天成。高棅《唐诗品汇》云:"太白天仙之词,语多率然而成者,故乐府歌辞咸善。"②刘大杰《中国文学发展史》亦谓李白"能大胆地运用民间的语言,容纳民歌的风格,很少雕饰,最近自然"③。杜甫的乐府诗《贫交行》,浦起龙《读杜心解》注云:"诗如谣,乐府体也。"④《新婚别》中的"兔丝附蓬麻,引蔓故不长。嫁女与征夫,不如弃路旁"四句,王世懋《艺圃撷余》谓"酷似乐府语而不伤气骨者"⑤。孟郊有《婵娟篇》,其中写道:"花婵娟,泛春泉。竹婵娟,笼晓烟。雪婵娟,不长妍。月婵娟,真可怜。"杨慎《升庵诗话》称赞说"其辞风华秀艳,有古乐府之意"。李贺乐府诗也深得"乐府遗法",毛先舒《诗辩坻》卷三说:"大历以后,解乐府遗法者,惟李贺一人。设色浓妙,而词旨多寓篇外,刻于撰语,浑于用意。"⑥明清诗话中经常说的"乐府本色""乐府体""乐府之意""乐府遗法"等,正是指乐府诗独特的作法及风格特点。

然而,由于杜甫、张籍、王建、元稹、白居易等人创作的新乐府诗往往因其风格与传统徒诗相差较大,故经常招致批评,谓其太直太露,缺乏含蓄蕴藉的诗味:

施闰章《蠖斋诗话》:"杜不拟古乐府,用新题纪时事,自是创识。就中《潼关吏》《新安》《石壕》《新婚》《垂老》《无家》等篇,妙在痛快,亦伤太尽。"⑦

魏泰《临汉隐居诗话》:"诗者述事以寄情,事贵详,情贵隐,及乎感会于心,则情见于词,此所以入人深也。如将盛气直述,更无余味,则感人也浅,乌能使其不知手舞足蹈;又况厚人伦,美教化,动天地,感鬼神乎?……至于魏晋南北朝乐府,虽未极淳,而亦能隐约意思,有足吟味之者。唐人亦多为乐府,若张籍、王建、元稹、白居易以此得名。其述情叙怨,委曲周详,言尽意尽,更无余味。及其末也,或是诙谐,便使人发笑,

---

① 钱志熙《乐府古辞的经典价值——魏晋至唐代文人乐府诗的发展》,《文学评论》1998年第2期,第61页。
② 高棅编选《唐诗品汇》,第267页。
③ 刘大杰《中国文学发展史》中卷,上海:古典文学出版社,1958年,第101页。
④ 浦起龙《读杜心解》,第233页。
⑤ 王世懋《艺圃撷余》,何文焕辑《历代诗话》,第778页。
⑥ 毛先舒《诗辩坻》,郭绍虞编选,富寿荪校点《清诗话续编》,第49页。
⑦ 施闰章《蠖斋诗话》,丁福保辑《清诗话》,第406页。

此曾不足以宣讽。诉之情况,欲使闻者感动而自戒乎?甚者或谲怪,或俚俗,所谓恶诗也,亦何足道哉!"①

《唐诗归》钟惺评:"元白浅俚处,皆不足为病,正恶其太直耳。诗贵言其所欲言,非直之谓也,直则不必为诗矣。"②

施补华《岘佣说诗》:"《上阳白发人》《新丰折臂翁》两篇,长于讽谕,颇得风人之旨。惜词未简古。"③

章培恒、骆玉明编《中国文学史》:"这种语言风格的缺陷是过于直露,有时颇为啰嗦,少了些精炼和含蓄。"④

袁行霈编《中国文学史》:"在语言使用上,因一意追求浅显务尽而失之于直露无隐,有时一件简单的事理也要反复陈说,致使诗作不够精炼含蕴。"⑤

还有人批评元稹、白居易、张籍等人的乐府诗冗长繁复,如:

张戒《岁寒堂诗话》:"元、白、张籍诗,皆自陶、阮中出,专以道得人心中事为工。本不应格卑,但其词伤于太烦,其意伤于太尽,遂成冗长卑陋尔。"⑥

李慈铭《越缦堂读书记·文学·白氏长庆集》:"香山诗如《上阳白发人》《骠国乐》《昆明春》《西凉伎》《牡丹芳》诸篇,虽言在易晓,终觉冗长,音节亦松滑,不及杜之疏密得中也。"⑦

又有人批评白居易的乐府诗没有步骤,不符合传统的诗体规范,比如:

许学夷《诗源辩体》:"胡元瑞谓(笔者按,白居易《新乐府》):'敷演有余,步骤不足。'得之。"⑧

李调元《雨村诗话》:"白乐天新乐府,夭矫变化,用笔不测,而起承

---

① 魏泰《临汉隐居诗话》,何文焕辑《历代诗话》,第322页。
② 钟惺、谭元春评选,张国光、张业茂、曾大兴点校《诗归》,武汉:湖北人民出版社,1985年,第563页。
③ 施补华《岘佣说诗》,丁福保辑《清诗话》,第989页。
④ 章培恒、骆玉明主编《中国文学史》中卷,上海:复旦大学出版社,2004年,第167页。
⑤ 袁行霈主编《中国文学史》第二卷,北京:高等教育出版社,1999年,第347页。
⑥ 张戒著,陈应鸾笺注《岁寒堂诗话笺注》,第76—77页。
⑦ 李慈铭撰,由云龙辑《越缦堂读书记》,第631页。
⑧ 许学夷著,杜维沫校点《诗源辩体》,第274页。

转收井然。其规讽劝戒,直是理学中古文,不可作词章读。"①

事实上,正是这批新乐府诗人看到了乐府诗与徒诗在风格上的差异,所以故意追求诗意显豁、通俗自然、不受拘束的效果。试想杜甫能写出沉郁顿挫的《秋兴》《登高》,白居易能写出《长恨歌》《琵琶行》以及各种律绝等文辞优美的诗歌,难道他写乐府诗时就"江郎才尽"了?关键是他们有意为之,例如白居易《城盐州》中的"城盐州,城在五原原上头",其中的"原上头"便是西北方言中典型的俗语。这些批评者要是弄清楚唐代乐府诗有意追求的正是这样的风格,相信他们会有不同看法。即如高棅《唐诗品汇》所言:"乐天每有所作,令老妪能解则录之,故格调扁而不高。然道情叙事、悲欢穷泰,如写出人胸臆中语,亦古歌谣之遗意也,岂涉猎浅才者所能到耶?"②在高棅看来,这种浅俗叙事的风格正是"古歌谣遗意",白居易有意继承,却为"涉猎浅才者"所误解。

第六节 歌唱期待性与"歌辞造型"

唐代的乐府诗体虽然与音乐的距离渐行渐远,但依然表现出对入乐歌唱的期待,因而作者在创作过程中极为注重"歌辞造型"。

一、乐府诗体的歌唱期待性

唐代的乐府诗体还表现出的一个特点:期待谱之以曲,进行传唱。许多乐府诗的作者明确发出了这样的呼声,如:

> 李益《来从窦车骑》:"令我终此曲,此曲成不易。"
> 张籍《羁旅行》:"谁能听我苦辛行,为向君前歌一声。"
> 刘禹锡《代靖安佳人怨》:"代作佳人怨,以裨于乐府。"
> 刘禹锡《插田歌序》:"以俟采诗者。"
> 刘禹锡《竹枝词序》:"俾善歌者扬之。"
> 白居易《短歌行》:"为君举酒歌短歌,歌声苦,词亦苦,四座少年君听取。"
> 白居易《读张籍古乐府》:"愿藏中秘书,百代不湮沦;愿播内乐府,时得闻至尊。"

---

① 李调元《雨村诗话》,郭绍虞编选,富寿荪校点《清诗话续编》,第1531页。
② 高棅编选《唐诗品汇》,第271页。

白居易《新乐府序》:"其体顺而肆,可以播于乐章歌曲也。"
白居易《新乐府·胡旋女》:"胡旋女,莫空舞,数唱此歌悟明主。"
白居易《新乐府·城盐州》:"谁能将此盐州曲,翻作歌词闻至尊。"
白居易《新乐府·采诗官》:"君兮君兮愿听此,欲开壅蔽达人情。"
皮日休《正乐府序》:"故尝有可悲可惧者,时宣于咏歌。"
贯休《塞下曲》:"谁为天子前,唱此边城曲。"

后人对唐代乐府诗的"歌唱期待性"也多有认识,郭茂倩《乐府诗集》卷九七谓白居易的《新乐府》"欲以播于乐章歌曲焉"①,卷九〇谓唐代的新题乐府诗"以贻后世之审音者。傥采歌谣以被声乐,则新乐府其庶几焉"②。日本学者松浦友久称之为"对乐曲的联想",他分析说:

唐代乐府诗有些显然是被歌唱的,如《白纻辞》(舞曲歌辞)、《清平调》《竹枝词》(近代曲辞)等,但多数作品则一般已不再被歌唱。然而,且不论实际上歌唱性之有无与强弱,在实际作品中采用乐府题这件事本身,在这里不能不对某种乐曲性的联想发生作用。由于两个事实,即① 首先,这种样式确实称作"乐府";② 其次,过去或现在它具有与音乐直接联系的历史,这乃是必然发生的联想。而且正因为如此,在乐府题的诗中,不论近体、古体或各自的诗型如何,自然会产生出一种节奏感和流动感,以一种独特的气氛作用于整个作品。由于常常使用所谓"蝉联体"(前联结尾之词与次联开始之词相同)和"双拟对"(一句中同一字眼重复出现的句中对)而产生的歌谣效果,可以说是从修辞上进一步加强它的方法。这种效果,同样出现于新乐府与歌行中。③

"对乐曲的联想"其实就是期待入乐传唱,之所以这样,是因为他们看到了音乐传播对诗歌所产生的巨大作用,一旦被传唱,就可以实现其创作乐府诗的真正价值。松浦友久后面所说的乐府诗中因采用"蝉联体"和"双拟对","从修辞上进一步加强",以至于"产生出一种节奏感和流动感",这是为了实现入乐之准备,创作者特别注重诗歌的形式,即所谓的"歌辞造型"。

二、乐府诗体的"歌辞造型"

文人在创作乐府诗时往往有入乐歌唱的期待,那么,怎样才能被乐工选

① 郭茂倩编《乐府诗集》,第1361页。
② 同上书,第1262—1263页。
③ 〔日〕松浦友久著,孙昌武、郑天刚译《中国诗歌原理》,第274页。

中并谱曲传唱呢？这就需要文人在创作乐府诗时注重歌辞的特点。搞歌辞创作的人经常说，一首好诗未必是一首好的歌辞。这个说法是极有道理的，诗与歌辞有很大的不同之处：诗是用"眼"看的，所以讲究含蓄，要有文采；歌辞是用"耳"听的，所以要清楚明白，易于上口。歌辞一定要有不同于诗的"造型"，才宜于入乐、易于入乐。

所谓"歌辞造型"，是指作者创作歌辞时有意采用各种句式上的修辞手段和独特的押韵方式，使其具有成为歌辞的音乐潜能。白居易《新乐府序》云："其体顺而肆。"①这里的"顺而肆"不是诗的特点，而正是"歌辞造型"的要求。所谓"顺"，白居易《与元九书》中说："音有韵，义有类；韵协则言顺，言顺则声易入。"②简言之，就是唱起来顺口；所谓"肆"，如柳宗元《故银青光禄大夫右散骑常侍轻车都尉宜城县开国伯柳公行状》所述："凡为文，去藻饰之华靡，汪洋自肆，以适己为用。"③也就是自由、自然、无拘束。白居易提出的这一要求在他的《新乐府五十首》中得到了体现。王闿运《湘绮楼说诗》卷三云："元、白歌行全是弹词。"④意谓元白的乐府歌行在形式上类似于弹词。今人陈寅恪先生对白居易新乐府中的"三三七"体进行分析：

> 考三三七之体，虽古乐府中已不乏其例，即如杜工部《兵车行》，亦复如是。但乐天新乐府多用此体，必别有其故。盖乐天之作，虽于微之原作有所改进，然于此似不致特异其他也。寅恪初时颇疑其与当时民间流行歌谣之体制有关，然苦无确据，不敢妄说。后见敦煌发现之变文俗曲殊多三三七句之体，始得其解。……然则乐天之作新乐府，乃用毛诗，乐府古诗，及杜少陵诗之体制，改进当时民间流行之歌谣。……实则乐天之作，乃以改良当日民间口头流行之俗曲为职志。⑤

王运熙先生对新乐府的句式、用韵进行分析，认为其符合"顺而肆"的特点：

> 在句式方面，《新乐府》显得更多活泼，更多变化，他常采用三言七言间错起来的方式，有时还有五言、九言等句式，充分发挥了乐府长歌纵横开合的优点。三七言间错的体式，在古乐府舞曲歌辞和唐代变文俗曲中是比较多见的，白居易吸收了它们的优点，自由大胆地运用，获得优异

---

① 白居易著，顾学颉校点《白居易集》，第52页。
② 同上书，第960页。
③ 柳宗元撰，尹师占华、韩文奇校注《柳宗元集校注》，第523页。
④ 王闿运著，马积高主编《湘绮楼诗文集》，第2161页。
⑤ 陈寅恪《元白诗笺证稿》，第125页。

的成绩。在用韵方面,各篇常不是一韵到底,而是屡次换韵,这使得声韵不呆板而多变化,增强了诗歌的音乐性。它跟通俗流利的词句相结合,构成了"其体顺而肆"(《新乐府序》)的特点。①

黄耀堃在《音乐与讽刺——新乐府考(其一)》一文中详细考察了白居易新乐府的韵例及韵脚的编排②。吴相洲《唐诗创作与歌诗传唱关系研究》认为,"元白为了使新乐府诗便于入乐,还在形式上作了准备"③。的确,白居易的《新乐府》诗具有较好的歌辞造型。限于篇幅,这里选取其中的十首进行分析。

1. 《七德舞》

> 七德舞,七德歌,传自武德至元和。元和小臣白居易,观舞听歌知乐意,乐终稽首陈其事。太宗十八举义兵,白旄黄钺定两京。擒充戮窦四海清,二十有四功业成。二十有九即帝位,三十有五致太平。功成理定何神速?速在推心置人腹。亡卒遗骸散帛收,饥人卖子分金赎。魏征梦见子夜泣,张谨哀闻辰日哭。怨女三千放出宫,死囚四百来归狱。剪须烧药赐功臣,李绩呜咽思杀身。含血吮疮抚战士,思摩奋呼乞效死。则知不独善战善乘时,以心感人人心归。尔来一百九十载,天下至今歌舞之。歌七德,舞七德,圣人有作垂无极。岂徒耀神武,岂徒夸圣文,太宗意在陈王业,王业艰难示子孙。④

这首乐府诗有极好的"歌辞造型"。开篇以"三三七"句式领起,两个三字句复叠"七德",七字句中的第四字恰好也是"德"字,这样在停顿的地方(即"七德/舞,七德/歌,传自武德/至元和")音节相同,十分响亮。七字句中的第二字"自"和第五字"至"同押"寘"韵,属暗韵,易于上口。此词首句呼题,篇尾又以"歌七德,舞七德"再次强调,有利于加深听众的印象。

接下来以"元和"二字顶针,转入另一层意思。且换韵,"易""意""事"同押去声"寘"韵,承接前面七言句中的暗韵。"观舞听歌"中的"舞"和"歌"回应篇首的"七德舞,七德歌"。从"知乐意"到"乐终稽首"再次顶针"乐"字,表明意思再转。

---

① 王运熙《白居易的新乐府》,原载上海古籍出版社《白氏讽谏》卷首,后收入王运熙《汉魏六朝唐代文学论丛》(增补本),上海:复旦大学出版社,2002年,第215页。
② 黄耀堃《音乐与讽刺——新乐府考(其一)》,《唐代文学研究》第五辑,第636—637页。
③ 吴相洲《唐诗创作与歌诗传唱关系研究》,第256页。
④ 白居易著,顾学颉校点《白居易集》,第54—55页。

"元和小臣白居易,观舞听歌知乐意,乐终稽首陈其事",完全是说唱文学中讲故事的口吻。作者就像是一名说书人,听乐观舞之后先有"稽首"的动作,再向观众"陈其事",这是典型的讲唱提示语。同时,也表明采用的是第三人称叙述视角,而这正是乐府歌辞中常见的叙述方式。

"太宗十八举义兵,白旄黄钺定两京。擒充戮窦四海清,二十有四功业成。二十有九即帝位,三十有五致太平",以直线性结构叙述唐太宗的功业,正是歌辞的特点。"二十有四""二十有九""三十有五",用相同的句式排比。押韵则从先前的仄韵换为平声"庚"韵。

"功成理定何神速?速在推心置人腹",以"速"字顶针,换入下一层意思,下面着力铺排唐太宗的仁政。句式变为整齐的对偶句。押韵转为入声韵。

"则知不独善战善乘时,以心感人人心归"以下又变为散句。"则知",以虚字勾连,总结上面铺排的内容。此句散文化程度极高,复叠成分极多,尤其是"以心感人人心归",既有重叠,又用顶针。

在"天下至今歌舞之"后,立即以"歌七德,舞七德"顶针接连。"岂徒耀神武,岂徒夸圣文",用两个反问排比句式,从反面引出作者的观点。"太宗意在陈王业,王业艰难示子孙",顶针"王业",进一步从正面强调演奏《七德舞》的目的,陈述作者的观点。

2.《法曲歌》

> 法曲法曲歌大定,积德重熙有余庆,永徽之人舞而咏。法曲法曲舞霓裳,政和世理音洋洋,开元之人乐且康。法曲法曲歌堂堂,堂堂之庆垂无疆,中宗肃宗复鸿业,唐祚中兴万万叶。法曲法曲合夷歌,夷声邪乱华声和,以乱干和天宝末,明年胡尘犯宫阙。乃知法曲本华风,苟能审音与政通。一从胡曲相参错,不辨兴衰与哀乐。愿求牙旷正华音,不令夷夏相交侵。①

这首乐府诗前半部分的结构是常见的并列式歌辞造型,以四个"法曲法曲……"依次排列,完成了叙述内容的推进。颇有意思的是,《法曲》这首诗中的前两个"法曲法曲……"都是三句体,第三句分别是"永徽之人舞而咏"和"开元之人乐且康",形成隔句对。后两个"法曲法曲……"都是四句结构,一、二句之间分别顶针"堂堂"和"夷歌"。"唐祚中兴万万叶"中的"万万叶",显然是为了凑足音节有意复叠的。"夷声邪乱华声和,以乱干和天宝

---

① 白居易著,顾学颉校点《白居易集》,第55—56页。

末"两句,以"乱""和"二字勾连上下两句。

后半部分以虚字连接,"乃知……苟能……。一……不……。愿求……不令……",采用直线性结构,既总结了上文,又表明了作者的意图。结尾又是汉魏乐府歌辞中典型的祈愿口吻。胡应麟《诗薮》内编卷一云:"郊祀、铙歌诸作,凡结语,率以延龄益算为言。盖主祝颂君上,荫庇神休,体故当耳。"①在这里只不过是换成了作者的主观愿望,借以陈述自己的观点。

这首乐府诗在押韵方面也很有规律。一至三句押去声"敬"韵,四至八句押平声"阳"韵。后面每两句押一韵,以平——仄——平——仄的规律连连转换。每换一次韵,即变换一层意思。这种转韵频繁、平仄互协的用韵方式,在普通徒诗中是极少见到的。

3.《海漫漫》

海漫漫,直下无底旁无边。云涛烟浪最深处,人传中有三神山。山上多生不死药,服之羽化为天仙。秦皇汉武信此语,方士年年采药去。蓬莱今古但闻名,烟水茫茫无觅处。海漫漫,风浩浩,眼穿不见蓬莱岛。不见蓬莱不敢归,童男丱女舟中老。徐福、文成多诳诞,上元、太一虚祈祷。君看骊山顶上茂陵头,毕竟悲风吹蔓草。何况玄元圣祖五千言,不言药,不言仙,不言白日升青天。②

这首乐府诗首句呼题,中间又出现一次"海漫漫"与题目呼应。在结构上可分为三段,从开头到"烟水茫茫无觅处"为第一段,此后至"上元、太一虚祈祷"为第二段,以后部分为第三段。

第一段中,第四、五句之间以"山"顶针,转换另一层意思。"方士年年采药去"和"烟水茫茫无觅处"隔句宽对。前六句"边""山""仙"入平声韵,紧接着又换为去声"御"韵。

第二段中,第三、四句以"不见蓬莱"顶针,后面又接"不敢归",造成该句第一和第五个字复叠,加强了音节。"徐福、文成多诳诞,上元、太一虚祈祷",两句对仗。这一段在用韵上也极有特色,运用了暗韵。"浩""岛""老""祷"同押上声"皓"部韵,是明韵。而这一段中又多"寒""先""覃"等韵部的字,如"漫""眼""穿""见""敢""男""诞"等,这正是第一段和第三段所押的韵部。相同韵部的字多次出现,无疑能造成顺口和熟悉化的效果。

第三段几乎是散文句式。"君看……",与"君不见"相同,是乐府歌辞中

---

① 胡应麟《诗薮》,第19页。
② 白居易著,顾学颉校点《白居易集》,第56—57页。

常见的叙述套语。"何况"是在五言句式的基础上所加的虚字头。"不言药,不言仙,不言白日升青天",既是"三三七"句式,又为递进式排比,典型的"歌辞造型"。

此外,这首乐府诗中大量运用了叠字,如"漫漫""年年""茫茫""浩浩"等,可以使音节更为响亮。

4.《华原磬》

华原磬,华原磬,古人不听今人听。泗滨石,泗滨石,今人不击古人击。今人古人何不同?用之舍之由乐工。乐工虽在耳如壁,不分清浊即为聋。梨园弟子调律吕,知有新声不如古。古称浮磬出泗滨,立辩致死声感人。宫悬一听华原石,君心遂忘封疆臣。果然胡寇从燕起,武臣少肯封疆死。始知乐与时政通,岂听铿锵而已矣?磬襄入海去不归,长安市人为乐师。华原磬与泗滨石,清浊两声谁得知?①

这首乐府诗开篇用两个"三三七"句式,极有特色。两个三字句都是复叠,而七字句中也多用复叠,第四个字和第七个字都相同,"古人""今人"又交互使用。下一句还是顶针"今人古人",转换为另一层意思。

第八、九句之间顶针"乐工",转换意思。"果然""始知""岂听"用虚字连接,十分口语化。

结尾两句,"华原磬""泗滨石"照应前文,突出主题。"清浊两声谁得知",以反问口吻作结,强调作者的观点。

5.《太行路》

太行之路能摧车,若比人心是坦途。巫峡之水能覆舟,若比人心是安流。人心好恶苦不常,好生毛羽恶生疮。与君结发未五载,岂期牛女为参商。古称色衰相弃背,当时美人犹怨悔。何况如今鸾镜中,妾颜未改君心改。为君熏衣裳,君闻兰麝不馨香。为君盛容饰,君看金翠无颜色。行路难,难重陈,人生莫作妇人身,百年苦乐由他人。行路难,难于山,险于水,不独人间夫与妻,近代君臣亦如此。君不见:左纳言,右纳史;朝承恩,暮赐死?行路难,不在水,不在山;只在人情反覆间!②

开篇便用两组极工整的排比句,都采用"……之……能……,若比人心

---

① 白居易著,顾学颉校点《白居易集》,第58页。
② 同上书,第64页。

是……"的句式。接下来又顶针"人心",连缀上文的意思。

"何况如今鸾镜中,妾颜未改君心改",以"何况"勾连,意思更深一层。第二句在第四、第七字的位置复叠,加强了音节。

"为君熏衣裳,君闻兰麝不馨香。为君事容饰,君看金翠无颜色。"又是两组工整的排比句,采用"为君……,君……不(无)……"的形式。

这首乐府诗的后面较多采用短促的三言句,在感情的抒发上似乎是难以自抑。又用两组排比句,"行路难,难……行路难,难……",组成"三三七七"的句式。第二个排比句中虽然多出一个三言句,即"难于山,险于水",但采用了并列句,复叠"于"字,读起来并不显得多余。

"君不见:左纳言,右纳史;朝承恩,暮赐死",全用三言句式,又两两对仗。句中"君不见"是乐府歌辞中常见的提示语。"行路难,不在水,不在山;只在人情反覆间"一句中,"行路难"是再次复叠,后面又用"不在……不在……只在……"的句式,在音节上显得铿锵有力。

6.《百炼镜》

> 百炼镜,镕范非常规,日辰处所灵且祇,江心波上舟中铸,五月五日日午时。琼粉金膏磨莹已,化为一片秋潭水。镜成将献蓬莱宫,扬州长史手自封。人间臣妾不合照,背有九五飞天龙,人人呼为天子镜。我有一言闻太宗,太宗常以人为镜,鉴古鉴今不鉴容。四海安危居掌内,百王治乱悬心中。乃知天子别有镜,不是扬州百炼铜。①

这首乐府诗首句呼题,以三五七七七句式领起。"五月五日日午时",既用复叠,又用顶针。

"我有一言闻太宗",变换叙述角度,成第一人称口吻。接下来的"太宗常以人为镜",与上句顶针。"鉴古鉴今不鉴容",一连重复三次"鉴"字,音节十分响亮。

"四海安危居掌内,百王治乱悬心中",对仗颇为工整。"乃知天子别有镜,不是扬州百炼铜",用"乃知""不是"勾连,较为口语化。

7.《青石》

> 青石出自蓝田山,兼车运载来长安。工人磨琢欲何用?石不能言我代言。不愿作人家墓前神道碣,坟土未干名已灭;不愿作官家道旁德政碑,不镌实录镌虚辞。愿为颜氏段氏碑,雕镂太尉与太师。刻此两片

---

① 白居易著,顾学颉校点《白居易集》,第73—74页。

坚贞质,状彼二人忠烈姿。义心若石屹不转,死节名流确不移。如观奋击朱泚日,似见叱呵希烈时。各于其上题名谥,一置高山一沉水,陵谷虽迁碑独存,骨化为尘名不死。长使不忠不烈臣,观碑改节慕为人。慕为人,劝事君。①

这首乐府诗首句呼题。"蓝田山"三字叠韵。"石不能言我代言",第四、第七个字复。在叙述角度上变为自言体。

接下来"不愿作……;不愿作……"是排比句式,其中两个"不愿作"后面的"人家墓前神道碣"和"官家道旁德政碑"又是对仗句。

之后用"愿为"连接,摆出作者代"青石"而言的观点。从"刻此两片坚贞质"到"似见叱呵希烈时",几乎都是对仗句,用于铺排。

这首乐府诗的结尾,在"长使不忠不烈臣,观碑改节慕为人"后面,作者发现在音节上有不稳定的感觉,又接以两个三言句,并顶针"慕为人",表示是上句的缀尾。

8.《草茫茫》

草茫茫,土苍苍,苍苍茫茫在何处?骊山脚下秦皇墓。墓中下涸二重泉,当时自以为深固。下流水银象江海,上缀珠光作乌兔。别为天地于其间,拟将富贵随身去。一朝盗掘坟陵破,龙輴神堂三月火。可怜宝玉归人间,暂借泉中买身祸。奢者狼藉俭者安,一凶一吉在眼前。凭君回首向南望,汉文葬在灞陵原。②

这首乐府诗首句呼题,开篇用"三三七"句式。而且,其中大量运用了复叠的手法。先叠音,后又双叠。同时,"茫"和"苍"属同一韵部,因而读起来十分容易上口。七言句还是问句,很巧妙地引出下一句的回答。第四、五句之间用"墓"字顶针。

"下流水银象江海,上缀珠光作乌兔",对仗十分工整。下面以"别为""拟将"勾连,转折自然连贯。

"奢者狼藉俭者安,一凶一吉在眼前",运用复叠,前一句叠"者",后一句叠"一"。这首诗后面部分用较为整齐的七言句式。

---

① 白居易著,顾学颉校点《白居易集》,第74页。
② 同上书,第87页。

9.《天可度》

　　天可度,地可量,唯有人心不可防。但见丹诚赤如血,谁知伪言巧似簧。劝君掩鼻君莫掩,使君夫妇为参商。劝君掇蜂君莫掇,使君父子成豺狼。海底鱼兮天上鸟,高可射兮深可钓,唯有人心相对时,咫尺之间不能料。君不见:李义府之辈笑欣欣,笑中有刀潜杀人?阴阳神变皆可测,不测人间笑是瞋。①

　　这首乐府诗首句呼题。在开篇的"三三七"句式中,两个三字句结构相同,组成"……可……,……可……,唯有……不可……"的形式,口语化程度较高。下面两句对仗,又用"但见""谁知"连接,也是口语化的表现。

　　"劝君掩鼻君莫掩,使君夫妇为参商。劝君掇蜂君莫掇,使君父子成豺狼。"两组整齐的排比句,一、三句都用"劝君……君莫……",二、四句都用"使君……为……",句式完全相同,似乎是相同的乐段的再次反复。

　　接下来的"海底鱼兮天上鸟,高可射兮深可钓,唯有人心相对时,咫尺之间不能料",前两句都在句中加一"兮"字,在逻辑上较为奇特,"高可射"的是"天上鸟","深可钓"的是"海底鱼"。"唯有"是以虚字勾连,在意思上更进一步,摆出了作者自己的观点。

　　后面部分,"君不见"是歌辞中常见的提示语。"笑欣欣",复叠"欣"字,在音节上更加稳定。后面又顶针"笑"字,以接下一句。

10.《采诗官》

　　采诗官,采诗听歌导人言。言者无罪闻者诫,下流上通上下泰。周灭秦兴至隋氏,十代采诗官不置。郊庙登歌赞君美,乐府艳词悦君意。若求兴谕规刺言,万句千章无一字。不是章句无规刺,渐及朝廷绝讽议。诤臣杜口为冗员,谏鼓高悬作虚器。一人负扆常端默,百辟入门两自媚。夕郎所贺皆德音,春官每奏唯祥瑞。君之堂兮千里远,君之门兮九重閟;君耳唯闻堂上言,君眼不见门前事。贪吏害民无所忌,奸臣蔽君无所畏。君不见:厉王胡亥之末年,群臣有利君无利?君兮君兮愿听此:欲开雍蔽达人情,先向歌诗求讽刺。②

　　这首乐府诗首句呼题,开篇用一个"三七"句式,又复叠"采诗"二字,容

---

① 白居易著,顾学颉校点《白居易集》,第88—89页。
② 同上书,第90页。

易引起听众的兴趣。二、三句之间用"言"字顶针,表明转入另一层意思。"言者无罪闻者诫,下流上通上下泰",其中多复叠成分,第二句中"上""下"又前后照应,有回环之感。"不是""渐及"以虚字勾连转折。下面从"诤臣杜口为冗员"到"春官每奏唯祥瑞",运用对仗形式铺排。

"君之堂兮千里远,君之门兮九重閟;君耳唯闻堂上言,君眼不见门前事",运用两组整齐的排比句式进行铺张描写,接下来"贪吏害民无所忌,奸臣蔽君无所畏"又是一组排比句,十分有力地强调了君主不听谏的严重性。"君不见……",歌辞中常见的表述观点的套语。"群臣有利君无利",第四、第七个字复叠,正好在停顿的位置上,能够加强音节。

结尾"君兮君兮愿听此,欲开壅蔽达人情,先向歌诗求讽刺",是三句体。其中第一句是歌辞提示语,第二、三句以"欲开""先向"勾连,构成条件递进关系,点明全诗主旨。

从以上十首乐府诗的分析来看,白居易在创作过程中十分注重歌辞造型。这就是说,白居易所创作的《新乐府》具备宜于入乐、易于入乐的特点。那么,白居易是怎样写出来的呢?笔者以为,可以从两方面来探讨:

一方面是继承汉魏六朝乐府歌辞的传统,仿效其形式特点。胡震亨《唐音癸签·评汇》引陈绎曾语:"白诗祖乐府,务欲为风俗之用。"[1]这个看法有一定道理。虽然白居易并没有对汉魏六朝乐府诗表现出太多关注,但通过对他所创作的《新乐府五十首》进行分析,会发现学习和借鉴汉魏六朝乐府诗的例子极多。《诗筏》云:"长庆长篇,如白乐天《长恨歌》《琵琶行》,元微之《连昌宫词》诸作,才调风致,自是才人之冠。其描写情事,如泣如诉,从《焦仲卿》篇得来。所不及《焦仲卿》篇者,政在描写有意耳。"[2]《合肥学舍札记》卷一一亦谓:"香山《贺雨》诸篇,命意源三百篇,体格本古乐府,人所共知。"[3]

另一方面是模仿时下音乐和流行歌辞。我们知道,白居易酷爱音乐,他在《醉吟先生传》中有生动的记述。出于国家礼乐政治建设的需要,他在一些正式场合和诗文中表现出恢复古乐、排斥郑卫之音的态度,但在私下里却对民间流行音乐十分喜爱。他在《杨柳枝词八首》《杨柳枝二十韵》《竹枝》《听歌六绝句》中就极力称赞时下音乐。这样势必会造成他对民间歌辞的学习和模仿。而且,白居易具有很高的音乐天赋,所写歌辞多被于音乐,《唐音癸签·谈丛》云:"唐人诗谱入乐者……中、晚李益、白居易为多。"[4]《小瀚草

---

[1] 胡震亨《唐音癸签》,第69页。
[2] 贺贻孙《诗筏》,郭绍虞编选,富寿荪校点《清诗话续编》,第139页。
[3] 陆继辂《合肥学舍札记》,吴平、徐德明主编《清代学术笔记丛刊》,第39册,北京:学苑出版社,2006年,第101页。
[4] 胡震亨《唐音癸签》,第275页。

堂杂论诗·诗小评》云:"白乐天、元微之诗如梨园法曲,其声动心。"①同时,在白居易看来,讽谕进谏的内容只有写成民间歌辞的形式,才能在民间广泛传播,才能采之于朝廷。正如他在《策林》第六十九目《采诗》所说的:"臣闻:圣王酌人之言,补己之过,所以立理本,导化源也。将在乎选观风之使,建采诗之官,俾乎歌咏之声,讽刺之兴,日采于下,岁献于上者也。"②总之,从各个角度来看,白居易学习和模仿民间歌辞的形式(比如"三三七"体)是极有可能的,也是完全合乎情理的。

以上仅仅是对白居易《新乐府》中"歌辞造型"的分析,其他乐府诗是否也具有这种"歌辞造型"呢? 通过前文第二章第五节中所举出的一些例证,我们发现,唐代的大部分乐府诗还是具有"歌辞造型",主要体现在以下几点:

(1) 强调题目。汉魏乐府诗中,常常采用"首句呼题"的方式。唐人制定乐府新题目时,一般也遵循这种传统,比如率先大量写作新题乐府诗的杜甫就较多采用这种方式,而白居易的《新乐府》更是首句呼题。除"首句呼题"外,在有些篇目中间也有意地响应题目。这种情况在徒诗中较少出现,而在乐府歌辞中随处可见。对于一首成功的歌辞来说,这样有利于突出主题,增强印象。

(2) 分章分解。音乐曲调中的乐段大多要进行反复,歌辞为了配合其需要应该预先作好分章分解,唐代的部分乐府诗也有意分章分解。

(3) 多使用复叠手法。歌辞不避重复,反复出现某些语音单元,会加强音节,造成朗朗上口的感觉。这在汉魏六朝的乐府诗和敦煌歌辞中十分常见。在唐人创作的乐府诗中,复叠成分也极高,有时是叠字,有时是叠词,甚至是叠句。

(4) 多使用顶针手法。诗是供读者阅读的,在意思的表达上一般允许有较大的跳跃性,由一层意思转另一层意思时不必要连接,而歌辞却不同,在两层意思的转变时要有所暗示,以使听众有心理准备,歌辞经常采用的连接暗示手法便是顶针。而且,也有利于音节的连贯,更加容易配合音乐。唐代乐府诗中经常使用顶针之法。

(5) 多使用排比手法。一方面是为了表达意思上的并列,另一方面也有利于配乐过程中形成相同乐段的反复。在汉魏六朝乐府诗中,排比句式很多。唐代乐府诗中,也大量运用排比手法。

(6) 多用铺排手法。诗体讲究简练,而歌辞则需要在适当的地方进行渲

---

① 牟愿相《小澥草堂杂论诗》,郭绍虞编选,富寿荪校点《清诗话续编》,第 915 页。
② 白居易著,顾学颉校点《白居易集》,第 1370 页。

染铺排,以吸引观众,正如施补华《岘佣说诗》中所言:"古诗贵浑厚,乐府尚铺张。"①唐代乐府诗中,也多用铺排之法。

(7)多用口语和虚字。在徒诗中,一般不用或较少使用口语和虚字,而唐代乐府诗中,有时会采用一些俗语俚语,在句与句之间用一些虚字勾连,如"则""若""不""何"等,以便更有利于口头传唱。比如,王建的乐府诗,《三唐诗品》卷二谓"源出于汉代歌谣。能以俚语成章,而自然新妙"②。其《镜听词》,沈德潜《唐诗别裁集》卷八评云:"摹写儿女子声口,可云惟肖。"③换言之,这些文人乐府诗依然保持了民间口语的特征。

(8)注意用韵。可采用句句押韵,或频频换韵,或用句中暗韵,这样读起来必定容易上口,易于入乐,如白居易《与元九书》中所言:"韵协则言顺,言顺则声易入。"④唐代乐府诗用韵一般要比徒诗密集,换韵的频率也明显高于徒诗,这是为入乐之考虑。

(9)采用不同的叙述角度。唐代乐府诗中,有时采用以第一人称为主的表白口吻或代言体叙述视角,这样可以有一种身临其境之感,易于感人。而在表述作者自己的观点时,常常使用歌辞套语"君不见"或祈愿语气,加强气势。

第七节 歌辞性题目的亚诗体特征

在汉唐乐府诗中,其题目后面经常会缀以"行""篇""歌""曲""引""谣"等字眼,日本学者松浦友久称之为"歌辞性诗题"⑤。这些歌辞性题目究竟与音乐有何关系?是不是具有明显的诗体特征?对于这些问题努力探讨者有之,极力否定者亦有之。本节首先追溯相关的研究史,然后分析这些歌辞性题目与音乐的关系及其亚诗体特征。

一、关于是否能成为诗体的辨析

为了辨明这些歌辞性题目是否具有诗体特征,我们首先有必要追溯一下历史上人们最初对该问题的看法。

汉魏南北朝时期,人们使用歌辞性题目似乎约定俗成,并没有留下多少文字性的说明材料。宋人常征引《宋书·乐志》中有"诗之流乃有八名,曰

---

① 施补华《岘佣说诗》,丁福保辑《清诗话》,第 976 页。
② 宋育仁《三唐诗品》,张寅彭选辑,吴忱、杨焄点校《清诗话三编》,第 6831 页。
③ 沈德潜编《唐诗别裁集》,北京:中华书局,1975 年,第 125 页。
④ 白居易著,顾学颉校点《白居易集》,第 960 页。
⑤ 〔日〕松浦友久著,孙昌武、郑天纲译《中国诗歌原理》,第 278 页。

行、曰引、曰歌、曰谣、曰吟、曰咏、曰怨、曰叹,皆诗人六义之余也"①,但此条材料不见于今本《宋书》。今见最先对歌辞性题目进行解说的是唐代元稹《乐府古题序》。文中说:

> 《诗》讫于周,《离骚》讫于楚。是后,诗之流为二十四名:赋、颂、铭、赞、文、诔、箴、诗、行、咏、吟、题、怨、叹、章、篇、操、引、谣、讴、歌、曲、词、调,皆诗人六义之余,而作者之旨。由操而下八名,皆起于郊祭、军宾、吉凶、苦乐之际。在音声者,因声以度词,审调以节唱,句度短长之数,声韵平上之差,莫不由之准度。而又别其在琴瑟者为操、引,采民氓者为讴、谣,备曲度者,总得谓之歌、曲、词、调,斯皆由乐以定词,非选调以配乐也。由诗而下九名,皆属事而作,虽题号不同,而悉谓之为诗可也。后之审乐者,往往采取其词,度为歌曲,盖选词以配乐,非由乐以定词也。而纂撰者,由诗而下十七名,尽编为《乐录》。②

在元稹看来,这些歌辞性题目之间的差别是由辞乐相配的先后次序所决定的:"操"以后的八名是"由乐以定词",而"诗"以下的九名是"选词以配乐"。对元稹的说法,宋人王灼不以为然。他在《碧鸡漫志》中说:"微之分诗与乐府作两科,固不知事始。又不知后世俗变,凡十七名皆诗也。诗即可歌,可被之管弦也。元以八名者近乐府,故谓由乐以定词。九名者本诸诗,故谓选词以配乐。今乐府古题具在,当时或由乐定词,或选词配乐,初无常法。习俗之变,安能齐一。"③但他又说:"古诗或名曰乐府,谓诗之可歌也。故乐府中有歌有谣,有吟有引,有行有曲。"④看来王灼虽然不同意元稹的解说,但还是承认乐府诗中存在着由歌辞性题目所构成的诗体。

事实上,宋人大都承认歌辞性题目的诗体意义。比如,吴曾《能改斋漫录》云:

> 《西清诗话》谓:"蔡元长尝谓之曰:'汝知歌行吟谣之别乎?近人昧此,作歌而为行,制谣而为曲者多矣。且虽有名章秀句,苦不得体。如人眉目娟好,而颠倒位置,可乎?'余退读少陵诸作,默有所契,惟心语口,未尝为人道也。"予按,《宋书·乐志》曰:"诗之流乃有八名,曰行、曰引、

---

① 如宋代吴曾《能改斋漫录》、曾敏行《独醒杂志》、郭茂倩《乐府诗集》等都征引过此条材料。
② 元稹撰,冀勤点校《元稹集》,第254页。
③ 王灼《碧鸡漫志》,唐圭璋编《词话丛编》,第79页。
④ 同上书,第73页。

曰歌、曰谣、曰吟、曰咏、曰怨、曰叹,皆诗人六义之余也。"然则歌行吟谣,其别岂自子美邪。①

从所引《西清诗话》中蔡元长对当时"作歌而为行,制谣而为曲"以至于"虽有名章秀句,苦不得体"的不满可以看出,至少像蔡元长这样的人还能分辨出"歌"体诗、"行"体诗、"谣"体诗和"曲"体诗的不同。但吴曾推想其区别自杜甫开始却是不正确的。曾敏行《独醒杂志》卷一〇云:"少陵古诗有歌、行、吟、叹之异名,每与能诗者求其别,讫未尝犁然当于心也。尝观宋之《乐志》,以为诗之流有八:曰行,曰引,曰歌,曰谣,曰吟,曰咏,曰怨,曰叹。少陵其必有所祖述矣。"②曾敏行的意见富有启发性,杜少陵"所祖述"的其实正是汉代乐府诗。郭茂倩《乐府诗集》卷六一《杂曲歌辞》序云:"汉、魏之世,歌咏杂兴,而诗之流乃有八名:曰行,曰引,曰歌,曰谣,曰吟,曰咏,曰怨,曰叹,皆诗人六义之余也。至其协声律,播金石,而总谓之曲。"③后来明代的胡应麟也说:"曰歌、曰行、曰吟、曰操、曰辞、曰曲、曰谣、曰谚,两汉之音也。""行者歌中之一体,创自汉人明矣。"④在汉代,由于这些歌辞性题目都是曲调名,因而它们之间的不同是由于音乐的制约和实际演出的需要而形成的。从这个角度看,元稹试图从辞乐相配的先后关系来探源,途径是正确的,其中的一些说法(如认为操、引是琴曲)也没有错,但其说过于笼统,不够具体深入(因为"先辞后乐"与"先乐后辞"本来就是古代辞乐相配的两种基本方式),对"行""篇"的解释也未必得当。

宋代的施德操也试图从入乐角度来探讨歌辞性题目的含义,他在《北窗炙輠录》中说:

  余所谓歌、行、引本一曲尔,一曲中有此三节:凡欲始发声谓之引,引者,谓之导引也;既引矣,其声稍放焉,故谓之行,行者,其声行也;既行矣,于是声音遂纵,所谓歌也。……可见之唯一曲备三节,故引自引、行自行、歌自歌,其音节有缓急,而文义有终始,故不同也,正如今大曲有入破、滚、煞之类,今诗家既分之,各自成曲,故谓之乐府,无复异制矣。⑤

施氏把"歌""引""行"看成是"一曲中的三节",是参照唐宋大曲的结构而得

---

① 吴曾《能改斋漫录》,第287—288页。
② 曾敏行《独醒杂志》,《景印文渊阁四库全书》,第1039册,第584页。
③ 郭茂倩编《乐府诗集》,第884页。
④ 胡应麟《诗薮》,第1页,第41页。
⑤ 施德操《北窗炙輠录》,《景印文渊阁四库全书》,第1039册,第375页。

出的结论。沈括《梦溪笔谈》云:"元稹《连昌宫词》有'逡巡大遍凉州彻'。所谓'大遍'者,有序、引、歌、𩎟、嗺、哨、催、攧、衮、破、行、中腔、踏歌之类,凡数十解。"①但歌辞性题目起于汉代,与唐宋大曲绝然不同。如果真如他所言,一曲中有"引""行""歌"三段的话,那么就应该存在某某引、某某行和某某歌在音乐上为同一曲、在所咏对象上为同一主题的乐府诗,但现存材料里没有这样的例证。况且,"引"属琴曲,"行"属相和曲,"歌"则多是杂歌和吴歌,难以同属一曲。因此,唐宋时期虽然有些人已经认识到了这些歌辞性题目之间的差别源于汉代,乃因音乐的影响而致,但还没有揭示出它们的真正本质。

宋代还有许多人力图从文体角度释之,如李之仪《姑溪居士全集》卷一六《谢人寄诗并问诗中格目小纸》云:

> 凡所谓古与近体,格与半格,及曰叹、曰行、曰歌、曰曲、曰谣之类,皆出于作者一时之所寓,比方"四诗"而强名之耳。方其意有所可,浩然发于句之长短,声之高下,则为"歌"。欲有所达,而意未能见,必遵而引之,以致其所欲达,则为"行"。事有所感,形于嗟叹之不足,则为"叹"。千岐万辙,非诘屈折旋,则不可尽,则为"曲"。未知其实而遽欲骤见,始仿佛传闻之得而会于必至,则为"谣"。"篇"者,举其全也。②

释惠洪《天厨禁脔》卷中云:

> 夫谓之"行"者,达其词而已,如古文而有韵者耳。唐陈子昂一变江左之体,而歌行暴于世,作者辈能守其法,不失为文之旨,唯杜子美、李长吉。今专指二人之词以为证。夫谓之"歌"者,哀而不怨之词,有丰功盛德则歌之,诡异希奇之事则歌之。其词与古诗无以异,但无铺叙之语,奔骤之气。其遣语也,舒徐而不迫,峻特而愈工。吟讽之而味有余,追绎之而情不尽。叙端发词,许为雄夸跌荡之语,及其终也,许置讽刺伤悼之意。此大凡如此尔。
>
> "行"者词之遣无所留碍,如云行水流,曲折溶曳,而不为声律语句所拘。但于古诗句法中得增辞语耳。如李贺《将进酒》《致酒行》《南山田中行》,杜甫《丽人行》《贫交行》《兵车行》。
>
> "歌"者亦古诗之流,但有卓绝之事,可以歌咏者,至节要处,任其词

---

① 沈括著,胡道静校证《梦溪笔谈校证》,上海:上海古籍出版社,1987年,第222页。
② 李之仪《姑溪居士全集》,《景印文渊阁四库全书》,第1120册,第463页。

为抑扬之语。如李贺《髑䉡歌》《采玉歌》《莫舞歌》，杜甫《醉时歌》《乐游园歌》《山水障歌》。①

张表臣《珊瑚钩诗话》卷三云：

> 猗迁抑扬，永言谓之"歌"；非鼓非钟，徒歌谓之"谣"；步骤驰骋，斐然成章谓之"行"；品秩先后，叙而推之谓之"引"；声音杂比，高下短长谓之"曲"；吁嗟慨叹，悲忧深思谓之"吟"。②

姜夔《白石道人诗说》云：

> 守法度曰诗，载始末曰引，体如行书曰行，放情曰歌，兼之曰歌行。悲如蛩螀曰吟，通乎俚俗曰谣，委曲尽情曰曲。③

前面已说过，歌辞性题目的区别在汉代是缘于音乐的不同，可是到了南北朝及唐代，因先前的曲调散佚④，大部分乐府诗已不再入乐演唱，这时候歌辞性题目之间的区别必然会转入文学层面⑤，具体落实为题材、体制、风格、表现手法等诸种文本上的特征，即如赵孟坚《赵竹潭诗集序》所云："至唐而歌、行、吟、谣、怨、叹、词、曲等此而律生焉，诗之体备而诗亦变矣。"⑥宋人正是看到了这一点，因而撇开其音乐性而探索其文体特征。上引李之仪、释惠洪、张表臣、姜夔等人的解说，已经接触到了某些歌辞性题目的诗体特征，开启了后人从文体角度研究歌辞性题目的先河——事实上，后来元明清时期对该问题的探讨正是沿袭宋人而来，且只在个别细节上有所发展，总体上未能有所突破。当然，宋人的有些说法太过于离谱，以致遭人讥笑，清代冯班在《钝吟杂录》中就说："谓之曰'行'，本不知何解。宋人云：体如行书。真可掩口也。"⑦

---

① 释惠洪《天厨禁脔》，张伯伟编校《稀见本宋人诗话四种》，南京：江苏古籍出版社，2002年，第141—144页。
② 张表臣《珊瑚钩诗话》，何文焕辑《历代诗话》，第476页。
③ 姜夔《白石道人诗说》，何文焕辑《历代诗话》，第681页。
④ 刘宋时期王僧虔的《大明三年宴乐技录》和南朝陈释智匠的《古今乐录》里都记载了大量的曲调"不传"或"不歌"。此二书已佚，郭茂倩《乐府诗集》有所征引，可参看。
⑤ 王师昆吾指出："唐代诗题中的'行'，所代表的只是一种文学体裁（拟乐府体、歌行体），而不是音乐的体裁。"（《隋唐五代燕乐杂言歌辞研究》，第334页）
⑥ 赵孟坚《彝斋文编》，《景印文渊阁四库全书》，第1181册，第330页。
⑦ 冯班《钝吟杂录》，丁福保辑《清诗话》，第42页。

至明代,徐师曾在综合唐宋以来人们看法的基础上,提出了一个"集大成"的说法:

> 乐府命题,名称不一:盖自琴曲之外,其放情长言,杂而无方者曰"歌";步骤驰骋,疏而不滞者曰"行";兼之曰"歌行";述事本末,先后有序,以抽其臆者曰"引";高下长短,委曲尽情,以道其微者曰"曲";吁嗟慨歌,悲忧深思,以呻其郁者曰"吟";因其立辞之意曰"辞";本其命篇之意曰"篇";发歌曰"唱";条理曰"调";愤而不怒曰"怨";感而发言曰"叹"。又有以"诗"名者,以"弄"名者,以"章"名者,以"度"名者,以"乐"名者,以"思"名者,以"愁"名者。此编虽不悉载,然观所录,亦可触类而长之矣。①

对此,有些人又持反对意见,如许学夷在《诗源辩体》卷三中说:"汉人乐府五言,有歌、行、篇、引等,目名虽不同,而体则无甚分别。后人必欲于乐府诸名辩之,恐不免穿凿耳。"②近人王易在《乐府通论·辨体第三》中更是针对徐师曾的说法表示:"诸所释虽似明切,实亦强立界说耳;按诸古辞,未必一一符其义也。夫昔人命篇,每出偶然,声情所趋,无取琐屑,曰歌、曰唱、曰行、曰引、曰曲、曰调、曰吟、曰叹、曰辞、曰篇,初未尝深致意于彼此之间,必求说以凿之,无乃拘墟。"③的确,徐师曾对部分歌辞性题目的解说有牵强附会、模糊不清的地方(如"引"),而且,也确实有一些乐府诗可以带不同的歌辞性题目,如《壮士行》与《壮士吟》,《襄阳曲》与《襄阳乐》,《采菱曲》与《采菱行》,《长歌引》与《长歌行》,《白纻歌》《白纻曲》《白纻篇》与《白纻辞》等,从篇章体制上看似乎并没有多大的区别,即如胡应麟所言:"汉、魏歌行吟引,率可互换。唐人稍别体裁,然亦不甚远也。"④但因此而否认这些歌辞性题目的诗体意义,却不符合事实。从上面的论述中我们可以知道,唐宋时期,人们不仅承认歌辞性题目的诗体意义,而且已经认识到了它们之间的差别起自汉代,缘于音乐的影响,并体现为某些不同的文体特征。我们知道,唐人创作了大量的乐府诗,代表着文人乐府诗趋于繁荣的阶段,而宋人对乐府诗进行了全面的整理和总结,因而唐宋人的认识应该比后代更接近于历史真实。正因为这样,宋代以后仍有一些人按照歌辞性题目来分类编排诗集,如李伯玙《文翰

---

① 徐师曾《文体明辨序说》,于北山、罗根泽校点《文章辨体序说 文体明辨序说》,第104页。
② 许学夷著,杜维沫校点《诗源辩体》,第67—68页。
③ 王易《乐府通论》,第43页。
④ 胡应麟《诗薮》,第48页。

类选大成》、臧懋循《唐诗所》①等。明代黄溥《诗学权舆》不仅在卷一中对"歌""谣""行""篇"等题目进行索解,并在卷一○至卷一三中予以举例说明。近人胡才甫在《诗体释例》②一书中更是明确把这些歌辞性题目视作不同的诗体,亦举出例证。因此,在文体研究日益细致化的今天,我们完全有必要进一步弄清楚这些歌辞性题目的诗体意义。

对歌辞性题目的诗体意义进行卓有成效的研究是从20世纪80年代后开始的。较具代表性的成果有:日本学者松原朗撰《杜甫歌行诗论考——论"歌"诗与"行"诗的对立》《歌行的形成过程——论初唐的歌行》《盛唐时期歌行的发展——论李白的第一人称的歌行》《杜甫的歌行——在歌行史上的位置》《李白的歌行——论歌行与咏物的关系》等文章,主要对李白、杜甫的"歌"诗与"行"诗进行了研究,并论及"歌""行""篇"的变化③,为后人的研究奠定了基础。葛晓音在《新乐府的缘起和界定》《初盛唐七言歌行的发展——兼论歌行的形成及其与七古的分野》《关于"行"之释义的补正》等系列文章中对部分歌辞性题目的题材、形式等特征进行了初步概括,并提出了一些富于启发性的见解,如"以'篇'为题的乐府不少是从'行'诗变的","'歌行'的意义主要在'行',即'×歌之行',而不是'歌'加'行'"。④王师昆吾在考察了《乐府诗集》中《杂歌谣辞》《琴曲歌辞》《舞曲歌辞》中的歌辞性题目后指出:"'歌''曲''辞'等等类名,在唐代的使用是相当规范的,它们同歌辞配合音乐的性质有必然联系",又说:"命题之中,有文学的考虑,而不仅是音乐的考虑。"⑤他还对"歌""操""弄""谣"等歌辞性题目的音乐特点进行了考察。钱志熙在《论建安诗歌与音乐艺术的关系》一文中对"篇"的标题意义提出新说,认为"以'篇'系题可能正说明这种拟乐府诗是以文章辞藻为

---

① 值得注意的是,臧懋循在《唐诗所》里把唐人拟写的旧题乐府诗称为"古乐府",将唐人拟写的歌辞性题目的诗称为"乐府系"。
② 胡才甫《诗体释例》,上海:中华书局,第79页。
③ 〔日〕松原朗:《杜甫歌行诗论考——论"歌"诗与"行"诗的对立》,《中国文学研究》第八期,早稻田大学中国文学研究会,1983年;《歌行的形成过程——论初唐的歌行》,《中国文学研究》第九期,早稻田大学中国文学研究会,1983年;《盛唐时期歌行的发展——论李白的第一人称的歌行》,《中国诗文论丛》第三集,中国诗文研究会,1984年;《杜甫的歌行——在歌行史上的位置》,《中国诗文论丛》第四集,中国诗文研究会,1985年;《李白的歌行——论歌行与咏物的关系》,《中日李白研究论文集》,北京:中国展望出版社,1989年。
④ 葛晓音《新乐府的缘起和界定》,《中国社会科学》1995年第3期;葛晓音《初盛唐七言歌行的发展——兼论歌行的形成及其与七古的分野》,《文学遗产》1997年第5期;葛晓音《关于"行"之释义的补正》,《文学遗产》1999年第4期。
⑤ 王师昆吾《隋唐五代燕乐杂言歌辞研究》,第333页,第335页。

主,不同于真正的乐歌"①。薛天纬在《唐代歌行论》②一书中也曾论及一些歌辞性题目的特点。此外,崔炼农的《相和唱奏方式与辞乐关系——乐府唱奏方式研究(之一、之二)》③、李会玲的《"歌行"本义考》④、傅江的《"篇"诗论》⑤、张煜的《乐府"行"题本义新考》⑥和《乐府"引"题本义考》⑦等论文也都从不同的角度对部分歌辞性题目进行了探讨。这些成果的出现,充分说明该问题富有学术价值,值得进一步深入思考和研究。

在笔者看来,这些诗体特征仅是在题材或形式上表现为"类"特征,此体与彼体之间并不具备严格意义上的界限,因此,我们不妨将其称为"亚诗体"。而这些亚诗体建构的机制是:由于音乐的制约或表演的需要形成了它们最初的文体特征,后来经过文人的大量模仿得以强化和稳定。换言之,歌辞性题目应是在乐府诗的发生阶段因音乐不同而产生的,到了后来,乐府诗不再入乐,其区别转入文学层面,体现为文人有意识地模仿传统,因而在文本上呈现出某些诗体特征。如果在发展过程中受外部因素的影响较小,那么,它的文体特质就始终是单一的,比如"谣"体诗,文人之作依然继承了民间"谣"诗的特点,无非是在使用的语词方面较为文雅。倘若受到了外界较大的影响,或是自身发生了某种蜕变,那么它后来形成的文体特征就与当初的情形有了较大不同,甚至还会演变成另一种文体,"行"诗发展为"歌行"的过程就是如此⑧。事实上,我国古代大多数文体的确立过程都可作如是观,当然这已是另外一个值得关注的学术命题了。

徐师曾《文体明辨序说》在论述歌行时说:"按歌行……其名多与乐府同,而曰咏,曰谣,曰哀,曰别,则乐府所未有。"⑨其实,"谣"体在乐府诗中的数量也不少,而"咏""哀""别"确实在乐府诗中较少出现。因此,本节着重论述行、篇、歌、曲、谣、乐、操、引、弄、怨、吟、叹等歌辞性题目最初形成时的音乐表演背景及文本上所表现出来的诗体特征。

---

① 钱志熙《论建安诗歌与音乐艺术的关系》,《原学》第四辑,北京:中国广播电视出版社,1996年,第116页。
② 薛天纬《唐代歌行论》,北京:人民文学出版社,2006年。
③ 崔炼农《相和唱奏方式与辞乐关系——乐府唱奏方式研究之一》,《西南民族大学学报》2004年第1期;崔炼农《歌弦唱奏方式与辞乐关系——乐府唱奏方式研究之二》,《西南民族大学学报》2004年第2期。
④ 李会玲《"歌行"本义考》,《武汉大学学报》2006年第6期。
⑤ 傅江《"篇"诗论》,新疆师范大学2006年硕士学位论文。
⑥ 张煜《乐府"行"题本义新考》,《首都师范大学学报》2011年第1期。
⑦ 张煜《乐府"引"题本义考》,《文艺研究》2011年第4期。
⑧ 葛晓音《初盛唐七言歌行的发展——兼论歌行的形成及其与七古的分野》一文有细致的论述,可参看。
⑨ 徐师曾《文体明辨序说》,于北山、罗根泽校点《文章辨体序说 文体明辨序说》,第106页。

二、"行"诗的诗体特征

"行"是乐府诗中最为常见、也是衍生功能最强的一个歌辞性题目。魏晋产生了一大批"行"诗，后人又不断进行仿拟。到了唐代兴起的新题乐府诗中，多半也是以"行"字缀尾。经粗略统计，郭茂倩所编《乐府诗集》中除郊庙、燕射歌辞以外，共收乐府题名九百多题，其中"行"诗有一百六十多题，占六分之一弱，故胡才甫《诗体释例》也说："《乐府》行甚多。"① 数量上的丰富和长时段的积淀，必然使"行"诗形成了较为稳定的诗体特征。然而，乐府诗题目中为何要用"行"字缀尾？它到底与音乐有何关系？古人的解释纷纭繁多，甚至有强加索解者，如清人冯班在《钝吟杂录》中就说："谓之曰'行'，本不知何解。宋人云：体如行书。真可掩口也。"② 20世纪80年代以后，葛晓音在《关于"行"之释义的补正》一文中，联系日本学者清水茂的观点，认为乐府诗中"行"的命名与公元前5世纪的"行钟"有关，"行钟"之曲配合行进而多遍重复，具有旅行音乐的意味，与"行"诗重迭反复的多遍演奏十分类似。但葛先生又谨慎地指出："'行钟'所奏之行曲又如何变成汉代的行曲？因没有资料根据，这个问题很难回答。"③ 葛先生认为"行"与先秦"行钟"有关，虽值得注意，但"行"是魏晋乐府的产物，与"行钟"时代相隔遥远，恐不如立足于魏晋乐府诗的实际音乐表演来解释更令人信服。近年来，又有研究者从辞源学的视角，认为"'行'与'永'通，而'永'与'咏'通，因此'行'具有'歌咏'之义"④，撇开音乐讨论歌辞性题目，未必能揭示其原初的含义。

中古时期，"行"代表"乐曲"的意思。《文选》卷二七录乐府诗《饮马长城窟行》，李善注引《汉书音义》曰："行，曲也。"⑤《汉书》卷五七《司马相如传》"为鼓一再行"，颜师古注曰："行谓曲引也。古乐府《长歌行》《短歌行》，此其义也。"⑥ 郭茂倩《乐府诗集》卷三九《艳歌行》题解引南朝陈释智匠《古今乐录》云："若《罗敷》《何尝》《双鸿》《福钟》等行，亦皆'艳歌'。"⑦

以上解释说明："行"的本义指"曲引"，即一个乐章开头的序曲，属于"艳歌"一类。所谓"艳"，本是魏晋大曲中的一个特定音乐术语，指大曲开头的序引之曲。《乐府诗集》卷二六《相和歌辞》题解据南朝刘宋时期张永的《元

---

① 胡才甫《诗体释例》，第79页。
② 冯班《钝吟杂录》，丁福保辑《清诗话》，第42页。
③ 葛晓音《关于"行"之释义的补正》，《文学遗产》1999年第4期，第100—101页。
④ 张煜《乐府"行"题本义新考》，《首都师范大学学报》2011年第1期，第91页。
⑤ 萧统编，李善等注《六臣注文选》，第511页。
⑥ 班固《汉书》，第2530—2531页。
⑦ 郭茂倩编《乐府诗集》，第579页。

嘉正声技录》、王僧虔的《大明三年宴乐技录》及南朝陈释智匠的《古今乐录》等云:"大曲又有艳、有趋、有乱。……艳在曲之前,趋与乱在曲之后,亦犹吴声西曲前有和,后有送也。"①所以,颜师古曰"行"乃"曲引",智匠曰为"艳歌",在音乐意义上是一致的。

与之相参证,《乐府诗集》卷三〇、卷三三、卷三六所引《古今乐录》载"平调曲""清调曲""瑟调曲"的演奏程式,歌唱之前先有一段单纯的弦乐序曲称为"弦",歌唱部分则称为"歌弦",多由数解(章)组成,诸解之间以及整个"歌弦"结束,都有一段弦乐过渡和结煞,称"送歌弦"。逯钦立据此在《"相和歌"曲调考》一文中指出:汉代的"相和歌"是丝竹与乐歌间作,歌的时候只用节打着拍子清唱,并不配弦索。魏晋的"清商三调",乃出自汉"相和歌",但歌唱部分也加上了弦索伴奏,所以冠以"行"的特称。简言之,魏晋的"三调"歌辞之所以在诗题上标以"行",乃是歌唱以弦乐伴奏后的新名②。王师昆吾指出:"'行'是'弦'或弦歌;'行'之前,有'引子',即笙、笛、琴、瑟种种乐器的'高下游弄'。"③崔炼农说,"行即步,步即行,作为音乐术语不仅与弦奏有关,而且直指徒奏,即纯器乐演奏","'行'乃特指丝竹演奏曲调的过程,与'丝竹'的本质特点相对应"。④ 这些观点颇有见地,《国语·周语下》就有"丝竹以行之"之说,故加入弦奏的歌唱特称"行"本就渊源有自,将和弦而唱的歌辞称为"行"自然也在情理之中。最为典型的例证为楚调曲,郭茂倩《乐府诗集》卷四一《楚调曲》题序中引述《古今乐录》云:"王僧虔《技录》:楚调曲有《白头吟行》《泰山吟行》《梁甫吟行》《东武琵琶吟行》《怨诗行》。其器有笙、笛弄、节、琴、筝、琵琶、瑟七种。"而在《白头吟》《泰山吟》《梁甫吟》《东武吟》等曲调加"行"之前,也就是进入相和三调以前,它们都是以歌谣讴吟的方式流传的,如《宋书·乐志》云:"凡乐章古词,今之存者,并汉世街陌谣讴……《白头吟》之属是也。"《三国志·蜀书·诸葛亮传》云:"亮躬耕陇亩,好为《梁父吟》。"《文选》李善注左思《齐都赋》曰:"《东武》《太山》,皆齐之土风,谣歌讴吟之曲名也。"由于配入琵琶、琴、筝、笛等乐器的伴奏,故题名后缀以"行"。

因此,"行"有互相联系的双重含义,在音乐意义上指弦奏;在歌辞意义上指伴以弦奏的歌辞。从音乐意义言,"某某行"本质上是一支弦乐曲,故也时或称之为"调"。沈约《宋书·乐志》所录"清商三调歌诗",于《白头吟》题

---

① 郭茂倩编《乐府诗集》,第 377 页。
② 逯钦立"相和歌"曲调考》,《文史》第十四辑,北京:中华书局,1982 年,第 225—226 页。
③ 王师昆吾《隋唐五代燕乐杂言歌辞研究》,第 334 页。
④ 崔炼农《汉魏六朝乐府辞乐关系研究》,上海师范大学 2003 年博士学位论文,第 174 页。

下注云:"与《棹歌》同调。"①也就是说,《白头吟》与《棹歌》所配合的弦奏乐曲是同一首曲调。但从宋代起,一些学者对此已颇为茫然,《乐府诗集》卷四三有云:"按王僧虔《技录》:'《棹歌行》在瑟调,《白头吟》在楚调。'而沈约云'同调',未知孰是。"实际上,这里的"调"非谓瑟调、楚调之"调",而是指弦奏曲调。"与《棹歌》同调",即《白头吟》歌辞在演唱时所用的弦奏乐曲(前奏或间奏)即《棹歌行》。这一点从沈约对"三调歌"的记录方式可以得到证明:其对歌辞的记录方式,都是"歌辞名·曲调名·作者名"②,如:

《周西》	《短歌行》	武帝词
《秋风》	《燕歌行》	文帝词
《白头吟》	与《棹歌》同调	古词

由此,近人丁福保在所辑《清诗话·师友诗传续录》第五十条下按曰:

古人作乐府,有题有调。后人删其题而存其调,如《雁门太守行》,乐府之调也,其题为《洛阳行》,见《宋书·乐志》。后世各选本,选《雁门太守行》而去其题,读者误认其调为题。但觉其辞与题绝不相关者,职此故也。③

丁福保指出,乐府诗有题有调,《雁门太守行》本是"乐府之调",也就是《洛阳行》歌辞演唱时的弦奏乐曲。只是后人不解,混淆了文学意义上的诗题与曲调意义上的调名,从而导致了将诗题认作调名、把调名认作诗题的混乱状况。

实际上,这种调名与诗题的"混乱",根源在于古代"诗"与"乐"的原生状态本来就互为一体,所谓"有诗而乃成乐,乐作而必由诗"④。也就是说,古代绝大多数"曲调"最初就是从歌诗的音乐转化而来的,故其曲调的称名即取自原始歌辞。如《相逢行》古辞首句为"相逢狭路间",《妇病行》古辞首句为"妇病连年累岁"。这些歌曲,起初大多出于民间,也没有什么标题,传入上层,播入管弦,就会形成某种器乐曲,用于弦奏的就称为"行",取其歌辞首句中的前数字为题,就成了"某某行"。到这时,"某某行"的含义已指一首弦乐

---

① 沈约《宋书》,第622页。
② 崔炼农亦指出,《宋书·乐志三》所录"三调"歌辞均采用篇名、曲名并列的方式标题(《汉魏六朝乐府辞乐关系研究》,上海师范大学2003年博士学位论文,第60页)。
③ 丁福保按语,丁福保辑《清诗话》,第158页。
④ 段昌武《学诗总说·诗之世》,《段氏毛诗集解》卷首,《景印文渊阁四库全书》,第74册,第430页。

曲调。如《棹歌行》，其原始歌曲乃《棹歌》，但《棹歌行》则已成为一首弦奏曲调，凡用《棹歌行》曲调作"引曲"和"解"之间弦乐过门的歌辞，也都可以标为《棹歌行》。这就是《白头吟》"与《棹歌》同调"的原因。因此，"某某行"可以系以若干不同篇名的歌辞。试看以下材料：

> 《乐府诗集》卷三〇《平调曲》题解引《古今乐录》："《荀氏录》所载十二曲，传者五曲：武帝'周西''对酒'，文帝'仰瞻'，并《短歌行》；文帝'秋风''别日'，并《燕歌行》是也。其七曲今不传：文帝'功名'，明帝'青青'，并《长歌行》；武帝'吾年'，明帝'双桐'，并《猛虎行》；'燕赵'《君子行》，左延年'苦哉'《从军行》，'雉朝飞'《短歌行》是也。"①
>
> 《乐府诗集》卷三三《清调曲》题解引《古今乐录》："《荀氏录》所载九曲，传者五曲。晋、宋、齐所歌，今不歌。武帝'北上'《苦寒行》，'上谒'《董逃行》，'蒲生'《[塘]上行》，'晨上''愿登'并《秋胡行》是也。其四曲今不传。明帝'悠悠'《苦寒行》，古辞'白杨'《豫章行》，武帝'白日'《董逃行》，古辞《相逢狭路间行》是也。"②
>
> 《乐府诗集》卷三六《瑟调曲》题解引《古今乐录》："《荀氏录》所载十五曲，传者九曲：武帝'朝日''自惜''古公'，文帝'朝游''上山'，明帝'赫赫''我徂'，古辞'来日'，并《善哉》；古辞《罗敷艳歌行》是也。其六曲今不传：'五岳'《善哉行》，武帝'鸿雁'《却东西门行》，'长安'《长安城西行》，'双鸿''福钟'并《艳歌行》，'墙上'《墙上难用趋行》是也。"③

由此可以看出：同一首"行"曲可配有多首歌辞，如《短歌行》有四首，《燕歌行》有两首，《长歌行》有两首，《猛虎行》有两首，而《善哉行》则多达九首，呈现为普遍的"一调多辞"现象。但问题的复杂性在于：为什么同一"行"中的"曲"有传有不传？同是《短歌行》，武帝"周西"等三曲传，而"雉朝飞"一曲不传？同是《苦寒行》，武帝"北上"一曲传，而明帝"悠悠"一曲不传？④

这一问题的确令人费解。其实，这里"传"与"不传"的"曲"，乃特指传唱歌辞的声乐之曲，而不是用为"引曲"和过门间奏的"行"。也就是说，当采用原始歌曲转化成的"行"曲配合新的歌辞传唱表演时，声歌的音乐与"行"并

---

① 郭茂倩编《乐府诗集》，第441页。
② 同上书，第495页。
③ 同上书，第535页。
④ 《苦寒行》的流传情况见郭茂倩编《乐府诗集》卷三三"清调曲"题解（第495页）。明帝"悠悠"歌辞至今尚存，载于《乐府诗集》卷三三。

不全然相同。显而易见的证明是：同一个"某某行"的歌辞在语文形式上是大不相同的，如魏武帝两首《短歌行》，都为"晋乐所奏"，其中"对酒当歌"一首有六解，每解四言四句，极为整齐；另一首"周西伯昌"，也是六解，但第一解八句，第二解七句，第三解八句，第四解七句，第五解六句，第六解七句，其中还有奇言句式，可见同一"行"的歌辞，传唱的音乐是并不相同的。由此，自然会出现"行"虽存但声歌音乐失传的情形。石崇《思归引序》有云：

> 寻览乐篇有《思归引》，傥古人之心有同于今，故制此曲。此曲有弦无歌。今为作歌辞以述余怀。恨时无知音者，令造新声而播于丝竹也。①

所谓"有弦无歌"，指《思归引》当时已不用于传唱歌辞，即《思归引》仅存弦乐，声歌部分的音乐已经失传，所以石崇要造"新声"而传歌。这里的"新声"，兼指与《思归引》相配合的声歌音乐和新作的歌辞。因此，同一个"行"的若干"曲"有传有不传，此"曲"乃特指传唱歌辞的声乐，古代声乐记存于口耳，极易失传，某个"行"中的某"曲"不传，并不奇怪。张永《元嘉正声技录》云"《东光》旧但[有]弦无音，宋识造其声[歌]"②，说的也是同样的情形。

但是，既然同一个"行"配合着不同的歌辞，不同歌辞的声歌音乐又可以大不相同，为什么还要以"某某行"为共同的"调名"？其原因大致有二。其一，前文曾论，"行"作为特定的音乐称名，其性质本是"引曲"，故由某个原始歌曲转化成的弦奏之"行"，首先是作为某种序曲使用的。也就是说，同一个"行"，尽管声歌部分的音乐可能是"新声"而与"行"之本调有所不同，但其"曲引"和歌辞每一"解"之间过渡的弦乐伴奏是大体相同的。这是不同诗题的歌辞可以"并《某某行》"最重要的原因。其二，"行"既然是序曲和声歌之间的过门，则其与声歌的音乐必要有内在的联系，而从汉代以来，所谓"造新声"，通常是因某曲调"翻制新声"，"某某行"往往作为既定的曲调，以之为序曲和间奏的声歌音乐，在旋律主音、基本乐汇等乐式结构上势必要与此"行"相和谐，从这个意义上说，"某某行"名下的歌辞声乐，在相当程度上必为此"行"音乐的某种变体，在演奏中，与引曲之"行"实际上构成了新的曲调，只

---

① 逯钦立辑校《先秦汉魏晋南北朝诗》，第 643—644 页。
② 见郭茂倩编《乐府诗集》卷二七《东光》题解所引《古今乐录》，第 394 页。宋识，魏末晋初清商署的乐人，曾帮助荀勖改造过三调歌。《东光》古辞至今犹存，所谓"但弦无音"，当指《东光》当时已只存弦奏，声歌不传，故宋识"造其声"，乃因《东光》之弦奏而造《东光》之声乐。崔炼农认为，《东光》是宋识通过对"弦"的模仿而造出的"相和"之"歌"（《汉魏六朝乐府辞乐关系研究》，上海师范大学 2003 年博士学位论文，第 177 页）。

不过原来的"行"乃是其母体,所以仍用此"行"作为整个音乐篇章的总名。《宋书·乐志》云清、平、瑟三调歌的创作方式为"因弦管金石,造哥以被之,魏世三调哥词之类是也"①。所谓"因弦管金石",即是根据("因")各种器乐曲而"造歌","行"当然是其中最重要的一类。

明乎此,便可以进一步理解为什么会有"一'行'多辞"的现象:"行"在音乐上的功能主要是前奏和间奏,声歌部分乃是"行"的种种变化,从而使歌辞形式获得了极大自由,"一'行'多辞"是必然的。而从音乐角度言,"一'行'多辞"也就是某个"行"用于表演时可以有不同的声歌乐段,可与不同形式的歌辞相配合。如此,一个长期以来令人困惑的问题——若干以"行"为题的魏晋乐府,如《短歌行》《燕歌行》《秋胡行》《善哉行》等,为什么内容与"行"名毫不相关?——其答案也就不难寻觅:"行"成为弦乐曲调后,其本源歌曲的原始歌辞由于不再传唱而佚失,但"行"的音乐则因仍在采用而相传,并由之派生出新的声歌音乐,传唱种种新的歌辞,这样就会产生像《思归引》"传曲不传辞"与明帝《苦寒行·悠悠》"传辞不传曲"两种现象的共存。刘勰谓曹植、陆机的乐府诗"咸有佳篇,并无诏伶人,故事谢丝管"②,原因就在于缺少演唱歌辞需用的声乐。之所以出现上述种种复杂情况,其实都是由"行"的音乐功能和实际表演状况所决定的。

在弄清楚了"行"的音乐本源后,我们再来看"行"诗在文本上的特点。所谓"行"诗,就是配合"行"曲的歌辞。郑樵在《通志·乐略》"正声序论"中说:"主于人之声者,则有行,有曲。散歌谓之行。"③葛晓音曾在《初盛唐七言歌行的发展——兼论歌行的形成及其与七古的分野》一文中把汉代的"行"诗的特点概括为四条:"(1) 以叙事体和人生教训式的谚语体为主;(2) 除少数作品散见于其他曲辞外,绝大多数在相和歌辞的平、清、瑟三调中;(3) 有的同一题目下有若干篇内容不同的作品;(4) 篇幅一般较长,大多是可分解分章演奏的乐诗。"④惜葛先生未能详论,本书这里从音乐表演的角度对汉魏"行"诗的诗体特征进行论述,并予以补充:

1. 篇幅长而分解,每解多为四句

"行"曲在音乐上的一大特征是"繁音"。谢灵运《会吟行》:"六引缓清唱,三调伫繁音。""繁音",即音乐上繁会复杂。《乐府诗集》引《古今乐录》说明平调、清调、瑟调的表演程式,皆由弦、歌弦、送歌弦等几部分组成(见卷三

---

① 沈约《宋书》,第550页。
② 刘勰著,范文澜注《文心雕龙注》,第103页。
③ 郑樵《通志》,第626页。
④ 葛晓音《初盛唐七言歌行的发展——兼论歌行的形成及其与七古的分野》,第48页。

○、卷三三、卷三六）。其中，"歌弦"指配有弦奏的歌曲演唱，平调曲、瑟调曲皆有六部，清调曲有四部，这是三调歌的主体部分，最易动人，魏文帝《善哉行》谓"弦歌感人肠，四座皆欢悦"，魏明帝《步出夏门行》谓"善哉殊复善，弦歌乐我情"。每一部歌弦结束，接之以"送歌弦"，或亦配以歌辞。这样繁会复杂的音乐表演，要求用较长的歌辞与之相配，这就决定了"行"诗必然具有较长的篇幅。

歌弦部分是分部演奏的，相应的歌辞部分则分"解"。《乐府诗集》中"相和歌辞"所收清平瑟三调、楚调和大曲中的"行"诗，二解、三解者各一首，四解十首，五解八首，六解九首，七解两首，八解两首。可见早期"行"诗以四、五、六解居多。而每一解的歌辞，大多为四句或半数以上为四句，说明"行"诗以四句一解为主要体制。这一特征在后来文人的拟辞中进一步稳固，成为歌行体四句一转韵的渊源。张表臣《珊瑚钩诗话》卷三云："步骤驰骋，斐然成章谓之'行'。"①所谓"步骤"，即指"行"诗仍然有一定篇章规则，并非随意造作。又，李调元《雨村诗话》卷上云："乐府长短虽殊而法则一，短者一句中包含多义，长者即将短章析为各解，此即律诗之前后分解也。分解不出起承转合四字。若知分解，则能析字为句，析句为章，虽千万言，皆有纪律。如四体百骸，合而成人，能转旋无碍者，心统之也。"②李调元所论乐府长篇分解有序的特点，正是"行"诗的特点。

2. 多叙事，善铺叙

早期"行"诗多用于实际演出，往往要求具有某种故事性以吸引观众。班固《汉书·艺文志》谓汉乐府"缘事而发"，徐桢卿《谈艺录》谓"乐府往往叙事，故与诗殊"③，刘大勤编《师友诗传续录》转述王士禛谓"古乐府立题，必因一事"④，都体察到"行"诗的叙事性特征。胡震亨在《唐音癸签》卷一中说得更清楚："衍其事而歌之曰'行'。"⑤如人们熟悉的《妇病行》《孤儿行》《东门行》《艳歌行》《陇西行》《长安有狭邪行》等，皆择取生动的故事片段，具有浓厚的叙事性。

"行"诗的叙事性导致其必然多用铺叙，惠洪在《天厨禁脔》中说："夫谓之'行'者，达其词而已，如古文而有韵者耳。……'行'者词之遭无所留碍。"⑥词达意尽，"无所留碍"，正是铺叙的结果。"行"为丝竹之声，体制又

---

① 张表臣《珊瑚钩诗话》，何文焕辑《历代诗话》，第 476 页。
② 李调元《雨村诗话》，郭绍虞编选、富寿荪校点《清诗话续编》，第 1519 页。
③ 徐桢卿《谈艺录》，何文焕辑《历代诗话》，第 769 页。
④ 王士禛《师友诗传续录》，丁福保辑《清诗话》，第 158 页。
⑤ 胡震亨《唐音癸签》，第 2 页。
⑥ 释惠洪《天厨禁脔》，张伯伟编校《稀见本宋人诗话四种》，第 141 页。

长,或繁音促节,或逶迤徐缓,适与铺叙相和应,沈德潜《说诗晬语》卷上云:"乐府之妙,全在繁音促节,其来于于,其去徐徐,往往于回翔屈折处感人,是即依永和声之遗意也。"① 王夫之《古诗评选》说:"乐府动人,尤在音响,故曼声缓引,无取劲促,音响既永,铺陈必盛,亦其势然也。"② "行"的诗体特征与音乐特征本是相依一体、相辅相成的。试看汉魏乐府诗《艳歌行》《董逃行》《豫章行》《相逢行》《塘上行》《秋胡行》等等,无不叙事灵动,铺叙跌宕。

3. 重美刺,寓劝诫

早期"行"诗出于民间,但能成为"乐府",却是经过选择的。乐府本为宫廷机构,主要演出俗乐,"行"诗在乐府中演出,承传统乐文化中"采诗观风"和"乐教"之观念,决定了"行"诗不仅供帝王公卿娱乐,更重要的乃在反映民风,"上达视听",即所谓"上以风化下,下以风刺上"。因此,重美刺、寓劝诫便成为"行"诗的文学内容和内在精神的一大特征。由此,我们便能理解为什么像《孤儿行》《妇病行》《东门行》等反映民生疾苦的"刺世"歌诗能成为"乐府"流传至今,而汉魏以来,"刺世"一直是歌"行"诗的主流传统之一。至于"美""刺"双兼的《罗敷行》、劝诫少年珍惜时光的《长歌行》等等,之所以能为乐府采集而进入宫廷,从而有幸流传至今,都与中国古代独特的"乐文化"、与"乐府"的文化职能相联系,如果没有乐府的音乐表演为中介,这些歌诗能否保存至今,还得打个问号。

总之,汉魏时期"行"诗已经形成了其基本的诗体特征。两晋到南北朝,"行"诗主要是拟写汉魏旧题目。在文人的反复模仿过程中,"行"诗一些特征诸如篇幅长、多叙事、善铺叙等被进一步强化并趋于稳定,但其重美刺、寓劝诫的特点却被逐渐淡化。在形式上,由于多使用顶针之法,甚至会在顶针之处转韵,如梁昭明太子的《相逢行》,用"君居"勾连上下两韵,在意思上若断,在音调上若续,使"行"诗的语言进一步连贯流畅。

进入唐代,"行"诗的发展十分兴盛。其中有一部分是沿袭旧题,由于大多数是在模仿的基础上写成的,因而对其作为一种诗体的发展意义不大。但仍然有两点值得注意:一是"行"诗继续保持长篇的特点,律化的现象较少;二是多改用七言形式。汉魏"行"诗中绝大部分是五言体制,少数为四言或杂言,只有《燕歌行》是七言,但到了隋代及初盛唐,"行"诗借鉴南北朝时期"歌"诗以七言为主的特征③,大量改用七言形式,如隋代卢思道《从军行》、薛道衡《豫章行》,初唐王宏《从军行》、吴少微《怨歌行》、王翰《饮马长城窟

---

① 沈德潜《说诗晬语》,丁福保辑《清诗话》,第 529 页。
② 王夫之评选,张国星校点《古诗评选》,第 40 页。
③ 参葛晓音《初盛唐七言歌行的发展——兼论歌行的形成及其与七古的分野》,第 52 页。

行》等。在盛唐李白等人的旧题"行"诗中,七言已成为主要形式。这表现出"行"诗与"歌"诗合流的趋势。

对"行"诗具有重要发展意义的是唐代大量的新题作品。在唐代乐府诗新题目的产生过程中,"行"是衍生功能最强的歌辞性题目[1]。初唐时就表现出这种倾向,当时出现的新题乐府诗除部分用"篇"命题外,其他均是以"行"字缀尾,如《春女行》《公子行》《汾阴行》《将军行》《桃花行》《花烛行》[2]等。盛、中唐时期这种情况更为普遍,如王维、李白、崔颢、杜甫、韦应物、张籍、王建、鲍溶、施肩吾、刘禹锡等人的新题乐府诗中大部分都以"行"来命题。推想其中的原因,应该是由于魏晋时期"行"诗被收入了乐府机关,因而在唐人看来,以"行"命题最符合乐府传统。

唐代的新题"行"诗在形式上继承了魏晋"行"诗的特征,诸如篇制长、四句转韵、善于铺叙等。同时,随着旧题"行"诗的七言化,新题"行"诗也逐渐采用七言体制。初唐时期,像刘希夷的《春女行》《将军行》等还继承着魏晋"行"诗的体制,采用五言,武后时期也只有李峤的《汾阴行》是七言,然而,从盛唐王维、杜甫以后,"行"诗基本上以七言为主,体制更加开合腾挪,顿挫有致,有研究者认为是吸收了当时歌舞大曲的结构特质与音乐风格[3],或可备一说。当然,也有少数"行"诗仍保持着传统的五言形式和风格特点,如元结的《舂陵行》、刘禹锡的《马嵬行》《畲田行》等,但已不是"行"诗的发展主流了。

在题材上,唐代的新题"行"诗十分广泛,这也反映出"行"诗在唐代的进一步发展。首先,源于魏晋"行"诗是在采诗的背景下收入乐府的事实,唐代与风土民俗有关的乐府诗大都是以"行"命题,如杜甫的《负薪行》《最能行》、王建的《荆门行》《寒食行》、刘禹锡的《畲田行》、孟郊的《弦歌行》等[4]。同时,敬献给皇帝的乐府诗也多以"行"命题,如李白的宫中应制之作《春日行》,诗中云:"小臣拜献南山寿,陛下万古垂鸿名。"张籍的《楚宫行》诗云:"愿君千年万年寿,朝出射麋夜饮酒。"

其次,继承魏晋"行"诗重美刺、寓劝诫的传统,唐代"行"诗中也多写讽谕题材。这一倾向在初唐并不明显,而到了杜甫的"行"诗中则较多政治批

---

[1] 葛晓音《新乐府的缘起和界定》一文在界定新乐府时指出:"讽兴时事的新乐府诗题,除了少数'词''怨''谣''曲'以外,主要是'行'诗和三字题(也有极少数'歌''吟'类)。"(《中国社会科学》1995年第3期,第169页)
[2] 据《旧唐书·武崇训传》载,武三思令李峤、沈佺期、宋之问、徐彦伯、张说、阎朝隐、崔融等人赋诗,题名为《花烛行》。
[3] 杨晓霭《杜甫"行"诗之"变"的音乐涵蕴》,《聊城大学学报》2008年第4期,第49—54页。
[4] 参葛晓音《新乐府的缘起和界定》,第167页。

判性的内容①。此后韦应物的"行"诗更是多表现讽谕题材,所以白居易《与元九书》中称"近岁韦苏州歌行,才丽之外,颇近兴讽"②。韩愈《永贞行》写永贞革新之事,刘禹锡《平齐行》写元和十二年(817)平藩之事,这些都是典型的以"行"诗咏时事之作。晚唐王国华《邻相反行》,写东西两家人不同的生活方式,借以宣扬孝道,也是继承"行"诗的教化功能。宋代李之仪《姑溪居士全集》卷一六《谢人寄诗并问诗中格目小纸》说:"欲有所达,而意未能见,必遵而引之,以致其所欲达,则为'行'。"③值得注意的是,白居易、元稹写时事的乐府诗却并未采用"行"诗。

再次,唐代出现了咏史及咏历史遗迹的"行"诗。如初唐李峤《汾阴行》、孙逖《丹阳行》④、张潮《襄阳行》、杜颜《故绛行》等都以咏史为主,即使刘希夷的《春女行》,也以咏楚王事为主。盛唐以后,这种情况更加普遍。高适的《古大梁行》,日本学者近藤元粹认为是"开后人故迹凭吊诗之法门"⑤。再如唐尧客《大梁行》、杜甫《沙苑行》、韦楚老《祖龙行》、袁瓘《鸿门行》、张籍《永嘉行》、刘禹锡《马嵬行》、温庭筠《东郊行》《春野行》《吴苑行》《塞寒行》等,要么咏史,要么咏历史遗迹。因此,这些咏历史遗迹的"行"诗中,题名的"行"已经具有动词"行走"的含义了,不再是单纯的"行"诗。

最后,唐代还出现了酬赠、咏物、游乐等题材的"行"诗。酬赠"行"诗是吸收"歌"诗即兴性的特点,如盛唐时李白、岑参等人的行诗多具有酬赠性质,这一类"行"诗与"歌"诗几乎没有什么差别。咏物"行"诗在盛唐与中唐之交的一段时期十分繁荣,如万齐融《仗剑行》、杜甫《古柏行》《虎牙行》《石笋行》《石犀行》《老马行》《朱凤行》《杜鹃行》《呀鹘行》《义鹘行》、李端《瘦马行》、韦应物《古剑行》、柳曾《险竿行》等。元稹在《叙诗寄乐天书》中谓"词实乐流,而止于模象物色者,为新题乐府"⑥,当是依据当时行诗多咏物而作出的界定。游乐行诗有张潮的《湖中对酒行》、崔珏的《美人尝茶行》等。此外,还有写音乐的,如牛殳《琵琶行》、韦应物《五弦行》《鼙鼓行》、白居易《琵琶行》;抒怀的,如孟郊《长安羁旅行》《灞上轻薄行》、张籍《羁旅行》等;写景的,如刘禹锡《洞庭秋月行》、顾云《天威行》等。

综上所论,"行"诗的诗体特点:第一,从题材来看,多反映社会生活,但

---

① 〔日〕松原朗《杜甫的歌行》,《中国诗文论丛》第四集,中国诗文研究会,1985年;葛晓音《新乐府的缘起和界定》,第161—173页。
② 白居易著,顾学颉校点《白居易集》,第965页。
③ 李之仪《姑溪居士全集》,《景印文渊阁四库全书》,第1120册,第463页。
④ 葛晓音《新乐府的缘起和界定》一文中认为:"李峤《汾阴行》、孙逖《丹阳行》等歌行都以古迹为题,抒写兴亡盛衰的感慨,则开出了新题歌行咏史之一体。"(第166页)
⑤ 〔日〕近藤元粹《笺注唐贤诗集》,转引自刘开扬笺注《高适诗集编年笺注》,第129页。
⑥ 元稹撰,冀勤点校《元稹集》,第353页。

到了唐代变得十分广泛;第二,从体制上看,一般篇幅较大,分解换韵的情况明显;第三,魏晋以五言为主,唐代以七言为主;第四,语言流利,多用顶针手法。胡应麟在《诗薮》内编卷三云:"位置森严,筋脉联络,走月流云,轻车熟路,行也。"①其实这正是概括了第二、四条特点。

三、"篇"诗的诗体特征

"篇"与"行"有十分密切的关系,葛晓音在《初盛唐七言歌行的发展——兼论歌行的形成及其与七古的分野》一文中指出,以"篇"为题的乐府不少是从"行"诗变的②。但怎么"变"来的,就需要作进一步的论述。

今所见"篇"诗始于曹植③,后傅玄、张华的作品中也有部分以"篇"系题。而最早提出"篇"与"行"的关系,首见《文选》李善注,其据《歌录》④云曹植《美女篇》《白马篇》和《名都篇》"并《齐瑟行》也"。《乐府诗集》卷六三引《歌录》,亦有同样的说明:

> 《名都》《美女》《白马》,并《齐瑟行》也。曹植《名都篇》曰:'名都多妖女。'《美女篇》曰:'美女妖且闲。'《白马篇》曰:'白马饰金羁。'皆以首句名篇,犹《艳歌罗敷行》有《日出东南隅篇》,《豫章行》有《鸳鸯篇》是也。⑤

上述材料,清楚说明以"篇"系题的诗是可与"行"曲相配合的,而"篇"诗的题名,通常取诗之首句中的前二字。所要进一步追究的是:第一,"篇"诗是否仅仅与"行"相配合而与其他曲调无涉?第二,"篇"诗与"行"配合的具体情形为何?第三,为什么要以"篇"字缀于诗题?

第一点,根据现有材料,所有"篇"诗都是与"行"相配合,尚未发现有与其他曲调配合的记载。也就是说,"篇"诗如果演唱的话,乃与弦奏相和而"丝竹以行之"。曹植的《名都》等篇乃属《齐瑟行》,文献有明确记载;其《盘石篇》也属《齐瑟行》,《文选》卷一二《海赋》李善注:"曹植《齐瑟行》曰:'蚌

---

① 胡应麟《诗薮》,第48页。
② 葛晓音《初盛唐七言歌行的发展——兼论歌行的形成及其与七古的分野》,第49页。
③ 曹操乐府诗之称"篇"者(如《碣石篇》等),乃后人所称,并非当时所题,魏晋六朝时无称曹操诗为"篇"者。
④ 《歌录》已佚,该书是约西晋至刘宋时期的一部记录乐府音乐的典籍,可能是清商三调盛行时期乐工演唱所用的歌本。参喻意志《〈歌录〉考》,《天津音乐学院学报》2004年第2期,第52—56,69页。
⑤ 郭茂倩编《乐府诗集》,第911页。

蛤被滨崖,光采如锦红.'"①此二句为曹植《盘石篇》中诗句,可证《盘石篇》也属《齐瑟行》。曹植的"浮萍寄清水"一诗,《乐府诗集》卷三五录为《蒲生行浮萍篇》,可见其诗属《蒲生行》。傅玄的"篇"诗,也是前"行"后"篇"相连并题,如《豫章行·苦相篇》《艳歌行·有女篇》《怨歌行·朝时篇》《董逃行·历九秋篇》等。此外如《歌录》载"《艳歌罗敷行》有《日出东南隅篇》""《豫章行》有《鸳鸯篇》"等等,都说明"篇"诗是配合"行"曲的。

　　第二点,前文已说明:以"行"为音乐的歌诗乃以"行"的曲调为"引曲"和间奏,"篇"诗既与"行"相配合,情形应当是一样的。但问题在于:翻检《乐府诗集》,凡是以"篇"称名的乐府诗,都没有"魏乐""魏晋乐"或"晋乐"演奏的记录,而《荀氏录》《元嘉正声技录》《大明三年宴乐技录》《宋书·乐志》《古今乐录》等所载有案可稽曾演唱过的歌辞,题名都不带"篇"字。也就是说,从理论上讲,"篇"诗的音乐属类为"行",是可以入乐演唱的,但实际上绝大部分"篇"诗并不演唱,实际演唱的"行"诗则题名几乎都未加"篇"字。这就引出了下一个问题。

　　第三点,为什么某些乐府诗题中要缀以"篇"字?

　　"篇",本是一个语文范畴中的概念。刘勰《文心雕龙·章句》云:"积章而成篇。"唐成玄英《南华真经疏序》云:"篇以编简为义,古者杀青为简,以韦为编,编简成篇,犹今连纸成卷也。"②可见"篇"字意义与音乐无涉。因此,以语文意义的"篇"系于乐府诗题,只有一个解释:随着乐府诗创作中"文学意识"的强化,以"某某篇"冠名乃是乐府诗歌之文学与音乐剥离的微妙标志。所以,以"篇"缀于诗题,皆出文人之手,以"篇"系题最深层的意味,在于其是文人以"文学意识"为主导而体认乐府"诗"的表现。

　　因此,乐府诗题标示"篇",表面看只是一个极细微的迹象,却反映了古代诗歌演进史上的一个重要环节,因为其透露了一个重要的历史消息:魏晋时期,文人的"拟乐府"开始以"文学意识"为主导。正如钱志熙所言,曹植等"以'篇'系题可能正说明这种拟乐府诗是以文章辞藻为主,不同于真正的乐歌"③。《乐府诗集》所引的《乐府解题》中每见这样一种表述,如卷二七"曹植拟《薤露行》为《天地》";卷三〇"曹植拟《长歌行》为《鰕䱇》";卷三三"曹植拟《苦寒行》为《吁嗟》";卷三四"曹植拟《豫章》为《穷达》"。这里的拟某某"行"为某某"篇",意味着诗、乐一体化的传统格局开始被打破,形成文人作辞而乐人表演的二元化新格局,文人作辞的主导意向,在文学之"篇"而不

---

① 萧统编,李善等注《六臣注文选》,第 235 页。
② 成玄英《南华真经疏序》,董诰等编《全唐文》,第 9615 页。
③ 钱志熙《论建安诗歌与音乐艺术的关系》,《原学》第四辑,第 116 页。

在音乐之"行"。在这样的诗、乐关系中,文人作辞可以付歌,但并不着意付歌,可唱亦可不唱。如此一来,便产生了某种诗与乐的分离,诗——文学的诗,获得了某种独立的品质,诗的文学意义获得了某种提升,"篇"之称名出现的深长意味即在此。由此思路出发,我们还可以发现与之相联系的若干细节:

其一,诗题方式的变化,曲调名(行)在前、歌辞名在后的书写顺序("某某行·某某")渐少,歌辞名在先而曲调名在后成为一种普遍的书写方式,《宋书·乐志》所录三调歌辞皆如此,如《仰瞻》《短歌行》·文帝词",意味着在文人观念中,"诗"的意义已上升为第一位。

其二,出现了若干只有"篇"名而没有"行"名的诗题,如曹植、傅玄的《仙人篇》《驱车篇》《种葛篇》《明月篇》《秋兰篇》等等。之所以出现这一现象,有两种可能:一是其所配的"行"亡佚或失载;二是这些"篇"诗可以与不同的"行"相配合,故无须记录"行"名。而不管哪种情况,都说明"篇"已不仅仅是音乐的附属,而具有了某种独立的意义。

其三,更值得深味的是:"篇"诗题名从取首句前二字缀"篇"为题,转化为有意识地以吟咏主题为诗题,如张华的《游侠篇》《游猎篇》《壮士篇》等,标志着"篇"诗脱离音乐而成了某种纯粹的"诗"①。

综上所述,"篇"乃是"行"的歌辞某种徒诗化的标志,"篇"诗可入乐但不以入乐为生存条件,以文学意义为首务。由此,我们便可以解释为什么今存文献中没有"篇"诗入乐歌唱的记载,也可以解释为什么魏晋乐府诗题中无"篇"之题与有"篇"之题共存的现象。可以认为凡无"篇"之标识的文人"行"诗,都是曾经入乐或为了入乐作的歌诗,而"篇"诗则是古代文人最早具有自觉意识的徒诗。因此,"篇"诗标志着魏晋文人以"文学意识"为主导的诗歌创作的开始。正是由于这个原因,它在文本上进一步发展了"行"诗的诗体特征而更富于文学化色彩②,主要表现为:

第一,篇幅更长。"行"诗配合"行"曲已具有篇幅长的特点,而"篇"诗在体制上更长。如曹植《仙人篇》和《盘石篇》都为五言三十句;傅玄《朝时篇》为五言二十八句,《有女篇》为五言三十句;张华的《轻薄篇》为五言六十句,《游猎篇》竟长达五言六十四句。这在其他歌辞性题目中十分少见。

第二,层次井然。"行"诗因"行"曲分解,多以四句为一个层次。"篇"诗

---

① 吴承学《论古诗制题制序史》(《文学遗产》1996年第5期)一文认为,诗题形式的成熟大约是在西晋时期,这时诗人完全有意识地利用诗题来阐释其创作宗旨、创作缘起、歌咏物件等。"篇"诗题目的微妙变化,正透露出"诗"文学制题艺术的成熟。
② 傅江《"篇"诗论》(新疆师范大学2006年硕士学士位论文)论述了"篇"诗的特征和发展变化,可参。

进一步发展了这一特点,而且有意表现使用四句一层的体制,显得井然有序,意脉清楚。如曹植的《美女篇》四句为一层:第一层总写,第二层写美女之装束,第三层写服饰衣着,第四层写少女之神韵,第五层写少女之住处,第六层写美女慨叹无良媒,第七层写美女之理想,最后两句是慨叹。叶燮《原诗·外编》评此诗:"音节韵度,皆有天然姿态,层层摇曳而出。"①再如张华的《轻薄篇》全诗六十句,分为十五节,第一节总写,第二、三、四、五节从衣住行方面写其浮华,第六节写酒,第七节写侍女,第八、九节写歌舞,后面几节写宾客之盛,并无因篇幅过长而产生的冗长拖沓之感。

第三,重铺排。"篇"诗十分重视铺排,以曹植的两首同写转蓬的诗《杂诗》和《吁嗟篇》作一比较就可以看得一清二楚。《杂诗》中云:"转蓬离本根,飘飘随长风。何意回飙举!吹我入云中。高高上无极,天路安可穷。"②这首诗写转蓬十分简洁。而《吁嗟篇》云:

> 吁嗟此转蓬,居世何独然!长去本根逝,宿夜无休闲。东西经七陌,南北越九阡。卒遇回风起,吹我入云间。自谓终天路,忽然下沉泉。惊飙接我出,故归彼中田。当南而更北,谓东而反西。宕若当何依?忽亡而复存。飘飘周八泽,连翩历五山。流转无恒处,谁知吾苦艰!愿为中林草,秋随野火燔。糜灭岂不痛,愿与株荄连。③

描写转蓬忽东忽西、忽上忽下、忽南忽北、忽亡忽存,真是淋漓尽致,与《杂诗》的简洁形成了显明的对比。再如张华《轻薄篇》写轻薄子弟的浮华放逸,处处采用铺排手法,"如写出游,一直从头写到脚,从马写到车,从主客一直写到仆从,句俳字偶,纷纷扬扬。再如写宴饮,由开始逐步推向高涨;写酒:色酒、白酒、醪糟酒;写人:主人,客人,美人;写歌舞更是从歌舞者的出处、表演一直写到效果,引比用事,极力渲染,尽铺排之能事"④。《师友诗传录》述张笃庆语:"煌然而成篇谓之篇。"⑤这一看法当是立足于"篇"诗的铺排这一特征而言。

一些研究者把"篇"诗重铺排的特征看作是吸收了赋的手法,如徐公持

---

① 叶燮《原诗》,丁福保辑《清诗话》,第602页。
② 曹植著,赵幼文校注《曹植集校注》,第393—394页。
③ 同上书,第382—383页。
④ 牛森祥《张华〈轻薄篇〉鉴赏》,贺新辉主编《古诗鉴赏辞典》,北京:中国妇女出版社,1988年,第479页。
⑤ 王士禛等《师友诗传录》,丁福保辑《清诗话》,第131页。

认为,魏晋"诗歌吸取了赋的'铺张扬厉''品物毕图'的艺术特长"①。葛晓音更是明确说"'篇'以赋法入诗"②。这一看法是从文学层面上得出的结论。其实,如果明白了篇诗是"行"曲的拟辞,而"行"曲采用丝竹器乐演奏,适宜柔声曼调以铺叙,那么,对"篇"诗的认识会更为深入。

第四,"篇"诗代表着乐府诗从民间进入文人视野的阶段,较多地表现出文人刻意创作的特征,主要有三。其一,多用典故。如张华《轻薄篇》全诗六十句,使用了二十多处典故,有些典故相当隐晦。歌唱之文辞本须平白畅达,听之即晓。用典艰深,恰恰是歌辞大忌。但对文人诗而言,则为才学的展露。"篇"诗的文人化、徒诗化,于此最为明显。其二,多用对仗。如曹植《名都篇》中"脍鲤臇胎鰕,炮鳖炙熊蹯",对仗极为工整。曹植的《鰕䱇篇》前四句为隔句对,清代宋长白《柳亭诗话》卷一○谓"隔句对始于曹子建《鰕䱇篇》",看来是诗歌中隔句对最早的创举。这显然也是与歌辞传唱的通俗易懂背道而驰,但对徒诗而言,则颇增文体形式上的机趣,善用之未尝不是好事。在诗体形式发展史上,是应当记上一笔的。其三,将民间的比兴深化为一种内在的暗喻。此点亦可以曹植为代表。如《白马篇》,朱乾《乐府正义》云其"寓意于幽、并游侠,实自况也"③。《美女篇》,清人王尧衢《古唐诗合解》卷三云:"子建求自试而不见用,如美女之不见售,故以为比。"④其《浮萍篇》《种葛篇》也是以弃妇自喻。《飞龙篇》《仙人篇》《远游篇》等,吴兢《乐府古题要解》卷下云:"皆伤人世不永,俗情险艰,当求神仙翱翔六合之外。"⑤当然,这种"香草美人"之喻,闻之于文人之耳方能知其意,置之案头反复咀嚼方能会其深意,在瞬间的歌唱中是难以得其三昧的。徒诗与歌诗,由于传播方式的不同,其文学要求、文学的魅力和接受方式大不一样。但尽管如此,文学内涵的深化对提升文学品位总是必要的。尤为重要的是:文人"篇"诗将叙事主体和抒情主体逐步转向作者自身,从而将古代的诗歌创作从群体风貌导向了一种崭新的个性化格局。

因此,"篇"诗在乐府诗发展史上具有重要意义,尽管从不同角度看,其"意义"是正面的还是负面的可能会有差异,但其开辟了古代诗史上的一个新时代是毋庸置疑的:"篇"诗的出现标志着文人真正进入了乐府诗的领域——正是由于曹植、傅玄等文人们创作了大量的"篇"诗,才使魏晋时期的

---

① 徐公持《诗的赋化和赋的诗化——两汉魏晋诗赋关系之寻踪》,《文学遗产》1992年第1期,第20页。
② 葛晓音《初盛唐七言歌行的发展——兼论歌行的形成及其与七古的分野》,第49页。
③ 朱乾《乐府正义》,乾隆五十四年(1789)秬香堂刻本。
④ 王尧衢选注,黄熙年等点校《古唐诗合解》,长沙:岳麓书社,1989年,第61页。
⑤ 吴兢《乐府古题要解》,丁福保辑《历代诗话续编》,第49页。

文人乐府诗趋向繁荣。

南北朝的"篇"诗,可以分为两类:一类是拟写魏晋时的旧题,如《白马篇》《美女篇》《神仙篇》《侠客篇》《游侠篇》《轻薄篇》《鸡鸣篇》《斗鸡篇》等,以梁代最盛;另一类是新题"篇"诗,但大多是对旧题的模仿或从旧题中衍生出来的。如鲍照《松柏篇序》云:"余患脚上气四十余日,知旧先借《傅玄集》,以余病剧,遂见还,开帙,适见乐府诗《龟鹤篇》。于危病中见长逝词,恻然酸怀抱。如此重病,弥时不差,呼吸乏喘,举目悲矣。火药间阙而拟之。"①由此可知鲍照《松柏篇》是拟傅玄《龟鹤篇》而成。陆瑜的《仙人揽六著篇》,王融、戴暠等人的《神仙篇》和梁简文帝的《升仙篇》,都出自曹植《仙人篇》。刘孝威《行行且游猎篇》出自张华《轻薄篇》。王褒《轻举篇》出自曹植《远游篇》。张正见《应龙篇》是拟曹植《飞龙篇》而成。上述这两类"篇"诗,由于多采用模仿之法写成,因而在题材、形式等方面多是亦步亦趋,其诗体特征反而因此得到了进一步强化并趋于稳定。如果仔细考察,会发现在这一时期产生的许多"篇"诗没有被收入《乐府诗集》当中。隋代卢思道有《听蝉鸣篇》,《隋书》本传谓此诗"词意清切,为时人所重"②。但此诗都未被收入《乐府诗集》中,表明这一时期的新题"篇"诗已不被人们视为乐府诗了。

初唐仍有人拟写旧题"篇"诗,在形制上进一步增大,如唐太宗的《帝京篇》敷衍成组诗形式,包含了九首五言八句诗和一首五言十六句诗的庞大体制,涉及宫殿建筑、读书游宴和乐舞、治国等方面。而且,出现了以七言形式拟写的旧题"篇"诗,如王琚的《美女篇》。武后时期,写新题"篇"诗几乎成为社会风气,致使新题"篇"诗极度繁荣。这些新题篇诗,在题材上十分广泛,有咏物的,如李峤《宝剑篇》、郭震《古剑篇》、武三思《仙鹤篇》和《舞马篇》、刘希夷《孤竹篇》等;有寄赠的,如宋之问《浣纱篇赠陆上人》;有写及音乐的,如司马逸客的《雅琴篇》;有咏怀的,如骆宾王《畴昔篇》等。在体式上除刘希夷的《孤竹篇》是五言长篇以外,其余都是七言长篇。"篇"体诗由魏晋时期的五言变为七言,增大了诗句的容量,使篇制更加扩大。在结构上仍然多是四句一转韵,只有富嘉谟的《明冰篇》是个例外,三句一转韵。初唐"篇"诗也多寓比兴之意,如宋之问《明河篇》,《唐诗纪事》卷一一云:"盖之问求为北门学士,天后不许,故此篇有乘槎访卜之语。"③可见这篇是见意之作,骆宾王《浮槎篇》、陈子昂《修竹篇》等都是托物寓意之作。乔知之的"篇"诗更是寄寓着深厚感情。据《本事诗·情感》载:"唐武后时,左司郎中乔知之有婢名

---

① 逯钦立辑校《先秦汉魏晋南北朝诗》,第1264—1265页。
② 魏征、令狐德棻《隋书》,第1398页。
③ 计有功《唐诗纪事》,第165页。

窈娘,艺色为当时第一。知之宠爱,为之不婚。武延嗣闻之,求一见,势不可抑。既见即留,无复还理。知之愤痛成疾,因为诗,写以缣素,厚赂阍守以达。窈娘得诗悲惋,结于裙带,赴井而死。延嗣见诗,遣酷吏诬陷知之,破其家。诗曰……时载初元年三月也。四月下狱,八月死。"①此事又载《朝野佥载》《隋唐嘉话》等,当为可信。这首诗就是《绿珠篇》,诗中充满了对婢女的思念之情。《唐诗归》卷一中钟惺评曰:"初唐诗题用'篇'字者,如《帝京篇》《明河篇》等作,其诗无不板样。独此诗妙绝,人不可以无情。"②或许乔知之《定情篇》也写于此时,与此事有关。

盛唐开元年间,宫廷中以"篇"诗唱和的风气依然流行。开元十五年(727)夏,蔡孚为起居舍人,作《偃松篇》,玄宗令臣下和之,当时张说在荆州有和作,《张燕公集》卷七有《遥同蔡起居偃松篇》。《唐文拾遗》卷一八韦璞玉《韦希损墓志铭》云,韦希损"尝应制和蔡孚《偃松篇》曰'大厦已成无所用,唯将献寿答尧心'"③。但蔡孚之作已不存。据《唐会要》卷二二载,开元二年(714)闰二月诏令祠龙池。六月四日,右拾遗蔡孚献《龙池篇》,集王公卿士以下一百三十篇,太常寺考其词合音律者为《龙池篇乐章》④,其中选有十人作品,见载《旧唐书》卷三一《音乐志》。这倒是"篇"诗入乐的一个例证,但这些入乐的"篇"诗已经放弃了长篇体制,改用七言律诗的体制了。蔡孚又有用七言排律的形式写成的《打球篇》,这表明,"篇"诗在文体上开始失去独立性,与徒诗合流。

此后,"篇"诗开始衰落。以"篇"命题的作品减少,而且主要是拟旧题的"篇"诗,如李白的《白马篇》,孟云卿、李白的《行行且游猎篇》,李白的《独漉篇》,崔颢的《卢姬篇》,李益、权德舆的《轻薄篇》等。新题的"篇"诗只有李白的《黄葛篇》、钱起的《病鹤篇》、刘长川的《宝剑篇》、李贺的《月漉漉篇》、权德舆的《桃源篇》等不多的几首,且除李白的《黄葛篇》以外,其余的"篇"诗在《乐府诗集》中都未收。这些"篇"诗大多体制不大,缺乏比兴意味,偏离了早期"篇"诗的特征。到了晚唐,几乎没有以"篇"命题的乐府诗,标志着"篇"诗的完全衰落。

综上所论,"篇"诗的诗体特征主要是体制大、四句一转韵、重铺排等。"篇"诗在乐府诗发展历史上具有重要意义:其一,确立了歌辞本身的名称,避免了长期沿用曲调名带来的混乱;其二,乐府诗本为民间创作,"篇"诗的

---

① 孟棨《本事诗》,丁福保辑《历代诗话续编》,第4—5页。
② 钟惺、谭元春选评,张国光、张业茂、曾大兴点校《诗归》,第19页。
③ 董诰等编《全唐文》附,第10563页。
④ 王溥《唐会要》,北京:中华书局,1955年,第433页。

出现标志着文人进入乐府诗的领域;其三,"篇"诗不配乐,标志着诗乐之间的分离,使乐府诗文学性得到进一步加强,在向徒诗的转变过程中迈出了关键的一步。

四、"歌"诗的诗体特征

在乐府诗中,"歌"是十分常见的歌辞性题目。它来自日常而又普遍的音乐型态,其诗体特征颇为明显。

(一)"歌"体诗的音乐特点与实际表演

"歌"出现最早,胡震亨在《唐音癸签》卷一中便说"歌最古"①。最初的意义是指拉长声调的一种说话方式,《礼记·乐记》云:"歌之为言也,长言之也。"②因而早期的"歌"专指人发出来的声音,故《释名》谓"人声曰歌"③,与表示器乐之声的"曲"相区别。"徒歌"就是从这一含义上发展而来的。乐府诗中以"歌"命名的类别,基本上都是取"徒歌"之意,如相和歌本是"街陌讴谣",吴歌"始亦徒歌",但歌也是"无弦节"。后来"歌"的概念扩大,出现了"弦歌""笙歌"等,用来表示配入器乐的乐歌,于是汉儒又有了新的解释:"歌者,比于琴瑟也。"④再到后来,"歌"成为区别于徒诗的泛称概念⑤,如《唐音癸签》卷一谓:"歌,曲之总名。"⑥

一般来说,事物初起时的特征往往是事物最为本质的特征。"歌"之意义虽然到后来有所变化,但其最为本质的特点仍然是"徒歌"。因此,早期的"歌"诗多是人们随口吟诵而成,如:

> 《尚书大传》:"夏人饮酒,醉者持不醉者,不醉者持醉者,相和而歌曰:'盍归于亳,亳亦大矣。'故伊尹退而闲居,深听乐声,更曰:'觉兮较兮,吾大命格兮。去不善而就善,何乐兮。'"⑦

> 《礼记·檀弓上》:"孔子蚤作,负手曳杖,消摇于门,歌曰:'泰山其颓乎,梁木其坏乎,哲人其萎乎。'"⑧

---

① 胡震亨《唐音癸签》,第 2 页。
② 《礼记正义》,阮元校刻《十三经注疏》,第 1545 页。
③ 《释名》,《景印文渊阁四库全书》,第 221 册,第 415 页。
④ 《诗经·行苇》毛传,阮元校刻《十三经注疏》,第 534 页。
⑤ 汉唐乐府诗中,部分郊庙歌辞带有"歌",如《安世房中歌》《降神歌》《飨神歌》《登歌》《夕牲歌》《迎送神歌》《食举歌》等,正是立足于这一含义而命名的。因其具有很强的仪式性,传播范围极小,故不在本书的论述范围之内。
⑥ 胡震亨《唐音癸签》,第 2 页。
⑦ 伏胜撰,孙之騄辑《尚书大传》,《景印文渊阁四库全书》,第 68 册,第 397 页。
⑧ 《礼记正义》,阮元校刻《十三经注疏》,第 1283 页。

崔豹《古今注》:"《别鹤操》,商陵牧子所作也。娶妻五年而无子,父兄将为之改娶,妻闻之,中夜起,倚户而悲啸。牧子闻之,怆然而悲,乃歌曰:'将乖比翼隔天端,山川悠远路漫漫,揽衣不寝食忘餐。'后人因为乐章焉。"①

"歌"既然是随口吟诵,那么它便没有固定的曲调或声腔,在表演时可能仅是依字声成腔,通过对语言声调的夸张处理,使其旋律化,以区别于日常说话,因而冯班在《钝吟杂录》中说:"声成文谓之歌。"②尽管如此,它还是和那种天籁式的"谣"有明显的区别,因为它毕竟表现出了较强的音乐性。主要是:其一,有节奏,如《击壤歌》是"击壤"时所歌③,《商歌》是"击牛角"而歌④,庄子曾"鼓盆而歌"⑤,《渔父歌》是"鼓枻"而歌⑥,《戚夫人歌》是"舂且歌"⑦;其二,采用赓唱或相和的形式,如《赓歌》是帝庸与皋陶的赓唱⑧,《卿云歌》是"俊乂百工相和而歌"⑨,《广川王歌》是"使美人相和歌之"⑩;其三,配弦或伴舞,如百里奚"援琴抚弦而歌"⑪,《李夫人歌》曾"令乐府诸音家弦歌之"⑫,《燕王歌》是"王自歌曰……华容夫人起舞曰……"⑬,吴歌"始皆徒歌,既而被之管弦"⑭;其四,有多种演唱方式,如"长歌"与"短歌",郭茂倩说:"崔豹《古今注》曰:'长歌、短歌,言人寿命长短,各有定分,不可妄求。'按古诗云'长歌正激烈',魏文帝《燕歌行》云'短歌微吟不能长',晋傅玄《艳歌行》云'咄来长歌续短歌',然则歌声有长短,非言寿命也。"⑮张衡《西京赋》:"女娥坐而长歌。"⑯刘桢《鲁都赋》:"和颜扬眸,晒风长歌。"⑰又有"缓歌""放歌""浩歌"等。"缓歌",源于缓声,郭茂倩说:"按缓声本谓歌声之缓。"⑱

---

① 崔豹《古今注》,《景印文渊阁四库全书》第850册,第104页。
② 冯班《钝吟杂录》,丁福保辑《清诗话》,第37页。
③ 皇甫谧《帝王世纪》,《丛书集成初编》,第3701册,第9页。
④ 刘安撰,高诱注《淮南鸿烈解》,《景印文渊阁四库全书》,第848册,第637页。
⑤ 郭庆藩辑《庄子集释》,北京:中华书局,1961年,第614页。
⑥ 洪兴祖《楚辞补注》,第180页。
⑦ 班固《汉书》,第3937页。
⑧ 《尚书正义》,阮元校刻《十三经注疏》,第144页。
⑨ 伏胜撰,孙之騄辑《尚书大传》,《景印文渊阁四库全书》,第68册,第393页。
⑩ 班固《汉书》,第2429页。
⑪ 转引自逯钦立辑校《先秦汉魏晋南北朝诗》,第27页。
⑫ 班固《汉书》,第3952页。
⑬ 同上书,第2757页。
⑭ 房玄龄等《晋书》,第717页。
⑮ 郭茂倩编《乐府诗集》,第442页。
⑯ 费振刚、胡双宝、宗明华辑校《全汉赋》,北京:北京大学出版社,1993年,第419页。
⑰ 同上书,第711页。
⑱ 郭茂倩编《乐府诗集》,第945页。

"放歌",即放声歌唱。"浩歌"是大声歌唱,《楚辞·九歌·少司命》中云:"望美人兮未来,临风恍兮浩歌。"①

由于"歌"多是随口吟诵,因而适宜即兴表演,便于在应酬场合(尤其是在酒宴上)使用。如《夏人歌》是桀与大臣饮酒时所歌,《冻水歌》《穗歌》《齐庄公歌》都是晏子参加饮宴时所歌,《大风歌》是刘邦"酒酣,击筑自歌",《耕田歌》是刘章酒酣时进饮而歌,《李陵歌》是李陵置酒送别苏武时所歌,《燕王歌》是刘旦"会宾客群臣妃妾坐饮"时所歌,《广陵王歌》是刘胥夜饮时所歌。又,《史记》谓东方朔"酒酣,据地歌曰"②。《汉书》谓商丘成"醉歌堂下"③。也就是说,"歌"诗从产生之初就表现出很强的即兴应酬功能。

"歌"的上述特点被后世继承和发扬。在魏晋南北朝及唐代,"歌"依然是人们随口吟诵、即兴演唱的产物。相关的事例不胜枚举,如司马懿经过温地时,"见父老故旧,宴饮累日,帝叹息,怅然有感,为歌"④。孙皓的《尔汝歌》是他与晋武帝饮酒时所唱。《谈薮》曰:"北齐高祖常宴群臣,酒酣,各令歌,武卫斛律丰乐歌曰……"⑤李白《将进酒》:"与君歌一曲,请君为我倾耳听。"⑥杜甫《屏迹三首》其一:"独酌甘泉歌,歌长击樽破。"⑦苏源明《小洞庭洄源亭宴四郡太守诗序》云:"既醉,源明以手版扣舷而歌。"韩愈《八月十五夜赠张功曹》:"君歌且休听我歌,我歌今与君殊科。"⑧刘禹锡《酬乐天扬州初逢席上见赠》:"今日听君歌一曲,暂凭杯酒长精神。"⑨白居易《短歌行》:"为君举酒歌短歌。歌声苦,词亦苦,四座少年君听取。"⑩王师昆吾曾指出:"唐人诗中所谓'歌',往往指实。歌时有舞,有叹,即兴作辞,击节相和,有调。"⑪这些特点与其早期型态正是一脉相承的。

(二) 先秦两汉"歌"体诗的特征

"歌"的概念虽然出现最早,又是使用最为广泛的歌辞性题目,但在乐府诗中以"歌"字作题目缀尾却经历了一个较长过程。梁元帝《纂要》云:"齐歌曰讴,吴歌曰歈,楚歌曰艳,淫歌曰哇。又有清歌、高歌、安歌、缓歌、长歌、浩

---

① 洪兴祖《楚辞补注》,第73页。
② 司马迁《史记》,第3205页。
③ 班固《汉书》,第663页。
④ 房玄龄等《晋书》,第10页。
⑤ 转引自逯钦立辑校《先秦汉魏晋南北朝诗》,第2257页。
⑥ 李白著,瞿蜕园、朱金城校注《李白集校注》,上海:上海古籍出版社,1980年,第225页。
⑦ 杜甫著,仇兆鳌注《杜诗详注》,第882页。
⑧ 韩愈著,钱仲联集释《韩昌黎诗系年集释》,第257页。
⑨ 刘禹锡撰,卞孝萱校订《刘禹锡集》,第421页。
⑩ 白居易著,顾学颉校点《白居易集》,第226页。
⑪ 王师昆吾《隋唐五代燕乐杂言歌辞研究》,第332页。

歌、雅歌、酣歌、怨歌、劳歌。振旅而歌曰凯歌,堂上奏乐而歌曰登歌,亦曰升歌。"①说明"歌"在最初的时候因不同的地域、演唱方式及表演场合而有不同的称呼。后来的一些文献资料如史传子书,笔记杂传在描述和记录这些歌辞时,多用"作歌""而歌""歌之""歌曰""歌云"等方式。再到后来,人们在整理和编集这些歌辞时径直以"×歌""××歌"称之②。现存的一些较早的诗集如《文选》《玉台新咏》《乐府诗集》等都是这样处理的。这些题名有的是以歌者之名为中心词的,如《夏人歌》《优孟歌》《邺民歌》《野人歌》《孺子歌》《戚夫人歌》《越人歌》《渔父歌》《李陵歌》等;有以被咏人名为中心词,如《李夫人歌》《皇甫嵩歌》《范史云歌》《王世容歌》等;也有以地名为中心词的,如《甘泉歌》《楚歌》《徐州歌》《豫州歌》《并州歌》《京兆歌》《扶风歌》等;还有以所咏眼前之事物为中心词的,如《麦秀歌》《黄鹄歌》《采芑歌》《弹铗歌》《乌鹊歌》《大风歌》等。因此,那些早期标"歌"的作品,实际上是在歌辞被记录编辑的过程中加上的。

值得注意的是汉乐府中《长歌》《短歌》《缓歌》《劳歌》《艳歌》《雅歌》《放歌》《浩歌》《怨歌》《燕歌》《悲歌》《棹歌》《鞠歌》《满歌》等题目的命题。前文已说过,《长歌》《短歌》《缓歌》《放歌》《浩歌》都是因演唱方式的不同而命名的。《燕歌》乃燕地之歌。《艳歌》《雅歌》因音乐风格而名之。《悲歌》《怨歌》因抒情基调而命名。《劳歌》《棹歌》是劳动中产生的歌。《鞠歌》,陆机在《鞠歌行序》中说:"按《汉宫阁》有含章鞠室、灵芝鞠室,后汉马防第宅卜临道,连阁、通池、鞠城,弥于街路。《鞠歌》将谓此也。"③《满歌》不知因何而起。这一组题目最初就是以上述方式单独流传的,如上面所举的《鞠歌》。再如《棹歌》,魏明帝《棹歌行》中有"《棹歌》悲且凉"④。在魏晋乐府机关演奏的相和曲及清商三调中,没有直接以"歌"命题的,这是因为"歌"代表了徒歌与歌谣的阶段,而乐府作为俗乐机关,以演奏丝竹器乐曲为特点,因此,《师友诗传录》述张笃庆语:"乐府自乐府,歌谣自歌谣,不相蒙也。"⑤后来这些"歌"进入清商三调时被加上了弦奏,所以又被缀上"行"字⑥,《乐府诗集》卷八三《杂歌谣辞》序中明言:"又有《长歌》《短歌》《雅歌》《缓歌》《浩歌》《放歌》《怨歌》《劳歌》等行。"⑦所以今天我们看到的便是《长歌行》《短歌行》

---

① 转引自徐坚等《初学记》,北京:中华书局,1962年,第376页。
② 薛天纬亦有类似看法,可参其《唐代歌行论》,第4页。
③ 陆机著,金涛声点校《陆机集》,北京:中华书局,1982年,第77页。
④ 逯钦立辑校《先秦汉魏晋南北朝诗》,第416页。
⑤ 王士禛等《师友诗传录》,丁福保辑《清诗话》,第128页。
⑥ 逯钦立《"相和歌"曲调考》,《文史》第十四辑,北京:中华书局,1982年,第226页。
⑦ 郭茂倩编《乐府诗集》,第1165页。

《缓歌行》《放歌行》《怨歌行》《浩歌行》《棹歌行》《满歌行》等,从此它们便兼有了"歌"诗和"行"诗的共同特征。

早期的"歌"诗往往有感而发,言心志以抒情。歌者常常会将眼前所看到的事物作为描写对象,进而抒发自己内心的种种复杂情感,如《卿云歌》《麦秀歌》《黄鹄歌》《冻水歌》《穗歌》《采芑歌》《弹铗歌》《松柏歌》《龙蛇歌》《乌鹊歌》《大风歌》《天马歌》等都是这样。学术界对诗歌中的"兴"解释颇多,简单来看,"兴"就是早期的歌者在开口吟诵时所目见的事物,用它来含蓄地寄托自己的感情。这些感情或是无奈,如《采薇歌》《曳杖歌》《垓下歌》《瓠子歌》;或是痛苦与悲伤,如《麦秀歌》《悲歌》《幽歌》《广陵王歌》《刘旦歌》《乌孙公主歌》;或是惜别,如《骊驹歌》《李陵歌》;或是赞美,如《大唐歌》《画一歌》《渔阳民为张堪歌》《顺阳吏民为刘陶歌》等。前人已经察觉到了"歌"体诗的抒情特点,如前引姜夔《白石道人诗说》中云"放情曰歌",黄溥《诗学权舆》卷一《诗之各格》中说歌是"放情长言,抑扬曲折,必极其趣"①,闻一多《歌与诗》中说"歌的本质是抒情的"②。早期"歌"诗中也偶有诫讽之歌,如《五子之歌》《耕田歌》等,但数量少,而且大多是从个体恩怨得失的角度出发,后来就被其强大的应酬功能取代了③。

在形制上,"歌"体诗最大的特点是短章杂言④。这一点很好解释。因为"歌"是随口吟诵而成,不可能预先去精心结撰,故篇制不会太长⑤,且属于口头传播,在语言上难以形成规整的形式。即如前文所引李之仪所言:"方其意有所可,浩然发于句之长短,声之高下,则为歌。"黄溥也说,歌体诗"不拘其句律,亦不严守其音韵。"⑥徐师曾《文体明辨》中说得更明了:"杂而无方者曰歌。"尽管如此,仍有三点需予以说明:

第一,由于"歌"表现出一定音乐性,如前文所论的"有节奏""相和""配弦或伴舞"等,因而在歌辞文本上有分层的倾向。《初学记》引《韩诗章句》中谓:"有章曲曰歌。"⑦如《渔父歌》:"沧浪之水清兮,可以濯吾缨;沧浪之水浊兮,可以濯吾足。"⑧可分为两层。这也就使歌诗具有节奏显明的特点。同

---

① 黄溥《诗学权舆》,《四库全书存目丛书》,集部第292册,第11页。
② 闻一多《歌与诗》,孙党伯、袁謇正主编《闻一多全集》,第10册,第8页。
③ 魏晋南北朝至唐代,以"歌"体诗讽谕现实者仍较少,仅有赵整的《谏歌》、李白的《丁督护歌》、韦应物的《夏冰歌》、张籍的《野老歌》、刘禹锡的《插田歌》等不多的几首。
④ 葛晓音《初盛唐七言歌行的发展——兼论歌行的形成及其与七古的分野》一文也指出先秦两汉"歌"诗为"短章""杂言"的特点,可参看。
⑤ 当然,也有例外,如张衡的《同声歌》为五言二十四句,篇幅较长。
⑥ 黄溥《诗学权舆》,《四库全书存目丛书》,集部第292册,第11页。
⑦ 徐坚等《初学记》,第376页。
⑧ 洪兴祖《楚辞补注》,第180—181页。

时,由于歌诗是即兴而唱的,多出自口语,所以在音调上顺畅流利。

第二,多骚体。先秦出现的《越人歌》《卿云歌》《夏人歌》《获麟歌》《徐人歌》《渔父歌》等都带有"兮"字。依闻一多先生的解释,这是音乐的萌芽,是"歌的核心与原动力","合乎最原始的歌的性质"。① 两汉时期,由于汉代皇室来自楚地,所以整个社会上层制歌多用楚辞体,如《大风歌》《垓下歌》《天马歌》《黄鹄歌》《李陵歌》《赵幽王歌》《瓠子歌》《琴歌》《燕王歌》《广陵王歌》《招商歌》《悲歌》等。又,《文心雕龙·乐府》云:"朱马以骚体制歌。"② 后世言歌行出于骚,如毛先舒《诗辩坻》卷四:"歌行宕往奇变,须源于楚辞而出之。"③ 便是从"歌"诗多骚体这一点来讲的,因为在"行"诗中很少有骚体形式。这里还有必要指出的是,当今学界一提到"楚歌",总以为是楚辞体(即以七言为主,带"兮"字),事实上并非如此,如《汉书》卷四〇载,汉高祖欲立戚夫人子,未成,"戚夫人泣涕。上曰:'为我楚舞,吾为若楚歌。'歌曰:'鸿鹄高飞,一举千里。羽翼以就,横绝四海。横绝四海,又可奈何!虽有矰缴,尚安所施!'歌数阕"④。这首"楚歌"为四言,分两层,中间以"横绝四海"顶针勾连。

第三,七言句所占比重较大。薛天纬曾对逯钦立《先秦汉魏晋南北朝诗》中卷一、卷二所收的先秦古歌进行了分析,指出这些古歌"四言句居多","四言之外,就数七言句多了,七十八首古歌中,三分之一以上包含有七言句",而像《河激歌》《采葛妇歌》《河梁歌》等则是符合"二二三"型节奏的七言诗⑤。汉代产生了更多的七言"歌"诗,如《鸡鸣歌》《郭乔卿歌》《苍梧人为陈临歌》《范史云歌》《皇甫嵩歌》等,其他如文人贵族所作的骚体之"歌",虽然其节奏多为"×××兮×××"型,但一句中包含了七个字。为什么会在"歌"诗中出现这么多的七言句式呢?陈伯海说:"七言音促,上口时会给人以发扬蹈厉的感觉,类似于朗诵或歌唱表演的声腔。"⑥其实,当人们随意敲击节奏时,很容易出现"×××,×××,×××××××",这恰好是一个"三三七"的句式,因此在以自然发声的歌唱中,七言必定会占主流。后来出现的歌行、弹词、鼓词等都以七言为主,原因正在于此。

(三) 魏晋南北朝时期"歌"体诗的特征

魏晋南北朝时期,"歌"诗创作并不繁荣。据逯钦立辑校《先秦汉魏晋南

---

① 闻一多《歌与诗》,孙党伯、袁謇正主编《闻一多全集》,第10册,第8页,第6页。
② 刘勰著,范文澜注《文心雕龙注》,第101页。
③ 毛先舒《诗辩坻》,郭绍虞编选,富寿荪校点《清诗话续编》,第76页。
④ 班固《汉书》,第2036页。
⑤ 薛天纬《唐代歌行论》,第4—9页。
⑥ 陈伯海《唐诗学引论》,上海:东方出版中心,2007年,第105页。

北朝诗》,其中题目标"歌"的作品还不足一百篇。大体上可分成两部分:一部分是产生于民间的"歌",其中以吴歌最多,另一部分是文人模仿前人或民间的"歌"诗及少量的新作。不管是民间作品,还是文人之作,基本上都继承了先秦两汉"歌"诗的传统,当然也出现了一些细微的变化。尤其是在形式方面,除保持篇幅短小的传统之外,产生的新变有二:

一是四句体式流行。这一点主要体现在吴歌中[1],吴歌以五言四句的格式最为常见,比起先前的"歌"诗变得整齐化。显然,"歌"诗的四句体是受吴声音乐曲调的影响而形成的,如果我们再联系早期的入乐"行"诗中也以四句一解者为多、唐代以绝句入唱等事实,是否能够得出这样一个结论——中古时期的曲调适宜配合四句体歌辞?从事音乐研究的学者在这方面给我们以强有力的支撑。如美国乔治·汤姆逊说:"在谣曲体中,一节(笔者按,即四句)是一个'乐段',一行是一个'乐词'。两个'乐词'成为一个'乐段'。每一对中的组成分子是相互补充的、类似的,而又不是相同的。这就是音乐学者指出的二段体 AB。把谣曲的形式用音乐学上的术语来解释不完全是比拟。这是唯一正确的分析方法。"[2]我国学者陈国权也指出,在我国的歌曲型态中,"以四句歌词写成的四句乐段或两大句乐段最为常见"[3]。也就是说,四句体是中外民歌民谣常见的形式。这就可以合理解释为什么唐代的歌行诗中多四句转韵,正是因有入乐之愿望,受到了音乐的影响而造成的。

二是七言"歌"诗越来越多。出自民间的有《邺人金凤旧歌》《豫州耆老为祖逖歌》《陇上为陈安歌》《宣城民为陶汪歌》《巴东三峡歌》《时人为上高里歌》《长白山歌》等。文人也写了许多七言诗,如曹丕的《燕歌行》,刘铄、鲍照、沈约、梁武帝、汤惠休、张率等人拟写的《白纻歌》,梁武帝的《东飞伯劳歌》,沈君攸的《薄暮动弦歌》,江总的《宛转歌》,魏收的《挟琴歌》,隋炀帝的《江都宫乐歌》等。七言诗一直流传于民间,原本受到文人的轻视,如傅玄就说过七言"体小而俗"[4],挚虞亦说:"七言者,'交交黄鸟止于桑'之属是也,于俳谐倡乐世用之。"[5]又据《世说新语·排调》云:"王子猷诣谢公,谢曰:'云何七言诗?'子猷承问,答曰:'昂昂若千里之驹,泛泛若水中之凫。'"[6]此条材料说明,文人连何为七言诗都不解,怎么去创作呢?曹丕《燕歌行》采用七言,或许是因为燕地的民歌原来就是七言形式。后来梁元帝、庾信等人所

---

[1] 此外,刘琨的《扶风歌》也是四句一层,或是受"行"诗分解的影响。
[2] 转引自周啸天《唐绝句史》,重庆:重庆出版社,1987年,第2—3页。
[3] 陈国权《歌曲写作教程》(修订本),北京:人民音乐出版社,2007年,第74页。
[4] 傅玄《拟四愁诗序》,逯钦立辑校《先秦汉魏晋南北朝诗》,第573页。
[5] 挚虞《文章流别论》,严可均辑《全上古三代秦汉三国六朝文》,第1905页。
[6] 刘义庆编,徐震堮校《世说新语校笺》,北京:中华书局,1984年,第435页。

写《燕歌行》不过是模仿曹丕辞而成。《白纻歌》的七言化,是因入乐的需要①,后来由于广为流传②,文人模拟仿制者甚众,故产生了许多七言《白纻歌》。梁武帝《东飞伯劳歌》也表现出明显的模仿民间的痕迹。总之,歌诗在文人手中的进一步七言化大致是因模仿而致。那为什么文人要率先在"歌"诗中实现七言化呢? 这是因为:一方面,早期的"歌"诗中已出现过七言句式;另一方面,因"歌"诗没有进入乐府,其身份也属民间——相和歌、吴歌都出自民间亦可证明这一点,故可塑性较大,所以文人率先在"歌"诗中走向七言化。

(四) 唐代"歌"体诗特征

唐代由于社会开放,世风昌明,加之唐人大多性格豪爽豁达,善结交,重情义,因而"歌"诗十分繁荣,黄溥《诗学权舆》卷一《诗之各格》中就说歌"盛于唐宋诗人之作"③。一些颇有名气的诗人都创作了大量的"歌"体诗,其中李白所写最多,在宋敏求、曾巩所编的《李太白文集》中独立成"歌吟"一类④,杜甫在创作中还表现很强的"歌"者意识⑤。

松原朗曾对杜甫的"歌"诗和"行"诗作过仔细比较,认为杜甫的"歌"诗与"行"诗在表现题材上有了较为明显的分工,其中"歌"诗以饮酒、题画、游览等为主,较多表现个人生活中的感慨;而"行"诗则较多政治批判性的内容⑥。后来葛晓音进行更加全面的考察,认为杜甫的"行"诗中还有一部分与"歌"的区分尚不甚清楚,到了大历以后,咏物、山水、书画、音乐、艺术、送别等题材基本上已转化为"歌"的职能,而且盛唐"歌"中原有的兴寄到中唐前期也越来越少,"歌"与"行"的界线愈益分明⑦。的确如此,两位先生所言极是。这里需要补充的是:第一,从前文所引吴曾《能改斋漫录》和曾敏行《独醒杂志》的材料来看,宋人已觉察到杜甫在诗歌创作中区分"歌""行""谣"

---

① 《白纻歌》可能起于吴地民间,六朝时期在宫廷中进行表演,晋宋辞皆为七言,梁武帝令沈约改其辞为《四时白纻歌》,自己亦有作,皆为七言。因此,《白纻歌》为七言乃是因入乐配曲所需。
② 《白纻歌》在当时不仅流传于宫廷,而且士大夫亦十分喜爱,乐史《太平寰宇记》卷一〇五载:"桓温领妓游山奏乐,好为《白纻歌》。"唐代韩翃《送万巨》云:"红笺色夺风流座,白苎词倾翰墨场。
③ 黄溥《诗学权舆》,《四库全书存目丛书》,集部第 292 册,第 11 页。
④ 其中收有歌诗二十二首,行诗七首,吟诗五首,歌诗占总共四十二首的半数以上。宋敏求、曾巩等编《李太白文集》,成都:巴蜀书社,1985 年。
⑤ 参钱志熙《"百年歌自苦"——论杜甫诗歌创作中"歌"的意识》,《中国文化研究》2004 年第 1 期,第 61—73 页。
⑥ 松原朗《杜甫歌行诗论考》,《中国文学研究》第八期,早稻田大学中国文学研究会,1983 年;《杜甫的歌行》,《中国诗文论丛》第四集,中国诗文研究会,1985 年。
⑦ 葛晓音《新乐府的缘起和界定》,《中国社会科学》1995 年第 3 期;葛晓音《论杜甫的新题乐府》,《社会科学战线》1996 年第 1 期。

"吟"等;第二,其实这些区别在"行"诗与"歌"诗的早期生成过程中就已经表现出来了,杜甫只不过是有意恢复了传统而已;第三,"歌"诗始终没有表现出多少对社会的讽谕内容,这是由其表演的实际环境所决定的;第四,杜甫之前的"歌"诗就以应酬为主,如陈子昂有《喜马参军相遇醉歌》,张楚金有《逸人歌赠李山人》,张说有《送尹补阙元凯琴歌》,丁仙芝有《余杭醉歌赠吴山人》,王维有《双黄鹄歌送别》《赠徐中书望终南山歌》《送友人归山歌》等。

在唐代的应酬"歌"诗中,最有特色的是送别"歌"诗。唐人在送别亲友时经常要即兴作一首"歌"。这是因为"歌"诗有表情的传统,在他们眼中,"歌"最能表现依依不舍的惜别之情,独孤及《送开封李少府勉自江南还赴京序》中说:"缘情者莫近于诗,二三子盍咏歌以为赠。"①送别歌诗在盛、中唐普遍流行的题目形式是"××歌送××"。起初,这类歌诗还与旧题乐府诗有些关联,如王维在凉州任节度判官时所作的《双黄鹄歌送别》,取旧题乐府《双白鹄》中"乐哉新相知,忧来生别离""念与君离别,气结不能言。各各重自爱,远道归还难"之意。后来则直接命以新题,而且多以眼前事物起兴,在写法上一般是分为两层,上层咏物,下层抒别情,如李白《白云歌送刘十六归山》《峨眉山月歌送蜀僧晏入中京》《西岳云台歌送丹丘子》、岑参《胡笳歌送颜真卿使赴河陇》《敷水歌送窦渐入京》《梁园歌送河南王说判官》《白雪歌送武判官归京》、李颀《双笋歌送李回兼呈刘四》、戴叔伦《柳花歌送客往桂阳》、刘禹锡《观棋歌送儇师西游》、刘商《赋得射雉歌送杨协律表弟赴婚期》《泛舒城南溪赋得沙鹤歌奉饯张侍御赴河南元博士赴扬州拜觐仆射》《柳条歌送客》等,都是采用这种套路。

在形制上,沿袭旧题的那部分"歌"诗,如郭震的《子夜四时歌》,薛曜的《子夜冬歌》、李峤、张柬之的《东飞伯劳歌》等,基本上没有多大改变。新题"歌"诗中,有些依然保持着骚体传统,尤其是在初唐,"乐府中以'歌'题名的基本上都是骚体短歌,几乎成为一种定式"②,此后还有王维《送友人归山歌》、李白《临路歌》、李翱《拜禹歌》、陆龟蒙《小鸡山樵人歌》等。有些则篇幅增长,这一倾向本出现于南朝后期,如江总的《宛转歌》为七言三十八句。初唐更加明显,像张楚金《逸人歌赠李山人》、徐坚《送考功武员外学士使嵩山置舍利塔歌》等虽是杂言,但句数增多,盛唐以后长篇"歌"诗就越来越多了③。有些还形成了七言四句一转韵的体式,如王维《夷门歌》、李白《襄阳

---

① 董浩等编《全唐文》,第 3945 页。
② 葛晓音《新乐府的缘起和界定》,第 165 页。
③ 当然,唐代的短篇"歌"诗仍不少,可参刘念兹所编《唐短歌》(四川人民出版社,1984 年)一书。这说明,这部分"歌"诗依然保持早期所形成的特征。

歌》、李贺《开愁歌》等。这说明,"歌"诗开始借鉴"行"诗和"篇"诗的部分形制特征,在文体上趋于合流①。但与"行"诗相比,"歌"体诗始终具有更大的自由性,正如前引惠洪《天厨禁脔》中所云,歌在"至节要处,任其词为抑扬之语"。明代胡应麟也说:"阖辟纵横,变幻超忽,疾雷震霆,凄风急雨,歌也;位置森严,筋脉联络,走月流云,轻车熟路,行也。太白多近歌,杜甫多近行。"②钱志熙亦指出:"唐人的'歌'体,比之'行'体,体裁上更自由,更有创新性。"③的确如此,比如杜甫的《醉时歌》,卢世㴶评曰:"纯是天纵,不知其然而然。"④李白的《襄阳歌》,梅鼎祚评云:"笔端横荡。"⑤他的《鸣皋歌送岑征君》,沈德潜评云:"学楚骚而长短疾徐,横纵驰骤,又复变化其体,是为仙才。"⑥白居易《长恨歌》以"歌"命名,大概也是因为其不拘时空、辞句瑰奇灵动吧!总之,唐代的"歌"体诗感情跌宕,纵横开合,常常会在整齐的诗行中突然插入三言或五言的句式,有意打破结构上的板滞,使行文一张一弛,而所用语言又往往不避俚俗,既通畅又抑扬,因而读起来有气势奔放、精神振荡之感。之所以如此,归根结底还是与"歌"即兴表演、随口吟诵的特点有关。

通过以上论述,可以看出:生成"歌"的音乐表演背景是"随口吟诵"与"即兴演出",由此而造就了其早期的一些诗体特征,如重应酬,善抒情,题材多应酒、抒怀、送别,常以眼前事物为描写对象,形制短小,且骚体、七言倾向明显;魏晋南北朝至唐代,"歌"诗在题材上仍以应酬为主,其形式有些依然保持着传统,有些则七言化、长篇化,有些还吸收了吴歌中四句为一层的特点,形成了七言四句一转韵的体式。但与"行"体诗相比,"歌"诗仍较为灵活开放。

五、"曲"诗的诗体特征

"曲"字的本义是养蚕的器具,后来才指乐曲——一般情况下是指有乐器伴奏的器乐曲,尤以琴曲为多,如《庄子·渔父》云:"弦歌鼓琴,奏曲未半。"⑦宋玉《对楚王问》云:"其曲弥高,其和弥寡。"汉魏时期,"曲"多是器乐歌曲的泛称,《宋书·乐志》云:"至若协声律、播金石,而总谓之曲。"如吟叹曲、平调曲、清调曲、但曲等。周贻白指出"魏晋之初……歌辞称'曲',此时

---

① 可参葛晓音《初盛唐七言歌行的发展——兼论歌行的形成及其与七古的分野》。
② 胡应麟《诗薮》,第48页。
③ 钱志熙《"百年歌自苦"——论杜甫诗歌创作中"歌"的意识》,第71页。
④ 杜甫著,仇兆鳌注《杜诗详注》,第177页。
⑤ 李白著,瞿蜕园、朱金城校注《李白集校注》,第477页。
⑥ 沈德潜编《唐诗别裁集》,第90页。
⑦ 郭庆藩辑《庄子集释》,第1023页。

已颇盛行"①,其实单篇歌辞在汉魏时期很少称"曲",到了晋代以后,单篇歌辞称"曲"才渐渐多起来,如张华《博陵王宫侠曲》、吴迈远《楚朝曲》《胡笳曲》、谢尚《大道曲》、汤惠休《楚明妃曲》等。在南朝民间流传的吴声西曲中,出现了大量的"曲"诗,如《白纻曲》《黄生曲》《黄鹄曲》《欢好曲》《懊侬曲》《神弦十八曲》《乌栖曲》等。到了齐梁时期,缀以"曲"字几乎成为文人乐府歌辞命题的主流,如《雍州曲》《大堤曲》,王融《齐明王歌辞》中的《明王曲》《圣君曲》《渌水曲》《采菱曲》《散曲》,梁武帝《江南弄》《上云乐》中也多以"曲"名题。

唐代是"曲"诗较为繁荣的时期:一方面是文人对旧"曲"诗如《江南曲》《凤笙曲》《胡笳曲》《大堤曲》《采菱曲》等进行仿拟,以初唐和中唐较多;另一方面是出现了大量的新题"曲"诗。值得注意的是,唐代的"曲"诗除入乐歌辞以外,大多与旧题乐府诗有一定的关系。如《塞上曲》和《塞下曲》出自《出塞》;《寄远曲》《忆远曲》《捣衣曲》与乐府诗传统的征戍题材有关,而《青楼曲》《楼上女儿曲》等与乐府诗传统的闺怨题材有关;郑愔《夜游曲》、王建《秋夜曲》出自沈约《夜夜曲》;李商隐《无愁果有愁曲》出自北齐高纬《无愁曲》;温庭筠《张静婉采莲曲》出自羊侃《采莲曲》。

以"曲"命题的乐府诗,绝大多数是入乐之作。如果说魏晋时期的入乐之作多称"行"的话,那么晋代以后,"曲"成了入乐之作较为常见的称名。上面所举齐梁时期的"曲"诗,大多是入乐歌辞。在唐代,入乐歌辞仍多以"曲"命题,如见于任半塘《唐声诗》下编《格调》中的就有《春江曲》《扶南曲》《祓禊曲》《平蕃曲》《纥那曲》《啰唝曲》《花游曲》《渭城曲》《欸乃曲》《春阳曲》《阿那曲》《桂华曲》等。此外,还有王昌龄《殿前曲》、耿沣等人《凉州词》,被郭茂倩收入《近代曲辞》,说明也是入乐歌辞。元稹《乐府古题序》中把"曲"列入入乐之作,郑樵《乐略·通志》说:"入乐谓之曲。"②明代黄溥《诗学权舆》卷一《诗之各格》谓曲为"抑扬其辞,比顺其音,使高下长短各极其趣"③,这些看法基本上是符合实际情况的。

在题材上,"曲"诗广泛博杂。中唐时期,"曲"诗也出现了写时事、寓讽谕的特点④,如刘湾《云南曲》写征南诏事;钱起《秋霖曲》写天宝十三年(754)秋连绵阴雨给老百姓带来的痛苦;王建的《织锦曲》写贡赋之重;张籍《寄衣曲》、王建《捣衣曲》和《送衣曲》都是写征戍之苦;孟郊《求仙曲》寓求

---

① 周贻白《中国戏剧史》,北京:中华书局,1953年,第89页。
② 郑樵《通志》,第626页。
③ 黄溥《诗学权舆》,《四库全书存目丛书》,集部第292册,第12页。
④ 参葛晓音《新乐府的缘起和界定》,第167页。

仙之佞。中晚唐"曲"诗在题材上还有一个明显特征是咏史内容增加。如《汉宫曲》、李商隐《无愁果有愁曲》、温庭筠《锦城曲》《故城曲》《春晓曲》《湖阴曲》等，其实是通过咏史来讽谕现实。

在篇制上，"曲"诗一般较为短小，吴声西曲中的"曲"体诗大都如此，唐代的"曲"体诗更是多绝句体制，如郭震《春江曲》、崔国辅《中流曲》、王昌龄《殿前曲》《青楼曲》《朝来曲》、岑参《忆长安曲》等都为五言绝句。李白曾写有《襄阳曲》和《襄阳歌》，《襄阳曲》为五言四句，而《襄阳歌》为七言长篇，这正显示出"曲"诗与"歌"诗在篇制上的区别。

总之，"曲"诗多是入乐之作，题材较为广泛，中晚唐表现出讽谕内容，在篇制上较为短小。

六、"乐"诗的诗体特征

《礼记·乐记》云："比音而乐之，及干戚羽旄，谓之乐。"郑玄注："干，盾也，戚，斧也，武舞所执也。羽，翟羽也。旄，旄牛尾也，文舞所执。"①也就是说，"乐"的含义是配合舞蹈的音乐，因此，以"乐"缀尾的乐府诗，一般配有舞蹈。如汉代乐府中的《安世乐》，其歌辞第一首中有"庶旄翠旌"，"旄"便是文舞所用之器具，故《安世乐》为配舞之乐。南朝齐代的郊庙歌辞多以"乐"缀尾，如《肃咸乐》《引牲乐》《嘉荐乐》等，作为郊庙仪式用乐，必定是用舞的。在西曲中也多以"乐"命题，几乎全是舞曲。据《乐府诗集》所引《古今乐录》中的记载：

《莫愁乐》"旧舞十六人，梁八人"；《估客乐》"齐舞十六人，梁八人"；《襄阳乐》"旧舞十六人，梁八人"；《江陵乐》"旧舞十六人，梁八人"；《共戏乐》"旧舞十六人，梁八人"；《翳乐》"旧舞十六人，梁八人"；《寿阳乐》"旧舞十六人，梁八人"。

此外，《荆州乐》出于《江陵乐》，亦当为舞曲。《莫愁乐》出于《石城乐》，《石城乐》也为舞曲。总之，以"乐"命题的乐府诗，必定有舞蹈相配合。

唐代以"乐"命名的作品也多是舞曲，如唐太宗所造《秦王破阵乐》，又称《七德舞》；所造《功成庆善乐》，又称《九功舞》，是舞曲甚明。据《新唐书·礼乐志》记载，唐高宗造《一戎大定乐》是"舞者百四十人，被五采甲，持槊而舞"②；唐玄宗时所造《龙池乐》有"舞者十有二人"；《圣寿乐》是"以女子衣五

---

① 《礼记正义》，阮元校刻《十三经注疏》，第 1527 页。
② 欧阳修、宋祁《新唐书》，第 472 页。

色绣襟而舞之";《小破阵乐》中"舞者被甲胄";《光圣乐》中"舞者鸟冠、画衣"①;贞元年间于頔所献《顺圣乐》是"一人舞于中,又令女伎为佾舞"②;贞元十四年(798)唐德宗造《中和乐》,《旧唐书》卷一三也称作舞曲③。唐代盛行的九部乐及十部乐,都配有舞蹈。

除以上仪式乐以外,唐代其他以"乐"命题的也多为配舞之辞。如《思归乐》歌辞中说"偏落舞衫多",可知是舞曲。《回波乐》,《本事诗》谓群臣皆"撰词起舞"④,可知也是舞曲。陈子昂《汉州雒县令张君吏人颂德碑》云:"鼓舞而歌。其歌诗凡六章,题曰《逃还乐》。"⑤《逃还乐》虽然今天不存,据此可知亦是舞曲。《太平乐》,《通典》卷一四六云:"《太平乐》,亦谓之《五方师子舞》。师子挚兽,出于西南夷、天竺、师子等国。缀毛为衣,象其俯仰驯狎之容。二人持绳拂为习弄之状,五师子各依其方色。百四十人歌《太平乐》,舞抃以从之。⑥《金殿乐》,任半塘谓"唐教坊舞曲","此曲当时必有舞容,已失考"。⑦ 明代郎瑛《七修类稿》续六引《明皇杂录》:"衣以文绣,络以金铃,杂以珠玉,舞曲谓之《倾杯乐》《升平乐》,凡十数曲。"⑧由此可知,《倾杯乐》《升平乐》也是舞曲。

在证明了标"乐"的歌辞都配舞后,再来看"乐"诗在文本上的特点。早期以"乐"命题的乐府诗大多已不存。今天能看到的较早的是西曲中的一批"乐"诗。这批作品大都是短章,其中以五言四句居多。初盛唐时期,以"乐"命题的乐府诗不多,只有杜审言的《大酺乐》,李白的《估客乐》《上云乐》,张说的《破阵乐》等。中唐时期以"乐"命题的乐府诗渐多,其中张祜就写有《上巳乐》《大酺乐》《千秋乐》《热戏乐》等,在形式上也是以绝句体最多。元稹和张籍的《估客乐》篇幅较大,刘驾又有《反估客乐》。《估客乐》题名中的"乐"已带有欢乐、快乐的意思,而晚唐聂夷中的《饮酒乐》明确是指饮酒取乐,已经不能看作是歌辞性题目了。

七、"操"诗、"引"诗、"弄"诗的诗体特征

"操""引""弄"三字起初都有"弹弄""拨动"的意思,常与丝竹乐器连

---

① 欧阳修、宋祁《新唐书》,第475页。
② 同上书,第478页。
③ 刘昫等《旧唐书》,第387页。
④ 孟棨《本事诗》,丁福保辑《历代诗话续编》,第21页。
⑤ 董诰等编《全唐文》,第2176页。
⑥ 杜佑《通典》,第761页。
⑦ 任半塘《唐声诗》下编《格调》,第113页,第114页。
⑧ 今存《明皇杂录》卷下云:"又令宫女数百,饰以珠翠,衣以锦绣,自帷中出,击雷鼓为《破阵乐》《太平乐》《上元乐》。"与此稍异,但所涉皆为"乐"诗。

用,后来才转化为"曲"的意思①。《后汉书·曹褒传》有"歌诗曲操,以俟君子",李贤注:"操犹曲也。"②王褒《洞箫赋》有"时奏狡弄",李善注:"弄,小曲也。"③进一步讲,"操""引""弄"都是琴曲。郭茂倩《乐府诗集》卷五七引梁元帝《纂要》说,琴曲"有畅、有操、有引、有弄"④。关于它们命题的含义,《乐府诗集》卷五七又引谢希逸《琴论》说:"和乐而作,命之曰畅,言达则兼济天下而美畅其道也。忧愁而作,命之曰操,言穷则独善其身而不失其操也。引者,进德修业,申达之名也。弄者,情性和畅,宽泰之名也。"⑤这种解释源于汉儒刘向、桓谭、应劭等人,反映了汉代人注重琴德、以琴养性的修身思想,却并没有说清楚操、引、弄等术语在音乐方面的特点。何况现存题名为"操""引""弄"的乐府诗,也未必都符合以上说法。比如题名为"操"的作品就不全是忧愁之作,《克商操》云:"上告皇天兮,可以行乎?"《乐府诗集》卷五七引《古今乐录》曰:"武王伐纣而作此歌。"⑥由此可知是出征前的卜辞。再如《神凤操》云:"凤凰翔兮于紫庭,予何德兮以感灵。赖先人兮恩泽臻,于胥乐兮民以宁。"明显是歌颂祥瑞和祈福之辞。

题名为"操"的作品,基本上隶属两个阶段:一是先秦两汉时期;一是中晚唐。介于这两个时段之间的,只有鲍照、梁简文帝和吴均等人所拟的《别鹤操》《雉朝飞操》,都是以赋写题面意思的方法拟写,《别鹤操》咏鹤,《雉朝飞操》咏雉,与一般的咏物诗没有大的差别,形式上多用五言句式。先秦两汉时期题名为"操"的作品,有虞舜《思亲操》、夏禹《襄陵操》、箕子《箕子操》、周文王《拘幽操》《文王操》、周武王《克商操》、微子《伤殷操》、周公旦《越裳操》、周成王《神凤操》、伯夷《采薇操》、尹伯奇《履霜操》、介子推《士失志操》、牧犊子《雉朝飞操》、孔子《猗兰操》《将归操》、陵牧子《别鹤操》、项籍《力拔山操》、四皓《采芝操》、刘安《八公操》等。这些作品基本上都带有一段曲折动人的本事。歌辞则多是后人伪托,胡应麟《诗薮》内编卷一云:"《琴曲》虞舜至文王,犹《阁帖》苍颉至大禹,皆后人伪作无疑。"⑦其歌辞题名中

---

① 近年来,琴曲歌辞题名"操""引""弄"的考辨成果较多,如王师小盾《关于〈乐府诗集·琴曲歌辞〉的几个问题》,赵师敏俐主编《中国诗歌与音乐关系研究》,北京:学苑出版社,2005年;周仕慧《乐府琴歌题名考辨》,吴相洲主编《乐府学》第一辑,北京:学苑出版社,2006年;元娟莉《乐府琴曲歌辞古题辨析》,《咸阳师范学院学报》2008年第3期;张煜《乐府"引"题本义考》,《文艺研究》2011年第4期。
② 范晔《后汉书》,第1201页。
③ 萧统编,李善等注《六臣注文选》,第319页。
④ 郭茂倩编《乐府诗集》,第822页。
⑤ 刘大杰认为谢希逸《琴论》为唐五代人所撰,参刘大杰《再谈〈胡笳十八拍〉》,《文学评论》1959年第4期,第81页。
⑥ 郭茂倩编《乐府诗集》,第831页。
⑦ 胡应麟《诗薮》,第3页。

的"操"乃后人所加,郑樵《通志·乐略》说得很清楚:

> 琴之始也,有声无辞,但善音之人欲写其幽怀隐思而无所凭依,故取古人悲忧不遇之事,而以命"操",或有其人而无其事,或有其事又非其人,或得古人之影响又从而滋蔓之。君子之所取者,但取其声而已,取其声之义而非取其事之义。君子之于世多不遇,小人之于世多得志,故君子之于琴瑟取其声,而写所寓焉,岂尚于事辞哉! 若以事辞为尚,则自有"六经",圣人所说之言,而何取于工伎所志之事哉! 琴工之为是说者,亦不敢凿空以厚诬于人,但借古人姓名而引其所寓耳,何独琴哉!①

郑樵认为,"琴之有辞始于梁",即梁代以前的琴曲有声无辞。也就是说,琴曲的发展经过了一段纯器乐曲演奏的阶段。王师昆吾指出,"在长期的实用中,'操''弄'多指纯器乐曲的演奏"②。

如果再进一步深入研究,会发现"操"和"弄"代表了早期琴曲发展的两个阶段:"操"代表了古和雅的阶段;"弄"代表了近和俗的阶段。这个分界线当在东汉魏晋时期。桓谭《新论》卷下云:"余颇离雅乐,而更为新弄。子云曰:'事浅易善,深者难识。卿不好雅颂,而悦郑声,宜也。'"③侯瑾《筝赋》:"于是雅曲既阕,郑卫仍修,新声顺变,妙弄优游。"④《宋书》卷九三载戴逵死后,他的两个儿子"不忍复奏"父亲所传之声,于是"各造新弄"。⑤ 一个"新"字,反映出琴曲在东汉时代的变化。稍后的嵇康《琴赋》中说:"下逮谣俗,蔡氏五曲。"⑥蔡氏五曲,即蔡邕所作的五弄,在嵇康等人看来是谣俗的东西。《后汉书》卷四九《仲长统列传》中有"弹南风之雅操"⑦,称"操"则用"雅"来修饰,而王褒《洞箫赋》中说"时奏狡弄"⑧,"狡弄"即俗弄。王僧虔论三调歌时也说"追余操而长怀"⑨,也是把将前代器乐曲称作"操"。同时,"弄"还可以用来指笛曲,《晋书》卷八一载东晋孝武帝请桓伊吹笛,"伊神色无迕,即吹为一弄"⑩。

---

① 郑樵《通志》,第631页。
② 王师昆吾《隋唐五代燕乐杂言歌辞研究》,第301页。
③ 桓谭《新论》,严可均辑《全上古三代秦汉三国六朝文》,第549页。
④ 侯瑾《筝赋》,严可均辑《全上古三代秦汉三国六朝文》,第833页。
⑤ 沈约《宋书》,第2276页。
⑥ 嵇康《琴赋》,严可均辑《全上古三代秦汉三国六朝文》,第1320页。
⑦ 范晔《后汉书》,第1644页。
⑧ 王褒《洞箫赋》,费振刚、胡双宝、宗明华辑校《全汉赋》,第144页。
⑨ 沈约《宋书》,第553页。
⑩ 房玄龄等《晋书》,第2118页。

由于"操"代表了琴曲中高雅复古的阶段,所以"操"诗多具有古质的特点。前面列举的先秦时期的"操"体诗就具有这一特点。唐代韩愈所拟《琴操》也是十分古奥,严羽《沧浪诗话》评云:"极高古,正是本色。"①"操"体诗在题材上多发愤抒怀之作,因为早期的"操"诗具有这一特点,谢希逸《琴论》才会总结出:"忧愁而作,命之曰操。"②唐代的操体诗也是如此,《唐故朝议大夫给事中上柱国戴府君墓志铭并序》云:"府君素尚难拨,犹怀江湖,因著《孤鹤操》以见志。"③是以《孤鹤操》抒发胸臆。苏源明为元结作《商余操》④,亦是自抒怀抱之作。孟郊《列女操》宣扬贞妇殉夫的观念,实际上是孟郊自身耿直坚贞品性的象征。韩愈所作《琴操》,蒋之翘《韩昌黎集辑注》引晁补之语:"孔子于三百篇皆弦歌之,《操》亦弦歌之辞也,其取兴幽眇,怨而不言,最近骚体。""操"体诗很少写及社会内容,只有李咸用的《水仙操》在结尾表露出讽谕内容。在体式上,多以四言和骚体杂言为主。

"弄"曾代表了早期琴曲中单独作为器乐曲的阶段,所以"弄"一直是称呼器乐曲的量词。如郭茂倩《乐府诗集》卷二九《王明君》题解引《琴集》谓《明君》有"三百余弄",胡笳《明君别》有"五弄"。琴曲中又有《蔡氏五弄》。"隋炀帝以嵇氏四弄、蔡氏五弄,通谓之九弄。"到了唐代,"弄"依然有表示单独器乐曲的意思,卢纶《河口逢江州朱道士因听琴》中说:"引坐霜中弹一弄,满船商客有归心。"

从汉魏直至南朝前期没有出现以"弄"命名的歌辞。较早以"弄"命名的歌辞是梁武帝时有《江南弄》,梁简文帝、沈约等人都有《江南弄》拟辞,都采用"七七七三三三三"的体式。唐代以"弄"题名的乐府诗较少,王勃有《江南弄》拟辞,仿照梁武帝辞的格式,三五七言相杂。中唐时有李贺也有《江南弄》拟辞,七言八句。蔡邕所作的"五弄",唐人虽有拟辞,但并不以"弄"命名,多以"曲"称之,如《游春曲》《渌水曲》等,而且后人的拟作多是"因题命辞,无复本意"⑤。只有顾况《幽居弄》题名中带"弄"字,此诗咏古题本义,写居处之幽静。

与"操""弄"相关的概念是"引"。"引"是相和歌兴盛以后产生的新曲⑥,主要用作相和歌的乐器前奏,《宋书·律历志》说:"令郝生鼓筝,宋同吹

---

① 严羽著,郭绍虞校释《沧浪诗话校释》,第187页。
② 转引自郭茂倩编《乐府诗集》,第822页。
③ 周绍良主编《唐代墓志汇编》,上海:上海古籍出版社,1992年,第1157页。
④ 参傅璇琮主编《唐五代文学编年史》初盛唐卷,沈阳:辽海出版社,1998年,第849页。
⑤ 郭茂倩编《乐府诗集》卷五九《蔡氏五弄》题解,第856页。
⑥ 张煜《乐府"引"题本义考》一文认为,题名"引"的最初含义当是对弹奏竖箜篌这一弓形乐器的形象描绘,"引"题的产生与竖箜篌密切相关(《文艺研究》2011年第4期,第51—57页)。可备一说。

笛,以为杂引、相和诸曲。"①这里提及的"杂引",便是相和六引,部分歌辞存于郭茂倩《乐府诗集》。在时间上流行于魏晋时期。"引"含有引导、引入的意思,故姜夔谓:"载始末曰引。"②后来"引"独立为器乐曲。从相和歌与琴曲歌辞的关系就可以看出一点。如《公无渡河》,起初是"相和六引"中的一曲,后来成为琴曲"九引"之一。再如《东武》《泰山》是楚调曲,《鶤鸡》是古相和曲,后来都变为琴曲,嵇康《琴赋》中就有:"若次其曲引所宜,则《广陵》《止息》《东武》《太山》,《飞龙》《鹿鸣》,《鶤鸡》《游弦》。"

最初的"引"曲多无歌辞,如石崇《思归引序》云:"寻览乐篇有《思归引》……此曲有弦无歌。今为作歌辞以述余怀。"③梁代以后,文人开始为"引"曲填辞,如"相和六引"(《商引》《徵引》《羽引》《宫引》《角引》《箜篌引》)和琴曲中的"九引"(包括《烈女引》《伯妃引》《贞女引》《思归引》《霹雳引》《走马引》《箜篌引》《琴引》《楚引》),歌辞大多是梁以后人所拟写。从现存的歌辞来看,题材较为杂乱,一般为短小篇制。

唐代的"引"诗在题材上多求仙求道,如卢照邻的《怀仙引》、李白的《飞龙引》、李贺的《春怀引》、陈陶的《步虚引》和《朝元引》等都是写访仙求道的。陈子昂的《春台引》借仙道抒人生之慨叹。当然,也有一些其他题材,如宋之问的《绿竹引》咏物,《高山引》抒怀,《冬宵引赠司马承祯》用来赠答,卢照邻的《明月引》写月下愁思,张说的《邺都引》和张鼎的《邺城引》都是咏史,元结的《舂陵引》则写讽谕内容。以上这些"引"诗,在体式上以杂言居多,篇制较长。宋代以后,"引"则变为配合琴曲的叙事体,宋人王辟之《渑水燕谈录》卷七《歌咏》中说,庆历中欧阳修谪守滁州,乐其山水,太常博士沈遵闻而游之,"以琴写其声,为《醉翁吟》",后来欧阳修"为《醉翁引》以叙其事"。④《醉翁吟》是琴曲,而《醉翁引》是叙事体,这正是明代吴讷《文章辨体序说》认为"述事本末曰引"⑤的原因。

以上"操""弄""引"皆为琴曲。由于多是器乐曲,所以文人拟辞不是很多。从现存拟辞来看,在文本上一般篇幅不长,多杂言。

八、"谣"诗、"怨"诗、"吟"诗、"叹"诗的诗体特征

"谣"指不配任何器乐的徒歌。《说文解字》谓"䍃,徒歌,从言,肉声"⑥。

---

① 沈约《宋书》,第214页。
② 姜夔《白石道人诗说》,何文焕辑《历代诗话》,第681页。
③ 逯钦立辑校《先秦汉魏晋南北朝诗》,第643页。
④ 王辟之撰,吕友仁点校《渑水燕谈录》,北京:中华书局,1981年,第85页。
⑤ 吴讷《文章辨体序说》,于北山、罗根泽校点《文章辨体序说 文体明辨序说》,第33页。
⑥ 许慎撰,段玉裁注《说文解字注》,上海:上海古籍出版社,1981年,第93页。

《尔雅·释乐》云:"徒歌谓之谣。"旧注云:"谓无丝竹之类,独歌之。"这都是说,"谣"是纯粹的人声,与器乐没有任何关联。"歌"初起的含义也是指徒歌,但跟"谣"相比,音乐性还是要强一些,所以陈旸《乐书》卷一五五中说:"歌生于嗟叹之不足,而谣又生于歌之不足也。岂谣者,歌声之远闻欤?"①"歌声之远闻",说明音乐性渐弱。

早期的"谣"诗都出自民间,正如元稹《乐府古题序》中谓:"采民氓者为讴、谣。"《乐府诗集·杂歌谣辞》中就收有许多来自民间的"谣"诗。到了南北朝后期,才有文人开始写"谣"诗,如陈后主拟写的《独酌谣序》云:"齐人淳于髡,善为十酒。偶效之,作《独酌谣》。"②沈炯、陆瑜等人又有拟辞。初唐没有"谣"诗,盛唐有李白的《庐山谣》《笙簧谣》等为数不多的几首。中晚唐,"谣"诗颇为兴盛,李贺、白居易、施肩吾、顾况、温庭筠、周匡物、皮日休等人都写有数量不等的"谣"诗。

由于"谣"诗不配任何器乐,也就不可能产生规整的曲调,即《初学记》卷一五引《韩诗章句》所谓"无章曲曰谣"③。反映在"谣"辞的文本形式上,表现为"从不分章解,从无整段的重沓复唱"④。因而在体制上不可能太长,这与"行"诗形成了显明的对比。这便是"谣"诗的第一个特点。对照《乐府诗集·杂歌谣辞》中所收的"谣"诗,很容易看出这一点。

"谣"诗的第二个特点是多用七言为主的杂言形式,其中以"三三七"句式最多。早期"谣"诗中多用三七言相杂的形式,如《越谣》用两个"三三七"句式,《长安谣》用一个"三三七"句式,其他如《会稽童谣》《二郡谣》《京兆谣》《后汉桓灵时谣》《晋泰始中谣》《阁道谣》《南土谣》等都是三言、七言或是三七言相杂的形式。七言因为用于"谣"诗,出自民间,所以人们一直视作俗体。唐代文人所写的"谣"诗中也多采用三言或七言形式,如李贺的《古邺城童子谣效王粲刺曹操》全用三言形式,温庭筠的"谣"诗则多用七言体。这说明文人对"谣"诗用七言形式的认同。

"谣"诗的第三个特点是文词特别俚俗。姜夔《白石道人诗说》谓谣"通乎俚俗"⑤,这是有道理的。如《京兆谣》:

> 我府君,道教举。恩如春,威如虎。刚不吐,弱不茹。爱如母,训

---

① 陈旸《乐书》,《景印文渊阁四库全书》,第 211 册,第 717 页。
② 逯钦立辑校《先秦汉魏晋南北朝诗》,第 2513 页。
③ 徐坚等《初学记》,第 376 页。
④ 王师昆吾《隋唐五代燕乐杂言歌辞研究》,第 305 页。
⑤ 姜夔《白石道人诗说》,何文焕辑《历代诗话》,第 681 页。

如父。①

这首歌谣明白如话。再如《城中谣》:

> 城中好高髻,四方高一尺。城中好广眉,四方且半额。城中好大袖,四方全匹帛。②

亦是明白如话。这个特点同样出现在文人所写的"谣"诗中。如陈后主的《独酌谣》:

> 独酌谣,独酌且独谣。一酌岂陶暑,二酌断风飙。三酌意不畅,四酌情无聊。五酌盂易覆,六酌欢欲调。七酌累心去,八酌高志超。九酌忘物我,十酌忽凌霄。凌霄异羽翼,任致得飘飘。③

再如李白《箜篌谣》:

> 攀天莫登龙,走山莫骑虎。贵贱结交心不移,惟有严陵及光武。周公称大圣,管蔡宁相容,汉谣一斗粟,不与淮南春。兄弟尚路人,吾心安所从。他人方寸间,山海几千重。轻言托朋友,对面九疑峰。多花必早落,桃李不如松。管、鲍久已死,何人继其踪?④

王建《古谣》:

> 一东一西垄头水,一聚一散天边霞。一来一去道上客,一颠一倒池中麻。⑤

这些文人"谣"诗都浅显通俗,较多使用口语。

"谣"诗的第四个特点是在题材上讽谕性极强。"谣",又称作"风谣"。任半塘曾指出,"歌"偏于颂,"谣"偏于风⑥。仔细考察《乐府诗集·杂歌谣

---

① 郭茂倩编《乐府诗集》,第 1224 页。
② 同上书,第 1223 页。
③ 逯钦立辑校《先秦汉魏晋南北朝诗》,第 2513 页。
④ 李白著,王琦注《李太白全集》,第 202 页。
⑤ 彭定求等编《全唐诗》,第 3383 页。题目下注云:"一作《杂咏》。"
⑥ 任半塘《唐声诗》上编,第 407—408 页。

辞》中所收的"歌"诗与"谣"诗,会发现"歌"皆是有感而作,偏重于抒个人之情,而"谣"诗多是对某一类社会现象进行讽刺和批判。如《后汉桓灵时谣》"举秀才,不知书。察孝廉,父别居"①,揭露当时滥举人才的社会弊端。也有一些是对颇为敏感的社会政治问题进行预测,如《晋泰始中谣》:"贾、裴、王,乱纪纲。王、裴、贾,济天下。"②总之,"谣"诗偏重于表现社会生活。中晚唐的文人"谣"诗正是继承了这一特点,如薛瑶的《返俗谣》写社会风俗;王建的《水夫谣》《海人谣》、曹邺的《捕鱼谣》等都是讽谕社会现实的作品。又,《新唐书·郑綮传》载,郑綮每"以诗谣托讽"③。当然,"谣"诗并不是专写讽谕题材,比如李白的《庐山谣》、王季文的《九华山谣》则是写山水风景的。

郭茂倩在《乐府诗集》卷六一《杂曲歌辞》序中把"怨"列为汉魏之世"诗之流乃有八名"中的一种,但现存汉魏乐府诗中没有以"怨"字缀尾的乐府诗。"怨"诗多为梁陈及唐人的咏史感伤之作,几乎没有入乐之作。现列举如下:

《长门怨》,始辞为梁柳恽作;
《阿娇怨》,始辞为唐刘禹锡作;
《婕妤怨》,又名《班婕妤》,《乐府诗集》题解部分引《乐府解题》曰:"后人伤之而为《婕妤怨》。"始辞为晋陆机作;
《长信怨》,始辞为唐王諲作;
《蛾眉怨》,始辞为唐王翰作;
《玉阶怨》,胡震亨《李诗通》在李白拟辞后注曰"班婕妤失宠,供养太后长信宫,作赋自悼,有'华殿尘兮玉阶苔'之句,谢朓取之作《玉阶怨》,白又拟朓作"④;
《宫怨》,始辞为唐长孙左辅作;
《青楼怨》,始辞为唐王昌龄作;
《后庭怨》,始辞为唐王諲作;
《邯郸宫人怨》,始辞为唐崔颢作;
《杂怨》,始辞为唐孟郊作;
《寒夜怨》,始辞为梁陶弘景作;
《湘弦怨》,始辞为唐孟郊作;

---

① 郭茂倩编《乐府诗集》,第 1224 页。
② 同上书,第 1225 页。
③ 欧阳修、宋祁《新唐书》,第 5384 页。
④ 胡震亨《唐音统签》,《四库全书存目丛书补编》,第 82 册,第 56 页。

《楚妃怨》,始辞为唐张籍作;

《吴宫怨》,始辞为唐卫万作;

《征妇怨》,始辞为唐张籍作;

《农臣怨》,始辞为唐元结作;

《贪官怨》,始辞为唐皮日休作;

《锄草怨》,始辞为唐司马扎作。

从以上可以看出,"怨"诗全为文人之作,出现时间较晚,其中唐人创作始辞多达十六首。在题材上,早期"怨"诗多表现宫女的不幸命运,直到中晚唐有所扩大,出现了讽谕内容,如张籍《征妇怨》、元结《农臣怨》、皮日休《贪官怨》、司马扎《锄草怨》等,但数量不是太多。

由于"怨"诗没有入乐的经历,所以更接近于文人徒诗。在形式上十分整齐,多为律、绝,几乎找不到一首杂言,也很少出现歌辞中常用的复叠、顶针、排比等修辞手法。在表现方式上多是怨而不怒,即徐师曾《文体明辨序说》所谓"愤而不怒曰'怨'"。

以"吟"为题名的乐府诗主要出现在相和歌"吟叹曲"中,见于记载的有《大雅吟》《小雅吟》《楚王吟》和《东武吟》,另外,楚调曲中有《白头吟》《泰山吟》《梁甫吟》《东武琵琶吟》等。"吟"本是歌诵、吟诵的意思。《广雅·释乐》释为"歌也"①。《汉书·礼乐志》所收《郊祀歌·练时日》中有"灵安留,吟青黄",颜师古注曰:"吟谓歌诵也。青黄,谓四时之乐也。"②但"吟"又与歌唱不完全相同,元代郝经《续后汉书·文艺传·文章总叙·诗部》云:"吟,亦歌类也。歌者,发扬其声而咏其辞也。吟者,掩抑其声而味其言也。歌浅而吟深。故曰:吟咏情性以风其上。三代先秦有其名而无其文,乐府有《白头吟》《梁父吟》《东武吟》,始自为篇题矣。"③换言之,"吟"是一种旋律起伏不大的演唱方式,"介于朗诵与歌唱中的一个人声等级"④。因此,乐府诗中早期出现的那些"吟"诗,最初大都是半诵半唱式的歌谣,如《宋书·乐志》云:"凡乐章古词,今之存者,并汉世街陌谣讴……《白头吟》之属是也。"据此可知,《白头吟》为"街陌谣讴"。《三国志·诸葛亮传》云:"亮躬耕陇亩,好为《梁父(甫)吟》。"《梁父(甫)吟》则是文人徒歌。《文选》李善注嵇康《琴赋》"东武太山"句云:"魏武帝乐府有《东武吟》,曹植有《太山梁甫吟》。左思

---

① 王念孙撰《广雅疏证》,南京:江苏古籍出版社,1984年,第278页。
② 班固《汉书》,第1052—1053页。
③ 郝经《续后汉书》,《丛书集成初编》,第3750册,第760页。
④ 王师昆吾《隋唐五代燕乐杂言歌辞研究》,第352页。

《齐都赋》注曰:'《东武》《太山》,皆齐之土风,谣歌讴吟之曲名也。'"《东武吟》《太山吟》皆为齐地的谣歌。《陈武别传》云:"武常骑驴牧羊,诸家牧竖十数人,或有知歌谣者,武遂学《泰山梁甫吟》《幽州马客吟》及《行路难》之属。"①此处明言《泰山》《梁甫吟》《幽州马客吟》为"歌谣"。鲍照的《代东武吟》开篇云:"主人且无喧,贱子歌一言。"亦是没有伴奏的徒歌。大约在魏晋清商乐兴盛时期,有些歌谣进入相和三调,因而被配上器乐曲,题名后面又缀以"行",郭茂倩《乐府诗集》卷四一《楚调曲》序引《古今乐录》云:"王僧虔《技录》:'楚调曲有《白头吟行》《泰山吟行》《梁甫吟行》《东武吟行》……'"②

在题材上,"吟"诗多抒发内心之志。许慎《说文解字》云:"吟,呻也。"《释名·释乐器》云:"吟,严也。其声本出于忧愁,故其声严肃,使人听之凄叹也。"③明代徐师曾《诗体明辨序说》也说:"吁嗟慨叹,悲忧深思,以申其郁者曰吟。"在体制上,"吟"诗一般具有较长的体制,多为五言形式,大概这种形式适合抒发心中的愁闷之情。唐代以"吟"为题者很多,中唐甚至形成了苦吟诗派,孟郊、贾岛等人创作了大量的"吟"诗,如孟郊的《送远吟》《静女吟》《归信吟》《山老吟》《游子吟》《小隐吟》《苦寒吟》《猛将吟》《边城吟》《黄雀吟》,贾岛的《枕上吟》《延康吟》《病鹘吟》等。这时"吟"已变成一种认真刻苦、殚精竭虑的创作方式,且大多已属徒诗,故本书不再详论。

"叹",最初表示和声。《乐记》云:"一倡而三叹。"又,"长言之不足,故嗟叹之"。注云:"嗟叹,和续之也。"④后来作为和声的"叹"独立出来,变成跟"吟"一样的正歌。《说文解字》云:"叹,吟也。谓情有所悦,吟叹而歌咏。"⑤《文选》录曹子建《与吴季重书》中有:"凤叹虎视。"李善注:"叹,犹歌也,取美壮之意也。"⑥汉相和歌中有《吟叹曲》,其中有《楚妃叹》,据陈僧智匠《古今乐录》载,梁陈时"无能歌者",但谢希逸《琴论》载有《楚妃叹》七拍,说明后来转入琴曲。另有《昭君叹》,梁代范静妇沈满愿作,后人无拟辞。唐代的"叹"诗较少,新乐府辞中有《古遗叹》《陇上叹》《橡媪叹》,马戴有《征妇叹》,也写及讽谕内容。

总之,"怨"诗几乎没有配乐经历,完全是文人的感怀咏史之作。"吟"诗配合过器乐曲,但后来更多具有徒诗的性质。"叹"诗经历了从和声到正歌的阶段,但衍生功能很弱,拟辞的数量很少。

---

① 转引自郭茂倩编《乐府诗集》卷四一《梁甫吟》题解,第605页。
② 郭茂倩编《乐府诗集》,第599页。
③ 王先谦撰集《释名疏证补》,上海:上海古籍出版社,1984年,第336页。
④ 《礼记正义》,阮元校刻《十三经注疏》,第1528页,第1545页。
⑤ 许慎撰,段玉裁注《说文解字注》,第412页。
⑥ 萧统编,李善等注《六臣注文选》,第791页。

第四章　唐代乐府诗体的功能

任何事物都因功能而存在,某种文学形式的出现和繁荣同样如此。唐代的乐府诗体之所以能够在诗歌史上占据一席之地,正是由它所具有的各种功能决定的。乐府诗最初是作为朝廷礼乐仪式之用,并满足贵族阶层的娱乐需求,但发展至唐代已演化成诗之一体,不再承担礼乐与娱乐功用——礼乐仪式方面有专门的郊庙歌辞,乐府诗的娱乐功能则大大萎缩,乐舞娱乐交由声诗和曲子辞去实现了。同时,乐府诗体虽然也可以言志和交际,却与一般徒诗具有不同之处。更重要的是,唐代的乐府诗体呈现出一些特殊功能,如讽谕社会的功能被进一步放大,总是试图实现正乐的愿望,以及对文人的作诗技巧具有提升和培养的作用。本章主要分析唐代乐府诗体的讽谕功能、正乐功能、言志功能、交际功能和培养功能,以便更加深入地了解唐代乐府诗体的运行机制与生存状态。

第一节　讽谕功能

唐代文人在拟写乐府诗的过程中,有意发扬其讽谕政治的社会功能,将乐府诗改造成一种干预现实的诗体,不仅发展和提升了乐府诗的品质,而且在一定程度上也成就了唐诗的地位。因此,后世对这些讽谕乐府诗给予了更多的关注与赞美,比如白居易的新乐府以单行本《白氏讽谏》传世,并多次刻印,说明颇受大众欢迎;李杜、张王、元白、皮陆等人的讽谕乐府诗在元明清诗话中常被言及,评价一般都比较高。20世纪以来,文学研究中重视"人民性"和"思想性",因而讨论新乐府的论文、著作层出不穷,尤其对乐府诗的讽谕特质进行过深入挖掘,较有代表性的成果如陈昌渠《白居易讽谕诗的历史经验》[①]、王运熙《讽谕诗和新乐府的关系和区别》[②]、朱我芯《诗歌讽谕传统与唐代新乐府研究》[③]、谢思炜《白居易讽谕诗的诗体与言说方式》[④]、钟优民

[①] 陈昌渠《白居易讽谕诗的历史经验》,《文学评论》1980年第5期,第117—123页。
[②] 王运熙《讽谕诗和新乐府的关系和区别》,《复旦学报》1991年第6期,第77—81页。
[③] 朱我芯《诗歌讽谕传统与唐代新乐府研究》,台湾东海大学2004年博士学位论文。
[④] 谢思炜《白居易讽谕诗的诗体与言说方式》,《陕西师范大学学报》2004年第3期,第43—47页。

《新乐府诗派研究》①、罗如斯《白居易讽谕诗与中国诗歌的讽谕传统》②等。这些论著梳理了古代诗歌中的讽谕传统,揭示新乐府的思想内容、艺术形式和表现技巧,为进一步深入探究奠定了基础,但在某些方面也有过度阐释或故意拔高之嫌。有鉴于此,本节在前贤研究的基础上,提出乐府诗之讽谕源于乐谏;唐人创作讽谕乐府诗体现出他们的参政热情,其书写具有独特的策略;将乐府诗引向讽谕虽然改造并成就了乐府诗体,却在后来因陷入生存困境而走向衰微。

一、乐府讽谕源于乐谏

言及中国古代的讽谕传统,一般认为与先秦的"谏诤讽政"和"采风观政"等行为有关,是在《诗经》出现及后来汉儒解经的过程中形成的。正如张克锋指出的,"下臣进谏,天子纳谏在周代已成为一项重要的政治制度",当时通过献诗、采诗以讽谏王政,因而"在诗的编辑过程中,强调诗的讽谏功能","产生了《毛诗》首序以讽谏论诗的解诗方式"。③ 后来经过汉魏晋南北朝时期的创作实践及理论总结,讽谕传统得到张扬并渐趋稳固。虽然在西晋时曾一度"取美舍刺",齐梁前后"彩丽竞繁,而兴寄都绝",但到了唐代,人们又大力推崇风雅精神,并达成共识,一致要求诗歌应反映现实,针砭时事。这些看法在诸多诗歌史、诗学史及朱我芯《诗歌讽谕传统与唐代新乐府研究》、罗如斯《白居易讽谕诗与中国诗歌的讽谕传统》等论文中都有过详细阐述。

若用上述认识来讨论唐代讽谕乐府诗的发源,恐嫌笼统。事实上,先秦政治生活中的"谏诤讽政"在后世历代朝廷中演变成谏官制度,至唐代则设有谏议大夫、拾遗、补阙、给事中、散议大夫等一系列谏官④。的确,创作乐府诗较多的杜甫、元稹、白居易等人都担任过谏官,这在一定程度上会激励文人创作讽谕乐府诗,但并非唐代讽谕乐府诗的根本源头。至于诗、骚及汉儒解经过程中形成的美刺传统,只能说是所有诗歌遵循并追求的目标,并非乐府诗所独有(元稹在《叙诗寄乐天书》中之所以分出"古讽""乐讽""律讽",正是由于乐府诗之讽谕具有独特性)。讽谕乐府诗的传统,应该导源于早期"作歌以讽"的乐谏行为。

先秦时期,人们表达对朝政的意见一般有两种方式,即"讽诵"和"作歌"。"讽诵"的执行主体是贵族士大夫,他们通过"倍文"之讽或"以声节

---

① 钟优民《新乐府诗派研究》,沈阳:辽宁大学出版社,1997年。
② 罗如斯《白居易讽谕诗与中国诗歌的讽谕传统》,湘潭大学2014年硕士学位论文。
③ 张克锋《上古谏诤传统、献诗、采诗制度与诗歌讽谏论》,《西北师大学报》2006年第6期,第43—47页。
④ 傅绍良《唐代谏议制度与文人》,北京:中国社会科学出版社,2003年,第53—71页。

之"的诵,在朝堂上直陈君王得失——《诗经》中的"变雅"就是这样产生的。到了汉代,虽然《诗大序》对此大力提倡,但是除韦孟作诗讽谏楚王刘戊外,其他文人很少有类似的创作实践。反倒是汉赋承担起这一职责,如扬雄"奏《甘泉赋》以风"①,张衡"乃拟班固《两都》,作《二京赋》,因以讽谏"②。因此,班固《两都赋序》说赋"或以抒下情而通讽谕,或以宣上德而尽忠孝"③。遗憾的是,汉赋中的讽谏"劝百而讽一",只能说是一次失败的尝试。其中原因,学术界有过很多分析,主要是由于这种"直陈"的讽诵方式造成了君王与讽谕者之间的尴尬,大肆铺排又使其枝蔓靡丽,主旨难以集中,故讽谏效果不佳。尽管如此,汉赋讽谏彰显了文人的淑世情怀与社会责任感——如果说它对唐代讽谕乐府诗有所影响的话,也正是对文人关心政治这一传统的继承。

"作歌"通常是普通民众对朝政表达意见的方式。其运行路径是:民众对朝政的看法诉诸谣歌,经行人采集后由"师"或"工"再"比其音律"④,然后在朝堂上向国君演唱,实现"听风观政"的目的。先秦文献中多次提及的"师工之诵""工歌""瞽歌""诵训之谏""歌以讯之"等,正是指这一方式,《诗经》中的"变风"便是"作歌以讽"最终结集的文本。尽管今天的研究者对先秦是否设行人采诗制度持怀疑态度,但汉代人十分崇信,并在解经过程中逐渐完善了乐谏的理论。《诗大序》云:

> 上以风化下,下以风刺上。主文而谲谏,言之者无罪,闻之者足以戒,故曰风。至于王道衰,礼义废,政教失,国异政,家殊俗,而"变风""变雅"作矣。国史明乎得失之迹,伤人伦之废,哀刑政之苛,吟咏情性,以风其上,达于事变而怀其旧俗者也。

"主文",郑玄笺曰:"主与乐之宫商相应也。""谲谏",郑玄笺云:"咏歌依违,不直谏。"⑤从这里可以看出乐谏的特点:第一,执行主体为乐人,但乐人并不是讽谕的直接发出者,因而增加了君王与讽谕者之间的缓冲,保护了讽谕者,与汉赋讽谏时文人直接面对皇帝截然不同⑥;第二,讽谕借助于音乐实现,裹

---

① 费振刚、胡双宝、宗明华辑校《全汉赋》,第170页。
② 范晔《后汉书》,第1897页。
③ 同上书,第311页。
④ 班固《汉书》,第1123页。
⑤ 《毛诗正义》,阮元校刻《十三经注疏》,第271—272页。
⑥ 乐谏与优谏亦不同,乐谏中的谏言内容不是乐人自己提出的,乐人不过是呈现者,而优谏是由优人主动进谏,采取滑稽幽默的手段,即如《旧唐书·李实传》所言:"瞽诵箴谏,取其诙谐以托讽谏,优伶旧事也。"优谏传统在唐代依然存在,如《乐府杂录》《唐语林》《西阳杂俎》等记有黄幡绰、李可及等优人的讽谏事例。

挟着娱乐的外衣,寓讽于乐,增加了艺术性,使讽谏行为中的君臣双方不再是冷冰冰的对立关系;第三,乐歌一旦在社会上传唱,容易造成社会舆论,对国君产生一定的压力,"言者无罪,闻者足戒",更有利于讽谏目标的实现;第四,据《孔子家语·辩政》、刘向《说苑·正谏》、班固《白虎通·谏诤》等文献中的记载,向君主进谏曾出现过多种形式,但历史证明讽谏最佳,因为能够"谏而不露"①,委婉含蓄,不至于"逆鳞",而乐谏体现的正是这一点。

汉代出现的一些乐府诗,正是当时乐谏的产物。尤其是那些来自民间、"缘事而发"的作品如《东门行》《孤儿行》《病妇行》《十五从军征》等,虽然我们今天难以看到如何在朝堂上唱奏令国君尴尬的文献证明,但其讽谕之意是明显的。当它们被剥离了娱乐的外衣之后,就完全变成了"感于哀乐"的讽谕乐府诗。应该承认,这是讽谏行为的发展与进步,也是诗歌与政治结合、对制度建设的贡献。

南北朝时期,仍有人以乐谏方式向国君表达意见。《南齐书·王敬则传》云:"帝既多杀害,敬则自以高、武旧臣,心怀忧恐。……敬则诸子在都,忧怖无计。上知之,遣敬则世子仲雄入东安慰之。仲雄善弹琴,当时新绝。江左有蔡邕焦尾琴,在主衣库,上敕五日一给仲雄。仲雄于御前鼓琴作《懊侬曲歌》曰:'常叹负情侬,郎今果行许!'帝愈猜愧。"②王仲雄本想以乐谏晓谕齐明帝,没想到适得其反。有些文人更是专门作乐府诗寄寓讽意。《南齐书·丘巨源传》载:"高宗为吴兴,巨源作《秋胡诗》,有讥刺语,以事见杀。"③因写乐府诗而被杀,可见讽谕之激烈。《梁书·江革传附从简传》载:"(江)从简,少有文情,年十七,作《采荷词》以刺敬容,为当时所赏。"④江从简很好地利用了乐府诗的讽谏功能,并得到人们赞赏。

到了唐代,乐府诗的进谏讽谕功能被放大,其理论建构也得以进一步完善。当然,这并非一蹴而就,有一个逐渐被认知和发扬的过程。起码唐初的乐府诗创作,仍然是处于"唱和重复"的阶段。但由于唐高宗永徽年间颁行《五经正义》,《毛诗》受到重视,乐谏、乐讽成为乐府诗创作的准的与追求,像后来元结《系乐府序》《二风诗论》、元稹《乐府古题序》《唐故工部员外郎杜君墓系铭序》、白居易《与元九书》《策林·采诗以补察时政》《新乐府序》、皮日休《正乐府序》、吴融《禅月集序》等几乎都是《诗大序》的翻版。同时,唐代音乐文化繁荣,更加刺激了文人对"歌诗"的利用,白居易在《新乐府序》中说

---

① 班固《白虎通》,《丛书集成初编》,第 238 册,第 119 页。
② 萧子显《南齐书》,第 485 页。
③ 同上书,第 896 页。
④ 姚思廉《梁书》,北京:中华书局,1973 年,第 526 页。

"可以播于乐章歌曲也"①,在《新乐府·采诗官》中明言"先向歌诗求讽刺"②,皮日休《正乐府序》中亦谓"尝有可悲可惧者,时宣于咏歌,总十篇,故命曰'正乐府诗'"③。唐代文献中,"讽谕"一词被频繁使用,说明讽谕的观念已得到广大文人的接受和认可;而在唐人看来,乐府诗是表现讽谕内容最为合适的体裁。由于中唐诗人创作了大量的讽谕乐府诗,以至于后来的研究者在界定"新乐府"时总是强调其"讽谕"的特点,甚至还有人提出将"新乐府运动"改为"讽谕诗运动"④。

二、体现出唐代文人的参政、议政意识

唐代讽谕乐府诗虽源于乐谏,但它与早期的乐谏在创作主体上有所不同。秦汉时期的歌谣与乐府多发自老百姓之口,乃是老百姓生活遭遇的真实写照,出于自然,没有伪饰与造作;而唐代讽谕乐府诗则是由文人有意所为,经过文人的选择与过滤,代表的是文人对社会及政治的立场和看法。中国文人自西汉以降,受儒家思想浸淫,一直具有较强的参政、议政意识。魏晋南北朝时期,门阀贵族把持朝政,使下层文人虽有参政之心,却无仕进之路,一定程度上造成了他们对社会政治的冷漠与失望。依陈寅恪研究,唐初文武大臣仍由"宇文泰'关中本位政策'下所结集团体之后裔"所掌控,从武则天开始,"大崇文章之选,破格用人",科举遂以诗赋取士,出身于社会下层的文人可以通过考取进士容身于朝廷⑤,于是文人自身的主体精神得以发扬,他们以功业自许,不愿成为社会的旁观者,而表现出一种积极的参政意识,议论国事,建言献策。比如,李白"申管、晏之谈,谋帝王之术。奋其智能,愿为辅弼"⑥,晚年遭贬后还"中夜四五叹,常为大国忧"⑦;杜甫"穷年忧黎元"⑧,立志要"致君尧舜上,再使风俗淳"⑨,《新唐书·杜甫传》谓其"旷放不自检,好论天下大事,高而不切。……为歌诗,伤时桡弱,情不忘君"⑩;岑参曾"为右补阙,频上封章,指述权佞"⑪;高适"喜言王霸大略,务功名,尚节义。逢时多

---

① 白居易著,顾学颉校点《白居易集》,第52页。
② 同上书,第90页。
③ 皮日休著,萧涤非、郑庆笃整理《皮子文薮》,第107页。
④ 王运熙《讽谕诗和新乐府的关系和区别》,第81页。
⑤ 陈寅恪撰,唐振常导读《唐代政治史述论稿》,上海:上海古籍出版社,1997年,第18页。
⑥ 李白《代寿山答孟少府移文书》,王琦注《李太白全集》,第1225页。
⑦ 李白《经乱离后,天恩流夜郎,忆旧游书怀赠江夏韦太守良宰》,王琦注《李太白全集》,第576页。
⑧ 杜甫《自京赴奉先县咏怀五百字》,仇兆鳌注《杜诗详注》,第265页。
⑨ 杜甫《奉赠韦左丞丈二十二韵》,仇兆鳌注《杜诗详注》,第74页。
⑩ 欧阳修、宋祁《新唐书》,第5738页。
⑪ 杜确《岑嘉州诗序》,廖立笺注《岑嘉州诗笺注》,第1—2页。

难,以安危为己任"①;元结"性梗僻,深憎薄俗,有忧道悯世之心"②。即使是归隐的陆龟蒙和遁入释门的贯休也没有冷眼看社会,而是对政治与民生表现出极度关切。

唐代有些文人在仕途上成功了,得以进入权力中枢,有机会向君王直陈谏章,如韩愈就写有《谏佛骨表》。这些谏章都是采用散文体式,属于官方公文,显然与讽谕乐府诗的运行机制完全不同。值得关注的是元稹和白居易,他们在元和初年(806)相继担任左拾遗期间,屡次向唐宪宗进奏谏章,尤其是白居易,"皆人之难言者,上多听纳"③。就在这一时期,李绅、元稹、白居易等人创作了新乐府。后来白居易在《与元九书》中自陈心迹:"仆当此日,擢在翰林,身是谏官,手请谏纸,启奏之外,有可以救济人病,裨补时阙,而难于指言者,辄咏歌之。欲稍稍递进闻于上,上以广宸聪,副忧勤;次以酬恩奖,塞言责;下以复吾平生之志。"④也就是说,白居易等人在担任谏官期间,除撰写朝廷公文性质的"启奏"谏章,完成规定的工作职责以外,还将"难于指言者"以"咏歌"形式写之,渴求"闻于上"。这正是对乐谏传统的自觉继承与发扬,是文人用世之心迫切,积极参政、议政意识的典型体现。

当然,并不是所有的文人都在仕途上成功,能有机会向皇帝进谏的毕竟是少数,广大的在野文人沉沦社会下层。当他们无法站在朝堂之上面对皇帝慷慨激昂地诵读自己的谏章时,他们便利用手中的文化资本与权利,创作讽谕乐府诗,评论朝政是非,反映社会痼疾和风俗人情,希望能"流入禁中"或"闻于上"。何况唐代的诸多君王能够广开言路,有意倡导进谏,更激发了文人创作讽谕乐府诗的热情与责任感。而且,它还能"泄导人情",发泄文人甚至是民众的负面情绪,从而减少和缓解政治上的对立,有利于协调社会矛盾,维护社会安定。从这个角度而言,讽谕乐府诗变成了一种辅政工具,为下层文人提供了一条表达政见的途径,反映出人们的从政智慧,一定程度上凸显了社会的民主因素。

依照《诗大序》的观点:"至于王道衰,礼义废,政教失,国异政,家殊俗,而'变风''变雅'作矣。"⑤即通常是在王道衰微时才会出现讽谕诗。而在唐代,讽谕乐府诗创作已常态化,不管是盛世还是乱世,富有忧患意识的文人都会写讽谕乐府诗,发表对朝政的看法。在盛唐开元、天宝年间,就出现了此类作品,如李白《远别离》《乌栖曲》《猛虎行》等讽谕唐玄宗后期的朝政;唐玄宗

---

① 刘昫等《旧唐书》,第3331页。
② 辛文房撰,傅璇琮主编《唐才子传校笺》,第1册,北京:中华书局,1987年,第519页。
③ 刘昫等《旧唐书》,第4344页。
④ 白居易《与元九书》,顾学颉校点《白居易集》,第962页。
⑤ 《毛诗正义》,阮元校刻《十三经注疏》,第271页。

宠幸杨贵妃,崔国辅作《相逢行》、杜甫作《丽人行》、李颀作《郑樱桃歌》以讽之。因此,吴莱《乐府类编后序》中说:"唐之盛时,虽若未见其丧败乱亡之戚,及其既衰,而遂不能救。然则唐世之治,固有以致之,而唐人之辞,亦于是乎有以兆之者矣。"①到了中唐时期,讽谕朝政的乐府诗更多。韩愈所作《永贞行》是对唐顺宗时期永贞革新的讽谕,清代顾嗣立评曰:"此诗前半言小人放逐之为快,后半言数君贬谪之可矜,盖为刘、柳诸公也。"②有些古题乐府诗也转而讽谕时事,如元稹唱和刘猛、李余的古题乐府诗,大都"寓意古题,刺美见事"③。张籍的《伤歌行》,《全唐诗》卷三八二在题目下注云:"元和中,杨凭贬临贺尉。"④可知是讽刺杨凭之作。柳宗元的《古东门行》,讽盗杀武元衡事。乔亿《剑溪说诗又编》云:"或问:'盗杀武元衡事,而题曰《古东门行》,何义?'曰:'汉乐府有《东门行》,鲍照尝拟之。武之遇盗被害在靖安里东门,故借汉乐府题咏其事。'"⑤在这种情形下,讽谕类乐府诗其实已变成一种晓谕、警示君主甚至是干预和制衡君权的手段,通过舆论影响,迫使君权在文人所预期的轨道内运行(当然,其终极目的仍然是维护君权)。

另外还要指出的是,唐代文人大都来自社会下层,对民间疾苦有更多了解,因而在乐府诗中讽谕最多的是民生与社会问题,这其实根源于儒家倡导的"民本"思想。但由于这些文人并没有实际参与政治,所以他们对朝政的关心仅仅是表层的,难以考虑到其中复杂的人事关系与当时的残酷现实,也很少能提出真正实用的操作路径与解决办法。他们对政治只是一种热情和幻想。宋代以后,文人变得更加理性了,知晓此种方法不切实际又难以奏效,因而也较少用乐府诗讽谏朝廷。

三、"言者无罪,闻者足戒"的书写策略

就创作动机而言,讽谕乐府诗并不是通常所指的那种用于欣赏的文学作品,而是反映民间疾苦或议论朝政过失的"谏言"。有研究者就指出白居易的《七德舞》《贺雨》等新乐府诗"采取了最接近章奏表状的文体形式"⑥。这就决定了作者在写作过程中首先考虑的不是文学意义上的诗艺技巧,而是讽谕内容的表达以及如何保护自身安全又能实现讽谕目的。《诗大序》中明确提出:"主文而谲谏,言之者无罪,闻之者足以戒。"如前文所述,其实倡导的

---

① 吴莱《乐府类编后序》,吴莱《渊颖集》,《景印文渊阁四库全书》,第1209册,第205页。
② 转引自韩愈著,钱仲联集释《韩昌黎诗系年集释》,第341页。
③ 元稹《乐府古题序》,冀勤点校《元稹集》,第255页。
④ 彭定求等编《全唐诗》,第4283页。
⑤ 郭绍虞编选,富寿荪校点《清诗话续编》,第1125页。
⑥ 谢思炜《白居易讽谕诗的诗体与言说方式》,第44页。

是一种委婉含蓄的讽谏方式。唐代孔颖达对此解释得十分明晰:"不直言君之过失,故言之者无罪。人君不怒其作主而罪戮之,闻之者足以自戒。人君自知其过而悔之,感而不切,微动若风,言出而过改,犹风行而草偃。"①同时,《诗大序》还要求作到"止乎礼义",也就是把握好"度",不能失君臣之礼,不可太过急切。正如后来元代杨载《诗法家数》中所云:"讽谏之诗,要感事陈辞,忠厚恳恻。讽谕甚切,而不失情性之正,触物感伤,而无怨怼之词。虽美实刺,此方为有益之言也。古人凡欲讽谏,多借此以喻彼,臣不得于君,多借妻以思其夫,或托物陈喻,以通其意。"②简言之,讽谕乐府诗应该不怒不怨,委婉含蓄,让听者通过感悟自悔其过。唐代的一部分讽谕乐府诗能作到这一点,如王维《榆林郡歌》:"山头松柏林,山下泉声伤客心。千里万里春草色,黄河东流流不息。黄龙戍上游侠儿,愁逢汉使不相识。"③讥讽朝廷的开边政策,委婉含蓄,不露声色,因而王夫之《唐诗评选》中说:"真情老景,雄风怨调,只此不愧汉人乐府。"④柳宗元的《古东门行》讽盗杀武元衡事,乔亿《剑溪说诗又编》云:"诗旨欲大索刺客,声罪致讨,而终篇不露,是为深厚。"⑤张籍、王建的乐府诗亦大多如此,高棅《唐诗品汇》中说:"大历以还,古声愈下。独张籍、王建二家体制相似,稍复古意。或旧曲新声,或新题古义,词旨通畅,悲欢穷泰,慨然有古歌谣之遗风,皆名为乐府。虽未必尽被于弦歌,是亦诗人引古以讽之义欤!"⑥白居易《长恨歌》诗中有"遂令天下父母心,不重生男重生女",黄滔《答陈磻隐论诗书》评云:"此刺以男女不常,阴阳失伦。其意险而奇,其文平而易,所谓言之者无罪,闻之者足以自戒哉!"⑦

古人把这种含蓄深微、别有寄托的乐府诗称为"风人诗",比如南朝乐府诗常用谐音双关借指他意,葛立方《韵语阳秋》卷四云:"《乐府解题》以此格为'风人诗',取陈诗以观民风,示不显言之意。"⑧白居易的有些乐府诗也"颇得风人之旨",叶燮《原诗》云:"今观其(笔者按,白居易)集,矢口而出者固多,苏轼谓其局于浅切,又不能变风操,故读之易厌。……然有作意处,寄托深远,如《重赋》《致仕》《伤友》《伤宅》等篇,言浅而深,意微而显,此风人之能事也。"⑨施补华《岘佣说诗》云:"《上阳白发人》《新丰折臂翁》两篇,长

---

① 《毛诗正义》,阮元校刻《十三经注疏》,第271页。
② 杨载《诗法家数》,何文焕辑《历代诗话》,第733页。
③ 王维撰、陈铁民校注《王维集校注》,第246页。
④ 王夫之著,王学太校点《唐诗评选》,北京:文化艺术出版社,1997年,第10页。
⑤ 乔亿《剑溪说诗又编》,郭绍虞校选、富寿荪校点《清诗话续编》,第1125页。
⑥ 高棅编选《唐诗品汇》,第269页。
⑦ 董浩等编《全唐文》,第8671—8672页。
⑧ 葛立方《韵语阳秋》,第50页。
⑨ 叶燮《原诗》,丁福保辑《清诗话》,第604页。

于讽谕,颇得风人之旨。"①沈德潜论及白居易讽谕诗,亦称赞说:"使言者无罪,闻者足戒,亦风人之遗意也。"②

依朱我芯研究,讽谕手法在唐前分为古诗与乐府两个系统,古诗采用"比兴寄讽",而咏物、寓言、咏史、述怀等诗歌类型"也都从比兴发展而出",乐府"为即事起叙的手法,多借民间景况中单一事件的铺叙,以反映现实中的普遍的现象"。至唐代"渐呈并兴之局",李白"总结性的缩合了两大系统的发展",但杜甫有意将二者"作出区隔",在后来张、王、元、白等人的新乐府中强化并展现出即事起叙、第三人称视角、民间场景、反差对立、诗末显志、语言通俗等特征③。这些分析是细致而有道理的。需要补充说明的是,在唐代乐府诗中,比兴始终都是文人创作赖以依靠的主要手段,如刘禹锡《聚蚊谣》《飞鸢操》等都托物比兴。即便以"浅切"著称的白居易乐府诗,也多用比兴之法,其《太行路》便"借夫妇以讽君臣之不终也"④。

除比兴外,唐代乐府诗中还经常采用今昔对比、以古鉴今的讽谕手段。在初盛唐,今昔对比之法使用颇多。刘希夷的《春女行》就采用此法。到了晚唐时期,以古鉴今的咏史颇为普遍,如罗隐"诗名于天下,尤长于咏史,然多所讥讽"⑤。朱鹤龄《笺注李义山诗集序》谓李商隐写作咏史诗的初衷:"唐至太和以后,阉人暴横,党祸蔓延,义山陷塞当涂,沉沦记室,其身危,则显言不可而曲言之;其思苦,则庄语不可而漫语之。计莫若瑶台璚宇、歌筵舞榭之间,言之者可无罪,而闻之者足以动。"⑥唐人为了隐藏自己的身份,还经常"以汉喻唐",这在边塞题材的讽谕乐府诗中十分常见,如杜甫《兵车行》,单复评云:"此为明皇用兵吐蕃而作,故托汉武以讽。"⑦这些手法的运用,都是借用时空错置来隐藏作者自己的"出场",起到保护"言者"的作用,达到"言者无罪"的目的。

乐府诗作为有入乐期待的歌曲,一般都是以叙事及铺叙见长。有些讽谕乐府诗很好地利用这一优势,加入故事性与戏剧性的成分,在诗歌中铺排和延展,或者形成前后落差对比,以便更好地突出讽谕题旨。比如,杜甫《兵车行》、白居易《卖炭翁》《新丰折臂翁》等都是撷取一个典型的事例,以点代面,

---

① 施补华《岘佣说诗》,丁福保辑《清诗话》,第989页。
② 沈德潜《说诗晬语》,丁福保辑《清诗话》,第538页。
③ 朱我芯《诗歌讽谕传统与唐代新乐府研究》,台湾东海大学2004年博士学位论文,第303—304页。
④ 白居易《新乐府序》,顾学颉校点《白居易集》,第53页。
⑤ 薛居正《旧五代史》,北京:中华书局,1976年,第326页。
⑥ 李商隐撰,刘学锴、余恕诚集解《李商隐诗歌集解》附录,第2022页。
⑦ 杜甫著,仇兆鳌注《杜诗详注》,第117页。

揭示社会上的某些弊端,表达讽谕之意。韦应物的《夏冰歌》极力铺写贵族生活之奢华与精致:"碎如坠琼方截璐,粉壁生寒象筵布。玉壶纳扇亦玲珑,座有丽人色俱素。咫尺炎凉变四时,出门焦灼君讵知。肥羊甘醴心闷闷,饮此莹然何所思",末尾突然笔锋一转,"当念阑干凿者苦,腊月深井汗如雨",①提醒贵族们应该感念凿冰者之苦,至此才发现前面的铺叙是为诗末的讽谕服务,铺叙越冗长,讽谕越有张力。白居易《悲哉行》一诗:"沉沉朱门宅,中有乳臭儿。状貌如妇人,光明膏粱肌。手不把书卷,身不擐戎衣。二十袭封爵,门承勋戚资。春来日日出,服御何轻肥!朝从博徒饮,暮有倡楼期。平封还酒债,堆金选蛾眉。声色狗马外,其余一无知。"②十分细致地叙写权贵子弟声色犬马、不学无术的丑行,使讽谕更有力量与深度。贯休《富贵曲》其二亦是花费大量笔墨铺叙富人的奢侈生活,诗末说"宁知耘田车水翁,日日日炙背欲裂"③,与前面形成极大的落差对比,控诉社会的不公。

然而,在讽谕乐府诗中一味采用比兴、今昔对比、以古鉴今等手法,虽然委婉含蓄,但毕竟过于曲折深微,难以引起君王的重视,甚至还被附会误解,因此元结、白居易等人改变策略,把"主文而谲谏"变为直谏,即直发议论,以警策之语表明讽旨。白居易在《秦中吟》的序言中谓其作诗的方式是"直歌其事"④,在《新乐府序》中亦明确说:"其辞质而径,欲见之者易谕也。……其事核而实,使采之者传信也。"⑤之所以发生转向,是因为他们认为遭遇"理世",没有"时忌",元稹在《和李校书新题乐府十二首序》中说:"予遭理世而君盛圣,故直其词以示后,使夫后之人,谓今日为不忌之时焉。"⑥在这一观念的指导下,元结、李绅、元稹、白居易等人创作了许多直谏类讽谕乐府诗。由于它们偏离了讽谕乐府诗委婉含蓄的书写传统,后来遭致人们的批评。胡震亨《唐音癸签》卷七说元白"乐府古与俗正可无论,患在易晓易尽,失风人微婉义耳。白尝规元:乐府诗意太切理,欲稍删其繁而晦其义。亦自知诗病概然故云"⑦。卷九论及新乐府时又云:"但在少陵后仍咏见事讽刺,则诗为谤讪时政之具矣。此白氏讽谏,愈多愈不足珍也。"⑧

---

① 韦应物著,陶敏、王友胜校注《韦应物集校注》,上海:上海古籍出版社,1998年,第591页。
② 白居易著,顾学颉校点《白居易集》,第17页。
③ 贯休著,胡大浚笺注《贯休歌诗系年笺注》,北京:中华书局,2011年,第51页。
④ 白居易著,顾学颉校点《白居易集》,第30页。
⑤ 同上书,第52页。
⑥ 元稹著,冀勤点校《元稹集》,第278页。
⑦ 胡震亨《唐音癸签》,第69页。
⑧ 同上书,第87页。

四、效果与影响

从各种文献资料看,唐人所写的讽谕乐府诗中,真正实现讽谕功能的只有为数不多的几首。一个成功的例子是景龙年间,唐中宗游兴庆池,"侍宴者递起歌舞,并唱《下兵词》,方便以求官爵",给事中李景伯亦唱:"回波尔时酒卮,兵儿志在箴规。侍宴既过三爵,喧哗窃恐非宜。"讽谏中宗不该纵酒鬻官,中宗听后"乃罢坐"①,实现了讽谕目的。另一个成功的例子出现在唐玄宗时期,玄宗在东洛五凤楼下大酺,"命三百里县令、刺史率其声乐来赴阙者,或谓令较其胜负而赏罚焉",只有元德秀遣乐工歌《于蒍》以示讽谏,玄宗"闻而异之",并追问河内百姓的生活,"促命征还"。② 事实上,唐代大量讽谕乐府诗只在文人当中流传,似乎并未被君王接受,比如杜甫、韦应物、张籍的讽谕乐府诗,得到白居易、元稹等人的大力推崇,却无传入宫廷或君王阅读的任何记载。即使是白居易自己的讽谕乐府诗,也没有被乐人谱乐传唱,也并未像韩愈《谏佛骨表》那样,直接引起君王重视,白居易自己在《郊陶潜体诗十六首》中就说过:"我有乐府诗,成来人未闻。"③元稹亦说:"乐天《秦中吟》《贺雨》讽谕等篇,时人罕能知者。"④令人啼笑皆非的是,元稹、白居易的讽谕诗对唐代政治没有起到多少规讽作用,反而为诗人的仕途带来了好处。《旧唐书·白居易传》载:

> 居易文辞富艳,尤精于诗笔。自雠校至结绶畿甸,所著歌诗数十百篇,皆意存讽赋,箴时之病,补政之缺,而士君子多之,而往往流闻禁中。章武皇帝纳谏思理,渴闻谠言,二年十一月,召入翰林为学士。三年五月,拜左拾遗。居易自以逢好文之主,非次拔擢,欲以生平所贮,仰酬恩造。⑤

白居易因创作讽谕歌诗而受皇帝青睐,作了翰林学士。元稹也是如此,他贬谪江陵时,监军崔潭峻"以稹歌词数十百篇奏御",结果"帝大悦",随即擢祠部郎中,知制诰⑥。由于元、白写乐府诗而获得了好处,因而有研究者怀疑元、白创作新乐府的动机并非单纯的讽谕政治,可能还"别有他求",或为干

---

① 刘𫗧撰,程毅中点校《隋唐嘉话》,北京:中华书局,1979 年,第 41 页。
② 郑处诲《明皇杂录》,北京:中华书局,1994 年,第 26 页。
③ 白居易著,顾学颉校点《白居易集》,第 105 页。
④ 元稹《白氏长庆集序》,冀勤点校《元稹集》,第 555 页。
⑤ 刘昫等《旧唐书》,第 4340—4341 页。
⑥ 欧阳修、宋祁《新唐书》,第 5228 页。

禄而作①。若从陆龟蒙《论白居易荐徐凝屈张祜》中所说"元白之心,本乎立教,乃寓意于乐府,雍容宛转之词,谓之讽谕,谓之闲适,既持是取大名"②来看,不能说没有这样的嫌疑!

由此说来,唐代讽谕乐府诗的讽谏功能其实只是文人的一厢情愿,其社会效果非常有限。其中原因,主要是在唐代其实已没有讽谏诗的生存环境了。白居易在元和十年(815)所写《与元九书》中叙及自己创作讽谕乐府诗后,"岂图志未就而悔已生,言未闻而谤已成矣",尤其是那些"不相与者,号为沽名,号为诋评,号为讪谤",以至于"骨肉妻孥,皆以我为非也",③明显表露出悔过与自责之意。即便是当时有纳谏美名的唐宪宗,提拔了白居易后马上反悔了,据《旧唐书·白居易传》中记载,唐宪宗曾对李绛说:"白居易小子,是朕拔擢致名位,而无礼于朕,朕实难奈。"④唐宪宗甚至还想罢免谏官,《资治通鉴·唐纪·宪宗元和二年》云:

> 上又尝从容问绛曰:"谏官多谤讪朝政,皆无事实,朕欲谪其尤者一二人以儆其余,何如?"对曰:"此殆非陛下之意,必有邪臣以壅蔽陛下之聪明者。人臣死生,系人主喜怒,敢发口谏者有几!就有谏者,皆昼度夜思,朝删暮减,比得上达,什无二三。故人主孜孜求谏,犹惧不至,况罪之乎!如此,杜天下之口,非社稷之福也。"上善其言而止。⑤

虽然在李绛的劝说下,唐宪宗没有罢免谏官,但从这件事可以看出,君王是不乐意听到各种反对意见,何况讽谕乐府中提及许多社会问题本来就颇为棘手,难以在短时期内予以解决。

其实,以乐府诗写讽谕题材是将其推向了危险境遇,因为它对乐府诗体的发展十分不利。黄庭坚《书王知载朐山杂咏后》中说:

> 诗者,人之情性也,非强谏争于廷,怨忿诟于道,怒邻骂坐之为也。其人忠信笃敬,抱道而居,与时乖逢,遇物悲喜,同床而不察,并世而不闻,情之所不能堪,因发于呻吟调笑之声,胸次释然,而闻者亦有所劝勉,

---

① 〔日〕静永健著,刘维治译《白居易写讽谕诗的前前后后》中编第一章《李绅、元稹的〈新题乐府〉》,北京:中华书局,2007年,第79—100页;黄耀堃《音乐与讽刺——新乐府考(其一)》,《唐代文学研究》第五辑,第630—642页。
② 董诰等编《全唐文》,第8359页。
③ 白居易著,顾学颉校点《白居易集》,第962—963页。
④ 刘昫等《旧唐书》,第4344页。
⑤ 司马光《资治通鉴》,第7646页。

比律吕而可歌,列于羽而可舞,是诗之美也。其发为讪谤侵陵,引颈以承戈,披襟而受矢,以快一朝之忿者,人皆以为诗之祸,是失诗之旨,非诗之过也。故世相后或千岁,地相去或万里,诵其诗而想见其人所居所养,如旦莫与之期,邻里与之游也。①

黄庭坚提出诗歌如果"强谏争于廷,怨忿诟于道",会"发为讪谤侵陵",成为"诗之祸",这确实代表了一大批人的看法。后来讽谕乐府诗的发展也证明了这一点。宋元明清时期,虽然也有人创作了一些讽谕乐府诗,但并未产生多大影响。元末杨维桢,明代李攀龙、王世贞等人一再呼吁重续乐府诗的讽谕传统,无奈随着君权进一步加强专制,文人的政治理性逐渐增强,讽谕乐府诗的生存环境更加恶化,其衰落也就成为必然趋势了。换言之,乐府诗的讽谏功能是由作者的创作动机所造成的,它只能生存于特定的语境与时代中。若再深入思考,其中还有文化传统的因素在起作用。乐府诗是礼乐文化的产物,在儒家学说的倡导下,乐的政教功能被极力强调,背负着修明政治、移风易俗的作用,故刘勰《文心雕龙·乐府》明确提出了"诗为乐心"的思想,强调歌辞在歌曲中的主导作用,并要求文人"宜正其文"②,这无疑牵引着乐府诗向讽谕政治的方向发展。至唐代,乐府诗的娱乐功能几乎被遮蔽殆尽,只能高扬其政教讽谏功能。而后来兴起的词是娱乐文化的产物,没有过多的政治包袱,所以始终未能发展成讽谏的工具,反而使词轻装简行,走向繁荣。

尽管如此,唐人用乐府诗来讽谕时事,在文学史上产生了深远影响。首先,它改造了乐府诗体,让乐府诗从齐梁时期"绮艳靡丽"的风格中走出来,赋予并强化其社会功用,从而使乐府诗成为一种更具社会性的诗体,提升了乐府诗在文学领域中的地位,也成功实践了先秦两汉以来儒家提出的乐谏理论,故受到历代政治家和文论家的追捧。乐府诗在后世几乎成为一种专门讽谕的诗体,人们写到反映时事的诗歌时往往首选乐府体,这种传统一直延续到清末。其次,承续诗歌关注现实的传统,尤其是近体诗在唐代成熟后,追求形式主义的风气抬头,只有古诗、乐府诗依然坚守和保持着影响政治、改造社会的任务。再次,成就了一批诗人,如杜甫、张籍、王建、元稹、白居易等都以写讽谕乐府诗而在生前身后赢得声誉,冯班《钝吟杂录》中就称赞道:"杜子美创为新题乐府,至元、白而盛。指论时事,颂美刺恶,合于诗人之旨,忠志远谋,方为百代鉴戒,诚杰作绝思也。"③冯氏之所以认为杜甫、元白等人为"百

---

① 黄庭坚著,刘琳、李勇先、王蓉贵校点《黄庭坚全集》,第666页。
② 刘勰著,范文澜注《文心雕龙注》,第102页。
③ 冯班《钝吟杂录》,丁福保辑《清诗话》,第42页。

代鉴戒",正是因为他们写新题乐府,"指论时事",能"合于诗人之旨"。

当然,我们应该看到,以乐府诗写讽谕内容并没有发展出兼具思想性和艺术性的创作模式,反而形成了一种以讽谕现实为尚的诗歌衡量标准,影响着后人的诗歌批评指向。比如,唐代元结、元稹、白居易等人创作的讽谕乐府诗,往往因具有较高的思想价值而饱受好评,似乎艺术性的高低是次要的。元结的《舂陵行》,杜甫对其评价甚高,其中的原因即如杨慎《升庵诗话》所言:"取其志,非取其辞也。"①元稹《连昌宫词》与白居易《长恨歌》同写天宝年间唐玄宗与杨玉环事,但因元作有规讽之意,故洪迈、张邦基等人评价甚高。洪迈《容斋随笔》卷一五云:"《连昌宫词》《长恨歌》皆脍炙人口,使读之者情性荡摇,如身生其时,亲见其事,殆未易以优劣论也。然《长恨歌》不过述明皇追怆贵妃始末,无它激扬,不若《连昌词》有监戒规讽之意。"②张邦基《墨庄漫录》卷六云:"白乐天作《长恨歌》,元微之作《连昌宫词》,皆纪明皇时事也。予以谓微之作过乐天,白之歌止于荒淫之语,终篇无所规正。元之词乃微而显,其荒纵之意皆可考,卒章乃不忘箴讽,为优也。"③李贺写有多首乐府诗,且成就不俗,但终因缺乏讽谕内容而受到批评,陆游就曾批评说:"贺词如百家锦衲,五色炫耀,光夺眼目,使人不敢熟视,求其补于用,无有也。"④这一点自然是唐代讽谕乐府诗的创作者当初所没有预料到的。

第二节 正乐功能

唐代文人为何会乐此不疲地创作乐府诗?他们创作的乐府诗到底与当时的音乐之间有何关联或影响?陈寅恪在言及白居易新乐府诗时说,"实则乐天之作,乃以改良当日民间口头流行之俗曲为职志"⑤。葛晓音指出,"盛唐古乐府以恢复汉魏乐府为主要目标","是对宫廷清乐尚存淫哇之声的一种批判"⑥。吴相洲说:"元白的新乐府创作是对盛唐以来朝廷音乐反思的结果……意在以这种新的歌诗取代朝廷的大雅颂声和乐府艳歌。"⑦钱志熙认为,唐人标举古乐府学及其拟乐府创作,"实有与当代乐章歌词相抗衡之意义"⑧。综合四家之说,唐人创作乐府诗,目的是改造当时的朝野音乐。这不

---

① 杨慎著,王仲镛笺证《升庵诗话笺证》,第 320 页。
② 洪迈撰,孔凡礼点校《容斋随笔》,第 200—201 页。
③ 张邦基《墨庄漫录》,第 177 页。
④ 范晞文《对床夜语》,丁福保辑《历代诗话续编》,第 422 页。
⑤ 陈寅恪《元白诗笺证稿》,第 125 页。
⑥ 葛晓音《盛唐清乐的衰落和古乐府诗的兴盛》,《社会科学战线》1994 年第 4 期,第 218 页。
⑦ 吴相洲《论元白新乐府创作与歌诗传唱的关系》,《中国诗歌研究》第二辑,第 111 页。
⑧ 钱志熙《唐人乐府学述要》,《中国社会科学》2013 年第 8 期,第 125 页。

就是所谓的"正乐"吗？李锦旺《唐代乐府诗综论》指出，唐代的礼乐建设对乐府歌诗产生过一定影响，一是规范作用，尤其是接受礼乐思想的规范，趋雅而避俗；一是激励作用，刺激文人创作出更多的作品①。本节循此思路，对唐人继承正乐传统，唐人以乐府诗正乐的目标、途径及失败原因予以探讨。

一、唐人对正乐传统的继承

我国古代有着悠久的正乐传统。传说帝舜的乐官后夔曾正过乐，《初学记》卷一六《乐部》中《箜篌第四》引《孙氏赋》说"后夔正乐，唱引参列"②，据《吕氏春秋·察传》所载孔子之言，当时舜"欲以乐传教于天下"，乃令夔"为乐正。夔于是正六律，和五声，以通八风"。③ 在历史上颇为著名的正乐活动是由孔子主持的。《论语·子罕篇》云："子曰：'吾自卫反鲁，然后乐正，雅颂各得其所。'"郑玄注："反，鲁哀公十一年冬。是时道衰乐废，孔子来还，乃正之，故雅颂各得其所。"④《史记·乐书》亦载："自仲尼不能与齐优遂容于鲁，虽退正乐以诱世。"⑤"齐优"事指鲁定公十四年（前496）齐国赠女乐，鲁定公"三日不朝"，孔子遂愤然辞去司寇一职。"鲁哀公十一年"即公元前484年，孔子六十八岁，说明他是在晚年完成了对《雅》《颂》的校正。

孔子是怎样正乐的？古今学者有不同意见，有的认为是删减《诗》文本，有的认为是调正音乐。20世纪以来，学者多倾向于孔子"有正乐之功而无删诗之事"⑥。他们认为，孔子调正的是不合周朝礼法的郑卫之声。如蒋孔阳说："孔丘'正乐'，主要的不外两个目的：(1) 他要用'礼'来统帅'乐'。他所要正的'乐'，不是其他的'乐'，而是要能够为'礼'服务的'乐'。(2) 他要用'礼乐'来反对其他非礼之'乐'，如象郑卫之音等。"⑦其实从诗乐配合的实际情形来看，孔子在调正音乐的过程中，即使没有大规模删减《诗》文本，仍有可能对部分诗作的结构或文词进行修改，否则流传于后世的《诗》文本为何那样整齐划一呢？

孔子正乐，在历史上具有很大影响。由于这一事件发生在孔子晚年，因而是其礼乐思想成熟与定型的产物。他崇尚古乐，反对郑卫之音，主张"乐"为"礼"服务。这一思想通过儒家弟子的传播、发挥和书写，散见于各种早期

---

① 李锦旺《唐代乐府诗综论》，浙江大学2001年博士学位论文，第44—56页。
② 徐坚等《初学记》，第394页。
③ 吕不韦著，陈奇猷校注《吕氏春秋新校释》，上海：上海古籍出版社，2002年，第1536页。
④ 《论语注疏》，阮元校刻《十三经注疏》，第2491页。
⑤ 司马迁《史记》，第1176页。
⑥ 洪湛侯《诗经学史》，北京：中华书局，2002年，第67—68页；吴超《试论孔子无删诗之事而有正乐之功》，《人民音乐》1982年第10期，第30—33页。
⑦ 蒋孔阳《评孔丘的"正乐"思想》，《文艺理论研究》1980年第1期，第69页。

典籍,如《周礼·大司乐》中说:"凡建国,禁其淫声、过声、凶声、慢声。"注云:"淫声,若郑卫也。"①《礼记·乐记》云,"乐者,通伦理者也";"是故先王之制礼乐也,非以极口腹耳目之欲也,将以教民平好恶,而反人道之正也";"郑卫之音,乱世之音也,比于慢矣。桑间濮上之音,亡国之音也,其政散,其民流,诬上行私而不可止也"。② 这些典籍在后世都成为经典,其中蕴含的思想构成了古代雅乐的基本理念,塑造了全社会最基本的诗乐观,并促成了重雅轻俗的偏见。而孔子正乐的意义,还在于形成了文人主动参与礼乐建设的传统,赋予文人为"乐"制词、规正音乐的责任感和使命感。

汉武帝"立乐府",司马相如等数十人"造为诗赋,略论律吕,以合八音之调,作十九章之歌"③。然而,乐府所奏之乐以俗入雅,夹杂郑卫,很快就引来了朝臣及文人的批评。《史记·乐书》载武帝得马而作歌,"协于宗庙",汲黯遂提出质疑④。班固《汉书·礼乐志》明确说,汉武帝"常御及郊庙皆非雅声","皆以郑声施于朝廷"。⑤ 这正是对文人参与礼乐建设及正乐传统的继承与发扬。此后,魏晋南北朝各代制礼作乐,大都由文人撰词,也经常因为俗乐进入朝廷而遭受非议,如沈约《宋书·乐志》谓南朝吴歌杂曲"哥词多淫哇不典正"⑥。尤其要指出的是,阮籍《乐论》中明确对"正乐"一词作出解释:"夫正乐者,所以屏淫声也,故乐废则淫声作。"⑦认为"正乐"就是摒除淫声。而刘勰《文心雕龙·乐府》中系统阐述了"诗为乐心"的观点。他说:"诗为乐心,声为乐体:乐体在声,瞽师务调其器;乐心在诗,君子宜正其文。……故知季札观辞,不直听声而已。若夫艳歌婉娈,怨志诀绝,淫辞在曲,正响焉生?"⑧刘勰提出在诗乐关系中,文人所作诗歌乃是根本,所以文人首先要端正文辞。显然,刘勰立足于文人视角,由先前的关注音乐转为关注歌辞本身,提升了文人在正乐过程中的地位和重要性。

到了唐代,文人有意承袭正乐传统,将制乐撰词、规正音乐和革新歌辞作为自身责任。初唐卢照邻《乐府杂诗序》中倡导"发挥新题,孤飞百代之前;开凿古人,独步九流之上。自我作古,粤在兹乎"⑨,希望乐府歌辞的创作能够开拓与超越,显露出一种自觉革新的意识。身为执宰大臣的张说在《敕归

---

① 《周礼正义》,阮元校刻《十三经注疏》,第791页。
② 《礼记正义》,阮元校刻《十三经注疏》,第1528页。
③ 班固《汉书》,第1045页。
④ 司马迁《史记》,第1178页。
⑤ 班固《汉书》,第1070—1071页。
⑥ 沈约《宋书》,第552页。
⑦ 严可均辑《全上古三代秦汉三国六朝文》,第552页。
⑧ 刘勰著,范文澜注《文心雕龙注》,第102页。
⑨ 卢照邻著,李云逸校注《卢照邻集校注》,第339—340页。

在道中作》中说"谁能定礼乐,为国著功成"①,蜚声开天诗坛的李白《古风》其一中说"《大雅》久不作,吾衰竟谁陈"②,他们在制礼作乐和继承风雅方面都具有"舍我其谁"的强烈使命感和责任感。据李华《三贤论》载,元德秀"以为王者作乐崇德……而辞章不称,是无乐也,于是作《破阵乐词》。是乐也,协商、周之颂"③,这种积极主动的正乐行为与当年孔子校订《雅》《颂》一脉相承。元结创作《系乐府》,李绅和元稹创作《新题乐府》,白居易创作《新乐府》,皮日休创作《正乐府》,刘驾创作《唐乐府》以及其他人创作的各类新乐府,都是对古乐府的颠覆与革新。若再进一步放宽视野,唐人那些拟写古题的乐府诗,或"寓意古题",或"自我作古",亦可视为对原有歌辞的改写与规正。从这个角度来说,唐人创作大量的乐府诗,其中一个重要的动机便是正乐。

二、唐人正乐的背景与目标

唐人通过拟写乐府诗以正乐,是在传统音乐衰落与以胡乐、俗乐为代表的新兴燕乐风靡一时的背景下展开的,其目标就是使朝野音乐变成所谓的"正声""正乐"(此处之"正"为形容词,与动词"正乐"不同)。开元二十九年(741)唐玄宗在颁布《大唐乐》时说:"朕尝以听政之暇,缅寻前典。虽旧制之空存,而正声之多缺,将何以列彼祠祀,感于灵明。"④表明朝廷希冀以"正声"唱奏于祠祀场合。朝臣、文人也多次倡导"正声""正乐",如崔日用《奉和九月九日登慈恩寺浮图应制》中说"咸英调正乐"⑤,姚崇《弹琴诫》中说"易俗以雅乐,和人以正声"⑥,权德舆《奉和圣制中春麟德殿会百寮观新乐》中说"正声迈咸濩"⑦,顾况《乐府》中说"国风新正乐"⑧。文人诗作更是希望能够成为"正声",孟简谓施先辈"乐府正声三百首,梨园新入教青娥"⑨,白居易自豪地说自己的"十首秦吟近正声"⑩,方干称赞姚合的诗"国有遗篇续正声"⑪。

那么,何谓"正声""正乐"呢?换言之,唐人正乐的具体目标是什么?大

---

① 彭定求等编《全唐诗》,第976页。
② 李白著,王琦注《李太白全集》,第87页。
③ 董诰等编《全唐文》,第3214页。
④ 同上书,第279页。
⑤ 彭定求等编《全唐诗》,第558页。
⑥ 董诰等编《全唐文》,第2084页。
⑦ 彭定求等编《全唐诗》,第3604页。
⑧ 同上书,第2957页。
⑨ 同上书,第5371页。
⑩ 白居易著,顾学颉校点《白居易集》,第349页。
⑪ 彭定求等编《全唐诗》,第7467页。

略而言,主要是恢复雅正的古乐,反对胡乐与俗乐。这似乎与传统的正乐目标没有多大差别,但唐人正乐所面临的情形与以前有所不同——唐代音乐已渐趋独立发展,乐人主乐与文人主文的局面也已形成,文人只能秉持"诗为乐心"的观念,着力改造乐府诗,他们既在理论上有所建树,又在创作方面予以实践。

而且,唐代文人力求恢复古乐,前后期的目标并不一致。正如葛晓音所指出的,初盛唐主要是希望恢复汉魏乐府,反对的是齐梁以来宫廷清乐中尚存的淫哇之声和逐渐兴盛的胡乐、俗乐①。据《旧唐书·音乐志》记载,唐初太常传有《宴乐》五调歌词各一卷,"词多郑、卫,皆近代词人杂诗,至缘又令太乐令孙玄成更加整比为七卷。又自开元已来,歌者杂用胡夷里巷之曲,其孙玄成所集者,工人多不能通,相传谓为法曲"②。朝廷乐词已"多郑、卫",又"杂用胡夷里巷之曲",自然是文人不能容忍的。武平一在《谏大飨用倡优媟狎书》中说:

> 乐正则风化正,乐邪则政教邪,先王所以达废兴也。伏见胡乐施于音律,本备四夷之数,比来日益流宕。异曲新声,哀思淫溺,始自王公,稍及闾巷。……夫礼慊而不进即销,乐流而不反则放。臣愿屏流僻,崇肃雍,凡胡乐备四夷外,一皆罢遣。况两仪承庆殿者,陛下受朝听政之所,比大飨群臣,不容以倡优媟狎,亏污邦典。若听政之暇,苟玩耳目,自当奏之后庭可也。③

反对"异曲新声",追求"乐正",这应该代表了初盛唐很多人的意见。如何改变这种局面?从陈子昂提出"汉魏风骨,晋宋莫传"④,到后来李白完全"重建了一个古乐府的创作系统"⑤,无不是以汉魏乐府为修正目标。我们发现,汉魏时期的乐府题目几乎在初盛唐都有拟辞,那些偏于艳情的乐府题目如《陌上桑》《相逢行》《子夜歌》《长干曲》等都被李白、高适等人改写为清新甚至寓有讽意的作品,而被称为齐梁亡国艳曲的《伴侣》《玉树后庭花》没有人拟写,新兴的燕乐曲调《回波乐》《堂堂》《三台》《倾杯乐》等也很少有人填写。无疑,这使乐府在整体上朝着雅正的方向发展。

中唐以后,文人一如既往地反对俗乐和胡乐,甚至在激烈的程度上超过

---

① 葛晓音《盛唐清乐的衰落和古乐府诗的兴盛》,《社会科学战线》1994年第4期,第218页。
② 刘昫等《旧唐书》,第1089页。
③ 董诰等编《全唐文》,第2723页。
④ 陈子昂《与东方左史虬修竹篇序》,彭定求等编《全唐诗》,第895页。
⑤ 钱志熙《唐人乐府学述要》,《中国社会科学》2013年第8期,第128页。

了初盛唐时期。王毂《玉树曲》云："圣唐御宇三百祀，濮上桑间宜禁止。请停此曲归正声，愿将雅乐调元气。"①明确反对以《玉树后庭花》为代表的"濮上桑间"之乐，祈归雅乐正声。元稹和白居易所作《五弦弹》《法曲》《立部伎》《西凉伎》《华原磬》《骠国乐》《胡旋女》《七德舞》《采诗官》等多篇涉及音乐，极力反对俗乐和胡乐。然而，从中唐开始，乐府诗以恢复先秦古乐为正乐目标。之所以发生这种转变，是因为中唐人意识到原先试图恢复汉魏乐府的设想难以实现，当时社会上弥漫着一股儒学复兴与文化复古的气氛，他们认为只有回到先秦才能从根本上改变安史之乱造成的社会颓势。因此，一些文人放弃汉魏乐府②，主张恢复先秦古乐。张籍《废瑟词》中批评"乐府无人传正声"，发出"几时天下复古乐，此瑟还奏《云门》曲"③的愿望，《云门》即是先秦古乐。同时，安史乱后乐章的缺失激发了文人的创作热情，为正乐带来了契机。据唐德宗时期杜佑所奏《改定乐章论》中说："臣以乐章残缺，积有岁时，自有事东巡，亲谒九庙，圣情敦礼，精祈感通，皆祠前累月，考定音律，请编诸史册，万代施行。"④正是在这样的背景下，中唐时期出现了补写古曲歌辞及创作新乐府的热潮。

补写古曲歌辞，意在直接恢复遗落千年的先秦古曲，甚至有人还主张重造先秦时期的古乐器。这有相当难度，缺乏可操作性。白居易不满此种作法，他在《册林》六四《复乐古器古曲》中就说："臣以为销郑卫之声，复正始之音者……不在乎改其器，易其曲也。"⑤在白居易等人看来，应该采用文学的手段，继承和发扬先秦时期《诗经》的风雅精神，把乐府诗确实变成采风观政的工具。其《新乐府》中的《采诗官》一诗中说，不能仅仅"郊庙登歌赞君美，乐府艳词悦君意"，还要"先向歌诗求讽刺"，作到"采诗听歌导人言。言者无罪闻者诫，下流上通上下泰"。⑥ 这一看法在中唐前后颇为流行，代表了规正乐府诗的主流取向。元结在《刘侍御月夜宴会》一诗序中云："时之作者，烦杂过多，歌儿舞女，且相喜爱，系之风雅，谁道是邪？诸公尝欲变时俗之淫靡，为后生之规范。"⑦元稹《乐府古题序》谓"况自《风》《雅》，至于乐流，莫非讽兴当时之事，以贻后代之人"，而古题乐府的拟写要"刺美见事，犹有诗人引

---

① 彭定求等编《全唐诗》，第 7986 页。
② 单书安《元白新乐府与汉乐府联系的再认识》，《陕西师大学报》1987 年第 3 期，第 81—89 页。
③ 彭定求等编《全唐诗》，第 4293 页。
④ 董诰等编《全唐文》，第 4880 页。
⑤ 白居易著，顾学颉校点《白居易集》，第 1365 页。
⑥ 同上书，第 90 页。
⑦ 彭定求等编《全唐诗》，第 2711 页。

古以讽之义焉"。① 晚唐皮日休《正乐府十篇》的序言将乐府诗的革新方向说得更加明确：

> 乐府,盖古圣王采天下之诗,欲以知国之利病,民之休戚者也。……诗之美也,闻之足以观乎功;诗之刺也,闻之足以戒乎政。……由是观之,乐府之道大矣。今之所谓乐府者,唯以魏、晋之侈丽,陈、梁之浮艳,谓之乐府诗,真不然矣!②

皮日休否定了魏晋陈梁以来的乐府诗传统,抹杀其娱乐性,欲以寓含美刺精神的"新乐府""正乐府"替代当时的朝廷乐章。这使得乐歌真正实现了政治与教化的功能——而这正是先秦以来人们孜孜以求的愿想,同时凸显出文人在政治生活中的重要权利与积极贡献,从而将正乐的功效与意义最大化。后世的研究者是支持这一正乐方向的,明代胡震亨《唐音癸签》卷一五谓杜甫、元稹、白居易、曹邺、聂夷中等人所作新乐府"即未尝谱之于乐,同乎先朝入乐诗曲,然以比之填词曲子仅佐颂酒赓色之用者,自复霄壤有殊"③,清代李邺嗣《万季野新乐府序》谓杜甫、李绅、元稹、白居易的乐府诗"俱以讽谕为体,可播于乐章"④。

三、献诗、补作与改作：唐人正乐的直接途径

乐府诗各个品类中,朝廷在祭祀仪式场合使用的乐章地位最高,因而也是唐人正乐过程中最为关注的。通常情况下,这类歌辞或由皇帝本人亲自撰写,或直接诏命富有文学修养的大臣创作。据孙晓晖《两唐书乐志研究》对唐代雅乐歌辞作者的考察,"以玄宗开元为界,前期雅乐乐章创作以弘文馆学士为主,至开元时起,文词重臣——翰林学士开始主持雅乐乐章创作,他们是唐雅乐辞章质量的重要保证"⑤。唐代的文词重臣多能恪尽职守,所撰雅乐乐章典雅正统,较少受到时人批评,有力地引领了唐代乐府创作走向雅正之路。朝廷有时也会诏命大臣撰写俗乐歌辞,有文人会利用这样的机会予以规正,如许敬宗《上恩光曲歌词启》云："少傅元龄奉宣令旨,垂使撰《恩光曲词》六言四章,章八韵。……窃寻乐府雅歌,多皆不用六字,近代有《三台》《倾杯乐》等,艳曲之例,始用六言。今故杂以兮字,稍欲存于古体。起草适

---

① 元稹撰,冀勤点校《元稹集》,第 255 页。
② 皮日休著,萧涤非、郑庆笃整理《皮子文薮》,第 107 页。
③ 胡震亨《唐音癸签》,第 174 页。
④ 李邺嗣《杲堂诗文集》,杭州:浙江古籍出版社,2013 年,第 447 页。
⑤ 孙晓晖《两唐书乐志研究》,上海:上海音乐学院出版社,2005 年,第 315 页。

毕,未敢为定,蒙假不获面启对,封藁本上呈,可不之宜,伏听后命。"①虽然只是在形式上"杂以兮字",毕竟能"稍欲存于古体",却改变了"艳曲之例"。有时在朝廷举行的乐舞表演中,文人也会进行修改。《明皇杂录》卷下记载:

> 唐玄宗在东洛,大酺于五凤楼下,命三百里县令、刺史率其声乐来赴阙者,或谓令较其胜负而赏罚焉。时河内郡守令乐工数百人于车上,皆衣以锦绣,伏厢之牛,蒙以虎皮,及为犀象形状,观者骇目。时元鲁山遣乐工数十人,联袂歌《于蔿》。《于蔿》,鲁山文也。玄宗闻而异之,征其词,乃叹曰:"贤人之言也。"其后上谓宰臣曰:"河内之人,其在涂炭乎?"促命征还,而授以散秩。②

玄宗朝乐舞无度,河内郡守投其所好,元德秀轻装简行,遣乐工歌《于蔿》,使玄宗有所悔悟。

一般而言,普通官吏及下层文人无权参与朝廷仪式乐章的撰写,但他们可以通过向朝廷献诗、献乐或补作乐歌,其作品一旦被采用,可以立即实现正乐的目的。向朝廷献诗、献乐历代有之,但唐代最为盛行。现撮其有文献可征者考述如下:

(1) 卢照邻《中和乐九章》。唐初祖孝孙定雅乐,制十二和之乐,故卢照邻以"中和"为题名撰辞,分别是《歌登封第一》《歌明堂第二》《歌东军第三》《歌南郊第四》《歌中宫第五》《歌储宫第六》《歌诸王第七》《歌公卿第八》《总歌第九》,除末章外均采用四言形式,历述大唐典制功德。李云逸注云:"《中和乐九章》为升之模拟历代雅乐之歌辞所作的郊庙歌辞。……唐之郊庙歌辞率为朝廷重臣所为,升之才秀人微,朝廷必无使造作之命,是自为之而献诸有司者也。"③卢照邻作雅乐乐章,献诸有司后却未被采用。

(2) 岑参《献封大夫破播仙凯歌六章》。岑参《送封大夫出师西征序》云:"天宝中,匈奴、回纥寇边……天子于是授钺常清,出师征之。"④破播仙后,乃作凯歌。《新唐书·仪卫志下》载:"历代献捷必有凯歌。太宗平东都,破宋金刚,执贺鲁,克高丽,皆备军容,凯歌入京都,然其礼仪不传。"⑤由于资料缺乏,未知此辞在当时是否采用。

(3) 郑丹《挽歌》。《中兴间气集》卷上:"宝应中,献二帝两后挽歌三十

---

① 董诰等编《全唐文》,第1550页。
② 郑处诲《明皇杂录》,第26页。
③ 卢照邻著,李云逸校注《卢照邻集校注》,第166—167页。
④ 此文已佚,此处所引见郭茂倩编《乐府诗集》卷二〇,第302页。
⑤ 欧阳修、宋祁《新唐书》,第510页。

首,词旨哀楚,得臣子之致,虽不及事,朝廷嘉之。解褐任蕲州录事参军。"①郑丹因向朝廷敬献挽歌辞而解褐出仕。这些诗今存,词正情哀。

(4) 康洽献乐府。李颀《送康洽入京进乐府歌》云:"识子十年何不遇,只爱欢游两京路。……新诗乐府唱堪愁,御妓应传鹍鹊楼。"②戴叔伦《赠康老人洽》云:"一篇飞入九重门,乐府喧喧闻至尊。"③《唐才子传》卷四云:"洽……工乐府诗篇,宫女梨园,皆写于声律。"④但康洽所献乐府诗今佚。

(5) 杨巨源《圣寿无疆词十首》。《全唐诗》卷三三三作《春日奉献圣寿无疆词十首》,可知是献给皇帝的。虽然为歌功颂德之作,但风格颇为雅致。

(6) 白居易《新乐府》。白居易在《与元九书》中说:"是时,皇帝初即位,宰府有正人,屡降玺书,访人急病。仆当此日,擢在翰林,身是谏官,手请谏纸,启奏之外,有可以救济人病,裨补时阙,而难于指言者,辄咏歌之。欲稍稍递进闻于上,上以广宸聪,副忧勤;次以酬恩奖,塞言责;下以复吾平生之志。"⑤由此可知,白居易创作《新乐府》的动机,实乃有意写为谏词呈献给皇帝的。

(7) 柳宗元《唐鼓吹铙歌》。郭茂倩《乐府诗集》卷二〇该题题解曰:"按此诸曲,史书不载,疑宗元私作而未尝奏,或虽奏而未尝用,故不被于歌。"⑥

(8) 刘驾《唐乐府十首》。大中三年(849),唐朝收复河湟地区,正在京城准备应举的刘驾写了《唐乐府十首》。其序云:"下土土贡臣驾,生于唐二十八年,获见明天子以德归河湟地。臣得与天下夫妇复为太平人,独恨愚且贱,蠕蠕泥土中,不得从臣后拜舞称于上前。情有所发,莫能自抑,作诗十章,目曰唐乐府。虽不足贡声宗庙,形容盛德,而愿与耕稼陶渔者歌田野江湖间,亦足自快。"⑦《唐才子传》云:"时国家复河、湟故地,有归马放牛之象,驾献乐府十章。……诗奏,上甚悦,累历达官。"⑧

上述所列献给朝廷的乐府诗,目的各有不同,形式风格亦各异,但都是力图对朝廷乐府予以补充或规正。当然,也有一些进献给朝廷的乐歌,反而成了后来正乐的对象。比如,初唐神龙以后韦后专权,一些附炎文人如迦叶志忠、郑愔作《桑条歌》以献,显然是为博取政治权力而作,结果成为一场闹剧。

---

① 高仲武《中兴间气集》,傅璇琮、陈尚君、徐俊编《唐人选唐诗新编》(增订本),第467页。
② 彭定求等编《全唐诗》,第1351页。
③ 同上书,第3112页。
④ 辛文房撰,傅璇琮主编《唐才子传校笺》,第2册,第88页。
⑤ 白居易著,顾学颉校点《白居易集》,第962页。
⑥ 郭茂倩编《乐府诗集》,第303页。
⑦ 彭定求等编《全唐诗》,第6776—6777页。
⑧ 辛文房撰,傅璇琮主编《唐才子传校笺》,第3册,第367—368页。

唐德宗时期，各地藩镇向朝廷献乐，一直到唐文宗时才取缔了这一制度①，这些音乐多是胡乐或俗乐，因而遭到了新乐府诗人的强烈反对。

中唐时期在恢复古乐的风气下，有些文人补作先秦古曲。元结《补乐歌十首序》云："自伏羲氏至于殷室，凡十代，乐歌有其名，无其辞，考之传记而义或存焉。……今国家追复纯古，列祠往帝，岁时荐享，则必作乐，而无云门、咸池、韶、夏之声，故探其名义以补之。"②所补有《网罟》《云门》《五茎》《大濩》等。后皮日休亦有补作，其《文薮序》："大乐既亡，至音不嗣，作《补周礼九夏歌》。"③所补有《王夏》《肆夏》《皇夏》等九篇。元、皮所作均以四言为主，模拟《诗经》韵味，揣摩古代社会情状，风格古雅。另外，中唐时期的李贺也补写过一些歌辞，杜牧在《李长吉歌诗叙》中说："贺能探寻前事，所以深叹恨古今未尝经道者，如《金铜仙人辞汉歌》《补梁庾肩吾宫体谣》。求取情状，离绝远去笔墨畦径间，亦殊不能知之。"④晚唐温庭筠补写过《湖阴曲》。他们都是以六朝事迹为对象。遗憾的是，这些补写的乐歌似乎没有引起多大反响，也无人配乐演唱，只能算是一种正乐的探索吧。

以上所论主要是对朝廷仪式乐章的规正。对民间歌辞，唐代文人亦利用各种机会进行改作。《欸乃曲》本一民间船歌，大历二年（767）元结回道州时，"逢春水，舟行不进，作《欸乃》五首，令舟子唱之。盖以取适于道路云"⑤。《欸乃曲》原来的歌辞不存，想来应该是鄙陋不堪，元结遂改之。刘禹锡作《竹枝词》亦是这样，其序云："岁正月，余来建平，里中儿联歌《竹枝》，吹短笛，击鼓以赴节。……虽伧儜不可分，而含思宛转，有淇、濮之艳。昔屈原居沅、湘间，其民迎神，词多鄙陋，乃为作《九歌》，到于今，荆、楚鼓舞之。故余亦作《竹枝词》九篇，俾善歌者飏之，附于末。后之聆巴歈，知变风之自焉。"⑥《旧唐书·刘禹锡传》也有类似的叙述，并谓"故武陵溪洞间夷歌，率多禹锡之辞也"⑦，说明刘禹锡所作歌辞广为传播，真正取代了原来的旧辞。陈寅恪指出，白居易所作《新乐府》乃是"改进当时民间流行之歌谣"，这正是白居易正乐的目标，他采用当时民间流行的"三三七句之体"，⑧希望能在民间广为流传，以对抗颇为盛行的胡乐俗曲，然后闻于宫廷，从而达到讽政目的。

---

① 柏红秀《音乐文化与唐代诗歌研究》，南京：南京大学出版社，2014 年，第 41 页。
② 彭定求等编《全唐诗》，第 2693 页。
③ 董诰等编《全唐文》，第 8353 页。
④ 杜牧《李长吉歌诗叙》，李贺著，王琦等注《李贺诗歌集注》，第 4 页。
⑤ 彭定求等编《全唐诗》，第 2716—2717 页。
⑥ 刘禹锡撰，卞孝萱校订《刘禹锡集》，第 359 页。
⑦ 刘昫等《旧唐书》，第 4210 页。
⑧ 陈寅恪《元白诗笺证稿》，第 125 页。

四、待选与待采:唐人正乐的间接途径

唐代文人通过献诗、补写、改作的途径来正乐,毕竟是少数一部分,大量的乐府诗是以"待选"或"待采"的途径正乐。之所以这样,是因为唐代的诗乐配合方式出现了新的变化——由先前的"作诗入乐"嬗变为"选诗入乐"。在唐代,乐人阶层壮大,他们掌握并熟悉大量的音乐曲调,经常会主动选取文人的诗歌配乐演唱。宋代王灼《碧鸡漫志》卷一云:"李唐伶伎,取当时名士诗句入歌曲,盖常俗也。"①明代杨慎亦云:"唐世乐府,多取当时名人之诗唱之,而音调名题各异。"②比如,唐初朝廷太常寺所传的"宫、商、角、徵、羽《宴乐》五调歌词各一卷","或云贞观中侍中杨恭仁妾赵方等所铨集"。③ 中唐时期歌妓刘采春,元稹说她"选词能唱《望夫歌》"④,据《云溪友议》记载,其所唱《望夫歌》一百二十首,"皆当代才子所作"⑤。当时,部分乐府曲调依然在流传,有些乐人善唱这些曲调,如孟浩然《崔明府宅夜观妓》中说歌妓能"新声子夜歌"⑥,陈旸《乐书》卷一二八谓"教坊谢大善歌,尝唱《乌夜啼》,明皇亲御篪篥和之"⑦,杜牧《泊秦淮》中说"商女不知亡国恨,隔江犹唱后庭花"⑧。文人大量拟写旧题乐府诗,希望能够被乐人选中,配入曲调进行演唱,以规正和提升原来的唱辞,即如姚合《赠张籍太祝》中所说的"麟台添集卷,乐府换歌词"⑨,"换歌词"就是改换原先的旧辞。

也确实有些文人的诗歌被乐人选取,唱入乐府。《新唐书·王维传》云:"宝应中,代宗语缙曰:'朕尝于诸王座闻维乐章,今传几何?'"⑩说明王维的诗被谱乐传唱,在宫廷与贵族家中颇为流行。章孝标《蜀中赠广上人》云:"疏讲青龙归禁苑,歌抄白雪乞梨园。"⑪《旧唐书》卷一六六载,"穆宗皇帝在东宫,有妃嫔左右尝诵稹歌诗以为乐曲者,知稹所为,尝称其善,宫中呼为元才子"⑫。而且,宫廷乐人会主动出击,求取文人诗歌配乐演唱。如《唐才子

---

① 王灼《碧鸡漫志》,唐圭璋编《词话丛编》,第78页。
② 杨慎著,杨文生校笺《杨慎诗话校笺》,成都:四川人民出版社,1990年,第192页。
③ 刘昫等《旧唐书》,第1089页。
④ 元稹撰,冀勤点校《元稹集》,第695页。
⑤ 范摅撰,唐雯校笺《云溪友议校笺》,第165页。
⑥ 彭定求等编《全唐诗》,第1643页。
⑦ 陈旸《乐书》,《景印文渊阁四库全书》,第211册,第565页。
⑧ 彭定求等编《全唐诗》,第5980页。
⑨ 同上书,第5651页。
⑩ 欧阳修、宋祁《新唐书》,第5766页。
⑪ 彭定求等编《全唐诗》,第5756页。
⑫ 刘昫等《旧唐书》,第4333页。

传》谓王之涣"每有作,乐工辄取以被声律"①。《旧唐书·李益传》谓李益"每作一篇,为教坊乐人以赂求取,唱为供奉歌词"②。韩翃《送郑员外》云:"孺子亦知名下士,乐人争唱卷中诗。"③刘禹锡《酬杨司业巨源见寄》云:"渤海归人将集去,梨园弟子请词来。"④元稹《酬乐天八月十五夜禁中独直玩月见寄》云:"宴移明处清兰路,歌待新词促翰林。"⑤这更加刺激了唐代文人创作乐府诗的热情,因为作品传入宫廷配乐演唱是一种莫大的光荣,说明自己的文采得到了朝廷的首肯,不仅可以提升自己的知名度,还能实现立言以传世的目的。

因此,文人十分渴望自己的作品传入乐府,白居易在《读张籍古乐府》一诗中就感慨说:"时无采诗官,委弃如泥尘。恐君百岁后,灭没人不闻。愿藏中秘书,百代不湮沦;愿播内乐府,时得闻至尊。"⑥元稹《酬友封话旧叙怀十二韵》中希望"会遣诸伶唱,篇篇入禁闱"⑦。皮日休《鲁望昨以五百言见贻,过有褒美,内揣庸陋,弥增愧悚,因成一千言,上述吾唐文物之盛,次叙相得之欢,亦迭和之微旨也》谓"播于乐府中,俾为万代蠲"⑧。唐人在称赞别人的诗作时,也经常以传于乐府作为最高荣誉。白居易在《读李杜诗集,因题卷后》中赞颂李白和杜甫的诗"吟咏流千古,声名动四夷。文场供秀句,乐府待新辞"⑨。韩愈《荆潭唱和诗序》中说裴均、杨凭等人的诗作"宜乎施之乐章,纪诸册书"⑩。刘禹锡《奉和淮南李相公早秋即事寄成都武相公》:"秋与离情动,诗从乐府传。聆音还窃抃,不觉抚么弦。"⑪徐铉《送赞善大夫陈翊致仕还乡诗序》云:"殿下调高雅颂,文动星辰,赋诗一章,以宠行迈。掩郢中之旧制,流乐府之新声,足以厚君臣之情,敦风化之本。"⑫

在选诗入乐的过程中,乐人具有较大的主动权,这自然对文人是不利的——"旗亭画壁"的故事充分说明了这一点。因而在中唐前后,文人大力提倡"采诗入乐",在文人看来,一旦乐府诗被朝廷采集,就会立即交付乐官配乐传唱。况且,先秦时期还有"采风"的说法,班固在《汉书·艺文志》中又

---

① 辛文房撰,傅璇琮主编《唐才子传校笺》,第1册,第448页。
② 刘昫等《旧唐书》,第3771页。
③ 彭定求等编《全唐诗》,第2750页。
④ 刘禹锡撰,卞孝萱校订《刘禹锡集》,第526页。
⑤ 元稹撰,冀勤点校《元稹集》,第202页。
⑥ 白居易著,顾学颉校点《白居易集》,第2页。
⑦ 元稹撰,冀勤点校《元稹集》,第131页。
⑧ 彭定求等编《全唐诗》,第7025页。
⑨ 白居易著,顾学颉校点《白居易集》,第319—320页。
⑩ 韩愈撰,马其昶校注,马茂元整理《韩昌黎文集校注》,第263页。
⑪ 刘禹锡撰,卞孝萱校订《刘禹锡集》,第276页。
⑫ 董诰等编《全唐文》,第9217页。

将乐府视作"采风观政"的产物,因而中唐文人渴望朝廷"采诗",新乐府正是为了"采诗"而创作的。元稹《进诗状》中就说过:"故自古风诗至古今乐府,稍存寄兴,颇近讴谣,虽无作者之风,粗中遒人之采。"①在许多乐府诗中,亦表现出明确的被采愿望,如元结《舂陵行》中说"何人采国风,吾欲献此辞"②,刘禹锡的《采菱行序》谓"赋之以俟采诗者"③,白居易的《新乐府·城盐州》中期待自己的诗歌能"翻作歌词闻至尊"④。文人们设想,他们创作的寓有讽谕之意的乐府诗采入朝廷后,就能改变胡乐盛行的局面,从而实现正乐的目的。清代冯班也是这么认为的,他在《钝吟杂录》中说:"子美自咏唐时事,以俟采诗者,异于古人,而深得古人之理。元、白以后,此体纷纷而作。"⑤

总之,唐代文人积极适应诗乐结合的新环境,又努力探索,通过大量的创作实践试图改变当时的歌、乐现状。然而,不管是"待选"还是"待采",这样的途径仍然是间接的,因为朝廷本身在这一过程中无所作为,文人的意图在于形成一种全社会的舆论,甚至是给朝廷和皇帝施加一定的压力,最终迫使朝廷改乐。从实际效果来看,这一切仅是文人的一厢情愿,整体上是失败的,绝大部分乐府诗未能真正付诸实际演唱。

五、绝大部分乐府未能付唱的原因及正乐之意义

唐人虽然费尽心力创作了大量的乐府诗以求正乐,但从相关的文献记载来看,他们所作的乐府诗只有少数配乐演唱了,绝大多数只是作为"准歌辞"停留在案头阅读的阶段。有研究者曾专门撰文讨论唐代古题乐府的入乐问题,列举出许多材料证明唐代古题乐府依然入乐演唱⑥,但这些材料只能说明该曲调在流传,无法确证当时实际演唱过的歌辞,何况有些诗文中提及曲调名仅仅是使用典故而已。唐代的新乐府也大多没能在朝廷中演唱,郭茂倩《新乐府辞》序云:"新乐府者,皆唐世之新歌也。以其辞实乐府,而未常被于声,故曰新乐府也。"这些作品只能"以贻后世之审音者。傥采歌谣以被声乐,则新乐府其庶几焉"⑦。总的来说,唐代乐府诗如沈德潜《唐诗别裁集·凡例》中说,"未必尽可被之管弦也"⑧。

---

① 元稹撰,冀勤点校《元稹集》,第406页。
② 彭定求等编《全唐诗》,第2704页。
③ 刘禹锡撰,卞孝萱校订《刘禹锡集》,第342页。
④ 白居易著,顾学颉校点《白居易集》,第68页。
⑤ 冯班《钝吟杂录》,丁福保辑《清诗话》,第38页。
⑥ 吴相洲《唐诗创作与歌诗传唱关系研究》,第33—64页。
⑦ 郭茂倩编《乐府诗集》,第1262—1263页。
⑧ 沈德潜编《唐诗别裁集》,第5页。

为什么会出现这种情况呢？其原因有以下几点：

其一，音乐传统在唐代发生了变化。唐代以前，主要是以礼为指向的音乐系统，乐府正是其产物，体现出的是仪式化、政教化的特点，音乐作为礼的附庸，其中的娱乐性始终被压制。到了唐代，礼乐传统逐渐走向衰落，变成了一种仪式场合的象征而已，音乐不仅大众化，其娱乐功能也得到进一步张扬。在这样的背景下，要想恢复古乐，将其功能重新拉回到过去的礼乐系统中去，自然不太可能。历史上每次正乐的失败，症结都在这里，一味强调音乐的社会作用，而忽视其娱乐性，人们必定难以接受。我们发现，提出新乐府创作理论的白居易对音乐的态度其实就是矛盾的，他前期倡导创作寓有讽谕之意的新乐府，可到了后来却投入世俗音乐的娱乐中，培养伎乐，创制俗曲，与前期的主张大相径庭——如果解释其中的原因，应该是他认识到了新乐府不可能完全实现正乐的目的，遂随波逐流，改变策略了。

更为关键的是，一代有一代之音乐。汉魏南北朝时期的乐府以清乐为主体，唐代则以燕乐为主体。一般而言，音乐曲调的流行有一定的时效性，一首曲调不可能数百年不变地被大众接受。唐代受胡乐、俗乐的影响，产生了一大批新兴曲调，有些配以声诗，有些配以杂言，广受民众喜爱。乐府诗难以配入这些曲调，只能束之高阁了。李维桢《大泌山房文集》卷九《唐诗纪序》云："唐人乐府已非汉魏六朝之旧，时采五七言绝句、长篇中隽语，被弦管而歌之，代不数人，人不数章，则唐与古殊矣。"①王士禛《带经堂集》卷三《倚声集序》中说，唐代"梨园弟子所歌，率当时诗人之作，如王之涣之《凉州》、白居易之《柳枝》，王维《渭城》一曲流传尤盛。此外，虽以李白、杜甫、李绅、张籍之流，因事创调，篇什繁富，要其音节，皆不可歌"②。钱志熙也指出："虽然唐人在主观上仍认为他们所创作的古乐府是正统的乐章歌词，并且也有谋求入乐的愿望。但实际就如汉魏以后西周雅乐无法真正恢复一样，唐人视为乐歌之正宗的拟古乐府、新题乐府，也因为与现实的音乐即隋唐以来流行的燕乐并非一流，而只能形为纯粹的徒诗体制。"③

其二，乐府诗入乐演唱的运行机制已改变。唐前乐府诗多为诏命宫廷乐人配乐，如汉武帝"立乐府"时，司马相如等人所制乐章由李延年"辄承意弦歌所造诗，为之新声曲"④；曹魏时期，三祖所作乐章多由左延年配乐；西晋时由荀勖等人配乐。到了唐代，除郊庙祭祀乐章会诏命乐工配乐外，其他传唱

---

① 李维桢《大泌山房文集》，《四库全书存目丛书》，集部第 150 册，第 490 页。
② 王士禛《带经堂集》，《清代诗文集汇编》，第 134 册，第 331 页。
③ 钱志熙《唐人乐府学述要》，《中国社会科学》2013 年第 8 期，第 127 页。
④ 班固《汉书》，第 3725 页。

歌曲大多是乐人"选诗入乐"的,乐人有更多的选择权,宫廷教坊也不像前朝宫廷音乐机构那样封闭,教坊乐人可以参加社会性表演,如晚唐孙棨《北里志》里记载的"京中饮妓"皆居住在平康里,除参加朝廷仪式外,主要以参加"朝士宴聚"为生①。可以设想,这些歌妓不可能去选择那些富有讽谕之意的新乐府诗演唱于饮宴场合。冯班《钝吟杂录·正俗》中感慨,杜甫等人的新题乐府"为百代鉴戒",而"李长吉歌诗,云韶工人皆取以协金石。杜陵诗史,不知当时何不采取",②如果弄清楚当时诗歌配乐演唱的机制就完全可以理解这一点。

其三,朝廷对乐府诗不够重视。《通典》卷一四六中记载了清乐在初盛唐宫廷中的存留情况,"武太后之时,犹六十三曲",但"自长安以后,朝廷不重古曲,工伎转缺","能合于管弦"的只有八曲,再到后来歌工李郎子亡后,"清乐之歌阙焉"。③ 清乐作为古乐府的主要音乐体系,竟至于亡阙,说明朝廷对古乐府并不重视。安史之乱后,宫廷音乐严重缺失,根据本书前面第二部分的论述可知,本可以在文人创作新乐府、补写乐歌的正乐热情中予以重建,然而藩镇割据、宦官专权等因素使唐代朝廷无暇顾及。再加上中唐几任皇帝无意于此,依然纵情声色,如《唐语林》卷三记载唐武宗"数幸教坊作乐,优倡杂进。酒酣,作技谐谑,如民间宴席,上甚悦。谏官奏疏,乃不复出。遂召优倡入,敕内人习之"④,因此,新乐府和补乐歌不可能引起朝廷重视、难以入乐演唱就是必然的命运了。

唐代文人作乐府以正乐虽然是失败的,但它在乐府诗发展史上仍具有重要的意义。乐府诗在魏晋以后,许多题目趋于艳情,再加上吴声西曲受到贵族的接受和喜爱,乐府诗整体上趋向纤丽绮靡。唐代文人改变了这一趋势,使乐府诗走上健康雅正的道路,并在一定程度上影响了全社会的音乐审美指向。正如吴讷《文章辨体序说》所云:"魏晋以降,世变日下,所作乐歌,率皆夸靡虚诞,无复先王之意。下至陈隋,则淫哇鄙亵,举无足观矣。自时厥后,惟唐宋享国最久,故其辞亦多纯雅。"⑤李因培《唐诗观澜集》卷一亦云:"古乐府自雅、颂而后,惟《安世房中》诸歌,雄深古质,犹有商颂遗音。六朝以来,渐趋纤丽。唐兴,修定雅乐,作者间出。虽雄厚不逮古人,而端庄和易,亦

---

① 孙棨撰,曹中孚校对《北里志》,《唐五代笔记小说大观》,上海:上海古籍出版社,2000年,第1403页。
② 冯班《钝吟杂录》,丁福保辑《清诗话》,第42页。
③ 杜佑《通典》,第761页。
④ 王谠撰,周勋初校证《唐语林校证》,第209页。
⑤ 吴讷《文章辨体序说》,于北山、罗根泽校点《文章辨体序说 文体明辨序说》,第24—25页。

自远胜齐梁也。"①尤其是中唐时期兴盛的新乐府创作,以革新的姿态探索出乐府发展的"向上一路",恢复了《诗经》的风雅精神,践行了汉儒孜孜以求的"采风观政",使乐府诗变成一种关心时政、富有社会责任感的诗体。因此,高棅《唐诗品汇·七言古诗叙目》中论及乐府诗说:"大历以还,古声愈下。独张籍、王建二家体制相似,稍复古意。或旧曲新声,或新题古义,词旨通畅,悲欢穷泰,慨然有古歌谣之遗风,皆名为乐府。虽未必尽被于弦歌,是亦诗人引古以讽之义欤? 抑亦唐世流风之变而得其正也欤?"②从这个角度而言,唐代文人大量创作乐府以正乐,又是成功的。

第三节　言志功能

当前对唐代乐府诗表达内容的研究,关注较多的是题意创新及现实关怀。倘若我们换一个视角,将其放在古代诗歌所形成的言志与缘情的传统语境中,就会看到,唐代乐府诗继承并发扬了言志传统,而且与一般徒诗的言志有所不同。那么,唐代乐府诗中常常言什么志? 怎么言志? 与一般徒诗言志有哪些不同? 诸如此类的问题,不管是在乐府学还是古诗研究视阈中都值得进一步探究。因此,本节在分析乐府诗发扬言志传统的基础上,试图揭示出唐代乐府诗言志的独特表征,以期深化对乐府诗的认识。

一、乐府诗对言志传统的发扬

《左传·襄公二十七年》《尚书·尧典》《庄子·天下篇》等先秦典籍中提及的"诗言志"命题,在后来成为我国诗歌理论"开山的纲领"③,因为它规约了诗歌的表达内容与价值功能。"诗言志"中的"志",闻一多解释为三种意义,即"记忆""记录""怀抱"④,前二者偏重于社会集体意识,第三种则是指个体际遇与志向抱负。在诗歌早期的实际演进过程中,"诗言志"主要偏向于表达社会内容。依李泽厚、刘纲纪的看法,"诗言志"最早的实际含义应该是"向神明昭告王者的功德和记述政治历史的大事"⑤。而在春秋时期"赋诗言志"及《诗经》的采编过程中,诗歌所言之志又被赋予观政、记录、教化等社会功能。在汉儒解诗的过程中,"诗言志"与比兴美刺理论相结合,他们将《诗经·国风》中那些"在心为志,发言为诗"的抒情之作,统统与社会、政治

---

① 李因培选评,凌应曾编注《唐诗观澜集》,清乾隆二十四年(1759)刻本。
② 高棅编选《唐诗品汇》,第269页。
③ 朱自清《诗言志辨序》,朱自清《诗言志辨 经典常谈》,北京:商务印书馆,2011年,第7页。
④ 闻一多《歌与诗》,孙党伯、袁謇正主编《闻一多全集》,第10册,第8页。
⑤ 李泽厚、刘纲纪《中国美学史》第一卷,北京:中国社会科学出版社,1984年,第112页。

等事务相关联,诗中出现的个体情感仅仅被视作"诗言志"的逻辑起点,终究要"以一国之事,系一人之本"来实现"言天下之事,形四方之风"①的目的。所以,诗中之"志"应该"止乎礼义",即《礼记·孔子闲居》中所云:"志之所至,诗亦至焉;诗之所至,礼亦至焉。"②它与后世那种以吐露个人情感为侧重点的"缘情说"绝然不同。因而朱自清《经典常谈》中说,"古代所谓'言志'和现在所谓'抒情'并不一样;那'志'总是关联着政治或教化的"③。

《尚书·尧典》在"诗言志"后还说到"歌永言",其实是对诗歌呈现方式的说明,因为它是"中国汉族歌唱的主要特征"④。汉代出现的乐府诗正是"歌永言"的产物。班固《汉书·艺文志》中对"乐府"进行过描述:"哀乐之心感,而歌咏之声发。诵其言谓之诗,咏其声谓之歌。故古有采诗之官,王者所以观风俗,知得失,自考正也。"⑤班固站在官方即儒家的立场上,全面继承先秦以来关于"诗言志"的认识,将乐府视作"采诗观志"的制度化实践,而其生产与传播的方式则是"歌咏"——从汉乐府诗留存于世的文本及其在当时的生存状态完全能证明这一点。所以,乐府诗一开始就不是一种抒情诗体——它较少言及个人私情,往往会超越个体而为政教服务,表现的是社会群体之志,反映的是普通大众的公共情感,因而是一种重在言志(尤其是社会之志)的诗。

乐府诗在魏晋南北朝的发展过程中,继续强化了言志的一面。作为"清商之祖"的曹操,以乐府言志,其乐府诗中明确说"歌以言志""歌以咏志",王夫之《古诗评选》谓"笔铦墨采,所在皆可寓志"⑥。西晋时期,陆机提出"诗缘情",这不仅没有影响到乐府诗,反而使乐府与古诗形成言志与缘情的区隔。南北朝乐府民歌中曾一度出现了艳情书写,但仍是一种泛化的公共情感,很少表现作者自身的私情。好比今天舞台演唱的流行歌曲,演员满口的爱恨离别,但没有人会认为那就是演员自身的经历,也不会将它与作者挂钩。再加上南朝后期诸如刘勰《文心雕龙·乐府》、释智匠《古今乐录》等著述对乐府的改造与塑形,乐府诗愈加强调反映社会之志。

在唐代,文人不仅积极参与乐府诗创作,还在理论上进一步提升乐府诗的诗体特性,其中一点就是规约乐府诗的功能,从陈子昂的"风雅兴寄"到元

---

① 《毛诗正义》,阮元校刻《十三经注疏》,第272页。
② 《礼记正义》,阮元校刻《十三经注疏》,第1616页。
③ 朱自清《经典常谈·〈诗经〉第四》,《诗言志辨 经典常谈》,第210页。
④ 洛地"歌永言",我国(汉族)歌唱的特征——王小盾《论汉文化的"诗言志,歌永言"传统》读后》,《天津音乐学院学报》2011年第3期,第7—25页;第4期,第31—42,118页。
⑤ 班固《汉书》,第1708页。
⑥ 王夫之评选,张国星校点《古诗评选》,第17页。

结的"风雅诗论",再到元稹、白居易明确提出的新乐府理论,以及皮日休的《正乐府序》,无不要求乐府诗写时事以抒社会之志。这显然是对"诗言志"理论中着重表现社会内容的一面进一步强化与发扬。当唐代诗体日益丰富与多元,乐府诗更是主动承担言志任务。比如,杜甫把反映社会生活的题材写进乐府诗,而在古体诗中描写本人经历与情感①。白居易亦是如此,乐府诗主要"为君、为臣、为民、为物、为事而作"②,古诗和律绝则用来写闲适、应酬、咏怀、送别等题材。可以说,乐府在唐代成为一种适合言志的诗体,所言之志多为社会之志,并非个体情感,与后来兴起的词专门书写私情形成鲜明对比。

二、唐乐府诗言志的公共性

唐代乐府诗继承并发扬言志传统,表现出对时政、民生、社会、风俗、历史等公共性事务的极度关切,而且对反映社会的深度和广度都有所扩展——在历史上还没有任何一个阶段对社会、政治和人生的关心与反思能够深刻到这种程度。主要表现在以下六个方面:

(1) 关注时政。初唐乐府诗中还没有显示出对时政的关注,而盛、中唐时期政治生活中发生的大事几乎在乐府诗中都有所反映。如开元十八年(730)唐军平定青海吐蕃一事,刘长卿《平蕃曲》予以热情赞颂。安史之乱爆发前后的一系列史实,杜甫的乐府诗进行过细致记述。张籍《永嘉行》写朱泚之乱带来的痛苦,其《山头鹿》反映两税法带来的痛苦。韩愈的《永贞行》写永贞革新。王建的《东征行》写裴度征讨淮西吴元济事。甚至中唐几任宰相的罢免亦见诸乐府诗,张籍的《沙堤行呈裴相公》写裴度被罢相事,张籍的《伤歌行》写杨凭被查,刘禹锡《代靖安佳人怨》与柳宗元的《古东门行》写武元衡遇刺。元稹、白居易的乐府诗更是"直陈时事",冯班《钝吟杂录·正俗》云:"杜子美创为新题乐府,至元、白而盛。指论时事,颂美刺恶,合于诗人之旨,忠志远谋,方为百代鉴戒,诚杰作绝思也。"③这些乐府诗体现出唐代文人对时政的关心与意见。

(2) 忧念民生。这是一种群体认同的社会性公共情感,是受到儒家滋养的士大夫精神的抒发与呈现。在杜甫、张籍、王建、元稹、白居易等人的乐府诗中,我们看到了下层百姓的惨苦生活场景;韦应物《采玉行》中,可以感受采玉工人之苦;孟郊的《织妇辞》、元稹的《织妇辞》、王建的《当窗织》《织锦

---

① 王运熙、王国安《乐府诗集导读》,第116页。
② 白居易著,顾学颉校点《白居易集》,第52页。
③ 冯班《钝吟杂录》,丁福保辑《清诗话》,第42页。

曲》中能够看到织妇之苦;孟郊的《送远吟》、张籍的《寄远曲》《羁旅行》《送远曲》、王建的《寄远曲》、张祜的《车遥遥》反映出远行之苦;王建的《水夫谣》《水运行》写出了水运之艰难;崔颢《邯郸宫人怨》、王建《乌栖曲》、张祜《思归引》、白居易《上阳白发人》等诗都反映宫女的可怜命运……可以说,唐代乐府诗全面反映了当时的民生问题,尤其是体现出对弱势群体的关注。

(3) 反思社会。在唐代乐府诗中,文人对当时的一些社会现象进行反思或批判。唐人拟写了大量的《从军行》《出塞》《关山月》等边塞题材的乐府诗,反映出他们对边防战争的思考——如果说初盛唐体现出的是保家卫国、建功立业的豪情壮志,中晚唐吐露的却是反战思想。而元稹的《缚戎人》《西凉伎》和白居易的《缚戎人》《西凉伎》《城盐州》《胡旋女》等乐府诗中明确提出了处理周边民族问题的看法。中唐时期,吃药求仙风气甚浓,连唐穆宗、唐文宗都乐此不疲,当时有人专门作乐府诗予以讽刺,如孟郊《求仙曲》、张籍《求仙行》、刘禹锡《魏宫词》等都是言求仙之虚妄,白居易的《海漫漫》明言:"戒求仙也。"①

(4) 教化百姓。唐代有一批乐府诗,讲述人生道理,或在末尾会出现训诫性语言。它们一旦在社会上流传开来,会影响和教化百姓。也就是说,唐人把乐府诗作为劝导世风的手段。如李白《妾薄命》末尾说"以色事他人,能得几时好",对女性以色求荣提出警告。刘禹锡《墙阴歌》中的"君看眼前光阴促,中心莫学太行山"及温庭筠《惜春词》中的"愿君留得长妖韶,莫逐东风还荡摇",都是告诫人们珍惜时间。王建《斜路行》告诫人们走正道,避免误入歧途。白居易《井底引银瓶》末句直接说"寄言痴小人家女,慎勿将身轻许人",奉劝女子不要轻易以身相许。贯休《上留田》《行路难》《白雪曲》等都是匡正世道人心。尤其是孟郊的乐府诗,表现出对道德修养的特别关注,如《静女吟》中说"任礼耻任妆,嫁德不嫁容",劝告女性能以礼仪品德为重。其《列女操》谓"贞妇贵徇夫,舍生亦如此。波澜誓不起,妾心井中水"②,宣扬贞妇、烈妇观念。《游子吟》一诗,清人贺裳《载酒园诗话又编》云:"真是六经鼓吹,当与退之《拘幽操》同为全唐第一。"③他写的那些禽鸟寓言类乐府诗《覆巢行》《空城雀》《黄雀吟》等,大多借禽鸟诫喻人们全身远祸。

(5) 记录风俗。唐代有些乐府诗记录各地的风土人情,其实也是写社会之志,如王建的《促刺词》《赛神曲》《簇蚕词》《镜听词》、刘禹锡的《竞渡曲》

---

① 白居易著,顾学颉校点《白居易集》,第 52 页。
② 孟郊撰,华忱之、喻学才校注《孟郊诗集校注》,北京:人民文学出版社,1995 年,第 11 页,第 1 页。
③ 贺裳《载酒园诗话又编》,郭绍虞编选,富寿荪校点《清诗话续编》,第 352 页。

《采菱行》《纪南歌》、孟郊的《弦歌行》等记录和描述各地的风俗习惯,能够反映出社会的真实情况。刘禹锡《沓潮歌》引云:"元和十年夏五月,终风驾涛,南海羡溢。南人曰:沓潮也。率三更岁一有之。余为连州,客或为予言其状,因歌之,附于《南越志》。"① 刘禹锡用乐府诗记录南方习俗,并希望能"附于《南越志》",正是实现了以"志"记录社会的功能。元稹和白居易也写有一些这样的乐府诗,因而胡震亨《唐音癸签》卷七引陈绎曾言:"白诗祖乐府,务欲为风俗之用。"②

(6) 咏史抒志。为了使乐府诗更含蓄蕴藉,唐人常常通过咏史抒志,达到以古鉴今、警醒唐代当政者的目的。如李颀的《郑樱桃歌》述石虎僭越,郑后恃宠而骄,最终下场凄惨,告诫为虎作伥者"世事翻覆黄云飞"。王维的《夷门歌》咏侯嬴事,希望朝廷能重用人才。刘禹锡的《视刀环歌》取《汉书·李陵传》中任立政以"数数自循其刀环,握其足,阴喻之"之意,《更衣曲》取卫子夫侍奉汉武帝更衣而得幸事,这两首乐府诗乃是借汉谕唐。他的另外两首乐府诗《马嵬行》和《华清词》则是取唐代本朝事迹讽谕当下。王建的《温泉宫行》亦是如此,以温泉宫昔盛今衰,寓讽诫之意。温庭筠的《鸡鸣埭歌》《湖阴曲》《故城曲》《达摩支曲》《春江花月夜词》《邯郸郭公词》等乐府诗都是取南朝事迹讥讽唐末时事。

从以上可以看出,唐代乐府诗主要言社会群体之志。一旦乐府诗配乐演唱后传入社会(事实上唐代乐府诗大多已不再配乐演唱,但仍有入乐之渴望),它就会变成一种社会化的公共文本。在乐府诗中,体现的是广大文人参政、议政的愿望,尤其是那些中下层文人无法站立于朝堂之上向君主直陈意见,只能以乐府诗的形式表达对时政、社会、历史与人生的看法。其实,这不过是传统士大夫精神的一种展现,因为古代文人受儒家思想的洗礼,具有较强的社会责任感,主张仁政,以民为本,为民请命,注重教化——上述所论唐代乐府诗所言之"志"大体上不出此范围。从这个角度而言,唐代乐府诗反映的是一种集体性意识,属于群体意志的理性表达。

三、为诗而造志

刘勰《文心雕龙·情采》提出了诗人处理"情志"与创作之间的两种方式,即"为情而造文"与"为文而造情"。刘勰明确反对"为文而造情"的"逐文之篇",主张诗歌要"志思蓄愤,而吟咏情性,以讽其上"。③ 这种认识在南

---

① 刘禹锡撰,卞孝萱校订《刘禹锡集》,第356页。
② 胡震亨《唐音癸签》,第69页。
③ 刘勰著,范文澜注《文心雕龙注》,第538页。

朝后期及隋唐时期逐渐成了主流观念,许多人予以推崇或发挥,以至于后世认为正是由于对中古以来流行的"为文者淫丽而烦滥"风气的反拨,才促使唐诗走上了质实健康的道路。

如果说"感于哀乐,缘事而发"的汉乐府能够算是"为情而造文"的话,唐人创作的部分乐府诗(尤其是旧题乐府诗)不免就有些"为诗而造志"了(这里换用"志"而不用"情",是因为刘勰讲的"情"乃是针对一般徒诗而言,包括各种可以入诗的情感,而乐府诗反映的是带有普泛性的社会公共情感)。旧题乐府诗在发展过程中形成了稳定的题材立意与情感取向,正如强幼安《唐子西文录》所云:"古乐府命题皆有主意,后之人用乐府为题者,直当代其人而措词,如《公无渡河》须作妻止其夫之词,太白辈或失之。"①李白受到批评,就是因为李白的有些乐府诗没能作到代人立言,为诗造志。所以,在反对"为文而造情"的唐代(乃至于宋代)语境中,乐府诗常常受到批评。不过,以今天的视角看来,这些批评可能失于偏颇。

近些年,随着人们对诗歌创作过程的深入研究,开始意识到创作本身是一个极其复杂的活动,"吟咏情性""为情而造文"固然能写出一首情真意切的好诗,但有时在创作过程中也需要预设和酝酿必要的情感,然后施用一些技巧和修辞以呈现出来,这便是所谓的"为文而造情"。在虚构性作品中,这一点表现得尤为明显。例如要写一首咏史诗,自然要根据历史事件及其影响来臆想和调整自己的情感向度。因此,赵树功在辩驳刘勰的观点时指出,"为文而造情"是"文学创作过程中的必然产物",其中"情"在一定程度上"吸纳了个体性的诸如闲适等情感,并为文学虚构留下了相应的余地"。② 邓军海在讨论"情"与"文"的关系时同样指出,"'诗情'是造出来的,'为文'必须'造情'"③。

依据宇文所安的观点,乐府诗是"一种虚构的文类,处理传统的'类型'经验"④。在写作过程中,它不要求诗人必须身临其境或心有感发,因为志是由题目及前人拟辞规定好的,已预先设置了情感框架。如《行路难》一题,郭茂倩《乐府诗集》引《乐府解题》谓该题"备言世路艰难及离别悲伤之意"⑤,所存唐前鲍照、僧宝月、吴均、费昶、王筠等人的拟辞都述写此意,唐代出现的近四十多首拟辞也基本上没有脱离这一主题。再如《古别离》一题,郭茂倩

---

① 强幼安《唐子西文录》,何文焕辑《历代诗话》,第443页。
② 赵树功《"为文造情"辨》,《山东师范大学学报》2006年第1期,第126页。
③ 邓军海《"为文造情"一辩》,《杭州师范大学学报》2016年第3期,第65页。
④ 〔美〕宇文所安《透明:解读中国抒情诗》,陈小亮译《中国传统诗歌与诗学:世界的征象》,北京:中国社会科学出版社,2013年,第30页。
⑤ 郭茂倩编《乐府诗集》,第997页。

《乐府诗集》卷七一《古别离序》云:

> 《楚辞》曰:"悲莫悲兮生别离。"《古诗》曰:"行行重行行,与君生别离。相去万余里,各在天一涯。"后苏武使匈奴,李陵与之诗曰:"良时不可再,离别在须臾。"故后人拟之为《古别离》。梁简文帝又为《生别离》,宋吴迈远有《长别离》,唐李白有《远别离》,亦皆类此。①

郭氏将此题溯源于《楚辞》《古诗十九首》及伪苏李诗,未必准确,其实离别是人们日常生活中常见的一种普泛化情感,别离的主题限定了该诗应具有伤感的基调,因而文人们只能在这一框架下发挥。我们感兴趣的是,也许这些诗人根本不是在真情实景中创作《古离别》或《生别离》的,最明显的证据是江淹的拟辞是其《杂拟》中的一首,显然非亲身经历,而梁简文帝、常理、聂夷中等人拟辞是"代闺妇立言",亦非自身真情。

在唐代旧题乐府诗中,普遍存在着这种为作诗而造志的现象,诸如边塞乐府题目、闺怨乐府题目等大都如此。即便是元白创作的新题乐府诗中,也有故意造志的迹象。袁行霈主编《中国文学史》中比较杜甫与白居易的新乐府时说:"杜甫唯写所见所感,生民疾苦与一己遭遇之悲怆情怀融为一体,虽于写实中时时夹以议论,含讽谕之意,却并非以讽谕为出发点。杜诗出之以情,白居易与杜甫之不同处,正在于他出之以理念,将'为君'而作视为诗歌的主要目的,从而极度突出了诗歌的现实功利色彩,将诗歌导入了狭窄的路途。"②白居易的许多乐府诗并非亲眼所见或亲身经历,往往是有意规划的,明显是为志而作。若从这个角度来看,那些专门书写时事、抨击现实的作品,不免亦有造志的嫌疑,因为他们知道,在诗歌中抒发这样的志是符合诗歌传统习惯的,对自身来说既没有太大的风险,又能赢得诗论家以及全社会的好评。另外,就创作目的而言,乐府诗所言之志不像徒诗那样写给自己用来慰藉心灵,而是渴望入乐传唱,进入社会实现其社会效能,或上达朝廷以晓悟君王,或下传民间以感化百姓,这就不得不在抒志时有所考虑、修正或伪饰。比如元结的《系乐府十二首》、皮日休的《正乐府》等都可以作如是观。

唐人虽然在乐府诗中为作诗而造志,但他们毕竟善于开拓,能积极探索如何处理好继承乐府题目的传统之志与书写"己意"之间的关系——既要契合原先传统的志,又要把自己的志写进去。当然这是很难的,因而李白才专

---

① 郭茂倩编《乐府诗集》,第1016页。
② 袁行霈主编《中国文学史》第二卷,北京:高等教育出版社,1999年,第344页。

门给别人传授所谓的"古乐府之学"①。明清人对此有准确的评论,王世贞《艺苑卮言》卷四云:"青莲拟古乐府,以己意己才发之。"②刘大勤编《师友诗传续录》述王士禛语:"古乐府立题,必因一事,如《琴操》亦然。后人拟作者众,多借发己意。"③张谦宜《茧斋诗谈》卷二云:"拟乐府甚难,须令音调节奏用古人之遗法,情事委曲写自己之悃愫,方妙。"④刘熙载《艺概·诗概》云:"乐府是代字诀,故须先得古人本意。然使不能自寓怀抱,又未免为无病而呻吟。"⑤从传世的唐代乐府诗文本来看,唐人在这方面的探索较为成功,然而对于后世的阐述者来说,却处于"可解不可解之间"。

四、"可解不可解之间"的个体之志

唐代乐府诗言志的方式,有些是直发议论,或采用训诫式语言,点明题意,后来到白居易手里干脆"卒章显其志",这种方式虽然显豁明确,但过于直露,不符合古代诗歌温柔敦厚、委婉含蓄的传统,常常受到人们的批评。唐代的大部分乐府诗仍然采用比兴寄托之法,以古题某一"志"为基点,托物或托事以言"己意"。

何谓"己意"?就是诗人个体之志。陆游《曾裘父诗集序》说:"古之说诗曰言志。夫得志而形于言,如皋陶、周公、召公、吉甫,固所谓志也。若遭变遇谗,流离困悴,自道其不得志,是亦志也。"⑥到了宋代,诗学观念更加成熟,陆游在通观前代诗歌的基础上指出"诗言志"不仅有效忠社会的得意之志,亦有遭遇不平的失意之志。这一看法是通脱而有道理的。乐府诗虽然发扬了言社会之志的一面,但也没有完全放弃对个体际遇的倾诉,如汉代的《赵幽王歌》《乌孙公主歌》《广陵王歌》等都是感慨自己身世的抒志之歌。后来在文人拟写乐府诗的过程中,个体意识依然有所显现,曹植的许多乐府诗如《白马篇》《美女篇》《吁嗟篇》《浮萍篇》等都是寄托言志。到了唐代,文人情感愈加丰富,既有建功立业的豪情壮志,也有遭贬不遇的痛苦,他们往往以乐府诗题原先的志为引子,然后虚拟某种感情或"自寓怀抱",将"己意"融入乐府诗中,从而扩大乐府诗的表现内涵。沈德潜《唐诗别裁集》便说:"唐人达乐者已少,其乐府题,不过借古人体制,写自己胸臆耳。"⑦如王昌龄《放歌

---

① 权德舆《左谏议大夫韦君诗集序》,郭广伟校点《权德舆诗文集》,第524页。
② 王世贞《艺苑卮言》,丁福保辑《历代诗话续编》,第1007页。
③ 王士禛《师友诗传续录》,丁福保辑《清诗话》,第158页。
④ 张谦宜《茧斋诗谈》,郭绍虞编选,富寿荪校点《清诗话续编》,第802页。
⑤ 刘熙载撰,袁津琥校注《艺概注稿》,第366页。
⑥ 陆游《曾裘父诗集序》,《渭南文集》卷一五,《陆游集》,北京:中华书局,1976年,第2114页。
⑦ 沈德潜编《唐诗别裁集》,第5页。

行》、李白《短歌行》、李颀《缓歌行》、张籍《短歌行》、白居易《浩歌行》、贯休《善哉行》等都具有明显的身世感。对于文人而言,选择乐府诗述个体之志是隐蔽而安全的,因为乐府诗一般不需要交代具体的创作时间、地点及事件等语境,可以采用比兴寄托之法,既委婉含蓄地表达了对社会的意见与看法,符合作者和接受者的审美趣味,又可以隐藏作者本人,避免时人"对号入座",不至于给诗人自身带来麻烦。比如,李颀有《古塞下曲》《古从军行》二诗,都是讽刺唐玄宗盲目以武力开边招致失败之事,但题目上有"古"字,刘宝和《李颀诗评注》在《古塞下曲》下注云:"题上'古'字有代、拟二义,此或为避刺时之嫌。"①这正是唐人比魏晋南北朝诗人在乐府诗拟写方面更加高明的地方。

问题在于,采用比兴寄托之法,往往过于隐晦曲折,给诗歌阐释带来了麻烦。下面是研究者对一些唐代乐府诗中个体之志的解读:

(1) 李贤《黄台瓜辞》,《全唐诗》在该题下注云:"初,武后杀太子弘,立贤为太子。后贤疑隙浸开,不能保全。无由敢言,乃作是辞。命乐工歌之,冀后闻而感悟。"②故一般认为该诗托物言志,以种瓜喻育子,以摘瓜喻杀子。贺裳《载酒园诗话又编》又谓诗中的"三摘犹自可,摘绝抱蔓归"二句"言外有身不足恤,忧在宗社意,较之《小弁》尤婉尤痛"③。

(2) 王维《洛阳女儿行》中对贵族少妇的描写后,以"谁怜越女颜如玉,贫贱江头自浣纱"作结,沈德潜《唐诗别裁集》谓:"结意况君子不遇也。"④

(3) 卢纶《天长地久词》其一:"词辇复当熊,倾心奉六宫。君王若看貌,甘在众妃中。"《姜南诗话》云:"此即士有所怀,而徒以文艺自衒于时而不见售者也。其心流落,复何言哉!读此辞,不觉扼腕而叹息也。"⑤

(4) 刘禹锡《阿娇怨》一诗,据胡可先考证,"是刘禹锡被贬朗州后听到赦令而求谒杜佑不果,深发感慨之作"⑥。

(5) 刘禹锡《杨柳词》一诗:"轻盈袅娜占年华,舞榭妆楼处处遮。春尽絮飞留不得,随风好去落谁家?"《游潜诗话》云:"盖言小人故为谀媚之态,得专宠幸,招权纳贿,无所不至。然至竟时去势消,亦将沦落而莫知所矣。鄙之而笑之也。"⑦

---

① 李颀撰,刘宝和评注《李颀诗评注》,太原:山西教育出版社,1990年,第9页。
② 彭定求等编《全唐诗》,第65页。
③ 贺裳《载酒园诗话又编》,郭绍虞编选,富寿荪校点《清诗话续编》,第296页。
④ 沈德潜《唐诗别裁集》,第81页。
⑤ 吴文治主编《明诗话全编》,第3447页。
⑥ 胡可先《刘禹锡〈阿娇怨〉诗旁证——兼论刘禹锡诗的政治内涵》,《政治兴变与唐诗演化》,北京:中国社会科学出版社,2003年,第207页。
⑦ 吴文治主编《明诗话全编》,第1563页。

（6）柳宗元被贬永州后，写有《跂乌词》《笼鹰词》《放鹧鸪词》《行路难》等，汪森《韩柳诗选》谓前三篇"皆兼比兴，颇寓自伤之意也"①。王国安《柳宗元诗笺释》在《跂乌词》诗后注云："此词及《笼鹰词》《行路难》诸作，虽用寓言之体，然词旨悲愤，显以自况，当为初贬之际所作。"②

（7）卢仝《有所思》《楼上女儿曲》《思君吟》，周珽云："皆思君致身不遇之词也。"③

（8）唐人拟写闺怨乐府诗《长门怨》《王昭君》《妾薄命》《班婕妤》众多，大多被认为是托女子以自比身世。陈沆《诗比兴笺》说："夫放臣弃妇，自古同情，守志贞居，君子所托。"④如刘长卿的《昭阳曲》，清代黄叔灿《唐诗笺注》云："此因昨夜而感今夕，见欢会不长，景色顿异，而君恩难恃，怙宠莫骄，言外有婉讽意。"⑤杜审言《赋得妾薄命》，唐汝询《唐诗解》云："唐人流放，每托意于宫闺。此岂流峰州时所作耶？"⑥白居易的《昭君词》，唐汝询《唐诗解》云："此乐天被谪之时，思还京师，托明妃以自况。"⑦

我们发现，这些乐府诗文本中并没有多少关于诗人"己意"的直接信息，研究者非常热心地勾连诗人的生平经历与乐府诗题的传统意旨，遂挖掘出了该诗所抒发的个体之志。《行路难》一诗本来"言世路艰难及离别悲伤之意"，于是有的研究者就把高适的《行路难》编年于开元八年(720)他求仕失意时。《东武吟》一题，《海录碎事》卷一九云："人有少壮从征伐，年老被弃，游于东武者，不敢论功，但恋君耳。"⑧于是有研究者认为李白所作《东武吟》是天宝三载(744)放逐出京所作，表达恋君之情。李白的其他一些乐府诗更是经常被研究者"索其风雅比兴之意"。如葛立方《韵语阳秋》卷一〇云："李白乐府三卷，于三纲五常之道，数致意焉。虑君臣之义不笃也，则有《君道曲》之篇……虑父子之意不笃也，则有《东海勇妇》之篇……虑兄弟之意不笃也，则有《上留田》之篇。"⑨释契嵩《书李翰林集后》说：

> 余读《李翰林集》，见其乐府诗百余篇，其意尊国家，正人伦，卓然有周诗之风，非徒吟咏情性、呫呴苟自适而已。白当唐有天下第五世时，天

---

① 转引自柳宗元撰，尹师占华、韩文奇校注《柳宗元集校注》，第3073页。
② 柳宗元著，王国安笺释《柳宗元诗笺释》，上海：上海古籍出版社，1993年，第15页。
③ 周珽辑《删补唐诗选脉笺释会通评林》，《四库全书存目丛书补编》，第26册，第104页。
④ 陈沆《诗比兴笺》，第167页。
⑤ 黄叔灿《唐诗笺注》，清乾隆三十年(1765)刻本。
⑥ 唐汝询选释，王振汉点校《唐诗解》，第851页。
⑦ 同上书，第767页。
⑧ 叶廷珪《海录碎事》，上海：上海辞书出版社，1989年，第534页。
⑨ 葛立方《韵语阳秋》，第73页。

子意甚声色,庶政稍解,奸邪辈得入窃弄大柄。会禄山贼兵犯阙,而明皇幸蜀,自闵天子失守,轻弃宗庙,故作《远别离》以刺之。至于作《蜀道难》以刺诸侯之强横,作《梁甫吟》伤怀忠而不见用,作《天马歌》哀弃贤才而不录其功,作《行路难》恶谗而不得尽其臣节,作《猛虎行》愤胡虏乱夏而思安王室,作《阳春歌》以诫淫乐不节,作《乌栖曲》以刺好色不好德,作《战城南》以刺穷兵不休,如此者不可悉说。及放去,犹作《秋浦吟》,冀悟人主意。不果望,终弃于江湖间,遂纡余轻世,剧饮大醉,寓意于道士法。①

到了清代陈沆的《诗比兴笺》中,更是花大量篇幅说明李白乐府诗的本事和寄托之意。

事实上,这些说法未必可靠,多数情况下是"作者未必然",研究者却强加阐释。为什么会出现这种情况呢?这便是由乐府诗体的言志功能所引发的,人们总认为乐府诗是言社会之志,所作并非空言,因而不惜附会和臆测,努力进行破解。再从乐府诗体的创作来看,乐府诗所用比兴寄托,其意义并不确定,留待读者去阐释与填充,反而能提升乐府诗的魅力,故胡震亨《唐音癸签》卷三引王世贞语:"乐府诗妙在可解不可解之间。"②李白在乐府诗中将比兴寄托之法运用得炉火纯青,赵翼《瓯北诗话》云:"盖古乐府本多托于闺情女思,青莲深于乐府,故亦多征夫怨妇惜别伤离之作,然皆含蓄有古意……皆蕴藉吞吐,言短意长,直接《国风》之遗。少陵已无此风味矣。"③确如王运熙所指出的,李白诗"往往运用比兴手法,意旨微茫,令人难以指实"④。

五、乐府诗言志的意义

自"诗言志"这一命题被提出后,诗歌创作逐渐偏重于社会功能,乐府诗正是继承并发扬了这一传统。在唐诗大观园中,乐府诗已被改造成了一种适合言志的诗类,所言之志经常是社会之志,即具有公共性和普泛性的情感,这实际上是继承了歌辞的传统,显现的是集体意识。当然,有些乐府诗也会书写个体之志,但这样的志多处于"可解不可解之间"。唐人的贡献,在于探索出一种如何在继承乐府诗题目原有意旨的前提下加入"己意"的方法,在一定程度上解决了个性书写与群体性认同之间的紧张关系。

---

① 释契嵩《书李翰林集后》,《镡津集》,《景印文渊阁四库全书》,第1091册,第566页。
② 胡震亨《唐音癸签》,第18页。
③ 赵翼著,江守义、李成玉校注《瓯北诗话校注》,第16—17页。
④ 王运熙《李白诗歌的两种思想倾向和后人评价》,《文学遗产》1997年第1期,第52页。

唐人在创作乐府诗时(尤其是旧题乐府诗),由于受到乐府诗原有题材与意旨的限制,有时不得不为作诗而造志,导致了诗人的情志难以尽情发挥。正因此,乐府诗的言志功能实际上要比徒诗苍白。乐府诗中缺乏文学的抒情主体,作者常常是被隐藏的。我们在乐府诗中几乎看不到作者的日常生活与交游行踪,遑论作者的性灵气质和情感意蕴;在表达方式上,乐府诗往往采用比兴寄托的手法,也不像徒诗那样直接表白。基于这一原因,进入宋代后,诗人一般较少采用乐府诗言志,正好顺应了乐府诗整体走向衰落的趋势。

第四节 交际功能

孔子在谈到诗的功用时说"可以群"。"群",孔安国释为"群居相切磋"①,也就是在一起交流,就社会意义而言乃是实现了交际目的。按照情理,文人交际一般会选用徒诗,因为徒诗灵活,能够自由抒发情感;乐府诗由于受到自身传统的限制,用于交际应酬可能会面临一些困难。事实上,早期乐府诗曾用于燕飨场合,只不过那时体现的是娱乐功能,表达的是群体性情感,但正是这样的场合容易催生出交际应酬的萌芽,后来,文人在拟写乐府诗的过程中便把乐府诗当作交际工具,尤其是到了唐代,人们常用乐府诗唱和、酬赠或作为行卷。然而,乐府诗毕竟与徒诗不同,在交际过程中表现出一些独特之处。目前学界仅关注到唐代乐府诗中的唱和现象,如陈寅恪《元白诗笺证稿》、朱炯远《论张王乐府中的唱和现象》②分别对元白、张王等乐府唱和的现象进行过探究,岳娟娟《唐代唱和诗研究》③一书中专列一节讨论"乐府与唱和诗",却十分简略,而对唐人以乐府诗酬赠或作为行卷则几乎很少言及。有鉴于此,本节专门予以探究。

一、唱　和

早期的诗歌唱和大都与音乐表演有关。赵以武在《唱和诗研究》中追溯唱和源头时谓其为一种演唱方法,"'唱'(倡)为领唱,'和'为跟着而唱"④。因而阴法鲁《中国古代诗歌中的唱和形式》一文从音乐表演的视角来分析唱和诗歌⑤。乐府诗作为汉唐时期的歌曲,经常采用唱和形式,如魏武帝喜爱

---

① 《论语注疏》,阮元校刻《十三经注疏》,第 2525 页。
② 朱炯远《论张王乐府中的唱和现象》,《上海大学学报》1997 年第 5 期,第 33—38 页。
③ 岳娟娟《唐代唱和诗研究》,上海:复旦大学出版社,2014 年。
④ 赵以武《唱和诗研究》,兰州:甘肃文化出版社,1997 年,第 2 页。
⑤ 阴法鲁《中国古代诗歌中的唱和形式》,《词刊》1980 年第 1 期,第 35—53 页;第 2 期,第 41—48 页。

的"但歌"是"一人倡,三人和"①,遗憾的是没有留下相关文本,难以知晓其歌辞配合情况。南北朝时期出现的吴声西曲有和送声,如《乌夜啼》一曲的和声为"笼窗窗不开,乌夜啼,夜夜望郎来",《杨叛儿》一曲的送声为"盼儿教侬不复相思",和送声与歌辞共同构成了歌曲的整体,属于典型的音乐唱和。唐代乐府诗中也有一些因和送声而写成的乐府诗,《通典·乐典五》载:"大唐显庆二年……辄以御(笔者按,指唐高宗)制《雪诗》为《白雪》歌辞。又乐府奏正曲之后皆有送声,君唱臣和,事彰前史,辄取侍中许敬宗等奏'和雪诗'十六首以为送声,各十六节。上善之,仍付太常编于乐府。"②可惜这些乐府诗都已散佚。

对唐宋唱和诗词进行过专门研究的巩本栋指出,"唱和的性质是同题共作"③,而据赵以武的研究,中唐前的诗歌唱和是和意不和韵④。事实上,唱和诗"同题共作""和意"的特点是在文人对乐府诗的拟作过程中首先形成的。在汉魏乐府诗中,大量出现了"一题多辞"的现象,如《燕歌行》《善哉行》等都有多首歌辞,便形成了"同题共作"的传统。现存最早明确标明为和诗的是晋代傅玄的《秋胡行》,该题在徐陵《玉台新咏》卷二中题为"《和班氏诗一首》",题下又注:"一作《和秋胡行》。"⑤此辞写秋胡事,可能与班氏(疑为班固)诗题材相同,当为"和意"之作。晋宋时期,一部分旧曲不再配乐演唱,文人写乐府诗就只能依靠题旨来维系传统,"和意"创作的传统便逐渐形成。到了齐梁陈隋,以乐府诗唱和的风气已颇为流行,如谢朓、沈约、王融、刘绘等人一起唱和过鼓吹曲中的《巫山高》《芳树》《有所思》,萧纲、萧绎等人一起唱和过横吹曲中的《洛阳道》《折杨柳》《紫骝马》,隋炀帝君臣一起唱和过《燕歌行》⑥。这些乐府诗都是采用赋写题面意思的方法,是典型的"同题和意"。翻检唐代以前的唱和诗,大半是用乐府诗。这说明:一方面乐府诗的反复拟写促进和影响了唱和诗"同题和意"的形成;另一方面,乐府诗也适合唱和,因为乐府诗在题目、题材和题意上都具有固定程式。

唐代沿袭了乐府诗唱和的风气,出现了大量的乐府唱和诗。初盛唐主要

---

① 沈约《宋书》,第603页。
② 杜佑《通典》,第757页。
③ 巩本栋《唱和诗词研究——以唐宋为中心》,北京:中华书局,2013年,第18页。
④ 赵以武《"和意不和韵":试论中唐以前唱和诗的特点与体制》,《甘肃社会科学》1997年第3期,第55—59页。
⑤ 徐陵编,吴兆宜注,程琰删补,穆克宏点校《玉台新咏笺注》,第78页。赵以武认为这首诗不是最早的唱和诗,此题目是徐陵所加(见其《"和意不和韵":试论中唐以前唱和诗的特点与体制》,第59页注释①)。笔者认为,徐陵直接将该诗题目作"和班氏诗",当有所据,不能轻易否定。
⑥ 刘𩶘《隋唐嘉话》卷上云:"炀帝为《燕歌行》,文士皆和。"(第2页)

是在宫廷中君臣之间以乐府诗唱和,如《大唐新语》载"太宗常制《帝京篇》,命其(笔者按,指李百药)和作"①,太宗《帝京篇》今存,李百药诗已佚。据《册府元龟》卷二一载,唐玄宗开元二年(714)六月,"左拾遗蔡孚献《龙池集》,王公卿士以下凡百二十篇,请付太常寺。其辞合音律者为《龙池乐章》,以歌圣德,从之"②,其中姚崇、蔡孚等人的诗歌今存,题目作《奉和圣制龙池篇》。盛唐时期普通文人也有以乐府诗唱和的,如高适《燕歌行序》云:"开元二十六年,客有从元戎出塞而还者,作《燕歌行》以示适,感征戍之事,因而和焉。"③说明高适《燕歌行》也是一首唱和诗,但原来的"客"作已难晓其详。

中唐时期,乐府诗的唱和极为兴盛。刘长卿有《奉和李大夫同吕评事〈太行苦热行〉兼寄院中诸公仍呈王员外》,独孤及有《奉和李大夫同吕评事〈太行苦热行〉兼寄院中诸公》,李大夫"当为李峘",吕评事"疑为吕渭",④李、吕二人先有《太行苦热行》,刘长卿、独孤及予以唱和。卢纶的《塞下曲》,《全唐诗》卷二七八题名《和张仆射塞下曲》,张仆射或为张延赏,或为张建封,原作《塞下曲》已佚。戎昱的《苦哉行》,《全唐诗》卷二七〇在题目下注云:"宝应中,过滑州、洛阳后,同王季友作。"⑤然王作已佚。僧皎然的《苦热行》,《文苑英华》卷二一〇题名《五言酬薛员外谊〈苦热行〉见寄》,诗中说"江南诗骚客,休吟《苦热行》",即指薛谊原作,可惜已佚。在元和前后,更是掀起了乐府诗唱和的高潮。孟郊写有《乐府三首》同陆长源唱和,陆长源有答辞;孟郊又有《和丁助教塞上吟》,丁助教《塞上吟》已佚,孟诗中说"无令恻隐者,哀哀不能已",显然是和诗之意。张籍、王建进行唱和的乐府诗更多,依朱炯远的考证,其中《寄远曲》《促促词》《思远人》等八组为同题唱和之作,《寄衣曲》(张籍)和《送衣曲》(王建)、《猛虎行》(张籍)和《射虎词》(王建)等七组为异题唱和之作⑥。元白的新乐府,也是在唱和过程中写成的。元和四年(809),李绅先写《新乐府二十首》,元稹"取其病时尤急者"和十二首,白居易又和五十首。另外,元稹收录在《乐府古题》中的乐府诗,也是分别唱和刘猛、李余的,其中《冬白纻》《将进酒》等十首是和刘猛之作,《君莫非》《人道短》等九首是和李余之作。

至晚唐,乐府诗创作渐趋衰落,以乐府唱和者亦渐少,搜检《全唐诗》,仅有贾岛《义雀行和朱评事》、李商隐《离亭赋得折杨柳二首》等数首。

---

① 刘肃撰,许德楠、李鼎霞点校《大唐新语》,北京:中华书局,1984年,第123页。
② 王钦若等编《册府元龟》,北京:中华书局,1960年,第227页。
③ 高适著,刘开扬笺注《高适诗集编年笺注》,第97页。
④ 刘长卿著,储仲君笺注《刘长卿诗编年笺注》,第173页。
⑤ 彭定求等编《全唐诗》,第3006页。
⑥ 朱炯远《论张王乐府中的唱和现象》,第33—38页。

以上所列仅是其中一部分,而且是有明确文献记载表明为唱和过程中写成的乐府诗。岳娟娟在论及戎昱的《苦哉行》时说:"如果没有题注,我们根本无法确定其身份。所以,对于乐府诗,要考定是否唱和是非常困难的。"① 的确如此,乐府诗较少表露写作信息,后人收录时又语焉不详,造成了我们判定时的困难,但换个角度看,如果我们的思想放开一些,唐代众多的旧题乐府都可视作与前人之辞唱和的产物,因为这些旧题乐府多半符合唱和诗"同题和意"的特点。卢照邻在《乐府杂诗序》就说过:"落梅芳树,共体千篇;陇水巫山,殊名一意。"②元稹《乐府古题序》中也说:"沿袭古题,唱和重复。"③只不过有些是在同一时空中的唱和,有些则是异质时空(如隔代或异地)的唱和罢了,比如李贺的《追和何谢铜雀妓》便是典型的异质时空唱和,而唐人所写的那些旧题乐府诗又何尝不是这样呢?

正如众多研究者所指出的,诗歌史上对唱和诗的评价并不高。然而,以乐府进行唱和,因创作的是同一题材,或表达同一意旨,不仅可以实现双方的情感交流,相互增加认同感,更加有利于"志同道合",形成相同的价值观念和诗学理想(如李绅、元稹和白居易的"新乐府"唱和,促成了"新乐府"创作理念的成熟),而且还能起到学习和借鉴前人及时人之作的作用,即所谓"如切如磋,如琢如磨",共同提高诗艺。何况在唱和过程中可以驰骋才华,逞才竞技,倘若能难中见巧,翻出新意,自然会得到认同,成为经典名作!

我们知道,以乐府诗唱和,唱和者写作的着力点往往以乐府诗母题或题意传统为旨归,力求翻新出彩。白居易《与刘苏州书》中说"然得隽之句,警策之篇,多因彼唱此和中得之"④,正道出了唱和的优势。比如,唐人唱和《苦热行》一题,都是发挥该题"流金铄石、火山炎海之艰难"的意旨,但具体写作过程中竞相铺张,争奇斗险。独孤及与刘长卿唱和的《太行苦热行》,前半部分都是敷衍曹操《苦寒行》中的"北上太行山,艰哉何巍巍",后半部分重点写行途中之"苦热"。独孤及写道:"摇策汗滂沧,登岸思纡结。炎云如烟火,溪谷将恐竭。昼景曀可畏,凉飙何由发。山长飞鸟堕,目极行车绝。"⑤采用夸张手法,因天热如火一般炙烤,溪谷都可能枯竭。刘长卿写道:"火云从中出,仰视飞鸟落。汗马卧高原,危旌倚长薄。清风竟不至,赤日方煎铄。石枯山木燋,鳞穷水泉涸。"⑥亦用夸张之法,石枯木焦,鳞穷泉涸,因而渴望凉风

---

① 岳娟娟《唐代唱和诗研究》,第 179 页。
② 卢照邻著,李云逸校注《卢照邻集校注》,第 339 页。
③ 元稹撰,冀勤点校《元稹集》,第 255 页。
④ 白居易著,顾学颉校点《白居易集》,第 1445 页。
⑤ 彭定求等编《全唐诗》,第 2764 页。
⑥ 同上书,第 1550 页。

僧皎然与薛谊唱和的《苦热行》,更是全力书写苦热之状,诗中说:"六月金数伏,兹辰日在庚。炎曦烁肌肤,毒雾昏性情。安得奋轻翮,超遥出云征。不知天地心,如何匠生成。火德烧百卉,瑶草不及荣。"①因天热难受,遂有出尘之想,还责怪上天毁坏了花草,与独孤及、刘长卿的写法又不同。该诗后面述唱和之意,称赞薛诗能使"美风生""四序平",过渡自然。在唐代,许多乐府诗的经典名篇便是在唱和中产生的,比如高适的《燕歌行》能够融合吸收前人边塞诗中的多个主题及语词,成为边塞诗的"集大成之作";张王元白的新乐府,大部分是在唱和中相互激赏而写成的。这些作品都已成为乐府诗乃至诗歌史上的一道独特风景,不能不能说是唱和的贡献!

二、酬　赠

乐府诗本具有传统题意,且多以叙事为主,一般情况下较少用于酬赠。东晋陶渊明写有《怨诗楚调示庞主簿邓治中》,曾智安认为是"首次将乐府运用于私人交谊,拓展了乐府诗的表现功能","实现了乐府由公共属性向个体属性的巨大转变"。② 到了唐代,用乐府诗酬赠已成普遍风气。为何会这样?这是因为酬赠送别是一种社会活动,需要进行双向交流,而乐府诗本来就是一种社会化的诗体,要在公开场合演唱,流传于各阶层民众,不同于私密的书信、日记,这使得乐府诗较少表露私人信息,适合在宴集、送别等公共应酬场合使用,既能实现社交功能,表达一种文人之间普泛的、共通的惺惺相惜之情,又能保全自己的隐私,不至于面临尴尬。同时,乐府诗作为"准歌辞",可以在现场即兴创作,适宜口头徒歌,能够实现类似于体态语言一样的交际功能。唐代文人交游广泛,热情奔放,宴集送别常常会赋诗唱歌,乐府诗很适合出现在这些场合,故催生了一大批乐府体酬赠诗。

此类乐府诗通常的命题方式是在乐府诗题(包括乐府旧题和带有歌辞性题目的新题)后面再缀上"赠某某""寄某某""送某某""别某某"等。在写法上,一般先述写旧题或新题之意,然后巧妙过渡,在诗歌后半部分婉转表达寄赠酬别之意。由于乐府旧题要继承原先的传统题意,所以,与那些完全采用新题的乐府体酬赠诗略有不同,我们可以很自然地将其分为旧题乐府酬赠诗和新题乐府酬赠诗。

(一) 旧题乐府酬赠诗

在旧题乐府酬赠诗中,离别类占较大比例。乐府诗中本有《古离别》《古

---

① 彭定求等编《全唐诗》,第 9186 页。
② 曾智安《陶渊明对乐府诗的开拓》,《光明日报》2017 年 4 月 17 日第 13 版。

别离》《别离曲》《远别离》等题目,唐人却很少用来抒写与具体对象的离别,而多是沿袭旧题传统,泛泛描写别离场面,说明它们没有真正用于离别场合。而被选用于离别的乐府旧题,也多与离愁别绪有关。比如,王维的《双白鹄歌送别》取自乐府古辞"飞来双白鹄",该篇"言雌病雄不能负之而去,'五里一反顾,六里一徘徊'。虽遇新相知,终伤生别离也"①。王维诗题下注:"时为节度判官,在凉州作。"②可知为作者在边塞与友朋分别时所作。全诗发挥旧题中的"别离"题旨,将自己与友朋比作分飞之黄鹄,前半部分重点铺写分飞之苦,后半部分写夜入边城,与"佳人"痛苦言别。再如,王维的《临高台送黎拾遗》承袭谢朓《临高台》中"临望伤情"之意。储光羲的《陇头水送别》借陇头水寓别离之意,其《升天行贻卢六健》取曹植《升天行》中游仙之意酬别。杨巨源的《别鹤》,《全唐诗》卷三三三作《别鹤词送令狐校书之桂府》,该诗袭用《别鹤》的分别之意。李白的《凤吹笙曲》,萧本《李太白诗》卷五题作《凤笙篇赠人》,《全唐诗》在题目下注:"一作《凤笙篇送别》。"③安旗以为是送元丹丘④,詹锳以为是送胡紫阳⑤,因所送之人是道士,故选取传统中描写仙道题材的《凤笙篇》为题。

除离别外,还有一些赠答类乐府诗,所选题目多为"短歌""放歌"。如杜甫的《短歌行赠王郎司直》《短歌行送祁录事归合州因寄苏使君》,齐己的《短歌寄鼓山长老》《谢徽上人见惠二龙障子以短歌酬之》都以"短歌"为题,"短歌"与"长歌"相对,适宜抒发短促琐屑之情感。李颀的《放歌行答从弟墨卿》,取"放情纵歌"之意,李颀从弟墨卿远行,以诗留别,遂作此诗以答,发为"愤懑之言","盖有才而不遇,不能不慨乎言之"⑥。

此外,孟浩然有《大堤行》一诗,《全唐诗》卷一九五作《大堤行寄万七》,"万七"《孟浩然诗集》宋本作"黄七",佟培基《孟浩然诗集笺注》谓"疑为孟《与黄侍御北津泛舟》中的黄侍御",可能为黄麟⑦。题目取自西曲《雍州曲》,写襄阳风景秀丽,歌乐繁华。孟浩然当时在襄阳隐居,故以此为题。孟诗云:"大堤行乐处,车马相驰突。岁岁春草生,踏青三两日。王孙挟珠弹,游女矜罗袜。携手今莫同,江花为谁发。"⑧前半部分亦是赋写襄阳春天盛况,末句感叹风景虽好,却不能与黄侍御一起观赏,酬赠之情历历在目。

---

① 《乐府解题》语,郭茂倩编《乐府诗集》,第576页。
② 王维撰,陈铁民校注《王维集校注》,第141页。
③ 彭定求等编《全唐诗》,第1699页。
④ 李白著,安旗、阎琦、薛天纬、房日晰编年注释《李白全集编年注释》,第408页。
⑤ 李白撰,詹锳主编《李白全集校注汇释集评》,第696页。
⑥ 李颀撰,刘宝和评注《李颀诗评注》,第124页。
⑦ 孟浩然著,佟培基笺注《孟浩然诗集笺注》,上海:上海古籍出版社,2000年,第118页,第82页。
⑧ 同上书,第117页。

(二) 新题乐府酬赠诗

这类乐府诗的新题目,或取名物,或取地方,或取眼前之景,再缀以歌辞性题目,形成"××歌送××""××行赠××"的模式。在初唐就已出现,但数量不太多。张楚金写有《逸人歌赠李山人》,以骚体形式写李山人隐居之乐趣。宋之问作《冬宵引赠司马承祯》,司马承祯有《答宋之问冬宵引》,据陶敏、易淑琼考辨,"宋之问早年居嵩山,师潘师正,二人唱和当在高宗末、武后前期"①,亦为骚体,赋写冬天山中清寒之景,衬托司马承祯之高洁;其《浣纱篇赠陆上人》,陶敏、易淑琼定于景龙二年(708)五月至三年秋期间与修文馆学士武平一等人分题所咏②,诗中大量篇幅叙西施事,末尾称颂陆上人佛性专一,但前后过渡并不自然。丁仙芝的《余杭醉歌赠吴山人》,五七言相杂,前面写余杭二月的风景,后面抒酬赠之情。张说的《送尹补阙元凯琴歌》几乎是一篇散文,诗中把元凯比作凤,希望"群飞凤归来"。总体而言,初唐的新题乐府酬赠诗多是写给山人,形式上以杂言或骚体为主,结构上还不够成熟。

到了盛唐,此类诗歌迅速增多。王维有《赠徐中书望终南山歌》《送友人归山歌》,高适有《赋得还山吟赠沈四山人》,李白有《鸣皋歌送岑征君》《峨眉山月歌送蜀僧晏入中京》《白云歌送刘十六归山》《西岳云台歌送丹丘子》,杜甫有《桃竹杖引赠章留后》《入奏行赠西山检察使窦侍御》《军中醉歌寄沈八刘叟》《醉歌行赠公安颜少府请顾八题壁》《醉时歌》③,李颀有《双笋歌送李回兼呈刘四》。尤其是岑参,写有十四篇之多,即《函谷关歌送刘评事使关西》《胡笳歌送颜真卿使赴河陇》《梁园歌送河南王说判官》《敷水歌送窦渐入京》《青门歌送东台张判官》《秦筝歌送外甥萧正归京》《白雪歌送武判官归京》《轮台歌奉送封大夫出师西征》《走马川行奉送封大夫出师西征》《天山雪歌送萧治归京》《热海行送崔侍御还京》《火山云歌送别》《忆长安曲二章寄庞漼》。这些诗歌在盛唐诗人手中已形成了"前篇咏题+后篇酬赠"的结构模式,过渡自然,形式上绝少用律体,主要以七言为主,有时掺入杂言,又多用虚字,语言流畅,音调响亮。如岑参《天山雪歌送萧治归京》:

天山雪云常不开,千峰万岭雪崔嵬。北风夜卷赤亭口,一夜天山雪更厚。能兼汉月照银山,复逐胡风过铁关。交河城边鸟飞绝,轮台路上

---

① 沈佺期、宋之问撰,陶敏、易淑琼校注《沈佺期宋之问集校注》,第366页。
② 同上书,第490页。
③ 《醉时歌》题下注云:"赠广文馆博士郑虔。"(仇兆鳌注《杜诗详注》,第174页)可知是一首酬赠乐府诗。

马蹄滑。淹霭寒氛万里凝,阑干阴崖千丈冰。将军狐裘卧不暖,都护宝刀冻欲断。正是天山雪下时,送君走马归京师。雪中何以赠君别? 惟有青青松树枝。①

此诗虽不如《白雪歌送武判官归京》有名,然写法亦高妙精巧。前面赋咏"天山雪",首四句实写天山雪景,极为壮观,中间八句采用夸张手法,言天山下雪时气候寒冷,使人如临其境,最后四句写送别之情,以青松相赠,意味深长。岑参的此类诗歌颇有特色,张浩逊《浅说岑参的七言歌行体送别诗》②、赵莉《论岑参歌行体送别诗之新创》③等论文都有专门研究。

中晚唐时期,依然有很多人写作此类酬赠诗。如卢纶《送张郎中还蜀歌》,钱起《赋得青城山歌送杨杜二郎中赴蜀军》,刘长卿《戏赠干越尼子歌》,皎然《饮茶歌送郑容》《饮茶歌诮崔石使君》,戴叔伦《柳花歌送客往桂阳》,皇甫冉《杂言湖山歌送许鸣谦》《江草歌送卢判官》《杂言月洲歌送赵冽还襄阳》《庐山歌送至弘法师兼呈薛江州》,独孤及《官渡柳歌送李员外承恩往扬州觐省》,顾况《黄鹄楼歌送独孤助》《送别日晚歌》《庐山瀑布歌送李顾》,刘禹锡《观棋歌送儇师西游》,孟郊《楚竹吟酬卢虔端公见和湘弦怨》《贫女词寄从叔先辈简》《劝善吟(醉会中赠郭行余)》《新平歌送许问》,刘商《赋得射雉歌送杨协律表弟赴婚期》《泛舒城南溪赋得沙鹤歌奉饯张侍御赴河南元博士赴扬州拜觐仆射》《柳条歌送客》,顾云《池阳醉歌赠匡庐处士姚岩杰》,李昭象《学仙词寄顾云》,陈陶《谪仙吟赠赵道士》等,基本上沿袭盛唐诗人的写法,虽没有多大开拓,但更加圆熟。颇有独特的是孟郊的酬赠乐府诗,不是从对方落笔,书写应酬内容,而是抒发自己的不幸遭遇,如其《楚竹吟酬卢虔端公见和湘弦怨》是与卢虔反复酬唱,写落第之悲,《贫女词寄从叔先辈简》以"贫女"自比,写自己的悲惨命运及对孟简中第后的羡慕之情。

综上,可以看出来,乐府体酬赠诗的出现其实在唐代文人交往过程中成为一种新的交际策略,它可以释放双方心中的种种复杂情感,这里有遭贬的同情、落第的伤悲、分别的痛苦、还山的企羡等,乐府体酬赠诗总是以率真的语言袒露文人的心声,从而实现维系友情、延续传统的功用。因此,这种诗类在送别诗中颇受文人青睐,后来演变为歌行的主要功能之一。

---

① 岑参撰,廖立笺注《岑嘉州诗笺注》,第338—339页。
② 张浩逊《浅说岑参的七言歌行体送别诗》,《唐都学刊》1989年第4期,第51—54页。
③ 赵莉《论岑参歌行体送别诗之新创》,《南京工程学院学报》2013年第2期,第44—47页。

三、行　卷

　　自从南宋程大昌《演繁录·唐人行卷》谓"唐人举进士必行卷者,为缄轴录其所著文以献主司也"①,后人将行卷仅看成是进士试前上呈给达官贵人或社会名流的诗文,其实这个理解过于狭窄。在唐代,那些为了延誉,以便在社会上赢得名声进而渴求登第或仕进的文字,都可视为行卷。唐代有许多乐府诗被用作行卷,有些还真正实现了延誉之目标。程千帆先生撰《唐代进士行卷与文学》②一书,专论行卷与文学之关系,然提及乐府诗者不多,故本书辑考如下：

　　(1) 骆宾王《帝京篇》。仪凤元年(676),骆宾王参加铨选,上《帝京篇》给裴行俭。由诗前《启》可知,是因"垂索鄙文"而写。

　　(2) 沈佺期《独不见》。《全唐诗》卷九六题作《古意呈补阙乔知之》,可知是上给乔知之的行卷之作。

　　(3) 高适《古乐府飞龙曲留上陈左相》。天宝八年(749),高适为了逢迎当时的丞相陈希烈,写此乐府上之。诗中将陈希烈比作吉甫、子房,宋人葛立方讥刺"其比拟不伦如是"③。其《画马篇》,《全唐诗》题下注："同诸公宴睢阳李太守各赋一物。"刘开扬《高适诗集编年笺注》云："此诗先言画马乃图太守枥上之骢,次写画马之毛色装配,再写画马之势态,而赞绝代妙技。夫此独步之骐骥岂驽骀万匹所能望其项背哉？……适盖有望丁李少康之荐用也。"④

　　(4) 李白《蜀道难》《乌栖曲》。《本事诗》云："李太白初自蜀至京师,舍于逆旅。贺监知章闻其名,首访之。既奇其姿,复请所为文。出《蜀道难》以示之。……贺又见其《乌栖曲》,叹赏苦吟曰：'此诗可以泣鬼神矣'。"⑤正是贺知章的延誉,使李白很快名满京城。

　　(5) 崔颢《游侠篇》。《河岳英灵集》卷上、《唐文粹》卷一三均作《古游侠呈军中诸将》。诗中塑造一名英勇善战的游侠形象,现在却只能"还家且行猎",末两句说"顾谓今日战,何如随建威",壮志豪情犹在,希望能再建功业,渴求提携之意溢于言表。

　　(6) 储光羲《洛阳道》。《全唐诗》作《洛阳道五首献吕四郎中》,吕四郎中,即吕向。洛阳本为唐代的政治副中心,诗中写洛阳道上既有"五陵贵公子,双双鸣玉珂",也有"少年不得志,走马游新市",充满不平愤懑之情。储

---

① 程大昌《演繁露》,《景印文渊阁四库全书》,第 852 册,第 125 页。
② 程千帆《唐代进士行卷与文学》,上海：上海古籍出版社,1980 年。
③ 葛立方《韵语阳秋》,第 108—109 页。
④ 高适著,刘开扬笺注《高适诗集编年笺注》,第 109 页。
⑤ 孟棨《本事诗》,丁福保辑《历代诗话续编》,第 14 页。

光羲又有一首《河中望鸟滩作贻吕四郎中》，诗末直接说"为惜淮南子，如何攀桂枝"，明言希求荐举之意。《洛阳道》当与此同。

（7）钱起《效古秋夜长》。《唐诗解》卷一八云："此托为寒女之辞。盖仲文未得仕而希当路者之荐也。"①

（8）元稹《连昌宫词》。元和十四年（819），监军崔潭峻以元稹的《连昌宫词》进呈，宪宗大悦，召回为祠部郎中，知制诰，很快迁为中书舍人。

（9）元稹《新题乐府十二首》。依日本学者静永健的考辩，元和三年十二月至次年一月间，元稹左迁，于是写《新题乐府十二首》呈裴垍，元和四年二月，元稹被任用为监察御史，因此，其《新题乐府十二首》应被称作"及第后的行卷"②。

（10）陆畅《蜀道易》。《唐诗纪事》卷三五"陆畅"条云："天宝时，李白为《蜀道难》以斥严武，畅更为《蜀道易》以美皋。"又，"畅谒韦皋，作《蜀道易》诗云：蜀道易，易于履平地。皋大喜"③。说明这首诗是陆畅上给韦皋的行卷。

（11）张祜《少年乐》。《又玄集》题作《上牛相公》。牛相公，即牛僧孺。诗中称颂牛僧孺贵盛，有阿谀之嫌。

（12）张籍《沙堤行呈裴相公》。裴相公，即裴度，曾三度入阁为相，后被罢，张籍作此诗表示同情与愤慨。

（13）李贺《雁门太守行》。《唐语林》载："李贺以歌诗谒韩愈，愈时为国子博士分司。送客归，极困。门人呈卷，解带，旋读之。首篇《雁门太守行》云：'黑云压城城欲摧，甲光向日金鳞开。'却缓带，命迎之。"④

（14）司空曙《秋思》。《全唐诗》卷二九二题作《秋思呈尹植裴说》，又作《秋思呈尹植裴说郑洞》。尹植、裴说、郑洞（应为"郑纲"）与作者均在韦皋幕。诗中云："静向懒相偶，年将衰共催。前途欢不集，往事恨空来。"自诉苦情，叹老伤怀，希冀同情。

（15）皮日休《正乐府十首》。这十首乐府诗是其早年之作，编在《文薮》里。《文薮》曾作为行卷，说明这些乐府诗是有意作为行卷写成的。

（16）贯休《循吏曲上王使君》。王使君，即王慥，当时为婺州太守。诗中称赞王慥政绩，末云"我愿喙长三千里，枕着玉阶奏明主"⑤，替王慥鸣不

---

① 唐汝询选释，王振汉点校《唐诗解》，第378页。
② 〔日〕静永健著，刘维治译《白居易写讽谕诗的前前后后》中编第一章《李绅、元稹的〈新题乐府〉》，第79—100页。
③ 计有功《唐诗纪事》，第532—533页。
④ 王谠撰，周勋初校证《唐语林校证》，第278页。
⑤ 彭定求等编《全唐诗》，第9313页。

平,希冀得到皇帝的重用。

(17) 杜荀鹤《时世行》《颂圣德》。何光远《鉴诫录·削古风》载,杜荀鹤曾作《时世行十首》,"欲令太祖省徭役,薄赋敛。是时方当征伐,不洽上意,遂不见遇"①。后听别人削古风之劝告,作《颂圣德》三十章,上给朱温,遂送至礼部拜官。孙光宪《北梦琐言》卷六亦载:"唐杜荀鹤尝游梁,献太祖诗三十章,皆易晓也,因厚遇之。洎受禅,拜翰林学士,五日而卒。"②

(18) 蒋动《冷淘歌》。钱易《南部新书》记载,"袁州蒋动处士作《冷淘歌》,词甚恶,投郡守温公受知"③。

从一些相关的文献记载可以发现,唐代的文人士子在准备行卷时,往往会将乐府诗作为首选。正如松浦友久先生所言:"这意味着在当时的士人社会里,后学向先进显示自己作诗的水平,实际上经常利用乐府古题的作品,至少一般是这样考虑的。"④其原因主要有三点:

其一,乐府诗能较为客观地显示出自己的才学,易于让所献之人作出公允的评价。乐府诗有不少前人的同题之作,如前所述,可以看成是隔代唱和之作,通过比较评判起来显得更客观一些。松浦友久分析说,由于乐府诗"以一定的乐府古题与古辞为核心而形成的共通意象——由于依据拟古手法,而且利用观察角度的第三人称化、场面的客体化等表现功能而被再现——就象舞台上的场面一样,易于客观论定其水准的高低。就是说,①自先人作品中的具体继承不可欠缺;而②由于每个乐府古题的共通意象是清晰的,自然作品评价就易于更客观地进行。……从原理上加以对比,可以说乐府系统作品比起徒诗系统作品来,内含着更为客观的作品评价标准"⑤。所以,人们常用乐府诗来作诗艺的竞赛。《南史》卷三四《颜延之传》载:"延之与陈郡谢灵运俱以辞采齐名,而迟速悬绝。文帝尝敕各拟乐府《北上篇》,延之受诏便成,灵运久之乃就。"⑥宋文帝要求颜延之、谢灵运同拟乐府《北上篇》,二人迟速风格各异。唐人以乐府诗为行卷,用意亦当如此。

其二,易于流传,容易达到延誉的目的。乐府诗往往能凭借音乐(即使不能配乐演唱,也易于吟诵),在社会上广为流传,《唐音癸签·谈丛》云:"唐才人艺士行卷歌篇,不知何缘多得传彻禁掖,如韩翃、冯定、戎昱、钱起诸诗句之类,人主往往能举之。岂一代崇尚在此,尝私采之外庭资乙览故耶? 兴起

---

① 何光远《鉴诫录》,北京:中华书局;1985 年,第 66 页。
② 孙光宪撰,贾二强点校《北梦琐言》,北京:中华书局,2002 年,第 144 页。
③ 钱易撰,黄寿成点校《南部新书》,第 155 页。
④ 〔日〕松浦友久著,孙昌武、郑天刚译《中国诗歌原理》,第 89 页。
⑤ 同上。
⑥ 李延寿《南史》,北京:中华书局,1975 年,第 881 页。

诗教，又不独在情洽赓歌一节也。"①韩翃、冯定等人的诗歌被配入乐曲，到处传唱，故能传入禁谒。骆宾王所上《帝京篇》，据《旧唐书·骆宾王传》说"当时以为绝唱"②。《旧唐书·元稹传》载，元稹"尝为《长庆宫辞》数十百篇，京师竞相传唱。居无何，召入翰林，为中书舍人、承旨学士"③。骆宾王、元稹的诗歌广为传唱，这说明他们都达到了行卷的目的。

其三，乐府诗具有"风人体"的特点，把那些不便于明言又想要表达的内容，可以微言讽谕，在双方心照不宣的情况下实现交际目的。行卷的目的多是希冀对方予以提携，但直言会显得尴尬，因而利用乐府诗中善于比兴的特点巧妙表达干谒之意。比如，钱起《效古秋夜长》：

秋汉飞玉霜，北风扫荷香。含情纺织孤灯尽，拭泪相思寒漏长。檐前碧云静如水，月吊栖乌啼鸟起。谁家少妇事鸳机，锦幕云屏深掩扉。白玉窗中闻落叶，应怜寒女独无衣。④

诗中写"寒女"秋夜纺织，孤灯凄苦，希望富贵之家能有所怜悯，显然是托寒女自喻，希望得到达官贵人的帮助。全诗委婉有致，含蓄地表明了自己的求助之意，又不至于令人难堪。

四、交际功能对乐府诗体的影响

乐府诗本用于礼乐场合，担负着祭天敬祖和移风易俗的重要作用；即使乐府诗疏离音乐后，依然是文人讽谕政治和批判现实的工具。乐府诗原本具有娱乐的功用，但到了唐代，其娱乐性丧失殆尽——因为它已经离开了娱乐环境，唐代流行于歌坛的已是声诗和曲子辞了。就是在这样的背景下，乐府诗倒是发展出交际功能，这给乐府诗自身的发展带来了一定影响。

显然，乐府诗开始走下神坛，离开宫廷，成为文人化、日常化的一种诗体，变以前的礼乐政教言说为普通的生活书写。乐府诗虽源自民间，可是一旦进入宫廷后，便生存于典礼仪式场合，高高在上，阻断了其与民间的关联；而那些由朝廷创作的乐府诗，执笔者往往是重臣宿儒，一般文人无缘参与其中，书写的题材多是歌功颂德，风格庄重严肃。当乐府诗走下高高在上的庙堂，进入文人视阈被反复拟写时，它失去了高贵身份以及唱奏的生存环境，通过文

---

① 胡震亨《唐音癸签》，第283—284页。
② 刘昫等《旧唐书》，第5006页。
③ 同上书，第4333页。
④ 彭定求等编《全唐诗》，第2605—2606页。

人之间的唱和、酬赠、行卷等,更是深入文人的日常生活,成为文人增进友情、加强交流、登科入仕的一种手段。无疑,这有利于乐府诗自身的发展,不仅扩大了乐府诗的书写题材和表现功能,改善了乐府诗陈陈相因的创作传统,而且使乐府诗增强了抒情色彩,从以前抒发普泛的社会公共情感(如讽谕政治、相思别离等)变为抒发私人情感,趋于个性化。

但同时我们也应该看到,将乐府诗用于唱和、酬赠、行卷等,消解了乐府诗的独特性。大部分旧题乐府诗在题材意旨方面都具有很强的传承性,一旦用于交际,必然要花费笔墨抒写交际内容,与继承传统之间形成矛盾,导致乐府诗体丧失体性特征,逐渐与徒诗合流。而新题乐府诗用于唱和、酬赠及行卷,更是脱离乐府诗的题材传统,在形式上与徒诗没有明显差别,比如皮日休《正乐府十首》,完全采用古诗形式,倘若没有在标题中明确冠以"乐府"二字,后人可能在判定其诗体性质时颇为踌躇。

由于乐府诗用于交际,也就具有了交际诗歌中容易出现的"为文造情"现象。一般而言,交际诗歌并非感发言志之作,而是出于应酬需要,因而在诗歌中要应景、自谦或逢迎,为作诗而"造情"。用乐府诗交际,这种情况更为明显,大量的旧题乐府诗就因为"唱和重复",遭到卢照邻、元稹等人的诟病。而那些酬赠送别或作为行卷的乐府诗,有些可能是真情实感,但也有一部分难免会有伪饰成分,如岑参的《轮台歌奉送封大夫出师西征》一诗末尾称颂封常清说"古来青史谁不见,今见功名胜古人",显然是应酬客套之语。再如高适的《古乐府飞龙曲留上陈左相》一诗,称赞陈希烈"德以精灵降,时膺梦寐求。苍生谢安石,天子富人侯。尊俎资高论,岩廊挹大猷。相门连户牖,卿族嗣弓裘。豁达云开霁,清明月映秋。能为吉甫颂,善用子房筹",极尽谄媚夸张,故宋代葛立方讥之,其实我们看看高适当时的处境,就知道他是希求释褐、不得已而为之。刘开扬《高适诗集编年笺注》将此诗系于天宝八载(749)①,高适正赴长安应试,"举有道科",而当时陈希烈和李林甫为宰相,高适已四十六岁,渴求中第,遂作此违心之诗。

进而言之,乐府诗交际甚至变成了一种文字游戏,尤其是在唱和过程中写成的乐府诗,就有争强斗胜之嫌。如白居易写成新乐府后说:"李二十常自负歌行,近见予乐府五十首,默然心伏。"②有研究者就认为,白居易《新乐府》是"有意加以润色修饰,而且针对李绅、元稹先行发表作品,作了具有挑战性的改作"③。倘若我们从这个角度来看待唐代文人的乐府诗,将是另一

---

① 高适著,刘开扬笺注《高适诗集编年笺注》,第197页。
② 白居易著,顾学颉校点《白居易集》,第349页。
③ 〔日〕静永健著,刘维治译《白居易写讽谕诗的前前后后》,第137页。

番有趣的情形！王瑶《拟古与作伪》一文分析说："作者也想在同一类的题材上，尝试着与前人一较短长，所以拟作的风气便越盛了。……这种情形自然容易区别出作者们才力的高下，于是自然也更影响了作者们写作时要求揣摩和模拟前人的动机，想试着衡量一下自己和前人成功作品之间的轻重。"①唐代诗人喜欢露才扬己，因而创作乐府诗时难免不会有此种考虑！我们今天研究乐府诗，往往重视创作本身，而忽视其生存环境与功能动机，如果能对此进行考察，必将对乐府诗有新的认识。

第五节　培养功能

唐诗艺术成就高已是大家公认的事实。但是，唐人为何能写出好诗？其诗歌创作的技巧从何而来？他们是如何积累诗歌创作经验的？……诸如此类的问题，唐诗研究界讨论不多。或许有人觉得这些问题很简单，无非是对前人的学习，比如从小接受《诗经》之类的教育，或是相互切磋、理论探讨和个人体悟的结果。这样的回答过于笼统，置于任何一个历史时段均可适用，难以揭示出唐人获得作诗技艺的真正来源。事实上，唐人拟写了大量乐府诗，而乐府诗具有深厚传统，又有前人的同题作品作为参照，即如日本学者小川环树所言，乐府古题"像是一种练习题"②，唐人拟写乐府诗既要遵循传统程式，又要力求超越，正是在这一过程中学到了诗歌技巧，增长了创作经验，提升了作诗技艺。胡适《白话文学史》说："唐人的诗多从乐府歌词入手，后来技术日进，工具渐熟，个人的天才与个人的理解渐渐容易表现出来，诗的范围才扩大，诗的内容也就更丰富，更多方了。故乐府诗歌是唐诗的一个大关键：诗体的解放多从这里来，技术的训练也多从这里来。"③李锦旺亦指出，"在盛唐诗人笔下，古乐府技法已逐渐被化用到一般的古诗中去"④。简言之，唐人的部分作诗技艺来自他们对乐府诗的拟写实践，这正是唐诗取得很高成就的一个重要缘由。

---

① 王瑶《拟古与伪作》，《中古文学史论》，第203—204页。
② 日本学者小川环树为武部利男注《李白》所写的《跋》（《李白》下，岩波书店，1958年），转引自松浦友久著，孙昌武、郑天刚译《中国诗歌原理》第94页注(11)。
③ 胡适撰，骆玉明导读《白话文学史》，第168页。
④ 李锦旺《唐代乐府诗综论》，浙江大学2001年博士学位论文，第86页。

一、唐人浸淫于乐府诗的拟写

先来看一则轶事。李肇《唐国史补》卷上云:"崔颢有美名,李邕欲一见,开馆待之。及颢至,献文,首章曰'十五嫁王昌',邕叱起曰:'小子无礼!'乃不接之。"①"十五嫁王昌"即《王家少妇》一诗:"十五嫁王昌,盈盈入画堂。自矜年最少,复倚婿为郎。舞爱前溪绿,歌怜子夜长。闲来斗百草,度日不成妆。"②崔颢此诗因刻画女子情态逼真婉丽,遭致李邕批评。其实,崔颢早年多写乐府诗,且成就颇高,清代丁仪《诗学渊源》中就说崔颢"善为乐府歌行,辞旨俊逸,不减明远"③,今人金银雅《盛唐乐府诗研究》④中专论李白、杜甫、王维、高适等八人,其中崔颢亦跻身其中。崔颢所写一般徒诗深受乐府诗之影响,罗根泽《乐府文学史》言及其七言律诗《黄鹤楼诗》"律间出古"时说,崔颢"律诗之所以能间出古意,不为律所缚者,盖出于乐府"⑤。这首《王家少妇》诗显然是模仿六朝乐府诗写成的,"王昌"本为乐府诗中常见的符号性人物,"前溪""子夜"为清商曲中的吴歌,"自矜年最少,复倚婿为郎"来自乐府诗《三妇艳》一题。据史书记载,李邕"素负美名","能文养士",⑥今存四首诗中有一首《铜雀妓》亦为乐府诗,按情理应该理解崔颢这首《王家少妇》诗,为何要批评他?故后人常常为崔颢鸣冤叫屈,胡应麟《诗薮》外编卷四云:"'十五嫁王昌,盈盈入画堂',是乐府本色语,李邕以为小儿轻薄,岂六朝诸人制作全未过目耶?"⑦贺裳《载酒园诗话又编》谓崔颢此诗"写娇憨之态,字字入微,固是其生平最得意笔,宜乎见人索诗,应口辄诵。然不闻北海《铜雀妓》乎:'丈夫有余志,儿女焉足私。扰扰多俗情,投迹互相师。'此老生平好持正论,作杀风景事,真是方枘圆凿"⑧。

透过这则轶事,可以看出:盛唐时期的崔颢就是通过乐府诗的拟写,形成其独特的诗歌审美取向和创作风格。在唐代,有很多诗人像崔颢一样,浸淫于乐府诗的创作,并受益于乐府诗。比如,王勃在诗歌中努力学习六朝乐府诗的绮丽清婉,王世贞《艺苑卮言》卷四云:"子安稍近乐府。"⑨王昌龄诗学

---

① 李肇《唐国史补》,第 15 页。
② 彭定求等编《全唐诗》,第 1327 页。
③ 丁仪《诗学渊源》,张寅彭主编《民国诗话丛编》,第 3 册,上海:上海书店出版社,2002 年,第 198 页。
④ 金银雅《盛唐乐府诗研究》,台湾政治大学 1990 年博士学位论文。
⑤ 罗根泽《乐府文学史》,第 190 页。
⑥ 刘昫等《旧唐书》,第 5042 页。
⑦ 胡应麟《诗薮》,第 186 页。
⑧ 贺裳《载酒园诗话又编》,郭绍虞编选,富寿荪校点《清诗话续编》,第 308 页。
⑨ 王世贞《艺苑卮言》,丁福保辑《历代诗话续编》,第 1003 页。

自汉魏乐府,张文荪《唐贤清雅集》中说:"王龙标诗自汉魏乐府出,故骨气深厚,为风雅正宗。"①高适有意学鲍照的乐府,胡适《白话文学史》中指出,"高适的诗似最得力于鲍照",其《邯郸少年行》《营州歌》《渔父歌》《送别》等作品通俗自由,"可以明白当日的诗人从乐府歌词里得来的声调与训练,往往应用到乐府以外的诗题上去"。②李白从乐府诗中得益颇多,范梈《木天禁语》论及"乐府篇法"时说,乐府诗中"上格如《焦仲卿》《木兰词》《羽林郎》《霍家奴》《三妇词》《大垂手》《小垂手》等篇,皆为绝唱。李太白乐府,气语皆自此中来,不可不知也"③。郝敬《艺圃伧谈》云:"李白七言古体,出自汉乐府。"④沈德潜《说诗晬语》谓李白绝句"近乐府"⑤。杜甫也学习乐府诗,强幼安《唐子西文录》云:"杜子美祖《木兰诗》。"⑥张籍、孟郊学习汉魏乐府的古朴风格,曾季狸《艇斋诗话》曰:"孟郊、张籍,一等诗也。唐人诗有古乐府气象者,惟此二人。"⑦乔亿《剑溪说诗》云:"孟郊诗笔力高古,从古歌谣、汉乐府中来,而苦涩其性也,胜元、白在此,不及韦、柳亦在此。"⑧李贺更是深受乐府诗的影响之深,徐献忠《唐诗品》谓李长吉诗"盖出于古乐府"⑨,胡震亨《唐音癸签》卷七亦录徐献忠语:"长吉天才奇旷,又深于南北朝乐府古词,得其怨郁博艳之趣,故能镂剔异藻,成此变声。"⑩王琦《李长吉歌诗汇解序》认为李长吉诗"步趋于汉魏古乐府"⑪。其他唐代的著名诗人如刘希夷、陈子昂、崔国辅、韦应物、白居易、元稹、刘禹锡、李商隐、温庭筠等,都深受乐府诗的影响。

倘若我们对唐人的乐府诗创作进行大致编年,会发现一个有趣的现象:诗人往往在早年较多拟写乐府诗,如王维十六岁时写《洛阳女儿行》,十九岁时写《桃源行》,二十一岁时写《燕支行》。杜甫的《兵车行》《贫交行》《白丝行》《丽人行》等乐府诗作也作于天宝十一、十二载(752、753),属于早期创作。权德舆在《左谏议大夫韦君诗集序》云:"初,君(笔者按,指韦渠牟)年十一,尝赋《铜雀台》绝句。"⑫可知韦渠牟写《铜雀台》时才十一岁。刘长卿所

---

① 张文荪《唐贤清雅集》,清乾隆三十年(1765)抄本。
② 胡适撰,骆玉明导读《白话文学史》,第162—163页。
③ 范梈《木天禁语》,何文焕辑《历代诗话》,第746页。
④ 郝敬《艺圃伧谈》,周维德集校《全明诗话》,第2906页。
⑤ 沈德潜《说诗晬语》,丁福保辑《清诗话》,第542页。
⑥ 强幼安《唐子西文录》,何文焕辑《历代诗话》,第444页。
⑦ 曾季狸《艇斋诗话》,丁福保辑《历代诗话续编》,第324页。
⑧ 乔亿《剑溪说诗》,郭绍虞编选、富寿荪校点《清诗话续编》,第1083页。
⑨ 徐献忠《唐诗品》,吴文治主编《明诗话全编》,第3025页。
⑩ 胡震亨《唐音癸签》,第67页。
⑪ 李贺著,王琦等评注《三家评注李长吉歌诗》,第3页。
⑫ 权德舆《左谏议大夫韦君诗集序》,郭广伟校点《权德舆诗文集》,第524页。

作《长门怨》《昭阳曲》《王昭君歌》等乐府诗,储仲君《刘长卿诗编年笺注》将其系于早期,并在《长门怨》诗后加按语:"宫怨、闺怨为开元、天宝中常见题材,此诗当为长卿早年作。"①白居易的《昭君怨》,《文苑英华》卷二〇四在诗题下注:"时年十七。"②韩愈的《芍药歌》《苦寒歌》,据方世举《韩昌黎诗集编年笺注》,也写于早年③。为什么会出现这种现象呢?无非是年轻的诗人想通过拟写乐府诗锻炼写诗能力,提高写作水平,即如吴淇所云:"凡拟诗者,古人之格调,已定不移,但有逐句换字之法。苟琢炼字句,一毫不到,便要出丑,故孙矿曰:'多拟古诗道自进。'"④比如,王维的《洛阳女儿行》一诗,题目出自梁武帝《河中之水歌》"洛阳女儿名莫愁",首句"洛阳女儿对门居,才可容颜十五余"衍自梁武帝《东飞伯劳歌》中的"谁家女儿对门居,开颜发艳照闾里""女儿年几十五六,窈窕无双颜如玉"⑤。诗中对洛阳女儿娇贵的描写,很大程度上借鉴了《陌上桑》古辞中对罗敷容貌夸饰铺张的手法,可见王维是在学习和模仿前人乐府诗的基础上写成此诗的。胡适在《白话文学史》中讲到王维青年时期多写乐府诗时说:"这可见他少年时多作乐府歌辞;晚年他的技术更进,见解渐深,故他的成就不限于乐府歌曲。"⑥

二、适应科举考试的需要

唐代文人之所以大量拟写乐府诗,还有一个深层目的,就是为了能够更好地适应科举考试。

自唐高宗调露年间进士科考试加试杂文以后,诗赋逐渐成为考试重点,也成为文人士子日夜揣摩练习的对象。参加科考所写的省试诗,一般都是命题作文,要求考生就题发挥,扣题写作,但绝不可违逆题意。宋代葛立方《韵语阳秋》卷三云:"省题诗自成一家,非它诗比也。首韵拘于见题,则易于牵合,中联缚于法律,则易于骈对。……王昌龄、钱起、孟浩然、李商隐辈皆有诗名,至于作省题诗,则疏矣。"⑦清代顾炎武《日知录》卷二一《诗题》:"唐人以诗取士,始有命题分韵之法。"⑧蒋鹏翮《唐人五言排律诗论·例言》云:"应试、应制之篇则因题制诗者,起即点清题面。"⑨这就需要文人士子在平时钻

---

① 刘长卿著,储仲君笺注《刘长卿诗编年笺注》,第76页。
② 李昉等《文苑英华》,第1012页。
③ 方世举《韩昌黎诗集编年笺注》,北京:中华书局,2012年,第1页,第15页。
④ 吴淇《六朝选诗定论》,《四库全书存目丛书补编》,第11册,第209页。
⑤ 参王达津选注《王维孟浩然选集》,上海:上海古籍出版社,1990年,第2—3页。
⑥ 胡适撰,骆玉明导读《白话文学史》,第168页。
⑦ 葛立方《韵语阳秋》,第43页。
⑧ 顾炎武著,黄汝成集释《日知录集释(外七种)》,第1557页。
⑨ 蒋鹏翮编释《唐人五言排律诗论》,乾隆寒三草堂刻本。

研作诗技巧,积累这种命题作诗的经验,因而《全唐诗序》说:"用声律取士;聚天下才智英杰之彦,悉从事于六义之学,以为进身之阶。则习之者,固已专且勤矣。"①而乐府诗的拟写正好能够实现这一目标。

乐府诗有预先确定的题目和传统题旨,文人拟写犹如命题作文一样,只能在袭用原先的题目与题旨的基础上进行发挥。而且,经过齐梁文人的唱和拟写,乐府诗还形成了一种"赋题"写法。冯班在《钝吟杂录·古今乐府论》中说:"乐府题目,有可以赋咏者,文士为之词,如《铙歌》诸篇是矣。"②比如,《雉子斑》一题,《乐府解题》谓:"古词云:'雉子高飞止,黄鹄飞之以千里,雄来飞,从雌视。'若梁简文帝'妒场时向陇',但咏雉而已。"③《将进酒》一题,"古词曰:'将进酒,乘大白。'大略以饮酒放歌为言。……若梁昭明太子云'洛阳轻薄子',但叙游乐饮酒而已"④。钱志熙《齐梁拟乐府诗赋题法初探——兼论乐府诗写作方法之流变》一文对此有过专门分析,指出"赋题法"乃是"采用专就古题曲名的题面之意来赋写的作法"⑤。这使得乐府诗拟写更像是一道命题作文,何况还有前人作品可资参考和比照,尤其是从那些经典之作中受到启迪,既能获得一定的作诗技艺,又积累了命题写作的经验。倘若文人们平常熟悉并习惯了像乐府诗一样命题作诗的套路,进了科举考场写作省试诗定能应付自如。

从《文苑英华》中所录的十卷唐代省试诗来看,其题目大多则来自前人诗歌。《四库全书总目》中《须溪四景诗集》提要云:"考晋宋以前,无以古人诗句为题者。沈约始有《江蓠生幽渚》诗,以陆机《塘上行》句为题,是齐梁以后例也。沿及唐宋科举,始专以古句命题。其程试之作,唐莫详于《文苑英华》,宋莫详于《万宝诗山》,大抵以刻画为工,转相效仿。"⑥唐代科举考试专以"古句"命题,其实这样的写作方式在乐府诗中十分普遍。从曹魏起,乐府诗拟写中经常会"摘句为题",即从前人乐府诗中摘取首句(或其中一句)为题目进行敷衍,如曹植的《当来日大难》出自古辞《善哉行》首句,王融的《青青河畔草》出自古辞《饮马长城窟行》首句,梁简文帝的《双桐生空井》出自魏明帝《猛虎行》"双桐"篇首句,而具体写作时一般都采用"赋题"之法。因此,文人为了积累此种经验,自然会积极拟写乐府诗。

---

① 康熙《御制全唐诗序》,彭定求等编《全唐诗》,第 5 页。
② 冯班《钝吟杂录》,丁福保辑《清诗话》,第 37 页。
③ 郭茂倩编《乐府诗集》卷一六《雉子斑》题解引《乐府解题》,第 230 页。
④ 郭茂倩编《乐府诗集》,第 229 页。
⑤ 钱志熙《齐梁拟乐府诗赋题法初探——兼论乐府诗写作方法之流变》,《北京大学学报》1995 年第 4 期,第 61 页。
⑥ 永瑢等《四库全书总目》,第 1410 页。

在唐代省试诗的题目中,有些考题如"日暮碧云合""海水不扬波""好鸟鸣高枝"等就与乐府题目十分类似。在现存的唐代应试诗中,我们发现有些考题就是乐府诗题目,如沈佺期的《出塞》,《沈佺期集》清抄本、《唐诗正音》卷六均题作《被试出塞》,说明这是一首应试诗。李贺的《十二月乐词》,是作者参加河南府试时所作的乐府诗。李肱的《省试霓裳羽衣曲》为唐文宗开成二年(837)的状元帖,可知当年正是以《霓裳羽衣曲》为考题。缘于此,唐代文人对乐府诗更是青睐有加。

还有一个现象值得关注,那就是唐代的文人士子在参加科举考试之前准备行卷时,往往会将乐府诗作为首选诗体。宋代陈鹄《西塘集耆旧续闻》卷八:"后唐明宗、公卿大僚,皆唐室旧儒,其时进士贽见前辈,各以所业,止投一卷至两卷,但于诗赋歌篇古调之中,取其最精者投之。"①其中的"歌篇"主要是指乐府诗。在现存有关唐人行卷的文献中,就有许多乐府诗被作为行卷,本章第四节论及乐府诗的交际功能时,已有详细论证,此处不再赘述。

三、在模拟过程提升写作技巧

之所以将乐府诗作为练笔之作,是因为乐府诗具有深厚的传统,是极好的模仿对象。汉代乐府诗本为入乐演唱之歌辞,至魏晋时期由于清商乐的发展,刺激了文人对汉乐府曲调的填写,也开创了文人拟写乐府的先河。南北朝时期,文人对乐府诗拟写的热情不减,由以前的"拟篇"发展到后来的"赋题",拟写技巧也在不断地提升与创新。每一个乐府题目,经过人们的反复拟写,在题材、主题、形式、语词、风格乃至表现的情感等方面都形成了一定程式,凝结成集体共同的创作经验和诗歌记忆,为后人的"再创作"提供了某种"潜文本"或预设模式。刘熙载《艺概·诗概》中说:"乐府是代字诀,故须先得古人本意。"②"古人本意",其实就是程式。文人在"自我作古"中,训练并提升了自己的作诗水平。尤其是前人众多的拟辞,正如宇文所安分析初唐宫廷诗所言,便成了"可获得的技巧和可学习的艺术"③。从这个角度出发,小川环树才说乐府古题"像是一种练习题"。这道练习题,犹如今天的中小学生模仿现成作品而写命题作文一样。我们可以设想,唐人在拟写乐府诗时,脑海里浮现的是前人的同题之作,因此只需要在前人拟辞的基础上调换或整合部分因素,一首乐府诗就可以轻松写出来。对于初学写诗的人来说,无疑是再好不过了。正如王瑶《拟古与作伪》一文也分析说:"他们为什么喜欢拟

---

① 陈鹄《西塘集耆旧续闻》,《丛书集成初编》,第 2776 册,第 54 页。
② 刘熙载撰,袁津琥校注《艺概注稿》,第 366 页。
③ 〔美〕斯蒂芬·欧文著,贾晋华译《初唐诗》,南宁:广西人民出版社,1987 年,第 4 页。

作别人的作品呢？因为这本来是一种主要的学习属文的方法，正如我们现在的临帖学书一样。前人的诗文是标准的范本，要用心地从里面揣摩、模仿，以求得其神似。所以一篇有名的文字，以后寻常有好些人底类似的作品出现，这都是模仿的结果。"①

也正是在模拟的过程中，诗人的想象力得到充分培养，作诗技艺得到进一步提升。乐府诗一般用第三人称叙述角度，不需要"自我"出场与表现，因而不管是关山边塞、江南水乡，还是花前月下、歌楼妓馆，诗人都不必有实际经历，只要凭着想象和前人拟辞便可以写出来。比如，梁陈至初盛唐时期的绝大部分诗人都没有涉足边塞，但他们在《出塞》《入塞》《关山月》《从军行》等乐府诗中嵌入交河、蓟城、陇右、疏勒、玄菟、阴山等地名，展开如临其境的场景描写，建构苍凉辽阔的边塞意境，其实这些都是在参考前人拟辞及古籍中相关文字记述的基础上，进行合理想象而成，诗人的想象力因此而进一步发展。正如明代孙矿所言：

  今愿老丈且取古乐府题赋之，仍借古事以赋，如《出塞曲》即考卫、霍、陈及李广利诸传，暗借其事，填入诗内，即句句有味，不失之空谈。诗成后，更须日锻日炼，必求尽美乃出，久之则自造精微矣。②

这里给我们提供了拟写乐府诗《出塞曲》的经验与方法——根本不需要实际的边塞经历，借助于史传，在想象中便可完成写作。倘若这样"日锻日炼"，还可以"自造精微"，提升写作水平。

当然，一首好的乐府诗不仅在于模仿与继承，还需要诗人进行创新与超越。顾有孝《乐府英华序》云："乐府者……至魏、晋、宋、齐、梁、陈、隋，以至于唐，虽其乐府题目仍旧，然各自命题，立义不同，章句亦异。夫作古题而蹈袭前人之糟粕，不能出己见，是犹学步邯郸，效颦西子，徒贻识者之诮耳。盖时世之升降，风气有不得不变者。"③迫于被别人诬以"蹈袭"的压力，诗人不得不殚精竭虑，使出浑身解数，调动各种技巧，以求生新出奇，超越前人，其结果便是提升了作诗技艺。

比如《自君之出矣》一题，本出自汉末徐干《室思诗》第三章："自君之出矣，明镜暗不治。思君如流水，何有穷已时。"④宋孝武帝率先仿写："自君之

---

① 王瑶《拟古与伪作》，《中古文学史论》，第200页。
② 吴文治主编《明诗话全编》，第4712页。
③ 顾有孝《乐府英华序》，《四库全书存目丛书补编》，第33册，第515—516页。
④ 徐干《室思诗》，逯钦立辑校《先秦汉魏晋南北朝诗》，第377页。

出矣,金翠暗无精。思君如日月,回还昼夜生。"①此诗题目在《玉台新咏》卷一〇作"《拟徐干》",《艺文类聚》卷三三作"《拟室思》",《诗纪》卷四五注云:"一云《拟室思》。"这些题目都表明是仿拟之作。后来刘义恭、颜师伯、王融、范云、陈后主、贾冯吉、陈叔达、张九龄、李康成、辛弘智、雍裕之等均有拟作,并形成了固定的程式:"自君之出矣,××××。思君如××,××××。"人们拟写该题目时只需要改换十二个字即可,而重点在于第三句中的比喻能否出新出奇。因此,拟写这一题目,可以训练诗人的设喻技巧和构思能力。我们细察南北朝及唐代文人的拟作,有的将"思君"比作"清风",有的比作"蔓草",有的比作"夜烛",不一而足,各有千秋。张九龄辞云:"自君之出矣,不复理残机。思君如满月,夜夜减清辉。"②比喻贴切,构思新颖,故明代钟惺《唐诗归》评曰:"此题古今作者,毕竟此首第一。"③张九龄诗能开盛唐境界,或与此种锻炼不无关系!

再如《巫山高》一题。如本书第二章第八节所论,古辞表思归之意,到了齐代王融的拟辞则完全从文学层面"赋题"。其辞云:"想象巫山高,薄暮阳台曲。烟霞乍舒卷,蘅芳时断续。彼美如可期,寤言纷在瞩。怃然坐相思,秋风下庭绿。"④王融一生未亲临巫山,由首句"想象巫山高"可知乃是作者想象而写,因而诗中借用屈原《九歌·山鬼》和宋玉《高唐赋》《神女赋》中的描述,杂以自己观赏奇山异水的经验,完成了前面四句的写景,后四句则用巫山神女的典故以显示学识广博。自王融以后直至唐末,文人们总共创作了三十多首《巫山高》,大都以王融之辞为范式,开篇以"巫山"起头,首二句言巫山之高,接下来四句写景,将时间设置在秋天,大多会写及"峡深水急""树多林深""猿叫之悲"等几个画面,然后插入"巫山神女"的传说,习用的语词是"高唐""阳台""云雨""楚王""神女"等,表示难以遇合的哀愁伤感之情。通过此题的拟写,文人提高了写景铺叙和使用典故的能力。

从以上两个例证中可以看出来,乐府诗的拟写其实是一种"戴着脚镣跳舞"的作诗技法,因为"戴着脚镣",所以作诗时有所依凭,有所借鉴;既然是"跳舞",就一定要讲求艺术性,有所创新,有所突破。陆机在《文赋》中谓"袭故而弥新"⑤。朱熹《论文》云:"古人作文作诗,多是模仿前人而作之。盖学之既久,自然纯熟。"⑥唐代文人就是在拟写乐府诗的过程中借鉴和吸收前人

---

① 宋孝武帝《自君之出矣》,逯钦立辑校《先秦汉魏晋南北朝诗》,第1219页。
② 张九龄《赋得自君之出矣》,彭定求等编《全唐诗》,第609页。
③ 钟惺、谭元春选评,张国光、张业茂、曾大兴点校《诗归》,第102页。
④ 王融《巫山高》,逯钦立辑校《先秦汉魏晋南北朝诗》,第1388—1389页。
⑤ 陆机著,张少康集释《文赋集释》,第150页。
⑥ 黎靖德编《朱子语类》,第3299页。

的优秀成果,掌握一些表现技巧,将其内化为一种无意识的写作素养,在复制经典的过程中实现了提高自身的目的。权德舆《韦渠牟集序》中谓李白给韦渠牟曾"授以古乐府之学"①,何为"古乐府之学",李白没有明示,想必应该是这一类怎样写乐府诗的技艺性学问。

四、拟写乐府诗对唐诗发展的影响

徐宝于、蒋宁在考察魏晋南北朝时期文人乐府诗与一般徒诗创作的关系时说:"文人在参与到乐府歌诗的创作中时,也从中借鉴了乐府创作的基本形式和技巧,而文人诗的创作正是在参与制乐以及文人拟乐府的基础之上得以有所开拓和树立的。"并得出结论:"文人乐府创作的高低多少往往能够表明其在文人诗创作领域的成就高低,说明乐府创作与文人诗创作之间存在着互动的关系。"②这种情况在唐代依然延续。唐人在拟写乐府诗的过程中,吸纳前贤的经验,将其转化为自身的写作技艺,在唐诗的题材、风格、诗体创新与修辞技巧等方面都有较大的开拓与发展,也因此涌现出了诸如李白、杜甫、白居易等一流大诗人。

首先,唐人在拟写乐府诗的过程中,使诗歌走上内容充实、风骨兼备的康庄大道。如何在诗歌创作中表现合适的题材并建立积极健康的意旨,是唐代诗人首先要解决的问题。初唐时期,诗风延续齐梁。最先变革这种局面的,是魏征、虞世南、杨师道等人的边塞乐府诗。《诗源辩体》卷一二云:"(虞世南)至如《出塞》《从军》《饮马》《结客》及魏征《出关》等篇,声气稍雄,与王褒、薛道衡诸作相上下,此唐音之始也。"③后来杨炯、卢照邻、骆宾王的边塞题材乐府诗无不洋溢着报国立功的豪情壮志,使诗歌题材"从台阁移至江山与塞漠"④。胡云翼在《唐诗研究》中说:"在初唐应制派的古典诗体流行的当中,突破这种'靡靡之音'的阵线的,也有一种雄壮调子的诗。因为初唐正是向外开辟疆土的时代,谁人不想去投笔从戎,建立功名。如魏征的《述怀》……卢照邻的《刘生》……杨炯的《出塞》……骆宾王的《从军行》……沈佺期的《塞北》……这种壮丽的诗,在初唐诗中的确是一种特色。"⑤胡云翼所举这些例

---

① 权德舆《左谏议大夫韦君诗集序》,郭广伟校点《权德舆诗文集》,第524页。
② 徐宝于、蒋宁《魏晋南北朝文人乐府诗创作述论》,《中国韵文学刊》2011年第2期,第26页、第47页。
③ 许学夷著,杜维沫校点《诗源辩体》,第138页。
④ 闻一多《四杰》,孙党伯、袁謇正主编《闻一多全集》,第6册,第16页。
⑤ 胡云翼《唐诗研究》,《民国丛书》第三编第55册,上海:上海书店出版社,1991年,第38—39页。

子,都是乐府诗。初唐陈子昂为变革文风倡"汉魏风骨",他所标举的正是汉魏乐府诗的精神,只可惜他没有拟写几首乐府诗,没有取得实践上的成功。后来李白专门创作旧题乐府诗,实现了复古革新的愿望①,发扬盛唐诗歌的比兴精神,也成就了李白作为一流诗人的地位。大历时期,当人们致力于律诗的创作,把律体写得软熟屠弱、吟风嘲月的时候,张王元白等人以乐府诗中的"采诗观风"为契机,完成了诗歌讽谕理论的建构,形成了写实主义诗派,产生了深远的文学史意义和社会影响。因此可以说,是唐人对乐府诗的拟写,使唐诗始终保持着关注现实、风骨刚健的特点。

需要指出的是,为唐诗赢得广泛声誉的边塞诗,其实就是在唐人拟写《出塞》《入塞》《关山月》《从军行》《燕歌行》等一系列乐府题目的基础上走向繁荣的。唐人的高明之处,在于善于从前人拟辞中获得经验,通过整合、提炼和概括关于征戍与边塞的书写,从而创造出新的艺术境界。比如王昌龄的《出塞》一诗,诗中所用的意象、语汇和句式等大都袭自前人的乐府诗,第一句中的"明月照关"便来自乐府诗《关山月》,第二句"万里长征人未还"袭自隋代卢思道《从军行》中的"塞外征人殊未还",第三、四句"但使龙城飞将在,不教胡马度阴山"在句式和意旨上都本自初唐崔湜《大漠行》中的"但使将军能百战,不须天子筑长城"。但是,王昌龄对其进行提炼整合,使之升华,遂成为"唐绝压卷"之作②。

其次,唐人通过拟写乐府诗,使诗歌达到"自然"的美学理想风格。《蔡宽夫诗话》中"诗重自然"条云:"天下事有意为之,辄不能尽妙,而文章尤然。文章之间,诗尤然。"③可见"自然"是古典诗歌极为推崇的理想美学风格。唐人通过对乐府诗的拟写,实现了这一追求。严羽《沧浪诗话》中说盛唐诗歌的特点是"羚羊挂角,无迹可求"④,这就是自然,而这在某种程度上正得力于乐府诗。马茂元就认为盛唐诗人和他们创作的各种诗歌,都在不同程度上受到了乐府民歌的影响⑤。罗根泽《乐府文学史》中说:"初唐盛唐诗人,率先为乐府,然后以乐府为诗。"他指出,唐代的乐府诗创作已"不论古乐府调,只论古乐府词,固为极自然,极解放之文学。寝馈于此等文学,则自己发抒之歌词,亦易走入极自然,极解放一途。以故初盛唐人,其乐府新词固极自然,极

---

① 葛晓音《论李白乐府的复与变》,《文学评论》1995 年第 2 期,第 5—13 页;钱志熙《论李白乐府诗的创作思想、体制与方法》,《文学遗产》2012 年第 3 期,第 46—54 页。
② 王立增《王昌龄的〈出塞〉是怎样写出来的》,《广西社会科学》2006 年第 3 期,第 120—121 页。
③ 郭绍虞辑《宋诗话辑佚》,第 383 页。
④ 严羽著,郭绍虞校释《沧浪诗话校释》,第 26 页。
⑤ 马茂元《从盛唐诗歌看民间文学和文人创作的关系》,《文汇报》1959 年 8 月 4 日。

解放。其诗亦多自然解放之作。中唐以后,乐府沦亡,诗人无乐府之根基,遂逐渐走入工整雕琢之路矣"①。钱志熙亦说:"一直到了唐代,文人诗已经达到自身的审美理想之后,诗人们才重新发现古乐府诗的经典价值。尽管诗人们已经在创造声律美、风骨美、兴象美方面达到了很高的境界,掌握了丰富的艺术经验,但是从他们拟乐府古辞的这一批诗中,我们看到他们力求返朴归真,希望在某些因素上重现原作的美学特征。"②唐诗自然、解放、返璞归真的风格特点与审美追求,正是他们拟写乐府诗的过程中形成的,也成为他们不同于其他朝代诗人的独特技艺。

复次,唐代在诗歌史上的一大贡献便是创新并完备诗体,这正是在文人拟写乐府诗的过程中实现的。比如,完整的律诗最先出现在乐府诗中,清代王士禛《带经堂诗话》说:"唐人乐府何以别于汉魏?汉魏乐府高古浑奥,不可拟议。唐人乐府不一,初唐人拟《梅花落》《关山月》等古题,大概五律耳。"③葛晓音指出,"古乐府中有一部分在齐梁时实际上是新体诗,而到沈宋时则演变为律诗。换言之,从新体到律体的演进,有一部分是在这类古题乐府诗中完成的"④。绝句亦出自乐府,而且唐代绝句受到乐府的影响极深。田同之《西圃诗说》云:"五七绝句,古诗乐府之遗也。"⑤姚鼐在《乾隆庚寅科湖南乡试策问》中说:"夫唐人之诗,古今独出,然或谓惟绝句一体,最为得乐府之遗者。"⑥乔亿《剑溪说诗》卷下云:"唐七绝尽多佳制,以得乐府意为尤。"⑦歌行也是从乐府诗中孕育成熟的。胡应麟《诗薮》内编卷一:"唐人李、杜、高、岑,名为乐府,实则歌行。"⑧盛唐以后,歌行逐渐不用歌辞性题目,主观性增强,与乐府诗分道扬镳。唐代有一种特殊的诗体被称吴体,杜甫的《愁》诗题目下自注云:"强戏为吴体。"⑨吴体也是受吴地民间乐府的影响产生的,许印芳《诗谱详说》谓:"当时吴中歌谣有此歌调,诗流效用之也。"⑩词体在唐末五代的成立,也是源出于乐府,由文人模仿民间曲子辞的结果。胡

---

① 罗根泽《乐府文学史》,第 190 页。
② 钱志熙《乐府古辞的经典价值——魏晋至唐代文人乐府诗的发展》,《文学评论》1998 年第 2 期,第 61 页。
③ 王士禛著,张宗柟纂集,戴鸿森校点《带经堂诗话》,第 839 页。
④ 葛晓音《盛唐清乐的衰落和古乐府诗的兴盛》,《社会科学战线》1994 年第 4 期,第 217 页。
⑤ 田同之《西圃诗说》,郭绍虞编选,富寿荪校点《清诗话续编》,第 750 页。
⑥ 姚鼐《惜抱轩文集》卷九,四部备要本。
⑦ 乔亿《剑溪说诗》,郭绍虞编选,富寿荪校点《清诗话续编》,第 1095 页。
⑧ 胡应麟《诗薮》,第 13—14 页。
⑨ 杜甫著,仇兆鳌《杜诗详注》,第 1599 页。
⑩ 许印芳《诗谱详说》,云南丛书初编本。

应麟《诗薮》内编卷一说乐府"于诸体,无不备有也"①,可谓是慧眼识珠!

最后,文人在乐府诗的拟写过程中学习并掌握了一些诗歌修辞技巧。比如,第一,叙事技巧。乐府诗多叙事,唐人获益颇多,《蔡宽夫诗话》云:"子美诗善叙事。"②《诗筏》云:"长庆长篇,如白乐天《长恨歌》《琵琶行》,元微之《连昌宫词》诸作,才调风致,自是才人之冠。其描写情事,如泣如诉,从《焦仲卿》篇得来。"③《安磐诗话》云:"退之诗于叙事处特有笔力。如'儿童见称说,祝身得如斯。侪辈妒且惭,喘如竹筒吹。老妇愿嫁女,约不论财贷。老翁不量力,累月笞其儿。搅搅争附托,无人角雄雌。'数语曲尽登科时人情物态,千载如新。但此格本自《木兰》《焦仲卿》来,下此则俚俗。"④清人费锡璜在《汉诗总说》中说:"《羽林郎》《董娇娆》《日出东南隅行》诸诗,情词并丽,意旨殊工,皆诗家之正则,学者所当揣摩。唐之卢、骆、王、岑、钱、刘,皆于此数诗中得力。"⑤第二,比兴技巧。张籍的《节妇吟》、朱庆余的《近试上张水部》和张籍的答辞《酬朱庆余》就是运用比兴技巧最好的例证。第三,铺排技巧。如李商隐《无题》诗:"八岁偷照镜,长眉已能画。十岁去踏青,芙蓉作裙衩。十二学弹筝,银甲不曾卸。十四藏六亲,悬知犹未嫁。十五泣春风,背面秋千下。"此诗即是学习《孔雀东南飞》而作,张谦宜《茧斋诗谈》卷五赞其"乐府高手,直作起结,更无枝语,所以为妙"⑥。第四,炼意技巧。陆时雍《诗镜总论》云:"中唐人用意,好刻好苦,好异好详。求其所自,似得诸晋人《子夜》、汉人乐府居多。"⑦第五,布局谋篇技巧。王夫之《古诗评选》谓曹丕的《大墙上蒿行》"长句长篇,斯为开山第一祖。鲍照、李白领此宗风,遂为乐府狮象"⑧。第六,复叠技巧。复叠是乐府歌辞常用手法,唐代文人徒诗多有仿用,如李白《上三峡》诗云:"三朝上黄牛,三暮行太迟。三朝又三暮,不觉鬓成丝。"⑨李商隐《春风》诗云:"春风虽自好,春物太昌昌。若教春有意,唯遣一枝芳。我意殊春意,先春已断肠。"⑩第七,问答技巧。乐府诗中多问答对话,唐人诗歌中多有学习,如皮日休的《夜会问答十首》等。此外,转韵、双关、顶针等修

---

① 胡应麟《诗薮》,第13页。
② 郭绍虞《宋诗话辑佚》,第393页。
③ 贺贻孙《诗筏》,郭绍虞编选,富寿荪校点《清诗话续编》,第139页。
④ 吴文治主编《明诗话全编》,第2153页。
⑤ 费锡璜《汉诗总说》,丁福保辑《清诗话》,第945页。
⑥ 张谦宜《茧斋诗谈》,郭绍虞编选,富寿荪校点《清诗话续编》,第853页。
⑦ 陆时雍《诗镜总论》,丁福保辑《历代诗话续编》,1417页。
⑧ 王夫之评选,张国星校点《古诗评选》,第23页。
⑨ 李白著,王琦注《李太白全集》,第1020页。
⑩ 李商隐撰,刘学锴、余恕诚集解《李商隐诗歌集解》,第1969页。

辞手法都来自乐府诗。

  总之,唐人拟写乐府诗,不仅使乐府诗取得了很高成就,成为乐府诗史上的一座高峰,而且,文人通过对乐府诗的拟写,积累了创作经验,提升了写诗水平,使唐诗在艺术上日臻成熟,造就了一批名篇,促进了唐诗的繁荣①。甚至可以说,如果没有文人对乐府诗的拟写,唐代就未必有边塞诗、讽谕诗等,也未必会有李白、杜甫、白居易等一流诗人的出现。胡震亨就曾说过,"今人第谓太白天才,不知其留意乐府,自有如许功力在,非草草任笔性悬合者"②,如果李白没有"留意乐府"的功力,未必能取得很高的诗歌成就!

---

① 参苏雪林《唐诗概论》第一章《唐诗隆盛之原因》,上海:上海书店出版社,1992 年,第 8—10 页。
② 胡震亨《唐音癸签》,第 87 页。

第五章 唐代乐府诗体的演进历程

关于唐代乐府诗史的研究，一般都是参照唐诗的演进分为初、盛、中、晚四个阶段，然后重点分析各阶段的代表作家及其代表作品。也有研究者从拟与变的角度探讨唐代乐府诗的演进历程，如赵俊波《唐代古题乐府诗的拟与变》一文认为初唐重在模拟，盛唐"将拟与变结合得最好"，中晚唐重变，"导致古题乐府逐步衰微"。① 本章将唐代乐府诗体的演进历程划分为三个阶段：从唐开国至玄宗开元年间为第一阶段，旧题乐府诗从承袭走向高潮；从天宝年间至宪宗元和年间为第二阶段，新题乐府诗出现繁荣；从元和以后至唐末为第三阶段，乐府诗体趋向多元化发展，逐渐丧失其独特的文体特征。在这三个阶段中，作家个体的作用构成了影响乐府诗演进的合力，反映在"史"的长河中，体现为某种较为稳定的时段性特点。因此，本章不采取传统乐府文学史中惯用的排列作家作品的写法，而是注重选取一些能够影响乐府诗演进的时段性特点来进行论述，以便勾勒出唐代乐府诗体在失去音乐的桎梏之后，又逐渐摆脱拟辞传统的羁绊，演变为"诗之一体"并逐渐与徒诗合流的大致脉络。

第一节 初唐乐府诗创作中的承袭之风

从大唐开国(618)到先天元年(712)玄宗登上帝位的将近一百年间，创作乐府诗的作者并不多。贞观时期，以隋代遗老虞世南、袁朗、陈子良、褚亮、杨师道、李百药、谢偃等为主。尽管这些人在贞观年间相继辞世，他们的乐府诗不一定全都作于大唐建国以后，但他们主宰着这一时期的诗坛，代表着乐府诗创作的主流风尚。另外还有身为一国之君的唐太宗、宫廷新贵李义府等人。出身于下层的乐府诗作者只有王宏一人。在贞观诗坛上享有盛誉的王绩，倒没有留下一首乐府诗。高宗以后，乐府诗的创作逐渐形成两个群体，一个是宫廷诗人群，活跃于社会上层，以武后时期预修《三教珠英》的修文馆学士为主，包括李峤、郑愔、宋之问、沈佺期和徐彦伯等人。另一个群体则是出

---

① 赵俊波《唐代古题乐府诗的拟与变》，《唐都学刊》2003年第1期，第21—23页。

身于社会下层、仕途坎坷的文人群体,包括四杰、刘希夷、乔知之和张若虚等人。

初唐诗人创作的乐府诗数量不是很多,大部分诗人只写有一两首乐府诗,存有3首以上乐府诗的诗人仅有18人,分别是:李百药3题4首,谢偃2题4首,虞世南8题9首,唐太宗4题14首,李峤4题4首,董思恭2题3首,郭震4题11首,骆宾王6题7首,徐彦伯4题4首,沈佺期26题26首,宋之问8题8首①,刘希夷10题17首,卢照邻19题27首,郑愔6题6首,王勃6题7首,杨炯9题9首,乔知之10题10首,张柬之3题3首。

在题材上,初唐诗人还是以乐府诗中传统的边塞和闺怨为主。宫廷诗人自不必说。即使是把唐诗"由宫廷走到市井""从台阁移至江山与塞漠"②的四杰,所写的乐府诗在题材上也没有多大发展,仍以边塞和闺怨为主。从题目上来看,初唐人所拟写的乐府诗绝大多数是旧题,而且局限于有限的十几个题目,其中拟辞较多的题目有《巫山高》《芳树》《有所思》《帝京篇》《出塞》《饮马长城窟行》《临高台》《陇头水》《从军行》《关山月》《王昭君》《妾薄命》等。到了武后后期,这种情况才有所改变,随着歌行的成熟才出现了一些乐府新题目如《汾阴行》《公子行》《春女行》等。

总体而言,初唐乐府诗的主流趋势是承袭陈隋余绪。《新唐书·文艺传序》谓初唐诗风"沿江左余风,缔句绘章,揣合低卬"③,其实乐府诗就是最好的例证。

一、亦步亦趋地袭用前人乐府诗的形制

初唐人创作的乐府诗,往往亦步亦趋地袭用前人乐府诗的形制。如唐太宗的《帝京篇》,作于贞观十八年(644)④,郭茂倩《乐府诗集》未收,李昉等编《文苑英华》收入卷一九二"乐府"部分。从题材的传承来看,此诗模拟梁简文帝、戴暠和陈代张正见等人所作的《煌煌京洛行》《帝王所居篇》及隋代李巨仁的《京洛篇》。唐太宗《帝京篇十首》其三:

飞盖去芳园,兰桡游翠渚。萍间日彩乱,荷处香风举。桂楫满中

---

① 彭定求等编《全唐诗》中所收宋之问、沈佺期的乐府诗多有重复,此据陶敏、易淑琼校注《沈佺期宋之问集校注》,北京:中华书局,2001年。
② 闻一多《四杰》,孙党伯、袁謇正主编《闻一多全集》,第6册,第16页。
③ 欧阳修、宋祁《新唐书》,第5725页。
④ 陶敏、傅璇琮《唐五代文学编年史》(初唐卷)云:"《玉海》卷二九:'《帝京篇》五言,太宗制,褚遂良行书,贞观十八年八月。'《金石录》卷三、《宝刻丛编》卷二作十九年八月,盖纪诗上石之时间。十九年太宗在辽东。"(沈阳:辽海出版社,1998年,第104页)

川,弦歌振长屿。岂必汾河曲,方为欢宴所。①

张正见《煌煌京洛行》：

> 千门俨西汉,万户擅东京。凌云霞上起,鸤鹊月中生。风尘暮不息,箫管夜恒鸣。唯当卖药处,不入长安城。②

两首乐府诗的语词组合形式十分相似,前两句都是第三字用动词,第三、四句都是最后一字用动词,第六句都写音乐,最后两句发感慨,明显是仿拟之作。明代徐用吾辑《精选唐诗分类评释绳尺》卷六评唐太宗《帝京篇》云:"六朝习气,欲脱未脱。"③近代丁仪《诗学渊源》卷八说:"《帝京》十篇,规法陈隋,而精细尤甚,欲知齐梁、陈隋之法,非读此不可。"④这都是说唐太宗《帝京篇》是沿袭陈隋风气的。

唐太宗的另一首乐府诗《饮马长城窟行》,美国学者卫德明、康达维以为"这首诗所表现的心声是很温和的,以致我们甚至难以断定它只是作为无偏倚的模仿练习,还是确实要庆贺自己的战功"⑤。美国另一位学者宇文所安直接指出是隋炀帝同题之作的仿制品⑥。现将二诗对比如下,隋炀帝辞为:

> ……北河秉武节,千里卷戎旌。山川互出没,原野穷超忽。拟金止行阵,鸣鼓兴士卒。千乘万骑动,饮马长城窟。秋昏塞外云,雾暗关山月。缘严驿马上,乘空烽火发。借问长城候,单于入朝谒。浊气静天山,晨光照高阙。释兵仍振旅,要荒事方举。饮至告言旋,功归清庙前。⑦

唐太宗辞为:

> 塞外悲风切,交河冰已结。瀚海百重波,阴山千里雪。迥戍危烽火,层峦引高节。悠悠卷旆旌,饮马出长城。寒沙连骑迹,朔吹断边声。胡尘清玉塞,羌笛韵金钲。绝漠干戈戢,车徒振原隰。都尉反龙堆,将军

---

① 彭定求等编《全唐诗》,第2页。
② 逯钦立辑校《先秦汉魏晋南北朝诗》,第2482页。
③ 徐用吾辑《精选唐诗分类评释绳尺》,万历刻本。
④ 丁仪《诗学渊源》,张寅彭主编《民国诗话丛编》,第3册,上海:上海书店出版社,2002年,第197页。
⑤ 〔美〕卫德明、康达维《论唐太宗的诗》,《文史哲》1989年第6期,第87页。
⑥ 〔美〕斯蒂芬·欧文著,贾晋华译《初唐诗》,第33页。
⑦ 逯钦立辑校《先秦汉魏晋南北朝诗》,第2661页。

旋马邑。扬麾氛雾静,纪石功名立。荒裔一戎衣,灵台凯歌入。①

大体上是在相同的句数处写景、写战争或是写纪功告成。上引隋炀帝辞(前面有省略)第八句为"饮马长城窟",唐太宗辞第八句也是"饮马出长城"。唐太宗此辞在《文苑英华》卷二〇九中题名为《拟饮马长城行》,便明确表明此诗为模仿之作。初唐袁朗也有《饮马长城窟》一诗,在《文苑英华》卷二〇九中也题为《拟饮马长城窟》,句数与隋炀帝辞相同,套路也大体一致。隋炀帝辞开头六句为:

肃肃秋风起,悠悠行万里。万里何所行,横漠筑长城。岂台小子智,先圣之所营。②

袁朗辞开头六句为:

朔风动秋草,清跸长安道。长城连不穷,所以隔华戎。规模惟圣作,负荷晓成功。③

首句都说时间是在秋天,三、四句都描述长城,五、六句说修筑长城是圣人之制,模拟的痕迹十分明显。虞世南也有一首《拟饮马长城窟行》,情况与此相似,也是模仿之作。

贞观朝其他的一些乐府诗也大略如此。如虞世南的《从军行二首》,在《唐诗纪事》卷四中题作《拟古》,一看题目便知是拟古之作。他的《中妇织流黄》,仿照前代同题乐府的格式"大妇……中妇……小妇……"。再如陈叔达的《自君之出矣》,也依照前代同题乐府的格式"自君之出矣,……。思君如……",没有出现多少新的变化。

到了武后时期,宫廷诗人群的部分乐府诗在篇章体制上也是亦步亦趋。如李峤、张柬之的《东飞伯劳歌》完全是模仿前人同题乐府的形式。前人《东飞伯劳歌》的格式是:七言五韵,第三句以"谁家……"起头,第七句写年龄。李、张二诗皆遵之。丁仪《诗学渊源》卷八谓李峤《东飞伯劳歌》"虽七言而转韵亦然,盖深得齐梁之遗也"④,道出了其沿袭陈隋风气的特点。再如董思恭

---

① 彭定求等编《全唐诗》,第3页。
② 逯钦立辑校《先秦汉魏晋南北朝诗》,第2661页。
③ 彭定求等编《全唐诗》,第431页。
④ 丁仪《诗学渊源》,张寅彭主编《民国诗话丛编》,第3册,第195页。

的《三妇艳》:"大妇裁纨素,中妇弄明珰。小妇多姿态,登楼红粉妆。丈人且安坐,初日渐流光。"①仿照传统的《三妇艳》程式"大妇……,中妇……,小妇……,丈人……"。苏颋的《长相思》也遵照前人歌辞的程式。

四杰的乐府诗在形式上也有仿效痕迹。如王勃《采莲归》在形式上模仿梁简文帝的《采莲曲》。梁简文帝诗为:

> 桂楫兰桡浮碧水,江花玉面两相似。莲疏藕折香风起。香风起,白日低,采莲曲,使君迷。②

和声为:"采莲曲,渌水好沾衣。"王勃诗为:

> 采莲归,绿水芙蓉衣。秋风起浪凫雁飞。桂棹兰桡下长浦,罗裙玉腕轻摇橹。叶屿花潭极望平,江讴越吹相思苦。相思苦,佳期不可驻。塞外征夫犹未还,江南采莲今已暮。今已暮,采莲花,渠今那必尽倡家。官道城南把桑叶,何如江上采莲花。莲花复莲花,花叶何稠叠。叶翠本羞眉,花红强如颊。佳人不在兹,怅望别离时。③

王勃将梁简文帝辞的和声作为首句,梁简文诗中顶针"香风起",王勃诗也顶针"相思苦"和"今已暮"。王勃对南朝乐府多有继承,王世贞《艺苑卮言》卷四云:"子安稍近乐府。"④观此可知不假。

二、题旨立意缺少创新

初唐的部分乐府诗在题旨立意方面也没有多少发展,仍停留在齐梁的模式上,既没有反映出时代的烙印,也没有凸显出作者的个性。前面列举的一些在形制上完全仿照陈隋的乐府诗,在题旨立意方面自然是重复雷同,缺少创新。再如《巫山高》一题,初唐有郑世翼、沈佺期、宋之问、张循之、卢照邻等人的拟辞,都为五言八句,前两句写巫山风景,极言山高景奇,中间四句穿插高唐神女的传说,最后两句因为神女的缥缈、君王的迟幸表现出淡淡的哀愁。这正是齐梁以来形成的范式,在初唐的拟辞中根本看不到作者本人的思想感情。

---

① 彭定求等编《全唐诗》,第 741 页。
② 逯钦立辑校《先秦汉魏晋南北朝诗》,第 1925 页。
③ 彭定求等编《全唐诗》,第 672 页。
④ 王世贞《艺苑卮言》,丁福保辑《历代诗话续编》,第 1003 页。

《芳树》一题,初唐有沈佺期、卢照邻和徐彦伯的拟辞,三首诗都是承袭齐梁拟辞的程式:前半部分写芳树之美,后半部分表现由芳树引起思念之情。其抒情模式源于王融同题拟辞中的"去来徘徊者,佳人不可遇",后来梁武帝、费昶、顾野王又有发挥。梁武帝辞云:"重迭不可思,思此谁能慊。"费昶辞云:"所思不可召。"顾野王辞云:"用表莫相忘。"初唐沈佺期、卢照邻和徐彦伯的拟辞继续沿袭和仿照这一模式。沈辞末句云:"叹息春风起,飘零君不见。"卢辞末句云:"容色朝朝落,思君君不知。"徐辞末句云:"蒿砧刀头未有时,攀条拭泪坐相思。"几乎是完全因袭,没有加入作者的一丝主观感情。

《王昭君》一题,初唐有卢照邻、骆宾王、沈佺期、上官仪、董思恭、顾朝阳、东方虬、郭元震、梁献等人的拟辞。宋代葛立方《韵语阳秋》卷一九云:

> 古今人咏王昭君多矣,王介甫云:"意态由来画不成,当时枉杀毛延寿。"欧(阳)永叔云:"耳目所及尚如此,万里安能制夷狄。"白乐天云:"愁苦辛勤憔悴尽,如今却似画图中。"后有诗云:"自是君恩薄于纸,不须一向恨青丹。"李义山云:"毛延寿画欲通神,忍为黄金不为人。"意各不同,而皆有议论,非若石季伦、骆宾王辈徒叙事而已也。①

的确如此,白居易、李商隐、王安石、欧阳修咏王昭君的诗都写出了新意,而初唐人的拟辞几乎都是沿袭陈辞套式,泛泛地赋写昭君出塞事,把昭君出塞的罪责归咎于画师毛延寿,艺术构思上缺乏新意。初唐人所写类似题材的乐府诗如《铜雀台》(沈佺期、乔知之)、《长门怨》(徐贤妃、沈佺期、吴少微)、《婕妤怨》(崔湜、徐彦伯)等大都如此,除了对历史故事的复述、对女性怨恨的铺叙描写以外,基本上没有多少创新的成分。

其他像这样的例子还有许多,如李峤《汾阴行》末尾四句,后人评价甚高,其实这四句出自汉武帝的《秋风辞》。翁方纲《石洲诗话》卷一云:"汉武《秋风辞》,此结四句脱胎所自也,用其意而不用其词。"②四杰虽然富有革新精神,对初唐诗风的变化和歌行体的发展作出了贡献,但对乐府诗"都没有作出什么改进"③。卢照邻虽然在《乐府杂诗序》中批评当时的乐府诗"落梅芳树,共体千篇;陇水巫山,殊名一意"④,但他的那些赋写横吹曲题的乐府诗如《雨雪曲》《关山月》《战城南》《紫骝马》等几乎都是亦步亦趋,正如闻一多

---

① 葛立方《韵语阳秋》,第260—261页。
② 翁方纲《石洲诗话》,郭绍虞编选,富寿荪校点《清诗话续编》,第1364页。
③ 参乔象钟《李白乐府诗的创造性成就》,《文学遗产》1982年第3期,第33页。
④ 卢照邻著,李云逸校注《卢照邻集校注》,第339页。

所说的,"除声调的成功外,还是没有超过齐、梁的水准"①。

三、大倡艳曲艳辞

初唐的乐府诗沿袭陈隋宫廷风气,大倡艳曲艳辞。梁陈及隋代宫廷中,产生了一大批极其香艳的歌曲,《隋书·乐志》中有明确记载。到了初唐,乐府艳歌依然受到帝王的提倡,在宫廷中十分盛行。最先是唐太宗的倡导。从《旧唐书·音乐志》所载杜淹议乐和《全唐诗话》载唐太宗写齐梁绮靡诗受到虞世南劝谏的两段材料来看,太宗对陈隋艳曲并不排斥反对,相反是颇为喜爱的。据《唐会要》卷三三载:"贞观末,有裴神符者,妙解琵琶,作《胜蛮奴》《火凤》《倾杯乐》三曲,声度清美,太宗深爱之。"②《火凤》是太宗喜爱的艳曲。在这种风气影响下,必然有一些文人投其所好,李百药就写有两首十分轻艳的《火凤词》。正如谢无量《中国大文学史》所说:"盖太宗虽好文学,仍慕绮丽之风。上之所好,下必有甚。……如李、谢之诗赋,长孙无忌之《新曲》,李义府之《堂堂词》,并是宫体之遗。"③后来的唐中宗也是大倡艳曲,据《唐诗纪事》卷四"长孙无忌"条云:"及其弊也,中宗诏群臣曰:'天下无事,欲与群臣共乐。'于是《回波》艳辞,妖冶之舞,作于文字之臣,而纲纪荡然矣。"④因此,初唐乐府诗中出现艳辞在所难免。

初唐乐府诗人有时把一些旧题乐府诗改写艳情,甚至是杂有色情的成分。如李百药的《少年行》辞:

> 少年飞翠盖,上路勒金镳。始酌文君酒,新吹弄玉箫。少年不欢乐,何以尽芳朝。千金笑里面,一搦掌中腰。挂缨岂惮宿,落珥不胜娇。寄语少年子,无辞归路遥。⑤

《少年子》现存始辞为南朝齐代王融辞,后又有梁代吴均辞。王、吴拟辞的题旨与《结客少年场行》专写游侠稍有不同,偏重于写少年风流韵事。王辞中有"桂钗当自陈",吴辞中有"愿言奉绣被,来就越人情",虽然轻艳,但艳的味道并不浓,仅仅是含蓄的暗示而已,李百药则进一步把风流情事的描写细致化、庸俗化,远远超出了王、吴拟辞。

再如《妾薄命》,据郭茂倩《乐府诗集》卷六二引《乐府解题》:"《妾薄

---

① 闻一多《四杰》,孙党伯、袁謇正主编《闻一多全集》,第6册,第15页。
② 王溥《唐会要》,第609—610页。
③ 谢无量《中国大文学史》,郑州:中州古籍出版社,1992年,第8页。
④ 计有功《唐诗纪事》,第50页。
⑤ 彭定求等编《全唐诗》,第533页。

命》,曹植云:'日月既逝西藏。'盖恨燕私之欢不久。梁简文帝云'名都多丽质'。伤良人不返,王嫱远聘,卢姬嫁迟也。"①李百药和武平一拟写的《妾薄命》,都未写前人拟辞的题意,而是一味地描写女性容貌及寻欢作乐之事。武平一辞中写到:"瓠犀发皓齿,双蛾颦翠眉。红脸如开莲,素肤若凝脂。绰约多逸态,轻盈不自持。"②李百药辞中亦写到:"羞闻拊背人,恨说舞腰轻。太常先已醉,刘君恒带醒。横陈每虚设,吉梦竟何成。"③这样的描写与齐梁宫体诗几无二致。

还有张易之《出塞》:

> 侠客重恩光,骏马饰金装。瞥闻传羽檄,驰突救边荒。转战磨笄地,横行戴斗乡。将军占太白,小妇怨流黄。腰褭青丝骑,娉婷红粉妆。一春莺度曲,八月雁成行。谁堪坐愁思,罗袖拂空床。④

《出塞》一题在前人的拟辞中甚至连闺怨都未涉及,张易之则用较多篇幅描绘女性的穿着打扮,反而把出塞当作背景来写。

沈佺期《长门怨》:

> 月皎风泠泠,长门次披庭。玉阶闻坠叶,罗幌见飞萤。清露凝珠缀,流尘下翠屏。妾心君未察,愁叹剧繁星。⑤

虽然没有直接写及女性容貌,但情感缠绵。黄溥《诗学权舆》谓"此诗写出长门愁态,辞婉而意切,非深于宫情者不能也"⑥,甚有道理。

不仅宫廷文人如此,出身于下层的文人也深受这一风气的影响。如王勃的乐府诗就带有六朝气味。王翰的《春女行》《古蛾眉怨》《飞燕篇》等也有宫体遗风。刘希夷"特善闺帏之作"⑦,有意学习并模仿梁陈诗风,王闿运《论唐诗诸家源流(答陈完夫问)》云:"刘希夷学梁简文,而超艳绝伦,居然青出。"⑧所有这些,都说明初唐乐府诗与梁陈乐府诗是一脉相承的。甚至到了盛唐时的李白,这一风气还留有余响,赵翼《瓯北诗话》卷一云:"李阳冰序

---

① 郭茂倩编《乐府诗集》,第902页。
② 彭定求等编《全唐诗》,第1083页。
③ 同上书,第536页。
④ 同上书,第868页。
⑤ 沈佺期、宋之问撰,陶敏、易淑琼校注《沈佺期宋之问集校注》,上册,第39页。
⑥ 黄溥《诗学权舆》,《四库全书存目丛书》,集部第292册,第163页。
⑦ 辛文房撰,傅璇琮主编《唐才子传校笺》,第1册,第97页。
⑧ 王闿运著,马积高主编《湘绮楼诗文集》,第533页。

谓:唐初诗体,尚有梁、陈宫掖之风,至青莲而大变,扫尽无余。然细观之,宫掖之风,究未扫尽也。盖古乐府本多托于闺情女思,青莲深于乐府,故亦多征夫怨妇惜别伤离之作,然皆含蓄有古意。"①

四、唱和之风兴盛

初唐乐府诗中,还承袭梁陈时期用乐府诗唱和、求官的习惯。梁陈时期,人们多用乐府诗体来唱和、求官。在初唐的乐府诗中,这一风气仍在继续。据唐代刘肃《大唐新语·文章》载:"太宗常制《帝京篇》,命其和作,叹其精妙。"②可惜李百药辞今已不存。谢偃的《新曲》,《全唐诗》卷三八题目作《乐府新题应教》,可知是一首应制诗。高宗时,君臣共同制作《白雪》,《旧唐书·音乐志》里有明确的记载。又,据《旧唐书·武崇训传》载,武三思的儿子武崇训在迎娶安乐公主时,"三思又令宰臣李峤、苏味道,词人沈佺期、宋之问、徐彦伯、张说、阎朝隐、崔融、崔湜、郑愔等赋《花烛行》以美之。其时张易之、昌宗、宗楚客兄弟贵盛,时假词于人,皆有新句"③。中宗时宫廷中唱和乐府的风气依然不衰。武平一《景龙文馆记》云:"(景龙)四年春,上宴于桃花园,群臣毕从。学士李峤等各献桃花诗,上令宫女歌之。辞既清婉,歌仍妙绝!献诗者舞蹈称万岁。上敕太常简二十篇入乐府,号《桃花行》。"④《唐诗纪事》卷一〇就载有李峤、赵彦伯等人的唱和歌辞⑤。此外,杜审言的《赋得妾薄命》,宋之问的《冬宵引赠司马承祯》《浣纱篇赠陆上人》等都是以乐府诗进行唱和。

作为宫廷文人,通过撰写乐府歌辞来求官是很正常的事。《唐诗纪事》卷一一载:"唐永徽以来唱《桑条歌》云:桑条韦也女。韦也,神龙时逆韦应之。愔作《桑条乐词》十首以进,擢吏侍。"⑥郑愔以进乐府歌辞获取擢升。《本事诗》载:"沈佺期以罪谪,遇恩,复官秩,朱绂未复。尝内宴,群臣皆歌《回波乐》,撰词起舞,因是多求迁擢。佺期词曰:'回波尔似佺期,流向岭外生归。身名已蒙齿录,袍笏未复牙绯。'中宗即以绯鱼赐之。崔日用为御史中丞,赐紫。是时佩鱼须有特恩,亦因内宴,中宗命群臣撰词,日用曰……中宗亦以绯鱼赐之。"⑦《旧唐书·李景伯传》载:"中宗尝宴侍臣及朝集使,酒

---

① 赵翼著,江守义、李成玉校注《瓯北诗话校注》,第 16—17 页。
② 刘肃撰,许德楠、李鼎霞点校《大唐新语》,第 123 页。
③ 刘昫等《旧唐书》,第 4736 页。
④ 武平一《景龙文馆记》,陶宗仪等编《说郛三种》,第 2155 页。
⑤ 计有功《唐诗纪事》,第 146 页。
⑥ 同上书,第 159 页。
⑦ 孟棨《本事诗》,丁福保辑《历代诗话续编》,第 21 页。

酣,令各为《回波辞》。众皆为谄佞之辞,及自要荣位。"只有李景伯辞有规讽之义,遂引起"中宗不悦"。① 杜审言有《大酺乐》两首,一首五律,《全唐诗》题下注"永昌元年",《旧唐书·则天皇后纪》云:"永昌元年春正月,神皇亲享明堂,大赦天下,改元,大酺七日。"②另一首为七言,徐定祥认为:"从诗中'火德'句看,此诗应作于天授元年(690)武则天改唐为周之后。"③此二诗郭茂倩虽收入《近代曲辞》,但并非歌辞,任半塘指出:"内容皆应诏大酺,或酺后闲情,在郭集乃因题类列而已,其辞并非声诗,而概谓之'近代曲辞',殊滥。"④从内容上看,这两首乐府诗都是宫廷诗人常见的阿谀奉承之辞。沈佺期的《凤笙曲》,或以为是阿谀张昌宗而作。他的另一首乐府诗《独不见》,本集作《古意呈乔补阙知之》,从题目便可知是用来延誉的行卷之作。

综上所论,初唐的乐府诗创作基本上是沿袭陈隋余绪的。《蔡宽夫诗话》云:"唐自景云以前,诗人独习齐梁之气,不除故态,率以纤巧为工。"⑤用来概括初唐的乐府诗创作情况,也是十分准确的。当然,我们还应该看到,初唐时期的乐府诗毕竟接受新时代的影响,显露出了新时代赋予的新气象,出现了一些新的变化,比如在形式上采用律诗、歌行、绝句体制来写,并出现了大量的乐府组诗,为后来盛唐乐府诗的繁荣奠定了基础。而且,初唐时期的一部分边塞题材乐府诗,风格雄壮,甚至对唐诗的发展产生了一定的影响。《诗源辩体》云:"至如(笔者按,虞世南)《出塞》《从军》《饮马》《结客》及魏征《出关》等篇,声气稍雄,与王褒、薛道衡诸作相上下,此唐音之始也。"⑥胡云翼《唐诗研究》说:"在初唐应制派的古典诗体流行的当中,突破这种'靡靡之音'的阵线的,也有一种雄壮调子的诗。因为初唐正是向外开辟疆土的时代,谁人不想去投笔从戎,建立功名。如魏征的《述怀》便是很有气魄的……卢照邻的《刘生》……杨炯的《出塞》……骆宾王的《从军行》……沈佺期的《塞北》……这种壮丽的诗,在初唐诗中的确是一种特色。"⑦胡云翼所举这些例子,都是乐府诗。正是这些乐府诗,使唐代的诗歌"从台阁移至江山与塞漠",从而迈向内容充实、刚健骨鲠的康庄大道。

---

① 刘昫等《旧唐书》,第2920—2921页。
② 同上书,第119页。
③ 杜审言撰,徐定详注《杜审言诗注》,上海:上海古籍出版社,1982年,第27页。
④ 任半塘《唐声诗》下编,第31页。
⑤ 郭绍虞辑《宋诗话辑佚》,第384页。
⑥ 许学夷著,杜维沫校点《诗源辩体》,第138页。
⑦ 胡云翼《唐诗研究》,《民国丛书》第三编第55册,第38—39页。

第二节　初盛唐诗人对清商曲题目的拟写

清商曲最初是指《宋书·乐志》中所录荀勖撰旧词施用的"清商三调歌诗",即清调、平调和瑟调。后来因战乱迁徙,三调歌曲亡佚严重,而江南流行的吴声西曲逐渐被人们接受,于是人们又把吴声西曲也纳入"清商"中,《魏书·乐志》云:"初,高祖讨淮、汉,世宗定寿春,收其声伎。江左所传中原旧曲,《明君》《圣主》《公莫》《白鸠》之属,及江南吴歌、荆楚四声,总谓清商。"①隋代乐部有"清乐",包括了隋代以前的所有旧曲,《隋书·音乐志》云:"清乐其始即清商三调是也,并汉来旧曲。"②其实,这时早期清商三调曲中的绝大部分都已失传,其主体已是吴声西曲了,因而王灼在《碧鸡漫志》中说:"晋以来,新曲颇众,隋初尽归清乐。"③郭茂倩编录《乐府诗集》时,遵从清商曲的发展事实,把清商曲早期的"三调歌辞"收入《相和歌辞》部分,而在《清商曲辞》中专收吴声西曲。本书所论"清商曲",依郭氏《乐府诗集·清商曲辞》所列题目为主,兼及部分在江南流传的汉魏歌曲。比如《江南》,是"唯一可以确定为是产生于长江下游南方的一首民歌……与后来六朝乐府吴声歌曲的某些风格特征颇为接近"④。

初盛唐时期,清乐亦作为乐部之一,其流传情况在杜佑《通典》卷一四六中有详细记载:

> 大唐武太后之时,犹六十三曲。今其辞存者有:《白雪》《公莫》《巴渝》《明君》《明之君》《铎舞》《白鸠》《白纻》《子夜》《吴声四时歌》《前溪》《阿子歌》《团扇歌》《懊恼》《长史变》《督护歌》《读曲歌》《乌夜啼》《石城》《莫愁》《襄阳》《栖乌夜飞》《估客》《杨叛》《雅歌》《骁壶》《常林欢》《三洲采桑》《春江花月夜》《玉树后庭花》《堂堂》《泛龙舟》等共三十二曲。《明之君》《雅歌》各二首,《四时歌》四首,合三十七曲。又七曲有声无辞:《上林》《凤曲》《平调》《清调》《瑟调》《平折》《命啸》等,通前为四十四曲存焉。……自长安以后,朝廷不重古曲,工伎转缺,能合于管弦者,唯《明君》《杨叛》《骁壶》《春歌》《秋歌》《白雪》《堂堂》《春江花月夜》等共八曲。旧乐章多或数百言,时《明君》尚能四十言,今所传二十

---

① 魏收《魏书》,第 2843 页。
② 魏征、令狐德棻《隋书》,第 377 页。
③ 王灼《碧鸡漫志》,唐圭璋编《词话丛编》,第 76 页。
④ 王运熙、邹国平《汉乐府风格论》,《楚雄师专学报》1995 年第 5 期,第 70 页。

> 六言,就中讹失,与吴音转远,以为宜取吴人使之传习。开元中,有歌工李郎子,郎子北人,声调以失,云学于俞才生,江都人也。自郎子亡后,清乐之歌阙焉。①

这段材料又见于《唐会要》卷三三及《旧唐书·音乐志》等。从中可以看出两个事实:一是清乐的主体确是吴声西曲,在武后时期所存的四十四曲中,有三十余曲是吴声西曲②;二是清商乐在初唐依然流传,到了武后长安时期仍存四十四曲,到了开元时期才逐渐消亡。

关于这些清商曲题目在初盛唐的拟辞情况,大致是这样的:在以上所引四十四曲中,《平调》《清调》《瑟调》《前溪》《阿子歌》《团扇歌》《懊侬》《长史变》《读曲歌》《石城》《莫愁》《栖乌夜飞》《估客》《常林欢》《平折》《命啸》《上林》《泛龙舟》《骁壶》《公莫》《巴渝》《明之君》《铎舞》《白鸠》《雅歌》等将近三十曲没有出现拟辞。不在以上四十四曲之列的,见于《乐府诗集》卷四四至卷五二《清商曲辞》部分的其他一些题目,如《黄生曲》《黄鹄曲》《桃叶歌》《长乐佳》《欢好曲》《华山畿》等,在初盛唐也没有拟辞。这说明,清商曲题目的拟写在初盛唐时期并没有兴盛起来,远远不及鼓吹、横吹、相和、杂曲等部类中的题目拟写广泛。那些在初盛唐产生的拟辞,却表现出明显的阶段性特点:太宗年间几乎无人拟写,一直到高宗、武后时期才出现了少量拟辞,到了玄宗开元、天宝年间,拟辞渐渐多起来,其中以李白所写最多,崔国辅次之,王翰、孟浩然、贺知章、阎朝隐、王无竞、储光羲、张潮、张若虚、丁仙芝等人都有拟作,这一阶段甚至可以看作唐人拟写清商曲题目的高潮,因为此后再也没有产生如此多的作品。

综合以上的论述,会发现这样一个现象:大量的清商曲在初唐太宗前后依然流传,但无人拟写;到了武后时期,部分清商曲散佚了,反而有人开始拟写;盛唐开元、天宝年间,清商曲不入乐了,却出现了拟写的高潮。为什么会出现这种情况?其原因何在?它对乐府诗的发展有何意义?虽然葛晓音《盛唐清乐的衰落和古乐府诗的兴盛》③一文对此有所探究,但仍有讨论空间,尤其是通过此项研究,可以窥探出文人是如何接受清商乐曲,从而使其脱离音乐进入文学创作的层面。

---

① 杜佑《通典》,第761页。
② 丘琼荪遗著,隗芾辑补《燕乐探微》进行了细致统计(上海:上海古籍出版社,1989年,第35—36页),可参看。
③ 葛晓音《盛唐清乐的衰落和古乐府诗的兴盛》,《社会科学战线》1994年第4期,第209—218页。

一、初唐较少拟写清商曲题目的原因

笔者以为,初唐时期之所以很少有人拟写清商曲,主要是因为:

第一,清商乐部是朝廷的典礼仪式所用,通常情况下,仪式所用歌辞多是由朝廷指定词臣拟写,没有朝廷的准许一般不能私拟。清人钱木庵《唐音审体·古题乐府论》就谓郭茂倩《乐府诗集》中"所载郊庙燕射歌辞,乃朝廷承祭祀飨宾客所用,非诗人可无故拟作"①,说的正是这种情况。况且,上引《通典》的材料中明言"有歌辞在者",对朝廷而言更没有拟写的必要,所以唐初没有产生"清商曲"的拟辞。武后时期,随着"朝廷不重古曲",清商曲逐渐不能入乐演唱,便脱离了典礼仪式,因而才有人开始拟写清商曲题目。这与清商三调最初的情况极其相似,魏晋时期清商三调十分兴盛,但歌辞多出于魏氏三祖之手,其他文人较少拟写。到了刘宋时期,依张永《元嘉正声技录》和王僧虔《大明三年宴乐技录》中的记载,一大批曲调不再入乐,却出现了大量的文人拟辞。因此可以说,大量的拟作不仅没有挽救清乐的衰落,反而是清乐衰落所导致的结果。

第二,由于初唐时期对陈隋宫廷音乐及吴声西曲的批判,人们较少主动地去拟写清商曲题目。在初唐宫廷中,虽然陈隋艳曲依然流传,唐太宗也并不排斥,但作为一国之君的他不得不立足于治国教民的需要,屈服于雅正的传统,反对郑卫之声。唐太宗《帝京篇序》中说:"用咸英之曲,变烂熳之音……金石尚其谐神人,皆节之于中和,不系之于淫放。"②又在《颁行唐礼及郊庙新乐诏》中说:"魏文所重,止于郑卫……郑声之乱于雅者,并随违而矫正。"③其他大臣同样如此,也对陈隋宫廷音乐大加批判,如魏征《隋书·音乐志》云:"其哀管新声,淫弦巧奏,皆出邺城之下,高齐之旧曲云。"④《旧唐书·音乐志》载祖孝孙奏言:"陈、梁旧乐,杂用吴、楚之音。"⑤也是十分贬低的口吻。《新唐书》卷一一九载武平一的谏书中说:"昔齐衰,有《行伴侣》;陈灭,有《玉树后庭花》,趋数骜僻,皆亡国之音。"⑥

初唐人不仅反对陈隋宫廷音乐,对源自南朝民间的吴声西曲也因其多是情歌而持鄙视和反对的意见。《旧唐书·音乐志》中的材料多出自韦述《国

---

① 钱木庵《唐音审体》,丁福保辑《清诗话》,第779页。
② 彭定求等编《全唐诗》,第1页。
③ 宋敏求《唐大诏令集》,北京:商务印书馆,1959年,第465页。
④ 魏征、令狐德棻《隋书》,第287页。
⑤ 刘昫等《旧唐书》,第1041页。
⑥ 欧阳修、宋祁《新唐书》,第4295页。

史·音乐志》①,当代表了初唐前后人们的看法,其中谓:"其辞类皆浅俗,而绵世不易,惜其古曲,是以备论之。"又,"沈约《宋书》志江左诸曲哇淫,至今其声调犹然。观其政已乱,其俗已淫,既怨且思矣。"②对吴声西曲极其为贬低。骆宾王在《和道士闺情诗启》中说:"弘兹雅奏,抑彼淫哇。"③"淫哇"指的正是吴声西曲。杨炯《王勃集序》云:"甄正乐府,取其雅奥,为三百篇以续《诗》。"④也是针对吴声西曲而发的。既然人们对陈隋宫廷音乐及吴声西曲持批判的态度,自然较少有人主动地去拟写其题目,所以在初唐没有出现清商曲的拟辞。

第三,初唐文坛上普遍反对齐梁文风,因而较少有人去拟写来自齐梁时代的乐府诗题目。隋代李谔就曾对齐梁文风提出过严厉的批判,他说:"魏之三祖,更尚文词,忽君人之大道,好雕虫之小艺。……江左齐梁,其弊弥盛。……连篇累牍,不出月露之形,积案盈箱,唯是风云之状。"⑤这一看法在初唐更加普遍。《全唐诗话·太宗》载:"帝尝作宫体诗,使虞世南赓和。世南曰:'圣作诚工,然体非雅正,上有所好,下必有甚焉。恐此诗一传,天下风靡,不敢奉诏。'帝曰:'朕试卿尔。'后帝为诗一篇,述古兴亡。"⑥从虞世南的劝阻和唐太宗的改口来看,人们对梁陈诗风唯恐躲之不及。又,魏征《隋书·文学传序》:"简文、湘东,启其淫放;徐陵、庾信,分路扬镳。其意浅而繁,其文匿而彩,词尚轻险,情多哀思。格以延陵之听,盖亦亡国之音乎!"⑦李百药《北齐书·文苑传序》中说:"江左梁末,弥尚轻险……原夫两朝叔世,俱肆淫声,而齐氏变风,属诸弦管。"⑧王勃《上吏部裴侍郎启》说:"故魏文用之而中国衰,宋武贵之而江东乱。虽沈谢争鹜,适先兆齐梁之危;徐庾并驰,不能止周陈之祸。"⑨卢照邻《乐府杂诗序》说:"潘、陆、颜、谢,蹈迷津而不归,任、沈、江、刘,来乱辙而弥远。"⑩陈子昂《与东方左史虬〈修竹篇〉序》甚至指斥"齐、梁间诗,采丽竞繁,而兴寄都绝"⑪。初唐人反对齐梁文风,必然排斥出自齐梁时代的乐府诗,故较少有人拟写清商曲题目。

---

① 孙晓晖《〈旧唐书·音乐志〉的史料来源——兼论唐代乐令》,《音乐研究》2002年第3期,第24—33页。
② 刘昫等《旧唐书》,第1067页。
③ 骆宾王撰,陈熙晋笺注《骆临海集笺注》,上海:上海古籍出版社,1985年,第223页。
④ 杨炯撰,徐明霞点校《杨炯集》,第38页。
⑤ 李谔《上书正文体》,严可均辑《全上古三代秦汉三国六朝文》,第4135页。
⑥ 尤袤《全唐诗话》,何文焕辑《历代诗话》,第53页。
⑦ 魏征、令狐德棻《隋书》,第1730页。
⑧ 李百药《北齐书》,北京:中华书局,1972年,第602页。
⑨ 王勃撰,蒋清翊注《王子安集注》,上海:上海古籍出版社,1995年,第130页。
⑩ 卢照邻著,李云逸校注《卢照邻集校注》,第339页。
⑪ 陈子昂撰,徐鹏点校《陈子昂集》,上海:中华书局上海编辑所,1960年,第15页。

二、盛唐清商曲拟辞增多的原因

那么,为什么到了盛唐又出现了许多拟辞?一些学者常常试图以清商乐虽然在唐代朝廷中散佚了,却在民间仍有留存来说明这一问题。不可否认,初盛唐时期清乐曾在江南民间流传。正由于此,才会有盛唐时期出生于江南的文人及那些游历江南的文人学习和仿效民歌而掀起拟写清商曲的高潮,但需要说明的是,这些拟辞本身绝大多数并不是真正的歌辞。据任半塘《唐声诗》下编中的判断,可能作为歌辞的只有李义府的《堂堂》。虽然任先生还将王翰的《子夜四时歌》和李白的《子夜四时歌》都列为歌辞,看作是《子夜四时歌》的另两种体式,但王翰辞为五言律诗,李白辞为五言六句形式,与传统的《子夜四时歌》形式为五言四句不同,恐难以配合原来的曲调。另外如张若虚的七言歌行体《春江花月夜》、李白的《丁督护歌》等在篇制上远远超过原来的入乐歌辞,必定难以协乐。简言之,从入乐传唱的角度探讨初唐后期到盛唐时期清商曲题目拟写繁盛的原因是难以令人信服的。

笔者以为,清商曲题目拟写在盛唐出现繁盛的主要原因是,一批出生于江南的诗人及一些游历江南的诗人,他们或用清商曲题目来写自身的感受,或受江南民间文化的影响而进行拟写,从而掀起了创作的高潮。

初盛唐之交到盛唐时期,一大批出生于江南的诗人才子崛起于诗坛,他们以自己的亲身感触,吸收民歌滋养,开始大量拟写清商曲题。闻一多曾说:"崔国辅、丁仙芝、徐延寿、张朝等,此派专写江南,多写爱情,甚为大胆,诗中又有故事,有点象西洋诗,它的来源是民间乐府。"[①]闻一多所举四人均为江南人。崔国辅是吴郡人[②],熟谙江南的风土人情,写有许多反映江南男女劳动和爱情的乐府诗如《湖南曲》《中流曲》《采莲曲》《小长干曲》《卫艳词》《今别离》等。这些乐府诗写得摇曳多姿,确有身临其境之感。《载酒园诗话又编》谓其《中流曲》"'归来日尚早,更欲向芳洲。渡口水流急,回船不自由。'酷肖小女子不胜篙楫之态。'相逢畏相失,并着采莲舟'(笔者按,《采莲曲》),描写邻女相见,一段温存旖旎,尤咄咄逼真"[③]。丁仙芝,润州曲阿(今江苏丹阳)人,中进士后又为余杭尉,写有《江南曲五首》。《江南》所存汉代古辞"盖美芳晨丽景,嬉游得时。若梁简文'桂楫晚应旋',唯歌游戏也"[④]。丁仙芝此辞没有拟汉代古辞和梁简文帝辞,而是直接描写江南女子的感情生

---

① 郑临川笔录《闻一多说唐诗》,张志浩、俞润泉注《闻一多选唐诗》附录,长沙:岳麓书社,1986年,第504页。
② 万竞君《崔国辅诗注》前言,上海:上海古籍出版社,1982年,第1页。
③ 贺裳《载酒园诗话又编》,郭绍虞编选,富寿荪校点《清诗话续编》,第308—309页。
④ 郭茂倩编《乐府诗集》,第384页。

活,质朴自然,又富有谐趣。张潮也是润州曲阿人,有乐府诗《长干行》《江风行》《襄阳行》《采莲词》《江南行》等,都是写江南的风土人情。徐延寿,当为余延寿,润州(今江苏镇江)人①,今存作品《南州行》虽非乐府诗,但在题材风格上深受吴声西曲的影响。

生活在江南并拟写清商曲题目的还有吴中四士、储光羲、孟浩然、张子容等人。《旧唐书·贺知章传》称:"先是神龙中,知章与越州贺朝、万齐融、扬州张若虚、邢巨,湖州包融,俱以吴、越之士,文词俊秀,名扬于上京。"②《新唐书·包佶传》把包融、贺知章、张旭和张若虚称作"吴中四士"③。贺知章,会稽永兴(今浙江萧山)人,其《采莲曲》云:"稽山罢雾郁嵯峨,镜水无风也自波。莫言春度芳菲尽,别有中流采芰荷。"④此题目前代拟辞多是泛咏,这首诗却是实写,诗中所写"稽山"即会稽山,乃是作者家乡的一处名胜。张若虚,扬州人,其《春江花月夜》写春天月下长江上之夜景,要是没有亲身经历,难以写得如此逼真。储光羲,润州延陵(今江苏丹阳)人,进士及第后曾作过安宜(今江苏宝应)尉。其诗中有《官庄池观竞渡》《观竞渡》即是写江南风俗。他的《江南曲》写得委婉含蓄,别有情致,近人俞陛云《诗境浅说续编》评"日暮长江里"一首:"此诗与崔国辅之《采莲曲》、崔颢之《长干曲》,皆有盈盈一水,伊人宛在之思。但二崔之诗,皆着迹象,此则托诸花逐船流,同赋闲情,语尤含蓄。"⑤孟浩然和张子容都是襄阳人,少时曾共同唱和。孟浩然写有《大堤行》,《大堤行》出自《大堤曲》,《大堤曲》又本出自《襄阳乐》。《襄阳乐》写大堤女儿的容貌和情感,孟浩然此辞不再写大堤女儿,而以实景实情写之。此诗在《全唐诗》卷一五九作《大堤行寄万七》,万七当是孟浩然的朋友。诗中说:"携手今莫同,江花为谁发?"⑥别离之情历历在目。张子容于先天二年(713)进士及第后,曾作过乐城(今浙江乐清)尉。其间曾写有《春江花月夜》,如果把此诗与他的《泛永嘉江日暮回舟》相对照,会发现二诗异曲同工,只不过前者使用了乐府诗题目而已。

如果说以上这一批诗人拟写清商题目是因为生活在江南民间的话,那么还有一大批人是在游历吴越、受江南风景的触发下拟写清商曲题目的。如崔颢早年曾游金陵,《长干曲》即写于该时期。诗中的场景描写十分符合江南

---

① 周祖譔主编《中国文学家大辞典》唐五代卷,金涛声所撰词条:"余延寿(生卒年不详),一作徐延寿,误。润州(今江苏镇江)人。一作江宁(今江苏南京)人。开元间处士,有诗名,系《丹阳集》作者之一。"(中华书局,1992年,第382页)
② 刘昫等《旧唐书》,第5035页。
③ 欧阳修、宋祁《新唐书》,第4798—4799页。
④ 彭定求等编《全唐诗》,第1147页。
⑤ 俞陛云《诗境浅说》,北京:北京出版社,2003年,第133—134页。
⑥ 孟浩然撰,佟培基笺注《孟浩然诗集笺注》,第117页。

水乡的特色,几乎与民歌如出一辙。管世铭《读雪山房唐诗序例》谓"读崔颢《长干曲》,宛如舣舟江上,听儿女子问答,此之谓天籁"①。崔颢还有《川上女》,也写于早年游历金陵期间,与《长干曲》题材相似。王昌龄于天宝元年(742)出为江宁丞②,在江宁期间写有《采莲曲二首》和《越女词》。《采莲曲二首》其二中"乱入池中看不见,闻歌始觉有人来",真实自然,非身临其境者难以写出。李康成的《采莲曲》,写女子从出发到回归的全过程,也写得栩栩如生,《唐诗归》中钟惺评语:"如见。"③确实非有亲眼所见,难以写得如此细致。刘眘虚有《越中问海客》一诗,可知曾游历过越中一带,他也写有乐府诗《江南曲》,当是游历期间所写。

盛唐时期拟写清商曲题目最多的李白,大部分都是在他开元年间游历江南时所写。李白的《杨叛儿》,詹锳系于开元十四年(726),并谓:"诗中有句云:'何许最关人,乌啼白门柳。'虽衍古题而亦即景,盖少年浪游金陵时作。"④《横江词六首》中第一首云:"一风三日吹倒山,白浪高于瓦官阁。"据《景定建康志》,瓦官寺在金陵城西南隅,詹锳据此把这首诗也系于开元十四年李白游金陵期间⑤。李白的《江夏行》,胡震亨《李诗通》卷四云:"按白此篇及前《长干行》篇,并为商人妇咏,而其源似出西曲,盖古者吴俗好贾,荆郢、樊邓间尤盛,男女怨旷哀吟,清商诸西曲所由作也。第其辞五言二韵,节短而情有未尽,白往来襄汉、金陵,悉其土俗人情,因采而演之为长什,一从长干上巴峡,一从江夏下扬州,以尽乎行贾者之程,而言其家人失身误嫁之恨,盼归怨望之伤。"⑥李白《丁督护歌》是"咏润州埭牌牵挽之苦,感其土俗,即用其土之古歌焉"⑦。《大堤曲》本应写大堤女儿,李白却抒思归之情,詹锳将此诗系于开元二十二年(734)李白初游襄汉时期⑧。为李白赢得很大声誉的《乌栖曲》,也是李白游姑苏时的怀古之作⑨。天宝六年(747),李白再次漫游吴越时写《采莲曲》《越女词》。《采莲曲》云"若耶溪旁采莲女",若耶溪,宋代乐史《太平寰宇记》记载在越州会稽县东南二十八里。⑩《越女词》,胡震

---

① 管世铭《读雪山房唐诗序例》,郭绍虞编选,富寿荪校点《清诗话续编》,第1560页。
② 闻一多《岑嘉州系年考证》认为时间在开元二十八年(740)冬,见孙党伯、袁謇正主编《闻一多全集》,第6册,第294页。谭优学认为在天宝元年(742)春,见其《唐诗人行年考》,成都:四川人民出版社,1981年,第107页。此处从谭说。
③ 钟惺、谭元春评选,张国光、张业茂、曾大兴点校《诗归》,第476页。
④ 詹锳《李白诗文系年》,第8页。
⑤ 同上书,第6页。
⑥ 胡震亨《唐音统签》,《四库全书存目丛书补编》,第82册,第52页。
⑦ 同上书,第38页。
⑧ 詹锳《李白诗文系年》,第11页。
⑨ 同上书,第35页。
⑩ 乐史《太平寰宇记》,《景印文渊阁四库全书》,第470册,第66页。

亨《李诗通》卷四云:"越中书所见也。"①此外,李白《凤笙篇》,本集及《全唐诗》都在题目下有注:"一作《凤笙篇送别》。"王琦以为是"送一道流应诏入京之作"②,此乐府诗亦是实写。

三、初盛唐拟写清商曲题目的特点

初盛唐人所拟写的清商曲辞,表现出一个明显的特点:受吴声西曲的影响较大,具体表现在以下三个方面:

第一,一部分拟辞是从该题目的原辞中生发出来的。如张柬之的《大堤曲》,前面说过,《大堤曲》本出自《襄阳乐》,写大堤女儿的容貌和情感,《襄阳乐》中有"大堤诸女儿,花艳惊郎目",张柬之拟辞即是对这两句的发挥:"南国多佳人,莫若大堤女。玉床翠羽帐,宝袜莲花距。魂处自目成,色授开心许。"③一味描写大堤女儿的装束打扮,颇有艳情味道。

崔颢的《长干曲》也是受原辞的影响写成的。原辞云:"逆浪故相邀,菱舟不怕摇。妾家扬子住,便弄广陵潮。"④叙写男女往来弄潮之事,后两句为女子答辞。崔颢便从女子答辞生发想象,衍化为男女一问一答的形式,其中第一、三首为女子问辞,二、四首为男子答辞。崔颢辞第三首"下渚多风浪,莲舟渐觉稀。那能不相待?独自送潮归"⑤出自古辞第一句"逆浪故相邀"。第四首"三江潮水急,五湖风浪涌。由来花性轻,莫畏莲舟重"⑥出自古辞第二句"菱舟不怕摇"。

李白的《乌夜啼》一诗:"黄云城边乌欲栖,归飞哑哑枝上啼。机中织锦秦川女,碧纱如烟隔窗语。停梭怅然忆远人,独宿孤房泪如雨。"⑦则完全是从北周庾信的拟辞"织锦秦川窦氏妻,讵不自惊长泪落,到头啼乌恒夜啼"生发出来的。他的《杨叛儿》也是将原辞进行扩展,且在语言上多有承袭。

第二,在篇制结构上模仿吴声西曲。吴声西曲多以五言四句形式为主,初盛唐人所拟的清商曲辞也多是五言四句。南朝民歌《西洲曲》采用回环婉转之法,初盛唐人多学之,王闿运《论唐诗诸家源流(答陈完夫问)》云:"张若虚《春江花月(夜)》用《西洲》格调,孤篇横绝,竟为大家。"⑧李白的《长干曲》也脱胎于《西洲曲》。此外,李白的《凤吹笙曲》也是四句一解,并且第一、二

---

① 胡震亨《唐音统签》,《四库全书存目丛书补编》,第82册,第57页。
② 李白著,王琦注《李太白全集》,第283页。
③ 彭定求等编《全唐诗》,第1067页。
④ 郭茂倩编《乐府诗集》,第1030页。
⑤ 崔颢撰,万竞君注《崔颢诗注》,上海:上海古籍出版社,1982年,第44页。
⑥ 同上书,第44页。
⑦ 李白著,王琦注《李太白全集》,第176页。
⑧ 王闿运著,马积高主编《湘绮楼诗文集》,第533页。

解之间、第三、四次解之间都用顶针之法,都与《西洲曲》的转韵顶针方式十分相似。

梁武帝所制《江南弄》中大量采用联间顶针之法,初盛唐时期的一些拟辞像王勃的《采莲归》、郎大家宋氏的《朝云引》、李白的《阳春歌》、李康成的《采莲曲》等也多学习此法,如李康成的《采莲曲》:"采莲去,月没春江曙。翠钿红袖水中央,青荷莲子杂衣香,云起风生归路长。归路长,那得久,各回船,两摇手。"①以"归路长"进行联间顶针,完全是模仿梁武帝《江南弄》的形式而来。

第三,在口吻声调上模仿吴声西曲。王勃《采莲曲》中"今已暮,采莲花,渠今那必尽倡家","渠"即是吴地方言。崔国辅的五言乐府,《静居绪言》谓"绝似六朝人口吻"②。丁仙芝的《江南曲》,《批点唐音》评曰:"犹有《子夜》遗音。"③《大子夜歌》谓"慷慨吐清音,明转出天然",这就是清商曲辞的特点。盛唐时期人们的拟辞也是基调明快,自然清新,如崔国辅、王昌龄、崔颢、李白等人的作品都具有这一特点。

四、初盛唐拟写清商曲题目的重要意义

初盛唐时期人们对清商曲题目的拟写,在乐府诗的演进史上具有重要的意义。首先,它使清商曲从以宫廷为主的上层文化空间又回到了民间。清商曲早期本流传于民间,后来逐步进入宫廷供上层贵族娱乐,到了隋唐时期,成为"九部伎""十部伎"中的第一部,其演奏场所只能是以宫廷为主的上层文化空间,且具有很强的仪式性。盛唐前后人们通过对清商曲题目的拟写,使清商曲脱离了上层文化空间,又回归到民间。其次,它使南朝的清商曲辞进入了文学领域,从而提升了自身的地位。乐府诗要得到发展,不能始终停留在民歌的阶段,也不能仅仅局限在乐工歌伎手中,必须有文人参与。倘若进入不了文人视野,在中国古代的文学格局中将无法获得生存与发展的权利。因此,初盛唐文人对清商曲题目的拟写,使清商曲辞最终摆脱了音乐的羁绊,改变了其质朴天然的原生状态,增加了文人有意创作的主体性因素,从而涌现了一大批名作,成就了它在乐府诗中的地位。最后,它提供了一大批赋咏题目,扩大了文人拟写乐府诗的范围。此前文人们所拟写的主要是汉魏乐府诗题目,而这时清商曲题目成为文人拟写对象,无疑为文人拟乐府诗的发展提供了新的增长点,也为其发展注入了新的活力。此外,它对唐诗的发展也

---

① 彭定求等编《全唐诗》,第 2129 页。
② 《静居绪言》,郭绍虞编选,富寿荪校点《清诗话续编》,第 1637 页。
③ 杨士弘辑,顾璘批点《批点唐音》,明嘉靖二十年(1541)洛阳温氏刻本。

产生了较大的影响。盛唐诗歌之所以能取得很高的艺术成就,与当时人们对清商曲题目的拟写有一定关系。比如,绝句的繁荣便是人们在拟写清商曲题目的过程中逐渐造就的;盛唐诗歌清新自然的风格特点,在一定程度上也源自人们对清商曲题目的拟写。

第三节　盛唐时期旧题乐府诗创作的繁荣

盛唐是旧题乐府诗的创作走向高潮的时期,也是乐府诗演进史上又一个十分光辉的时代。胡适在《白话文学史》中说:"建安时期的主要事业在于制作乐府歌辞,在于文人用古乐府的旧曲改作新词。开元天宝时期的主要事业也在于制作乐府歌辞,在于继续建安曹氏父子的事业,用活的语言同新的意境创作乐府新词。"①苏雪林《唐诗概论》说:"中国文学史上文人拟民间乐府曾有几次光荣的成就。第一次是建安时代……第二次便是盛唐了。"②葛晓音在《盛唐清乐的衰落和古乐府的兴盛》一文中也指出盛唐时期出现了古乐府诗兴盛的局面。她曾对初盛唐和中晚唐时期的旧题乐府诗作过统计,结果发现初盛唐所作的旧题乐府诗计四百多首,其数量在同期诗歌中所占的比例超过了中晚唐③。的确如此,单从数量上来看,就可以表明盛唐时期旧题乐府诗创作的繁荣。在盛唐诗坛上,多数诗人写有旧题乐府诗,且在其作品总数中都占有不少的比例。如崔国辅今存诗41首,其中旧题乐府诗有16首,占39%;王维今存诗420多首,旧题乐府诗有48首,占11%左右;高适今存诗250首,旧题乐府诗20首,占8%;储光羲今存诗230首,旧题乐府诗25首,占11%左右;王昌龄今存诗约180首,旧题乐府诗46首,占25%左右;李颀今存诗120多首,旧题乐府诗有20首,占17%左右;李白更是"古题无一弗拟"④,今存约1000首诗中,旧题乐府诗有134首,占13%左右;贾至今存诗47首,旧题乐府诗有6首,占13%左右;孟云卿存诗17首,旧题乐府诗有7首,占41%左右。其他一些诗人如张说、张九龄、孟浩然、陶翰等也都写有三四首旧题乐府诗。此外,还有部分人的乐府诗散佚了,如李颀有《送康洽入京进乐府歌》,说明康洽当时写有乐府诗,辛文房《唐才子传》卷四也谓康洽"工乐府诗篇"⑤,但今天我们已无法看到他的作品。总之,盛唐时期诗人们所创作的旧题乐府诗在数量上是相当可观的,可以说,旧题乐府诗的创作走向了再次

---

① 胡适撰,骆玉明导读《白话文学史》,第158页。
② 苏雪林《唐诗概论》,第8页。
③ 葛晓音《盛唐清乐的衰落和古乐府的兴盛》,《社会科学战线》1994年第4期,第211页。
④ 胡震亨《唐音癸签》,第87页。
⑤ 辛文房撰,傅璇琮主编《唐才子传校笺》,第2册,第88页。

繁荣。

那么,盛唐旧题乐府诗的繁荣有何表现特征?如何走向繁荣的?其背后的原因何在?这是本节将要专门探究的问题。

一、盛唐诗人对乐府旧题目的全面拟写

之所以在盛唐时期会出现大量的旧题乐府诗,首先是因为盛唐诗人对乐府旧题目进行了全面的拟写。一些在盛唐以前只存曲名而一直没有任何歌辞的题目,盛唐诗人首次进行了拟写。如《丽人曲》,《乐府广题》引刘向《别录》云:"昔有丽人善雅歌,后因以名曲。"①然而前代没有留下歌辞,盛唐崔国辅拟写丽人难觅知音之意,杜甫则拟为《丽人行》,成为讽刺杨国忠兄妹的一首佳作。《卢女曲》和《卢姬篇》,前人都没有歌辞,崔颢分别拟之。《郑樱桃歌》,据《乐府诗集》卷八五题解云,石季龙优僮郑樱桃"美丽,擅宠宫掖,乐府由是有《郑樱桃歌》"②,但一直没有歌辞,李颀首先拟之。《秋思》《山人劝酒》《幽涧泉》等琴曲和《舍利弗》《摩多楼子》等杂曲,以前都不存歌辞,李白则拟之。这些题目因为不存前人之辞,盛唐诗人在拟写时或赋咏题面意思,或抒写本事,或杂以其他题材,自由度较大。

一些存有古辞或始辞但后来却一直无人拟写的题目,盛唐诗人则进行了拟写。如《长干曲》古辞尚存,后来再没有出现拟辞,盛唐时崔颢、李白、张潮拟之。清商曲中的题目如《子夜歌》《乌夜啼》《采莲》等,初唐人很少拟写,到了盛唐也被大量拟写。类似这种情况的乐府诗,李白拟写最多,所拟乐府有《悲歌行》《枯鱼过河泣》《襄阳歌》《襄阳曲》《天马》《日出入行》《入朝曲》《关中有贤女》《千里思》《于阗采花》《白鸠辞》《独漉篇》《发白马》《中山王孺子妾歌》《临江王节士歌》《荆州乐》《邯郸才人嫁为厮养卒妇》《结袜子》《沐浴子》《夜坐吟》《树中草》《高句丽》等二十多首。一般情况下,盛唐人对这类乐府诗的拟写,大都是拟写古辞或始辞之意。

有一些题目虽然在盛唐以前已经有人拟写,并且存有两三首拟辞,盛唐人继续进行拟写。如《白鼻䯂》《鞠歌行》《东武吟》《双燕离》《飞龙引》《秦女休行》《北风行》《春日行》《朗月行》《行行且游乐》《鸣雁行》《空城雀》等题目,唐前有两三首拟辞,李白仍进行拟写。《缓歌行》,唐前只有谢灵运、沈约辞,盛唐时李颀拟之。《放歌行》,唐前只有傅玄和鲍照拟写过,盛唐时王昌龄、李颀、孟云卿都有拟辞。而对那些盛唐以前就有很多拟辞的题目,盛唐人

---

① 郭茂倩编《乐府诗集》卷六八《丽人曲》题解引,第976页。
② 郭茂倩编《乐府诗集》卷八五《郑樱桃歌》题解引,第1201页。

仍然在拟写。这些题目有《有所思》(李白)、《雉子斑》(李白)、《出塞》(王维、王昌龄、王之涣)、《折杨柳》(李白)、《关山月》(李白、长孙左辅、储光羲)、《长安道》(崔颢)、《紫骝马》(李白)、《对酒》(崔国辅、李白)、《王昭君》(崔国辅、李白、储光羲)、《长歌行》(李白、王昌龄)、《短歌行》(李白)、《铜雀台》(高适)、《猛虎行》(李白、储光羲)、《燕歌行》(高适、贾至)、《从军行》(王昌龄、李白、王维、李颀)、《相逢行》(崔国辅、李白)、《陇西行》(王维)、《野田黄雀行》(李白、储光羲)、《门有车马客行》(李白)、《梁甫吟》(李白)、《怨歌行》(李白)、《长门怨》(李白、岑参)、《班婕妤》(崔国辅、王维、李白、王昌龄)、《白纻辞》(李白、崔国辅、杨衡)、《雉朝飞》(李白)、《出自蓟北门行》(李白)、《君子有所思行》(李白)、《妾薄命》(崔国辅、李白)、《白马篇》(李白)、《前有樽酒行》(李白)、《结客少年场行》(李白)、《长相思》(李白)、《行路难》(贺兰进明、崔颢、李白、李颀、高适)、《古别离》(赵微明、孟云卿)、《独不见》(李白)等。这些乐府诗在写法上较为复杂,有些是以古辞或始辞为拟写对象,有些是模仿前人某一首拟辞,还有一些是作者寓意古题、有所寄托。

二、在旧题基础上衍生出新题进行拟写

从旧题中衍生新题,在南朝文人拟写的乐府诗中就已出现,如宋孝武帝的《自君之出矣》出自汉徐干《室思诗》第三章;梁简文帝的《泛舟横大江》是以魏文帝《饮马长城窟行》首句为题。但南朝时期衍生出来的题目不太多,到了盛唐时期才数量大增,促使乐府诗的创作走向繁荣。

从旧题乐府诗中衍生出新题,有些是在题目上略作变动,所写题意大体上还是遵循原来的题目。如横吹曲有《洛阳道》,李白拟为《洛阳陌》,但题意上仍承齐梁人拟写的《洛阳道》。李白从《古别离》一题衍生出《远别离》和《久别离》两题,崔国辅则拟有《今别离》,在题意上都是抒写别离。盛唐时期,从《结客少年场行》《游侠篇》衍生出一大批新题目,如崔国辅的《长乐少年行》、李廓的《长安少年行》、崔颢的《渭城少年行》、高适的《邯郸少年行》、李白的《侠客行》等。虽然这些题目不同,但都是写游侠题材,与原题没有多大变化。杜甫的前、后《出塞》,前、后《苦寒行》,在题意上也是继承原题,之所以加上"前""后"二字,是为了区别写作时间上的先后①。

但有些题目作了改动后,拟辞与原辞大相径庭,如梁横吹曲《幽州胡马客吟》共有五首,第一首言剿儿苦贫,第二首言及时行乐,后三首言男女嬉戏游玩,李白拟有《幽州胡马客歌》,则描写边地胡儿的英姿,表达了对和平的

---

① 杜甫著,仇兆鳌注《杜诗详注》,第118页。

向往,与原辞相差甚远。李白的《登高丘而望远海》,题目出自魏文帝《十五》辞首句"登山而远望",魏文帝辞写登高远望之景,李白则写成一首以游仙喻反战的名作。横吹曲有《陇头》,拟辞多是以陇头流水寓从军分别之意,王维则将题目变换为《陇头吟》,以陇头为时空背景,写关西老将难封的悲哀。《秦王卷衣》,梁吴均辞言"咸阳春景及宫阙之美"①,李白拟为《秦女卷衣》,赋写题面意思。高适的《蓟门行》,虽然题目是从《出自蓟北门行》演化而来,但高适此作是他游历蓟门时的写实之作。《行路难》本是写"世路艰难及离别悲伤之意",王昌龄的《变行路难》却用来写边塞主题②,在形式上也由以前经常使用的七言句式变为五言。

三、对继承与变革关系的巧妙处理

盛唐旧题乐府诗的繁荣,不仅仅体现在数量的增加上,还体现在盛唐诗人往往能处理好继承与变革的关系。

乐府诗最初往往是因一段美丽的故事而产生,《师友诗传续录》述王士禛语:"古乐府立题,必因一事。"③西晋时期崔豹的《古今注》,就列有《公无渡河》《雉朝飞》《上留田行》等部分曲调的本事。后来经过齐梁文人采用赋题方式的拟写,部分题目失去了本事,使乐府诗体的独立性受到挑战。在这种背景下,盛唐前后产生了一批解题类乐府诗著作,如吴兢《乐府古题要解》、郗昂《乐府古今题解》、刘𫗧《乐府古题解》等都是探寻乐府诗题的本意。晁公武《郡斋读书志》在吴兢《乐府古题要解》下云:"又于传记洎诸家文集中采乐府所起本义,以解释古题云。"④这说明盛唐人有恢复旧题乐府诗本意的意识。他们拟写的旧题乐府诗正反映出这一点。葛晓音《论李白乐府的复与变》一文指出,李白恢复原意的题目有《战城南》《陌上桑》《来日大难》《白头吟》等⑤。这样的例子还有很多,如《将进酒》,古辞"以饮酒放歌为言",盛唐前只有梁昭明太子的拟辞"但叙游乐饮酒而已"⑥,不言放歌之意,李白拟辞中"会须一饮三百杯","与君歌一曲",则正是拟写古辞原意。《紫骝马》,梁简文帝、梁元帝、陈后主、徐陵辞多咏马,李白辞在咏马的同时"兼及从军远戍,不恋室家之乐,仍不失古辞之意"⑦。《雉朝飞》,梁简文帝赋雉,李白则拟

---

① 郭茂倩编《乐府诗集》,第 1042 页。
② 王昌龄撰,李云逸注《王昌龄诗注》,第 1 页。
③ 王士禛《师友诗传续录》,丁福保辑《清诗话》,第 158 页。
④ 晁公武撰,孙猛校证《郡斋读书志校证》,第 96 页。
⑤ 参葛晓音《论李白乐府的复与变》,《文学评论》1995 年第 2 期,第 6 页。
⑥ 郭茂倩编《乐府诗集》,第 229 页。
⑦ 李白著,王琦注《李太白全集》,第 340 页。

其本事。《公无渡河》,刘孝威、张正见辞重点写渡河,与该题的本事结合得不是十分紧密,李白拟辞则完全是敷衍古辞。《上留田行》,该题据崔豹《古今注》是"有父母死,兄不字其孤弟者,邻人为其弟作悲歌,以讽其兄"①,但古辞不存,魏文帝、陆机、谢灵运辞均不涉本事,李白则补其辞,敷衍古题本意。《秋胡行》,魏文帝辞歌颂魏德,嵇康辞抒怀,傅玄、颜延之辞写其本事,但多采用咏史手法,高适的《秋胡行》则完全是叙述秋胡戏妻的本事,《王闿运手批唐诗选》卷九评云:"平叙无作意。"②这正好说明高适忠实于本事的描述,没有进行过多改造。以上这些拟辞,都是在盛唐人的手中改写古题本意,无疑更好地维持了乐府诗的传统。

在恢复旧题本意的同时,盛唐人还能处理好复与变的关系。张谦宜《茧斋诗谈》卷二云:"拟乐府甚难,须令音调节奏用古人之遗法,情事委曲写自己之悃愫,方妙。"③刘熙载在《艺概·诗概》中说:"乐府是代字诀,故须先得古人本意。然使不能自寓怀抱,又未免为无病而呻吟。"④赵执信《声调谱·论例》云:"古乐府,须知其题意,明其比兴,使气味音节皆得古人之致可矣。"⑤盛唐人往往把古题题意看作是引起诗人拟写的契机,并能够结合时代特色和个人身世,进行个性化的创作。如王昌龄的《放歌行》一诗,鲍照辞"言朝廷方盛,君上好才,何为临歧相将去也"⑥,王昌龄此诗写于开元十五年(727)进士及第后⑦,"幸蒙国士识,因脱负薪裘。今者放歌行,以慰梁甫愁",正与鲍照辞意相契合,但诗中描述了自身经历,又富于个性化色彩。《长歌行》一题,《乐府诗集》卷三〇引《乐府解题》:"古辞云'青青园中葵,朝露待日晞',言芳华不久,当努力为乐,无至老大乃伤悲也。"⑧王昌龄的拟辞亦云"所是同袍者,相逢尽衰老","人生须达命,有酒且长乐",完全是古辞主旨,但也寄寓了诗人在当时受到不公正待遇的痛苦。高适的《燕歌行》,在题材、题意及语词方面都是继承前人拟辞,但高适写此诗之前曾有过边塞经历,而且诗序明言是"有感而发",所以与那些一般的唱和之作不同。《上之回》,前人拟辞都是写汉武帝巡幸回中之事,李白的拟辞在写咏古题题意的同时,插入姜尚的典故,"岂问渭川老,宁邀襄野童",借古题以咏怀,抒发不受重用的悲伤。《东武吟》一题,鲍照拟辞有"弃席思君幄,疲马恋君轩",沈约拟辞有"逝

---

① 崔豹《古今注》,《景印文渊阁四库全书》,第850册,第105页。
② 《王闿运手批唐诗选》,第879页。
③ 张谦宜《茧斋诗谈》,郭绍虞编选,富寿荪校点《清诗话续编》,第802页。
④ 刘熙载撰,袁津琥校注《艺概注稿》,第366页。
⑤ 赵执信《声调谱》,《景印文渊阁四库全书》,第1483册,第904页。
⑥ 郭茂倩编《乐府诗集》,第567页。
⑦ 王昌龄撰,李云逸注《王昌龄诗注》,第16页。
⑧ 郭茂倩编《乐府诗集》,第442页。

辞金马门,去饮玉池流",都是抒离京时留恋君轩之意,李白此辞也是天宝三载(744)被逐出京时所写,表达诗人对朝廷的留恋。李白的《豫章行》,借古题中的"调发之苦"为引子,反映安史乱中的征兵之苦,正如朱谏所云:"时起吴兵征安史,豫章有调发之苦,故李白作《豫章行》以记其事。"①与杜甫《兵车行》有异曲同工之妙。杜甫的《出塞》模仿汉乐府的格调来讽谕唐代现实,胡应麟《诗薮》内编卷二云:"惟杜陵《出塞》乐府有汉、魏风,而唐人本色时露。"②施补华《岘佣说诗》云:"前后《出塞》诗皆当作乐府读。《前出塞》'君已富土境,开边一何多',是讽刺语。'功名图麒麟,战骨当速朽'是愤惋语。'生死向前去,不劳吏怒嗔',是决绝语。'军中异苦乐,主将宁尽闻',是感伤语。'众人贵苟得,欲语羞雷同',是自占身分语。竭情尽态,言人所不能言。"③这样的例子在盛唐旧题乐府诗中还有很多,恕不一一列举。

在形式上,盛唐人也能较好地处理复与变的关系。南北朝后期至初唐,人们拟写乐府诗多采用当时流行的五言八句形式,这与汉乐府诗中较为自由的风格是相背离的,沈德潜在《说诗晬语》卷上中说:"乐府之妙,全在繁音促节。其来于,其去徐徐,往往于回翔屈折处感人,是即依永和声之遗意也。齐、梁以来,多以对偶行之,而又限以八句,岂复有咏歌嗟叹之意耶?"④盛唐人认识到了这一点,在律体日益成熟的时候反而采用古体形式来拟写旧题乐府诗,显然是为了更好地继承汉乐府诗的传统形式,如李白就将许多在初唐变为律诗的题目改为古体⑤。同时,歌行体在盛唐前后进一步成熟,成为唐代民间广为流传的歌辞形式,因而人们在拟写旧题乐府诗时又以歌行体为主,如王维、李白、岑参、杜甫、李颀、崔颢等都较多采用七言歌行体来写乐府诗,尤其是王维,表现出明确的文体区别意识,他的乐府诗如《少年行》《陇头吟》等采用歌行体,而山水田园诗则多采用五律或五绝。

正是由于盛唐诗人能够理好复与变的关系,所以他们的旧题乐府诗取得了很高的艺术成就,在当时的诗坛上甚至在诗史上都赢得了极大的声誉。比如崔国辅的乐府诗在当时就具有很大影响,殷璠《河岳英灵集》说:"乐府数章,古人不能过也。"⑥白居易《故滁州刺史赠刑部尚书荥阳郑公墓志铭》说:"公(笔者按,指郑昈)尤善五言诗,与王昌龄、王之涣、崔国辅辈联唱送和,名

---

① 李白撰,詹锳主编《李白全集校注汇释集评》,第884页。
② 胡应麟《诗薮》,第35页。
③ 施补华《岘佣说诗》,丁福保辑《清诗话》,第978页。
④ 沈德潜《说诗晬语》,丁福保辑《清诗话》,第529页。
⑤ 参葛晓音《论李白乐府的复与变》,《文学评论》1995年第2期,第5页。
⑥ 殷璠《河岳英灵集》,傅璇琮、陈尚君、徐俊编《唐人选唐诗新编》(增订本),第236页。

动一时。逮今著乐词,播人口(者)非一。"①其中提到的王之涣,靳能在《唐故文安郡文安县尉太原王府君墓志铭并序》中说:"尝或歌从军、吟出塞,皎兮极关山明月之思,萧兮得易水寒风之声,传乎乐章,布在人口。"②高适虽以边塞诗名世,其乐府诗在盛唐也算一大家。罗根泽在《乐府文学史》中说:"唐代乐府新词,得高适,确能增色不少。"③李白更是拟写旧题乐府诗史上的高峰,刘全白谓李白"尤工古歌"④。古歌,即旧题乐府诗。胡震亨《唐音癸签》卷九说:"拟古乐府,至太白几无憾,以为乐府第一手矣。"⑤李颀也以乐府诗著称,殷璠《河岳英灵集》谓李颀"杂歌咸善"⑥,"杂歌"即指乐府诗。在后人编集的唐诗选本中,盛唐的旧题乐府诗是经常入选的对象。以妇孺皆知的清代孙洙所编的《唐诗三百首》为例,其中就选有王之涣的《出塞》、李颀的《古从军行》、王昌龄的《出塞》《长信怨》《采莲曲》、崔颢的《长干曲二首》、李白的《关山月》《子夜吴歌》《长干行》《蜀道难》《长相思二首》《行路难》《将进酒》《玉阶怨》、高适的《燕歌行》共十七篇,可见旧题乐府诗在盛唐诗坛上的地位和影响。因此,胡适认为"盛唐的诗的关键在乐府歌辞"⑦。

四、旧题乐府诗在盛唐走向繁荣的原因

旧题乐府诗的创作之所以在盛唐时期能够走向繁荣,有研究者认为,主要原因是乐府诗所凭借的清商乐在民间依然流行,并为士大夫所爱好,而且,睿宗景云年间至开元年间,宫廷中再度出现崇雅黜俗的思潮,从而影响了旧题乐府诗的创作⑧。虽然这些原因是认真思考的结果,但恐难以成立。也有研究者提出不同意见,认为清乐是宫廷乐,具有特定性和封闭性,不可能在民间流行,且至盛唐前后走向衰落是不争的事实,盛唐时期古乐府诗的兴盛与雅乐的兴衰没有多大关系⑨。笔者认为,隋唐时期,古乐多隶属于清商乐部,而清商乐部为朝廷典礼仪式所用,通常情况下,仪式歌辞是由朝廷指定词臣拟写,一般人不能私拟,所以清商乐部的存留并不能直接导致旧题乐府诗创作的繁荣。一个非常明显的事实是:武后长安年间,清商乐部中还存四十四

---

① 白居易著,顾学颉校点《白居易集》,第923页。
② 周绍良主编《唐代墓志汇编》,上海:上海古籍出版社,1992年,第1549页。
③ 罗根泽《乐府文学史》,第181页。
④ 刘全白《唐故翰林学士李君碣记》,董诰等编《全唐文》,第6247页。
⑤ 胡震亨《唐音癸签》,第87页。
⑥ 殷璠《河岳英灵集》,傅璇琮、陈尚君、徐俊编《唐人选唐诗新编》(增订本),第202页。
⑦ 胡适撰,骆玉明导读《白话文学史》,第158页。
⑧ 葛晓音《盛唐清乐的衰落和古乐府诗的兴盛》,第209—218页。
⑨ 迟乃鹏《亦谈"盛唐清乐的衰落和古乐府诗的兴盛"——与葛晓音先生商榷》,《成都师专学报》1997年第2期,第31—37页。

曲,但这一时期几乎没有产生这些题目的拟辞,到了玄宗开元前后,清商乐部在朝廷中完全消亡了,清商曲题目的拟辞却多起来,所以倒可以这样认为,清商乐部的消亡反而促进了旧题乐府诗的拟作。其实这种情况在乐府诗发展史上屡见不鲜,如建安以后,曹植、陆机的乐府诗因"无诏伶人"而"事谢管弦",拟乐府诗反倒出现了繁荣局面。

事实上,盛唐时期旧题乐府诗创作的繁荣,主要是由于人们意识到乐府诗已变成了"诗之一体"①。正如宋人王灼《碧鸡漫志》卷一中所言:"唐中叶虽有古乐府,而播在声律,则少矣,士大夫作者,不过以诗一体自名耳。"②较为明显的例证是,吴兢《乐府古题要解》中没有收录那些入乐的郊庙歌辞,说明在吴兢看来,这些旧题乐府诗与入乐歌辞已经不属于同一类别,因而也就不具有相同的性质——旧题乐府诗不再是歌辞了,而是"诗之一体"。

既然旧题乐府诗在盛唐已成为"诗之一体",不再接受音乐曲调的羁绊,它们就可以像徒诗一样具有题材上的广泛性,可以用来感怀、赠答、送别、讽谕等,从而扩大了乐府诗的表现范围。同时,在形式上也不再拘泥于传统体式而变得多样化,如《行路难》和《燕歌行》一直都用七言句式,可是盛唐王昌龄、陶翰却拟为五言,而且采用五七言律诗、五七言绝句的形式来拟写。总之,旧题乐府诗成为"诗之一体",成就了它在盛唐时期的繁荣,当然也预示着乐府诗进一步向徒诗靠近的趋势。

第四节　旧题乐府诗的局限与初盛唐的新题乐府诗创作

初盛唐时期,在旧题乐府诗走向高潮的时候,它本身的局限也随之暴露出来,于是新题乐府诗不得不粉墨登场,唐代乐府诗体的发展也由此进入了一个新的阶段。

一、主观表现使旧题乐府诗暴露出局限

旧题乐府诗自身的局限与不足,是由于初盛唐时期的乐府诗在表现手法上从客观转向主观而引起的。

在"乐府"指代歌辞的阶段上,乐府诗的表现手法是客观的。对此,日本学者松浦友久论述道:

---

① 葛晓音《盛唐清乐的衰落和古乐府诗的兴盛》一文分析清商乐在唐代的流传时说:"四十四曲中,初盛唐诗人有诗作的仅十五曲,无诗作的计二十七曲。而《乐府诗集》中,初盛唐诗人所作的古乐府题共有一百六十五种不在这四十四种清乐曲之内。由此可见音乐和乐府诗的关系已较疏远,乐府乃成为一种独立的诗体。"此论有道理。

② 王灼《碧鸡漫志》,唐圭璋编《词话丛编》,第74页。

古乐府类作品,一般都舍弃了作者第一人称的个别的视点(观察角度),整首诗全部从共有化的第三人称的视点进行描写。且缘于此,作品中的场面一般不是作者个人主体体验的场所,而是如同舞台上的场面,经客体化而呈现出来的。这基本上可看作是汉代以来乐府诗的传统的构思和手法。①

这不难理解。因为歌辞是唱给大家听的,必然要照顾到听众的心理接受,反映大众的、普遍的、具有类型化的经验或情感,不能过于强调个人的主观情志,也就是说,在歌辞中不应该看到作者的影子。这一点与"诗"截然不同:"诗"可以任意抒情,可以发表作者的感慨。其实古人很早就意识到了这一点,《尚书·舜典》云:"诗言志,歌永言。"②"志",《说文解字》解释为"意也,从心之,之亦声"③,即发自内心的思想感情,显然是针对个体而言;而"歌"所咏之"言",《释名》解释为:"宣也,宣彼此之意也。"④意思是说演员与观众相互交流感情。《说文解字》释"言"为"直言",即直接表达。《说苑·善说篇》亦云:"(梁王)谓惠子曰:'愿先生言事则直言耳,无譬也。'"⑤"直言""无譬",就是指要客观地陈述事实。

汉代的乐府古辞大多采用客观表现的手法,如《陌上桑》《平陵东》《妇病行》《孤儿行》等都是站在表演者的立场为观众讲故事,看不出来歌辞作者自己的爱憎。即使一些偏重抒情的乐府诗如《长歌行》《短歌行》等,抒发的也是人类的普遍感情(如感叹生命短促、总结人生经验等),仍带有一定的客观性。曹魏时期的文人乐府诗中曾一度表现出主观抒情的倾向,尤其是曹植,用乐府诗来寄托自身的遭遇,主观性更突出,但很快被后来南朝时期的唱和模拟所取代了。南朝文人在乐府诗中描绘的背景,多来自前人的同题乐府或相关的文献,有些甚至是凭空想象出来的,并不代表作者的实际经历,比如边塞乐府诗中常常出现的"长安""阴山""雁门""蓟北"等地方,根本不可能是他们亲临,诗中抒发的感情也来自该乐府题目长期以来形成的抒情传统,并不代表作者自己的喜怒哀乐。因此,南朝的乐府诗尽管已不再是歌辞,但在大量的仿拟过程中反而更加强化了客观表现的特点。

初唐的乐府诗继承南朝余绪,多以客观表现为主,但也出现了以第一人称视角写实的倾向。如魏征的《出关》,《唐诗纪事》卷四题为《出关作》,《全

---

① 〔日〕松浦友久著,孙昌武、郑天刚译《中国诗歌原理》,第274—275页。
② 《尚书正义》,阮元校刻《十三经注疏》,第131页。
③ 许慎撰,段玉裁注《说文解字注》,第502页。
④ 王先谦《释名疏证补》,上海:上海古籍出版社,1984年,第174页。
⑤ 刘向撰,向宗鲁校证《说苑校证》,北京:中华书局,1987年,第272页。

唐诗》卷三一题作《抒怀》,《资治通鉴》卷一八六载,武德元年(618)十一月,"徐世绩据李密旧境,未有所属。魏征随密至长安,乃自请安集山东,上以为秘书丞,乘传至黎阳,遗徐世绩书,劝之早降,世绩遂决计西向"①。此诗正是魏征出潼关时的即景抒怀之作。《出关》为汉横吹曲之一,魏征以前没有拟辞,这正好可以使魏征自我抒怀。再如杜审言的《妾薄命》,清代孙涛辑《全唐诗话续编》云:"又《妾薄命篇》云……唐人流放,每托意于宫闱,此诗亦是流峰州时所作。"②此诗作于神龙初年,"宠移新爱夺,泪落故情留",借美人失宠寓遭贬不遇之意。宋之问的《江南曲》也是放逐越州所作,从诗中"妾住越城南,离居不自堪""侍臣消瘦尽"可以得到证明。骆宾王有从军经历,其《从军行》《从军中行路难》等都作于从军途中,写入了真实的感受。乔知之曾参加过西征仆固、北讨契丹的战役,其《苦寒行》或写于从军期间。乔知之还有《绿珠篇》,据《本事诗·情感》记载是乔知之婢窈娘被武延嗣夺后所写③,《唐诗归》卷一谓初唐诗题用"篇"字者,"独此诗妙绝,人不可以无情"④。正是由于加入作者的真实感情,离歌辞渐远,作家的个性就显露出来了。

到了盛唐,主观表现成为乐府诗创作的主流,多数乐府诗中都含有作者的影子。王维的《洛阳女儿行》结尾云:"谁怜越女颜如玉,贫贱江头自浣纱。"自比贫女,隐喻自己寄人篱下的境遇,"况君子不遇也"⑤。崔颢的《行路难》《邯郸宫人怨》和《长门怨》三首乐府诗都是通过写宫女的悲惨命运,寄寓着崔颢的自身遭遇,吴乔《围炉诗话》卷二曰:"崔颢《邯郸宫人怨》,自比也。"⑥崔颢一生大都沉沦社会下层,"名位不振"⑦,寓香草于美人,自是情理中事。王昌龄的乐府诗也充满主观化的色彩,如《长歌行》虽是发挥古辞中时光易逝的题旨,但他抒写的是自身之不遇,"系马倚白杨,谁知我怀抱",流露出才华难以施展的急切,葛立方《韵语阳秋》卷一一云:"观王昌龄诗,仕进之心,可谓切矣。"⑧他的《放歌行》一诗,写于开元十五年(727)进士及第之后⑨,"幸蒙国士识,因脱负薪裘。今者放歌行,以慰梁甫愁",毫不掩饰及第释褐的喜悦。《删补唐诗选脉笺释会通评林》卷四周珽评云:"按少伯以征草泽遗逸应召,故有此作。前叙朝廷治平有道气象;后述己应诏出仕,欲效忠

---

① 司马光《资治通鉴》,第5823页。
② 孙涛《全唐诗话续编》,丁福保辑《清诗话》,第652页。
③ 孟棨《本事诗》,丁福保辑《历代诗话续编》,第4页。
④ 钟惺、谭元春选评,张国光、张业茂、曾大兴点校《诗归》,第19页。
⑤ 沈德潜编《唐诗别裁集》,第81页。
⑥ 吴乔《围炉诗话》,郭绍虞编选,富寿荪校点《清诗话续编》,第530页。
⑦ 刘昫等《旧唐书》,第5049页。
⑧ 葛立方《韵语阳秋》,第139页。
⑨ 王昌龄撰,李云逸注《王昌龄诗注》,第16页。

悃。色度冠裳,音调典厚,有养之作。"①王昌龄的乐府诗中还直接出现了"我""吾""臣"等字眼,如前面所举《长歌行》中的"谁知我怀抱",《放歌行》中的"望尘非吾事",《塞下曲》之三中的"臣愿节宫厩"等,这在前代乐府诗中较为少见。李颀也用乐府诗来写自己的身世,其《缓歌行》谓"虽沾寸禄已后时",可知写于开元二十三年(735)中进士以后。诗中有"结交杜陵轻薄子,谓言可生复可死,一沉一浮会有时,弃我翻然如脱屣",写他少年时的经历,因而该诗是考查李颀生平的重要资料。他的《放歌行答从弟墨卿》,以旧题乐府诗写赠答题材,"吾家令弟才不羁,五言破的人共推。兴来逸气如涛涌,千里长江归海时",刻画墨卿之才华十分逼真,贺裳《载酒园诗话又编》云:"真善写文士下笔淋漓之状。"②高适早年曾落魄无成,当他西游长安看到权贵们过着骄奢淫逸的生活时,怀着愤慨的心情写下了《行路难二首》,把长安的富贵子弟与穷书生作比较,反映出身不同遭遇不同,表达作者内心的不平。李白更是主观表现的代表,赵翼《瓯北诗话》卷一云:"有借旧题以写己怀、述时事者。如《将进酒》之与岑夫子、丹邱生共饮;《门有车马行》有云:'叹我万里游,飘飘三十春。空谈帝王略,紫绶不挂身。'《梁甫吟》专咏吕尚、郦生,以见士未遇时为人所轻,及成功而后见;《天马歌》以马喻己之未遇,冀人荐达:此借旧题以自写己怀者也。"③储光羲的乐府诗中多是借题发挥,表明自己的人生态度,如《野田黄雀行》一诗,明代桂天祥《批点唐诗正声》云:"此诗以野田黄雀起兴,至穷老处始归正意,转归本旨,盖言士虽穷困,以正自守,终不为斜路诸田,枉己从人耳。"④储光羲的乐府诗一般直发胸臆,所以《吟窗杂录》卷二六《历代吟谱》中谓"务在直置"⑤,徐献忠《唐诗品》也说:"储诗更多直致。"

  盛唐时期的边塞乐府诗,由于大多数诗人有了实际边塞经历,因而在表现方式也转向主观。王维的《出塞作》,诗题下注云:"时为御史,监察塞上作。"⑥据陈贻焮考证,唐玄宗开元二十五年(737)三月河西节度副大使崔希逸败吐蕃于青海,是年秋王维奉使出塞宣慰⑦。此后三四年间他一直生活在西边边塞,《出塞》《从军行》《陇西行》等都作于这期间。由于有了实际经历,他的这些边塞乐府诗所写景、情、事、物是真实的。崔颢,殷璠《河岳英灵集》

---

① 周珽辑《删补唐诗选脉笺释会通评林》,《四库全书存目丛书补编》,第25册,第544页。
② 贺裳《载酒园诗话又编》,郭绍虞选,富寿荪校点《清诗话续编》,第323页。
③ 赵翼著,江守义、李成玉校注《瓯北诗话校注》,第13页。
④ 桂天祥《批点唐诗正声》,嘉靖刻本。
⑤ 陈应行编,王秀梅整理《吟窗杂录》,北京:中华书局,1997年,第755页。
⑥ 王维撰,陈铁民校注《王维集校注》,第136页。
⑦ 陈贻焮《王维生平事迹初探》,《唐诗论丛》,长沙:湖南人民出版社,1980年,第105页。

说:"颢少年为诗,属意浮艳,多陷轻薄,晚节忽变常体,风骨凛然,一窥塞垣,说尽戎旅。"①可知游侠边塞题材的乐府诗多作于晚年。天宝初年,崔颢曾赴东北辽水一带,目睹边塞实况,其间写《游侠篇》,本集(明黄氏浮玉山房刻本)及《全唐诗》题目均作《古游侠呈军中诸将》,全诗写游侠少年出征报国和回家狩猎,寥寥数语,一个英勇豪迈的游侠形象就跃然纸上。另一首乐府诗《雁门胡人歌》作于天宝元年(742)在河东军幕府任职期间②,反映边塞少数民族人民的生活,表达了诗人对和平的向往。高适曾有过三次出塞的经历,他的部分边塞题材的乐府诗是基于自身的经历,如《塞上》一诗中提出自己对边塞的主张:"转斗岂长策,和亲非远图。惟昔李将军,按节临此都。总戎扫大漠,一战擒单于。"岑参在边塞生活时间最长,他的边塞乐府诗几乎都是写实的,《读雪山房唐诗序例·七绝凡例》云:"王、李之外,岑嘉州独推高步,惟去乐府意渐远。"③"去乐府意渐远"正说明了岑参的乐府诗带有较强的主观性,与乐府诗传统的客观表现手法不同。

　　盛唐时期还有一些人虽然没有出塞的经历,但能结合时代环境,直发议论,在乐府诗中发表对边塞战争的看法,实际上也转变为第一人称的叙述视角。如王昌龄《塞下曲》其二中的"黄尘足今古,白骨乱蓬蒿",其三中的"纷纷几万人,去者无全生",表达诗人的厌战心理;《塞上曲》中的"功多翻下狱,士卒但心伤",《塞下曲》其四中的"功勋多被黜,兵马亦寻分"等表现诗人对奖罚不公的愤慨。李颀的《古从军行》表现了他对开边战争的反对,《唐诗别裁集》云:"以人命换塞外之物,失策甚矣。为开边者垂戒,故作此诗。"④《塞下曲》"黄云雁门郡"一首,也是对封建统治者穷兵黩武的政策表示不满。杜甫的《前出塞》中"君已富土境,开边一何多",明确反对当时的开边政策。常建的《塞下曲四首》,调子凄怆悲痛,景象暗淡凄凉,又发语直露,开宋人议论风气。贺裳《载酒园诗话又编》评论道:"唐三百年,《塞下曲》佳者多矣,昌明博大,无如此篇,出自幽纡之笔,故为尤奇。"⑤

　　此外,盛唐时拟写的清商曲,有一部分也是写实的,本章第二节已有论述,此处从略。

　　总之,盛唐的旧题乐府诗表现出强烈的主观化色彩,变成了抒发自我怀抱的工具。但是,旧题乐府诗一般都有固定的本事和题材。诗人在表现主观

---

① 殷璠《河岳英灵集》,傅璇琮、陈尚君、徐俊编《唐人选唐诗新编》(增订本),第219页。
② 熊笃《天宝文学编年史》,重庆:重庆出版社,1987年,第4页。
③ 管世铭《读雪山房唐诗序例》,郭绍虞编选,富寿荪校点《清诗话续编》,第1562页。
④ 沈德潜《唐诗别裁集》,第79页。
⑤ 贺裳《载酒园诗话又编》,郭绍虞编选,富寿荪校点《清诗话续编》,第324页。

化内容时往往难以自由发挥,如元稹所言是"于文或有短长,于义咸为赘剩"①。而且,借旧题乐府诗来抒写主观内容,往往会过于隐晦,很容易产生歧义,造成读者理解上的困难,如李白的诸多乐府诗"运用比兴手法,意旨微茫,令人难以指实"②,尽管注者纷纭,仍然是"在可解与不可解之间"③。这就是说,旧题乐府诗在发展过程中暴露出了本身的局限,因此新题乐府诗的出现就势在必然了④。

二、初盛唐新题乐府诗的创作

早在初唐时期,人们就已经表现出对新题乐府诗的肯定和推崇,卢照邻在《乐府杂诗序》中说:"其有发挥新题,孤飞百代之前;开凿古人,独步九流之上。自我作古,粤在兹乎!"⑤然而,初盛唐诗人创作的新题乐府诗在数量上并不多,其特点如下:

(1) 在题材上大多与旧题乐府诗有一定的关系。如刘希夷的《公子行》显然是受到旧题乐府诗"少年行"的影响,他的《春女行》和崔颢的《邯郸宫人怨》、王维的《洛阳女儿行》等都是从乐府诗传统中典型的闺怨题材发展而来的。《塞上曲》《塞下曲》等题目则源自《出塞》。

(2) 遵照旧题乐府诗的制题程式。新题乐府诗的核心是创制一个新的题目。乐府诗的制题不同于一般诗歌,长期以来形成了一定的程式:多是以歌辞首句前二三字或加歌辞性题目构成。初盛唐新题乐府诗的制题大体上遵照了以上程式,具体可分为三种情况。第一种是以首句前二三字加歌辞性题目(较多采用"行"字)而成,如刘希夷的《将军行》首句为"将军辟辕门",《春女行》首句为"春女颜如玉",李白的《黄葛篇》首句"黄葛生洛溪"。杜甫的《天边行》,《杜诗详注》云:"诗成后,拈首二字为题。"⑥第二种是以全诗的歌咏中心词为题并加歌辞性题目,如张说的《邺都引》、王昌龄的《青楼曲》、崔国辅的《中流曲》等。第三种是直接用简短的三个字概括题意,不加歌辞性题目,如李白的《静夜思》、杜甫的《哀王孙》《哀江头》《悲青坂》《悲陈陶》等。

(3) 形式上多采用七言歌行体。旧题乐府诗在形式上"备诸体",但大体上是以五言为主流。新题乐府诗从产生之初就以七言歌行体居多,如武后

---

① 元稹撰,冀勤点校《元稹集》,第255页。
② 王运熙《李白诗歌的两种思想倾向和后人评价》,《文学遗产》1997年第1期,第52页。
③ 胡震亨《唐音癸签》,第18页。
④ 吴相洲、张桂芳《论元白对古乐府传统的颠覆》一文认为,元稹、白居易等人是"出于开创新乐府传统的需要,才有意识地颠覆了古乐府传统",但"对于古乐府传统的延续却不会产生实质性的阻断作用"(《文学评论》2010年第1期,第40—42页),颇有道理。
⑤ 卢照邻著,李云逸校注《卢照邻集校注》,第339—340页。
⑥ 杜甫著,仇兆鳌注《杜诗详注》,第1213页。

时期李峤、沈佺期、宋之问、郭震、乔知之等人的新题乐府诗大都采用七言歌行体,后来王维、崔颢、李颀、杜甫、韦应物、顾况等人的新题乐府诗也都采用七言歌行体。初盛唐采用五言形制的仅有刘希夷的《将军行》《春女行》、李白的《静夜思》《江夏行》《黄葛篇》等为数不多的几首。

(4) 注重抒志言怀。初盛唐所作新题乐府诗,多是作者有感而发,如刘希夷、王翰的《春女行》是托史咏怀,表今昔沧桑之感。李峤的《汾阴行》表现出盛衰变化带来的无可奈何。张说的《邺都引》热烈歌颂曹操的杰出才能,借以表达对玄宗武功的期望。王维的《洛阳女儿行》以越女自况,表达自己寄人篱下有才难伸的境遇。崔颢的《孟门行》,明代唐汝询《唐诗解》卷一一云:"此诗为迫于谗谀而作。题曰'孟门'者,言人心之险于水也。"又,"疑其尝作客而遭谗,故为自诉之辞,而以黄雀为比。言我本为报恩而来,君反加罪于我,是必有谮之者矣"。① 储光羲的《樵父词》《渔父词》《牧童词》《采莲词》也有寄托之意,清代贺裳《载酒园诗话又编·储光羲》云:"《樵父》《渔父》《牧童》皆寄托之词。"②葛晓音谓:"储光羲则以田园生活为喻体……寄托他仕途失意的种种感慨。"③如果说以上这些新题乐府诗中所抒之"志"多是抒个人情怀,寄托自身遭遇的话,杜甫的新题乐府诗则实现了质的转变:很少写及个人,较多关注社会群体尤其是下层民众的喜怒哀乐。正如王运熙先生所说的,杜甫用古体诗描写本人生活经历,而"反映社会面貌,尤其是下层民众的生活遭遇,用的是乐府体"④,如《兵车行》写兵役之苦,"三吏""三别"、《留花门》《塞芦子》等反映安史之乱带给人民的痛苦。

(5) 向民谣俚曲学习。乐府诗本出自民间,初盛唐文人写新题乐府诗,也自觉以民间歌谣为学习的榜样。比如储光羲的新题乐府诗,《王闿运手批唐诗选》卷一云:"《樵》《渔》《牧》《莲》,开后人俗派。"⑤这正是学习民间歌谣的结果。陆侃如在《中国诗史》中说,储光羲的诗"是很近于民歌的,也许是有意的以民歌为师",并举出例子如"山北饶朽木,山南多枯枝"(《樵父词》)、"泽鱼好鸣水,溪鱼好上流(《渔父词》)、"不言牧田远,不道牧波深"(《牧童词》)、"浊水菱叶肥,清水菱叶鲜"(《采菱词》)等⑥。再如杜甫的《大麦行》,就是仿照后汉桓帝时的《小麦童谣》而写成的。他的《丽人行》末尾的

---

① 唐汝询选释,王振汉点校《唐诗解》,第250页。
② 贺裳《载酒园诗话又编》,郭绍虞编选,富寿荪校点《清诗话续编》,第310页。
③ 葛晓音《储光羲评传》,吕慧鹃、刘波、卢达编《中国历代著名文学家评传》续编一,济南:山东教育出版社,1988年,第596页。
④ 王运熙、王国安《乐府诗集导读》,第116页。
⑤ 《王闿运手批唐诗选》,第78页。
⑥ 陆侃如、冯沅君《中国诗史》,天津:百花文艺出版社,1999年,第357页。

"慎莫近前丞相嗔"一句出自汉末童谣,《湛园札记》卷四云:"桓帝末童谣:'城上乌,尾毕逋。公为吏,子为徒。一徒死,百乘车。车班班,入河间。河间姹,女工数钱,以钱为室金为堂。石上慊慊,舂黄粱,粱下有悬鼓,我欲击之丞相怒。'杜诗'慎莫近前丞相嗔'本此,盖乐府体也。"①

虽然初盛唐新题乐府诗的创作还处于尝试和摸索的初始阶段,但正是通过创作实践,为中唐新题乐府诗的繁荣提供了可资借鉴的经验。比如,在制题方面,中唐的新题乐府诗基本上还是采用初盛唐的三种方式;在形式上,中唐的新题乐府诗也多采用七言歌行体,正如谢思炜所言,"'新乐府'之'新'确实还有一层诗体上的涵义:相对于汉魏乐府和李白乐府诗中尚留的五言体,必须运用当时流行的七言歌行体"②。这显然是受了初盛唐新题乐府诗创作的影响;在选材方面,则继承了杜甫乐府诗中善写社会事件的特点。

三、杜甫在乐府诗发展史上的地位

长期以来,人们常常把杜甫看成是新题乐府诗的开创者,如明代胡震亨《唐音癸签》卷九云:"拟古乐府,至太白几无憾,以为乐府第一手矣。谁知又有杜少陵出来,嫌模拟古题为赘剩,别制新题,咏见事,以合风人刺美时政之义,尽跳出前人圈子,另换一番钳锤,觉在古题中翻弄者仍落古人窠臼,未为好手。"③清代王士禛在《诗友诗传录》中说:"至杜少陵乃大惩厥弊,以雄辞直写时事,以创格而纾鸿文,而新体立焉。"④冯班《钝吟杂录》云:"杜子美创为新题乐府,至元、白而盛。"⑤今人莫砺锋说:"《兵车行》和《丽人行》的出现,是杜甫创作道路上的一个里程碑,也是唐诗发展过程中值得大书特书的一个关键。"⑥目前流行的各种文学史著作在论及杜甫的乐府诗创作时,一般都会给予很高的评价,谓其引导了后来出现的新乐府运动。不可否认,杜甫确实创作了许多优秀的新题乐府诗,在乐府诗的发展史上具有重要的意义,但我们也要看到,在杜甫之前已经有刘希夷、李白、王维等人开始写新题乐府诗了,因此有人提出"以写山水田园诗而著称的诗人王维,其实是唐代大量创作新乐府的第一人。若仅着眼于新题乐府的'刺美人事'即写时事而言,王维亦为此类乐府诗的肇始者"⑦,或谓"李白、王维才是乐府古调向乐府新

---

① 姜宸英《湛园札记》,《景印文渊阁四库全书》,第 859 册,第 638 页。
② 谢思炜《从张王乐府诗体看元白的"新乐府"概念》,《北京师范大学学报》1999 年第 5 期,第 84 页。
③ 胡震亨《唐音癸签》,第 87 页。
④ 王士禛《诗友诗传录》,丁福保辑《清诗话》,第 143 页。
⑤ 冯班《钝吟杂录》,丁福保辑《清诗话》,第 42 页。
⑥ 莫砺锋《杜甫评传》,南京:南京大学出版社,1993 年,第 90 页。
⑦ 王辉斌《论王维的乐府诗》,《山西大学学报》2005 年第 5 期,第 97 页。

调变化的先驱"①。如此来看,倘若把新乐府的开创之功尽归杜甫似未必公允,我们今天应该作出比较客观的评价。

杜甫在乐府诗史上地位的确立,最早是由元稹在《乐府古题序》中提出来的。他说:"近代唯诗人杜甫《悲陈陶》《哀江头》《兵车》《丽人》等,凡所歌行,率皆即事名篇,无复倚傍。予少时与友人乐天、李公垂辈,谓是为当,遂不复拟赋古题。"②元稹在表述中用一"唯"字,便抹杀了其他人的贡献。元稹为什么要这样作?主要是因为杜甫所写的乐府诗才符合他的新题乐府的标准③。

首先,杜甫之前人们所创作的新题乐府诗大多是在旧题乐府诗的基础上发展而来的,如刘希夷的《公子行》显然是模仿《少年行》而来,他的《春女行》和崔颢的《邯郸宫人怨》、王维的《洛阳女儿行》、李白的《江夏行》是从乐府诗中传统的闺怨题材发展而来。初盛唐大量出现的《塞上曲》《塞下曲》等则出自《出塞》。显然,这与元稹所说的"无复依傍"相距较大,而杜甫完全采用新题,几乎与乐府旧题没有瓜葛,没有造成他所认为的"于文或有短长,于义咸为赘剩",因而胡震亨《唐音癸签》卷一五云:"而乐府古题,作者以其唱和重复沿袭可厌,于是又改六朝拟题之旧,别创时事新题,杜甫始之,元、白继之。"④

其次,由于乐府诗出于民间,导致人们对其评价始终不高,于是有识之士提倡以《诗经》中的风雅精神进行改造,如初唐杨炯《王勃集序》中说:"甄定乐府,取其雅奥,为三百篇以续诗。"元稹《乐府古题序》中更是要求:"况自《风》《雅》,至于乐流,莫非讽兴当时之事。"⑤杜甫主张"别裁伪体亲风雅",在乐府诗的创作实践中身体力行,《兵车行》《丽人行》、"三吏""三别"等无不是讽谕现实的杰作。而初盛唐其他诗人创作的新题乐府诗则缺乏这种精神,这正是元稹以杜甫为开创者的原因。

再次,中唐贞元前后,一些人如元结、顾况在诗歌创作中努力模仿《诗经》,然而效果并不理想。杜甫探索出一条新的路子,转而学习汉乐府,因为

---

① 申东城《杜甫对李白乐府诗接受及中晚唐乐府诗嬗变研究》,《杜甫研究学刊》2011 年第 2 期,第 60 页。
② 元稹撰,冀勤点校《元稹集》,第 255 页。
③ 葛晓音在《新乐府的缘起和界定》(《中国社会科学》1995 年第 3 期)、《论杜甫的新题乐府》(《社会科学战线》1996 年第 1 期)等论文中对杜甫在乐府诗发展史上的贡献及元稹、白居易对杜甫的推崇有所论述,可参看。另外,申东城《杜甫对李白乐府诗接受及中晚唐乐府诗嬗变研究》一文说:"跨盛、中唐时代的杜甫乐府诗较少,这也旁证了杜甫可能只是因其少量新乐府的写实叙事等特点,暗合了元、白的创作思想,而得到元、白极力追捧,并夸大其词的。"(第 63 页)
④ 胡震亨《唐音癸签》,第 174 页。
⑤ 元稹撰,冀勤点校《元稹集》,第 255 页。

乐府诗可以入乐,易于传播。再加上杜甫做过谏官,以古代的"采诗讽政"为理论依据,后来的元稹、白居易也都作过谏官,在他们看来,乐府诗可以用来当作讽谏的工具。所以,元白等人的讽谕诗理论是以杜甫的创作实践为依据,而此前刘希夷、王维、李白等人创作的新题乐府诗并不合此标准,自然得不到元稹的认可。

问题在于,当天宝初年杜甫与李白在洛阳相遇的时候,杜甫才刚刚步入诗坛,他对早已成名的李白十分崇敬,他应该清楚是旧题乐府诗的创作促使李白取得了成功①,那他为什么不去创作旧题乐府诗呢?

在现存的资料中,我们看不到杜甫对旧题乐府诗的明确看法,但我们大致可以推想,杜甫可能已经察觉到了旧题乐府诗的写作走入了困境:唱和重复,令人生厌;主观性增强,但由于旧题的限制,写主观内容时难以施展;借旧题乐府诗以反映现实,往往会过于隐晦,很容易产生歧义,造成读者理解上的困难。正是由于杜甫发现了这些不足,于是作出了革新,即如李重华《贞一斋诗说》所说的:"乐府体裁,历代不同。唐以前每借旧题发挥己意。太白亦复如是,其短长篇什,各自成调,原非一定音节。杜老知其然,乃竟自创名目,更不借径前人。"②

杜甫对乐府诗创作的革新主要包括三点。其一,命以新题。新题乐府的核心是新的题目。杜甫很少采用旧题,故《蔡宽夫诗话》云:"齐梁以来,文士喜为乐府辞,然沿袭之久,往往失其命题本意。……虽李白亦不免此。惟老杜《兵车行》《悲青坂》《无家别》等数篇,皆因事自出己意,立题略不更蹈前人陈迹,真豪杰也。"③其二,书写社会性的重大题材。乐府总是与国家和朝廷的宏大叙事相关,因此杜甫用新题乐府诗来反映安史之乱前后的各种国家大事,或采用典型化概括的手法表现下层人物的命运。其三,在具体写法上学习汉乐府的表现手法,比如,一诗写一事,直歌其事,铺陈场面,使故事内容情节化,杜甫的《出塞》便是模仿汉乐府的格调,胡应麟《诗薮》内编卷二云:"惟杜陵《出塞》乐府有汉、魏风,而唐人本色时露。"④施补华《岘佣说诗》云:"前后《出塞》诗皆当作乐府读。《前出塞》'君已富土境,开边一何多',是讽刺语。'功名图麒麟,战骨当速朽'是愤惋语。'生死向前去,不劳吏怒嗔',是

---

① 申东城《杜甫对李白乐府诗接受及中晚唐乐府诗嬗变研究》一文认为:"杜甫之'醉眠秋共被,携手日同行'句,'细论文'中应该包括杜甫向李白学习怎样作乐府诗歌的讨论。……《少年行》是李杜题目字样完全相同的唯一乐府诗,《杜诗镜铨》称该诗"略似太白",同样看出了杜甫对李白乐府诗的学习借鉴。"(《杜甫研究学刊》2011年第2期,第61页)
② 李重华《贞一斋诗说》,丁福保辑《清诗话》,第927—928页。
③ 郭绍虞辑《宋诗话辑佚》,第379页。
④ 胡应麟《诗薮》,第35页。

决绝语。'军中异苦乐,主将宁尽闻',是感伤语。'众人贵苟得,欲语羞雷同',是自占身分语。竭情尽态,言人所不能言。"①

正是由于杜甫被看作新题乐府诗的开创者,因此,他的乐府诗被认为是"乐府之变",在后世遭到不同评价。有些人批评杜甫破坏了乐府诗拟写旧题的传统,如元代吴莱在《与黄明远书论乐府杂说》中说:"太白有乐府,又必摹拟古人已成之辞,要之或其声之有似者,少陵则不闻有乐府矣。"②清人李慈铭《越缦堂读书记·白氏长庆集》:"乐府自太白创新意以变古调,少陵更变为新乐府,于是并亡其题。"③冒春荣《葚原诗说》卷四:"拟古乐府,则以太白为宗,而少陵及元、白、张、王其变也。"④的确如此,杜甫在乐府诗创作中放弃了维系乐府诗传统最为鲜明的"旧题",结果必然是"亡其题"。

当然,也有人提出完全相反的看法,认为杜甫自立新题以写时事才更符合当初汉乐府采诗的精神,如:

胡应麟《诗薮》内编卷二:"少陵不效四言,不仿《离骚》,不用乐府旧题,是此老胸中壁立处。然风、骚、乐府遗意,杜往往深得之。"⑤

冯班《钝吟杂录》中说:"杜子美作新题乐府,此是乐府之变。盖汉人歌谣,后乐工采以入乐府,其词多歌当时事,如《上留田》《霍家奴》《罗敷行》之类是也。子美自咏唐时事,以俟采诗者,异于古人,而深得古人之理。"⑥

陈仅《竹林答问》中说:"古诗、乐府之分,自汉、魏已然。……乐府音节不传,唐人每借旧题自标新义。至少陵,并不袭旧题,如'三吏''三别'等诗,乃真乐府也。"⑦

杨伦《杜诗镜铨》卷五说:"自六朝以来,乐府题率多模拟剽窃,陈陈相因,最为可厌。子美出而独就当时所感触,上悯国难,下痛民穷,随意立题,尽脱去前人窠臼。"⑧

不管怎样评价杜甫的新题乐府诗创作,一个不争的事实是,新题乐府诗的出现,客观上使乐府诗体固有的传统更加淡化,从而在徒诗化道路上又推进了一大步。

---

① 施补华《岘佣说诗》,丁福保辑《清诗话》,第 978 页。
② 吴莱《渊颖集》,《景印文渊阁四库全书》,第 1209 册,第 119 页。
③ 李慈铭撰,由云龙辑《越缦堂读书记》,第 631 页。
④ 冒春荣《葚原诗说》,郭绍虞编选,富寿荪校点《清诗话续编》,第 1618 页。
⑤ 胡应麟《诗薮》,第 38 页。
⑥ 冯班《钝吟杂录》,丁福保辑《清诗话》,第 38 页。
⑦ 陈仅《竹林答问》,郭绍虞编选,富寿荪校点《清诗话续编》,第 2224—2225 页。
⑧ 杜甫撰,杨伦笺注《杜诗境铨》,上海:上海古籍出版社,1980 年,第 225 页。

第五节　大历乐府诗论

大历前后,写作乐府诗的诗人主要有刘长卿、韦应物、李益、顾况、皎然、郑锡及大历十才子等。他们的乐府诗创作,界于盛唐旧题乐府诗的高峰和中唐新题乐府诗的高峰之间,由于缺乏明显的特征和突出的成就而常常被人们忽略,其实他们的乐府诗起到了承上启下的作用。研究这一时期的乐府诗创作,可以更清晰地揭示出旧题乐府诗与新题乐府诗消长嬗变的事实。

一、旧题乐府诗走向衰落

旧题乐府诗的创作在盛唐达到了高潮,并取得了较高的艺术成就。接下来的大历时期,旧题乐府诗的创作开始走向衰落。

首先,大历时期写作旧题乐府诗的诗人不多,而且,这些诗人所拟写的作品数量也较少,除李益、李端、皎然、顾况以外,其他人创作的旧题乐府诗都不超过五首,这跟盛唐相比起来,可以说是骤然减少,反差较大。从拟写的题材来看,不外乎是乐府诗传统中的边塞和闺怨,而在盛唐时期颇为繁盛的游侠、游仙题材均较少有人拟写。拟写较多的题目仅是《出塞》《从军行》《关山月》《长门怨》《铜雀台》等为数不多的几个,盛唐人拟写过的大部分题目在大历时期都没有出现拟辞。

其次,大历时期的旧题乐府诗表现出背离乐府诗传统、进一步与徒诗合流的倾向,主要体现在以下三个方面:

第一,进一步写实化。盛唐时期已经有一部分旧题乐府诗是针对政治事件有感而发,到了大历时期,这一特点更为明显,一些旧题乐府诗完全是对政治事件的真实描写。比如,唐王朝在平定安史之乱时曾向回纥借兵以收复洛阳,后来回纥可汗辞归,免不了要进行抢掠,戎昱《苦哉行五首》就是以此为题材。诗中明确写道:"可汗奉亲诏,今月归燕山。"诗题下亦自注:"宝应中,过滑州、洛阳后,同王季友作。"①该诗描写汉民所受抢掠之苦,十分真切,贺裳《载酒园诗话又编》云:"戎有《苦哉行》,写暴兵之虐甚工。如'去年狂胡来,惧死翻生全。今秋官军至,岂意遭戈鋋',真为酸鼻。"②再如,大历十年(775),唐代宗命令河东等道发兵讨伐魏博节度使田承嗣,独孤及写《奉和李大夫同吕评事〈太行苦热行〉兼寄院中诸公》、刘长卿写《奉和李大夫同吕评

---

① 彭定求等编《全唐诗》,第 3006—3007 页。
② 贺裳《载酒园诗话又编》,郭绍虞编选,富寿荪校点《清诗话续编》,第 342 页。

事〈太行苦热行〉兼寄院中诸公仍呈王员外》以示颂扬,独孤及辞中云:"长蛇稽天讨,上将方北伐。明主命使臣,皇华得时杰。"刘长卿辞中亦云:"九重今盱食,万里传明略。诸将候轩车,元凶愁鼎镬。"均是对这一历史事件的真实描写。

大历乐府诗中,边塞题材占很大比重,这与当时的现实密切相关——虽然安史之乱已被平息,但继之而起的是藩镇割据、吐蕃、党项的侵扰,诗人们纷纷投身戎伍、从军边塞,这使得部分边塞乐府诗也是写实的。比如,李益曾"从事十八载,五在兵间"①,其边塞乐府诗多是他从军征战的真实记录。他的《从军有苦乐行》一诗,题下注云:"时从司空鱼公北征。"鱼公,谭优学先生以为是"鲁公"之误,鲁公即臧希让,诗当是大历九年(774)李益在臧希让幕府所写②。诗中真实地叙述了自己的从军经历及边塞之苦。他的另一首乐府诗《来从窦车骑行》,题下注云:"自朔方行作。"该诗是作者建中三年(782)在朔方所作③,诗中慨叹自己有功难封的遭遇。再如,卢纶也曾有过从军十年的经历,他的《从军行》,《唐诗选脉会通评林》引唐汝询语:"唐人述从军,不述思家,必称许国,此独为叛将之词,语讽藩镇,非泛然作也。"又,周珽评曰:"德宗之世,内多奸小,边臣解体,藩镇之祸日盛。此篇疑时有覆军之将,收其残兵啸聚边地,故允言述其意以为词。……末以李陵甘没朝廷为况,且在朝公卿忌功,致边有不还之将,深可'惆怅'者也。"④此外,耿湋的《出塞》,《全唐诗》卷二六八题作《送王将军出塞》,虽然此处的"王将军"难以确考,但诗中以窦宪比王将军,寄托了诗人对王将军立功边塞的希望,与前人泛泛而写的拟作截然不同。

以旧题乐府诗抒写自己身世,在盛唐时就已流行,大历时期更为普遍,这也是乐府诗写实化的表现。如《苦辛行》一题本出自《塘上行》,《塘上行》述女子被遗弃的不幸遭遇,戎昱用《苦辛行》来写自己始终得不到重用的坎坷经历。再如,钱起早年曾多次应试,均未考中,他的《行路难》《效古秋夜长》两首乐府诗都写于应试期间,其中《行路难》中的"由来人事何尝定,且莫骄奢笑贫贱",表现了对弃置人才的愤慨。而《效古秋夜长》一诗,《唐诗解》卷一八云:"此托为寒女之辞。盖仲文未得仕而希当路者之荐也。"⑤

第二,进一步工巧化。大历时期,诗人们往往运用娴熟的诗歌表现技巧来拟写乐府诗,使乐府诗失去了传统的质朴古拙的风格,变得精巧工丽。如

---

① 李益《从军诗序》,郝润华辑校《李益诗歌集评》,兰州:甘肃人民出版社,1997年,第139页。
② 谭优学《唐诗人行年考》,成都:四川人民出版社,1981年,第192—193页。
③ 同上书,第204页。
④ 周珽辑《删补唐诗选脉笺释会通评林》,《四库全书存目丛书补编》,第26册,第397页。
⑤ 唐汝询选释,王振汉点校《唐诗解》,第378页。

《巫山高》一题,齐梁以来拟辞甚多,但后人对大历时期皇甫冉和李端的拟辞评价最高。皇甫冉辞对仗十分工整,写巫山之景空灵蕴藉,其中穿插的高唐神女神话恰当又妥切,因而高仲武《中兴间气集》卷上说:"又《巫山》诗,终篇奇丽,自晋宋齐梁陈隋以来,采掇珍奇者无数,而补阙独获骊珠,使前贤失步,后辈却立,自非天假,何以逮斯。"①李端的拟辞也写得轻盈婉丽,意味隽永,《二冯先生评阅才调集》卷九冯舒评语:"四十字累累如贯珠,泠泠如叩玉。"②

再如李端的《古别离二首》,以写景来衬托离别之情,真切感人,这是该题目在前人拟辞中不曾出现的。《升庵诗话·李端〈古别离诗〉》谓:"其诗真景实情,婉转惆怅,求之徐庾之间且罕,况晚唐乎。"③乔亿《大历诗略》评云:"二诗清音古致,乐府之遗。大历间五古及此者盖寡。"④

还如,大历时期于鹄、李益和韩翃三人拟有《江南曲》,三首拟辞都能抓住江南的风土人情,刻画逼真。于鹄《江南曲》:"偶向江边采白蘋,还随女伴赛江神。众中不敢分明语,暗掷金钱卜远人。"李益《江南曲》:"嫁得瞿塘贾,朝朝误妾期。早知潮有信,嫁与弄潮儿。"于、李二作都以心理描写的手法,细致入微,极为传神。韩翃《江南曲》:"长乐花枝雨点销,江城日暮好相逢。春楼不闭葳蕤锁,绿水回通宛转桥。"用大笔勾勒出一幅江南雨景图,十分形象。韩翃在当时的名声很大,《中兴间气集》卷上云:"一篇一咏,朝士珍之。"⑤观此可知不假。

此外,闺怨题材的旧题乐府诗在大历时期也写得颇有特色。如卢纶《妾薄命》:"妾年初二八,两度嫁狂夫。薄命今犹在,坚贞扫地无。"⑥描写女子的悲惨命运,语言通俗但构思奇特。李端《妾薄命》云:"从来闭在长门者,必是宫中第一人。"警策而富有哲理性。刘长卿《长门怨》云:"芳菲似恩宠,看却被风吹。"《铜雀台》云:"春风不逐君王去,草色年年旧宫路。"《王昭君》云:"北风雁急浮云秋,万里独见黄河流。"这些诗句都能以景物描写来衬托女性的怨恨之情,巧妙含蓄,耐人深思。

第三,进一步律化和歌行化。大历时期是律诗大力发展的时期,许多乐府诗题目都被改用律体,如《巫山高》(皇甫冉、李端)、《出塞》(耿㳌、于鹄)、《陇西行》(耿㳌)、《关山月》(李端、耿㳌、李益)、《紫骝马》(李益)、《雨雪曲》(李端)、《从军行》(皎然)、《少年行》(郑锡)、《千里思》(李端)、《婕妤怨》

---

① 高仲武《中兴间气集》,傅璇琮、陈尚君、徐俊编《唐人选唐诗新编》(增订本),第478页。
② 冯舒、冯班《二冯先生评阅才调集》,民国三年(1914)上海扫叶山房石印本。
③ 杨慎著,王仲镛笺证《升庵诗话笺证》,第332页。
④ 乔亿选编,雷恩海笺注《大历诗略笺释辑评》,第327页。
⑤ 高仲武《中兴间气集》,傅璇琮、陈尚君、徐俊编《唐人选唐诗新编》(增订本),第488页。
⑥ 彭定求等编《全唐诗》,第3147页。

(皇甫冉)、《长门怨》(刘长卿、戴叔伦)等都是十分工整的律诗,卢纶的《从军行》甚至发展为五言排律。此外,还有一部分乐府题目被改为五、七言绝句,如《明君辞》(戴叔伦)为五绝,《江南》(耿湋、韩翃)、《明君辞》(李端)、《少年行》(皎然、韩翃)、《铜雀台》(皎然)等为七绝。这些题目大部分是在初唐时完成了律化,在盛唐时被改为古体,大历时期又被改用律体。

大历时期,还有一部分题目被改用歌行体。比如,《长歌行》自汉代以来一直为五言古诗,而刘复却改为七言歌行体。刘长卿、韦应物本来都擅长五言诗,但他们写旧题乐府诗时却有意改变前人经常采用的五言体形式,把《王昭君》《铜雀台》《长安道》等题目换用歌行体来拟写。顾况也将《短歌》《幽居弄》《长安道》《龙宫操》《乌啼曲》等改为七言歌行。大历时期像这样改为歌行体的旧题乐府诗还有《风入松》(皎然)、《妾薄命》(李端)、《汉宫少年行》(李益)、《轻薄篇》(李益)等。大历之前的诗人在拟写这些题目时,由于采用的五言形式(尤其是律诗和绝句)受到字数或句数的局限,只能选取某个场面或某个细节进行叙写,不能自由发挥,改用歌行体以后,虽然在题材上没有多大变化,但能够发挥歌行体长于铺叙的特点,叙事更加详赡,抒情更加缠绵。如韦应物《长安道》充分利用歌行善于铺叙的长处,"中有流苏合欢之宝帐,一百二十凤凰罗列含明珠。下有锦铺翠被之粲烂,博山吐香五云散。丽人绮阁情飘飘,头上鸳鸯双翠翘。低鬟曳袖回春雪,聚黛一声愁碧霄。山珍海错弃藩篱,烹犊炮羔如折葵"①,把将军权贵们的奢侈生活刻画得淋漓尽致。值得注意的是,大历时期改用为歌行的乐府题目一般在歌行前面冠以两个五言句②,如皎然《短歌》、刘长卿《铜雀台》、李端《乌栖曲》和《襄阳乐》等都是以两个五言句领起,后面采用七言歌行的形式。这也表明,大历诗人在努力探索歌行体形式的多样化。

二、新题乐府诗剧增

大历时期在旧题乐府诗衰减的同时,新题乐府诗却在数量上剧增,题材上主要有咏物、送别和讽谕三大类,其中讽谕成为主流。

咏物的新题乐府诗在盛唐已经出现,如李白《黄葛篇》,但数量很少。大历时期以咏物为题材的新题乐府诗迅速增多,如钱起的《紫参歌》《玛瑙杯歌》《锄药咏》《病鹤篇》《片玉篇》《画鹤篇》,李端的《瘦马行》,韦应物的《听莺曲》,卢纶的《慈恩寺石磬歌》《萧常侍瘿柏亭歌》《腊月观咸宁王部曲娑勒擒豹歌》,独孤及的《同岑郎中屯田韦员外花树歌》,顾况的《苔藓山歌》《险竿

---

① 韦应物著,陶敏、王友胜校注《韦应物集校注》,第540页。
② 蒋寅《大历诗风》,上海:上海古籍出版社,1992年,第216页。

歌》《郑女弹筝歌》《春草谣》《露青竹杖歌》《金珰玉佩歌》《谅公洞庭孤橘歌》《樱桃曲》,皇甫冉的《杂言无锡惠山寺流泉歌》等。这些咏物的新题乐府诗大都刻画物象细致精到,部分或有所寄托。此后元和年间元稹给"新题乐府"下定义时说:"词实乐流,而止于模象物色者,为新题乐府。"①当是依据大历前后新题咏物乐府诗的繁盛而作出的界定。

送别题材的新题乐诗在盛唐时就已十分普遍,王维、李白、岑参、杜甫、李颀等都写有许多这样的乐府诗。大历时期,人们继承这一传统,仍以新题乐府诗写送别。如卢纶的《送张郎中还蜀歌》、钱起的《赋得青城山歌送杨杜二郎中赴蜀军》、独孤及的《官渡柳歌送李员外承恩往扬州觐省》、皇甫冉的《杂言湖山歌送许鸣谦》《江草歌送卢判官》《杂言月洲歌送赵洌还襄阳》、顾况的《送别日晚歌》《送行歌》等。这些乐府诗在写法上仍继承盛唐诗人的写法,前半篇言眼前之景,后半部分写送别之情。

大历时期写讽谕题材的新题乐府诗逐渐增多,并成为主流。如钱起《秋霖曲》写天宝十三年(754)秋的一场大雨给人民造成的痛苦,揭露豪门贵族与贫苦人民苦乐之悬殊②。薛据《怀哉行》对人才选拔中的不公平现象表现出极大的愤慨。韩翃的《汉宫曲》借史写实,反映当时朝政的腐败。刘长卿《疲兵篇》揭露战争之苦,表达了反对战争、渴望和平的心愿。戎昱《塞下曲》中的"战卒多苦辛,苦辛无四时""傍岸砂砾堆,半和战兵骨"等诗句,也具有强烈的批判精神。

这一时期写讽谕题材乐府诗最多的是韦应物和戴叔伦二人。韦应物多写讽谕乐府诗,前人已经有所认识,如白居易《与元九书》谓"如近岁韦苏州歌行,才丽之外,颇近兴讽"③。乔亿《剑溪说诗又编》云:"韦公多恤人之意,极近元次山。"④刘熙载《艺概·诗概》云:"韦苏州忧民之意如元道州。"⑤由于他早年曾作过唐玄宗的侍卫郎,亲眼目睹过上层社会的纵欲奢侈,一些新题乐府诗如《贵游行》《温泉行》《骊山行》《贵游行》《汉武帝歌》《金谷园歌》等运用借史兴讽的手法,对统治者腐朽淫逸的生活进行了揭露和讽刺。而其他的一些乐府诗如《采玉行》《夏冰歌》《白沙亭逢老叟歌》等则为老百姓被奴役的悲惨命运而呼喊。韦应物还写了一批托喻禽鸟的寓言诗,如《鸟引雏》《燕衔泥》《鸢夺巢》等,也是极尽讽谕之能事。

---

① 元稹《叙诗寄乐天书》,冀勤点校《元稹集》,第353页。
② 据《旧唐书·玄宗纪》卷九载,天宝十三年秋,"霖雨积六十余日,京城垣屋颓坏殆尽,物价暴贵,人多乏食"(第229页)。
③ 白居易著,顾学颉校点《白居易集》,第965页。
④ 乔亿《剑溪说诗又编》,郭绍虞编选,富寿荪校点《清诗话续编》,第1121页。
⑤ 刘熙载撰,袁津琥校注《艺概注稿》第303页。

戴叔伦为官有吏才,在地方官任上多能作到"缓其赋,使其人舒;平其役,使其人劝"①,其乐府诗《女耕田行》《屯田词》深刻地反映了兵役赋税带给人民的痛苦。他的《去妇怨》,周珽评曰:"《去妇词》古今作者多矣,惟幼公此与顾逋翁作殊有隽致,令人读不能终篇。然顾悲怨,阐发尽情;戴郁结,含蓄不露。"②

三、对前人乐府诗的继承和对后来乐府诗的影响

大历时期的乐府诗明显地表现出对前人乐府诗的继承和模仿。这里以较为典型的李益、李端和顾况为例进行说明。

李益较多地模仿前人乐府诗,如《轻薄篇》中的"豪不必驰千骑,雄不在垂双鞭",在句式上仿自《猛虎行》古辞中的"饥不从猛虎食,暮不从野雀栖"。其《长干行》音调婉转,层层转折,极似《西洲曲》,《大历诗略》卷四谓:"音韵犹晋乐府之《西洲曲》也。"③其《杂曲》一诗,《升庵诗话》云:"此诗比兴有古乐府之风,唐人鲜及。"④李益又有《效古促促曲为河上思妇作》,从题目上便可看出是模仿《古促促曲》而成。

李端多学习前人乐府诗中常用的表现技巧,如顶针之法,典型的例证有《折杨柳》中的"东城攀柳叶,柳叶低着草。少壮莫轻年,轻年有衰老",《乌栖曲》中的"白马逐朱车,黄昏入狭斜。狭斜柳树乌争宿,争枝未得飞上屋"等。再如同字对仗,典型的例证有《古别离二首》其二中的"与君桂阳别,令君岳阳待",《折杨柳》中"新柳送君行,古柳伤君情"等。此外,李端的《古离别》也模仿《西洲曲》,叶矫然《龙性堂诗话初集》云:"古乐府《西洲曲》,唐人李端《古别离》格调祖之,而语意尤妙。"⑤

顾况《弃妇词》曾袭用了《古诗为焦仲卿妻作》中的词句,翁方纲《石洲诗话》卷二云:"古诗《为焦仲卿妻作》云:'新妇初来时,小姑始扶床。今日被驱遣,小姑如我长。勤心养公姥,好自相扶将。初七及下九,嬉戏莫相忘。'顾况《弃妇词》乃云:'忆昔初嫁君,小姑才倚床。今日辞君去,小姑如妾长。回头语小姑,莫嫁如兄夫。'直致而又带伧气,可谓点金成铁。"⑥我们抛弃其中的价值判断,这里倒是指出一个事实:顾况的《弃妇词》是袭用古诗《为焦仲卿妻作》而写成的。顾况又对李白的乐府诗多有模仿和继承,如《行路难三

---

① 陆长源《唐东阳令戴公去思颂》,董诰等编《全唐文》,第5185页。
② 周珽辑《删补唐诗选脉笺释会通评林》,《四库全书存目丛书补编》,第25册,第659页。
③ 乔亿选编,雷恩海笺注《大历诗略笺释辑评》,第288页。
④ 杨慎著,王仲镛笺证《升庵诗话笺证》,第275页。
⑤ 叶矫然《龙性堂诗话初集》,郭绍虞编选,富寿荪校点《清诗话续编》,第954页。
⑥ 翁方纲《石洲诗话》,郭绍虞编选,富寿荪校点《清诗话续编》,第1387页。

首》,在辞句格式上完全模仿李白辞的格式,李白辞为:八个七言句 + "行路难,行路难,多歧路,今安在" + 两个七言句。顾况《行路难三首》与此格式相同,只不过是篇首加了"君不见"三字,其中两首在重复"行路难"之后用一个五言句替换李白辞中的两个三言句。顾况的《游子吟》中三次重复"胡为不归欤",与李白《蜀道难》中三次重复"蜀道难,难于上青天"的手法极其相似,所以《大历诗略》卷六中说"逋翁乐府歌行多奇兴,拟之青莲近似"①。

大历时期的乐府诗对后来张、王、元、白的新题乐府产生了较大影响。王建有《寄李益少监兼送张实游幽州》一诗,对李益诗赞誉甚高,诗中有"常读每焚香",说明王建曾接受过李益的影响。韦应物是新题讽谕乐府诗由杜甫到元白的链条上颇为关键的一环,他用歌行的形式写兴讽乐府,对元白的讽谕诗起到了范式作用。元稹集中有《清都夜境作》,诗题下注:"自此至《秋夕》七首,并年十六至十八时作,中颇类韦苏州语,惜未尽工矣。"由此可知,元稹早年曾学习韦应物,韦应物的兴讽乐府诗必定对他产生过一定的影响。韦应物的《杂体》"春罗双鸳鸯"一首、"古宅集妖鸟"一首分别对白居易的《缭绫》和《秦吉了》具有明显的影响②。韦应物的新题寓言乐府诗如《乌引雏》《鸢夺巢》《燕衔泥》等,对后来的刘禹锡、孟郊等人也产生了较大影响。戴叔伦的乐府诗开张、王、白之先河,《载酒园诗话又编》云:"《女耕田行》……此诗语直而气婉,悲感中仍带勉励……张司业得其致,王司马肖其语,白少傅时或得其意,此殆兼三子之长先鸣者也。"③顾况的乐府诗也对张、王具有一定的影响,《静居绪言》云:"顾逋翁之乐府,可为鼓吹张、王。"④从《幽闲鼓吹》中所记白居易携诗谒顾况的事例,可以推测白居易也受到顾况的影响。

在形式上,大历时期的乐府诗多采用歌行体,也对张、王、元、白产生了较大的影响。韦应物继承初唐时音韵婉转的特点,四句一转韵,多用虚字勾连,张、王的乐府诗与此是一脉相承的。顾况、皎然多用"三三七"句式,如顾况的《长安道》:"长安道,人无衣,马无草,何不归来山中老。"《短歌》:"城边路,今人犁田昔人墓。岸上沙,昔时江水今人家。今人昔人共长叹,四气相摧节回换。明月皎皎入华池,白云离离度清汉。"皎然的《风入松歌》中"声断续,清我魂,流波坏陵安足论""夜未央,曲何长,金徽更促声泱泱"等。《石洲诗话》卷二云:"顾逋翁歌行,邪门外道,直不入格。"⑤这正好说明顾况发展了传统歌行以七言体为主以外的"三三七"句式,而这种句式在元白尤其是白居

---

① 乔亿选编,雷恩海笺注《大历诗略笺释辑评》,第510页。
② 汤擎民《论韦应物的兴讽诗》,《文学遗产》1981年第3期,第74页。
③ 贺裳《载酒园诗话又编》,郭绍虞编选,富寿荪校点《清诗话续编》,第343页。
④ 《静居绪言》,郭绍虞编选,富寿荪校点《清诗话续编》,第1642页。
⑤ 翁方纲《石洲诗话》,郭绍虞编选,富寿荪校点《清诗话续编》,第1387页。

易的新乐府诗中得到了颇为广泛的使用。

第六节　新题乐府诗创作的繁荣

唐宪宗元和前后,新题乐府诗的创作出现了繁荣的局面。王士禛《带经堂诗话》卷一云:"逮于有唐,李、杜、韩、柳、元、白、张、王、李贺、孟郊之辈,皆有冠古之才,不沿齐梁,不袭汉魏,因事立题,号称乐府之变。"①王氏所列举的十人中,有九人在元和时期创作了大量的新题乐府诗,掀起了所谓的"新乐府运动",在乐府诗史上产生了很大影响。

然而,长期以来许多研究乐府诗的学者把目光仅仅盯在张、王、元、白的讽谕乐府上,对其他创作新题乐府诗的诗人、其他题材和风格的乐府诗重视不够,这样势必就造成了把讽谕诗和新题乐府诗混为一谈的偏差理解,如清代赵执信《声调谱·论例》中说:"新乐府皆自制题,大都言时事,而中含美刺,所谓言之者无罪,闻之者足以为戒。"②其实在新题乐府诗中,有一部分不"言时事",也不"含美刺",新乐府不全是讽谕诗。20世纪90年代初王运熙曾撰《讽谕诗和新乐府的关系和区别》一文,指出"新乐府作为一种样式,既可表现讽谕性内容,也可表现非讽谕性内容","唐人新乐府除这类表现讽谕内容的歌辞外,还有许多表现其他题材、与讽谕无涉的作品"。③后来,查屏球《唐学与唐诗:中晚唐诗风的一种文化考察》亦说:"讽谕诗是指诗的内容特点。新乐府起初主要是作为一个诗体概念,其本身并不等于讽谕诗或写实诗。"④的确如此,中唐时期新题乐府诗的繁荣,不仅仅体现在张、王、元、白的新题讽谕乐府诗方面,还有其他诗人如令狐楚、王涯、张仲素、孟郊、卢仝、张碧、刘言史、庄南杰、鲍溶、施肩吾等也写有一些别的题材的新题乐府诗,同样受到了后人很高的评价,如张洎《张司业诗集序》云:"元和中,公(笔者按,指张籍)及元丞相、白乐天、孟东野歌词,天下宗匠,谓之元和体。"⑤晁公武《郡斋读书志》亦谓张籍"长于乐府,多警句。元和中,与白乐天、孟东野酬唱,天下宗之,谓之'元和体'云"⑥。《唐才子传》谓张仲素"尤精乐府,往往和在宫商,古人有未能虑者"⑦;谓鲍溶"古诗乐府,可称独步"⑧。因此,本节从题

---

① 王士禛著,张宗柟纂集、戴鸿森校点《带经堂诗话》,第27页。
② 赵执信《声调谱》,《景印文渊阁四库全书》,第1483册,第904页。
③ 王运熙《讽谕诗和新乐府的关系和区别》,《复旦学报》1991年第6期,第80页。
④ 查屏球《唐学与唐诗:中晚唐诗风的一种文化考察》,北京:商务印书馆,2000年,第48页。
⑤ 董诰等编《全唐文》,第9123页。
⑥ 晁公武撰,孙猛校证《郡斋读书志校证》,第886页。
⑦ 辛文房撰,傅璇琮主编《唐才子传校笺》,第2册,第535页。
⑧ 辛文房撰,傅璇琮主编《唐才子传校笺》,第3册,第53页。

材、体式和风格三方面来论述中唐新题乐府诗的多样性,以便能够全面理解新题乐府诗在中唐繁荣的事实。

一、题材的多样性

不可否认,中唐时期新题乐府诗创作的主流是通过写时事进行讽谕。张、王、元、白就写有许多这样的乐府诗,如张籍的《野老歌》《山头鹿》《筑城词》《征妇怨》,王建的《海人谣》《水夫谣》《羽林行》,元稹的《新题乐府十二首》,白居易的《新乐府五十首》和《秦中吟十首》等,其中张、王较多关注社会下层百姓的疾苦,而元、白更多涉及的是国家的政治方针与文化道德建设。除张、王、元、白以外,其他人也写有一些表现时事、讽谕现实的新题乐府诗。如韩愈的《永贞行》写永贞革新之事。孟郊的《杀气不在边》反映当时藩镇叛乱的社会现实,《织妇辞》写统治者剥削之残酷。李贺的《老夫采玉行》表现人民生活的悲惨,正所谓"其命辞、命意、命题,皆深刺当世之弊,切中当世之隐"①。刘禹锡《平齐行》写唐军消灭藩镇李师道之事,《韵语阳秋》卷八云:"唐淄青李师道倚蔡为重,称兵不轨。洎蔡平,师道乃始震悸。宪宗命削其官,诏诸军进讨,于是六节度之兵兴矣,故刘梦得尝为《天(笔者按,应为"平")齐行》二篇,以快李师道之死。"②刘禹锡《飞鸢操》是第二次遭贬后,宰相武元衡被刺死,作者"将他积压在心里的怨愤尽情地发之于诗而一吐为快"③;另一首乐府诗《代靖安佳人怨》也是写李师道派刺客刺杀宰相武元衡事。其他如张碧《野田行》、姚合《穷边词》、鲍溶《采珠行》《采葛行》、施肩吾《夜宴曲》等或揭露统治者的荒淫,或反映人民生活之艰辛,多是暴露社会的黑暗面。

中唐时期还有以禽鸟类新题乐府诗来寄托讽谕内容的。这种倾向在大历时期韦应物的乐府诗中就已出现,在元和时期则数量剧增,刘禹锡就写了不少这样的乐府诗,如《聚蚊谣》把政敌比作蚊子进行辛辣的讽刺,《养鸷词》通过写鸷鸟吃饱后反而不肯追赶兔子,说明官吏得到了朝廷的优厚待遇而不理其政,《有獭吟》《百舌吟》《秋萤引》等都是寄托作者对社会丑恶现实的批判。孟郊的《覆巢行》,通过对比荒城中的雏鸟坠地殒命和上林苑中的凤巢得以保全,说明社会不公造成了百姓倾覆的悲惨命运。他的《黄雀吟》,借黄雀争食反映社会的险恶。鲍溶的《巢乌行》,借鸟类的纷争托喻人世间的不平。

---

① 李贺著,王琦等评注《三家评注李长吉歌诗》,第192页。
② 葛立方《韵语阳秋》,第108页。
③ 刘禹锡撰,高志忠编著《刘禹锡诗词译释》,第117页。

然而,新题乐府诗并非只表现讽谕内容,而在题材上表现出广泛性和多样性。元稹《叙诗寄乐天书》说:"意亦可观,而流在乐府者,为乐讽。""词实乐流,而止于模象物色者,为新题乐府。"①说明他把乐府诗有意识地分为讽谕和非讽谕两类。白居易的新乐府诗中,也不全是讽刺类作品,有一部分是"赞君美"的,如《七德舞》赞颂唐太宗实行仁政的功绩,《道州民》褒扬刺史阳城能够为民请愿,劝悟君王废除道州"贡矮奴"的恶习,《城盐州》赞颂唐德宗,《牡丹芳》赞颂唐宪宗等。李贺的乐府诗,赵璘《因话录》谓"多属意花草蜂蝶之间"②,他的《静女春曙曲》《春怀引》等开启艳体乐府的复兴。鲍溶、施肩吾也大量写乐府,在题材上十分丰富,游仙、文艺、寓言、讽谕、自叹身世等无所不包。中唐的新题乐府诗更接近于徒诗,几乎把徒诗所反映的内容都写进新题乐府中。下面就较为集中的几类题材作一简述。

反映民俗是新题乐府诗的一项内容③。我国先秦时期就有采诗观风的说法,汉代设立乐府,《汉书·艺文志》云:"亦可以观风俗,知厚薄。"当时被采入乐府的有赵代之讴、秦楚之风,肯定记录着大量的各地民俗。后来文人涉足于乐府诗的拟写,很少写及民俗。中唐时期,一部分文人如王建、刘禹锡、孟郊等大量地以乐府诗来写各地的民俗。王建的乐府诗中写民俗的有十多首,如《簇蚕辞》《新嫁娘词》《促促词》《失钗怨》《镜听词》《祝鹊》《神树词》《赛神曲》《寒食行》《寻橦歌》等,涉及农业生产、家庭婚姻、宗教信仰、节日游艺等各个方面。刘禹锡的《畲田行》,详细地描述了农民钻龟卜天、烧山火种的耕作民俗,他的另一首乐府诗《竞渡曲》反映江南龙舟竞渡的热烈场面。孟郊的《弦歌行》写老百姓腊月驱傩的仪式。《游子吟》一诗,据施蛰存先生考证,也是一首民俗诗,因为直至今日江浙一些地方还保持着"临行密密缝"的风俗④。施肩吾《岛夷行》和刘禹锡《蛮子歌》则反映了南方少数民族的生活习俗。这些新题乐府诗对于我们今天研究当时的民俗现象提供了宝贵的资料。

有些新题乐府诗虽然不反映民俗,却是受当地民歌的影响而写成的。如刘禹锡乐府诗中,最受人们称道的是民歌体乐府诗。《旧唐书·刘禹锡传》云:"禹锡在郎州十年,唯以文章吟咏,陶冶情性。蛮俗好巫,每淫祠鼓舞,必歌俚辞。禹锡或从事于其间,乃依骚人之作,为新词以教巫祝。故武陵溪洞

---

① 元稹撰,冀勤点校《元稹集》,第352—353页。
② 赵璘《因话录》,第85页。
③ 参刘航《对风俗内涵的着意开掘——中唐乐府的新思路》,《文学遗产》2004年第4期,第34—43页。
④ 施蛰存《唐诗百话》,上海:上海古籍出版社,1987年,第448页。

间夷歌,率多禹锡之辞也。"①写于郎州的有《蛮子歌》《竞渡曲》《采菱行》等。元和十年(815)后,刘禹锡任连州刺史期间又写有《插田歌》,其序曰:"连州城下,俯接村墟。偶登郡楼,适有所感,遂书其事为俚歌,以俟采诗者。"②连州期间还写有《莫徭歌》。长庆二年(822)后,刘禹锡在夔州时写有《竹枝词》《踏歌词》和《浪淘沙词》等。张籍的《云童行》《山头鹿》《春水曲》等都极似民歌,王建的《古谣》《独漉歌》《宛转歌》等也是仿民歌体。元稹在元和四年(809)创作的《新题乐府》中较为呆板雅奥,而在元和十二年(817)所写的《古题乐府》中也表现出模仿民间歌谣的特点,如《田家词》中的"牛咤咤,田确确,旱块敲牛蹄趵趵",《夫远征》中的"夫远征,远征不必戍长城,出门便不知死生",或用复叠,或用顶针,谣歌的特点颇浓。白居易更是学习民间歌谣,陈寅恪先生即谓元白新乐府"以改良当日民间口头流行之俗曲为职志"③。

新题乐府诗中还有一些用来抒怀,比如孟郊就多以乐府诗来感慨自己的不幸遭遇。贞元八、九年间(634—635)孟郊连续两次科场受挫后,他写下了一系列反映自身遭遇的乐府诗,《长安羁旅行》写自己落第后的窘迫,《唐诗品汇·五言古诗叙目》云:"其诗穷而有理,苦调凄凉,一发于胸中,而无吝色。如古乐府等篇,讽咏久之,足有余悲。"④刘禹锡《壮士行》是永贞革新失败后遭到贬谪的不平之作,反映自己的政治情怀。其《泰娘歌》《阿娇怨》《伤秦姝行》,以闺怨题材寄托诗人自己的不幸遭遇。施肩吾《贫客吟》也是写寒士形象,其中带着自己的影子。

中唐新题乐府诗中写祖国山川的也很多。这是继承旧题乐府诗中如《会吟行》《荆州乐》《南厩歌》等歌咏地方的传统。张籍出生于江南,他的乐府诗《采莲曲》《江南曲》《村别曲》《江村行》等写江南水乡的风景和人民的生活,栩栩如生。刘禹锡的《纪南歌》《荆州歌》,是永贞元年(805)作者赴连州经江陵时作。他的《九华山歌》,是赴和州所写。刘禹锡还有《华山歌》《宜城歌》《度桂岭歌》等,都是描写山水风景的。

仙道也是新题乐府诗涉及较多的题材。如鲍溶的《会仙歌》《李夫人歌》《萧史图歌》《弄玉词》等。施肩吾是一个道士,曾学道西山,所以乐府诗中写仙道题材较多,有《候仙词》《修仙词》《仙客归乡词二首》《金吾词》《仙女词》《仙翁词》等。

咏史也是中唐新题乐府诗的重要题材。如张仲素《汉苑行》写汉代兴亡

---

① 刘昫等《旧唐书》,第 4210 页。
② 刘禹锡撰,卞孝萱校订《刘禹锡集》,第 353 页。
③ 陈寅恪《元白诗笺证稿》,第 125 页。
④ 高棅编选《唐诗品汇》,第 51 页。

之事,徐凝《汉宫曲》咏赵飞燕事,吕温《上官昭容书楼歌》写本朝人上官昭容事,庄南杰《湘弦曲》则咏屈原事。

此外,还有以乐府诗进行酬赠唱和的,如权德舆的《奉和张仆射朝天行》,孟郊的《贫女词寄从叔先辈简》《楚竹吟酬卢虔端公见和湘弦怨》《和丁助教塞上吟》《劝善吟(醉会中赠郭行余)》《乐府戏赠陆大夫十二丈三首》,贾岛的《义雀行和朱评事》等;还有用来写音乐的乐府诗,如元稹的《琵琶歌》《小胡笳引》;有题画的乐府诗,如权德舆的《马秀才草书歌》;有歌颂功德的乐府诗,如刘禹锡的《白太守行》赞扬杭州太守白居易在地方上的功绩,欧阳詹的《益昌行》赞扬利州刺史陆长源的功绩等。总之,从以上可以看出,新题乐府诗具有十分广泛的题材。

二、体式的多样性

中唐新题乐府诗中,七言歌行是最为常见的体式。张、王、元、白及李贺、刘言史、庄南杰、张碧等人的新题乐府诗基本上都采用七言歌行体。据粗略统计,他们共写歌行体新题乐府近三百首,是唐代贞元以前共有歌行体新题乐府诗一百一十多首的三倍。谢思炜因而认为,元白"新乐府"的"新",不仅在用新题,还包含着选择七言歌行体来写乐府诗这一层意义①。

在句式上,不再是单一的、整齐的七言形式,而是杂以"三三七"的形式。白居易的《新乐府》如此,李贺的新题乐府诗也大多如此。在卢仝的乐府诗中,往往在"三三七"句式中套用顶针手法,如《有所思》中的"翠眉蝉鬓生别离,一望不见心断绝。心断绝,几千里,梦中醉卧巫山云"②,《楼上女儿曲》中的"相思弦断情不断,落花纷纷心欲穿。心欲穿,凭栏干。相忆柳条绿,相思锦帐寒"③,《秋梦行》中的"殷勤纤手惊破梦,中宵寂寞心凄然。心凄然,肠亦绝。寐不寐兮玉枕寒,夜深夜兮霜似雪。镜中不见双翠眉,台前空挂纤纤月。纤纤月,盈复缺,娟娟似眉意难诀"④等,读起来朗朗上口,几乎像鼓子词一样。

中唐的新题乐府诗采用四言体制的不多,只有元稹的《君莫非》《田头狐兔行》等数首。采用五言古诗体制的例子倒是很多。张、王、元、白就有部分五言体的新题乐府诗,如张籍的《思远人》《忆远曲》,王建的《思远人》,元稹的《捉捕歌》等。其他如鲍溶的《织妇辞》,欧阳詹的《益昌行》,刘禹锡的《壮

---

① 谢思炜《从张王乐府诗体看元白的"新乐府"概念》,《北京师范大学学报》1999 年第 5 期,第 84 页。
② 彭定求等编《全唐诗》,第 4378 页。
③ 同上。
④ 同上书,第 4378—4379 页。

士行》《捣衣曲》《淮阴行》《视刀环歌》,权德舆的《广陵行》、刘言史《苦妇词》等都是五言体。孟郊的新题乐府诗绝大部分都采用五言古诗体制。

中唐新题乐府诗中还有一部分采用了近体形式,其中以绝句最多。如令狐楚、王涯、张仲素三人因多写五七言绝句被合称为"三舍人",他们的新题乐府诗多是绝句体。三人各有《思君恩》,为五言绝句。令狐楚的《宫中乐》《春游曲》《游春归》《远离别》,王涯的《春江曲》《游春曲》,张仲素的《宫中乐》等都是五言绝句。令狐楚的《望春辞》、王涯的《平戎辞》、张仲素的《汉苑行》等都是七言绝句。此外,刘商的《绿竹怨》、刘禹锡的《淮阴行》等也是五言绝句。施肩吾的《堤上行》为七言绝句。中唐时期那些民歌体的乐府诗如《杨柳枝词》《浪淘沙》《竹枝词》等几乎都是绝句体。有意思的是,在中唐的新题乐府诗中,较少采用律诗体制,只有施肩吾的《代征妇怨》为七律。

从以上论述可以看出,新题乐府诗也是众体皆备,古近兼有。在具体的章法安排上,新题乐府诗大多数采用首句呼题、中间铺叙、卒章显志的模式,尤其以张、王、元、白四人最为突出。如张籍的《筑城词》首句以"筑城处,千人万人齐把杵"呼应题目,中间部分铺写筑城的场面、筑城者的形象及军吏的凶残,结尾以"家家养男当门户,今日作君城下土"寓讽谕之意。张籍的其他乐府诗如《董逃行》《山头鹿》《促促词》《古钗叹》《野老词》《贾客词》等都是采用这种模式。《诗辩坻》卷三谓张籍乐府诗"大抵于结处正意悉出"①,说的正是这一特点。王建的乐府诗《空城雀》《饮马长城窟行》《渡辽水》等也是这样。他的乐府诗结句尤为突出,清人余成教《石园诗话》卷二中举《荆门行》《田家行》《当窗织》《水运行》《水夫谣》《望夫石》《短歌行》为例,谓王建乐府诗"歌行诸结句犹有余蕴"②。元稹《梦上天》《人道短》《捉捕歌》也是如此。白居易的五十首新乐府更是"首句标其目""卒章显其志"③。

三、风格的多样性

中唐时期的新题乐府诗在风格上颇为多样复杂。比如人们常常会把张、王、元、白四人并称,《师友诗传续录》云:"唐人乐府不一。……白居易、元稹、张籍、王建创为新乐府,亦复自成一体。"④事实上,四人的乐府诗在风格上既有同,又有异。四人相同的地方,就是都赋予新意,语言浅近。张戒《岁寒堂诗话》卷上云:"元、白、张籍、王建乐府,专以道得人心中事为工,然其词

---

① 毛先舒《诗辩坻》,郭绍虞编选,富寿荪校点《清诗话续编》,第49页。
② 余成教《石园诗话》,郭绍虞编选,富寿荪校点《清诗话续编》,第1765页。
③ 白居易著,顾学颉校点《白居易集》,第52页。
④ 王士禛《师友诗传续录》,丁福保辑《清诗话》,第151页。

浅近,其气卑弱。"①不同的地方,在于张王二人的乐府极其含蓄,不用说教口吻,而是通过具体的事件、人物,将讽谕主旨不露痕迹地渗透其中,在艺术效果上凝练含蓄,保持了乐府诗的传统特色,因此后人多评他们的乐府诗"得其正"或善于"绍古"。高棅《唐诗品汇》中就称赞说:"大历以还,古声愈下,独张籍、王建二家,体制相似,稍复古意。或旧曲新声,或新题古义,词旨通畅,悲欢穷泰,慨然有古歌谣之遗风,皆名为乐府。虽未必尽被于弦歌,是亦诗人引古以讽之义欤?抑亦唐世流风之变,而得其正也欤?"②元白则求直白激切,元稹《和李校书新题乐府诗十二首》中自谓"故直其词以示后"③,《酬翰林白学士代书一百韵》中谓"搜求激直词"④,白居易的《新乐府序》谓"其言直而切"⑤,这就失去了乐府诗的委婉含蓄,又缺少生活气息,充满说教气,因而元白乐府多被称为变体。许学夷《诗源辩体》谓白乐天"新乐府,议论痛快,亦变体也"⑥。清代田雯《古欢堂集杂著》卷二中说:"香山讽谕诗乃乐府之变。"⑦刘熙载《艺概·诗概》中说:"白香山乐府,与张文昌、王仲初同为自出新意。其不同者,在此平旷而彼峭窄耳。"⑧管世铭《读雪山房唐诗序例·七古凡例》云:"乐府古词,陈陈相因,易于取厌。张文昌、王仲初创为新制,文今意古,言浅讽深,颇合三百篇兴、观、群、怨之旨。白乐天尤工此体,至欲借以感悟宸聪,敷陈民瘼,其积愈厚,故其言愈昌。特音节飐飖,乖于杜、韩正响,要亦天地间不可少之一种文字也。元微之骨色稍庸,择数篇自足相敌。至张、王尚有古音,元、白始全今调,则又可为知者道也。"⑨

即使是张籍与王建之间,二人的乐府诗在风格上也有差异:其一,张籍的在构思方面比王建工巧。张戒《岁寒堂诗话》谓张籍乐府诗"思深而语精"⑩。王安石《题张司业集》亦谓张籍"乐府皆言妙入神"⑪。《唐音癸签》卷七谓张籍乐府诗"思难辞易"⑫。张籍的乐府诗《江南曲》,姚合称之"绝妙"⑬。《节妇吟》本是回绝李司空的邀请,张籍没有正面说出来,而是运用乐

---

① 张戒著,陈应鸾笺注《岁寒堂诗话笺注》,第34页。
② 高棅编选《唐诗品汇》,第269页。
③ 元稹撰,冀勤点校《元稹集》,第278页。
④ 同上书,第117页。
⑤ 白居易著,顾学颉校点《白居易集》,第52页。
⑥ 许学夷著,杜维沫校点《诗源辩体》,第274页。
⑦ 田雯《古欢堂集杂著》,郭绍虞编选,富寿荪校点《清诗话续编》,第700页。
⑧ 刘熙载撰,袁津琥校注《艺概注稿》,第315页。
⑨ 管世铭《读雪山房唐诗序例》,郭绍虞编选,富寿荪校点《清诗话续编》,第1549页。
⑩ 张戒著,陈应鸾笺注《岁寒堂诗话笺注》,第84页。
⑪ 王安石撰,李壁注,李之亮补笺《王荆公诗注补笺》,成都:巴蜀书社,2002年,第867页。
⑫ 胡震亨《唐音癸签》,第66页。
⑬ 姚合《赠张籍太祝》,彭定求等编《全唐诗》,第5651页。

府的比兴手法,也是非常高妙,而王建的乐府诗中这样的构思不多。其二,虽然张、王乐府都以含蓄著称,但仔细比较起来,张籍的乐府诗比王建更含蓄。刘攽《中山诗话》:"张籍乐府词,清丽深婉。"许学夷《诗源辩体》卷二七:"张语造古淡,较王稍为婉曲,王则语语痛快矣。"①吴乔《围炉诗话》卷三云:"《品汇》以张、王并列,极当。张籍善为哀婉之音,有娇弦玉指之态。仲初妙在不含蓄,有晓钟残角之音。"②毛先舒《诗辩坻》卷三云:"文昌乐府与仲初齐名,然王促薄而调急,张风流而情永,张为胜矣。"③钱锺书《谈艺录》二五《张文昌诗》谓:"其诗自以乐府为冠,世拟之白乐天、王建,则似未当。文昌含蓄婉挚,长于感慨,兴之意为多;而白王轻快本色,写实叙事,体则近乎赋也。"④这些论述颇有道理。其三,张雅王俗。吴师道《吴礼部诗话》引时天彝语:"(王)建乐府固仿文昌,然文昌恣态横生,化俗为雅,建则从俗而已。"⑤王建乐府诗的语言十分通俗,多选择平常口语,又善用叠字,如《宛转词》中的"宛宛转转胜上纱,红红绿绿苑中花。纷纷泊泊夜飞鸦,寂寂寞寞离人家",《古谣》中的"一东一西陇头水,一聚一散天边霞,一来一去道上客,一颠一倒池中麻"等,这在张籍乐府诗中较少出现。

元稹和白居易二人的新题乐府诗在风格上也有差异,陈寅恪先生有一段很好的论述:

> 微之赋新题乐府,其不及乐天之处有二:(一)为一题涵括数意,则不独词义复杂,不甚清切,而且数意并陈,往往使读者不能知其专主之旨,注意遂难于集中。故读毕后影响不深,感人之力较一意为一题,如乐天之所作者,殊相悬远也。(二)为造句遣词,颇嫌晦涩,不似乐天作品词句简单流畅,几如自然之散文,却仍极富诗歌之美。且乐天造句多以三七言参差相间杂,微仿古乐府,而行文自由无拘牵滞碍之苦。微之所赋,则尚守七言古体诗之形式,故亦不如乐天所作之潇洒自然多矣。⑥

的确,从篇章体制、语言风格等方面来看,元、白的新题乐府诗具有较大的差别。卞孝萱亦认为,"元诗叙事,有的比较浮泛,不如白诗深刻。元诗用典,有的稍觉迂远,不如白诗贴切";"元诗的造句,尚拘守七言古诗形式,不如白诗

---

① 许学夷著,杜维沫校点《诗源辩体》,第267页。
② 吴乔《围炉诗话》,郭绍虞编选,富寿荪校点《清诗话续编》,第566页。
③ 毛先舒《诗辩坻》,郭绍虞编选,富寿荪校点《清诗话续编》,第49页。
④ 钱锺书《谈艺录》,北京:中华书局,1984年,第94页。
⑤ 吴师道《吴礼部诗话》,丁福保辑《历代诗话续编》,第612页。
⑥ 陈寅恪《元白诗笺证稿》,第310页。

行文自由。元诗的用字,有时尚嫌晦涩,不如白诗语言流畅,娓娓动人"。①此外,元白虽然都有以理取胜、理胜于辞的特点,但比较起来,白居易乐府诗中的形象性稍强一些。胡震亨《唐音癸签》卷七引陈绎曾语:"白诗祖乐府,务欲为风俗之用。元与白同志。白意古词俗,元词古意俗。"胡氏加按语:"乐府古与俗正可无论,患在易晓易尽,失风人微婉义耳。白尝规元:乐府诗意太切理,欲稍删其繁而晦其意,亦自知诗病概然故云。"②白居易的一些乐府诗中如《卖炭翁》《新丰折臂翁》等塑造人物形栩栩如生,而元稹很少有这样的作品。

除张、王、元、白四人以外,施肩吾的新题乐府诗也以婉转为主。施肩吾是个富有人情味的道士,言情之作颇多,大多采用侧面烘托、委婉出之的手法。韩孟诗派虽然以险怪著称,但他们的乐府诗大多写得平易通俗,如韩愈《青青水中蒲》就十分平白。卢仝的乐府诗也写得风格平易,妩媚飘逸,而且音韵十分流畅。如《有所思》一首,《苕溪渔隐丛话》引《雪浪斋日记》说:"惟《有所思》一篇,语似不类,疑他人所作,然飘逸可喜。"这种怀疑正好说明卢仝乐府诗的另一种风格,即平淡流畅的风格。其他如《楼上女儿曲》《秋梦行》等,都具有这一特点。在卢仝的这些乐府诗中,看不到被人们经常所指议的奇词怪句,读起来明白易懂,清新流丽③。孟郊则更多地继承了汉魏乐府古拙质实的特点,如他的《结爱》一诗:"心心复心心,结爱务在深。一度欲离别,千回结衣襟。结妾独守志,结君早归意。始知结衣裳,不如结心肠。坐结行亦结,结尽百年月。"④连用九个"结"字,有重拙之感。

总之,中唐时期的新题乐府诗在题材、体式和风格上均是多种多样,其结果便是使乐府诗失去了其本身的文体独特性而进一步徒诗化。

第七节 艳体乐府诗的复兴

中晚唐时期,艳体乐府诗复兴。它是如何走向复兴的?其复兴的原因何在?有何特点?在乐府诗体的发展史上有何意义?本节将对这些问题一一进行探究。

一、艳体乐府诗的发展历程

艳体乐府诗是指内容香软、风格艳丽的乐府诗。它的首次兴盛源于南朝

---

① 卞孝萱《白居易与新乐府运动(下)》,《文史知识》1985年第2期,第7页。
② 胡震亨《唐音癸签》,第69页。
③ 王立增《卢仝及其诗歌创作简论》,《许昌学院学报》2003年第3期,第61页。
④ 孟郊著,华忱之、喻学才校注《孟郊诗集校注》,第30页。

民间流传的艳曲歌辞。宋代郭茂倩《乐府诗集》卷六一《杂曲歌辞》题解云："自晋迁江左，下逮隋唐，德泽浸微，风化不竞，去圣逾远，繁音日滋。艳曲兴于南朝……哀淫靡曼之辞，迭作并起，流而忘反，以至陵夷。"①刘师培在论述宫体诗的起源时说："宫体之名，虽始于梁；然侧艳之词，起源自昔。晋、宋乐府，如《桃叶歌》《碧玉歌》《白纻词》《白铜鞮歌》，均以淫艳哀音，被于江左。"②这些流行于民间的艳曲歌辞至迟在梁代进入宫廷并被上层统治者接受，而且还出现了大量的文人模仿、改制之作。自然，这些文人作品也是香软艳丽，如梁武帝改制的《江南弄》其二《龙笛曲》中云："美人绵眇在云堂，雕金镂竹眠玉床。"③

陈、隋宫廷中，艳曲进一步流行。据《隋书·音乐志》载，陈后主"于清乐中造《黄鹂留》及《玉树后庭花》《金钗两臂垂》等曲，与幸臣等制其歌词，绮艳相高，极于轻薄"④。又载，隋炀帝也是"大制艳篇，辞极淫绮，令乐正白明达造新声，创《万岁乐》《藏钩乐》《七夕相逢乐》《投壶乐》《舞席同心髻》《玉女行觞》《神仙留客》《掷砖续命》《斗鸡子》《斗百草》《泛龙舟》《还旧宫》《长乐花》及《十二时》等曲，掩抑摧藏，哀音断绝"⑤，一时间"天下从风，相率趋于香艳一途"，掀起了一场"香艳乐歌运动"。⑥只可惜这些艳曲的绝大多数歌辞都已散佚，不过从所存陈后主《玉树后庭花》歌辞"丽宇芳林对高阁，新妆艳质本倾城。映户凝娇乍不进，出帷含态笑相迎。妖姬脸似花含露，玉树流光照后庭"⑦，可略见一斑。

与此同时，宫体诗日益兴盛。梁陈诗人纷纷用宫体诗的手法来拟写汉魏乐府诗旧题目。首先，一批闺怨题材的乐府诗艳情化。如梁代沈约、张率拟写的《日出东南隅行》，萧子范拟写的《罗敷行》等都改变了原先的故事范型，把《陌上桑》古辞中原本为民间的采桑女子写成了卖弄风情的贵族妇女，又使用华丽的辞藻铺述采桑女子的衣着打扮，在内容和风格上都趋向艳体。再如梁简文帝的《美女篇》，全然没有了该题首作曹植辞中的比兴寄托，"粉光胜玉靓，衫薄拟蝉轻。密态随流脸，娇歌逐软声。朱颜半已醉，微笑隐香屏"，完全是女性色艺的描摹。梁简文帝还有《乌栖曲》，也写得香艳多情，甚至带有玩赏的趣味，难怪萧涤非说："乐府至简文，实已开晚唐李义山、温庭筠一派

---

① 郭茂倩编《乐府诗集》，第884页。
② 陈引弛编校《刘师培中古文学论集》，北京：中国社会科学出版社，1997年，第90页。
③ 逯钦立辑校《先秦汉魏晋南北朝诗》，第1522页。
④ 魏征、令狐德棻《隋书》，第309页。
⑤ 同上书，第379页。
⑥ 罗根泽《乐府文学史》，第157页。
⑦ 逯钦立辑校《先秦汉魏晋南北朝诗》，第2511页。

风格。只辞眷听,逸韵动心,思入微茫,巧穷变态,是其所长。"①其次,一些本来不写闺怨的乐府诗也被改写为女性题材,其中以梁简文帝所改最多。如《陇西行》,《乐府诗集》卷三七引《乐府解题》:"古辞云:'天上何所有,历历种白榆。'始言妇有容色,能应门承宾。次言善于主馈,终言送迎有礼。……若梁简文'陇西战地',但言辛苦征战,佳人怨思而已。"②再如《棹歌行》,魏明帝辞歌魏伐蜀之功德,梁简文帝却写女子乘舟鼓棹,"溅妆疑薄汗,沾衣似故湔",也加入了女性容貌的描写。其他这样被梁简文帝改动的乐府诗还有《江南思》《雁门太守行》《怨歌行》等,或写征妇之怨,或写男女之情,风格较为艳丽,都可看作是艳体乐府诗。

初唐宫廷中,艳曲继续流行。起初,唐太宗不仅不排斥陈隋艳曲,相反颇为喜爱。后来的中宗也是大倡艳曲。这一时期人们拟写的旧题乐府诗也有艳丽倾向,如李百药《少年子》《妾薄命》、张易之《出塞》、武平一《妾薄命》等都是描写女性容貌或风流情事,在风格上香艳悱恻。总之,梁、陈至初唐掀起了第一次艳体乐府诗的高潮。

由初唐转入盛唐,伴随着人们对齐梁诗的否定,艳体乐府诗渐渐消退,一些闺怨题材的乐府诗如崔国辅《妾薄命》《王昭君》、李白《子夜四时歌》、王昌龄《越女词》等写得清新活泼,远离了艳体风格。只有常建的乐府诗中仍带有艳丽的味道,如《春词》二首写少女游春之词,缠绵多情。其中第二首写道:"翳翳陌上桑,南枝交北堂。美人金梯出,素手自提筐。非但畏蚕饥,盈盈娇路傍。"③《乐府诗集》卷二八题作《陌上桑》。虽是袭用古辞《陌上桑》的题材,却有轻俏之感。常建的七言古诗如《古意》"井底玉冰洞地明"一首和《古兴》等多用藻饰,描写女性神态细腻婉丽,对晚唐艳体乐府诗的再次复兴具有一定影响,毛先舒《诗辨坻》卷三说:"常建七言古,格意轻隽,而下语粉绘皆别设,虽在盛唐,隐开温、李乐府一派。"④

中唐时期,齐梁诗风浸染诗坛⑤。一些诗人又开始写作艳体诗,如卢纶的《古艳诗》、权德舆的《玉台体十二首》、元稹的《梦游春》《会真诗》、白居易的《和梦游春》等。在这一风气的影响下,艳体乐府诗再次兴起。首倡此风者便是李贺,毛先舒《诗辩坻》卷三云:"大历以后,解乐府遗法者,唯李贺一

---

① 萧涤非著,萧海川辑补《汉魏六朝乐府文学史》(增补本),第235页。
② 郭茂倩编《乐府诗集》,第542页。
③ 彭定求等编《全唐诗》,第1456页。
④ 毛先舒《诗辩坻》,郭绍虞编选,富寿荪校点《清诗话续编》,第48页。
⑤ 参孟二冬《中唐诗歌之开拓与新变》第三章第四节,北京:北京大学出版社,1998年,第117—146页。

人。设色浓妙,而词旨多寓篇外,刻于撰语,浑于用意。"①朱自清《李贺年谱》说:"(李)贺乐府歌诗盖上承梁代宫体,下为温庭筠、李商隐、李群玉开路。"②李贺以后,渐成风气。吴融《禅月集序》说:"至于李长吉以降,皆以刻削峭拔、飞动文彩为第一流,而下笔不在洞房蛾眉、神仙诡怪之间,则掷之不顾。迩来相教学者,靡漫浸淫,困不知变。"③其中较为突出的后继者有张祜、李商隐、温庭筠等人。皮日休《论白居易荐徐凝屈张祜》说:"祜初得名,乃作乐府艳发之词。"④胡震亨《唐音癸签·评汇》云:"温飞卿与义山齐名……七言乐府,似学长吉,第局脉紧慢稍殊,彼愁思之言促,此淫思之言纵也。"⑤明代何良俊《四友斋丛说》云:"齐梁体自盛唐一变之后,不复有为之者。至温李出,始复追之。今观温飞卿《西洲曲》'单衫杏子红,双鬓鸦雏色'之句,及李义山《无题》……《效江南曲》……此作杂之《玉台新咏》中,夫孰有能辨之者。"⑥除以上几人外,以写新题讽谕乐府诗著称的元稹、白居易也参与艳体乐府诗的创作,贺裳《载酒园诗话》卷一云:"元、白、温、李,皆称艳手。"⑦元稹有《为乐天自勘诗集,因思顷年城南醉归,马上递唱艳曲,十余里不绝……》,从诗题便可知,两人曾"递唱艳曲"。白居易有《吴宫辞》,极为艳丽。皮日休便说:"凡言之浮靡艳丽者,谓之元白体。"⑧晚唐这种风气更加普遍,产生了一大批艳体乐府诗,如陆龟蒙的《叠韵吴宫词二首》、皮日休的《奉和叠韵吴宫词二首》、杜荀鹤的《春宫怨》、贯休的《陈宫词》等,以至于皮日休《正乐府序》说:"今之所谓乐府者,唯以魏、晋之侈丽,陈、梁之浮艳,谓之乐府诗,真不然也!"⑨本节以写作艳体乐府诗较多的李贺、张祜、李商隐、温庭筠为主要研究对象,对艳体乐府诗在中晚唐的复兴作一简要论述。

二、艳体乐府诗在中晚唐兴盛的原因

艳体乐府诗在晚唐的兴盛,主要缘于两个方面的因素。一方面是由于作者有意补写六朝乐歌。翻检李贺、李商隐、温庭筠等人的艳体乐府诗,我们发现其中有一部分是补写六朝的乐歌。其中李贺就是补写高手,沈亚之《送李

---

① 毛先舒《诗辨坻》,郭绍虞编选,富寿荪校点《清诗话续编》,第49页。
② 朱自清《朱自清古典文学论文集》,上海:上海古籍出版社,1981年,第501页。
③ 董诰等编《全唐文》,第8643页。
④ 同上书,第8359页。
⑤ 胡震亨《唐音癸签》,第75页。
⑥ 何良俊《四友斋丛说》,北京:中华书局,1959年,第227—228页。
⑦ 贺裳《载酒园诗话》,郭绍虞编选,富寿荪校点《清诗话续编》,第224页。
⑧ 董诰等编《全唐文》,第8359页。
⑨ 皮日休著,萧涤非、郑庆笃整理《皮子文薮》,第107页。

胶秀才诗序》说:"余故友李贺,善择南北朝乐府故词。"①"择南北朝乐府故词",即补南北朝乐歌。杜牧亦谓李贺"复能探寻前事,所以深叹恨古今未尝经道者,如《金铜仙人辞汉歌》《补梁庾肩吾宫体谣》"②。李贺补写的前代乐歌除以上杜牧所举两首外,还有《花游曲》。该诗序云:"寒食诸王妓游,贺入座,因采梁简文诗调赋《花游曲》,与妓弹唱。"③明言《花游曲》是依梁简文帝诗调填补而成。李商隐的《无愁果有愁曲北齐歌》,《乐府诗集》卷七五引李商隐语:"《无愁果有愁曲》,北齐歌也。"据《隋书·乐志》载:"(北齐)后主亦自能度曲……别采新声,为《无愁曲》。"④《无愁曲》在盛唐还流传,据《唐会要》卷三三记载,天宝十三载(754),"《无愁》改为《长欢》"⑤。李商隐这首乐府诗是有意补撰北齐《无愁曲》而成。温庭筠也有部分艳体乐府诗是补写六朝乐歌而成,如《张静婉采莲曲序》云:"静婉,羊侃伎也。其容绝世。侃自为《采莲》二曲,今乐府所存失其故意,因歌以俟采诗者。"⑥此辞即是补羊侃的《采莲》。他的《湖阴词序》云:"王敦举兵至湖阴,明帝微行,视其营伍,由是乐府有《湖阴曲》。而亡其词,因作而附之。"⑦可知也是补撰《湖阴曲》而成。张祜虽然没有补六朝乐歌,但他多写唐玄宗开元、天宝年间宫廷遗事,洪迈《容斋随笔》卷九谓"唐开元、天宝之盛,见于传记、歌诗多矣,而张祜所咏尤多,皆他诗人所未尝及者",如《上巳乐》《春莺啭》《大酺乐》《耍娘歌》《雨霖铃》等诗,"皆可补开、天遣事,弦之乐府也"。⑧ 他们补写的这些前朝乐歌,由于多与宫廷有关,必然要用华丽辞藻来描绘宫廷中绚烂多彩的生活,比如温庭筠的《春江花月夜词》写隋炀帝出游的场面:"百幅锦帆风力满,连天展尽金芙蓉。珠翠丁星复明灭,龙头劈浪哀箛发。千里涵空照水魂,万枝破鼻团香雪。"用美艳的意象尽情渲染和铺排富丽堂皇的场面,在题材上首先就偏重于香艳。同时,这些乐府诗在声调口吻、遣词造句和表现风格上力求与六朝艳曲歌辞相似,因而就产生了一大批艳体乐府诗,在数量上促使艳体乐府诗出现繁盛的局面。

另一方面是作者有意学习和模仿六朝乐府诗,使得大批乐府诗具有艳体风格。汉魏乐府诗因风骨气质俱佳而得到后人很高的评价,被认为是写乐府诗最为可取的模仿对象,如许学夷《诗源辩体》云:"汉人乐府杂言如《古歌》

---

① 董诰等编《全唐文》,第7594页。
② 杜牧《太常寺奉礼郎李贺歌诗集序》,董诰等编《全唐文》,第7807页。
③ 李贺著,王琦等评注《三家评注李长吉歌诗》,第117页。
④ 魏征、令狐德棻《隋书》,第331页。
⑤ 王溥《唐会要》,第617页。
⑥ 温庭筠著,曾益等笺注《温飞卿诗集笺注》,第12页。
⑦ 同上书,第23页。
⑧ 洪迈撰,孔凡礼点校《容斋随笔》,第124页。

《悲歌》《满歌》《西门行》《东门行》《艳歌何尝行》，文从字顺，轶荡自如，最为可法。"①胡应麟《诗薮》内编卷一云："取乐府之格于两汉，取乐府之材于三曹，以三曹语入两汉调，而浑融无迹，会于骚、雅。"②而六朝乐府诗因风格艳丽经常受到人们的批评，很少有人去学习和模仿。从唐代乐府诗演进情况来看，完全符合这一点。初唐时期由于还有艳体乐府诗的余韵，所以陈子昂倡导"汉魏风骨"，汉魏诗歌绝大部分是乐府诗，因而陈子昂实际上鼓吹向汉魏乐府诗学习。后来的李白几乎对汉魏乐府旧题逐首拟写，并取得了很大的成功。中唐时期掀起的新乐府运动，也是取法于汉魏乐府诗反映社会现实的精神。但到了李贺、张祜、李商隐和温庭筠等人手中，他们一反常态，把六朝乐府诗当作取法学习的对象。如李贺，徐献忠《唐诗品》云："长吉陈诗藻缋，根本六代而流调宛转。"他的《追和何谢铜雀妓》便是模仿何逊、谢朓诗的风格而成，《苏小小墓》则受南朝齐梁乐府的影响较大。张祜的乐府诗追求形制短小，风格婉转，明显是在学习六朝乐府民歌。其《自君之出矣》中的"千寻葶苈枝，争奈长长苦"，《苏小小歌三首》中的"中擘庭前枣，教郎见赤心"等都是用六朝乐府民歌中常见的谐音双关之法。李商隐也学习六朝，他的《效江南曲》便是模仿之作，风格轻俏艳丽，程梦星《李义山诗集笺注》云："皆艳诗也。"温庭筠也是极力学习六朝乐府，冯复京《说诗补遗》卷八评其《西洲曲》云："太袭六朝。"温庭筠还学习六朝民歌中的一些表现技巧，如《懊恼曲》中"藕丝作线难胜针，蕊粉染黄那得深？"用双关语，以"藕丝"谐"偶思"；《三洲歌》中的"团圆莫作波上月，洁白昔为枝上雪。月随波动碎潾潾，雪似梅花不堪折"，用隔句顶针之法。双关及隔句顶针都是六朝乐府诗中常见的表现手法。

三、中晚唐艳体乐府诗的特点

梁陈时期的艳体乐府诗多是宫廷中传唱的入乐歌辞，如梁武帝、陈后主、隋炀帝之作都是如此，而中晚唐的艳体乐府诗基本上已不入乐。李贺的乐府诗中，虽然《新唐书·李贺传》中称"乐府数十篇，云韶诸工皆合之弦管"③，但真正有入乐记录的只有《花游曲》《申胡子觱篥歌》等不多的几首，其余则大多不曾演唱。李贺的好友沈亚之在《送李胶秀才诗序》中就说过，"余故友李贺，善择南北朝乐府故词……惜乎其终亦不备声弦唱"④。张祜的乐府诗

---

① 许学夷著，杜维沫校点《诗源辩体》，第69页。
② 胡应麟《诗薮》，第14页。
③ 欧阳修、宋祁《新唐书》，第5788页。
④ 沈亚之《送李胶秀才诗序》，董诰等编《全唐文》，第7594页。

虽然多采用唐代流行的曲调名,但都是一些歌咏之作,不是真正的歌辞,比如《热戏乐》,任半塘先生就认为是咏"热戏"之绝句,并非歌辞①。李商隐的乐府诗也没有入乐演唱的文献记录。温庭筠的乐府诗,郭茂倩在收入《乐府诗集》时虽标以"乐府倚曲",但这里的"倚曲"很可能是温庭筠的诗集最初编排时把词和乐府诗收在一起总名"倚曲"(比如《春晓曲》就被看作词),郭茂倩不过是挪用而已,而他的那些乐府诗本来就不曾配乐演唱。

既然不曾配乐演唱,在写作动机上就与梁陈艳体乐府诗有了本质的区别:梁陈艳体乐府诗是为宫廷游乐而写,中晚唐的艳体乐府诗则是借咏南朝兴衰之史来针砭现实。中晚唐时期社会状况进一步恶化,而不少皇帝却纵情声色,这与陈、隋末年的情况非常相似。鉴于此,李贺、李商隐、温庭筠等人以拟写六朝乐府诗赋咏齐梁宫廷事的方式来映照现实。李贺的乐府诗,姚文燮说:"其命辞、命意、命题,皆深刺当世之弊,切中当世之隐。"②如《容华乐》一诗就是通过咏梁冀事以戒贵戚。张祜的乐府诗,管世铭在《读雪山房唐诗序例》中说:"张祜喜咏天宝遗事,合者亦自婉约可思。"③尹师占华在论述那些补天宝遗事的乐府诗时指出:"这些诗自然也有讽谕之意,并提醒当政者要引以为戒。虽不与白居易的'秦中吟''新乐府'同调,用心当和《长恨歌》一致。"④李商隐的《无愁果有愁曲北齐歌》,张采田注云:"北齐高纬自创《无愁曲》,时人谓之'无愁天子'。玉溪反其意而拟之,故曰《无愁果有愁曲》。系以'北齐歌'者,溯其源,以示托寓之微意也。"⑤今人刘学锴、余恕诚认为作于文宗大和元年(827),是讽敬宗荒湎无愁,不免要招致祸乱之事⑥。他的《烧香曲》是叹息守陵宫女的孤苦寂寥,与白居易《新乐府》中的《陵园妾》用意相同。温庭筠的艳体乐府诗也寄寓着深刻的社会内容,张晶在《审美价值与社会价值的交融——温庭筠乐府诗简论》一文中说:"温庭筠的乐府创作表明:诗人对许多社会问题有较为深刻的反映,以诗歌独有的艺术手段给予审美形式的表现。诚然,温诗是绮丽华美的,但它并非'唯美'的。仔细读来,许多篇什不乏深隽的社会意义。"⑦他的乐府诗多用今昔对比的方法,前半部分极写富丽豪奢,是所谓的艳体部分,后半部分描写反差极大的残败景象,在今昔对比中突出作者的讽谏之义。比如《鸡鸣埭歌》,诗的前半部分写齐武帝游

---

① 崔令钦撰,任半塘笺订《教坊记笺订》,北京:中华书局,1962年,第7页。
② 李贺著,王琦等评注《三家评注李长吉歌诗》,第192页。
③ 管世铭《读雪山房唐诗序例》,郭绍虞编选,富寿荪校点《清诗话续编》,第1562页。
④ 尹师占华《论张祜的诗》,《文学遗产》1994年第3期,第55页。
⑤ 张采田《玉溪生年谱会笺(外一种)》,上海:上海古籍出版社,1983年,第413页。
⑥ 李商隐撰,刘学锴、余恕诚集解《李商隐诗歌集解》,第20—21页。
⑦ 张晶《审美价值与社会价值的交融——温庭筠乐府诗简论》,《文学评论》1987年第5期,第124页。

猎及宫廷生活的壮大场面,后半部分则笔锋一转,写南朝覆灭后的荒凉,"芊绵平绿台城基,暖色春空荒古陂",是何等的残败与冷清啊!《春江花月夜词》也是一样,前半写陈隋两代皇帝的骄奢淫逸,结尾"玉树歌阑海云黑,花庭忽作青芜国",教训是多么惨痛!这样的乐府诗还有《昆明治水战辞》《台城晓朝曲》《雉场歌》等。温庭筠写这些乐府诗,无非是向当朝统治者提出警告:如果再荒淫下去,结局就会与陈、隋皇帝相同。他的《湖阴曲》也是给唐代的皇帝提个醒,黄庭坚《山谷外集》卷二三《书东坡写温飞卿〈湖阴曲〉后》便云:"温飞卿所作《湖阴曲》,反复观之,久乃可解,大意以谓宗庙社稷之灵,特未许庸夫干纪耳,飞卿盖言时事邪!"①中晚唐时一大批以南朝皇宫为题材的乐府诗,如陆龟蒙《叠韵吴宫词二首》、皮日休《奉和叠韵吴宫词二首》、杜荀鹤《春宫怨》、贯休《陈宫词》等,在写法用意上当与温庭筠等人相同。因此,晚唐的艳体乐府与元白新乐府一样,也充满讽谕精神,只不过是采用香艳风格而已。

虽然李贺、张祜、李商隐和温庭筠四人都写艳体乐府诗,但在新旧题的运用、表现手法、艺术风格和取得的成就方面有所不同。

李贺大体上以沿用乐府旧题为主,但他经常是将旧题略作改动,胡震亨《唐音癸签》卷九说:"至长吉……仍咏古题,稍易本题字就新。如《长歌行》改为《浩歌》,《公无渡河》改为《公无出门》之类。"②其他像这样经过改动的还有《石城晓》《莫愁曲》《难忘曲》等,分别是改《石城乐》《莫愁乐》《相逢行》而成。李贺也有用新题的,如《屏风曲》《夜饮朝眠曲》《美人梳头歌》《静女春曙曲》等,但数量不是很多。李贺的艳体乐府诗中,较少出现明显的情色描写,多用一些富丽精工的词语来堆砌出女性的容貌,而且所写大多不是现实生活中的女性,所以陆侃如《中国诗史》中称李贺乐府诗的风格为"古艳""幽艳"③。

张祜也多用旧题和隋代以来的新曲,纯粹自制的新题较少。张祜的乐府诗其实真正能够算得上艳体的倒不多,绝大部分都是写闺怨题材,如《车遥遥》写弃妇,《思归引》写宫女,《团扇郎》写侍女,《拔蒲歌》写民间少女等,这在倡导乐府诗要讽谕现实的皮日休看来当然是"艳发之词"④。他的乐府诗在风格上与其他三人差异较大,多用短小的五言四句形式,常采用口语入诗,以情动人,"既有古乐府的朴实自然,又显得清新别致"⑤。

---

① 黄庭坚著,刘琳、李勇先、王蓉贵校点《黄庭坚全集》,第1419页。
② 胡震亨《唐音癸签》,第87页。
③ 陆侃如、冯沅君《中国诗史》,第427页。
④ 皮日休《论白居易荐徐凝屈张祜》,董诰等编《全唐文》,第8359页。
⑤ 尹师占华《论张祜的诗》,《文学遗产》1994年第3期,第56页。

李商隐和温庭筠则多使用新题。李商隐的乐府诗深受李贺的影响,如《海上谣》《无愁果有愁曲北齐歌》等像李贺一样充满奇思怪想,在语言上也神似李贺。但比李贺相比,李商隐的乐府诗更隐晦,朱彝尊说:"义山……间用长吉体作《射鱼》《海上》《燕台》《河阳》等诗,则多不可解。"①张采田云:"玉溪古体虽多学长吉,然长吉语意峭艳,至于命篇,尚不脱乐府本色,义山宗其体而变其意,托寓隐约,恍忽迷幻,尤驾昌谷而上之,真《骚》之苗裔也。"②在情感的表达上,李商隐也更加细腻,如《宫中曲》写宫妃望幸的凄苦,缠绵绯恻,极其细密。李商隐的部分乐府诗如《房中曲》《李夫人》等倾诉对亡妻的深厚思念,写得情真意切,委婉细致,纪昀《玉溪生诗说》评这几首乐府诗说:"亦长吉体,特略有古意,犹是长吉《大堤曲》之类未甚诡怪者。"③这可能是作者加入了真实感情的缘故吧!

温庭筠的乐府诗也受到李贺的影响,《唐音癸签》卷八:"温飞卿……七言乐府,似学长吉,第局脉紧慢稍殊,彼愁思之言促,此淫思之言纵也。"④《诗源辩体》卷三〇谓温庭筠"《湘官人》《故城曲》《边笳曲》,略似长吉"⑤。王礼锡说:"飞卿的七古是显然受了长吉的影响,不过徒得其丽而不得其奇。"⑥这一看法是有道理的,温庭筠主要是学习李贺诗歌的瑰丽,而放弃了李贺的奇诡,这使得温庭筠的艳体乐府诗中缺乏浪漫色彩。但温庭筠善于渲染富丽的环境,如《鸡鸣埭歌》《春江花月夜词》《台城晓朝曲》等用美艳的意象尽情渲染和铺排富丽堂皇的场面,这又是李贺乐府诗中较少出现的。

此外,李商隐和温庭筠虽然在晚唐诗坛上并称,但就乐府诗而言,温庭筠要高于李商隐,薛雪《一瓢诗话》云:"温、李并称,就中却有异同。止如乐府,则玉溪不及太原,余则太原不逮玉溪远矣。"⑦乐府"则玉溪不及太原",不仅表现在数量上,温庭筠的艳体乐府诗远远多于李商隐,而且在女性形象的刻画、富丽场面的铺排等方面,李商隐都逊于温庭筠。

四、艳体乐府诗在中晚唐复兴的意义

艳体乐府诗在中晚唐复兴,至少有三个意义:

其一,以咏史而有所寄托,突破了传统的咏史乐府诗范式。在文人乐府

---

① 李商隐撰,刘学锴、余恕诚集解《李商隐诗歌集解》,第653页。
② 张采田《玉溪生年谱会笺》(外一种),张采田《李义山诗辨证》,第438—439页。
③ 纪昀《玉溪生诗说》,清朱氏行素草堂刻本。
④ 胡震亨《唐音癸签》,第75页。
⑤ 许学夷著,杜维沫校点《诗源辩体》,第290页。
⑥ 王礼锡《驴背诗人李长吉》,转引自陈治国编《李贺研究资料》,北京:北京师范大学出版社,1983年,第104页。
⑦ 薛雪《一瓢诗话》,丁福保辑《清诗话》,第694页。

诗发展的早期,曹操、曹丕就写过咏史题材的乐府诗,不过他们所写的咏史乐府诗基本上是采用纪传体方式罗列多人事迹。南朝刘宋颜延之的《秋胡行》,《文选》收入"咏史"类,可看作是艺术上较为成熟的咏史乐府诗,但在写法上也是直陈其事。后来拟辞较多的《王昭君》《班婕妤》《铜雀妓》三个题目,多数仍是敷衍相关的史实,并没有加入多少比兴寄托之意,使咏史乐府诗既枯燥又缺乏深刻性。到了盛唐,才出现了少数能够突破这种范式的乐府诗,如张说的《邺都引》、高适的《大梁行》等通过凭吊古迹来咏史,寄托沧桑变化之感。中晚唐时期艳体乐府诗的兴盛,出现了大量的带有比兴寄托的咏史乐府诗,从而使咏史乐府诗焕发出新的艺术魅力,比如温庭筠的咏史乐府诗,韩国学者金昌庆分析说:"他吸收元、白新乐府的讽谕精神和李贺的奇艳象征之特点而创作自己独具一格的乐府体咏史诗,其乐府体咏史诗虽不直示讥刺,但通过客观景物的铺叙、场景的具体描绘、华美意象的强烈对比,寄寓其鉴戒讽刺之意,获得了很高的评价。"①

其二,在表现手法上,不像元白那样直发议论,而是以感慨作结,将咏史和讽谕寓于一体。元白发起的新乐府运动,提倡乐府诗要有讽谕性,这无疑符合汉乐府"缘事而发,感于哀乐"的创作精神。但在表现过程中,过于质直显露,严重破坏了诗歌的艺术形象性。张戒《岁寒堂诗话》批评元、白、张籍等人的乐府诗"其意伤于太尽"②。晚唐的艳体乐府诗则避免了这一点,借南朝兴衰之史来讽谕现实,委婉含蓄,回味无穷,如冯班评李商隐的《齐宫词》说:"咏史俱妙在不议论。"③

其三,对文人词的风格具有很大的影响。许学夷《诗源辩体》云:"李贺乐府七言,声调婉媚,亦诗余之渐。"④又云:"庭筠七言古,声调婉媚,尽入诗余。"胡应麟《诗薮》亦云:"庭筠之流,更自绮绘,渐入诗余,古意尽矣。"⑤比如温庭筠《春晓曲》,《历代诗余》作《玉楼春》,《全唐诗·附词》作《木兰花》,周珽《删补唐诗选脉笺释会通评林》卷六〇以为:"'油壁车轻'二语,歌行丽对;'笼中娇鸟'二语,仄韵绝句。然是天成一段词也,着诗不得。"⑥王希斌在《绘阴柔之色 写阳刚之美——论温庭筠乐府诗歌的艺术特色》一文中指出,温庭筠的乐府诗"在韵律、句式和格调上,又引进了当时新兴的抒情诗——

---

① 〔韩〕金昌庆《温庭筠咏史诗的讽谕精神及其艺术表现形式》,《殷都学刊》1999年第4期,第76页。
② 张戒著,陈应鸾笺注《岁寒堂诗话笺注》,第77页。
③ 转引自李商隐撰,刘学锴、余恕诚集解《李商隐诗歌集解》,第1379页。
④ 许学夷著,杜维沫校点《诗源辩体》,第262页。
⑤ 胡应麟《诗薮》,第50页。
⑥ 周珽辑《删补唐诗选脉笺释会通评林》,《四库全书存目丛书补编》,第26册,第738页。

词的创作机制"①。沈文凡、李博昊《试论温庭筠的乐府歌诗与诗词体式过渡》一文认为，温庭筠乐府诗中"工整的章法、和谐的音律奠定了词调创制与定型的基础"，"奏响了诗体文学向词体文学过渡的先声"。② 这表明，温庭筠在创作乐府诗与词时互相借鉴、互相吸收。

第八节 乐府诗体趋于多元化

旧题乐府诗在盛唐达到高潮、新题乐府诗在中唐达到高潮以后，到了晚唐，乐府诗趋于多元化，除前面所论艳体乐府诗、咏史乐府诗外，有些乐府诗模仿因袭严重，缺乏开拓与创新；有些乐府诗又背离传统，主观性增强；在形式方面，更是徒诗没有明显区别。所有这些，都预示着乐府诗体的创作走向衰微。这里说的"衰微"，包括两个方面的含义，一是指在数量上明显下降，晚唐虽然有许多人写过乐府诗，但多不超过十首，在创作的总量上远远少于盛唐和中唐；二是由于缺乏新的开拓，致使乐府诗体的发展失去了生气和活力，渐渐与徒诗合流。尽管这样，我们仍有必要进行研究③，分析其原因，以便有更加深入的认识。

一、部分乐府诗模仿因袭严重

晚唐诗人创作的乐府诗中多是旧题，如韦楚老"众作古乐府居多"④，邵谒"工古调"⑤，聂夷中"古乐府尤得体"⑥，陆龟蒙的乐府诗几乎都是旧题，曹邺、于濆、翁绶、汪遵、李咸用、王贞白、胡曾、罗隐、陈陶、崔道融等人也都以旧题乐府诗居多。在晚唐人创作的这些旧题乐府诗中，有一部分完全承袭前人拟辞，缺少创新和变化，比如李咸用的旧题乐府诗一味地追求形似，在题材题旨上亦步亦趋，以至于贺裳在《载酒园诗话又编》中讥讽道："李咸用乐府虽尚能肤立，亦有羊质虎皮之恨。呜呼！古调高言，须骨日近之，可妄效哉！"⑦翁绶的旧题乐府诗也是一样，他的《关山月》《陇头吟》《折杨柳》等气格纤弱，没有多少实际内容，只不过在形式上改用了七律而已，辛文房《唐才子传》中

---

① 王希斌《绘阴柔之色 写阳刚之美——论温庭筠乐府诗歌的艺术特色》，《学习与探索》1989年第4—5期，第125页。
② 沈文凡、李博昊《试论温庭筠的乐府歌诗与诗词体式过渡》，《长春大学学报》2006年第3期，第43页。
③ 刘亮《晚唐乐府诗研究》（中国社会出版社，2010年）一书专门研究晚唐乐府诗，可参看。
④ 辛文房撰，傅璇琮主编《唐才子传校笺》，第3册，第160页。
⑤ 同上书，第453页。
⑥ 辛文房撰，傅璇琮主编《唐才子传校笺》，第4册，第12页。
⑦ 贺裳《载酒园诗话又编》，郭绍虞编选，富寿荪校点《清诗话续编》，第392页。

评价说,翁绶"工诗,多近体,变古乐府,音韵虽响,风骨憔悴,真晚唐之移习也"①。陆龟蒙的乐府诗,在题材和形式上极力模仿前人之辞,如魏王粲《俞儿舞歌》辞是三四五七言相杂,陆龟蒙辞也是如此。他的《江南》分别以汉乐府古辞中的"鱼戏莲叶间""鱼戏莲叶东""鱼戏莲叶西""鱼戏莲叶南""鱼戏莲叶北"为首句进行拟写。晚唐其他人的旧题乐府诗大体如此。

晚唐人所写的新题乐府诗,其中有一部分的创新价值也不高。赵嘏《昔昔盐二十首》,是以隋代薛道衡拟辞的每一句为题目,《四库全书总目》谓"如春官程试"②。陆龟蒙的《乐府杂咏》分别以"双吹管""东飞凫""花成子""月成弦""孤独怨""金吾子"为题进行赋吟,与咏物诗几无二致。皮日休的《正乐府》虽然在揭露现实方面颇为深入,但在表现技巧上存在着明显不足。罗宗强认为,皮日休"把白居易在新乐府中的以概念写诗的缺点,都接受过来了,而白居易突破概念而写出(现)实生活的地方,他却并没有学到。他的《正乐府十篇》和《三羞诗》,应该说都是他的诗教说付之实践的失败之作"③。单书安则认为,皮日休的《正乐府》是仿元结《系乐府》而写成的,如《系乐府》的题目分别为《陇上叹》《农臣怨》《古遗叹》《去乡悲》《下客谣》《颂东夷》《贱士吟》《贫妇词》《谢天龟》,而《正乐府》的题目分别为《哀陇民》《贪官怨》《橡媪叹》《卒妻悲》《农父谣》《颂夷臣》《贱贡士》《惜义鸟》,在形式上十分相似,每首乐府诗的题意甚至句式、语词等方面也多相袭之处,如《系乐府》中的《贱士吟》有"南风发天和""常闻古君子",《正乐府》中的《贱贡士》有"南越贡珠玑""吾闻古圣人"④。可见皮日休的新乐府诗在开拓与创新方面的意义不大。

而且,晚唐乐府诗中重复借用的情况较为突出。郑宾于《中国文学流变史》谓晚唐诗"便是只知模仿,没有创造","大家都好寻章摘句的'学'"⑤。对照乐府诗,确实不假,如许浑的《塞下》云:"夜战桑乾北,秦兵半不归。朝来有乡信,犹自寄征衣。"⑥揭露战争给人民带来的痛苦,属晚唐佳作,但与陈陶的《陇西行》辞"可怜无定河边骨,犹是春闺梦里人"在立意上相同。事实上,这样的立意都来自李华《吊古战场文》中的"其存其殁,家莫闻知。人或有言,将信将疑。悁悁心目,寤寐见之"⑦。晚唐乐府诗中雷同的诗句也不

---

① 辛文房撰,傅璇琮主编《唐才子传校笺》,第 3 册,第 464 页。
② 永瑢等《四库全书总目》,第 1710 页。
③ 罗宗强《隋唐五代文学思想史》,北京:中华书局,1999 年,第 360—361 页。
④ 单书安《〈正乐府〉仿〈系乐府〉浅说》,《江海学刊》1989 年第 6 期,第 165—168 页。
⑤ 郑宾于《中国文学流变史》,北京:北新书局,1936 年,第 441—442 页。
⑥ 彭定求等编《全唐诗》,第 6135 页。
⑦ 李华《吊古战场文》,董诰等编《全唐文》,第 3256 页。

少,明代杨慎《升庵诗话》云:"唐人诗句,不厌雷同,绝句尤多,试举其略。如'忽见陌头杨柳色,悔教夫婿觅封侯',王昌龄《春闺怨》也;而李频《春闺怨》亦云:'红粉女儿窗下羞,画眉夫婿陇西头。自怨愁容长照镜,悔教征戍觅封侯。'……戎昱《湘浦曲》云:'虞帝南巡不复还,翠娥幽怨水云间。昨夜月明湘浦宿,闺中环佩度空山。'高骈云:'帝舜南巡不复还,二妃幽怨水云间。当时珠泪垂多少,只到而今竹尚斑。'"①郎瑛《七修类稿》卷三二中亦举出一些例证:"唐崔道融题《班婕妤》曰:'宠极辞同辈,恩深弃后宫。自题秋扇后,不敢怨春风。'曹邺题《庭草》曰:'庭草根自浅,造化无遗功。低回一寸心,不敢怨春风。'元陈自堂题《春风》曰……三诗句意相似,而工拙自异。"②立意和语句上重复雷同,自然是缺少创新的表现。

二、部分旧题乐府诗背离乐府传统

晚唐的旧题乐府诗中,有一部分喜翻案,表现出背离乐府传统的倾向。贺裳《载酒园诗话》说:"晚唐人多好翻案。"③一些旧题乐府诗可作为极好的例证。如《巫山高》,自汉代以来文人拟辞都是咏巫山之事,杂以高唐神女的传说,于濆的拟辞则一反前人立意,认为是宋玉恃才虚构了《高唐赋》,为自己博得了名声,却使楚襄王背上了荒淫名声,也使巫山变成为妖鬼之地的象征,与前人拟辞大相径庭。《估客乐》一题,前人拟辞多写商贾生活之快乐,刘驾拟辞题名《反贾客乐》,并在题下注云:"乐府有《贾客乐》,今反之。"④《长门怨》一题,前人拟辞都是同情女主人公陈皇后,崔道融拟辞云:"长门花泣一枝春,争奈君恩别处新。错把黄金买词赋,相如自是薄情人。"⑤却把笔触引向司马相如,认为陈皇后找错了人,因为司马相如本来就是朝三暮四之人,《网师园唐诗笺注》卷一六引钱牧斋语评此诗:"末二句诗家翻案法,凡用故实当如此,则能化陈腐为新奇。"⑥《胡无人行》一题,前人拟辞多主张"胡地无人",以减少边防战争,达到和平的目的,贯休则不以为然,主张以德服远,各民族友好相处,"何必令其胡无人?"确是前所未有的高尚境界。

晚唐还出现了一些旧题乐府诗,所拟之辞和题目完全相背离。如霍总《关山月》云:"珠珑翡翠床,白皙侍中郎。五日来花下,双童问道傍。到门车

---

① 杨慎著,王仲镛笺证《升庵诗话笺证》,第152页。
② 郎瑛《七修类稿》,《续修四库全书》,第1123册,第222页。
③ 贺裳《载酒园诗话》,郭绍虞编选,富寿荪校点《清诗话续编》,第220页。
④ 彭定求等编《全唐诗》,第6775页。
⑤ 同上书,第8208页。
⑥ 《网师园唐诗笺注》,清乾隆三十二年(1767)刻本。

马狭,连夜管弦长。每笑东家子,窥他宋玉墙。"①《乐府诗集》卷二三引《乐府解题》云:"《关山月》,伤离别也。"②前人拟辞多写征人之别,霍总此辞写贵公子寻欢作乐之事,与题目及前人拟辞都毫无联系。再如陆龟蒙《短歌行》:"爪牙在身上,陷阱犹可制。爪牙在胸中,剑戟无所畏。人言畏猛虎,谁是撩头弊。祗见古来心,奸雄暗相噬。"③《短歌行》前人拟辞都是"言当及时为乐也"④,陆龟蒙此辞倒与《猛虎行》的题旨十分相近。

三、部分乐府诗主观性增强

晚唐的社会问题更加突出,老百姓的生活状况极其悲惨,刘允章《直谏书》中把当时的情形描述为八苦:"官吏苛刻,一苦也;私债征夺,二苦也;赋税繁多,三苦也;所由乞敛,四苦也;替逃人差科,五苦也;冤不得理,屈不得伸,六苦也;冻无衣,饥无食,七苦也;病不得医,死不得葬,八苦也……天下百姓,哀号于道路,逃窜于山泽。夫妻不相活,父子不相救。"⑤在这样的社会环境下,人们把乐府诗的讽世教化功能再次放大,甚至看作改造乱世的工具。其中皮日休、吴融的观点可视作代表。皮日休《正乐府序》说:"乐府,盖古圣王采天下之诗,欲以知国之利病,民之休戚者也。得之者,命司乐氏入之于埍箎,和之以管籥。诗之美也,闻之足以观乎功;诗之刺也,闻之足以戒乎政。故《周礼》,太师之职掌教六诗。小师之职掌讽诵诗。由是观之,乐府之道大矣。今之所谓乐府者,唯以魏、晋之侈丽,陈、梁之浮艳,谓之乐府诗,真不然矣!"⑥又在《论白居易荐徐凝屈张祜》中说:"元白之心,本乎立教,乃寓意于乐府,雍容宛转之词,谓之讽谕,谓之闲适。"⑦吴融在《禅月集序》中表达了类似的看法,他说"君子萌一心、发一言,亦当有益于事,矧极思属词,得不动关于教化"⑧。皮、吴继承了白居易的理论,进一步明确提出了写作乐府诗的目的就是为了采诗观政、讽谕现实。

在这种观念的指引下,晚唐乐府诗中增强了主观性,针砭时弊,大发议论,在表现方式上则是狠重直白,毫不隐晦,往往能把社会的黑暗面无所顾忌、一针见血地指出来。创作这类乐府诗的主要有马戴、刘驾、曹邺、于濆、于武陵、皮日休、聂夷中、罗隐、唐彦谦和贯休等人。马戴《征妇叹》一诗:"但见

---

① 彭定求等编《全唐诗》,第6911页。
② 郭茂倩编《乐府诗集》卷二三引《乐府解题》,第334页。
③ 彭定求等编《全唐诗》,第7133页。
④ 郭茂倩编《乐府诗集》卷三〇引《乐府解题》,第447页。
⑤ 董诰等编《全唐文》,第8450页。
⑥ 皮日休著,萧涤非、郑庆笃整理《皮子文薮》,第107页。
⑦ 董诰等编《全唐文》,第8359页。
⑧ 同上书,第8643页。

请防胡,不闻言罢兵。及老能得归,少者还长征。"①贺裳《载酒园诗话又编》评云:"《征妇叹》一诗最有讽谕,从不见选者……此诗哀伤惨恻,殊胜平日溪山云月之作。"②刘驾,《唐才子传》卷七云:"驾诗多比兴含蓄,体无定规,意尽即止,为时所宗。"③刘克庄《后村诗话》后集卷一云:"唐人为乐府者多,如刘驾《邻女篇》云……《祝河水篇》云……语简味长,欲逼王建。"④刘驾《筑台词》云:"前杵与后杵,筑城声不住。我愿筑更高,得见秦皇墓。"⑤写役者之苦,极为沉痛。曹邺所作《捕渔谣》云:"天子好征战,百姓不种桑。天子好年少,无人荐冯唐。天子好美女,夫妇不成双。"⑥《官仓鼠》云:"官仓老鼠大如斗,见人开仓亦不走。健儿无粮百姓饥,谁遣朝朝入君口。"⑦这两首乐府诗都采用民间口语,讽刺矛头直指统治阶层,辛辣又深刻。于濆,阮阅《诗话总龟·讽谕门》谓其诗"颇干教化"⑧,如《苦辛吟》《田翁叹》《织素谣》《烧金曲》《古宴曲》等揭露贫富悬殊的社会现实,颇为有力。于濆在边塞题材的乐府诗中,多讽刺穷兵黩武以邀功求赏的边将,如《塞下曲》中的"卫霍徒富贵,岂能清乾坤",《陇头水》中的"杀戍边将名,名著生灵岁",《古别离》中的"自是爱封侯,非关备胡卢"等,贺裳《载酒园诗话又编》谓:"如此数篇,真当备蒙瞍之诵。"⑨于武陵的《长安道》《洛阳道》都是比喻人生奔波之苦,说理味道颇浓。皮日休,其《正乐府十首》直书其事,又多诘问口气,如《农父谣》中的"如何江淮粟,挽漕输咸京?黄河水如电,一半沉与倾。均输利其事,职司安敢评!三川岂不农?二辅岂不耕?奚不车其粟,用以供天兵?"⑩和《哀陇民》中的"胡为轻人命,奉此好玩端!"质朴切直,在元白乐府诗中也不多见,胡寿之《东目馆诗见》云:"时无忌讳,乃得此稗世之作。"聂夷中,《唐才子传》卷九说:"古乐府尤得体,皆警省之辞,裨补政治,乐而不淫,哀而不伤,正国风之义也。"⑪《唐音癸签》卷八云:"夷中语尤关教化。"又云,"洗剥到极净极真"⑫。采用质朴浅近的语言讽谕社会,务求明白自然,如《公子行》中的"一行书不读,身封万户侯"等。罗隐,其《谗书序》自称"有可以谗者则谗之",《旧五代

---

① 彭定求等编《全唐诗》,第 6442 页。
② 贺裳《载酒园诗话又编》,郭绍虞编选,富寿荪校点《清诗话续编》,第 379 页。
③ 辛文房撰,傅璇琮主编《唐才子传校笺》,第 3 册,第 369 页。
④ 刘克庄撰,王秀梅点校《后村诗话》,北京:中华书局,1983 年,第 52 页。
⑤ 彭定求等编《全唐诗》,第 6778 页。
⑥ 同上书,第 6861 页。
⑦ 同上书,第 6866 页。
⑧ 阮阅编,周本淳校点《诗话总龟》,北京:人民文学出版社,1987 年,第 9 页。
⑨ 贺裳《载酒园诗话又编》,郭绍虞编选,富寿荪校点《清诗话续编》,第 381 页。
⑩ 皮日休著,萧涤非、郑庆笃整理《皮子文薮》,第 109 页。
⑪ 辛文房撰,傅璇琮主编《唐才子传校笺》,第 4 册,第 12 页。
⑫ 胡震亨《唐音癸签》,第 78 页。

史·罗隐传》谓其"多所讥讽"①。《唐才子传》卷九云:"(罗)隐恃才忽睨,众颇憎忌。自以当得大用,而一第落落,传食诸侯,因人成事,深怨唐室。诗文凡以讥刺为主,虽荒祠木偶,莫能免者。"②如罗隐《铜雀台》中"只合当年伴君死,免教憔悴望西陵",言铜雀妓"生不如死"的惨状,可谓深刻。唐彦谦所写《采桑女》改变了前人拟辞多敷衍《陌上桑》题旨的写法,而是悯民愤世,"去岁初眠当此时,今岁春寒叶放迟。愁听门外催里胥,官家二月收新丝"③,采桑女因担心交不上租税而悲伤,提升了《采桑》一题的题旨。贯休,孙光宪《北梦琐言》谓其"往往诋讦朝贤"④,据《十国春秋》载,前蜀高祖王建命贯休诵近诗,"时贵戚满坐,贯休欲讽之,及举《公子行》云……高祖称善,贵幸多有怨者"⑤。

乐府诗本以含蓄为宗,王世贞谓"乐府诗妙在可解不可解之间"⑥,丁仪在《诗学渊源》卷七云:"乐府主讽刺,不妨旁敲侧击。"⑦一般较少采用议论,王世贞《艺苑卮言》卷一便谓乐府诗"一涉议论,便是鬼道"⑧。可是,晚唐乐府诗中大量运用议论,又直白激切,无疑破坏了乐府诗的风格,因而招致后人的不满与批评,《唐诗纪事》卷六六"赵牧"条云:"唐诗自咸通而下,不足观矣。乱世之音怨以怒,亡国之音哀以思,气丧而语偷,声烦而调急,甚者忿目裾吻,如戟手交骂。"⑨《诗话总龟·评论门》引《诗史》云:"虽然,诗要干教化,若似聂夷中辈,又太拙直矣。"⑩《五朝诗善鸣集》云:"晚唐古诗非不纯,所伤太直。"于濆的《苦辛吟》,谢榛《四溟诗话》卷三云:"此作有关风化,但失之粗直。"⑪贯休的乐府诗,贺裳《载酒园诗话又编》云:"诗至晚唐而败坏极矣……甚则粗鄙陋劣,如杜荀鹤、僧贯休者。贯休村野处殊不可耐,如《怀素草书歌》中云:'忽如鄂公喝住单雄信,秦王肩上搭着枣木棚。'此何异伧父所唱鼓儿词。"⑫

晚唐乐府诗在表现社会的同时,也被视作是自我表现的工具,这也是主观性增强的体现。如曹邺的《东武吟》是诗人任太平节度使推官时所作,诗

---

① 薛居正等《旧五代史》,北京:中华书局,1976 年,第 326 页。
② 辛文房撰,傅璇琮主编《唐才子传校笺》,第 4 册,第 123 页。
③ 彭定求等编《全唐诗》,第 7680 页。
④ 孙光宪撰,贾二强点校《北梦琐言》,第 364 页。
⑤ 吴任臣撰,徐敏霞、周莹点校《十国春秋》,北京:中华书局,1983 年,第 671 页。
⑥ 胡震亨《唐音癸签》卷三引王世贞语,第 18 页。
⑦ 丁仪《诗学渊源》,张寅彭主编《民国诗话丛编》,第 3 册,第 142 页。
⑧ 王世贞《艺苑卮言》,丁福保辑《历代诗话续编》,第 959 页。
⑨ 计有功《唐诗纪事》,第 998 页。
⑩ 阮阅编,周本淳校点《诗话总龟》,第 66 页。
⑪ 谢榛《四溟诗话》,丁福保辑《历代诗话续编》,第 1178 页。
⑫ 贺裳《载酒园诗话又编》,郭绍虞编选,富寿荪校点《清诗话续编》,第 393 页。

中正是抒发自己的怀才不遇之情。秦韬玉《紫骝马》云："若遇丈夫能控驭，任从骑取觅封侯。"①显然是以马自喻，渴求驰骋沙场，建功立业。秦韬玉长期在宦官田令孜幕府作幕僚，过着寄人篱下的日子，他怎么不想遇见一位真正的伯乐，从而驰骋冲锋以博取功名呢！李群玉《骢马》一改前人拟辞"皆言关塞征役之事"②的题旨，也是以马自喻，"浮云何权奇，绝足世未知"，"伯乐傥一见，应惊耳长垂"，抒怀才不遇之情。其他如于濆《思归引》、刘驾《苦寒行》等都写个人的不平遭遇。

四、形式进一步徒诗化

晚唐的乐府诗在形式上也出现了变化。首先是律化程度加强。鼓吹、横吹曲中的大部分题目，在初唐入律后，盛中唐多用古体或歌行体。到了晚唐，又多改为五律。这样的题目有《有所思》《芳树》《陇头水》《关山月》《出塞》《折杨柳》《长安道》《洛阳道》《梅花落》《紫骝马》《骢马》等。翁绶又多改成七律。先前一些篇幅较长的乐府诗如《度关山》《少年行》《君子行》《妾薄命》《陇西行》《行路难》等也被晚唐人改为律体。一些具有固定程式的题目，晚唐诗人拟成律体形式，如《长相思》一题，前人拟辞多以"长相思，久离别"开篇，三五七言相杂，曹邺则改为五言律诗。

其次，晚唐乐府诗除韦庄《秦妇吟》以外，很少有长篇之作。沈括《梦溪笔谈·艺文》说："晚唐士人，专以小诗著名。"③乐府诗中的情况亦是如此。晚唐诗人往往把一些写长篇的乐府题目都改为短篇古诗或律诗。由于形式短小和整齐，使乐府歌辞中的铺排和叙事受到限制，故乏优秀之作。

第三，晚唐乐府诗较少使用歌行体。陈仅《竹林问答》云："微之以下，虽以古诗之体为乐府，而乐府之真存。"④认为晚唐乐府诗用古诗体制是恢复了乐府传统，其实不然，歌行体具有婉转流畅的特点，是唐代民间歌谣中普遍采用的形式，而且与徒诗差别较大。不采用歌行体，势必会模糊乐府与徒诗在形式上的界限，促使乐府诗失去转化为歌辞的潜能而进一步徒诗化。

即使是运用歌行体写乐府诗的齐己和贯休，并不重视歌行的体式，如齐己《君子行》云："圣人不生，麟龙何瑞？梧桐不高，凤凰何止？吾闻古之有君子，行藏以时，进退求己。荣必为天下荣，耻必为天下耻。苟进不如此，退不如此，亦何必用虚伪之文章，取荣名而自美。"⑤《苦寒行》："既不能断绝蒺藜

---

① 彭定求等编《全唐诗》，第7660页。
② 郭茂倩编《乐府诗集》卷二四《骢马》题解，第355页。
③ 沈括著，胡道静校证《梦溪笔谈校证》，第496页。
④ 陈仅《竹林问答》，郭绍虞编选、富寿荪校点《清诗话续编》，第2225页。
⑤ 彭定求等编《全唐诗》，第9583页。

荆棘之根株,又不能展凤皇麒麟之拳局。如此,则何如为和煦,为膏雨。自然天下之荣枯,融融于万户。"①贯休《苦寒行》中有云:"唯有吾庭前杉松树枝,枝枝健在。"②句式错综,长短不一,几乎像散文一样③。歌行虽然是自由体形式,但大体上还是以七言为主,中唐以后又较多出现"三三七"句式。像齐己和贯休这样的散文化体式,不仅没有发展歌行,反而会破坏歌行的体制特征。

　　从以上可以看出,晚唐乐府诗或因袭过重,不可能写出优秀作品;或越来越背离传统,脱离了题材题意的维系性;或过分强调讽谕功能,失去了乐府作为歌辞的本质特点;再加上形式上的徒诗化,更加淡化了它的文体特征,因而,晚唐乐府诗走向衰微并和徒诗合流就势在必然了。

---

① 彭定求等编《全唐诗》,第9584页。
② 同上书,第9303页。
③ 刘亮认为,以贯休、齐己为代表的晚唐诗人创作乐府诗时采用通俗的语言,是受到禅宗偈颂的影响(刘亮《晚唐乐府诗研究》,第157—167页),可备一说。

结　　语

中国自古以来,音乐与文学紧密相关。诗歌史上出现的诸多韵语(尤其是歌)便是入乐传唱的产物。秦汉时期出现的乐府,本属于礼乐制度的一部分,其音乐性、表演性远远大于文学性,在当时是鲜活生动的。后经班固等一批儒家学者形塑与建构,它变成了"采风观政"的结果,寓教于乐,揭示现实,一定程度上实践了儒家的风刺诗歌理论。这也拉开了文人从文学层面参与乐府创作的序幕。魏晋南北朝时期,乐府一方面仍维持着表演的传统,并不断吸收南北不同地域的民间歌辞,促进了乐府诗的丰富与多元,另一方面成为文人反复拟写的母题,虽然产生了许多乐府诗,但绝大部分没有付诸演唱,只不过是积累着创作的经验罢了。

到了唐代,从古诗中孕育出来的永明体一路狂飙,高歌猛进,在初唐完成了近体诗的定型后,迅速占据了诗坛的半壁江山。而乐府诗依然掩藏在古诗当中,是突围出去寻求新的生命,还是像《文选》和《文心雕龙》中所列出的众多文体一样归于沉寂?无疑,这是摆在唐代文人面前的难题,需要他们作出选择。今天看来,唐代文人在乐府诗创作方面交出了一份满意的答卷。他们没有放弃,积极参与,大部分诗人都写有数量不等的乐府诗,一些著名诗人如王勃、王维、高适、岑参、李白、杜甫、张籍、王建、白居易、元稹、温庭筠等更是投注了大量精力,遂使乐府诗大放异彩——它脱离了早期的礼仪、娱乐之用,从以前的制度层面、礼乐层面进入文人创作层面,完全演变成一种世俗的、讲究技巧的诗体。《四库全书总目》卷二〇〇《宋名家词》提要中说,文人将"音律之事变为吟咏之事,词遂为文章之一种"①,乐府诗何尝不是这样呢?可以说,没有唐代,乐府诗就难以提升,难以成为文人化的诗体。刘克庄《后村诗话》新集卷三中称赞唐人张籍、王建的乐府诗说:"乐府至张籍、王建,道尽人意中事,惟半山尤赏好,有'看若寻常最奇崛,成如容易极艰辛',此十四字,唐乐府断案也。"②可谓的论。

然而,跟汉魏晋南北朝乐府诗的研究相比,我们今天对唐代乐府诗的研

---

① 永瑢等《四库全书总目》,第1833页。
② 刘克庄撰,王秀梅点校《后村诗话》,第196页。

究颇为滞后,其中一个重要的原因便是唐代被称为"乐府"的作品种类繁多,性质复杂,很难一概而论。有鉴于此,本书将其分为入乐的歌辞(包括声诗、曲子辞、郊庙歌辞等)和不入乐的乐府诗体(包括旧题乐府、新题乐府等)两类。其中乐府诗体代表了辞乐关系史上最为疏离的一个阶段,是介于乐歌与徒诗之间的中间状态,对于古代音乐文学、古代诗歌史、古代诗体学而言都具有不可低估的意义。所以,本书重点研究唐代的乐府诗体,在广泛吸收前贤研究成果的基础上,对其形成过程、体性界定、创作方式、文体特征、文体功能及演进历程进行了全面细致的探讨。

所谓"乐府诗体",是指文人所创作的有入乐之意愿,却未被付诸实际演唱的乐府诗。它导源于魏晋之"乖调",在南北朝辞乐疏离的进程中得到发展,至唐代蔚为大国。而且,这一诗体在唐人的文学观念中成熟并凝结,并被唐宋人广泛使用于诗歌分类与诗集编排中。唐代的"乐府诗体"作品除部分散佚外,保留到今天的约有五千三百多首,其绝大部分已不再入乐演唱,在体性界定上既不同于入乐歌辞,又不同于一般徒诗,可视作拟歌辞或准歌辞。

唐人创作乐府诗体的主要方式是拟效。拟效不是亦步亦趋地抄袭,而是一种蕴含着创新的写作方式。其拟效的源头是民间歌辞,在魏晋南北朝文人的反复拟写过程中凝结成各种程式,使乐府诗由乐工之辞变成了一种文人化的诗体,而唐人往往能够创造性地继承这些传统程式。主要包括四点。其一,题目的仿制。最初乐府曲调名的创制是以歌辞首句前二字或前三字题并缀歌辞性题目,唐人乐府诗题的制定,不管是从旧题中衍生出的新题还是自制的新题目,大都采用这一方式。其二,题材的承袭。乐府诗在南北朝时期"声失而意起",形成了可供继承的题材题旨传统,唐人乐府诗大多数是继承传统的题材,当然也加入了时代的烙印。其三,形式的套用。乐府诗中一些题目具有固定的格式,唐人大多能遵照。唐代乐府诗虽然"主文不主声",但仍表现出明显的入乐痕迹如分解、对歌、和送声等。歌辞中经常采用的复叠、顶针、排比、委婉、铺张等修辞手段,在唐人乐府诗中也经常出现,而在一般徒诗中并不多见。其四,乐府精神的发扬。汉魏乐府诗中形成了以讽论时事为主的乐府精神,在唐人的新、旧题乐府诗中被进一步发扬。

乐府诗毕竟接受过配乐演唱的洗礼,这就决定了它即使在唐代沦为"诗之一体",仍表现出与一般徒诗迥异的文体特征。主要是:题目简短,常常缀以歌辞性题目,艺术化程度不高;多写大众题材,以叙事为主,重视传承性;形式自由多样,经历了律化、绝句化、歌行化和组诗化的过程;风格通俗直露,多为大众化语言;注重歌辞造型,期待谱之以曲,进行传唱。乐府诗中的歌辞性题目同样具有诗体意义,其诗体特征为:"行"诗篇幅长,重讽谕;"篇"诗不入乐,标志着文人进入乐府诗的领域;"歌"诗重抒情,应酬功能强;"曲"诗多是入乐歌辞,体制短小;"乐"诗多是舞曲,"操""弄""引"多为器乐曲,篇幅不长,多杂言;"谣"诗俚俗,讽谕性强;"怨"诗几乎没有配乐经历,完全是文人的感怀咏史之作;"吟"诗配合过器乐曲,但后来逐步具有徒诗的性质;"叹"诗经历了从和声到正歌的阶段,但衍生功能很弱,拟辞的数量很少。

唐代的乐府诗体之所以能够在诗歌史上成立并占领一席之地,是由其具有的各种功能决定的。与一般徒诗相比,乐府诗体表现出更为强大的讽谏功能,尤其是在唐代,讽谏功能被进一步放大。唐代文人积极参政、议政;当他们无法面谏君王时,便通过创作讽谕乐府诗反映社会痼疾和风俗人情,希冀能配乐传唱,流入禁中,"言者无罪,闻者足戒",达到干预和制衡君权的目的,但真正实现讽谕功能的并不多,反而将乐府诗推向生存困境而渐趋衰微。唐代乐府诗是在传统古乐衰落与新兴燕乐风靡一时的背景下展开的,其目标是反对胡乐与俗乐,在初盛唐时期力求恢复汉魏乐府,中晚唐时期试图恢复先秦古乐,然而这一愿望并没有实现,原因是音乐传统及乐府入乐演唱的运行机制在唐代都发生了变化。唐代乐府诗又表现出较强的交际功能,文人常用乐府诗唱和、酬赠,或作为行卷。唱和可以起到学习和借鉴的作用,还能逞才竞技,产生经典名作。乐府酬赠诗分为旧题和新题两类,通常的命题方式是在乐府诗题后面再缀上"赠某某""送某某"等,写法上一般先咏题,然后表达寄赠酬别之意。唐代文人首选乐府诗作为行卷,因为乐府诗能较为客观地显示出自己的才学,又易于流传,还能微言以讽。唐代乐府诗继承并发扬了诗歌的"言志"传统,表现出对时政、民生、社会、风俗、历史等公共性事务的极度关切,其实反映的是一种集体性意识。乐府诗由于原有题材意旨的限制,唐人在拟写过程中不得不为作诗而造志,这反而促进了对继承原有之志与书写己意之间关系的探索;在志的表达方式上,除直发议论外,有些采用比兴寄托之法以述个体之志,导致了后人在阐释过程中处于"可解不可解之间"。唐代有许多诗人浸淫于乐府诗创作,尤其是在其创作早期,通过乐府诗的拟写锻炼和提高作诗能力。其中一个深层目的,是为了更好地适应科举考试。将乐府诗作为练笔之作,是因为乐府诗具有深厚传统,是极好的模仿对象。唐人正是在拟写乐府诗的过程中,学到了诗歌技巧,积累了创作经验,提升了作诗水平,也使唐诗走上内容充实的道路,实现了"自然"的美学理想风格,创新与完善了诗体。

唐代乐府诗体的演进,实质上是乐府诗在失去音乐的桎梏之后又逐渐摆脱拟辞传统的羁绊,演变为"诗之一体"并与徒诗合流的过程。初唐时期,乐府诗的创作与梁陈一脉相承。从武后时期开始,旧题乐府诗开始律化、歌行化和绝句化,并出现了大量的乐府组诗,形成了"乐府备诸体"的局面,这使得乐府诗在形式上接近于徒诗。转入盛唐,乐府诗在表现手法上由先前的客观再现变为主观表现,因其自身的局限导致了新题乐府诗的产生。一些长期以来无人拟写的题目(如清商曲题目),在盛唐都出现了拟辞,从而使旧题乐府诗的创作达到高潮。大历前后,新、旧题乐府诗此消彼长,最终在中唐元和时期走向繁荣。其繁荣不仅仅局限在新题讽谕乐府诗方面,还表现在其他题材和风格的新题乐府诗。晚唐是乐府诗衰微的阶段。李贺、张祜、李商隐、温庭筠等人不再像盛唐人那样取法于汉魏乐府诗,而是专门模仿六朝清商曲,用华丽的辞藻来写乐府诗,使艳体乐府诗复兴,但晚唐的艳体乐府诗不再配乐演唱,往往是以咏史的手法来讽谕现实。晚唐的乐府诗模仿因袭严重,创新较少;主观议论增强,表现方式进一步徒诗化;旧题乐府诗背离题材传统,喜好翻案。这些因素导致乐府诗趋于多元化,逐渐丧失了乐府诗体自身的独特特征。

尽管如此,唐代乐府诗体在文学发展史上具有重要的影响和意义。

首先,确立了乐府诗体的创作范式。乐府诗体不仅在唐代成为"诗之一体",而且经过众多诗人的拟写实践,形成了其基本的诗体特征,后来宋元明清时期的诗人以唐代乐府诗为准的和范式。明代瞿佑说:

> 张文昌《还珠吟》:"君知妾有夫,赠妾双明珠。感君绸缪意,系在绣罗襦。妾家高楼连苑起,良人执戟明光里。还君明珠双泪垂,何不相逢未嫁时。"予少日尝拟乐府百篇,续《还珠吟》云:"妾身未嫁父母怜,妾身既嫁室家全。十载之前父为主,十载之后夫为天。平生未省窥门户,明珠何由到妾边?还君明珠恨君意,闭门自咎涕涟涟。"乡先生杨复初见而题其后云:"义正词工,使张籍见之,亦当心服。"①

瞿佑拟写《还珠吟》,显然是模仿张籍之作,又试图一较高低,将唐人乐府诗作为超越对象。宋元明清时期的文人乐府诗创作,依然沿着唐代乐府诗的道路前行,或拟写古题,继承传统题意;或自立新题,唱和应酬,书写风俗,尤其是那些讽谕现实的题材,往往首选乐府诗体。但是,除咏史乐府诗在元明时期杨维桢、李东阳等人有所开拓外,其他方面几乎没有多少发展,这也正是宋元明清乐府诗不受重视的主要原因。

---

① 吴文治主编《明诗话全编》,第 302 页。

其次,为文学中如何处理复古与创新之间的关系提供了启迪。乐府诗体是一种颇为保守的诗体,在题材题旨、精神意趣等方面要继承前人之作,但亦步亦趋地复古,自然难有成就,其中涉及如何处理复古与创新之间的关系问题。纵观唐代乐府诗的演进历程,基本较好地解决了复古与创新之间的关系。以李白为代表的古题乐府诗虽以复古为主,但其中蕴含着题旨和技巧方面的创新;以杜甫为代表的新题乐府诗虽以创新为主,但仍继承了乐府诗的创作精神。俗云:"创者易工,因者难巧。"唐人在因袭乐府诗创作传统的同时,又善于开拓,发展出"新乐府"一脉来,既巧又智。中国古代的文学始终是在"复古"的旗帜下前进的,唐人在乐府诗创作方面的探索,在文学发展史上具有典范意义。

再次,成功地实现了雅、俗两种文学之间的转换。乐府诗的文化根源在于民间,反映民间的思想与风俗,采用浅切而通俗的语言,又要在大众中流播,故一直都有"乐府民歌"之说,属于典型的"俗文学"。当文人介入后,乐府诗逐步雅化,用文学之技巧抒写文人之"志",尤其是进入上层社会或作为仪式之用后,成为"雅乐"的代表。可是,一旦雅化,乐府诗便失去了大众接受,中唐时期张籍、王建、元稹、白居易创作的新乐府又力求"俗化",尽量使用大众喜闻乐见的形式,为乐府诗的演进注入了活力。这种由俗而雅、又由雅到俗的过程,反映出乐府诗在雅、俗两种文化之间转换自如,既吸收两种文化的精髓,又没有滞留于某一文化层面。我们看到,文学史上有些文体始终滞留在民间(如变文、弹词等),因缺乏文人的参与和改造,终究没有发展成一种正式的文体;也有些文体钻入文人的"象牙塔"(如赋、四六文等),因缺少受众而走向衰微。

最后,为后世文学的发展提供了创作经验。比如,唐代以后词、曲的繁荣,一定程度上是由唐代文人参与乐府诗的创作而开启的,文人关注音乐艺术,积极投身于歌辞的创作,这种传统与精神在宋元明清时期的文人那里一脉相承。唐代乐府诗也为后来戏曲的发展积累了经验,戏曲以代言为表征,文人作乐府,正是"代其人而措词,如《公无渡河》须作妻止其夫之词"①,有些乐府诗一开篇便自我申诉,与后来戏曲中的"自报家门"极为相似。

当然,关于唐代乐府诗体涉及的问题还有很多,比如,乐府诗体与古诗、词之间的关系,乐府诗体如何在拟效中创新,唐人的乐府观与乐府诗学,唐代乐府诗的选录及文本流传,唐代乐府诗的接受与经典化,唐代乐府诗与前人

---

① 强幼安《唐子西文录》,何文焕辑《历代诗话》,第 443 页。

乐府诗之间的互文性等等。杨慎说:"唐人之诗,乐府本效古体,而意反近。"①钟惺说:"乐府可学,古诗不可学。"②诸如此类的话语该怎么理解,还有待进一步探究。本书的研究只是初步尝试,目的在于抛砖引玉,希望有更多的研究者关注于此,能为"乐府学"的展开增砖添瓦。

---

① 吴文治主编《明诗话全编》,第 2739 页。
② 贺贻孙《诗筏》,郭绍虞编选,富寿荪校点《清诗话续编》,第 150 页。

主要参考文献

一、著作

阮元校刻《十三经注疏》,北京:中华书局,1980年。
司马迁撰《史记》,北京:中华书局,1959年。
班固撰《汉书》,北京:中华书局,1962年。
范晔撰《后汉书》,北京:中华书局,1965年。
房玄龄等撰《晋书》,北京:中华书局,1974年。
沈约撰《宋书》,北京:中华书局,1974年。
李延寿撰《南史》,北京:中华书局,1975年。
李延寿撰《北史》,北京:中华书局,1974年。
魏征、令狐德棻撰《隋书》,北京:中华书局,1973年。
刘昫等撰《旧唐书》,北京:中华书局,1975年。
欧阳修、宋祁撰《新唐书》,北京:中华书局,1975年。
杜佑撰《通典》,北京:中华书局,1984年。
郑樵撰《通志》,北京:中华书局,1987年。
马端临撰《文献通考》,北京:中华书局,1986年。
王溥撰《唐会要》,北京:中华书局,1955年。
司马光编撰《资治通鉴》,北京:中华书局,1956年。
崔豹撰《古今注》,《景印文渊阁四库全书》,第850册,台北:台湾商务印书馆,1986年。
李肇、赵璘撰《唐国史补 因话录》,上海:上海古籍出版社,1979年。
刘肃撰,许德楠、李鼎霞点校《大唐新语》,北京:中华书局,1984年。
范摅撰,唐雯校笺《云溪友议校笺》,北京:中华书局,2017年。
王灼撰《碧鸡漫志》,唐圭璋编《词话丛编》,北京:中华书局,1986年。
吴曾撰《能改斋漫录》,上海:上海古籍出版社,1960年。
洪迈撰,孔凡礼点校《容斋随笔》,北京:中华书局,2005年。
葛立方撰《韵语阳秋》,上海:上海古籍出版社,1984年。
沈括撰,胡道静校证《梦溪笔谈校证》,上海:上海古籍出版社,1987年。
沈约撰,苏晋仁、萧炼子校注《宋书乐志校注》,济南:齐鲁书社,1982年。
陈旸撰《乐书》,《景印文渊阁四库全书》,第211册,台北:台湾商务印书馆,1986年。

邱琼荪校释《历代乐志律志校释》,北京:人民音乐出版社,1999年。
徐坚等撰《初学记》,北京:中华书局,1962年。
陶宗仪等编《说郛三种》,上海:上海古籍出版社,1988年。
萧统编,李善、吕延济、刘良等注《六臣注文选》,北京:中华书局,1987年。
徐陵编,吴兆宜注,程琰删补,穆克宏点校《玉台新咏笺注》,北京:中华书局,1985年。
李昉等编《文苑英华》,北京:中华书局,1966年。
郭茂倩编《乐府诗集》,北京:中华书局,1979年。
左克明编撰,韩宁、徐文武点校《古乐府》,北京:中华书局,2016年。
徐献忠辑《乐府原》,《四库全书存目丛书》,集部第303册,济南:齐鲁书社,1997年。
吴勉学编《唐乐府》,《四库全书存目丛书》,集部第347册,济南:齐鲁书社,1997年。
逯钦立辑校《先秦汉魏晋南北朝诗》,北京:中华书局,1983年。
严可均辑《全上古三代秦汉三国六朝文》,北京:中华书局,1958年。
费振刚、胡双宝、宗明华辑校《全汉赋》,北京:北京大学出版社,1993年。
彭定求等编《全唐诗》,北京:中华书局,1960年。
董诰等编《全唐文》,北京:中华书局,1983年。
曾昭岷、曹济平、王兆鹏等编著《全唐五代词》,北京:中华书局,1999年。
任半塘、王昆吾编著《隋唐五代燕乐杂言歌辞集》,成都:巴蜀书社,1990年。
曹植撰,赵幼文校注《曹植集校注》,北京:人民文学出版社,1984年。
沈佺期、宋之问撰,陶敏、易淑琼校注《沈佺期宋之问集校注》,北京:中华书局,2001年。
卢照邻撰,李云逸校注《卢照邻集校注》,北京:中华书局,1998年。
孟浩然撰,佟培基笺注《孟浩然诗集笺注》,上海:上海古籍出版社,2000年。
王昌龄撰,李云逸注《王昌龄诗注》,上海:上海古籍出版社,1984年。
王维撰,陈铁民校注《王维集校注》,北京:中华书局,1997年。
高适撰,刘开扬笺注《高适诗集编年笺注》,北京:中华书局,1981年。
岑参撰,廖立笺注《岑嘉州诗笺注》,北京:中华书局,2004年。
李白撰,王琦注《李太白全集》,北京:中华书局,1977年。
李白撰,瞿蜕园、朱金城校注《李白集校注》,上海:上海古籍出版社,1980年。
詹锳主编《李白全集校注汇释集评》,天津:百花文艺出版社,1996年。
杜甫撰,仇兆鳌注《杜诗详注》,北京:中华书局,1979年。
浦起龙撰《读杜心解》,北京:中华书局,1961年。
李颀撰,刘宝和评注《李颀诗评注》,太原:山西教育出版社,1990年。
刘长卿撰,储仲君笺注《刘长卿诗编年笺注》,北京:中华书局,1996年。
韦应物撰,陶敏、王友胜校注《韦应物集校注》,上海:上海古籍出版社,1998年。
张籍撰《张籍诗集》,上海:中华书局上海编辑所,1959年。
王建撰,尹占华校注《王建诗集校注》,成都:巴蜀书社,2006年。

徐澄宇选注《张王乐府》,上海:古典文学出版社,1957年。
刘禹锡撰,卞孝萱校订《刘禹锡集》,北京:中华书局,1990年。
柳宗元撰,尹占华、韩文奇校注《柳宗元集校注》,北京:中华书局,2013年。
李贺撰,王琦等评注《三家评注李长吉歌诗》,上海:上海古籍出版社,1998年。
孟郊撰,华忱之、喻学才校注《孟郊诗集校注》,北京:人民文学出版社,1995年。
韩愈撰,钱仲联集释《韩昌黎诗系年集释》,上海:上海古籍出版社,1984年。
白居易撰,顾学颉校点《白居易集》,北京:中华书局,1979年。
元稹撰,冀勤点校《元稹集》,北京:中华书局,1982年。
权德舆撰,郭广伟校点《权德舆诗文集》,上海:上海古籍出版社,2008年。
张祜撰,尹占华校注《张祜诗集校注》,成都:巴蜀书社,2007年。
李商隐撰,刘学锴、余恕诚集解《李商隐诗歌集解》,北京:中华书局,1998年。
温庭筠撰,曾益等笺注《温飞卿诗集笺注》,上海:上海古籍出版社,1998年。
皮日休撰,萧涤非、郑庆笃整理《皮子文薮》,上海:上海古籍出版社,1981年。
王闿运撰,马积高主编《湘绮楼诗文集》,长沙:岳麓书社,1996年。
傅璇琮、陈尚君、徐俊编《唐人选唐诗新编》(增订本),北京:中华书局,2014年。
王士禛选,史海阳、李明华、张海峰等注《唐人万首绝句选》,北京:华夏出版社,1999年。
高棅编选《唐诗品汇》,上海:上海古籍出版社,2012年。
钟惺、谭元春选评,张国光、张业茂、曾大兴点校《诗归》,武汉:湖北人民出版社,1985年。
唐汝询选释,王振汉点校《唐诗解》,保定:河北大学出版社,2001年。
周珽辑《删补唐诗选脉笺释会通评林》,《四库全书存目丛书补编》,第25、26册,济南:齐鲁书社,2001年。
钱良择撰《唐音审体》,清康熙四十三年(1704)昭质堂刻本。
王夫之评选,张星国校点《古诗评选》,北京:文化艺术出版社,1997年。
沈德潜选《古诗源》,北京:中华书局,1963年。
沈德潜编《唐诗别裁集》,北京:中华书局,1975年。
乔亿选编,雷恩海笺注《大历诗略笺释辑评》,天津:天津古籍出版社,2008年。
刘勰撰,范文澜注《文心雕龙注》,北京:人民文学出版社,1958年。
黄侃撰《文心雕龙札记》,上海:上海古籍出版社,2006年。
计有功撰《唐诗纪事》,上海:上海古籍出版社,1987年。
严羽撰,郭绍虞校释《沧浪诗话校释》,北京:人民文学出版社,1961年。
刘克庄撰,王秀梅点校《后村诗话》,北京:中华书局,1983年。
张戒撰,陈应鸾笺注《岁寒堂诗话笺注》,成都:四川大学出版社,1990年。
辛文房撰,傅璇琮主编《唐才子传校笺》,第1—5册,北京:中华书局,1987年,1989年,1990年,1990年,1995年。
杨慎撰,王仲镛笺证《升庵诗话笺证》,上海:上海古籍出版社,1987年。

胡应麟撰《诗薮》,上海:上海古籍出版社,1979年。
胡震亨撰《唐音癸签》,上海:上海古籍出版社,1981年。
许学夷撰,杜维沫校点《诗源辩体》,北京:人民文学出版社,1987年。
吴讷、徐师曾撰,于北山、罗根泽校点《文章辨体序说 文体明辨序说》,北京:人民文学出版社,1962年。
赵翼撰,江守义、李成玉校注《瓯北诗话校注》,北京:人民文学出版社,2013年。
陈沆撰《诗比兴笺》,上海:上海古籍出版社,1981年。
刘熙载撰,袁津琥校注《艺概注稿》,北京:中华书局,2009年。
何文焕辑《历代诗话》,北京:中华书局,1981年。
丁福保辑《历代诗话续编》,北京:中华书局,1983年。
郭绍虞辑《宋诗话辑佚》,北京:中华书局,1980年。
吴文治主编《宋诗话全编》,南京:江苏古籍出版社,1998年。
吴文治主编《明诗话全编》,南京:江苏古籍出版社,1997年。
周维德集校《全明诗话》,济南:齐鲁书社,2005年。
丁福保辑《清诗话》,上海:上海古籍出版社,1978年。
郭绍虞编选,富寿荪校点《清诗话续编》,上海:上海古籍出版社,1983年。
张寅彭选辑,吴忱、杨焄点校《清诗话三编》,上海:上海古籍出版社,2014年。
张寅彭主编《民国诗话丛编》,上海:上海书店出版社,2002年。
顾炎武撰,黄汝成集释《日知录集释(外七种)》,上海:上海古籍出版社,1985年。
李慈铭撰,由云龙辑《越缦堂读书记》,北京:中华书局,2006年。
胡适撰,骆玉明导读《白话文学史》,上海:上海古籍出版社,1999年。
闻一多著,傅璇琮导读《唐诗杂论》,上海:上海古籍出版社,1998年。
闻一多著,孙党伯、袁謇正主编《闻一多全集》,武汉:湖北人民出版社,1993年。
陈寅恪著《元白诗笺证稿》,北京:生活·读书·新知三联书店,2001年。
朱自清著《中国歌谣》,北京:作家出版社,1957年。
陆侃如著《乐府古辞考》,上海:商务印书馆,1926年。
陆侃如、冯沅君著《中国诗史》,天津:百花文艺出版社,1999年。
王易著《乐府通论》,上海:中国文化服务社,1946年。
罗根泽著《乐府文学史》,北京:东方出版社,1996年。
丘琼荪遗著,隗芾辑补《燕乐探微》,上海:上海古籍出版社,1989年。
朱谦之著《中国音乐文学史》,上海:商务印书馆,1935年。
苏雪林著《唐诗概论》,上海:上海书店出版社,1992年。
郑振铎著《中国俗文学史》,上海:上海人民出版社,2006年。
龙榆生著《中国韵文史》,上海:上海古籍出版社,2002年。
褚斌杰著《中国古代文体概论》(增订本),北京:北京大学出版社,1990年。
程毅中著《中国诗体流变》,北京:中华书局,1992年。
吴承学著《中国古代文体形态研究》,广州:中山大学出版社,2000年。

吴承学著《中国古代文体学研究》，北京：人民出版社，2011年。
刘明澜著《中国古代诗词音乐》，北京：中国科学文化出版社，2003年。
赵敏俐等著《中国古代歌诗研究——从〈诗经〉到元曲的艺术生产史》，北京：北京大学出版社，2005年。
萧涤非著，萧海川辑补《汉魏六朝乐府文学史》（增补本），北京：人民文学出版社，2011年。
萧涤非著，萧光乾编《萧涤非文选》，济南：山东大学出版社，2006年。
余冠英著《汉魏六朝诗论丛》，上海：上海古典文学出版社，1956年。
王运熙著《乐府诗述论》，上海：上海古籍出版社，1996年。
王运熙著《汉魏六朝唐代文学论丛》（增补本），上海：复旦大学出版社，2002年。
任半塘著《唐声诗》，上海：上海古籍出版社，1982年。
杨荫浏著《中国古代音乐史稿》，北京：人民音乐出版社，1981年。
王昆吾著《隋唐五代燕乐杂言歌辞研究》，北京：中华书局，1996年。
杨生枝著《乐府诗史》，西宁：青海人民出版社，1985年。
张清钟著《两汉乐府诗之研究》，台北：台湾商务印书馆，1979年。
张永鑫著《汉乐府研究》，南京：江苏古籍出版社，1992年。
亓婷婷著《两汉乐府诗研究》，台北：学海出版社，1981年。
钱志熙著《汉魏乐府的音乐与诗》，郑州：大象出版社，2000年。
钱志熙著《汉魏乐府艺术研究》，北京：学苑出版社，2011年。
赵敏俐著《汉代乐府制度与歌诗研究》，北京：商务印书馆，2009年。
赵敏俐著《周汉诗歌综论》，北京：学苑出版社，2002年。
赵明正著《汉乐府研究史论》，北京：同心出版社，2009年。
作家出版社编辑部编《乐府诗研究论文集》，北京：作家出版社，1957年。
田彩仙著《汉魏六朝文学与乐舞关系研究》，北京：文化艺术出版社，2006年。
吴大顺著《魏晋南北朝乐府歌辞研究》，上海：上海古籍出版社，2009年。
刘怀荣、宋亚莉著《魏晋南北朝乐府制度与歌诗研究》，北京：商务印书馆，2010年。
王淑梅著《魏晋乐府诗研究》，北京：社会科学文献出版社，2013年。
王淑梅著《北朝乐府诗研究》，北京：社会科学文献出版社，2013年。
秦序主编《六朝音乐文化研究》，北京：文化艺术出版社，2009年。
王福利著《六朝礼乐文化与礼乐歌辞研究》，南京：凤凰出版社，2015年。
王运熙、王国安著《乐府诗集导读》，成都：巴蜀书社，1999年。
孙尚勇著《乐府文学文献研究》，北京：人民文学出版社，2007年。
王志清著《晋宋乐府诗研究》，保定：河北大学出版社，2007年。
喻意志著《〈乐府诗集〉成书研究》，长沙：湖南文艺出版社，2012年。
尚丽新著《〈乐府诗集〉版本研究》，北京：中国社会科学出版社，2012年。
崔炼农著《乐府歌辞述论》，北京：人民文学出版社，2017年。
吴相洲著《乐府学概论》，北京：人民文学出版社，2015年。

王辉斌著《中国乐府诗批评史》,武汉:武汉大学出版社,2017年。
葛晓音著《诗国高潮与盛唐文化》,北京:北京大学出版社,1998年。
朱炯远著《唐代通俗诗研究》,成都:巴蜀书社,2001年。
张修蓉著《中唐乐府诗研究》,台北:文津出版社,1985年。
廖美云著《元白新乐府研究》,台北:学生书局,1989年。
钟优民著《新乐府诗派研究》,沈阳:辽宁大学出版社,1997年。
吴相洲著《唐代歌诗与诗歌:论歌诗传唱在唐诗创作中的地位和作用》,北京:北京大学出版社,2000年。
吴相洲著《唐诗创作与歌诗传唱关系研究》,北京:北京大学出版社,2004年。
傅璇琮主编《唐五代文学编年史》,沈阳:辽海出版社,1998年。
傅璇琮著《唐代诗人丛考》,北京:中华书局,1980年。
詹锳著《李白诗论丛》,北京:人民文学出版社,1984年。
朱易安著《唐诗与音乐》,桂林:漓江出版社,1996年。
薛天纬著《唐代歌行论》,北京:人民文学出版社,2006年。
沈冬著《唐代乐舞新论》,北京:北京大学出版社,2004年。
孙晓辉著《两唐书乐志研究》,上海:上海音乐学院出版社,2005年。
关也维著《唐代音乐史》,北京:中央民族大学出版社,2006年。
李西林著《唐代音乐文化研究》,北京:文化艺术出版社,2014年。
陈才智著《元白诗派研究》,北京:社会科学文献出版社,2007年。
左汉林著《唐代乐府制度与歌诗研究》,北京:商务印书馆,2010年。
柏红秀著《唐代宫廷音乐文艺研究》,南京:南京大学出版社,2010年。
柏红秀著《音乐文化与唐代诗歌研究》,南京:南京大学出版社,2014年。
王传飞著《相和歌辞研究》,北京:北京大学出版社,2009年。
王福利著《郊庙燕射歌辞研究》,北京:北京大学出版社,2009年。
梁海燕著《舞曲歌辞研究》,北京:北京大学出版社,2009年。
韩宁著《鼓吹横吹曲辞研究》,北京:北京大学出版社,2009年。
张煜著《新乐府辞研究》,北京:北京大学出版社,2009年。
曾智安著《清商曲辞研究》,北京:北京大学出版社,2009年。
周仕慧著《琴曲歌辞研究》,北京:北京大学出版社,2009年。
袁绣柏、曾智安著《近代曲辞研究》,北京:北京大学出版社,2009年。
向回著《杂曲歌辞与杂歌谣辞研究》,北京:北京大学出版社,2009年。
刘亮著《晚唐乐府诗研究》,北京:中国社会出版社,2010年。
吉文斌著《李白乐辞述论》,南京:凤凰出版社,2011年。
杨晓霭著《宋代声诗研究》,北京:中华书局,2008年。
吴相洲主编《乐府学》,第一至八辑,北京:学苑出版社,2006—2013年。
吴相洲主编《乐府学》,第九至十五辑,北京:社会科学文献出版社,2014—2017年。
陈洪主编《汉唐乐府的文化阐释》,南京:凤凰出版社,2015年。

李春祥主编《乐府诗鉴赏辞典》,郑州:中州古籍出版社,1990 年。
〔日〕增田清秀著《樂府の歷史的研究》,东京:创文社,1975 年。
〔日〕松浦友久著,孙昌武、郑天刚译《中国诗歌原理》,沈阳:辽宁教育出版社,1990 年。
〔美〕斯蒂芬·欧文著,贾晋华译《初唐诗》,南宁:广西人民出版社,1987 年。
Joseph R. Allen, *In the Voice of Others*: *Chinese Music Bureau Poetry*, University of Michigan Center for Chinese Studies, 1992.

二、论文

华忱之《略谈张籍及其乐府诗》,《文学遗产增刊》1956 年第 3 期。
邱燮友《唐代民间歌谣的结构》,《书目季刊》第九卷第三期,1975 年。
胥树人《从音乐角度看李白的乐府诗》,《社会科学辑刊》1979 年第 2 期。
吴庚舜《略论唐代乐府诗》,《文学遗产》1982 年第 3 期。
聂文郁《论元结的系乐府创作》,《青海师范学院学报》1982 年第 3 期。
振甫《唐代乐府的继承和发展》,《文学评论》1982 年第 6 期。
逯钦立《"相和歌"曲调考》,《文史》第十四辑,北京:中华书局,1982 年。
王启兴《白居易领导过"新乐府运动"吗?》,《江汉论坛》1985 年第 10 期。
罗宗强《"新乐府运动"种种》,《光明日报》1985 年 11 月 19 日。
赵怀德、赵晓霞《李白对乐府的继承与发展》,《陕西师大学报》1986 年第 4 期。
谢孟《政治功利与白居易新乐府》,《学习与探索》1986 年第 4 期。
塞长春《新乐府诗派与新乐府运动——关于白居易评价的一个问题》,《西北师大学报》1986 年第 4 期。
商伟《论唐代的古题乐府》,《文学遗产》1987 年第 2 期。
单书安《元白新乐府与汉乐府联系的再认识》,《陕西师大学报》1987 年第 3 期。
张晶《审美价值与社会价值的交融——温庭筠乐府诗简论》,《文学评论》1987 年第 5 期。
裴斐《太白乐府述要》,《文史知识》1987 年第 8 期。
朱继琢《谈唐代新乐府的几个问题》,《广东民族学院学报》1988 年第 2 期。
肖瑞峰《论刘禹锡的民歌体乐府诗》,《杭州大学学报》1989 年第 1 期。
郭自强《历史链条上关键的一环——为白居易新乐府诗论一辩》,《西北师大学报》1989 年第 4 期。
王希斌《绘阴柔之色 写阳刚之美——论温庭筠乐府诗歌的艺术特色》,《学习与探索》1989 年第 4—5 期。
单书安《〈正乐府〉仿〈系乐府〉浅说》,《江海学刊》1989 年第 6 期。
陈节《中唐民俗氛围中的王建乐府》,《福建师范大学学报》1991 年第 1 期。
〔日〕松浦友久撰,刘维治译《论李白乐府诗表现功能》,《辽宁大学学报》1991 年第 4 期。

王运熙《讽谕诗和新乐府的关系和区别》,《复旦学报》1991 年第 6 期。

傅如一《李白乐府论》,《文学遗产》1994 年第 1 期。

魏晓虹《李白乐府论》,《山西大学学报》1994 年第 2 期。

葛晓音《盛唐清乐的衰落和古乐府诗的兴盛》,《社会科学战线》1994 年第 4 期。

郁贤皓《李白乐府与歌吟异同论》,《中国李白研究》1994 年集,合肥:安徽文艺出版社,1996 年。

王运熙《唐人的诗体分类》,《中国文化》1995 年第 2 期。

葛晓音《论李白乐府的复与变》,《文学评论》1995 年第 2 期。

葛晓音《新乐府的缘起和界定》,《中国社会科学》1995 年第 3 期。

钱志熙《齐梁拟乐府诗赋题法初探——兼论乐府诗写作方法之流变》,《北京大学学报》1995 年第 4 期。

葛晓音《论杜甫的新题乐府》,《社会科学战线》1996 年第 1 期。

刘学忠《"新乐府运动"名称溯源:兼论"运动"在文学史研究中的运用》,《文史知识》1996 年第 1 期。

马承五《乐府诗的体式嬗变与创格——杜甫"新题乐府"论(形式篇)》,《华中师范大学学报》1996 年第 2 期。

房日晰《韦应物乐府歌行论略》,《西北大学学报》1996 年第 3 期。

谢思炜《〈新乐府〉版本及序文考证》,《北京师范大学学报》1996 年第 3 期。

金振华《别开生面的民歌创作——论刘禹锡的新乐府诗》,《苏州大学学报》1997 年第 3 期。

葛晓音《初盛唐七言歌行的发展——兼论歌行的形成及其与七古的分野》,《文学遗产》1997 年第 5 期。

迟乃鹏《亦谈"盛唐清乐的衰落和古乐府诗的兴盛"——与葛晓音先生商榷》,《成都师专学报》1997 年第 2 期。

江艳华《论乐府古题〈燕歌行〉的发展演变》,《云南师范大学学报》1997 年第 4 期。

朱炯远《论张王乐府中的唱和现象》,《上海大学学报》1997 年第 5 期。

〔日〕松浦友久撰,夏又宝译《李白〈将进酒〉是乐府诗还是歌行诗?——从形式和表现功能的视点考察》,《中国李白研究》1997 年集,合肥:安徽文艺出版社,1996 年。

林心治《歌行含义的衍变兼论歌行之体格——唐歌行诗体论之三》,《渝州大学学报》1998 年第 2 期。

钱志熙《乐府古辞的经典价值——魏晋至唐代文人乐府诗的发展》,《文学评论》1998 年第 2 期。

赵亮《形式的意义:王昌龄乐府诗研究》,《社会科学研究》1999 年第 5 期。

谢思炜《从张王乐府诗体看元白的"新乐府"概念》,《北京师范大学学报》1999 年第 5 期。

谢思炜《白居易与"新乐府"诗体》,《文史知识》1999 年第 5 期。

朱炯远《论新乐府运动争议中的几个问题》,《文艺理论研究》2000 年第 2 期。

刘明华《文体选择与文体自觉——白居易〈新乐府〉创作之再认识》,《中山大学学报》2000 年第 6 期。

周勋初《文史知新·魏晋南北朝时文坛上的摹拟之风》,《周勋初文集》第三卷,南京:江苏古籍出版社,2000 年。

朱炯远、金程宇《论孟郊乐府诗的成就》,《上海师范大学学报》2001 年第 1 期。

韩经太《唐宋词学的自觉与乐府传统的新变》,《文学遗产》2001 年第 6 期。

朱我芯《郭茂倩〈乐府诗集〉关于唐乐府分类之商榷》,《北京大学学报》2002 年 S1 期"国内访问学者、进修教师论文专刊"。

何诗海《论元结在新乐府运动中的地位》,《中国韵文学刊》2002 年第 1 期。

刘加夫《试论南朝文人乐府诗的主题取向》,《山东师范大学学报》2002 年第 3 期。

吴相洲《略谈唐代旧题乐府的入乐问题》,《社会科学战线》2002 年第 5 期。

马承五《李白歌行特征论——兼论歌行的诗体定义与形式特点》,《华中师范大学学报》2002 年第 6 期。

李锦旺《论唐代乐府诗的流传形式与影响》,《阜阳师范学院学报》2003 年第 1 期。

尚丽新《论新乐府的界定》,《云南艺术学院学报》2003 年第 1 期。

赵俊波《唐代古题乐府诗的拟与变》,《唐都学刊》2003 年第 1 期。

刘加夫《南朝乐府名义辨析》,《山东师范大学学报》2003 年第 3 期。

周期政《唐乐府文献叙录》,《湘南学院学报》2004 年第 1 期。

马承五《论杜甫"新题乐府"的艺术创新——以"三吏""三别"为中心》,《杜甫研究学刊》2004 年第 1 期。

傅刚《南朝乐府古辞的改造与艳情诗的创作》,《文学遗产》2004 年第 3 期。

续娟娟《唐边塞诗对汉乐府边塞诗的继承和发展》,《邢台学院学报》2004 年第 3 期。

谢思炜《白居易讽谕诗的诗体与言说方式》,《陕西师范大学学报》2004 年第 3 期。

刘航《对风俗内涵的着意开掘——中唐乐府的新思路》,《文学遗产》2004 年第 4 期。

周乾隆《论唐代的〈行路难〉》,《西安石油大学学报》2004 年第 4 期。

李德辉《论李贺乐府诗的复与变》,《湖南科技大学学报》2004 年第 4 期。

李锦旺《唐代乐府诗研究述评》,《阜阳师范学院学报》2004 年第 5 期。

刘加夫《南朝文人乐府诗演进述论》,《山东师范大学学报》2004 年第 5 期。

刘雁灵《元白所作新乐府与郭茂倩所收新乐府之关系研究》,《南阳师范学院学报》2004 年第 7 期。

阎福玲《横吹曲辞〈关山月〉创作范式考论》,《河北师范大学学报》2005 年第 2 期。

王辉斌《论杜甫"三吏""三别"的诗体属性——兼及唐代新乐府的有关问题》,《杜甫研究学刊》2005 年第 3 期。

徐礼节、余恕诚《张王与元白新乐府创作关系考论》,《安徽师范大学学报》2005 年第 4 期。

刘京臣《贯休乐府诗探微》,《潍坊教育学院学报》2005 年第 4 期。

王辉斌《论王维的乐府诗》,《山西大学学报》2005 年第 5 期。

张煜《论温庭筠的新乐府》,《乐府学》第一辑,北京:学苑出版社,2006 年。

向回《〈行路难〉演唱方式流变及其对后世文人创作的影响》,《乐府学》第一辑,北京:学苑出版社,2006 年。

孙尚勇《吴兢〈乐府古题要解〉的体例及影响》,《中华文史论丛》2006 年第 3 期。

吴相洲《关于建构乐府学的思考》,《北京大学学报》2006 年第 3 期。

沈文凡、李博昊《试论温庭筠的乐府歌诗与诗词体式过渡》,《长春大学学报》2006 年第 3 期。

汪艳菊《论温庭筠的咏史乐府——兼论中晚唐诗人革新乐府诗的努力》,《唐都学刊》2007 年第 1 期。

阎福玲《乐府横吹曲辞〈出塞〉〈入塞〉创作范式考论》,《河北学刊》2007 年第 2 期。

颜庆余《论乐府古题的传统》,《乐府学》第二辑,北京:学苑出版社,2007 年。

张煜《张王乐府与元白新乐府创作关系再考察》,《文学评论》2007 年第 4 期。

杨晓霭《杜甫"行"诗之"变"的音乐涵蕴》,《聊城大学学报》2008 年第 4 期。

曾智安《西曲舞曲与张若虚〈春江花月夜〉的曲辞结构》,《文学评论》2008 年第 5 期。

王一兵、栾为《〈乐府诗集〉中的"张王乐府"研究》,《学习与探索》2008 年第 6 期。

王小盾《论汉文化的"诗言志,歌永言"传统》,《文学评论》2009 年第 2 期。

葛晓音《鲍照"代"乐府体探析——兼论汉魏乐府创作传统的特征》,《上海大学学报》2009 年第 2 期。

钟优民《六十年来新乐府问题讨论述评》,《社会科学战线》2009 年第 10 期。

向回《从本事的掌握和运用看李白"古乐府之学"》,《中国诗歌研究》第六辑,北京:中华书局,2010 年。

王传飞《汉唐间文人相和歌辞的拟与变》,《乐府学》第四辑,北京:学苑出版社,2009 年。

吴相洲、张桂芳《论元白对古乐府传统的颠覆》,《文学评论》2010 年第 1 期。

王小盾《〈文心雕龙·乐府〉三论》,《文学遗产》2010 年第 3 期。

韩宁《乐府曲调的流传与初唐诗风之演变》,《沈阳师范大学学报》2010 年第 4 期。

徐宝余、蒋宁《魏晋南北朝文人乐府创作述论》,《中国韵文学刊》2011 年第 2 期。

喻意志《唐宋乐府解题类典籍考辨》,《音乐研究》2011 年第 2 期。

钱志熙《论李白乐府诗的创作思想、体制与方法》,《文学遗产》2012 年第 3 期。

商伟《论唐代的乐府诗》,北京大学 1984 年硕士学位论文。

徐建华《边塞诗与乐府》,北京大学 1986 年硕士学位论文。

刘曙初《李白乐府研究》,安徽大学 1999 年硕士学位论文。

李锦旺《唐代乐府诗综论》,浙江大学 2001 年博士学位论文。

许继起《秦汉乐府制度研究》,扬州大学 2002 年博士学位论文。

孙尚勇《乐府史研究》,扬州大学 2002 年博士学位论文。

喻意志《〈乐府诗集〉成书研究》,上海师范大学 2002 年博士学位论文。

尚丽新《〈乐府诗集〉的刊刻和流传》,上海师范大学 2002 年博士学位论文。
刘加夫《南朝文人乐府诗研究》,山东大学 2002 年博士学位论文。
赵红玲《中古拟诗研究》,上海师范大学 2002 年博士学位论文。
崔炼农《汉魏六朝乐府辞乐关系研究》,上海师范大学 2003 年博士学位论文。
周期政《唐代乐舞歌辞研究》,河北大学 2004 年博士学位论文。
金波《论李贺乐府与歌行》,新疆师范大学 2004 年硕士学位论文。
梁旭艳《李白古乐府创作四题》,宁夏大学 2004 年硕士学位论文。
黎艳《南朝文人乐府诗的新变》,陕西师范大学 2004 年硕士学位论文。
何林军《试论元结与新乐府运动》,湘潭大学 2004 年硕士学位论文。
陈瑞娟《唐代乐府诗论》,内蒙古大学 2006 年硕士学位论文。
孙明慧《论刘禹锡的乐府诗》,中央民族大学 2006 年硕士学位论文。
张建军《李杜乐府诗比较研究》,北京师范大学 2006 年硕士学位论文。
唐会霞《汉乐府接受史论（汉代—隋代）》,陕西师范大学 2007 年博士学位论文。
王淑梅《魏晋乐府诗研究》,首都师范大学 2007 年博士学位论文。
张开《初唐乐府诗研究》,首都师范大学 2007 年博士学位论文。
方向明《中唐乐府诗研究》,首都师范大学 2009 年博士学位论文。
马婧《晚唐五代乐府诗研究》,首都师范大学 2009 年博士学位论文。
王丽婷《王建乐府诗研究》,内蒙古大学 2010 年硕士学位论文。
陈雪《初唐文人乐府诗研究》,黑龙江大学 2011 年硕士学位论文。

后　　记

　　本书是在我的博士学位论文的基础上修改而成的。2001年,我从西北负笈东上,在扬州大学跟随王小盾老师读书。入学后,先是协助师兄校订历代史书中的《乐志》,由此翻阅了一大批古代的音乐典籍。后来,王老师布置了一项作业"宋人编选唐诗考论",目的是把宋人对唐诗的编选及校改进行"竭泽而渔"式的梳理与考证。当时我花了两三个月的时间,将看到的资料一一抄录在卡片上,积累了厚厚一本,然而,由于我学养不足,并没有产出多少学术成果,倒是培养出"坐冷板凳"的习惯,熟悉了文献的获取与搜集方法。

　　依照王老师指导学生的惯例,一年级是不谈毕业论文的。我曾以宋代文学为中心,想到几个题目,最终都没有实施。当时,王老师的兴趣在《乐府诗集》研究方面,师兄孙尚勇、崔炼农、许继起和师姐尚丽新、喻意志正在整理和校注《乐府诗集》,每人分得其中的两到三类,深入钻研,隔一段时间集中汇报,并对相关的制度、地理、引书、人名、音乐术语、版本著录等进行仔细考辨。王老师希望我也加入这个学术团队中,考虑到我以前硕士阶段作唐代文学,遂确定以唐代乐府诗为研究对象,但首先要对唐代乐府诗(尤其是《乐府诗集》中选录的作品)进行编年、校注、考释等,完成文献资料的收集与整理。当时心理有过抵触,最后还是接受了。

　　永远难以忘怀的是,2002年4月18日,王老师看到我对乐府诗研究有畏难情绪,专门为我讲授一次课。在课堂上,王老师一口气布置了系列制表作业,分别是:

　　表一:唐人乐府一览(按年代先后排列),要求列出序号、篇名、作者、年代、题目类型(古题、新题、始辞情况)、拟乐府类型、题材、体式、定式情况、《乐府诗集》归属、《文苑英华》归属、其他;

　　表二:唐人乐府在各时间段的情况(填数字),要求列出年号或帝号、时间、题目类型、拟乐府类型、题材、体式、定式情况、《乐府诗集》归属、《文苑英华》归属、其他;

　　表三:题目类型与年代的关系,要求列出题目类型、初唐、盛唐、中

唐、晚唐(或帝号);

　　表四:题目类型与作品的形式和内容,要求列出题目类型、拟乐府类型、题材、体式、定式情况、《乐府诗集》归属、《文苑英华》归属、其他;

　　表五:《文苑英华》"乐府""歌行"作品一览,要求列出卷数、篇名、作者、年代、体式、题材、别名、出入情况、其他归属。

前四个表格都是针对唐代乐府诗,另外还要求将魏晋南北朝拟乐府的情况同样制成相应的表格,便于后期对二者进行比较。这样合起来其实是八个表格,加上表五,总共是九个表格。在制作表格的过程中,王老师指出,要注意以下事项:

　　△ 注意研究模仿问题
　　　　模仿的培养(教育)
　　　　模仿的应用(唱和)
　　　　模仿的类型或案例
　　△ 注意研究由音乐造成的乐府诗定式
　　　　对唐代诗歌的影响
　　　　这些定式的演变
　　△ 乐府诗题的文体学意义
　　△ 歌行体的产生和发展
　　△ 注意考证
　　　　作品时代、创作背景、本事
　　　　作品的被认识、著录、评论
　　　　作家档案
　　△ 对各份统计表所反映的问题作一归纳

　　此后很长一段时间,我就沉浸在唐乐府之中,选录作品、作注释、编年、考证、制表等,虽然枯燥,但也充实。可以说,是王老师带领我走进了乐府诗研究的殿堂,师恩如山,任何语言难表谢意。

　　自20世纪以来,乐府诗的研究已有长足发展,黄节、闻一多、罗根泽、萧涤非、余冠英、王运熙、葛晓音、钱志熙、吴相洲等先生都撰有重要成果。王老师指导下的乐府诗研究团队,以年轻学者的敏锐与刻苦,在诸多方面有所拓展与深入。我是半路进入这个团队的,贡献不大,却受到不少启示。这里作为乐府诗研究的场域,相互激发,孙尚勇师兄对乐府诗史的梳理、崔炼农师兄对乐府诗模仿格式的分析、许继起师兄对乐府制度的考察、尚丽新师姐提出的"拟歌辞"概念、喻意志师姐对乐府典籍的整理等，都影响并启迪了我的论文写作。在此，我致以衷心真诚的谢意！

毕业后，我到江苏师范大学（原徐州师范大学）工作。2012年底，我以博士论文为基础，申报了国家社科基金后期资助项目。数年来，几经增删和修改，并参考和吸收各位评审专家的意见，终于写成了现在的样子。我知道，书稿仍有许多不尽如人意的地方，比如，引用文献过多，有些地方阐述不够深入，尤其是第五章对乐府诗体演进的描述没有贯彻文体学视角，这些遗憾只能留待日后再进行探讨和补充。

需要说明的是，本书稿的部分文字曾在《文学遗产》《中国韵文学刊》《乐府学》《南昌大学学报》《山东师范大学学报》《河北师范大学学报》《齐齐哈尔大学学报》《聊城大学学报》《东吴学术》《兰州学刊》《广西社会科学》《上饶师范学院学报》《阜阳师范学院学报》等学术期刊上发表，有几篇论文被收入陈洪主编的《汉唐乐府的文化阐释》（凤凰出版社，2015年），感谢编辑们的指正！这些文字收入本书稿时，又进行过不同程度的修改。因此，这本书可算作是多年以来我对唐代乐府诗研究的一次总结。

十分感谢国家社会科学基金和江苏师范大学资助经费，使该书得以面世；十分感谢王小盾老师为本书赐序，再一次给我谆谆教诲与殷切勉励；十分感谢北京大学出版社的郑子欣博士，她为本书的编辑付出了极大努力，减少了诸多文献与文字错误。

王立增

2020年元月